SANGUE NAS VEIAS

Tom Wolfe

SANGUE NAS VEIAS

Tradução de
PAULO REIS

Título original
BACK TO BLOOD

Os personagens e acontecimentos neste livro são fictícios. Qualquer semelhança com pessoas reais, vivas ou não, é mera coincidência e não intencional pelo autor.

EDITORA ROCCO LTDA.
Av. Presidente Wilson, 231 - 8º andar
20030-021 - Rio de Janeiro - RJ
Tel.: (21) 3525-2000 - Fax: (21) 3525-2001
rocco@rocco.com.br
www.rocco.com.br

Printed in Brazil/Impresso no Brasil

preparação de originais
MAIRA PARULA

CIP-Brasil. Catalogação na fonte.
Sindicato Nacional dos Editores de Livros, RJ.

W834s Wolfe, Tom, 1931-
Sangue nas veias / Tom Wolfe; tradução de Paulo Reis. – Rio de Janeiro: Rocco, 2013.

Tradução de: Back to blood
ISBN 978-85-325-2868-1

1. Romance norte-americano. I. Reis, Paulo. II. Título.

13-03593 CDD – 813
CDU – 821.111(73)-3

para

SHEILA

e à memória de

ANGEL CALZADILLA

AGRADECIMENTOS

Esta história deve muito à generosidade de **Manny Diaz**, prefeito de Miami que no Dia 1 apresentou o autor a todo um salão cheio de gente... O chefe de polícia **John Timoney**, nascido em Dublin, um modelo de policial irlandês na história de Nova York, Filadélfia e Miami, imediatamente o embarcou em uma excursão no barco seguro da Patrulha Marítima de Miami, e depois lhe revelou uma Miami de outra forma invisível, que incluía até *aperçus*. *Aperçus* esse policial irlandês conhece: afinal, durante o plantão noturno ele vira um estudioso de Dostoiévski... **Oscar e Cecile Betancourt Corral**, dois excelentes jornalistas de Miami, foram os primeiros a lhe acenar para *ir fundo*... confrontando depois todo mundo, em todo lugar, a qualquer hora (com a hábil assistência de **Mariana Betancourt**)... **Augusto Lopez e Suzanne Stewart** o apresentaram ao grande antropólogo haitiano **Louis Herns Marcelin**... **Barth Green**, o famoso neurocirurgião que dedica muito do seu tempo aos haitianos no Haiti, conduziu-o a Little Haiti em Miami... e a seu colega **Roberto Heros**... **Paul George**, o historiador, levou-o em sua aclamada excursão... **Katrin Theodoli**, que em Miami fabrica iates que parecem X-15s, e não apenas zarpam, mas decolam, colocou-o na viagem de batismo de seu último iate, que mais parecia um foguete... **Lee Zara** contou-lhe algumas histórias que se revelaram verdadeiras! A professora **Maria Goldstein** possibilitou-lhe saber a versão real de um dos incidentes mais selvagens na história da educação pública em Miami... **Elizabeth Thompson**, a pintora, sabia coisas sobre As Vidas dos Artistas em Miami que para ele se tornaram indispensáveis... Não era parte da descrição do cargo, mas **Christina Verigan** revelou-se uma médium, uma leitora de mentes, uma erudita e uma professora... Sem falar em **Herbert Rosenfeld**, um ás na geografia social de Miami... **Daphne Angulo**, incomparável retratista da juventude de Miami, tanto na classe alta quanto na baixa... **Joey e Thea Goldman**, desenvolvedores e motores de Wynwood, o distrito das artes, que em Miami equivale ao Chelsea nova-iorquino... **Ann Louise Bardach**, atualmente *a* autoridade em tudo que se refere à Cuba fidelista e ao eixo Havana-Miami... bem como **Peter Smolyanski**, **Ken Treister**, **Jim Trotter**, **Mischa**, **Cadillac**, **Bob Adelman**, **Javier Perez**, **Janet Ney**, **George Gomez**, **Robert Gewanter**, **Larry Pierre**, o conselheiro **Eddie Hayes**, **Alberto Mesa e Gene Tinney**... além de um outro anjo da guarda das novidades na cidade. Você sabe que é você.

SUMÁRIO

SUMÁRIO

PRÓLOGO

NÓIS EM MII-*AA*-MII AGORA

Você...

Você...

Você edita minha vida... Você é minha querida, esposa amada, minha Mac Facada... o engraçado era que ele podia editar um dos cinco ou seis mais importantes jornais dos Estados Unidos, o *Miami Herald*, mas ao mesmo tempo era editado por ela. Editado por *ela*. Na semana anterior ele esquecera totalmente de ligar para o diretor, aquele que tinha um lábio leporino reabilitado, do internato Hotchkiss, onde o filho deles, Fiver, estudava... e Mac, sua esposa amada, sua Mac Facada, ficara justificadamente irritada... mas então ele meio que cantarolara esses versinhos: *Você edita minha vida... Você é minha querida, esposa amada, minha Mac Facada...* Aquilo fizera Mac sorrir, mesmo a contragosto, e então o sorriso desfizera o clima, que era *Eu já estou farta de você e sua displicência.* Será que a coisa funcionaria novamente... agora? Ele teria coragem de tentar mais uma vez?

No momento, Mac estava no comando, ao volante de seu adorado e ridiculamente apertado Mitsubishi Green Elf, um veículo híbrido novo em folha, chique e moralmente esclarecido, que agora percorria as fileiras de carros estacionados lado a lado, espelho lateral com espelho lateral, nos fundos do ponto noturno da moda em Miami, o Balzac's, bem perto de Mary Brickell Village, caçando uma vaga em vão. *Ela* estava dirigindo *seu* carro. E desta vez estava irritada, também justificadamente, porque a displicência dele atrasara os dois terrivelmente na hora de sair para o Balzac's, e por isso ela insistira em ir no seu ecocarro àquele que era o mais fantástico dos lugares quentes da cidade. Caso fossem no BMW dele, *nunca* chegariam a tempo, porque ele era um motorista lento e enlouquecedoramente cauteloso... mas ele se perguntava se na verdade Mac não queria dizer tímido e pouco viril. Em todo caso, ela assumira o papel do homem, o Elf voara até o Balzac's feito um morcego, e ali estavam eles... mas Mac não estava feliz.

Três metros acima da entrada do restaurante ficava um enorme disco de policarbonato, com quase dois metros de diâmetro e meio metro de espessura, onde se encravava um busto de Honoré de Balzac "apropriado" (como os artistas atuais apelidaram o roubo artístico) a partir do famoso daguerreótipo feito por Nadar, o fotógrafo de um nome só. Os olhos de Balzac haviam sido virados para fitarem os olhos do cliente, e seus lábios haviam sido virados nos cantos para criar um grande sorriso, mas o "apropriador" era um escultor talentoso, e uma luz interna espalhava um brilho dourado por todo o enorme pedaço de policarbonato. *Tout le monde* adorava aquilo. Ali no estacionamento, porém, a iluminação era péssima. Luminárias industriais fixadas em postes altos criavam um eletrocrepúsculo fraco, tingindo as folhas das palmeiras de amarelo-pus. "Amarelo-pus"... era isso aí. Ed estava desanimado, muito pra baixo... amarrado ali ao banco do carona, que precisara empurrar todo para trás a fim de enfiar suas pernas compridas dentro daquele carro minúsculo e verde-capim de Mac, que tinha um orgulho verdejante do seu ecocarro. Ele se sentia feito um donut, aquele estepe do tamanho de um brinquedo que equipava o Elf.

Mac, uma garota grande, acabara de fazer 40 anos. Ela já era uma garota grande quando os dois haviam se conhecido, 18 anos antes, em Yale... ossos grandes, ombros largos, alta, 1,80m, na realidade... magra, ágil, forte, uma atleta e meio... ensolarada, loura, cheia de vida... estonteante! Absolutamente maravilhosa, aquela garotona que ele arrumara! Na horda de garotas maravilhosas, porém, as garotas grandes são as primeiras a cruzar a fronteira invisível além da qual podem esperar no máximo "uma mulher imponente" ou "muito marcante". Mac, sua esposa amada, sua Mac Facada, cruzara essa linha.

Ela deu um suspiro tão profundo que acabou expelindo o ar por entre os dentes. — Era de esperar que um restaurante assim devesse ter manobristas. Eles *cobram* o suficiente.

— Isso é verdade — disse ele. — Você tem razão. O Joe's Stone Crab, o Azul, o Caffe Abbracci e... qual é o nome daquele restaurante no Setai? Todos têm manobristas. Você tem total razão. — *Sua visão de mundo é meu* Weltanschauung. *Que tal a gente falar de restaurantes?*

Pausa. — Espero que você saiba que nós estamos *muito atrasados*, Ed. São oito e vinte. Portanto, já estamos vinte minutos atrasados, ainda não encontramos vaga e temos seis pessoas nos esperando lá dentro...

— Bom, não sei o que mais... eu já liguei para o Christian...

— E você, supostamente, é o anfitrião. Entende isso? Chegou a perceber isso em algum momento?

— Bom, eu liguei para o Christian e mandei que eles pedissem umas bebidas. Pode ter certeza de que ele não vai fazer objeção a isso... nem a Marietta. Marietta e seus *coquetéis*. Não conheço outra pessoa que *pede* coquetéis. — *Ou então, que tal um papinho* obiter dictum *sobre coquetéis, sobre Marietta... um dos dois ou ambos?*

— Mesmo assim, não é legal deixar todo mundo esperando desse jeito. Realmente... estou falando sério, Ed. Isso é tão *displicente* que eu simplesmente não aguento.

Agora! Essa era a sua chance! Ali estava a rachadura na muralha de palavras que ele estava aguardando! Uma abertura! É arriscado, mas... e, quase afinado, ele cantarola...

— Você...

— Você...

— *Você...* edita minha vida... *Você* é minha querida, esposa amada, minha Mac Facada...

Ela começou a balançar a cabeça de um lado para o outro. — Isso não parece estar me adiantando muito, parece?

Pouco importa! O que era aquilo surgindo de forma tão matreira nos lábios dela? Era um *sorriso*, um pequeno e relutante sorriso? Sim! *Estou farta de você* começou imediatamente a se dissolver outra vez.

Eles estavam no meio do estacionamento quando dois vultos surgiram diante dos faróis, caminhando na direção do Elf e do Balzac... duas garotas de cabelos escuros, papeando sem parar, aparentemente logo depois de estacionarem o carro. Não podiam ter mais do que 19 ou 20 anos. As garotas e o vagaroso Elf se aproximaram rapidamente. Elas estavam usando shorts de brim com o cós perigosamente perto do *mons veneris*, e as pernas da calça cortadas... *lá em cima*... praticamente à altura dos quadris, e desfiadas. Aquelas pernas jovens pareciam longas como as pernas de modelos, já que elas também usavam cintilantes saltos de 15 centímetros, no mínimo. Os saltos pareciam feitos de acrílico, algo assim. Emitiam um brilho forte, dourado e translúcido ao serem atingidos pela luz. Os olhos das duas garotas ostentavam uma maquiagem tão pesada que pareciam flutuar em quatro poças negras.

– Ah, que coisa *atraente* – resmungou Mac.

Ed não conseguia tirar os olhos delas. Eram *latinas*... embora ele não fosse capaz de explicar por que razão sabia disso, mais do que sabia que *latina* e *latino* eram palavras espanholas que só existiam nos Estados Unidos. Aquela dupla de latinas... sim, elas eram cafonas, tudo bem, mas a ironia de Mac não conseguia alterar a realidade. Atraentes? "Atraentes" mal conseguia começar a descrever o que Ed estava sentindo! Que belas pernas longas aquelas duas garotas tinham! Que shortinhos mais curtos! Tão curtos que podiam ser tirados *sem mais nem menos*. Em um instante elas podiam desnudar suas pequenas ancas suculentas e bundinhas perfeitas como um cupcake... para *ele*! E obviamente era isso que elas queriam! Ed já sentia aquela tumescência que faz os homens viverem crescendo sob a cueca! Ah, inefáveis garotas sacanas!

Quando o Elf de Mac passou pelas garotas, uma delas apontou para o carro e as duas começaram a rir. Rindo, é? Aparentemente, elas não sabiam que o Movimento Verde estava na moda... nem que o Elf era transado, ou maneiro. Menos ainda tinham noção de que um carrinho como aquele pudesse carregar acessórios verdes e diversos medidores ambientais, além de um radar que protegia animais... não conseguiam conceber que aquele elfo de carro custasse 135 mil dólares. Ed daria qualquer coisa para saber o que elas estavam falando. Ali dentro do casulo termicamente isolado do Elf, com suas janelas de policarbonato, portas e painéis de fibra de vidro, e ar-condicionado recíclico com evaporação ambiente, ninguém ouvia som algum lá fora. Elas estavam falando inglês? Seus lábios não se moviam como se movem quando as pessoas falam inglês, decidiu o grande linguista audiovisionário. Só podiam ser latinas. Ah, as inefáveis garotas sacanas latinas!

— Deus meu — disse Mac. — Onde você acha que elas arrumam esses saltos que se *iluminam* assim?

Um tom de voz normal para uma conversa. Já sem irritação. O feitiço fora quebrado!

— Eu vi esses riscos de luz esquisitos por toda parte quando passamos por Mary Brickell Village — continuou ela. — Não fazia ideia do que eram. O lugar parecia um *carnaval*, com todas aquelas luzes berrantes ao fundo, e todas aquelas *periguetes* seminuas rebolando sobre os *saltos*... você acha que é um costume cubano?

— Não sei — disse Ed. Só isso, porque ele virara a cabeça para trás ao máximo, a fim de dar uma última olhadela nelas por trás. Que cupcakes perfeitos! Ele só conseguia *ver* os lubrificantes e espiroquetas vazando dentro dos ganchos daqueles shorts-shortinhos tão curtos! Que short mais curtinho! Sexo! Sexo! Sexo! Sexo! Ali estava: sexo em Miami, sobre tronos dourados de acrílico!

Mac disse: — Bom, só posso dizer que Mary Bricknell deve estar no seu túmulo escrevendo uma carta ao editor.

— Ei, gostei disso, Mac. Já falei que você, quando quer, sabe ser bem espirituosa?

— Não. Provavelmente esqueceu.

— Bom, mas é. "Escrevendo uma carta ao editor diretamente do túmulo!" Vou te falar uma coisa: eu preferiria receber uma carta de Mary

Brickell escrita na cova do que as que recebo dos maníacos que andam por aí espumando pela boca. – Ele deu uma risada pré-pronta. – Isso é muito engraçado, Mac. – *Humor. Bom assunto! Excelente. Ou então... ei, que tal a gente falar de Mary Brickell, de Mary Brickell Village, de cartas ao editor, de putinhas com saltos de acrílico, de qualquer droga de assunto, desde que não seja o* Eu estou farta.

Como que lendo a mente dele, Mac torceu um lado da boca até formar um sorriso duvidoso (mas de qualquer forma um sorriso, graças a Deus), e disse: – Mas na verdade, Ed, chegar com um atraso *desses*, fazer todo mundo esperar, é tã-ã-ã-ão ruim. Não é legal, não está certo. É tão *displicente*. É... é...

Depois de uma pausa, ela arrematou: – É até *volúvel*.

Arrá! *Displicente*, é? Deus Todo-poderoso, e *volúvel* também! Pela primeira vez em toda aquela excursão, Ed teve vontade de rir. Aquelas eram duas das palavras anglo-saxãs, brancas e protestantes de Mac. Em todo o condado de Miami-Dade, em toda Grande Miami, que incluía Miami Beach, só os membros daquela tribo ameaçada e cada vez menor a que ambos pertenciam, os anglo-saxões brancos e protestantes, usavam os termos *displicente* e *volúvel*, ou tinham alguma noção do seu significado real. Sim, ele também era membro daquele gênero moribundo, o anglo-saxão branco e protestante, mas era Mac que verdadeiramente abraçava a fé. Não a fé protestante religiosa, desnecessário dizer. Na Costa Leste ou Oeste dos Estados Unidos, ninguém que tivesse um mínimo de sofisticação ainda era religioso, e certamente ninguém que houvesse se diplomado em Yale, como ele e Mac. Não, Mac era um exemplo do gênero WASP nos sentidos moral e cultural. Ela era uma anglo-saxã branca e protestante purista, que não tolerava a ociosidade e a indolência, que eram apenas a primeira fase da displicência e da volubilidade. A ociosidade e a indolência não representavam mero desperdício ou juízo ruim. Eram imorais. Eram preguiça. Eram um pecado contra o eu. Mac não aguentava ficar simplesmente tomando sol, por exemplo. Na praia, quando não havia coisa melhor para fazer, ela organizava marchas aceleradas. Todo mundo! De pé! Hora de ir! Vamos caminhar oito quilômetros em uma hora pela praia, na *areia*! Isso sim era uma proeza! Em resumo, se um dia Platão persuadisse Zeus (pois

Platão afirmava acreditar em Zeus) a reencarná-lo para poder encontrar a mulher anglo-saxã branca e protestante ideal-típica, ele viria a Miami e escolheria Mac.

No papel, Ed também era um membro ideal-típico da estirpe. Hotchkiss, Yale... alto, um metro e oitenta e sete, magro e meio desengonçado... cabelo castanho-claro, grosso, mas com algumas mechas grisalhas... parecia feito de tweed clássico, aquele cabelo... e é claro que havia o nome, seu sobrenome, que era Topping. Ele próprio percebia que Edward T. Topping IV era um nome WASP em grau máximo, beirando a sátira. Nem mesmo aqueles incomparáveis bastiões do esnobismo, os britânicos, adotavam os IIIs, IVs e o ocasional V que você encontrava nos Estados Unidos. Fora por isso que todo mundo começara a chamar o filho deles, Eddie, de "Fiver". O nome completo dele era Edward T. Topping V, coisa que ainda era bastante rara. Todo americano com III ou mais após o nome era um anglo-saxão branco e protestante, ou então tinha pais que desejavam desesperadamente que ele fosse.

Mas, meu Deus... por que um anglo-saxão branco e protestante, uma alma perdida pertencente a um gênero moribundo, com um nome como Edward T. Topping IV, estava editando o *Miami Herald*? Ele aceitara o cargo sem a menor noção. Quando o Loop Syndicate comprara o jornal da McClatchy Company, e subitamente promovera Ed de editor da página editorial do *Chicago Sun-Times* a editor-chefe do *Herald*, ele se fizera apenas uma pergunta: Que impacto isso causaria na revista dos ex-alunos de Yale? Era a única coisa que dominara o hemisfério esquerdo de seu cérebro. Ah, os membros do Departamento de Pesquisa Corporativa do Loop Syndicate tentaram lhe dar as coordenadas. Bem que tentaram. De alguma forma, porém, todas as coisas que eles tentaram lhe contar sobre a situação em Miami passaram flutuando pelas áreas de Broca e Wernicke no cérebro de Ed... e depois se dissiparam como uma névoa matinal. Então Miami era a única cidade do mundo onde mais da metade dos cidadãos eram imigrantes que haviam chegado nos últimos cinquenta anos? Huuummm... quem diria? Então um segmento deles, o cubano, controlava a cidade politicamente com um prefeito cubano, secretários cubanos, policiais cubanos, policiais cubanos e mais policiais cubanos... sessenta por cento do efetivo eram cubanos, mais dez por cento de outros latinos, 18 por cento de negros americanos e apenas 12 por cento de anglos? E a população em geral também não se dividia mais ou menos do mesmo jeito? Huuummm... interessante, tenho certeza... seja lá o que signifique "anglo". Então os cubanos e outros latinos eram tão dominantes que o *Herald* precisara criar uma edição em espanhol totalmente separada, *El Nuevo Herald*, com sua própria equipe cubana, ou correr o risco de se tornar irrelevante? Huuummm... ele achava que meio que já sabia disso. Então os negros americanos se ressentiam dos policiais cubanos, que bem poderiam ter caído do céu, tão subitamente haviam se materializado, com o único propósito de oprimir o povo negro? Huuummm... imagine só. E ele tentou imaginar... durante uns cinco minutos... antes que a questão desaparecesse à luz de uma indagação que parecia indicar que a revista dos ex-alunos mandaria um fotógrafo próprio. Então os haitianos vinham invadindo Miami às dezenas de milhares, ressentidos com o fato de o governo americano legalizar os imigrantes cubanos ilegais com um estalo dos dedos, mas negar qualquer chance a eles? E agora também havia os venezuelanos, nicaraguenses, porto-riquenhos, colombianos, russos, israelenses... *huuummm*... sério? Vou precisar me lembrar disso... Como é mesmo esse negócio todo?

Só que o propósito desses esclarecimentos, como eles tentaram dizer sutilmente a Ed, não era identificar todas aquelas tensões e abrasões como fontes potenciais de notícias na Cidade da Imigração. Ah, não. O propósito era encorajar Ed e sua equipe a "fazer concessões" e enfatizar a Diversidade, que era boa, até mesmo nobre, e não a divisão, que todos podíamos dispensar. O propósito era indicar a Ed que ele deveria tomar cuidado para não antagonizar qualquer daquelas facções... Ele deveria "manter o equilíbrio" durante esse período em que o Loop Syndicate estaria se esforçando ao máximo para "ciberizar" o *Herald* e o *El Nuevo Herald*, livrando-os dos velhos grilhões retorcidos da impressão, e transformando-os em ágeis publicações eletrônicas do século XXI. O subtexto era: por enquanto, se os vira-latas começarem a rosnar e se estripar uns aos outros com os dentes... celebre a Diversidade de tudo, e garanta que os dentes sejam branqueados.

Isso fora três anos antes. Como não prestara muita atenção, Ed não entendera a coisa direito. Três meses depois de assumir a editoria, ele publicou a primeira parte de uma matéria feita por um jovem repórter empreendedor sobre o misterioso sumiço de 940 mil dólares que o governo federal concedera a uma organização anticastrista em Miami, a fim de iniciar transmissões televisivas para Cuba impossíveis de serem bloqueadas. Nem um só fato relatado na matéria se provou errado, ou foi sequer questionado seriamente. No entanto, o furor despertado na "comunidade cubana" (fosse lá o que isso fosse) foi tamanho que abalou Ed até os dedinhos dos seus pés encolhidos dentro dos sapatos. "A comunidade cubana" sobrecarregou de tal forma o telefone, o correio eletrônico, as páginas na rede, e até os aparelhos de fax no *Herald* e nos escritórios do Loop Syndicate em Chicago, que os sistemas desabaram. Uma multidão passou dias a fio postada diante do prédio do *Herald*, gritando, cantando, vaiando e erguendo cartazes inspirados por sentimentos como EXTERMINEM OS RATOS VERMELHOS... *HERALD*: FIDEL, SÍ! PATRIOTISMO, NÃO!... BOICOTE AO *HAVANA HERALD*... MIAMI HEMORROIDAS... *MIAMI HERALD*: PUTA DE CASTRO... Uma fuzilaria incessante de insultos no rádio e na TV em espanhol chamava os novos proprietários do *Herald*, o Loop Syndicate, de um "vírus de extrema esquerda" virulento. Sob seus novos comissários, o próprio *Herald* virara um ninho de "intelectuais radicais abertamente esquerdistas", e o novo editor, Edward T. Topping IV, era um "simpatizante castrista mentiroso". Blogs identificavam o rapaz empreendedor que assinara a reportagem como um "comunista convicto", enquanto panfletos e cartazes se espalhavam por Hialeah e Little Havana, fornecendo seu retrato, seu endereço residencial e seus números telefônicos, tanto de celulares quanto de fixos, sob as letras: PROCURADO POR TRAIÇÃO. Ameaças de morte a ele, sua esposa e seus três filhos eram disparadas como que de uma metralhadora. A resposta do Loop Syndicate, quando lida entre as linhas, rotulava Ed de idiota obsoleto, cancelava a segunda e a terceira partes da matéria, e instruía o idiota a simplesmente não cobrir os grupos anticastristas, desde que eles não fossem formalmente acusados pela polícia de assassinato, incêndio criminoso, ou agressão armada premeditada que resultasse em significativos danos físicos, além de reclamar sobre o custo de abrigar o repórter e seus cinco familiares em um local seguro durante seis semanas, e pior, ter de pagar pelos guarda-costas.

E foi assim que Edward T. Topping IV aterrissou no meio de uma briga de rua em um disco voador marciano.

Enquanto isso, Mac acabara de levar o Green Elf até o fim daquela faixa e já percorria a seguinte. De repente exclamou: – Ah, *seu*...

Ela fez uma pausa brusca, sem saber como insultar com precisão o malfeitor bem à sua frente. Viu-se atrás de um grande Mercedes bege, aquele classudo bege europeu, talvez fosse até um Maybach, reluzindo naquele eletrocrepúsculo doentio... percorrendo a faixa à procura de uma vaga. Obviamente, se alguma aparecesse, seria ocupada primeiro pelo Mercedes.

Mac reduziu a velocidade, a fim de aumentar o espaço entre os dois carros. Nesse instante, eles ouviram um carro acelerar de forma insana. Pelo som, o motorista passara tão depressa de uma faixa para outra que os pneus guinchavam de agonia. Agora o carro se aproximava por trás deles a uma velocidade louca. Seus faróis inundaram o interior do Green Elf.

– Quem são esses idiotas? – disse Mac.

Foi quase um grito. Ela e Ed se retesaram diante do iminente choque por trás, mas no último instante o carro freou e parou a apenas dois metros do para-choque traseiro deles. Sem se dar por satisfeito, o motorista ainda pisou no acelerador duas ou três vezes.

– O que esse maníaco acha que vai fazer? – disse Mac. – Não há espaço para passar, mesmo que eu quisesse que ele fizesse isso!

Ed se virou no banco para dar uma olhadela no infrator. – Meu Deus, como brilham esses faróis! Só dá para ver que é uma espécie de conversível. Acho que há uma mulher ao volante, mas não tenho certeza.

– *Piranha* sem educação! – disse Mac.

Então... Ed mal conseguia acreditar. Um pouco à frente na muralha de carros à direita deles, um par de lanternas traseiras vermelhas acendeu, sendo logo seguido pela luz vermelha do freio na janela traseira! A luz do freio parecia tão alta que provavelmente se tratava de um Escalade, um Denali ou qualquer outro SUV mastodôntico. Será que... alguém realmente ia abandonar aquelas impenetráveis muralhas metálicas?

— Não acredito — disse Mac. — Só vou acreditar quando esse troço realmente der ré e sair daí. Isso é um milagre.

Ela e Ed olharam para a frente, feito uma só criatura, a fim de ver se a concorrência, a Mercedes, notara as luzes e estava recuando para pegar a vaga. Graças a Deus a Mercedes... sem luz de freio... simplesmente continuava avançando... já perto do fim da faixa... perdendo inteiramente o milagre.

O tal veículo estava recuando devagar, saindo da muralha de carros... uma enorme coisa negra! Devagar, devagar... era um monstro chamado Annihilator. Começara a ser fabricado pela Chrysler em 2011, para concorrer com o Cadillac Escalade.

A luz forte do carro atrás deles começou a sair do interior do Elf e depois sumiu bruscamente. Ed olhou para trás. O conversível dera marcha a ré e estava manobrando para sair pela faixa na contramão. Ed já conseguia enxergar com mais clareza. Sim, ao volante havia uma mulher, de cabelos escuros e aparência jovem. Já o conversível... Deus do céu! Era uma Ferrari 403 branca!

Ed começou a apontar para a janela traseira, dizendo a Mac: — A sua piranha sem educação está saindo. Está voltando para o início da faixa. Você jamais adivinharia qual é o carro dela... uma Ferrari 403!

— E o que isso quer dizer?

— Aquele carro custa 275 mil dólares! Tem quase quinhentos cavalos de potência. Participa de corridas na Itália. Nós publicamos uma matéria sobre a Ferrari 403.

— Ah, então me lembre disso para que eu procure e leia a matéria — disse Mac. — No momento a única coisa que me interessa nesse carro maravilhoso é que a piranha sem educação foi embora dentro dele.

Atrás deles ouviu-se o rugido onívoro do carro maravilhoso, e depois o uivo dos pneus, queimando borracha quando a mulher acelerou de volta por onde viera.

De forma imponente... sempre imponente... o Annihilator foi recuando. Pesadamente... volumosamente... sua gigantesca traseira negra começou a se virar para o Green Elf a fim de se endireitar antes de sair pela faixa. O Annihilator parecia um gigante que devoraria o Green Elf feito uma maçã, ou uma barra proteica de grãos integrais. Evidentemente pressentindo a mesma coisa, Mac recuou com o carro, para dar ao gigante todo o espaço necessário.

— Você já notou que as pessoas que compram esses carros nunca sabem dirigi-los? — disse Ed. — Tudo leva séculos. Elas não sabem manobrar essas jamantas.

Agora, finalmente eles podiam pôr os olhos sobre algo que quase virara um mítico ponto geográfico... uma vaga.

— Tá legal, grandalhão — disse Mac, referindo-se ao Annihilator. — Que tal entrar numa e se *mandar*?

Assim que ela falou "se mandar", ouviu-se o agitado rugido mecânico de um motor de combustão interna em alta velocidade e um raivoso uivo de borracha soou na saída da faixa. Deus do céu... era um veículo acelerando quase tão depressa quanto a Ferrari 403, mas vindo pela contramão da faixa. Com a visão bloqueada pelo Annihilator, Ed e Mac não conseguiam dizer o que estava acontecendo. Em uma fração de segundo a aceleração ficou tão ruidosa que o veículo só podia estar em cima do Annihilator... a buzina e a luz de freio do Annihilator berraaaaaando em vermelho... borracha uivaaaaando... o veículo que se aproximava desviou para não bater de frente com o Annihilator... um borrão branco suplantado por diminutas faixaaaaas negraaaaas borradaaaaas à direita de Ed na frente do Annihilator... entrando na vaga milagrosa... queimaaaaando pneus ao frear bem diante dos olhos de Ed e Mac.

Choque, perplexidade... e *bum*... o sistema nervoso central deles foi inundado por... *humilhação*. O tal borrão branco era a Ferrari 403. O pequeno borrão negro era o cabelo da piranha sem educação. Tudo fora feito mais depressa do que o tempo levado para contar a história. Assim que percebera que uma vaga estava surgindo, a piranha dera uma guinada de 180 graus, acelerara pela faixa saindo na contramão, contornara a muralha de carros, entrara pela outra ponta da faixa deles também na contramão, cortara na frente do Annihilator e entrara na vaga. Para que mais servia uma Ferrari 403? E para que mais servia um benfeitor passivo como o Green Elf, além de fazer boas ações para o desesperadamente ferido planeta Terra e aceitar todo o resto feito um homem... ou um elfo?

O Annihilator deu duas buzinadas raivosas para a piranha sem educação, antes de partir pela faixa, presumivelmente rumo à saída. Mas Mac ficou parada ali. Ela não ia a lugar algum. Estava furiosa, lívida.

— Ora, essa *puta* — disse ela. — Que putinha abusada!

Depois ela avançou com o carro e parou bem atrás da Ferrari, que estacionara à direita do Elf.

— O que você está fazendo? — disse Ed.

Mac disse: — Se ela acha que vai ficar por isso mesmo, está muito enganada. Quer brincar? Tá legal, vamos brincar.

— O que significa isso? — disse Ed.

Mac ostentava no rosto uma expressão decididamente anglo-saxã, branca e protestante. E Ed sabia o que isso significava. Significava que a transgressão da piranha sem educação não fora só uma descortesia. Fora um ato pecaminoso.

Ele sentiu seu coração acelerar a marcha. Por índole, não era dado a confrontos físicos ou exibições públicas de raiva. Além disso, era o editor do *Herald*, o homem do Loop Syndicate em Miami. Qualquer coisa pública em que ele se envolvesse seria ampliada cem vezes.

— O que você vai fazer? — Ele percebeu que sua voz ficara terrivelmente rouca de repente. — Nem sei se ela vale o trabalho de...

Ele não conseguiu completar a frase, mas de qualquer forma Mac já não estava lhe dando a menor atenção. Tinha os olhos fixos na piranha que acabara de saltar do conversível, deixando apenas as costas visíveis para eles. Assim que ela começou a se virar, porém, Mac apertou o botão que abria a janela do carona, inclinou-se sobre Ed e baixou a cabeça a fim de poder encarar a mulher.

Depois de se virar completamente, a mulher deu uns dois passos, mas parou ao se ver quase encurralada pelo Elf naquela muralha de carros. E então Mac soltou os bichos em cima dela:

– VOCÊ ME VIU ESPERANDO AQUELA VAGA! E NÃO ADIANTA FICAR AÍ PARADA, MENTINDO E DIZENDO QUE NÃO! VOCÊ FOI...

Ed já ouvira Mac gritar, mas nunca tão alto, nem com tanta força. Aquilo era assustador. Como ela se inclinara para a janela, tinha o rosto a poucos centímetros do dele. A Garota Grande entrara totalmente no clima de ataque virtuoso anglo-saxão, branco e protestante, e a vida de todos viraria um inferno.

– APRENDEU BONS MODOS COM QUEM? AS GAROTAS FURACÃO?

As Garotas Furacão eram uma notória gangue de garotas, em sua maioria negras, formada em um acampamento para desabrigados pelo Furacão Fiona, que dois anos antes empreendera uma série de ataques e roubos. Era tudo que Ed queria: "Arenga Racista de Esposa de Editor do *Herald*." Ele próprio poderia escrever o troço... e nesse momento percebeu que a tal piranha sem educação não vinha de uma gangue de garotas, ou qualquer coisa assim. Ela era uma bela jovem, e não só bela: estilosa, chique e rica, se Ed entendia do assunto. Tinha uma reluzente cabeleira preta repartida ao meio, com quilômetros de cabelos jorrando direto para baixo antes de se libertar em grandes ondas de espuma à altura dos ombros. Em torno do pescoço havia uma delicada corrente de ouro, cujo pingente em forma de pera levou os olhos de Ed direto para o decote, onde havia dois seios jovens ansiosos para se libertar da seda branca do pequeno vestido sem mangas que até certo ponto os confinava, mas depois desistia e terminava na metade da coxa, sem nem sequer tentar inibir um par de pernas perfeitamente formadas e perfeitamente bronzeadas que pareciam medir um quilômetro, acima de um par de escarpins de couro de crocodilo branco, cujos saltos altíssimos a erguiam de modo celestial, enquanto Vênus gemia e suspirava. Ela carregava uma pequena bolsa de mão, feita de couro de avestruz. Ed nem sabia os nomes daqueles troços, mas pelas revistas sabia que tudo aquilo estava na última moda, e era muito caro.

– VOCÊ TEM NOÇÃO DE QUE NÃO PASSA DE UMA *LADRAZINHA*?

Baixinho, Ed disse: – Deixe pra lá, Mac. Vamos esquecer tudo isso. Não vale a pena.

O que ele queria dizer era: "Alguém pode perceber quem sou eu." Na visão de Mac, porém, ele nem sequer estava ali. Só havia ela e a piranha sem educação que a afrontara.

Diante da ofensiva de Mac, porém, a piranha sem educação não recuou um milímetro, tampouco mostrou qualquer vestígio de intimidação. Ficou parada ali, com um dos quadris para o lado, as juntas da mão apoiadas no lado mais alto, o cotovelo dobrado afastado ao máximo do corpo, a sugestão de um sorriso nos lábios e uma postura condescendente que parecia dizer: "Olhe, eu estou com pressa e você está me atrasando. Por favor, faça a gentileza de encerrar seu pequeno tsunami em uma xícara de chá... agora."

– PODE ME DAR UMA SÓ RAZÃO...

Longe de se esquivar do ataque, a bela piranha sem educação se aproximou mais dois passos do Green Elf, inclinou o corpo para encarar Mac e, sem erguer a voz, disse em inglês: – Por que tu cospe quando fala?

– O QUE VOCÊ DISSE?

A piranha deu mais um passo à frente. Estava a menos de um metro do Elf... e do banco do carona de Ed. Já em tom mais alto, mas ainda encarando Mac fixamente, ela disse: – *¡Mírala!* Vovó, tu cospe quando fala como *una perra sata rabiosa con la boca llena de espuma*, e tá molhando todo o teu *pendejocito allí. ¡Tremenda pareja que hacen, pendeja!*

Ela já estava tão enfurecida quanto Mac, e mostrava isso. Mac não sabia uma só palavra de espanhol, mas até a parte em inglês que saía do rosto sarcástico da piranha sem educação era absolutamente insultuosa.

– NÃO *OUSE* FALAR COMIGO ASSIM! QUEM VOCÊ PENSA QUE É? UMA MACAQUITA VAGABUNDA É O *QUE* VOCÊ É!

A piranha rebateu: — *¡NO ME JODAS MÁS CON TUS GRITICOS! ¡VETE A LA MIERDA, PUTA!*

As vozes elevadas das duas mulheres, junto com os insultos que passavam zumbindo feito balas pelo rosto lívido de Ed em ambas as direções, deixam-no petrificado. A latina furiosa lança o olhar por ele como se Ed não passasse de puro ar, uma nulidade. Isso o humilha. Obviamente, ele deveria recorrer à sua virilidade e acabar com todo aquele confronto. Mas ele não ousa dizer: "Vocês duas... parem!" Não ousa indicar a Mac que ela está parcialmente errada ao se comportar assim. Sabe disso muito bem. Ela passaria o resto da noite acabando com ele, inclusive diante dos seus amigos, a quem eles logo se juntarão lá dentro. E como sempre ele não saberia o que dizer. Simplesmente aceitaria tudo feito homem, por assim dizer. Tampouco ousa recriminar a mulher latina. O que isso pareceria? O editor do *Miami Herald* repreendendo, e portanto insultando, uma elegante *señora* cubana! Isso já é metade do vocabulário espanhol que ele consegue pronunciar: "*señora.*" A outra metade é: "*Sí, cómo no?*" Além disso, os latinos são impacientes, especialmente os cubanos, se é que ela é cubana. E que mulher latina em Miami poderia ser tão obviamente rica, se não uma cubana? Pelo pouco que ele sabe, ela está prestes a encontrar no restaurante um marido ou namorado esquentado, do tipo que exigiria satisfações, e portanto humilharia Ed ainda mais. Seus pensamentos giram sem parar. As balas continuam a passar zumbindo de um lado para o outro. Sua boca e sua garganta estão secas feito giz. Por que elas simplesmente não podem parar?!

Parar? Rá! Mac começa a berrar: — FALE INGLÊS, SUA IDIOTA PATÉTICA! VOCÊ ESTÁ NA AMÉRICA AGORA! FALE INGLÊS!

Por um segundo a piranha sem educação parece compreender e fica em silêncio. Reassumindo sua persona calma e altiva, ela dá um sorriso debochado e diz suavemente: — Não, *mía malhablada puta gorda*, nóis em *Mii-aa-mii* agora! *Tu* em Mii-aa-mii agora!

Mac fica atordoada. Por alguns segundos, parece incapaz de falar. Por fim, consegue soltar um único sibilo estrangulado: — *Piranha sem educação!*

Depois acelera o Green Elf, arrancando dali com tamanha velocidade que os pneus até guincham. Seus lábios estão comprimidos de tal forma que a carne acima e abaixo parece inchada. Ela estava balançando a cabeça... não de raiva, pensou Ed, mas algo muito pior: humilhação. Nem sequer olhava para ele. Seus pensamentos sobre o que acabara de ocorrer estavam selados dentro de uma cápsula. ::::::Você venceu, piranha sem educação.::::::

O Balzac's estava lotado. A algazarra no lugar já chegara ao nível máximo de viemos-a-um-restaurante-chique-que-maravilha... mas Mac insistia em contar a coisa toda bem *alto*, alto o suficiente para que todos os seis amigos dele ouvissem, tão enfurecida ela estava... Christian Cox, Marietta Stillman... a namorada que mora com Christian, Jill-ama-Christian... o marido de Marietta, Thatcher... Chauncey e Isabel Johnson... seis anglos, anglos *de verdade* feito eles próprios, anglos protestantes americanos... mas, *por favor, Deus*! Os olhos de Ed dardejavam freneticamente de um lado para o outro. Aqueles ali na mesa vizinha poderiam ser cubanos. Deus sabe que eles têm dinheiro para isso! Ah, sim! *Ali!* E os garçons? Parecem latinos também... *só podem* ser latinos... Ed já não está escutando a arenga de Mac. Do nada, uma frase surge na sua cabeça: "Todos... *precisam de sangue nas veias!* A religião está morrendo... mas todo mundo continua precisando acreditar em *algo*. Seria intolerável... ninguém aguentaria... finalmente ser obrigado a dizer a si mesmo: 'Para que continuar fingindo? Eu não passo de um átomo aleatório dentro de um superacelerador conhecido como o universo.' Só que *acreditar em*, por definição, significa *cegamente*, *irracionalmente*, não é? Portanto, meu povo, isso deixa apenas nosso sangue, as linhas sanguíneas que correm pelo nosso próprio corpo, para nos unir. '*La Raza!*', como bradam os porto-riquenhos. '*A Raça!*', exclama o mundo inteiro. Todos, em toda parte, têm apenas uma última coisa na cabeça... *Sangue nas veias!*"

Todos, em toda parte, vocês só têm uma escolha... *Sangue nas veias!*

1

O HOMEM NO MASTRO

PLAFT o Barco Seguro quica no ar desce outra vez *PLAFT* em cima de outra marola na baía quica novamente desce em cima de outra marola e *PLAFT* quica no ar com sirenes de emergência Luzes Malucas da polícia explodindo *PLAFT* em uma sequência demente no teto *PLAFT* mas os dois colegas policiais do *PLAFT* patrulheiro Nestor Camacho ali na cabine *los americanos PLAFT* gordos adoram esse troço adoram isso *adoram* pilotar o barco *PLAFT* a 45 milhas por hora contra o vento PLAFT quicando *quicando* o raso casco de alumínio *PLAFT* de marola em marola *PLAFT* em marola *PLAFT* rumo à boca da baía de Biscayne para "cuidar do homem no alto do mastro" *PLAFT* "lá perto da ponte de Rickenbacker"...

... *PLAFT los americanos* vão sentados ao leme em assentos com absorvedores de choque embutidos para poderem aguentar todos os *PLAFT* trancos enquanto Nestor, de 25 anos, com quatro como policial mas *PLAFT* recém-promovido à Patrulha Marítima, uma unidade *PLAFT* de elite, e ainda em período de experiência, era *PLAFT* relegado ao espaço atrás deles onde ele *PLAFT* precisava se segurar em algo chamado barra de apoio e *PLAFT* usar as próprias pernas como absorvedores de choque...

Uma barra de apoio! Aquele barco, o Barco Seguro, era o oposto de aerodinâmico. Era *feeeiiiooosooo*... uma borrachuda panqueca de 25 pés recheada de espuma como convés, e uma sucata de rebocador antigo presa em cima como cabine. Mas seus dois motores tinham 1.500 cavalos de potência e o bicho deslizava sobre a água feito um tiro. Era inafundável, a não ser que você pegasse um canhão e estourasse buracos de trinta centímetros, muitos deles através do recheio de espuma. Na fase de testes, ninguém conseguira sequer emborcar um desses barcos, por mais insanas que fossem as manobras tentadas. O barco fora construído para salvamentos. E a cabine de sucata em que ele e *los americanos* estavam? Aquilo era a Betty, a Feia, da construção naval... mas à prova de som. Lá fora, a 45 milhas por hora, o Barco Seguro ia erguendo um verdadeiro furacão de ar, água e combustão interna... enquanto ali dentro da cabine você nem sequer precisava erguer a voz... para imaginar que espécie de pirado ia encontrar em cima de um mastro perto da ponte de Rickenbacker.

Um sargento chamado McCorkle, de cabelo louro e olhos azuis, estava ao leme, e seu ajudante direto, o patrulheiro Kite, de cabelo castanho-alourado e olhos azuis, ia no assento ao lado. Os dois eram bem pesadões, com bastante gordura – aqueles cabelos tipicamente alourados – e os olhos azuis! *Os louros! – de olhos azuis!* – faziam qualquer um pensar em *los americanos*, mesmo a contragosto.

Kite estava *PLAFT* falando no rádio: – QSM.

Era o código da polícia de Miami para "Repita".

– Negativo? – *PLAFT*. – *Negativo?* Você está dizendo que ninguém sabe o que ele foi fazer lá? – *PLAFT*. – O sujeito sobe em cima de um *mastro*, começa a *berrar* e ninguém sabe o que ele está *berrando*? – *PLAFT*. – QKT?

Era o código para "Câmbio".

Estalo de estática estalo de estática.

Radiocom: – QLY. – Era o código para "Positivo". – Só temos isso. – *PLAFT*. – Quatro três está despachando uma unidade para a ponte. – *PLAFT*. – QKT.

Longo silêncio estupefato. *PLAFT*. – QLY... QRU... QSL.

Era o código para "Desligo".

Kite ficou simplesmente *PLAFT* sentado ali por um instante, segurando o microfone à frente do rosto, e aguçando o olhar para o objeto como se *PLAFT* jamais houvesse visto aquilo. – Eles não sabem porra nenhuma, sargento.

– Quem está no Radiocom?

– Não sei. – *PLAFT.* – Um canadense qualquer.

Ele fez uma pausa. *Canadense?*

– Tomara que não seja outro imigrante ilegal, sargento. – *PLAFT.* – Esses idiotas são tão loucos que podem matar alguém mesmo sem querer. Pode esquecer qualquer negociação, mesmo quando aparece alguém que sabe falar a porra da língua. – *PLAFT.* – Também nem precisa tentar salvar a porra da vida deles, por falar nisso. – *PLAFT.* – Basta se preparar para um UFC dentro da água com algum mongo doidão de adrenalina. – *PLAFT.* – Se quer saber o que eu acho, sargento, o barato mais violento que existe é esse... adrenalina. – *PLAFT.* – Qualquer motoqueiro viciado em anfetamina é pinto perto de um desses mongos raquíticos pilhados de adrenalina. – *PLAFT.*

Mongos?

Los americanos não se entreolhavam quando falavam. Olhavam direto para a frente, com os olhos tomados pela expectativa de ver um idiota fodido em cima de um mastro perto da ponte de Rickenbacker.

Do outro lado do para-brisa, que se inclinava para a *frente*, e não para trás, sendo o oposto de aerodinâmico, dava para ver que o vento soprava forte, e que a água da baía estava agitada... fora isso, porém, tratava-se de um típico dia do início de setembro em Miami... ainda era verão... nem uma nuvem em qualquer lugar... e, *Jesus*, como fazia calor. O sol transformava o céu inteiro no gigantesco difusor, alto e azul, de um maçarico brilhante a ponto de cegar, criando reflexos explosivos em cada reluzente superfície curva, até as cristas das marolas. Eles haviam acabado de passar em alta velocidade pelas marinas de Coconut Grove. A silhueta curiosamente rosada de Miami elevava-se lentamente no horizonte, calcinada pelos fachos solares. Em termos estritos, na verdade Nestor não conseguia ver tudo isso... o matiz rosado, o brilho do sol, o vazio azul do céu, os fachos solares... ele simplesmente *sabia* que aquilo estava ali. Não podia ver tudo porque naturalmente estava usando um par de óculos escuros, não só escuros, mas da maior *escuridão*, uma magna *escuridão*, suprema *escuridão*, encimados por uma barra que imitava ouro. Era isso que todo policial cubano descolado usava em Miami... US$ 29,95 no varejo... barra de ouro, neném! Igualmente descolado era o seu jeito de manter a cabeça raspada, deixando apenas um pequeno trecho de cabelo aparado lá em cima. Mais descolado ainda era o seu pescoço grosso... mais descolado e nada fácil de conseguir. O pescoço já estava mais largo do que a cabeça e parecia se fundir ao seu trapézio... lá *longe*. Músculos de lutador, neném, e muita malhação com pesos! Um arreio de cabeça, com pesos pendurados... este era o segredo! O pescoço grosso fazia a cabeça raspada parecer a de um lutador turco. Sem isso, qualquer cabeça raspada só pareceria uma maçaneta de porta. Ele era um garoto magricela, com 1,70 m de altura, quando pensara na força policial pela primeira vez. Hoje continuava com 1,70 m, mas... no espelho... era 1,70 m cheio de formações rochosas grandes e lisas, verdadeiros Gibraltares, trapézios, deltoides, dorsais, peitorais, bíceps, tríceps, oblíquos, abdominais, glúteos, quadríceps... tudo *denso*! E quer saber o que era ainda melhor do que pesos para a parte superior do corpo? Subir a corda de quase vinte metros na academia do Rodriguez, a "Ññññññooooooooooooo!!! Qué Gym!", como todo mundo falava, sem usar as pernas. Quer bíceps e dorsais densos... e até peitorais? Nada como subir aquela corda de quase vinte metros na academia do Rodriguez... era *denso*! E ainda havia a definição proporcionada pelos profundos vincos escuros que as bordas de cada massa muscular exibiam... diante do espelho. Em torno do pescoção ele tinha uma delicada corrente de ouro com um medalhão daquela santa legal da Santería, Bárbara, padroeira da artilharia e dos explosivos, que ficava em seu peito por baixo da camisa... *Camisa*... Aquele era o grande problema da Patrulha Marítima. Na patrulha de rua um policial cubano feito ele daria um jeito de receber um uniforme de mangas curtas de tamanho menor, para realçar cada protuberância de cada formação rochosa... principalmente, no caso dele, o tríceps, aquele músculo grande atrás do braço. Ele via o seu próprio músculo como o maior triunfo geológico do tríceps... no espelho. Quem era verdadeiramente descolado e cubano mandava apertar tanto os fundilhos da calça que visto por trás parecia estar de sunga com um par de pernas de calças compridas. Assim, você ficava *suave* aos olhos de toda *jebita* na rua. Fora exatamente desse jeito que ele conhecera Magdalena... *Magdalena!*

Suave era o que ele devia estar parecendo quando precisara impedir que aquela *jebita* ultrapassasse a barreira da Décima Sexta Avenida na Calle Ocho. Magdalena começara uma discussão enorme, e a raiva em seus olhos só deixara Nestor ainda mais louco por ela... *¡Dios mío!...* Então ele sorrira para ela de certa maneira, e dissera *Eu adoraria deixar você passar... mas não vou fazer isso...* e continuara sorrindo daquela maneira. Duas noites mais tarde, Magdalena contara que pensara, ao ver o sorriso de Nestor, que o enfeitiçara tanto que ele faria sua vontade, mas então ele a cortara com a frase *mas não vou fazer isso...* e ela ficara excitada. Mas... e se naquele dia ele estivesse usando o uniforme de *hoje*? Cristo, ela só notaria que ele estava no seu caminho. O uniforme da Patrulha Marítima... era apenas uma camiseta polo branca larga e um short azul-marinho também largo. Se ao menos ele pudesse encurtar as mangas... mas eles notariam imediatamente. Nestor viraria alvo de chacotas pavorosas... Provavelmente começaria a ser chamado de... "Músculos"?... "Mister Universo"?... ou apenas "Uni" (pronunciado "Iiuuni"), o que seria ainda pior. De modo que precisava aturar aquele... uniforme, que fazia qualquer um parecer um enorme bebê retardado no parque. Bom, pelo menos nele aquilo não ficava tão mal quanto naqueles americanos gordos bem à sua frente. Dali, recostado na barra de apoio, ele tinha uma visão próxima demais dos dois por trás... que coisa nojenta... a banha deles borbulhava, formando verdadeiros pneus nos lugares onde as camisetas polo se enfiavam nos shorts. Era patético... e eles tinham obrigação de estar em forma, o suficiente para salvar pessoas em pânico dentro da água. Por um instante Nestor pensou que talvez houvesse virado um fisiculturista esnobe, mas foi apenas um instante. Cara, já era esquisito o bastante atender a um chamado cercado apenas por americanos. Isso nunca acontecera com ele nos dois anos que servira patrulhando as ruas. Haviam sobrado tão poucos deles no efetivo policial. Era duplamente esquisito ser inferiorizado em termos de número e de *posto* por uma minoria assim. Ele não tinha coisa alguma contra as minorias... os americanos... os negros... os haitianos... os *nicas*, como todo mundo chamava os nicaraguenses. Sentia-se muito aberto em termos de mentalidade, um jovem moderno nobremente tolerante. *Americano* era a palavra que você usava entre outros cubanos. Para consumo público, você falava anglo. Palavra curiosa, anglo. Havia algo... *esquisito*... nela, que se referia a pessoas brancas com ascendência europeia. Haveria algo um pouco defensivo ali, talvez? Não fazia tanto tempo assim que eles... os anglos... dividiam o mundo em quatro cores: os brancos, os negros, os amarelos... e todo mundo que sobrava era pardo. Eles amontoavam todos os latinos juntos como pardos! Embora ali em Miami, em todo caso, a maioria dos latinos, ou uma enorme porcentagem, de qualquer forma um bom número, era tão branca quanto qualquer anglo, exceto pelo cabelo louro... Era nisso que os mexicanos estavam pensando quando usavam a palavra *gringo*: as pessoas com cabelo louro. De vez em quando os cubanos usavam o mesmo termo para obter efeito cômico. Se um carro cheio de garotos cubanos avista uma loura bonita em uma calçada de Hialeah, um deles logo cantarola: – *¡Ayyyyy, la gringa!*

Latino... também havia algo *esquisito* nessa palavra, que só existia nos Estados Unidos. Assim como *hispânico*. Quem mais, que diabos, chamava alguém de hispânico? Por quê? Mas a coisa toda já estava fazendo sua cabeça doer... *a voz de McCorkle!*

O som devolveu Nestor ao aqui e agora com um tranco. O sargento de cabelo amarelado, McCorkle, estava dizendo algo para Kite, seu ajudante alourado.

– Isso não me parece um imigrante ilegal. – *PLAFT*. – Nunca ouvi falar de um imigrante ilegal que chegasse em um barco com mastro. – *PLAFT*. – Sabe? Eles são lentos demais, são óbvios demais... além disso, pense no Haiti ou em Cuba. – *PLAFT*. – Não sobraram mais barcos com mastros em lugares assim...

Ele virou a cabeça para o lado e a inclinou para trás a fim de falar por cima do ombro:

— Certo, Nestor? — O sargento pronunciava Nes-*ter*. — Eles nem *têm* mastros em Cuba. — *PLAFT*. — Certo? Diga "Certo", Nestor.

Nes-*ter*. Aquilo deixava Nestor irritado... não, *enfurecido*. Seu nome era Nes-*tor*, e não Nes-*ter*, como *los americanos* pronunciavam. *Nest* era ninho em inglês... assim parecia que ele vivia aninhado com o pescoço para cima e a boca escancarada, esperando que a Mamãe chegasse em casa voando e largasse uma minhoca na garganta dele. Obviamente aqueles debiloides nunca tinham ouvido falar do rei Nestor, herói da Guerra de Troia. Esse sargento idiota acha engraçado tratá-lo feito um garotinho de 6 anos de idade com aquela brincadeira: "*Certo? Diga "Certo", Nestor.*" Ao mesmo tempo, a brincadeira *presumia* que um cubano de segunda geração como ele, nascido nos Estados Unidos, seria tão ligado a Cuba que pudesse, de algum jeito idiota, realmente se *importar* com a presença ou ausência de mastros em barcos cubanos. E mostrava o que eles realmente *pensavam* dos cubanos. ::::::Eles ainda acham que nós somos *estrangeiros*. Depois de tanto tempo, ainda não sacaram. Se há estrangeiros em Miami hoje, agora, são *eles*. Seus retardados louros... com esse Nes-*ter*!::::::

Ele ouviu sua voz dizer: — Como *eu* posso saber? — *PLAFT*. — Nunca pus os *pés* em Cuba. Nunca pus os *olhos* em Cuba. — *PLAFT*.

Espere um instante... bum! Imediatamente ele percebe que a coisa soou mal, percebe isso antes de entender racionalmente, percebe que a frase "Como eu posso saber?" ficou pairando no ar feito um gás pútrido. Aquele jeito de martelar "*eu*"... "*pés*" e "*olhos*"*!* Tão arrogante! Que resposta desastrada! Mais do que insolente! Ele bem podia ter chamado o sargento de retardado, logo de uma vez! Nem sequer *tentara* esconder a raiva que sentia! Se ao menos tivesse acrescentado um "sargento"! "Como *eu* posso saber, *sargento*?" teria lhe dado uma pequena chance! McCorkle pode representar uma minoria, mas ainda é sargento! Só precisa enviar um único relatório desfavorável... para Nestor Camacho não passar no período de experiência e tomar uma bomba na cabeça! Depressa! Meta um *sargento* aí agora mesmo! Meta logo dois... *Sargento* e *sargento!* Mas não adianta... é tarde demais...

três ou quatro segundos intermináveis já se passaram. Só lhe resta abraçar a barra de apoio e prender a respiração...

Nem um som por parte dos dois americanos louros. Nestor se torna terrivelmente consciente de seu coração *PLAFT* martelando embaixo da camiseta polo. Ociosamente ociosamente ociosamente e daí e daí e daí ele percebe a silhueta do centro de Miami elevando-se cada vez mais, à medida que o Barco Seguro se aproxima velozmente, entre mais e mais "lulus", como os policiais chamam os barcos de passeio navegados a esmo por civis desavisados tomando sol *PLAFT* gordos demais desnudos demais besuntados demais com bloqueadores solares de FPS 30, e vai passando tão depressa que os lulus parecem *chicoteá-los PLAFT* por trás...

Jesus Cristo! Nestor praticamente dá um pulo. Dali mesmo PLAFT atrás da cadeira do sargento McCorkle, ele vê o polegar do sujeito se erguendo acima do ombro. Agora ele está movendo o polegar para Nestor ali atrás sem mexer a cabeça... continua olhando para a frente... e dizendo para o patrulheiro Kite: "Ele não pode saber, Lonnie." *PLAFT*. "Nunca pôs os pés na porra de Cuba. Nunca pôs os olhos naquela porra." *PLAFT*. "Ele simplesmente... não pode... saber, porra..."

Lonnie Kite não responde. Provavelmente está como o próprio Nestor... esperando para ver onde tudo isso vai dar... enquanto o centro de Miami se eleva cada vez mais. Lá está a *PLAFT* própria ponte de Rickenbacker, cruzando a baía da cidade até Key Biscayne.

– Tá legal, Nes-*ter* – diz McCorkle, ainda mostrando a Nestor apenas a sua nuca. – Você não pode saber isso. – *PLAFT*. – Então nos conte o que você *pode* saber, Nes-*ter*. Que tal isso? Esclareça pra gente. – *PLAFT*. – Você *pode* saber o *quê*?

Meta o sargento *aí agora!* – Poxa, sargento, não quis dizer isso...

PLAFT.

– Você pode saber que *dia* é hoje? – *PLAFT*.

– *Dia*?

– É, Nes-*ter*, hoje é um dia específico. Qual dia específico? Você pode saber *isso*? – *PLAFT*.

Nestor sabia que aquele americano grande, gordo e louro estava de sacanagem com ele... e o americano grande, gordo e louro *sabia* que ele sabia. Só que ele não ousava dizer qualquer coisa indicando que *sabia* disso *PLAFT* porque também sabia que o americano grande, gordo e louro estava desafiando-o a dizer qualquer outra coisa *esperta* para poder *realmente* acabar com ele.

Pausa longa... até Nestor, usando *PLAFT* o tom mais ingênuo que consegue, dizer: – *Sexta*-feira?

– Só isso... *sexta*-feira? Você pode saber se não é algo mais do que apenas sexta-feira? – *PLAFT*.

– Sargento, eu...

A voz do sargento McCorkle atropela a de Nestor: – Hoje é a porra do aniversário da porra do José Martí. – *PLAFT*. – É isso que é, Camacho! Por que você não pode saber *disso*?

Nestor sente seu rosto queimando de raiva e humilhação.::::::Ele ousa falar "*A porra do José Martí*"! José Martí é a figura mais reverenciada na história de Cuba! Nosso Libertador, nosso Salvador! "*A porra do aniversário*"... grosseria em cima de grosseria! E ainda o nome *Camacho*, para garantir que Nes-*ter* receba a grosseria bem na cara! E hoje *não* é o aniversário de José Martí! O aniversário é em janeiro... mas nem isso ouso rebater!::::::

Lonnie Kite diz: – Como sabe disso, sargento?

– Sei do quê? – *PLAFT*.

– Que hoje é aniversário do José Martí.

– Eu presto atenção na aula.

– Ah, é? Que aula, sargento?

– Eu andei frequentando a Miami Dade, à noite e nos fins de semana. – *PLAFT*. – Completei os dois anos. E recebi meu diploma.

– Ah, é?

– Ah, é – disse o sargento McCorkle. *PLAFT*. – Agora vou tentar entrar na EGU. Quero ter um diploma de verdade. Sabe, não planejo fazer disso, ser policial, uma carreira. Se eu fosse canadense, pensaria no assunto. – *PLAFT*. – Mas num sou canadense.

Canadense?

— Olhe, não quero desencorajar ninguém, sargento — disse o patrulheiro Kite, com seus cabelos castanho-alourados. *PLAFT.* — Mas o que me contam é que mais da *metade* dessa universidade é de canadenses, pelo menos o corpo de alunos. — *PLAFT.* — Não sei quanto aos professores...

Canadense... canadense!

— Bom, mas não pode ser tão ruim quanto o nosso departamento...

O sargento interrompeu bruscamente o raciocínio. Mantendo as mãos nos controles, ele baixou a cabeça e empurrou o queixo à frente. Depois disse: — Puta que pariu! — *PLAFT.* — Olhe só ali em cima! Lá está a ponte, e você está vendo aquilo em cima dela?

Nestor não tinha ideia do que ele estava falando. Recuado ali dentro da cabine, ele não conseguia enxergar o alto da ponte.

Então soou a voz cheia de estática do Radiocom. — Cinco, um, seis, zero, nove... cinco, um, seis, zero, nove... qual é o seu QTH? — *PLAFT.* — Precisamos de vocês logo. Quatro-três diz que tem um bando de *tontos* fora dos carros, berrando com o homem no mastro e criando tumulto. — *PLAFT.* — O tráfego foi interrompido nos dois sentidos da ponte. QKT.

Lonnie Kite deu o QLY da Cinco, um, seis, zero, nove, e disse: — QTH. Acabamos de passar por Bricknell rumo à ponte. — *PLAFT.* — Já vemos as velas, vemos algo em cima do mastro, e vemos o tumulto na ponte. — *PLAFT.* — Chegando lá em... hum, sessenta segundos. — *PLAFT.* — QKT.

— QLY — disse o Radiocom. — Quatro-três quer o sujeito embaixo e fora daí o mais depressa possível.

Canadenses! De jeito nenhum os canadenses compunham mais da metade do corpo discente da EGU, a Universidade Global de Everglades, mas os cubanos *compunham*. Então era *esse* o joguinho dos americanos... e nem era um jogo tão esperto assim! Eles eram tão burros que achavam que só um gênio conseguiria sacar o lance! Nestor vasculhou o cérebro tentando lembrar como eles haviam usado a palavra *canadense* poucos minutos antes. E os tais de *mongos*? Também eram cubanos? Latinos? ::::::Até que ponto é insultuoso um americano usar *canadense* para se referir a *cubano*... bem

na sua cara? *Fervendo, fervendo, fervendo...* mas é melhor se controlar aí!::::::
Cubano? Canadense? Mongo? O que importava aquilo tudo? O que importava era que o sargento ficara tão ofendido que estava recorrendo a toneladas de sarcasmo, e até a vilezas, como "a porra do José Martí". E por quê? Para espicaçá-lo ao ponto de insubordinação flagrante... e depois fazer com que ele fosse afastado daquela unidade de elite, a Patrulha Marítima, e rebaixado ao posto mais inferior... ou até expulso da força! *Rifado! Chutado!* Bastava que ele começasse a se insubordinar contra seu comandante em um momento crucial da missão... o momento em que o departamento inteiro aguardava que eles tirassem um idiota de um mastro na baía de Biscayne! Ele estaria acabado! *Acabado...* e com Magdalena também! *Magdalena!* Ela já vinha agindo de modo estranho, distante, e agora ele viraria lixo... expulso do efetivo policial, humilhado de forma terminal.

O sargento estava desacelerando o barco. Os *PLAFTS* foram ficando menos violentos e frequentes à medida que eles se aproximavam do enorme veleiro branco. Estavam chegando por trás.

O patrulheiro Loonie Kite se inclinou sobre o painel de instrumentos e lançou a olhar para cima. – Minha nossa, sargento, esses mastros... nunca vi mastros tão altos na vida. São da altura da porra da ponte, e na média a porra da ponte fica 27 metros acima da porra da água!

Ocupado em atracar o Barco Seguro ao lado do veleiro, o sargento nem sequer ergueu o olhar. – Isso é uma escuna, Lonnie. Já ouviu falar em "navios altos"?

– Ah, é... acho que sim, sargento, acho que ouvi.

– Eram construídos para serem velozes, lá no século XIX. É por isso que têm mastros tão altos. Assim você pode ter mais velame. Isso era na época em que eles apostavam corrida para chegar primeiro aos navios naufragados, que estivessem chegando ao porto, ou em qualquer outra situação, para pegar o butim antes. Aposto que esses mastros têm de altura o mesmo que o casco tem de comprimento.

– Como sabe tudo isso sobre escunas, sargento? Nunca vi alguma por aqui. Nenhuma.

– Eu presto atenção...

– Na aula! Ah, é... eu quase esqueci, sargento – disse Lonnie Kite. Ele apontou para cima. – Caraca... lá está o cara! O homem do mastro! Bem em cima do mastro dianteiro! Eu achei que era uma trouxa de roupa suja, ou um pedaço de lona, coisa assim. Olhem só para ele! Está na mesma altura daqueles *tontos* lá na ponte! E, cara... parece que eles estão berrando uns com os outros...

Nestor não conseguia enxergar coisa alguma, e nenhum deles conseguia ouvir o que estava acontecendo, já que a cabine do Barco Seguro era à prova de som. O sargento já desacelerara o barco totalmente, a fim de atracar ao lado da escuna. Eles acabaram parando a poucos centímetros de distância.

– Lonnie, assuma o leme – disse o sargento. Ao se levantar do assento, olhou para Nestor como se houvesse esquecido que ele existia. – Tá legal, Camacho. Faça algo útil... *abra a porra da escotilha.*

Nestor olhou para o sargento com um medo abjeto. Dentro de seu crânio, fez até uma oração. ::::::*Por favor, Deus Todo-poderoso, eu vos imploro. Não me deixai fazer cagada.*::::::

A "escotilha" era uma porta dupla deslizante, à prova de som, na lateral da cabine, e dava para o convés. Todo o universo de Nestor subitamente se concentrou naquela porta, e na verdadeira prova olímpica que era abri-la com força e velocidade máximas... mantendo ao mesmo tempo um máximo de controle... *agora... imediatamente!* ::::::*Por favor, Deus Todo-poderoso, eu vos imploro... aqui vai...*::::::

Ele conseguiu! Conseguiu! Com o poder fluido de um tigre, conseguiu! Conseguiu o quê? Deslizá-la! Fez uma porta deslizante deslizar até abrir! Sem fazer cagada!

Lá fora... era o caos. O barulho entrou tonitruante na cabine sacrossilenciosa: o barulho e o calor. Cristo, como fazia calor naquele convés! Escaldante! Enervante! Aquilo massacrava qualquer um. Só ficava tolerável devido ao vento que encapelava a baía. O vento tinha força suficiente para criar seu próprio assobio, *ESTAPEAR* o casco da escuna com marolas e *AGITAR* as enormes velas que enchiam os dois mastros... *AGITAR* as duas até virarem nuvens de um brilho branco antinatural... o sol de Miami no verão! Nestor ergueu o olhar para aquela bola de fogo... ardendo sozinha... e mesmo com seus óculos de escuridão suprema não tentou isso outra vez... olhar para aquele maçarico diabólico, que tomava o céu inteiro. Mas isso nada significava, diante do *TURBILHÃO* de vozes humanas. Brados! Exortações! Imprecações! Súplicas! Apupos! Grandes uivos e rangidos de dentes a um quilômetro da praia, no meio da baía de Biscayne!

O sargento saiu da cabine sem a menor olhadela para Nestor. Ao desembarcar, porém, fez um sinal brusco com a mão à altura do quadril, indicando que Nestor deveria ir atrás dele. Ir *atrás* dele? Nestor foi atrás dele feito um cachorro.

O sargento e seu cachorro passaram para o convés da escuna... que mais parecia um hospício! Os passageiros, se é que eram isso mesmo, estavam inclinados sobre a amurada, gesticulando e tagarelando coisas para Nestor e o sargento... *los americanos*, o bando todo... de cabelo castanho-claro ou alourado... metade eram garotas... quase completamente nuas! Cabelos louros desgrenhados! As calcinhas dos biquínis eram fiapos que nem sequer cobriam o *mons pubis*! Os sutiãs consistiam em dois triângulos de pano que escondiam os mamilos, mas deixavam de fora os seios saltando pelos dois lados e acenando: *Quer mais?* Nestor não queria. Naquele momento, nada poderia lhe interessar menos do que paquerar americanas lúbricas. Elas se desintegravam nas orações dele, que se resumiam a: *Por favor, Deus Todo-poderoso, eu vos imploro, não me deixai... fazer cagada!*

O sargento foi direto para o mastro dianteiro. Nestor foi direto para o mastro dianteiro. O sargento olhou para cima. Nestor olhou para cima. O sargento viu o sujeito misterioso empoleirado em cima do mastro. Nestor viu o sujeito misterioso empoleirado em cima do mastro... uma silhueta contra a abóbada do maçarico assassino, um volume negro cerca de seis ou sete andares acima do convés. Uma verdadeira tempestade de vozes roucas cascateava lá de cima, no meio da cacofonia de furiosas buzinas de automóveis. O sargento olhou para cima novamente. Nestor olhou para cima novamente. Os dois policiais precisavam inclinar o pescoço totalmente para trás a fim de verem de onde vinha a algazarra. Era de matar olhar assim para a arcada superior da ponte... Uma multidão enraivecida estava inclinada sobre a balaustrada, com duas, três ou sabe Deus quantas fileiras de profundidade. As pessoas estavam a uma altura tão grande que suas cabeças pareciam do tamanho de ovos. Até Nestor, com seus óculos de suprema escuridão, não conseguia olhar para elas por mais de um instante. Era como estar na rua, ao pé de um prédio de oito ou nove andares, com uma multidão berrando inexplicavelmente com você de um telhado incendiado pelo sol. E *lá* em cima... praticamente ao nível dos olhos da multidão, praticamente à mesma altura acima do convés, estava o tal homem. O sargento olhava para ele diretamente por baixo. Nestor olhava para ele diretamente por baixo. Protegendo os olhos com as mãos, eles conseguiam ver que o sujeito *realmente* parecia uma trouxa de roupa suja, como bem descrevera Lonnie Kite... não, parecia coisa pior que isso... parecia uma trouxa de roupa imunda e encharcada. O sujeito estava ensopado. Suas roupas, sua pele, até seus cabelos pretos... ao menos a parte que eles conseguiam ver... tudo nele já assumira a mesma cor marrom-acinzentada, encharcada e pastosa, como se ele houvesse acabado de sair rastejando de uma tubulação de esgoto. Também não ajudava a movimentação espasmódica da sua cabeça, enquanto ele apelava aos gritos para a multidão na ponte, estendendo as mãos contorcidas com as palmas viradas para cima, formando duas taças. Mas como ele conseguia permanecer lá em cima sem se agarrar ao mastro? Ahhhhh... ele encontrara uma espécie de assento... mas como chegara lá, em primeiro lugar?

— Patrulheiro! Patrulheiro!

Um grande *lulu* banhudo, de uns 30 anos no máximo, plantara-se diante do sargento McCorkle e não parava de apontar o indicador para o homem em cima do mastro. Havia medo em seu rosto, e ele falava tão depressa que as palavras pareciam se atropelar, saltando umas por cima das outras, cambaleando, tropeçando, ricocheteando e espalhando-se desesperadamente.

— Não tem o que fazer aqui ele tipo veio dali, patrulheiro, eu nunca conheci o cara tipo vi antes sabe a multidão aí o que eles o cara está tão irritado em cima querem vai atacar meu barco tipo só aquele mastro para destruir tudo custou uma fortuna sabe é só disso que eu preciso...

Bastava ver o cara para perceber que ele era *frouxo*, mas de um jeito *luxurioso*, foi o veredicto imediato de Nestor. Tinha uma papada cheia, mas tão lisa e amanteigada que parecia ter atingido o nível de perfeição de um pudim. Também tinha barriga, mas uma barriga que criava uma parábola perfeita desde o esterno até a parte abaixo da cintura; era a barriga incomparável da Juventude Ociosa, sem dúvida criada pelos mestres-cucas mais queridos, ternos, tenros e saborosos do mundo. Por cima do arco perfeitamente parabólico das tripas esticava-se uma camisa verde-maçã, de algodão, sim, mas um algodão tão fino e tão recém-saído-da-caixa que tinha um brilho verde-maçã perfeito... em resumo, um rematado viadinho o tal sujeito, um viadinho cujas palavras continuavam saindo pela boca em um emaranhado de atitude viada entremeada de medo:

— ... maluco assassino estou fodido vai *me* processar! E o otário que é processado sou *eu*! Maníaco delirante que nunca vi antes escolhe logo *eu*!

O sargento ergueu as duas mãos à altura do peito, com as palmas para fora, como quem diz: *Opa, calma aí.*

— Mais devagar! Esse barco é seu?

— É! E sou eu que...

— Só espere um *pouco*. Qual é o seu nome?

— Jonathan. O negócio é que, tipo, assim que eu...

— Você tem, *tipo*, um sobrenome?

O viado banhudo olhou para o sargento como se ele houvesse perdido a razão. Então disse: — Krin?

Parecia quase uma pergunta, "K, R, I, N?". Por ser membro da primeira geração a não usar sobrenomes, ele achava arcaico tal conceito.

— Tá legal, Jonathan... por que você não me conta como ele chegou lá? — disse o sargento, bombeando três vezes as palmas das mãos em direção ao convés, como quem diz: *Calmamente, sem ficar nervoso.*

Aparentemente aquele rapaz corpulento, mas corpulento à perfeição, convidara seus amigos para um cruzeiro pela baía de Biscayne, rumo à casa e à marina de um amigo, que ficavam em um enclave litorâneo repleto de celebridades, adequadamente conhecido como Star Island. Ele não vira por que não poderia passar com o mastro de 24 metros da escuna sob o arco de 27 metros da ponte... até se aproximar e a coisa começar a parecer perigosa, devido ao vento, ao mar agitado e às marolas que estavam fazendo a escuna balançar um pouco. Então eles ancoraram a vinte metros da ponte, e todos os oito foram até a proa estudar a situação.

Um deles por acaso se virara e dissera: – Ei, Jonathan, tem um cara no convés lá atrás! Ele acabou de subir a escada!

E, claro, havia um baixinho magricela, inteiramente ensopado, resfolegando ali... um sem-teto, pensaram todos. De alguma forma, ele galgara a escada da popa, usada para entrar e sair da água. Ficou ali parado, pingando na parte traseira do convés, olhando para eles. Então foi se aproximando devagar, cautelosamente, ainda ofegante, até que Jonathan, como proprietário e capitão do barco, gritou: – Ei, espere aí, o que você acha que está fazendo?

O cara parou e começou a agitar as duas mãos com as palmas para cima, arquejando e balbuciando palavras que eles pensaram ser em espanhol. Mas Jonathan continuou gritando: – Caia fora daqui! Saia! Vá se foder!

Em meio a outras ordens inamistosas, o vagabundo, que era o que todos pensavam que ele era, começou a correr com as pernas meio tortas, cambaleando e quase caindo, mas não para longe deles, e sim diretamente para eles. As garotas começaram a berrar. O vagabundo parecia um rato molhado. Metade de seu cabelo parecia grudada no rosto. Ele tinha os olhos esbugalhados. A boca estava escancarada, talvez simplesmente porque ele ainda não conseguira recuperar o fôlego, mas dava para ver seus dentes. Ele parecia psicótico. Os homens começaram a gritar com ele, agitando os braços naquela espécie de gesticulação cruzada que os juízes de futebol usam para indicar que o gol não valeu. O vagabundo continua se aproximando, e já está a poucos metros deles. As garotas continuam berrando, fazendo uma barulhada infernal. Os homens também estão berrando, porque a essa altura seus gritos quase viraram berros, e agitando os braços acima da cabeça. Então o vagabundo se vira, corre até o mastro dianteiro e sobe até o topo.

— Espere aí — diz o sargento McCorkle. — Volte um instante. Tá legal, então ele está no convés lá atrás e depois vem avançando de lá até aqui. Vocês tentaram deter o sujeito? Alguém tentou fazer isso?

Jonathan desviou o olhar, respirou fundo e disse: — Bom, o negócio é que... ele parecia psicótico. Entende? E talvez tivesse, tipo, uma arma... sabe? Um revólver, uma faca. Não dava pra dizer.

— Entendi — disse o sargento. — Ele parecia psicótico, talvez tivesse uma arma, não dava pra dizer e ninguém tentou deter o cara.

Ele falou isso não como quem pergunta, mas como quem recita... um tipo de gozação cara de pau que os policiais adoram.

— Hum... é isso mesmo — disse o grande Jovem Ocioso.

— Como ele subiu no mastro? — disse o sargento. — Você falou que ele estava sem fôlego.

— Tem um cabo que dá pra ver bem ali, descendo pelo mastro. Lá em cima tem uma roldana e um cesto de gávea. Você entra no cesto aqui embaixo e é içado por alguém até lá em cima.

O sargento McCorkle apontou para cima. — E quem içou o cara até lá?

— Bom, ele... você pode usar o cabo e *se* içar até lá, se precisar.

— Isso deve demorar um pouco — disse o sargento. — Você tentou deter o cara? Alguém tentou?

— Bom, como eu falei, ele parecia...

— Psicótico — disse McCorkle, terminando a frase para ele. — E talvez tivesse uma arma escondida.

O sargento balançou a cabeça para cima e para baixo, bancando o policial compreensivo. Depois virou os olhos para Nestor, erguendo as sobrancelhas como quem diz: Que bando de *bichinhas*, hein?

Ah, que bênção! Para Nestor, a essa altura, aquele olhar equivalia a uma Medalha de Honra! O sargento o reconhecera como um membro da corajosa irmandade dos policiais! Ele já não era apenas um estagiário na Patrulha Marítima, que só sabia atrapalhar as coisas.

Transmissão do Radiocom: – O cara alega ser um dissidente anticastrista... a ponte está cheia de cubanos, exigindo asilo para ele. Mas no momento isso não importa. No momento vocês só precisam descer o cara de lá. Temos oito pistas de trânsito na ponte, mas nada está se mexendo. Qual é o seu plano? QKT.

Nada mais era necessário. Para qualquer policial de Miami, principalmente um como Nestor ou o sargento, isso bastava para explicar... o homem no mastro. Sem dúvida contrabandistas cubanos haviam trazido o sujeito até a baía de Biscayne a bordo de uma embarcação de alta velocidade, como uma lancha cigarette, que passava de 70 milhas por hora no mar, o largado ou o jogado ali na água perto da margem, dado meia-volta e corrido de volta para Cuba. Por esse serviço, ele provavelmente desembolsara algo em torno de 5 mil dólares... em um país onde o salário médio de um médico é de 300 dólares por mês. De modo que agora ele se vê boiando na baía. Então avista a escada na traseira da escuna e sobe, possivelmente acreditando que o barco está atracado, já que não se move, e que ele poderá simplesmente andar até a margem, ou pelo menos que o barco o levará até a ponte. Para receber asilo, é só isso que qualquer cubano precisa fazer: colocar o pé em solo americano ou em qualquer estrutura que se estenda a partir do solo americano, tal como a ponte... qualquer *cubano*. Já os refugiados de outras nacionalidades não tinham esse privilégio. Os cubanos gozavam do status migratório mais favorecido da América. Se um refugiado cubano pusesse o pé em solo americano ou uma estrutura americana, era classificado como "pé seco" e estava a salvo. Se fosse detido na água, porém, seria enviado de volta a Cuba, a menos que conseguisse convencer um investigador da Guarda Costeira de que ele encararia uma "ameaça crível", tal como uma perseguição comunista, caso fosse obrigado a voltar. O homem no mastro já conseguiu sair da água, mas está em um barco. Portanto, quando Nestor e o sargento chegam, tecnicamente ele ainda está "na água", e é classificado como um "pé molhado". Os *pés molhados* não têm sorte. São levados pela

Guarda Costeira até Guantánamo, onde basicamente são soltos na mata, feito um bicho de estimação indesejado.

Neste momento, porém, os membros do alto comando policial não estão pensando nessas coisas. Pouco se importam se ele é um pé molhado, um pé seco, um alienígena cubano ou um mongol perdido. Só querem saber de tirá-lo do mastro, para que o tráfego na ponte possa voltar ao normal.

O sargento desviou o olhar e seus olhos focalizaram... um ponto imaginário a meia distância. Ele manteve essa postura pelo que pareceu ser uma eternidade. Por fim olhou outra vez para Nestor e disse: — Tá legal. Você acha que consegue subir naquele mastro, Camacho? O cara não fala inglês. Mas *você* pode conversar com ele. Dizer que a gente não tem interesse em prender ninguém, nem mandar ninguém de volta para Cuba. Só queremos que ele desça de lá, para não cair e foder com o pescoço... ou ficar lá e acabar me fodendo.

Isso era verdade. O departamento instruía os policiais abertamente a não se envolverem com assuntos relativos a imigrantes ilegais. Isso era problema do governo federal, do Departamento de Imigração, do FBI e da Guarda Costeira. Já Nestor Camacho tinha outro problema, ou problemas: subir em um mastro de 24 metros... e convencer um pobre cubano, magricela e apavorado, a descer do maldito mastro com ele.

— Então... você consegue, Camacho?

As respostas *verdadeiras* eram "Não" e "Não". Mas as únicas *possíveis* eram "Sim" e "Sim". Como ele poderia ficar ali parado e dizer: "Bom, para falar a verdade, sargento, eu não falo espanhol direito... e certamente não o suficiente para convencer alguém de alguma coisa."

Ele era como muitos cubanos de segunda geração. Entendia espanhol, porque em casa seus pais só falavam espanhol. Na escola, porém, apesar do falatório sobre bilinguismo, praticamente todos só falavam inglês. Havia mais estações e rádio e TV em espanhol do que em inglês, mas os programas melhores eram em inglês. Os melhores filmes, os blogs (e o material pornô on-line), os videogames, as músicas mais quentes, os últimos lançamentos em matéria de iPhones, BlackBerries, Androids, teclados... tudo era criado para ser usado em inglês. Logo você se sentia aleijado... *totalmente por fora...* se não soubesse inglês, usasse inglês e *pensasse* em inglês, coisa que por sua vez exigia que você dominasse o inglês coloquial americano tão bem quanto qualquer anglo. Antes que se desse conta, e isso um dia sempre lhe ocorria subitamente, você já não conseguia funcionar em espanhol muito melhor do que um aluno da sexta série. Essa parte da verdade honesta passou velozmente pela cabeça de Nestor. Mas como ele poderia explicar tudo isso aos dois americanos? A desculpa soaria tão esfarrapada... e talvez até medrosa! Talvez ele simplesmente não estivesse à altura de uma missão como aquela. E como ele poderia dizer "Caramba, não sei se consigo subir esse mastro ou não"?

Totalmente impossível! As únicas alternativas que ele tinha eram... fazer o troço e ter sucesso... ou fazer o troço e se arrebentar. Para complicar as coisas ainda mais, havia o temperamento da multidão lá na ponte. Ele estava sendo vaiado pelo pessoal! Desde o momento em que Nestor e o sargento haviam embarcado na escuna, a multidão se tornara constantemente mais veemente, feia, hostil e loquaz. De vez em quando Nestor conseguia discernir um brado individual:

— *Libertad!*

— *Traidor!*

— *Comemierda, hijo de puta!*

Assim que ele começasse a subir naquele mastro, estaria na mira da multidão... e ele próprio era cubano! Eles logo descobririam isso, não? Ele não podia ganhar, podia? Por outro lado... ele se perdeu no espaço por um instante... olhando para o homem no mastro já sem realmente vê-lo. E a pergunta lhe ocorreu feito uma revelação: "O que é a culpa?" A culpa é um gás, e os gases se dispersam, mas os oficiais superiores não. Depois que cravam os dentes em você, são tenazes feito um cachorro. A possível desaprovação de sua própria gente não era, nem sequer remotamente, tão ameaçadora quanto a desaprovação daquele americano louro de olhos azuis, o sargento McCorkle, que já estava pronto para acabar com ele...

E para quem ele virou e disse: — Sargento... eu consigo.

Agora ele estava comprometido, conseguindo ou não fazer aquela proeza. Então avaliou o mastro, inclinando a cabeça para trás e olhando para cima. Lá... lá... lá em cima... Jesus! O sol queimava seus globos oculares, com suprema escuridão ou sem suprema escuridão. Ele já começara a suar, com ou sem vento! *Cristo*, como era quente ali fora: ele parecia estar sendo grelhado no convés de uma escuna no meio da baía de Biscayne. O sujeito no topo do mastro parecia ter o tamanho, a cor e a forma indefinida daqueles sacos plásticos de lixo em tom marrom-titica. Ele continuava se contorcendo e se debatendo... lá em cima. Seus dois braços se estenderam silhuetados outra vez, sem dúvida com os dedos novamente unidos em forma de taça, feito um suplicante. Ele devia estar se balançando pateticamente naquela cadeira de contramestre, porque ficava se esticando e depois se encolhendo, como se estivesse berrando para a multidão. Cristo, aquilo era muito alto! Nestor baixou a cabeça para avaliar o mastro em si. Ali embaixo, onde se unia ao convés, o maldito negócio era quase tão grosso quanto a cintura dele. Enrolar as pernas ali e ir subindo levaria uma eternidade... palmo a palmo, abraçando pateticamente um mastro de barco com 24 metros... a lentidão era humilhante demais para se imaginar... mas espere um instante! O tal cabo que o rapaz marrom-titica usara para se içar ao topo... estava ali, erguendo-se ao longo do mastro a partir de um rolo de cordame frouxo no convés. Na outra ponta estava o imigrante ilegal em si, colado ao topo do mastro na cadeira de contramestre. ::::::Já subi quase vinte metros por uma corda sem usar as pernas::: ocorreu a Nestor ::::::e poderia ter subido até mais, se o Rodriguez tivesse um teto mais alto na tal da "Ññññññooooooooooooo!!! Qué Gym!" Mas 24 metros... Cristo! Não? Mas eu não tenho escolha.:::::: Era como se não fosse ele, mas seu sistema nervoso central, quem estivesse comandando as coisas. Antes que conseguisse criar uma memória daquilo, Nestor pulou, agarrou o cabo e começou a subir... *sem usar as pernas.*

Uma feia cascata de vaias e xingamentos jorrou sobre ele lá de cima. Que nojo! Os policiais iam prender um pobre refugiado no topo de um mastro e mandá-lo de volta a Fidel, usando para isso um cubano, um cubano vira-casaca, para fazer o trabalho mais sujo, mas nada disso chegava a alcançar o assento racional da justiça no hemisfério esquerdo do cérebro de Nestor, que estava fixado em uma plateia individual... o sargento McCorkle ::::::e por favor, ó Senhor, eu vos imploro, não me deixai fazer cagada!:::::: Ele percebe que já subiu praticamente metade do percurso só com as mãos... ainda sem usar as pernas. O próprio ar parece apenas um barulho sufocado com loucura... Jesus, seus braços, suas costas e seu peito estão chegando à beira da exaustão. Ele precisa fazer uma pausa, precisa parar... mas não há tempo. Ele tenta olhar em volta. Está engolfado por nuvens de lona branca, as velas da escuna... Ele dá uma olhadela para baixo... não consegue acreditar. O convés parece tão *distante* lá embaixo... ele só pode ter subido *mais* da metade do mastro... 14 ou 15 metros. Os rostos no convés estão todos virados para cima, na direção dele... como parecem pequenos. Ele tenta discernir o sargento... *aquele* é ele? Não dá para dizer... eles não estão mexendo os lábios... poderiam muito bem estar em transe... rostos americanos rostos americanos... fixados nele. Ele olha direto para cima... para o rosto do homem no mastro... que já deslocou o corpo imundo para o lado, a fim de poder olhar para baixo... ele sabe muito bem o que está acontecendo... a multidão na ponte... seu dilúvio de nojeiras... dirigido a Nestor Camacho! Quanta imundície!

— *Gusano!*

— Porco *traidor* imundo!

Ah, aquele fardo de roupa suja sabe. Toda vez que seu caçador agarra o cabo a fim de se içar mais alto, o fardo sujo sente um tranco *pequeno* na cadeira de contramestre. O velame começa a *FARFALHAR FARFALHAR FARFALHAR* ao vento... as nuvens de lona são sopradas para o lado por um momento... lá está a multidão na ponte... Cristo! Eles já não estão mais muito acima dele... suas cabeças pareciam do tamanho de ovos... agora estão mais para melões... uma grande galeria sórdida de rostos humanos contorcidos... meu próprio povo... com ódio de *mim*? A frase *Vou me danar se conseguir e vou me danar se não conseguir* cintila em seu sistema nervoso central... mas vou ser rebaixado de volta a guardinha, ou coisa pior, se não conseguir. Que merda! O que é aquilo rebrilhando sob o sol? *A lente de uma câmera de TV*... e, *merda!* Lá está outra... e, *merda*! Outra *lá* também. *Por favor, ó Senhor, eu vos imploro*... O medo o atinge feito uma maciça injeção de adrenalina... Não me deixai... Ele continua subindo, só com as mãos, sem usar as pernas. Então olha para cima. O homem no mastro está a apenas três metros mais acima! Ele está olhando direto para seu rosto! Que expressão... de animal encurralado... de rato condenado... encharcado, sujo, exausto... ofegante... quase incapaz de gritar por uma salvação milagrosa.

::::::*Ay, San Antonio, ayudame. San Lazaro, este conmigo.*::::::

Agora Nestor... *precisa* parar. Já está perto do topo o suficiente para ouvir os pedidos do homem, acima do barulho que vem da ponte. Ele enrola as pernas no mastro e fica imóvel.

– *¡Te suplico! ¡Te suplico!* Você não pode me mandar de volta! Eles vão me torturar até eu entregar *todo mundo*! Vão destruir minha família. Tenha piedade! Há cubanos naquela ponte! Eu estou implorando! Um a mais é um fardo tão intolerável assim? Estou implorando, implorando! Você não sabe o que é aquilo! Não vai só me destruir, vai destruir um movimento inteiro! Eu imploro! Imploro por asilo! Imploro por uma chance!

Nestor sabia espanhol o suficiente para entender o sentido geral do que o sujeito estava dizendo, mas não conseguia lembrar de palavras que pudessem acalmá-lo e convencê-lo a descer. "Ameaça crível"... era isso! Ele podia falar ao sujeito da tal "ameaça crível"... um refugiado como ele seria ouvido pela Guarda Costeira ali mesmo no convés, e receberia asilo caso os guardas acreditassem que ele corria perigo devido à existência de uma "ameaça crível". A palavra que significava "crível"... qual era a maldita palavra para crível? Talvez a mesma que em inglês? Mas "ameaça"... ameaça... qual era a maldita palavra para ameaça? Ele sabia que já soubera... *passou ali!* Direto pelo seu cérebro, antes que ele pudesse agarrá-la. Tinha um *z* ali um *z* ali um *z* ali... *outra vez quase a pegara!* Mas novamente se fora. Por falar nisso, que tal uma audiência oficial? Ele precisava dizer *alguma coisa... qualquer coisa*... de modo que vasculhou o cérebro, ergueu o olhar para o rosto do homem e disse: – *La historia*...

Parou bem a tempo! O que estava acontecendo com ele? Uma famosa citação de Fidel Castro era o que seu pobre cérebro desesperado quase deixara escapar!

Vaias, provocações e todos os tipos de insultos veementes choviam das pessoas amontoadas junto à balaustrada da ponte. O sujeito no mastro baixou o olhar ansioso para Nestor, tentando entender o que ele dissera, e perguntou: — *¿Como?*

Aquilo era enlouquecedor! Depois de subir vinte metros de cabo sem usar as pernas... ele não conseguia se fazer entender! Precisava chegar mais perto. Voltou a subir pelo cabo novamente, só com as mãos. Então ergue o olhar para o pobre rato afogado. O rosto dele parece... chocado. Como ele pode dizer ao sujeito que não está subindo para prendê-lo? Não consegue lembrar das palavras! De modo que interrompe a subida e enrola as pernas no cabo, livrando a mão direita para fazer um sinal tranquilizador. Mas que sinal? Ele só consegue pensar no sinal de paz. Então abre o indicador e o dedo médio em forma de *V*. O rosto do sujeito, já a pouco mais de um metro acima de Nestor, muda de chocado para... aterrorizado, e ele começa a se levantar da cadeira de contramestre. Jesus Cristo, o que esse cara pensa que está *fazendo*? Está no alto de um mastro de 24 metros, sem qualquer apoio além daquela cadeira minúscula... e quer se levantar! Ainda tenta ancorar os pés no suporte da roldana... já está fora da cadeira, balançando agachado em cima de um mastro que oscila sobre um mar encapelado! Nestor vê que o pior está prestes a acontecer: ele escalou vinte e poucos metros por um cabo, só com as mãos, apenas para provocar a queda mortal de um pobre refugiado. E a culpa é de quem? Dele mesmo, Nestor Camacho! Que fez toda a Patrulha Marítima da Polícia de Miami... que diabo, a força inteira... parecer um bando de perseguidores implacáveis e assassinos brutais de um pobre homem cujo único pecado foi tentar botar o pé em solo americano! Quem cometeu esse crime desapiedado? Nestor Camacho, encarnação da infâmia!

Com dois furiosos movimentos de mão, ele chega à cadeira de contramestre e tenta alcançar a perna do sujeito, ou até o pé... mas é tarde demais! O homem tomba à frente... *para a morte*! Um fogo feroz entra em erupção dentro do crânio de Nestor... Não! O homem tombou à frente sobre o cabo. Está tentando descer deslizando de costas... esse pobre rato marrom-acinzentado, magricela e sujo... vai se matar assim! O cabo desce, em uma trajetória íngreme, do mastro até o gurupés... são mais de trinta metros. Nestor se agacha na cadeira de contramestre... Por um instante, vê a multidão na ponte. Está no mesmo nível das pessoas... que formam três, quatro, cinco fileiras. Clarões! Clarões! Clarões! Estão explodindo nas câmeras! Cabeças pululam para ter uma visão melhor do espetáculo... um cartaz! Alguém ali tem um cartaz tosco... tirado de onde? Escrito como? POLICIAIS FIDELISTAS TRAIDORES... nunca foi tão odiado por tanta gente. Ele baixa o olhar... e fica tonto... é como se estivesse à beira do telhado de um prédio de dez andares. A água é uma folha de aço azul-acinzentado repleta de clarões dançantes. Barcos! Barcos pequenos em torno da escuna... saídos do nada! Insetos sugadores de sangue... um barco com um cartaz. Será que realmente diz o que ele acha que diz? *¡ASILO AHORA!*

Tudo isso em um instante... Culpa! Medo! Horror! Mas o maior deles é a Culpa! Nestor não pode deixar o herói deles morrer diante de todos! Ele abaixa o corpo e agarra o cabo... de nada adianta tentar alcançar o sujeito deslizando... instintivamente, da forma como faziam no campo de treinamento, ele começa a balançar no cabo só com as mãos, descendo cada vez que balança, e mantendo os olhos naquela suja presa marrom-acinzentada... Seus braços, seus ombros, as palmas de suas mãos... que agonia! Ele vai se despedaçar... a apenas duas braçadas do sujeito. O corpo dele ainda está em cima do cabo, mas oscila de um lado para o outro... tão magricela... sem força suficiente para fazer esse troço... ele ergue a cabeça e encara Nestor diretamente... pior do que terror... é uma total desesperança que se instala no coitado do escroto... ele está acabado! O pobre-diabo oscila tanto que nem consegue se manter em cima do cabo... fica pendurado debilmente pelas mãos durante o momento final. É *agora* ou nada! Para o coitado do escroto! Para Nestor Camacho! Ele alcança o coitado do escroto com mais duas braçadas... para fazer o *quê*? Só uma coisa é possível. Ele passa as pernas em torno da cintura do rato magricela e enlaça os dois tornozelos... o coitado do escrotinho larga o cabo e desaba. O tranco bruto choca Nestor... que peso morto! ::::::Meus braços arrancados do corpo à altura dos ombros!:::::: Não acredito que ele ainda está aqui... um organismo composto de pura dor, desde as mãos ardentes até os sartórios das pernas entrelaçadas... vinte metros acima do convés... suportar tanto peso com uma só mão enquanto balança a outra para descer pelo cabo... *impossível*... mas se ele não conseguir... *¡Dios mío!* Estará fazendo cagada! E não só fazendo cagada... fazendo cagada na TV... fazendo cagada diante de *milhares*, *centenas* de milhares, *milhões*... que bem poderiam ser bilhões... já que seria preciso apenas um, um sargento americano pomposo e cheio de *mierda* chamado... *bum!*

¡Caliente! Caliente baby
Got plenty fuego in yo caja china,
Means you needs a length a Hose put in it,
Ain' no maybe...

É o iPhone tocando no seu bolso! ::::::Que idiota! Estou a um triz da morte, segurando um homem com as pernas e descendo junto com ele por um cabo de trinta metros, só com as mãos... sem ter como desligar o maldito troço! Uma porcaria de canção do Bulldog... e que nem é a coisa real, Pitbull! E não consigo evitar que as palavras penetrem na minha cabeça::::::

...'bout it.
Hose knows you burnin' up wit'out it.
Don'tcha try deny it,
'Cause Hose knows you dyin' a try it...

... quando ele precisa de cada neurônio, cada dendrito, cada sinapse, cada gêmula em sua mente para se concentrar na terrível sinuca em que se meteu. Se despencar mais de vinte metros sobre o convés de um barco porque seu iPhone está cantando...

Hose knows all!
Knows you out tryin' a buy it,
But Hose only gives it free

... então é melhor morrer logo, cacete! É melhor não acordar todo anestesiado em uma cama hospitalar com motor elétrico, dentro de uma morosa unidade de tratamento intensivo, rotulado como "crítico, mas estável"... que ignomínia mortificante! Mas... não há escolha! Ele *precisa* conseguir! As duas mãos ainda seguram o cabo, e as duas pernas seguram *o quê? Os sessenta quilos, talvez...* de um homúnculo em pânico, e *lá vamos nós*! Ele solta uma das mãos... e *é isso* aí... não dá mais para voltar! A força para baixo... *centrífuga*... ::::::Estou perdido!:::::: Uma só mão! Intolerável, a *força centrífuga* ::::::arrebentando meu manguito rotador, arrancando meu braço do corpo!... meu pulso fora do braço! Minha mão fora do pulso! Nada resta, exceto...

To his fav'rite charity,
Hose' favorite cha-ree-tee, see?
Hose' fav'rite cha-ree-tee,
An' 'at's me.

... uma mão agarrando um cabo! Vou cair sete andares e me arrebentar no convés, eu e o gnomo:::::: mas um *milagre*! Ele agarra o cabo com a outra mão ao se balançar para cima... sim, um *milagre*! E isso redistribui o peso! Os dois ombros, os dois pulsos, as duas mãos estão bem outra vez... mantidos intactos somente pelo mais fino cordão de aço de agonia insuportável! Somente esse cordão pode salvá-lo, junto com aquele gnomo sujo e marrom, de cair sete andares e terminar feito dois sacos amorfos de tegumentos roxo-equimóticos cheios de ossos quebrados! Lá embaixo o convés está coalhado de rostos do tamanho de bolas de gude. De cima da ponte chovem injúrias, vaias e *exclamações* nojentas daqueles animais... mas agora ele sabe! Tem o poder de perseverar em um estado de dor morbidamente horripilante! Já *balançando* outra vez... e ele consegue...

'At's me, see?
An' 'at's me.

Fúria lá de cima... espectadores boquiabertos lá embaixo... mas ele pensa em apenas uma alma, o sargento minoritário McCorkle, um *americano* descerebrado, mas mesmo assim *sargento*... outra braçada... e ele consegue... o maldito fone continua tocando. ::::::Idiotas! Não percebem...

An' 'at's me, see?
An' 'at's me.
Yo yo!

... que estão bombeando toxinas e bagunçando minha cabeça? Ah, pro inferno com isso!:::::: Outra braçada... ele consegue. ::::::*Dios mío querido,* juntos olhamos para a teia de sangue nos olhos deles, e para os desapaixonados olhos vermelhos das câmeras de TV!:::::: Outra braçada... ele...

"...Yo yo!

Mismo! Mismo!"

consegue... outra... outra... outra... *¡Dios mío!* Apenas três metros acima do convés... aquele mar de olhos esbugalhados e bocas abertas... *o que é isso!!??* O pequeno saco de pânico sujo e equimótico voltou à vida... está se debatendo feito um peixe preso nas tenazes que são as pernas de Nestor... uma verdadeira floresta de mãos

"Yo yo yo yo yo."

estendidas para o alto na proa, mas o cabo vai além delas, até o gurupés *bipe bipe bipe bipe bipe*... uma mensagem de texto! E os dois, Nestor e o homúnculo marrom sujo... ele está livre da chave de pernas! *Agora* não... tarde demais! Ele *se livra*! No instante seguinte os dois corpos, o de Nestor e o do gnomo, despencam da ponta do gurupés e caem na água. Estão dentro d'água... e é exatamente como Lonnie Kite falou! O maníaco se livrou da chave de pernas e está... *atacando* Nestor! Dando *pontapés* nele! Puxando seu cabelo! *Quebraaaaando* seu nariz com o antebraço... Kite tinha razão! Nestor apara os golpes cada vez mais fracos do baixinho, avança, dá-lhe uma gravata e isso resolve! A criaturazinha fica inerte! Acabada! UFC dentro d'água!

Quando eles chegam à tona, Nestor tem sua pequena presa escorregadia em uma chave de salva-vidas policial... o gnomo está tossindo água. A menos de um metro... o Barco Seguro! Lonnie está ao leme. Nestor reentra no mundo a partir de um cosmo distante... Lonnie está puxando o homúnculo marrom sujo para o convés de panqueca borrachuda... e depois Nestor... quem *são* essas pessoas? Nestor se vê bem perto da escuna. Ele se vira para o convés... o sol explode em dois grandes olhos de vidro... câmeras de TV... e bem ali... inclinado sobre a amurada... o louro sargento McCorkle.

O sargento não precisa dizer uma só palavra... está tudo no seu rosto. Agora Nestor Camacho é *um policial*... um policial *de verdade*... tão verdadeiro quanto é possível ser... Nestor Camacho entra no Paraíso.

O sargento McCorkle entregou o rato afogado à Guarda Costeira bem ali no meio da baía. Depois ele, Nestor e Lonnie Kite levaram o Barco Seguro de volta à marina da Patrulha Marítima, que se projetava baía adentro pelo lado de Miami. Durante todo o trajeto, o sargento e Lonnie foram elogiando Nestor à maneira aceita entre policiais, como se aquilo nem fosse elogio.

– Meu Deus, cara! – disse Lonnie Kite. Portanto, agora ele já era um *cara*, um camarada! – Aquele putinho ficou se debatendo ali no final, depois que você salvou o rabo dele... por que *aquilo*? Você chutou os colhões dele pra ver se ele estava vivo?

Nestor foi só surfando rumo à euforia.

Os outros caras na marina também ficaram empolgados com Nestor. Aos olhos dos policiais, tanto cubanos quanto não cubanos, ele realizara uma proeza de força sobre-humana, totalmente... insuperável.

O sargento McCorkle já virara seu parceiro... seu *parceiro*! – Olhe, Nestor... eu só falei para você tirar o cara de cima da porra do mastro! Não mandei armar um número de corda bamba para a porra da cidade inteira!

Todos riram, e Nestor riu com eles. Seu celular fez *bipe bipe bipe bipe*, sinalizando uma mensagem de texto. Magdalena! Ele desviou os olhos muito rapidamente... *Magdalena!* Mas a mensagem não era de Magdalena. Dizia: "Desobedecer ordens injustas é prova de caráter." Só isso; essa era a mensagem inteira. Estava assinada: "Seu ex-professor, seu amigo não importa o quê, Jaime Bosch." Bosch ensinava redação e compreensão de texto na Academia de Polícia. Ele era o professor predileto de todos. Dera aulas particulares para Nestor fora do expediente escolar, puramente como um favor e por amor ao ensino. "Desobedecer ordens injustas é uma prova de caráter"... Nestor não conseguia entender aquilo, que fazia sua cabeça doer... muito.

Ele ergueu o olhar para o resto do pessoal, tentando não mostrar sua perplexidade. Graças a Deus ainda estavam todos de ótimo humor, rindo bastante. Umberto Delgado, que fora da turma de Nestor na Academia de Polícia, disse em inglês: – Que porra foi essa de dar uma tesoura de pernas no cara, Nestorcito? Aquela chave é para imobilizar os putos quando a gente está rolando na terra... e não para carregar alguém por trinta metros da porra de um cabo náutico no ar!

Todos se divertiram a valer, rindo muito... e Nestor adorou! Mas as três mensagens de texto que restavam... ele *precisava* ler aquilo... haviam chegado *enquanto* sua vida estava literalmente por um fio... enquanto ele segurava o homem do mastro entre as pernas e descia o cabo com uma só mão de cada vez. Nestor começou a arder de curiosidade, com uma apreensão a que evitava dar nome... e uma esperança... Magdalena! Mais uma vez desviou os olhos por um instante. A primeira mensagem dizia "pq vc Nestor pq vc"... e não era de Magdalena. Era de Cecilia Romero. Estranhamente, ela era a garota com quem ele vinha saindo quando conhecera Magdalena. Esquisito... o que significava "pq vc Nestor pq vc"? Intrigante... mas ele não demonstrou isso... só voltou à eufórica maré de riso viril da Patrulha Marítima... deixando apenas que uma dúvida diminuta germinasse.

– Você gostou de ver aquele vermezinho partir pro ataque assim que ficou dentro d'água, Nestor? – disse o patrulheiro Kite. – Eu falei que esses filhos da puta viram monstros assim que ficam dentro d'água!

— Eu devia ter escutado você, Lonnie! — disse Nestor. Trinta minutos antes ele nem teria pensado em se dirigir ao patrulheiro Kite pelo primeiro nome. Sentindo-se muito viril, acrescentou: — Aquele pentelho foi um peso morto na descida toda, e resolve reviver assim que ficamos dez centímetros dentro d'água! Antes que eu entendesse o que estava acontecendo, ele quase quebrou a porra do meu nariz só com a mão!

Todos riram a valer... mas Nestor *precisava* ler as duas mensagens restantes. Era compelido por curiosidade, ansiedade e um último suspiro de esperança... talvez uma *seja* de Magdalena! Ele ousou desviar os olhos para o celular mais uma vez. Ousou... *precisava*. O primeiro texto era de J. Cortez. Ele não conhecia J. Cortez algum. A mensagem dizia: "ok tu e um latingo muito famoso... e agora?" O que significava "latingo"? Até depressa demais, ele entendeu. Um latingo só podia ser um latino que tinha virado *gringo*. E o que *isso* significava? O humor reinava na sala, mas Nestor não conseguia evitar... precisava mergulhar até o fundo. O último texto era de Inga La Gringa. Dizia: "Você pode se esconder embaixo da minha cama a qualquer hora, Nestorcito." Inga era atendente do balcão e garçonete em um lugar logo ali na esquina da marina. Era muito sexy: uma loura do Báltico, com peitos incríveis que ela conseguia apontar para cima feito mísseis, e que também gostava de exibir. Ela fora criada na Estônia... tinha um sotaque sexy... era uma figura e tanto, mas já passava dos 40, não muito mais jovem que a mãe de Nestor. Era quase como se ela fosse capaz de saber exatamente o que ele estava pensando. Toda vez que ele entrava no lugar, Inga se aproximava de um jeito faceiro, mas cômico, garantindo que ele desse uma boa olhadela no sulco entre seus seios... ou ela estava *meramente* brincando? Inga o chamava de "Nestorcito" porque uma vez ouvira Umberto chamá-lo assim. De modo que ele a chamava de Inga La Gringa. Dera-lhe seu celular quando ela dissera que seu irmão podia ajudá-lo a consertar o comando do cabeçote no Camaro dele... coisa que ele fizera. Os dois se provocavam mutuamente... certo, "provocavam", mas Nestor nunca dera o passo seguinte, embora ficasse muito tentado. Mas por que ela dissera "Você pode se *esconder* embaixo da minha cama"? Esconder de quê? Claro que ela só estava brincando daquele seu jeito lúbrico de Inga La Gringa, venha-se-aninhar-no-meu-decote-macio... mas por que "Você pode se *esconder* embaixo da minha cama"?

De alguma forma, aquilo o atingia mais do que uma piada como "latingo". "Esconder", diz Inga, uma amiga faceira? Nestor sentiu sua expressão murchar... desta vez o resto do pessoal com certeza notaria... mas o sargento salvou o dia.

— Sabe o que mais me impressiona? Que aqueles garotos no barco fossem tão *viadinhos*. Eles se cagaram de medo só porque um baixinho apavorado, que mais parecia um rato afogado, e que não pesaria 55 quilos nem depois de comer um Big Mac, apareceu na porra do veleiro deles. Alguns daqueles viados pesavam cem quilos, metade banha, mas eram garotos grandes. Não há razão no mundo para terem deixado o coitado do escrotinho trepar na porra do mastro e quase se matar... além de serem uns cagões da *porra*! Eles têm noção de que não deviam sair com um barco daquele tamanho na porra da água... por serem tão viados? "Ai, a gente não sabia se ele tinha uma arma, uma faca ou coisa assim"... que *babaquice*! Aquele escrotinho mal tinha uma *roupa* no corpo. Então precisamos mandar o Nestor aqui escalar a porra de um mastro de mais de vinte metros, brincando de Super-Homem, e arriscar o rabo para tirar o escrotinho de uma cadeira de contramestre deste tamanhinho, e depois descer o sujeito por um maldito cabo de vela de trinta metros. — O sargento abanou a cabeça. — Sabe do que mais? Devíamos ter autuado aqueles viados e mandado *todos* pra Cuba, deixando o rato afogado aqui. Assim teríamos saído no lucro!

Ei! Quem são *aqueles dois*, que acabam de se juntar ao grupo de policiais da Patrulha Marítima? Não têm a menor cara de serem policiais, que diabo. Na verdade, são um repórter e um fotógrafo do *Miami Herald*. Nestor nunca ouvira falar que um repórter fora tão longe, até aquele ponto da baía. O fotógrafo era um baixinho moreno que usava uma espécie de colete de safári, cheio de bolsos, todo aberto. Nestor não conseguia saber o que ele era... mas não havia dúvida quanto ao repórter. Esse era um americano clássico: alto, magro, pálido, de paletó azul-marinho, camisa social azul-clara, calças cáqui com vincos bem passados na frente... tudo muito respeitável. Respeitável até demais. Quem já vira algum repórter de paletó em Miami? Esse falava tão suavemente que até parecia tímido. Seu nome era John Smith, aparentemente. Não dava para ser mais *americano* do que isso, dava?

— Mal acredito no que você acabou de *fazer* — disse o americano clássico. — Não acreditaria que alguém conseguisse descer aquele troço, balançando-se só com as mãos e segurando outra pessoa entre as pernas. Onde você arranjou essa força? Faz levantamento de peso... ou o *quê*?

Nestor nunca falara com um repórter antes. Talvez nem devesse fazer aquilo. Olhou para o sargento McCorkle. O sargento sorriu e lhe deu uma leve piscadela, como quem diz "Tudo bem, vá em frente e conte a ele".

Foi o que bastou. Com bastante modéstia, Nestor começou: — Não acho que seja preciso força, exatamente...

Ele *tentou* continuar na trilha da modéstia... mas simplesmente não conseguia parar de falar com aquele americano. Não curtia levantamento de peso para a parte superior do corpo. É muito melhor escalar uma, digamos, corda de vinte metros sem usar as pernas. Isso cuida de tudo: braços, costas, peito... tudo.

— Onde você faz isso? — disse o tal John Smith.

— Na "Ñññññooooooooooooo!!! Qué Gym!" do Rodriguez, como dizem.

O americano riu. — *Como en* "Ñññññooooooooooooo!!! Qué barata!"?

::::::Esse americano não só fala espanhol, como deve ouvir rádio em espanhol! Só assim dá para ouvir o comercial "Ñññññooooooooooooo!!! Qué barata!"::::::

— *Es verdad* — disse Nestor. Era um cumprimento linguístico a John Smith por seu domínio de espanhol. — Mas é preciso usar pesos, fazer agachamentos, e tudo mais para as pernas. Nem sei o que se pode fazer para carregar um baixinho como aquele cara com as pernas... a não ser tentar evitar o troço todo.

Ali havia um leve toque de modéstia... autodeboche... ou qualquer outra coisa. Nestor baixou o olhar, como que conferindo o uniforme. Ainda tentou se convencer de que aquilo que estava prestes a fazer era inconsciente... o que por si só já transformava tudo em autofraudulência.

– *Dios mío*, essa camisa está encharcada e suja pra caralho! Dá pra sentir o *cheiro* – disse ele. Olhou para Umberto, como se aquilo nada tivesse a ver com os dois caras do *Herald*, e disse: – Onde tem umas camisas secas?

– Camisas secas? – disse Umberto. – Não sei, a menos que sejam guardadas em...

Mas Nestor já parara de ouvir. Estava ocupado em tirar a camisa molhada por cima do dorso, dos braços e da cabeça, coisa que exigia erguer totalmente os braços. Fez uma careta como que de dor. – Aaaiii! Está doendo pra caralho! Devo ter deslocado alguma coisa nos ombros.

– Deve mesmo – disse Umberto.

De repente o fotografozinho moreno de John Smith ergueu a câmera até os olhos e começou a apertar o botão sem parar. Então o sargento McCorkle avançou, pegou Nestor pelo cotovelo e puxou-o dali. – Nós temos camisas lá dentro, não no *Miami Herald*. Entendeu o que eu estou dizendo?

Ele afastou Nestor depressa, mas perto o suficiente para dizer em voz baixa: – Você pode falar com a imprensa no local assim, desde que não revele nossas estratégias ou políticas. Mas não é pra ficar exibindo a porra do seu físico. Entendeu o que eu estou dizendo?

Mas ele estava rindo. Não seria naquele dia que iria dar uma de durão em cima do patrulheiro Nestor Camacho... que continuava no Paraíso.

2

BOAS-VINDAS AO HERÓI

Todo el mundo vira seu heroísmo na TV... "*Todo el mundo!*", dizia Nestor para si mesmo, no auge da euforia... Entre essas dezenas de milhares, se não milhões, de admiradores e admiradoras, porém, havia uma cuja reverência ele ansiava por ver brilhando ao seu redor. Nestor fechou os olhos e tentou imaginar o que ela, sua Magdalena, sua Manena, o apelido que ele adorava, estava pensando e sentindo enquanto se sentava... ou talvez a intensidade daquilo tudo a fizesse se pôr de pé... fascinada, siderada, diante de uma tela de TV, absorta pela visão de seu Nestor escalando aquele cabo de vinte e tantos metros só com as mãos, sem usar as pernas... e depois carregando o homem do mastro, *com as pernas*... enquanto descia só com as mãos pelo cabo náutico de mais de trinta metros... eletrizando a cidade!

Na verdade, sua Magdalena ignorava completamente esse triunfo heroico de alta voltagem. Ela passara esse tempo todo ocupada com outra questão... a mãe de todos os conflitos mães/filhas. Foi uma verdadeira briga de gatos. Magdalena acabara de anunciar que ia sair de casa.

Seu pai tomara assento à beira do ringue, em uma poltrona ao lado do sofá, na sala da casita deles, uma casinhola em Hialeah que ficava a apenas três quilômetros da casita dos Camacho. Magdalena assumira uma postura beligerante, com os punhos nos quadris e os cotovelos para fora, enquanto Mãe e Filha trocavam rosnados, sibilos e olhares mortíferos. A mãe estava sentada na beirada do sofá, com os *seus* cotovelos para fora (aquilo parecia ser uma postura instintiva de ambas as combatentes em suas mãe *x* filhas), e as bases das mãos apoiadas na beirada dianteira do assento: uma verdadeira felina, pronta para atacar, unhar, estripar, comer fígados inteiros e arrancar cabeças cravando os dois conjuntos de incisivos no centro macio das têmporas. O pai, se é que Magdalena ainda entendia alguma coisa, estava possuído por um ardente desejo de evaporar. Que pena que ele afundara tanto na poltrona, porque precisaria ser um acrobata para escapar despercebido. Ficava mortificado com as brigas delas, que eram tão vulgares e comuns. Não que ele tivesse grandes ilusões de nobreza. Era um mecânico de máquinas agrícolas em Camagüey quando conhecera a esposa. Os dois haviam sido criados lá. Ele já era mecânico de caminhões em Havana, havia cinco anos, quando os dois deixaram Cuba no êxodo de Mariel... e era mecânico de caminhões em Miami agora. Mesmo assim, tinha seus padrões e critérios. Detestava aquelas malditas mãe *x* filhas... mas desistira de controlar suas duas gatas havia muito tempo.

Mãe estava atacando Filha. — Já não é ruim o suficiente eu precisar falar para as pessoas que você foi trabalhar para um médico pornográfico? Durante três anos falo para elas que você trabalha para médicos de *verdade* em um hospital de *verdade*. Agora falo para elas que você trabalha para um médico de *araque*, um médico pornográfico, em um consultoriozinho sujo?... e você saindo de casa para ir viver só Deus sabe com quem em South Beach? Você *diz* que é uma blan-*ca*. Tem certeza de que não é um blan-*co*?

Filha deu apenas uma breve olhadela para a estátua de cerâmica de são Lázaro, com um metro e meio de altura, junto à porta de entrada, antes de aparar o golpe. — Ele não é um médico pornográfico. É um psiquiatra, um psiquiatra muito conhecido, e que por acaso trata pessoas que são viciadas em pornografia. Não fique repetindo que ele é um médico pornográfico! Você não entende as *coisas*?

— Uma coisa eu entendo — respondeu Mãe. — Entendo que você nem liga se arruinar o nome da sua família. Só existe um motivo para as garotas saírem de casa. Todo mundo sabe disso.

Magdalena revirou os olhos crânio adentro, esticou o pescoço, inclinou a cabeça para trás, enrijeceu os dois braços até depois dos quadris e fez com a garganta um som de *unngghhhhummmmmmmm*. – Escute, Estrellita... você não está mais em Camagüey! Aqui neste país ninguém precisa esperar até casar para conseguir sair de casa!

Te peguei... te peguei... duas vezes em uma frase de oito palavras. Sua mãe sempre falava para as pessoas que era de Havana, porque em Miami a primeira coisa que todo cubano queria saber era o seu histórico familiar em Cuba... histórico, claro, no sentido de posição social. Ser de Camagüey era sinônimo de ser uma *guajira*, uma caipira. Portanto, Filha conseguia enfiar Camagüey... *te peguei...* em praticamente toda mãe *x* filha. Da mesma forma, de vez em quando ela gostava de chamar sua mãe pelo primeiro nome dela, Estrellita, em vez de Mami... *te peguei...* por pura impudência. Gostava de acentuar o som de *y* daquele *l* duplo: *Es-tre-yyyy-ita*. *Aquilo* dava um toque antiquado, Camagüey e meio.

– Já fiz 24 anos, Estrellita... tirei diploma de enfermagem... lembro que você foi à minha formatura... além de ter um emprego, uma carreira e...

– Desde quando trabalho de enfermagem para médico pornográfico é uma carreira? – Mãe adorou a careta que Filha fez ao ouvir aquilo. – Com quem você passa o dia inteiro? Tarados! Você mesma me contou isso... tarados, tarados, tarados.

– Eles não são *tarados*...

– Não? Passam o dia todo vendo filme pornô. Isso se chama o quê?

– Eles não são *tarados*! São pessoas doentes, e as enfermeiras existem para ajudar os doentes. São pessoas com toda espécie de distúrbio desagradável, tipo... tipo... tipo H,I,V, e as enfermeiras precisam cuidar delas.

Ó Deus. Assim que "HIV" passou por seus lábios, Magdalena teve vontade de agarrar as palavras de volta em pleno ar. *Qualquer* exemplo era melhor do que aquele... pneumonia, tuberculose, síndrome de Tourette, hepatite, diverticulite... *qualquer coisa*. Bom, tarde demais. Agora era preciso aguentar o tranco...

– Arrá! – rebateu Mãe. – Tudo é tara com você! Agora são os *maricones*! *La cólera de Dios!* Foi para isso que nós pagamos aquele curso todo? Para você poder ficar cortando gente suja?

— Cortando? *Cortando?* Não se fala "cortando", é "*curtindo*" — disse Filha. Ela percebera imediatamente que, dada a totalidade do insulto de sua mãe, "curtir" era o de menos. A única coisa a fazer era enfiar a faca ainda mais fundo. De modo que Magdalena recorreu à bomba final: inglês. — Não tente falar inglês coloquial, Estrellita. Você sempre erra tudo. Não tem pegada pra gíria, não é? Sempre fica parecendo sem noção.

A mãe ficou em silêncio por alguns instantes, com a boca levemente aberta. *Te peguei!* Magdalena sabia que aquilo pegaria sua mãe. Responder a ela em inglês quase sempre fazia isso. A mãe não fazia ideia do que *coloquial* significava. Magdalena também não, até poucas noites antes, quando Norman usara e explicara o termo a ela. A mãe podia conhecer *gíria* e possivelmente até *pegada*, mas *pegada pra gíria* sem dúvida a confundia, e a expressão *sem noção* sempre a deixava com o ar que ostentava naquele momento, ou seja, sem noção. Quando Magdalena disparava contra ela em inglês daquele jeito, era de enlouquecer.

Magdalena aproveitou a vantagem de milissegundos proporcionada por aquele hiato, e olhou direito para Lázaro. Aquela estátua de argila, quase de tamanho real... não era de pedra, nem de bronze, e sim de cerâmica... era a primeira coisa que você via ao entrar na casita. Que santo miserável para ter de enfrentar! Ele tinha faces encovadas, barba rala, expressão sofrida e uma túnica bíblica arroxeada... que pendia aberta, para exibir melhor as lesões de lepra por toda a parte superior do seu corpo... além de dois cães de argila a seus pés. Na Bíblia, Lázaro era de uma extração social muito baixa... um mendigo com lesões de lepra por todo o corpo... implorando migalhas de pão aos portões de um lugar bacana pertencente a um ricaço que nem olhava para ele. Por acaso os dois, Lázaro e o rico, morreram mais ou menos ao mesmo tempo. Para provar que no Céu os últimos serão os primeiros e os primeiros serão os últimos, e que é mais fácil um camelo passar pelo buraco de uma agulha do que um ricaço entrar no Reino de Deus, Jesus manda o pobre-diabo do Lázaro para o Céu, onde ele mora no "seio de Abraão". E despacha o rico para o inferno, onde ele arde vivo eternamente.

Magdalena fora batizada como católica romana, e sempre assistira à missa com a mãe, o pai e dois irmãos mais velhos. Já Mãe era uma autêntica garota interiorana de Camagüey, que acreditava na *santería*, uma religião africana trazida a Cuba por escravos, repleta de espíritos, mágica, danças extáticas, transes, poções, raízes vegetais, adivinhação, maldições, animais sacrificados e só Deus sabe que outros tipos de vodu. Seus seguidores haviam começado a combinar seus deuses com os santos católicos. O deus dos doentes, Babalu Ayé, virara são Lázaro. A mãe e o pai de Magdalena tinham pele clara, como muitos outros crentes àquela altura. De jeito nenhum, porém, a *santería* conseguiria se libertar de suas origens sociais... os escravos e os simplórios *guajiros* interioranos. E isso se tornara uma alfinetada útil para Magdalena nas mãe *x* filhas.

Não fora assim quando ela era uma menininha. Magdalena era uma criatura irresistivelmente linda, e sua mãe tinha muito orgulho disso. Aos 14 anos ela se tornara uma virgem irresistivelmente linda. Homens adultos lançavam olhadelas para ela. Magdalena *adorava* isso... mas até aonde eles chegariam com ela? Nem um centímetro. Estrellita vigiava a filha com os olhos de uma coruja. Ela teria adorado reviver o papel de acompanhante. Nem tanto tempo atrás assim, em Miami as garotas cubanas só podiam sair com alguém se Mãe fosse junto como acompanhante. Mas isso podia ficar um pouco... *esquisito*. Às vezes a Mãe-acompanhante estava grávida de um irmão ainda por nascer da Filha. Ela própria prenhe de uma criança, estaria supervisionando a primeira lição pudica de Filha sobre como conduzir, no tempo certo e com a propriedade certa, rapazes pela trilha até os portais do útero. A barriga inchada tornava óbvio que Mãe andara fazendo justamente aquilo que estava a postos para impedir que Filha fizesse com seu jovem namorado do momento. Nem mesmo Estrellita podia insistir em aprovar previamente o rapaz com quem Magdalena sairia. O que ela podia, e realmente fazia, era insistir que ele apanhasse sua filha ali na casita, para que pudesse dar uma boa olhadela nele. Também insistia em fazer ao rapaz algumas perguntas, caso ele parecesse meio suspeito, e que os dois voltassem para casa antes das 11.

O único "homem mais velho" na vida de Magdalena era alguém que só tinha um ano a mais do que ela, mas ostentava um toque de glamour, já que virara policial da Patrulha Marítima: Nestor Camacho. Estrellita conhecia a mãe dele, Lourdes. O pai tinha um negócio próprio. Nestor era um bom rapaz de Hialeah.

Mãe finalmente recuperou a presença de espírito e a voz: — Tem certeza de que a sua colega de quarto *blanca* em South Beach não se chama Nestor Camacho?

— HahhhHHH! — Filha riu tão alto, e em um tom de soprano tão agudo, que até assustou Mãe. — Que piada! Nestor é um menino de Hialeah tão bom e obediente. Por que você não liga para a mãe dele? Assim ela também vai poder dar umas boas risadas. Ou então... por que não resolve tudo aqui mesmo? Pegue suas contas de coco e jogue na frente desse lazarento aí.

Magdalena estendeu o braço e o indicador feito uma lança para a estátua de Lázaro. Depois arrematou: — Ele pode lhe contar tudo! Não vai levar você para o mau caminho!

Estrellita ficou sem fala outra vez. Já com seu rosto estava acontecendo algo que ultrapassava as fronteiras de uma mãe *x* filha. Era uma ira negra. Estrellita já *percebera* quando Magdalena fizera referências à *santería*. Aquilo era uma maneira indireta de chamá-la de uma *guajira* ignorante e socialmente atrasada. Ela sabia disso. Mas agora Magdalena estava blasfemando abertamente. Ousara chamar são Lázaro de "lazarento". Estava se permitindo debochar dos poderes de adivinhação do santo, tais como jogar as contas de coco. Estava ridicularizando a fé e a própria vida dela.

Com uma fúria fria que vinha das profundezas de sua garganta, ela sibilou: — Quer sair de casa? Então faça isso. Faça agora. Não me importo se você nunca mais puser os pés nesta casa novamente.

— Que bom! — disse Magdalena. — Finalmente concordamos!

Mas sua voz tinha um tremor. A expressão no rosto de sua mãe, e o tom de cascavel na voz dela... Magdalena não ousava dizer mais uma só palavra. Agora... ela *teria* de sair... e isso provocava um terremoto no seu estômago. A partir daquele momento, sua vida entre *los americanos* não seria a aventura exótica, excitante e travessa de um espírito livre... A partir daquele momento ela dependeria de um americano para ter moradia, contracheque, vida social e vida amorosa. A única coisa que contaria a seu favor seria sua beleza... e algo que jamais lhe falhara... pelo menos ainda não... seu sangue-frio.

Euforia! era o nome da bolha que envolvia Nestor quando o turno terminou e ele levou seu velho Camaro rumo ao norte, cruzando a linha entre Miami e Hialeah. *Super-Homem!* era o nome do herói ali dentro. Super-Homem iluminava aquela bolha feito um archote erguido no ar.

O próprio chefe de polícia, o chefe Booker, fora de carro até a marina à meia-noite para lhe dar um aígaroto!

Hialeah... à meia-noite... uma silhueta na escuridão de fileira após fileira após fileira após fileira após quarteirão após quarteirão após quarteirão de pequenas casas de um só andar, as casitas, cada uma quase idêntica à vizinha, que ficava no máximo a cinco metros, cada uma em um lote de 15 por trinta, cada uma com uma alameda que ia até a garagem no fundo... todas com alambrados cercando cada centímetro quadrado da propriedade... pátios frontais de concreto sólido feito pedra adornados com pequenos chafarizes venezianos de concreto. Hoje à noite, porém, o brilho móvel do Camaro iluminava Hialeah inteira. Aquele não era o mesmo Nestor Camacho... sabe, o filho de Camilo Camacho... dirigindo o carro anonimamente de volta após o mesmo plantão noturno de sempre...

Nem um pouco... porque *o próprio chefe fora de carro até a marina à meia-noite para lhe dar um aígaroto*!

Nestor já se ergueu, radiante, entre as 220 mil almas de Hialeah. Já é conhecido em toda a Grande Miami, onde quer que os raios digitais da TV tenham chegado... o policial que arriscou a vida para salvar um pobre refugiado em pânico do topo de um imponente mastro de escuna. Mesmo ali à noite o sol ainda brilhava em torno dele. Nestor brincou com a ideia de estacionar o Camaro a dois ou três quarteirões de casa, e percorrer o resto do caminho a pé, com um passo calmo e estudado, só para oferecer aos cidadãos uma visão do seu ser radiante... e vê-los se cutucando uns aos outros... "Olhe! Não é *ele*?" Na realidade, porém, havia muito poucos pedestres para serem vistos e Hialeah não tinha uma vida noturna que merecesse esse nome. Além disso, ele estava tão cansado, droga...

Seu quarteirão estava tão apagado quanto os demais, mas ele avistou La Casita de Camacho imediatamente. Um poste de luz, fraco como era, bastava para criar um reflexo no letreiro reluzente, quase vítreo, gravado na lateral do furgão Ford E-150 de seu pai, estacionado bem ali na frente: CAMACHO FUMIGADORES. Seu velho tinha orgulho daquele letreiro. Pagara caro para que um autêntico artista comercial fizesse aquilo. As letras tinham um sombreado preto que fazia com que parecessem saltar da lateral do furgão em três dimensões. CAMACHO FUMIGADORES! A firma dedetizadora que pertencia a Camilo Camacho. No sentido estrito, FUMIGADORES, no plural, não era o termo preciso. A firma tinha exatamente um fumigador, e apenas um empregado, cujo nome estava na lateral do furgão. Camilo passara três anos "empregando" um assistente, seu filho Nestor. Só que Nestor detestava ficar borrifando inseticida nos buracos escuros e úmidos das casas das pessoas... inevitavelmente inalando parte do troço... e escutando Camilo dizer "Isso não vai matar você!". Ele sentia o cheiro de inseticida nas suas roupas todo dia... sentia aquilo em si mesmo... e ficara tão paranoico que pensava que todos que encontrava podiam sentir o cheiro nele. Quando alguém perguntava o que ele *fazia*, Nestor dizia que trabalhava em uma firma de ajuste populacional, mas estava procurando outro emprego. Graças a Deus ele finalmente fora aceito na Academia de Polícia! Seu pai, por outro lado, sentia orgulho de ter uma firma que ajustava populações nos lares das pessoas. Ele queria que *todo el mundo* visse ELE MESMO estacionado em letras grandes diante de sua casa. Nestor se tornara um policial de Miami apenas quatro anos antes, mas já sabia que em muitos bairros, como Kendall, Weston, Aventura, o Upper East Side, Brickell... onde qualquer homem que estacionasse um veículo assim diante de sua casa seria visto, ele próprio, como uma barata. O mesmo aconteceria com sua esposa, o avô e a avó que moravam com eles, e o filho que era policial. O ninho inteiro constituiria uma infestação típica. Havia partes de Coral Gables em que era até contra a lei estacionar um veículo comercial como aquele diante da sua casa. Em Hialeah, porém, aquilo era motivo de orgulho para um homem. Hialeah era uma cidade com 220 mil habitantes, e parecia a Nestor que perto de 200 mil deviam ser cubanos. As pessoas viviam falando de "Little Havana", uma parte de Miami ao longo da Calle Ocho, onde todos os turistas paravam no Café Versailles para tomar uma xícara de café cubano, terrivelmente doce, e depois caminhavam cerca de dois quarteirões para ver uns velhotes, presumivelmente cubanos, jogando dominó em Domino Park, um diminuto lote ajardinado posto bem ali na Calle Ocho para emprestar àquela vizinhança bastante acanhada uma *folklórica atmósfera*, pitoresca e autêntica. Feito isso, já podiam dizer que tinham visto Little Havana. A verdadeira Little Havana, porém, era Hialeah, só que era difícil chamá-la de *little*. A antiga "Little Havana" era tristonha, gasta, cheia de nicaraguenses e Deus sabe mais o quê... quase uma favela, na opinião de Nestor. Os cubanos jamais se acomodariam em uma favela. Eram ambiciosos por natureza. De modo que todo homem possuidor de um veículo com um letreiro comercial, provando que ele era um empresário, por menor que fosse, estacionava-o com toda a pompa diante de sua casa. CAMACHO FUMIGADORES! Isso, além da Grady-White na entrada da garagem, uma lancha tipo cruiser provando que Camilo Camacho não era um cubano da classe trabalhadora. Um em cada cinco, talvez, proprietários de casitas em Hialeah tinha alguma espécie de lancha (a cruiser significando que a lancha era grande demais para ser denegrida como "barco a motor") bastante elevada sobre um trailer de reboque. Em geral a proa se projetava além da fachada da casita. Os trailers de reboque eram tão altos que pareciam pedestais... às vezes deixando as lanchas até maiores que as próprias casitas. Naquela escuridão, para Nestor as silhuetas dos barcos pareciam ser de mísseis prestes a decolar por cima da sua cabeça. O velho de Nestor pagara ao mesmo artista comercial para fazer o mesmo tipo de letreiro reluzente e vítreo no casco da Grady-White. LAS SOMBRILLAS DE LIBERTAD, lia-se ali, "Os Guarda-sóis da Liberdade".

O nome representava a grande aventura de vida ou morte da juventude do velho. Tal como a família de Magdalena, Camilo e seu pai, o avô de Nestor, eram rapazes interioranos de Camagüey. O avô de Nestor sempre se imaginara fugindo daquela vida, que se resumia a cortar cana, limpar cocheiras e empurrar arados. Ansiava pela Vida na Cidade. Então se mudou, com mulher e filho, para Havana. Já não era um *guajiro*, e sim um proletário completo! Por fim livre, o novo proleta arrumou emprego como inspetor na seção de filtragem de esgoto bruto em Malecón. "Inspetor" significava que ele precisava calçar botas de borracha, carregar uma laterna, curvar-se feito um gnomo e percorrer tubulações de esgoto no escuro, enquanto rios de merda e outras excrescências vis fluíam, e ocasionalmente espirravam em suas botas. O troço também não era nada perfumado. Aquela não era a Vida na Cidade que ele tinha em mente. Então ele e Camilo construíram em segredo um bote tosco no porão de seu prédio proletário em Havana. Roubaram dois grandes guarda-sóis de um bar para usar como velas... e escudos contra o sol. Camilo, seus pais e Lourdes, namorada de Camilo (e posteriormente sua esposa, mãe de Nestor), partiram para a Flórida. Quase morreram umas cem vezes, ao menos na versão contada pelo velho (muito mais do que cem vezes), de insolação, desidratação, fome, tempestades, ondas avassaladoras, correntes furiosas, ventos contrários e sabe Deus o que mais, antes de chegarem a Key West 12 dias depois, todos os quatro à beira da morte.

Bom, agora Nestor tinha uma saga heroica própria... para relatar a *eles*. Mal podia esperar. Ligara da marina para casa três vezes. O telefone estava sempre ocupado, mas talvez fosse melhor assim. Eles escutariam tudo dos próprios lábios dele... com o jovem herói parado à sua frente, vendo os rostos passarem de sorridentes a boquiabertos.

Como de costume, Nestor estacionou o Camaro no pequeno trecho da entrada, entre a calçada e o barco.

Assim que ele entra na casa, vê o pai à sua espera com os braços cruzados sobre o peito, e aquele olhar de Eu, Camilo Camacho, Senhor Deste Domínio... Essa postura senhorial só fica um pouco comprometida porque ele está usando uma camiseta por fora da calça jeans azul largona... Os braços cruzados pesam sobre a barriga por cima, mas o cinto no cós ergue-a por baixo, fazendo com que o volume inche feito uma melancia sob a camiseta. A mãe de Nestor está um passo atrás de Eu, Camilo. Ela olha para Nestor como se ele, seu terceiro filho, o último bebê a nascer, fosse uma pequena chama ardendo em um pavio rumo a...

Ca-buum! Eu, Camilo Camacho, *explode*!

– Como você pôde fazer aquilo com um homem do seu próprio sangue? Ele está a 18 metros da liberdade, e é preso por você! Condenou o sujeito à tortura e à morte nas masmorras de Fidel! Como você pôde fazer isso com a honra da sua família? As pessoas estão telefonando! Eu passei a noite toda ao telefone! Todo mundo já sabe! Ligam o rádio e só ouvem "*Traidor! traidor! traidor!* Camacho! Camacho! Camacho!". Você nos arrastou pela *merda*! É preciso ser dito, Lourdes... – Ele dá uma olhadela para sua esposa, depois vira outra vez para Nestor e arremata: – Pela *merda* você arrasta a Casa de Camacho!

Nestor ficou atordoado. Era como se o velho houvesse golpeado a base do seu crânio com um bastão de beisebol. Ele ficou boquiaberto, sem emitir som algum. Virou as palmas das mãos para cima, no gesto eterno de impotência perplexa. Não conseguia falar.

– Qual é o problema? – disse o pai. – A verdade cortou fora sua língua?

– Do que você está *falando*, pai? – A frase saiu pelo menos uma oitava aguda demais.

– Estou falando do que você fez! Se algum policial tivesse feito comigo e com seu avô aquilo que você acaba de fazer com alguém do seu próprio povo, do seu próprio sangue, você não estaria aqui agora! – disse o pai, meneando a cabeça na direção do quarto de Yeyo e Yeya, o avô e a avó de Nestor. – Você não seria um grande policial em Miami! Não seria coisa alguma! Você não *existiria*! Nem sequer *existiria*!

– Pai...

– Sabe o que nós precisamos fazer para que você pudesse ao menos *existir*? Eu e seu avô precisamos construir um barco, sozinhos, à noite, no fundo de um porão para que o zelador do prédio não viesse bisbilhotar. E também zarpamos à noite, com Yeya e sua mãe... só tínhamos comida, água, uma bússola e dois guarda-sóis que precisamos roubar de um bar à noite para improvisar como velas. Guarda-sóis de um bar!

— Eu sei, pai...

— Levamos 12 dias! Doze dias ardendo o dia todo e congelando a noite toda, sendo jogados para cá, para lá e para acolá. — Ele imita o barco oscilando de um lado para o outro, subindo as ondas. — Dia e noite... além de tirar água do barco, também dia e noite. Nós não conseguíamos dormir. Mal conseguíamos comer. Todos nós quatro precisávamos passar o tempo todo tirando água, só para manter o barco à tona. Podíamos ter morrido cem vezes... *assim!* — Ele estalou os dedos e continuou: — Nos últimos quatro dias já não tínhamos comida, só uma garrafa de água para os quatro...

— Pai...

— Éramos quatro esqueletos quando finalmente alcançamos a terra firme! Estávamos meio loucos! Sua mãe tendo alucinações e...

— *Pai, eu sei de tudo isso!*

Ele, Camilo Camacho, ficou em silêncio. Respirou tão profundamente e contorceu o rosto de tal forma, com dentes arreganhados e veias inchadas, que parecia prestes a morder alguém, ou então a ter um enfarte... até que no último instante recuperou a voz áspera:

— *Tudo isso*, é o que você diz? *Tudo isso? Tudo isso* era vida ou morte! Nós quase morremos! Doze dias no oceano em um barco aberto! Não *haveria* o patrulheiro Nestor Camacho sem *tudo isso*! Ele não *existiria*! Se algum policial importante tivesse nos prendido a 18 metros da praia e nos mandado de volta, teria sido o fim de todos nós! Você jamais seria coisa alguma! E você fala em *tudo isso!* Jesus Cristo, Nestor, que espécie de pessoa você é? Ou então... talvez você não seja uma pessoa! Talvez tenha garras e um rabo, feito um *mapache*!

::::::Ele está me chamando de *guaxinim*!::::::

— Escute, pai...

— Não, escute *você*! Você não sabe o que é sofrer! Prende um cara a 18 *metros da libertad*! Para você pouco importa que os Camacho tenham vindo para a América em um barco caseiro...

— Pai, me *escute*! — disse Nestor, tão bruscamente que o pai nem tentou terminar a frase. — Aquele cara não precisou fazer... — Ele quase disse "tudo isso", mas se calou a tempo. E depois continuou: — ... algo como o que você e Yeyo precisaram fazer. Ele simplesmente pagou a alguns contrabandistas para ser levado direto a Miami em uma lancha cigarette. Que faz 70 milhas por hora na água. Ele levou o quê... talvez duas horas para chegar aqui? Três, no máximo? Em um barco aberto? Não, em uma cabine com teto. Morto de fome? Provavelmente nem teve tempo de digerir tudo que almoçou antes de partir!

— Bom... isso não importa. O princípio é o mesmo...

— Que princípio, pai? O sargento me deu uma ordem direta! Eu estava executando *uma ordem direta*!

Um muxoxo debochado.

— *Executando uma ordem direta*. — Outro muxoxo. — O pessoal do Fidel também! Eles também executam ordens diretas... para surrar pessoas, torturar pessoas, "desaparecer" pessoas e tomar tudo que elas tenham. Você nunca ouviu falar em honra? Não se importa com a honra da sua família? Não quero ouvir essa desculpa patética novamente! *Executando uma ordem direta*...

— Ora essa, pai! O cara está lá em cima, berrando para a multidão na ponte e agitando os braços no ar. — Nestor imita o sujeito. — Ele está pirado! Vai cair e se matar. Na ponte há seis pistas de trânsito engarrafadas, hora do rush de uma sexta-feira, o pior...

— Arrá! Um *engarrafamento*. Por que você não *explicou*? Opa, um *engarrafamento*! Isso já é diferente... então você está tentando me dizer que um engarrafamento é pior do que *tortura* e *morte* nas masmorras de Fidel?

— Pai, eu nem sabia quem o cara era! Ainda não sei! Não sabia por que ele estava berrando! Ele estava mais de vinte e tantos metros acima de mim!

Na verdade, ele *soubera*, mais ou menos, mas não era hora de fazer grandes distinções. Qualquer coisa para acabar com aquela arenga, aquele julgamento terrível... por seu próprio pai!

Só que nada conseguiria deter Eu, Camilo Camacho, Senhor Deste Domínio. – Você disse que ele ia cair e se matar. Foi *você* que quase fez o sujeito cair e se matar! Você é que estava louco para *prender* o cara, sem ligar para o resto!

– Jesus Cristo, pai! Eu não prendi o cara! Nós não prendemos imigran...

– Todo mundo *viu* você fazer isso, Nestor! Todos sabem que foi um Camacho que fez aquilo. Vimos você fazer com nossos próprios olhos!

Por acaso, o pai, a mãe, o avô e a avó haviam visto tudo em um canal americano com o áudio substituído pelo som da WDNR, uma estação radiofônica em espanhol que adorava se enfurecer diante dos pecados de *los americanos*. Nada que Nestor dissesse acalmaria seu pai. Eu, Camilo Camacho, jogou as mãos para cima como quem diz: "Sem esperança, sem esperança." Depois deu meia-volta e se afastou.

Já a mãe permaneceu ali. Após se certificar de que Eu, Camilo fora para outro aposento, ela lançou os braços em torno de Nestor e disse: – Pouco me importa o que você fez. Está vivo e em casa. Isso é o principal.

Pouco me importa o que você fez. O veredicto de culpa implícito ali era tão deprimente que Nestor ficou calado. Não conseguiu sequer grunhir um insincero *Obrigado, Mami.*

Exausto, ele foi para seu quartinho. Todo o seu corpo doía; ombros, quadris, os sartórios na parte interna das coxas, e as *mãos*, que ainda estavam raladas. Suas mãos! As juntas, os nós dos dedos... era uma agonia até tentar fechar os punhos. Só tirar os sapatos, a calça e a camisa, além de deitar na cama... que agonia. ::::::Dormir, meu Deus. Quero desmaiar... só peço isso... quero zarpar desta casita... para os braços de Morfeu... leve meus pensamentos... seja minha morfina::::::

Só que Morfeu falhou. Nestor cochilava e então... *acordava de susto* com o coração disparado... cochilava... *acordava de susto*... cochilava... *acordava de susto*!... a noite toda, aos trancos e barrancos... até *acordar de susto* às seis da manhã. Ele se sentia uma casca queimada. Estava todo dolorido, mais do que já estivera em toda sua vida. Mexer as juntas dos quadris e das pernas era algo tão doloroso que Nestor até duvidava que elas conseguissem sustentar seu peso novamente. Só que seriam *obrigadas* a isso. Ele precisava sair dali, que diabo! Ir para algum lugar... e matar o tempo até o começo do plantão na Patrulha Marítima, às quatro horas. Deslizou os pés para fora da cama e sentou-se lentamente... ficou parado ali, meio tonto, por um instante. ::::::Estou me sentindo mal demais... não *consigo* levantar. Então vai fazer o quê, ficar por aqui esperando mais xingamentos?:::::: Por pura força de vontade, ele se obrigou a uma *verdadeira tortura...* levantar! Com hesitação e cautela, foi pé ante pé até a sala e parou diante das duas janelas frontais da casinhola, vendo as mulheres. Elas já estavam lá fora, lavando com mangueiras os pátios de concreto por todo o quarteirão, pois era manhã de sábado.

Nem morto um homem empunharia alguma daquelas mangueiras. Aquilo era serviço de mulher. Essa seria a primeira coisa que sua mãe faria ao se levantar: lançar um jato de água naquele gramado duro feito pedra, com cerca de 16 por sete metros, que pertencia a eles. Era uma pena que a água não fizesse o concreto crescer. Se fizesse, o pátio frontal deles já teria cinquenta andares de altura.

Desde as primeiras lembranças de Nestor, a imagem de Hialeah sempre fora de milhares de quarteirões como aquele, com infindáveis fileiras de casitas com pequenos pátios cimentados na frente... mas sem árvores... pontilhados aqui e ali por veículos cobertos de letreiros... barcos que anunciavam *Lazer Conspícuo*... mas sem árvores. Ele já ouvira falar de uma época em que por todo o país o próprio nome Hialeah suscitava uma imagem de Hialeah Park, o hipódromo mais glamouroso e socialmente elegante da América, localizado em um terreno que era o sonho de qualquer paisagista: um parque com 1 milhão de metros quadrados de um verde luxuriante, totalmente feito pelo homem, onde residia uma revoada dos mais rosados flamingos... atualmente uma relíquia trancada e abandonada, um grande suvenir mofado dos dias gloriosos em que os anglos governavam Miami. Hoje em dia um furgão que exterminava insetos estacionado na frente com seu nome no letreiro bastava para fazer La Casita de Camacho socialmente elegante em Hialeah. Nestor admirara o pai por aquilo. Toda noite o velho chegava em casa com inseticida emanando das roupas. Nestor, porém, achava que isso era sinal do sucesso do pai como empresário. O mesmo pai que agora se volta contra o filho, quando ele mais precisa de apoio!

Cristo! Já eram quase 6:30, e ele só estava parado ali, deixando os pensamentos correrem soltos... O bando inteiro logo estaria de pé... o *caudillo* Camilo, a esposa sempre preocupada e nervosa de *el caudillo*, Lourdes, além de Yeya e Yeyo...

Yeya!

Ele esquecera completamente! Era aniversário dela! Ele não tinha como escapar do aniversário de Yeya. Sempre havia um churrasco de porco... um porco grande o suficiente para cem ou mais pessoas... todos os parentes... *inúmeros*, só ali em Hialeah... além de todos os vizinhos dos pátios de concreto molhados. Seus pais, Yeya e Yeyo, e até ele mesmo, conheciam tão bem os vizinhos que já os chamavam de *Tía* e *Tío*, como se fossem tias e tios verdadeiros. Se ele faltasse à festa, *jamais* seria perdoado. Nos domínios de Camacho, comemorar o aniversário de Avó era uma coisa muito importante... praticamente um feriado... e quanto mais ela envelhecia, mais sagrado se tornava *aquilo*.

Em Hialeah, por toda parte havia avôs e avós morando na mesma casa que seus filhos de meia-idade. Até o irmão e a irmã de Nestor se casarem e se mudarem, aquela casita parecia a ACM. Havia apenas um banheiro para sete pessoas de três gerações diferentes. E depois não queriam que as pessoas vivessem se trombando lá dentro...

Ah, Magdalena! Se pelo menos ela estivesse ao lado dele agora! Ele poria o braço em torno dela... na frente de todos... agora mesmo... e ela ficaria brincando acerca de todos os pátios de concreto e todas as esposas exploradas de Hialeah. Por que todo mundo não se juntava e regava ao menos *uma* árvore? Era o que ela estaria dizendo. Ela apostaria que não existia sequer uma dúzia de árvores em todo o bairro. Hialeah já fora uma pradaria de terra, e agora era uma pradaria de concreto. Esse era o tipo de coisa que ela diria, se estivesse ali... Ele podia *sentir* o corpo dela encostado no seu. Ela era tão *linda*... e tão *inteligente*! Tinha um... *jeito*... de encarar o mundo. Como ele era sortudo! Tinha uma garota mais bela, rápida e inteligente do que... do que... uma estrela da TV. Podia sentir o corpo dela junto ao seu na cama ::::::Ah, minha Manena:::::: Seu corpo não tocava o dela desse jeito havia quase duas semanas. Quando não era o seu horário de trabalho, era o horário de trabalho *dela*. Nestor não sabia que as enfermeiras psiquiátricas tinham de trabalhar tanto. Aparentemente, aquele psiquiatra era um figurão. Tinha quase uma montanha de pacientes no hospital Jackson Memorial, além dos que eram atendidos no consultório o dia inteiro, e Manena precisava cuidar de todos nos dois lugares. Nestor não sabia que os psiquiatras tinham tantos pacientes hospitalares. Ah, mas ele é muito proeminente, muito requisitado, explicara Manena. Ela andava trabalhando dia e noite. Recentemente tudo ficara tão difícil que não havia mais tempo para vê-la. Quando ele terminava o plantão na Patrulha Marítima, à meia-noite, ela já estava na cama, dormindo, e ele não ousava lhe telefonar. Magdalena tinha de começar a trabalhar às sete da manhã, explicara, porque primeiro precisava ir ao hospital fazer uma "pré-verificação", e depois ao consultório para atender pacientes o dia inteiro, até as cinco da tarde, mas o plantão de Nestor começava às quatro. Só para piorar, eles folgavam em dias diferentes. A coisa toda se tornara impossível. O que se podia fazer?

Ele ligara para o celular dela pouco depois de voltar à marina. Ninguém atendera. Então Nestor lhe mandara uma mensagem de texto. Ela não respondera... e já *devia* ter ouvido falar da história. Se seu pai tinha razão, *todo mundo* ouvira falar.

Ele precisava ver sua Manena... mesmo que só no Facebook! Correu de volta para o quarto, vestiu-se o mais rapidamente que já se vestira na vida, sentou-se diante do laptop, mantido em uma mesa que mal cabia no aposento, e entrou na rede... *Manena!* Lá estava ela... era uma fotografia que ele tirara dela... uma luxuriante cabeleira morena cascateando até os ombros... olhos escuros, lábios levemente entreabertos e sorridentes... que prometiam... *êxtase* era uma palavra que nem sequer chegava perto! ::::::Mas pare de fantasiar, Nestor! Vá à cozinha e beba um café... antes de precisar aturar uma companhia que você não deseja ter.::::::

Ele ficou sentado na cozinha, no escuro, bebendo uma segunda xícara de café, tentando acordar... e pensando... pensando... pensando... pensando... Não podia ligar para ela tão cedo, 15 para as sete de uma manhã de sábado... e nem deveria lhe mandar uma mensagem de texto. Até o *bipe bipe bipe* de uma mensagem de texto poderia acordá-la.

Uma luz se acendeu e ele ouviu o *glu-glu-glu* familiar de uma latrina. *Droga!* Seus pais estavam se levantando... Camilo, o Caudillo, estaria partindo direto para a cozinha... Um *laivo de esperança*! Seu pai tivera chance de refletir sobre o assunto e queria fazer as pazes...

Clique... a luz da cozinha acende. Seu pai está à porta... Tem as sobrancelhas flexionadas para baixo, criando uma vala entre elas. Vestiu suas calças folgadas e uma camiseta GG cujas mangas curtas passam dos cotovelos, mas mal consegue cobrir sua barriga de melancia. Não fez a barba. A parte inferior das suas mandíbulas é grisalha. Ele ainda tem olheiras. Está com um aspecto pavoroso.

– *Buenos días...?* – arrisca Nestor. A frase começa como uma saudação, mas termina mais como uma pergunta do que qualquer outra coisa.

– O que você está fazendo sentado aqui no escuro? – diz o pai. *Não sabe nem ficar sentado numa cozinha?*

– Eu... não queria acordar alguém.

– E quem essa luzinha aí acordaria? – *Você não entende coisa alguma?*

Ele passou por Nestor sem mais uma palavra e foi se servir de uma xícara de café... Nestor manteve o olhar fixado Nele, Camilo, o Caudillo, Senhor Deste Domínio. Temia outra detonação. Eu, Camilo Camacho, bebeu a xícara de café inteira sem interrupção. Depois saiu marchando da cozinha, feito um homem com uma tarefa a cumprir. Não reconheceu a presença de Nestor de qualquer forma ao sair... nem sequer olhou de esguelha para ele.

Nestor voltou-se para seu café, que a essa altura já estava frio demais, puro demais, amargo demais... e perdera o sentido. Ficou pensando, pensando, pensando, pensando... mas não conseguia entender sua situação.

Então se perguntou: — Eu existo?

No instante seguinte... bufos, gemidos e arquejos de todos os tipos provocados por um esforço gigantesco começam a ser ouvidos ali fora da cozinha.

É o pai... mas que diabos ele está fazendo? Tem o corpo inclinado para a direita, porque está carregando uma coisa enorme no ombro direito. É um volume comprido... um caixão. O pai está lutando com o troço, e cambaleando sob o peso. O caixão balança feito uma gangorra no ombro do velho... esbarra de lado no pescoço dele... está prestes a escapar das mãos dele. Mas ele força o troço de volta para cima do ombro. Um dos braços combate os trancos... o outro tenta parar o balanço da gangorra. Ele tem o rosto vermelho... está ofegante... e vai fazendo todo tipo de barulho provocado por um esforço pesado...

— Messh... cinnghh... neetz... guhn arrrgh... *muhfughh*... nooonmp... *merda*... boggghh... frimp... ssslooosh... gesssuh... *hujuh*... neench... arrrgh... eeeeeooomp.

As pernas do velho estão bambeando. Aquilo *não é um caixão*... é a *caja china* que eles sempre usam para assar o porco... mas quando é que alguém já tentou carregar sozinho essa porcaria? Ali... as aberturas metálicas nas pontas, onde você enfia alças para carregar a coisa, com um homem na ponta de cá, outro na de lá... que idiota já tentou carregar esse troço em cima do ombro? Eu, Camilo confeccionou tudo anos atrás... uma caixa de compensado com dois centímetros de espessura, em forma de caixão, forrada com metal para telhados... deve pesar quase quarenta quilos... tão comprida, tão grande, que ninguém conseguia passar o braço em torno dela e mantê-la estável...

Nestor exclama: — PAI, POSSO AJUDAR VOCÊ?

Ouvindo isso, o velho tenta se afastar dele... você não pode botar um só dedo aqui, traidor...

— *Argggggh...*

Esse pequeno movimento... já é suficiente! Agora quem manda é a *caja china*! O maldito troço é um imenso touro furioso cavalgando *em cima de* um pequeno cavaleiro. Nestor vê tudo acontecendo... como que em câmera lenta. Na verdade, porém, tudo acontece tão depressa que ele fica grudado ao chão... inerte. A *caja china* começa a girar. O pai também começa a girar, tentando acompanhá-la... suas pernas se entrelaçam... ele começa a tombar...

— *Argggggh...*

... a furiosa *caja china* começa a cair em cima dele...

— *Errrnafuph...*

... uma ponta dela bate na parede...

B U U U M!

... o barulho parece um desastre de trem em uma casita como aquela...

— Pai! — Nestor já está agachado sobre o desastre, e começa a levantar a imensa caixa de cima do peito do pai.

— Não! — O pai ergue o olhar direto para o rosto de Nestor. — Não! Não! Seu rosto já exibe uma careta inteira... com os olhos em chamas... dentes superiores arreganhados...

— Você... não!

Mesmo assim, Nestor levanta a *caja china* de cima do peito do pai e coloca-a no chão... Para alguém com dorsais, trapézios, bíceps, braquiais e quadríceps como os dele... inchados ao máximo por adrenalina... aquilo é nada... podia muito bem ser uma caixa de papelão.

— Pai! Você está bem?

Eu, Camilo Camacho... fica deitado de costas... olhando com raiva para o filho, e rosnando...

— Tire a mão dessa *caja china* — diz ele, em um rosnado baixo, mas claro.

O pai não se machucou... está perfeitamente lúcido... a parede absorveu o peso da *caja china*... que apenas tombou por cima de Eu, Camilo Camacho... ele não indica sentir qualquer dor... Ah, não... só quer *inflingir* dor... Algo próximo do desespero passa pelo sistema nervoso central de Nestor... Ele vem ajudando o pai a carregar a *caja china* para os churrascos de porco desde que fez 12 anos... Seu pai erguia as alças de uma ponta, e Nestor erguia as alças da outra... *desde que fez 12 anos!* Aquilo já virara um pequeno ritual de virilidade! Agora o pai não quer saber dele.

Eu, Camilo Camacho, não quer nem que o filho levante um caixão caído sobre seu corpo prostrado. Você sabe muito bem como magoar um filho, não é, *caudillo* Camacho? Só que Nestor não consegue encontrar as palavras para dizer isso, ou qualquer outra coisa.

— O que aconteceu? O que aconteceu? — É a mãe, que vem *correndo* lá do quarto. — Ah, meu Deus... Cachi! O que aconteceu? Você está bem? O que foi aquele barulho terrível? O que caiu? Cachi!

Esse é o seu apelido amoroso para o Mestre. Ela caiu de joelhos ao lado do marido. Ele olhou para ela sem expressão, e depois pôs a língua na bochecha, lançando para Nestor um olhar sinistro e, devido à língua na bochecha, acusatório. Manteve o olhar fixo feito um raio laser... fazendo a esposa se virar para o filho... de olhos arregalados... perplexa... assustada.... temendo o pior... como quem pergunta: "Você fez isso... com seu próprio pai?"

— Pai, conte a ela! Conte à Mami o que aconteceu!

Eu, Camilo Camacho ficou calado. Simplesmente manteve o olhar sinistro fixado no filho.

Nestor se virou para a mãe. — O pai tentou carregar a *caja china* sozinho, em cima do ombro! Perdeu o equilíbrio... e bateu com o troço na parede!

Ele começou a hiperventilar... e não conseguia parar, embora aquilo lançasse uma dúvida sobre o que ele estava dizendo.

— Conte a ela por quê — disse o Senhor Deste Domínio com sua nova voz suave, baixa e misteriosa... implicando que ainda restava muito a dizer.

— Mas o que aconteceu, de verdade? — disse Mami, olhando para Nestor. Depois virou para o marido. — Cachi, você precisa me dizer! Está machucado?

Com a voz já uma trêmula oitava acima, Nestor disse: — Eu juro! O pai estava tentando carregar aquele troço sozinho! Veja o tamanho daquilo! Ele se atrapalhou e, quando tentei ajudar, pulou para longe, ou meio que pulou... e perdeu o equilíbrio. A *caja china* despencou e acabou em cima dele! Não foi, pai? Foi exatamente isso que aconteceu... não é?

Ainda ajoelhada, Mami começou a chorar. Apertando os lados do rosto com as mãos, ficava repetindo: — Meu Deus... meu Deus... meu Deus... meu Deus!

Eu, Camilo Camacho, manteve o olhar fixo no filho, pressionando a língua contra a bochecha com tanta força que seus lábios se abriram daquele lado, revelando os dentes.

— Pai... você *precisa contar a ela!* — A voz de Nestor estava ficando estridente. — Já sei o que você está fazendo! Está bancando a Estátua da Paciência, Sorrindo para a Dor!

Fora Magdalena que lhe apresentara aquela expressão. De alguma forma, ela aprendia coisas assim. Depois ele arrematou: — Está brincando de Veja O que Você me Levou a Fazer!

A mesma voz baixa e suave disse: — Não fale assim comigo. O Grande Policial... mas todo mundo sabe o que você é, na verdade.

Mami começou a chorar, com grandes soluços. E os olhos do próprio Nestor começaram a se encher de lágrimas.

— Isso não é justo, pai! — Ele mal conseguia evitar um tremor nos lábios. — Eu vou ajudar você, pai! Vou levar a *caja china* até o pátio para você! Mas não é justo... você não pode me tratar desse jeito! Isso não está certo! Você está de brincadeira comigo! A Estátua da Paciência, Sorrindo para a Dor!

Ele abandonou a postura agachada e se ergueu... ia embora dali! Lutando contra as lágrimas, adentrou o pequeno corredor que ia dali até os aposentos na frente da casa. Uma porta se abriu atrás dele... uma luz... ele percebeu imediatamente... Yeya e Yeyo... as últimas pessoas na Terra que ele precisava ver naquele momento, no meio de tudo aquilo.

Yeya, aproximando-se por trás, disse em espanhol: — O que foi aquele barulho? Praticamente nos derrubou da cama! O que aconteceu?

Ele precisava pensar depressa... então parou, virou e deu a Yeya o sorriso mais largo e doce que conseguiu. Que dupla *guajira* estava à sua frente! O principal será manter os dois longe do filho, Eu, Camilo Camacho. Yeya era baixa e atarracada, com o corpanzil coberto por um florido vestido havaiano. Mas o principal era o seu cabelo, que formava uma bola azul, a Bola Azul de Hialeah para senhoras de certa idade. Em Hialeah as senhoras idosas não tingiam seus cabelos brancos, pelo menos não do jeito usual... Quarenta e oito horas antes, ao se aprontar para a grande festa de aniversário, Yeya fora ao cabeleireiro. Ele encurtara o cabelo adequadamente... para uma mulher de certa idade, e acrescentara uma... "azulada"... para dar ao grisalho um matiz azul. Depois secara, penteara e repuxara os fios até formar uma sedosa bola azul, ou o capacete antichoque de Hialeah, como aquilo fora apelidado. O de Yeya tivera um dos lados um pouco achatado durante o sono, mas reafofar e reavivar o capacete não parecia ser problema, desde que o conjunto não fosse despedaçado. Pouco acima da testa o cabelo estava preso em torno de dois rolos.

Yeyo, logo atrás dela, era um homem alto. No passado fora grande, carnudo e forte. Ainda tinha uma constituição alta e larga, embora um tanto curvada. Atualmente mais parecia um cabide largo, mas ossudo, para o pijama e o roupão antiquados que trajava. Naquele momento lembrava alguém que acabara de se levantar a contragosto de um período agradável passado com Morfeu. Sua cabeleira grisalha era maravilhosamente espessa. Deus só podia ter pregado cada fio naquela cabeça até a eternidade. Ele fora um homem realmente bonito, que exalava confiança e força... para não mencionar uma índole autoritária. Naquele momento rebelde, porém, seu cabelo se projetava para todos os lados, feito uma vassoura quebrada...

Tudo isso Nestor absorveu instantaneamente... isso e as expressões deles. Ali eles não eram seu *abuelo* e *abuela* amorosos. Nem um pouco. Se ele estava lendo aqueles rostos corretamente, os dois se ressentiam de dividir com Nestor até o ar que respiravam...

Como distraí-los? Essa era a ideia.

— Parab... *feliz cumpleaños*, Yeya!

Droga. Meio que fiz besteira ali. Quase falei “Parabéns para você”. Yeya e Yeyo sempre viam com maus olhos coisas assim... a geração seguinte usando inglês ao invés de espanhol em algo tão tradicional quanto *Feliz cumpleaños*. Yeya lançou um olhar para Nestor. Ele era simplório? Um bocó? Gostava de falar bobagens? Depois deu uma olhadela para a camisa dele, intencionalmente pequena demais.

— Ahhh, o fortão. Nosso astro da TV. Nós vimos você, Nestorcito. Vimos você muito bem — disse ela. Depois começou a balançar a cabeça repetidamente, com os lábios comprimidos e enrugados sob o nariz feito uma bolsinha com o cordão puxado e apertado... Ah, sim, Nestorcito, vimos você *até demais*...

Antes que Nestor pudesse falar algo, Yeyo disse em espanhol: — Por que você deu seu nome a eles?

— A quem, Yeyo?

— O pessoal da TV.

— Quem deu? — disse Yeya. — Um passarinho?

— Não sei. Eles *descobriram*.

— Você sabe que esse também é o meu nome? — disse Yeyo. — E do seu pai? Sabe que nós nos *importamos* com o nosso nome? Sabe que a família Camacho existe há muitas gerações? Sabe que temos orgulho da nossa história?

::::::E eu não sei que você contribuiu para essa história orgulhosa desafiando o turbilhão de merda nos esgotos de Havana? Sim, eu sei disso, seu impostor autoritário:::::: Uma raiva verdadeira, e não misturada com *mágoa*, já estava surgindo no cérebro de Nestor. Ele precisava se afastar deles antes que as palavras brotassem.

Sua boca estava muito seca, e a garganta se fechara, mas ele ainda conseguiu dizer: — Sim, Yeyo. Eu sei disso. Mas agora preciso ir.

Já se virara para sair de casa quando... *passada-rangido-estalo* baque... *passada-rangido-estalo* baque... *passada-rangido-estalo* baque... no fundo do corredor... Ah, pelo amor de Deus... a mãe estava tentando sustentar o pai... o cotovelo de Eu, Camilo apoiara-se em cima do antebraço de Mami, que tremia sob o peso do inválido. Ele mancava como se houvesse machucado a perna... *passada*... dava um passo, pondo todo seu peso na perna "boa", e fazendo as débeis tábuas do assoalho no corredor gemerem e estalarem... depois vinha o baque mais leve da perna "ruim", delicadamente... "dolorosamente"... tentando avançar... *Que farsante escandalosa era a Paciência!*

Yeya gritou: – Camilito... ah, meu Deus, o que aconteceu com você?

Em um instante ela já estava ao lado de Camilito, tentando dar-lhe mais apoio ao enfiar seus antebraços sob o outro braço dele.

– Está tudo bem, Mami – disse ele. – Você não precisa fazer isso. Eu estou bem.

Como ele parecia corajoso! Estoico, pensou Nestor. Na realidade, não devia ser muito agradável sentir as rijas mãos dela enfiadas nas macias axilas dele.

– Mas, Camilito, meu Camilito! Ouvi uma barulhada! Ah, meu Deus!

– Nada, nada. Só uma pequena desavença... familiar. – Era a nova voz suave e rouca de Eu, Camilo. Ao falar isso, ele alvejou Nestor novamente com aquele seu olhar irônico, de língua na bochecha e dentes arreganhados, interrompido apenas para dizer outra vez: – *Só uma pequena desavença... familiar.*

Agora todo o quarteto tinha os olhos fixos em Nestor. Yeya estava ficando histérica.

– O que você fez com seu pai? Seu próprio pai! Não basta o que fez com o pobre rapaz ontem? Agora precisa se voltar contra o próprio pai?

Nestor se viu confuso... não conseguia pronunciar uma só palavra... simplesmente ficou parado ali, boquiaberto. Sua mãe estava olhando para ele de um jeito que nunca fizera antes! Até Mami!

Quando reencontrou a voz, já estava quase tão histérico quanto Yeya: – Fale a verdade para ela, pai! Fale o que realmente aconteceu! Você está... você está... *torcendo tudo!* Em nome de Deus, fale a verdade! Pai, você está... você está...

Nestor não contribuiu para melhorar sua imagem ao se calar subitamente, girar o corpo, dar as costas a eles e correr até o quarto para apanhar as chaves do carro... partindo para a porta da rua sem nem sequer olhar para o restante da família.

Bum... ele bateu a porta de La Casita de Camacho atrás de si.

3

O FRACOTE CORAJOSO

Pouco mais de duas horas depois apareceu na redação do *Miami Herald* um Edward T. Topping IV que ninguém conhecia. Em geral havia no meio de sua testa, do alto até o começo do nariz, um sulco... um sulco na carne de um homem preocupado com o número de pessoas na equipe editorial, ou no que dela sobrara, que não gostavam dele. Hoje, porém, ele estava dando um sorriso... um sorriso tão largo que erguia suas sobrancelhas ao máximo... arregalava os olhos... e inchava as bochechas rosadas acima de cada malar, feito as de Papai Noel. O tal sulco desaparecera. Os olhos cintilavam.

— Dê uma olhadela nisso, Stan! Dê uma olhadela nisso, uma *boa* olhadela. Sabe o que você está vendo aí?

Ele estava parado no meio de sua sala, que dava para a sala de redação. Estava de pé, e não sentado meio escondido no casulo formado por uma estilosa cadeira giratória de encosto alto e uma estilosa mesa em forma de rim, como em geral ele ficava. Não só isso, tinha as costas voltadas para a parede de vidro que lhe fornecia, como editor-chefe, a Vista... de tudo que era glamouroso em Miami... as palmeiras-imperiais, o hotel Mandarin Oriental, as palmeiras-imperiais, a avenida Brickell, as palmeiras-imperiais, a baía de Biscayne, Brickell Key, Key Biscayne, Venetian Islands, Indian Creek, Star Island, Miami Beach e, mais além, a grande curva parabólica do oceano Atlântico no horizonte, 180 graus de céu tropical azul-claro esturricado de sol, e as palmeiras-imperiais. Não, no momento ele só tinha olhos para a edição do *Herald* que saíra naquela manhã, e que segurava à sua frente como quem exibe uma pintura, mostrando a primeira página inteira, de cima a baixo.

– Aqui está! Você está vendo jornalismo de verdade! Jornalismo de *verdade*, Stan!

Stan, que se chamava Stanley Friedman, era um quarentão magro e ossudo de um metro e oitenta e pouco cuja postura atroz fazia seu peito parecer côncavo e lhe tirava uns 15 centímetros de altura. Stan, o editor de notícias locais, observava a performance sentado em uma poltrona a pouco mais de um metro de distância. Tinha os olhos estreitados no rosto. Ed Topping supunha que aquele era o olhar de um homem maravilhado pelo que ajudara a criar: *isto!*... o *Miami Herald* daquela manhã! Na realidade, Stan Friedman não tinha espaço em seu coração, nem em seu rosto, para o tal "jornalismo de verdade" de Topping. Só queria saber por quanto tempo ainda teria emprego. Duas semanas antes, a Máfia, abreviatura de a Máfia de Chicago, como todos na redação já se referiam aos seis homens que a Loop News Corporation despachara de Chicago para dirigir o *Herald*, demitira mais vinte por cento dos funcionários do jornal, elevando o total a quarenta por cento. Tal como Stan, o editor da cidade, todo mundo que permanecera sentia que seu emprego estava por um fio. O moral estava... *que* moral? Todos viam nas palavras de Edward Topping IV apenas sinais de uma condenação iminente. E era diante dessa Condenação Iminente que os olhos de Stan estavam se estreitando. Na realidade, ele nem corria perigo. A Máfia precisava ter como editor local alguém da cidade, cujos bancos de memória já estivessem repletos de informações sobre a área metropolitana inteira, a disposição detalhada das ruas, todas as 14 jurisdições policiais e seus limites (era muito importante conhecer os policiais)... ou seja, os que participavam do jogo, coisa que incluía *todos* os detentores de cargos com poder de formular políticas, além das celebridades, principalmente as menos importantes, que se sentiam mais confortáveis em Miami do que em Los Angeles ou Nova York. Além disso havia as nacionalidades e seus territórios: Little Havana e Big Hialeah, Little Haiti, Little Caracas, também chamada de Westonzuela, Mother Russia (Sunny Isles e Hallandale), a Hershey Highway, que era o apelido dos policiais para aquele enclave anglo em Sunny Beach também conhecido como "gay". Era uma coisa sem fim, e um editor local precisava saber quem odiava quem, e por quê...

– Olhe para essa diagramação, Stan! – disse Ed, com os olhos ainda brilhando feito lâmpadas.

Ele estava se referindo à capa. Uma manchete negra retinta ocupava toda a largura da folha: POLICIAL ESCALA MASTRO EM RESGATE DE MESTRE. Na margem direita havia uma única coluna de texto. O resto da metade superior da capa era tomado por uma enorme fotografia colorida de uma escuna branca com dois mastros imponentes e nuvens e nuvens de velas brancas... flutuando sobre a vastidão verde-água da Baía de Biscayne... sob a abóbada azul-pálida do céu... e lá, lá no alto, cerca de seis ou sete andares acima do convés, pouco maiores do que a unha de um polegar em contraste com amplidões tão gigantescas, viam-se duas diminutas criaturas vivas, dois homens cujas vidas dependiam da única mão que um deles mantinha em um cabo de vela... eram dois ciscos surgindo no meio daquelas dimensões esmagadoras, dois pequenos animais humanos *pertinho assim* de uma queda mortal... tudo isso em uma imagem captada por Ludwig Davis, um antigo fotógrafo do *Herald*, poupado da demissão por seu talento. Em duas colunas mais abaixo havia a fotografia de um rapaz de peito nu, com músculos e mais músculos, todos altamente definidos, "talhados", "rasgados" ao ponto de parecerem até plastificados. Aquela imagem na primeira página era um verdadeiro nu masculino em *chiaroscuro*, da escola de Michelangelo.

Ed Topping não conseguia abafar a sublime felicidade que a imagem colorida da grande escuna branca lhe propiciava. Bateu várias vezes no jornal com os nós dos dedos, um gesto que indicava "*Está aí para vocês!*".

– Nenhum outro suporte conseguiria chegar perto dessa imagem, Stan! – estava dizendo o subitamente animado editor-chefe. – O papel impresso é ótimo para cor, desde que você tenha grandes formas de valor uniforme, como o céu, a baía, a escuna, o casco, aquelas velas imensas... e sabe do que mais? A resolução pobre do papel impresso torna os blocos de cores mais uniformes. Parece uma gravura japonesa do século XIX, essa uniformidade dos blocos de cor. O defeito vira uma vantagem!

Ed arregalou os olhos, que já estavam ficando mais brilhantes, feito um reostato, como quem diz: "*Agora* você percebe o que eu estou falando, não é?"

Stan, o editor local, esticou o pescoço para cima, torcendo a boca e a mandíbula inferior de um jeito estranho.

– Nenhum outro suporte conseguiria chegar perto disso – continuou Ed, explicando detalhadamente por que a TV não conseguiria, por que o cinema não conseguiria, por que o videoteipe não conseguiria, por que a internet não conseguiria... por que nem uma ótima cópia impressa da fotografia original conseguiria chegar perto. Teria "valores demasiados nos blocos de cores".

Stan tornou a fazer aquela estranha contorção de pescoço, boca e mandíbula inferior.

::::::EmnomedeDeus... que conversa é *essa*?:::::: Mas Ed estava enfeitiçado demais por sua digressão erudita sobre a imagética das cores (nada mais, nada menos que gravuras japonesas do século XIX!) para se deter diante das contorções de traqueia do velho Stan. No fundo do seu coração, Edward T. Topping IV assumia todo o crédito por aquela fabulosa capa... ou primeira página, como diziam os jornalistas de verdade. Durante a tremenda emoção do fechamento do jornal na noite anterior (ou, como dizem os jornalistas de verdade, "pôr o jornal na cama"), ele saíra de sua sala para a sala de redação e grudara no ombro de seu editor-administrativo, um colega da Máfia de Chicago chamado Archie Pendleton, que por sua vez grudara no ombro do editor de diagramação, um sobrevivente local que precisava ser conduzido feito um pônei com rédeas. Todos estavam se perguntando o que fazer com a notável fotografia do velhote, Lud Davis, até que Ed dissera: "Vá até o fim com isso, Archie. Tamanho grande. Faça a foto saltar em cima da gente na primeira página."

E assim foi feito. Como alguém poderia explicar a imensa satisfação que aquilo lhe dava? Era mais do que ser o mandachuva, o editor-chefe, o Poder. Era ser criativo, mas também agressivo... ousando soltar os bichos quando era hora de soltar os bichos. Era isso que significava a expressão "Ele é um jornalista de verdade".

Ed virou o jornal ao contrário, para poder examinar a primeira página mais de perto.

– Stan, o que você pode me falar desse John Smith... o cara que escreveu a matéria?

A expressão de Stan se transformou inteiramente. Que alívio! Que alívio escapar daquele longo sermão do Ceifador IV! Que alívio não ter mais de abafar bocejo após bocejo em goles sufocantes! Ele só esperava que suas contorções houvessem parecido apenas uns soluços extenuantes. Que alívio responder a uma pergunta simples... além de ganhar pontos fornecendo informações que você tem, e ele não.

– O John não é um velocista – disse Stan. – Ele é fundista. É um desses garotos de 28 anos... por falar nisso, ele detesta apelidos, detesta Jack, detesta Johnny, Jay ou qualquer outra coisa que alguém invente. Nem responde a essas porras. Ah, é! Nem dá ouvidos! Ele é o John Smith, e pronto. Em todo caso, é um desses garotos com cabelo louro e cara de bebê, que tem 28 anos, mas parece ter 18. Nem sei se ele se barbeia ou não, mas posso dizer uma coisa que ele faz... ele fica corado! Fica corado o tempo todo! Não conheço outro homem adulto que ainda consiga fazer isso... *ficar corado.* E a polidez dele? Hoje em dia...

Enquanto Stan tagarelava, Ed se virou para o computador e acessou a ficha de John Smith no diretório interno do *Herald.* – Vá falando, Stan. Só estou procurando o John Smith aqui.

::::::Ora, quem diria?:::::: pensou Ed, assim que a ficha surgiu na tela. ::::::John Smith estudou na St. Paul's e em Yale! Somos dois de Yale... mas St. Paul's barra Hotchkiss!::::::

Para Ed aquilo tinha o impacto de uma... verdadeira revelação.

– ... mas você pode mandar o garoto a qualquer lugar, e ele irá – estava dizendo Stan. – Irá direto a qualquer pessoa que você quiser e perguntará qualquer coisa que você quiser. Sabe o lide que ele escreveu? Os oficiais superiores da polícia estavam tentando manter o John longe daquele jovem policial, o Nestor Camacho... o tal que tirou o sujeito de cima do mastro. Eles não gostam que policiais deem entrevistas sem aprovação ou instrução prévias, e coisa e tal, principalmente em um caso como esse. Mas o John se recusou a ir embora. Se ele pudesse ter se algemado ao policial só para manter a entrevista em andamento, aposto que teria feito isso. Ele descreve a cena inteira mais adiante na reportagem.

Ed leu o lide outra vez.

"De John Smith, com colaboração de Barbara Goldstein, Daniel Roth e Edward Wong."

"– Levantar *pesos*? Escalar cordas é muito melhor que levantar pesos! – contou ao *Herald* ontem, ainda cheio de adrenalina, Nestor Camacho, policial da Patrulha Marítima de Miami, depois que suas acrobacias salvaram a vida de um homem mais de vinte metros acima da baía de Biscayne e eletrizaram a cidade inteira, que via tudo ao vivo pela TV."

"– É desse jeito que eu treino! Escalo uma corda de quase vinte metros na academia do Rodriguez, a Ññññññooooooooooooo!!! Qué Gym!, sem usar as pernas! – disse ele. – Dorsais? Deltoides? Bíceps? Peitorais? Até peitorais! É a melhor coisa do mundo para a parte superior do corpo, escalar cordas."

"E agora... quem em toda a cidade de Miami ousaria questionar o homem?"

"Esse policial de 25 anos acabara de dar uma estonteante prova de força... um número de corda bamba que salvou um refugiado cubano de uma queda fatal interrompeu o tráfego nas seis pistas da ponte de Rickenbacker durante horas, hipnotizou a cidade inteira diante da cobertura de rádio e TV, e atraiu a ira dos ativistas cubanos em Miami, que acabaram chamando o mesmo policial de 'traidor'."

"Pouco antes das três da tarde, ao sul da ponte..."

Ed parou de ler e olhou para Stan, sorrindo outra vez. – Sabe, quando esse lide começou a entrar, eu disse a mim mesmo: "Que diabo é isso? Peitorais? Deltoides? Ññññññ o... ou seja lá o que for... Gym? O que esse cara pensa que está escrevendo, uma sub-retranca sobre o fisiculturismo na nossa época?" Levei um tempo até perceber que se tratava de um lide *perfeito*. Temos esse problema constantemente. Se a matéria é grande, todo mundo já ouviu no rádio, viu na TV ou leu na internet. Então, quando a gente publica algo, todo mundo fala: "O que é isso... o jornal de *ontem*?" Mas nós fomos os únicos que chegamos a entrevistar o policial, não fomos?

::::::Cacete... St. Paul's e Yale.::::::

— Pois é — disse Stan. — Os policiais não queriam deixar a imprensa se aproximar dele, porque a história é uma faca de dois gumes. Quer dizer... você lembra de todas aquelas vaias, todo aquele pessoal berrando na ponte... todos os cartazes de LIBERTAD e TRAIDOR? Por acaso o policial, Nestor Camacho, também é cubano. Quando ele agarra o outro, transforma o sujeito em um Pé Molhado, que não chegou a alcançar terra firme, ou qualquer coisa ligada à terra, como a ponte. Você viu o viés que *El Nuevo Herald* deu à reportagem?

— Tenho o jornal aqui, mas estava esperando que alguém traduzisse.

— A manchete diz: "*¡DETENIDO!*" — disse Stan. — Com aqueles dois pontos de exclamação, antes e depois, sabe? "¡DETENIDO*! ¡A DIECIOCHO METROS DE LIBERTAD!*"

— O que a gente tem como *follow-up*? — disse Ed.

— A grande pergunta agora é... o que acontece com o Pé Molhado? — disse Stan. — No momento ele está sob a custódia da Guarda Costeira. Foi levado no Barco Seguro da polícia até uma embarcação da guarda. O John menciona isso na matéria.

— E o que a Guarda Costeira vai fazer com ele?

— Já mandei o John ficar em cima disso. Ele falou que tem uns contatos no ICE que podem conversar em *off* — disse Stan, começando a dar umas risadinhas que faziam seu peito cavado balançar de um jeito curioso. — Se mandarem o sujeito de volta, vai ter um monte de pentelhos arrancados em Miami. Eu não gostaria de ser o tal patrulheiro Nestor Camacho.

::::::ICE era o Departamento de Imigração.:::::: Ed estava escutando Stan, mas ao mesmo tempo ::::::Bom, mas quem diria... um aluno de Yale... será que ele trabalhou no *Daily News*?:::::: referindo-se ao jornal estudantil, o *Yale Daily News*, onde ele próprio trabalhara. *Blipe!* Ele estava na esquina da Broadway com a rua York, em New Haven, olhando para o campus... todos aqueles magníficos prédios góticos, feitos de pedras, janelas com vitrais, maçiços telhados de ardósia, arcos, gárgulas, a torre sagrada da biblioteca, o Memorial Sterling.

::::::O que Stan acabara de dizer sobre o garoto e o ICE? Ahh, sim... que o garoto tinha conhecidos lá no ICE.::::::

— Stan, peça que ele venha aqui um instante.

— Você está falando do John?

— Estou. Quero saber exatamente como ele planeja agir.

Stan deu de ombros. — Bom, tá legal. Mas preciso avisar de antemão... ele pode vir com uma outra coisa, uma ideia com que anda torrando meu saco: uma reportagem sobre Serguei Koroliov e o museu novo.

Depois de algum tempo, surgiu um rapaz que parou hesitantemente à porta. Para Ed, ele parecia surpreendentemente alto, com quase um metro e oitenta e cinco. Também era surpreendentemente bonito... de um jeito terno e ainda imaturo. Sob outros aspectos, encaixava-se na descrição de Stan. Tinha cara de bebê, realmente, além de uma desgrenhada cabeleira loura.

— Entre — disse Ed com um sorriso largo, acenando para o jovem repórter.

— Sim, senhor — disse o cerimonioso John Smith... que depois corou! Não havia dúvida! Seu rosto liso, pálido e totalmente sem rugas tornou-se quase escarlate. Ele olhou para o editor local Stan. Sua expressão era uma pergunta: "Por quê?"

— Acho que o Edward gostaria de saber o que nós temos sobre a decisão da Guarda Costeira — disse Stan.

Outro rubor violento.

— Sim, senhor — disse John Smith, dirigindo o *sim* para Stan, e o *senhor* para Ed Topping.

— Puxe uma cadeira e sente-se aqui — disse Ed, acenando para uma poltrona. Depois deu ao garoto outro daqueles grandes sorrisos de editor-chefe.

John Smith puxou a poltrona, sentando-se com os dois pés bem plantados no chão e uma postura tão corretamente ereta que suas costas nem tocavam o encosto. Ele não usava gravata, mas sua camisa branca tinha colarinho. Isso era o melhor que se podia esperar atualmente: uma camisa com colarinho. Não só isso: ele usava um paletó marinho, talvez de linho, uma calça social com vinco bem marcado (coisa pouco vista naquela redação) e um par de mocassins marrom-escuros bem engraxados. A maioria dos funcionários do *Herald* nem fazia ideia do que era graxa para sapatos, evidentemente.

::::::Um mauricinho é o que eu tenho aqui, um mauricinho de Yale :::::: pensou Ed. ::::::E mauricinho da St. Paul's também.::::::

Ed pegou o jornal e exibiu-o inteiro, tal como fizera com Stan Friedman. Depois disse: — Bom, você acha que sua matéria chamou bastante atenção?

Os lábios de John Smith pareciam estar à beira de um sorriso. Em vez disso, o sangue inundou suas bochechas novamente, e ele disse: — Sim, senhor.

Era o seu terceiro *sim, senhor* seguido, e até aquele momento ele não dissera qualquer outra palavra. O momento passou, carregado de silêncio. Então Ed apressou-se a preencher o vácuo: — Como você conseguiu chegar ao rapaz da polícia, o Camacho? Pelo que sabemos, ninguém mais chegou perto dele.

Era o jeito de Ed dar ao garoto um bom tapinha nas costas. Ninguém simplesmente exclamava: "Ótima matéria, Smith!" Esse não era o estilo de um jornalista de verdade.

— Eu sabia onde eles iam atracar o Barco Seguro quando trouxessem o Camacho de volta. Em Jungle Island. Então fui para lá.

— Mais ninguém pensou nisso?

— Acho que não, senhor — disse o garoto. — Ninguém mais estava lá.

Como finalmente conseguira arrancar dele algumas palavras além de *sim, senhor*, Ed resolveu insistir: — E como você sabia disso?

— Das minhas coberturas policiais, senhor. Já andei no Barco Seguro algumas vezes.

– E *El Nuevo Herald*? Por que eles não pensaram nisso?

John Smith deu de ombros. – Não sei, senhor. Nunca vejo aquele pessoal nas reportagens.

Ed se recostou até o máximo permitido pela junta universal de sua cadeira giratória, girou se afastando de John Smith e o editor Stan, inclinou a cabeça para trás e fechou os olhos, como que refletindo profundamente. Seu sorriso eufórico ressurgiu. As rosadas bolas de gordura se reagruparam nas maçãs do rosto, e as sobrancelhas se ergueram ao máximo, embora os olhos continuassem fechados. Ele estava de volta à esquina da Broadway com York. Era meio-dia e os alunos do primeiro ano entravam e saíam do campus antigo... ele estava tentado a ficar mais tempo.

No entanto, girou de volta para John Smith e Stan, o editor local, reabrindo os olhos. Continuava sorridente. Tinha consciência disso. Já por que motivo estava sorrindo, não tinha certeza... mas se você sorri, sem que os outros saibam por quê, você ganha um ar sábio, possivelmente até sofisticado. Ed meio que admitia, mas só para si mesmo, que aquilo era por causa de John Smith. Meneando a cabeça para a tela do computador, ele disse: – John, vejo pelo seu currículo que você estudou em Yale.

– Sim, senhor.

– E se diplomou em quê?

– Inglês.

– *Inglês?* – disse Ed, em tom significativo. Depois alargou o sorriso, tornando-o ainda mais inescrutável do que antes. – Teoria ainda era importante no Departamento de Inglês quando você esteve lá?

– Alguns professores ensinavam teoria, acho eu – disse John Smith. – Mas não penso que fosse importante.

Ed manteve aquele sorriso de eu-tenho-um-segredo e disse: – Parece que eu me lembro...

Mas interrompeu a frase imediatamente. Em uma fração de segundo, se é que ainda não o fizera, Stan perceberia que aquele papo de *Parece que eu me lembro* não passava de uma forma tortuosa de informar a John Smith que ele, Edward T. Topping IV, também era um homem de Yale. *Bum!* Ed abandonou o sorriso, fez uma cara feia e começou a falar em um tom profissional que implicava que John Smith estivera desperdiçando o tempo dele:

— Agora... tá legal, vamos ao que interessa. O que temos sobre esse negócio da Guarda Costeira?

Ele fez questão de encarar primeiro Stan, e depois John Smith. John Smith olhou para Stan, mas Stan só devolveu o olhar, e acenou para Ed com o queixo, de modo que John Smith olhou para Ed e disse: — Ah, eles vão mandar o sujeito de volta para Cuba. Decidiram isso ontem à noite.

Não demonstrou qualquer entusiasmo, mas com Stan e Ed a história foi diferente. Os dois falaram ao mesmo tempo:

Stan: — Você não...

Ed: — Como você...

— ... me contou isso!

— ... sabe disso?

— Não tive chance. Tinha acabado de desligar o telefone quando você me mandou vir aqui na sala do sr. Topping — disse John Smith para Stan. Depois se virou para Ed. — Tem... alguém no Departamento de Imigração que eu conheço muito bem. Sei que ele não me contaria, se não tivesse certeza. Mas preciso verificar a informação com o Ernie Grimaldi, da Guarda Costeira, para ver se eles corroboram.

Ele olhou para Stan e completou: — Tinha acabado de ligar para ele, deixando um recado, quando vim para cá.

— Você falou que eles decidiram isso ontem à noite? — disse Ed. — Quem toma a decisão? Como eles fazem isso?

— É muito simples, e pode acontecer bem depressa. No caso de cubanos, imediatamente concedem a *el*... à pessoa... uma audiência ali mesmo na embarcação da Guarda Costeira. Para isso, sempre levam um juiz que vive realizando essas audiências. Se alguém consegue convencer o juiz...

::::::Ah, merda, o garoto é politicamente correto... o jeito com que quase falou "ele" e trocou por "pessoa" à beira do penhasco... e depois trocou "pessoa" por "alguém", para não precisar lidar com a questão de "ele" ou "ela".::::::

— ... que fugiu de Cuba por causa de uma ameaça crível... essa é a expressão usada, "uma ameaça crível"... então recebe asilo. O tal homem diz que se chama Hubert Cienfuegos, e que é membro de uma organização clandestina chamada El Solvente. Mas eu fiquei aqui até 11 horas ontem à noite, ligando para todo mundo de que lembrava, e ninguém jamais ouviu falar de Hubert Cienfuegos ou El Solvente.

— Você fala espanhol?

— Sim, senhor... razoavelmente, pelo menos.

— Como eles decidem acerca da ameaça crível e do asilo? — disse Ed.

— Fica tudo a cargo de um só homem, esse juiz administrativo. Ou ele acredita ou não acredita. E faz isso ali mesmo no convés. Esse é o procedimento inteiro. Acaba logo.

— Mas como ele decide?

— Não sei tanto assim a respeito disso, mas acho que duas coisas podem desqualificar alguém. Uma é imprecisão demasiada... não conseguir dar datas e cronologia dos fatos, ou não conseguir dizer exatamente quem os ameaça. Outra é a história parecer... certinha demais, sabe? Parecer ensaiada, ou decorada, e ser repetida como uma rotina? Coisas assim? O juiz administrativo não pode intimar testemunhas a depor. Portanto, acho que podemos dizer que é um julgamento subjetivo.

— Por que eles fazem isso no convés de uma embarcação? — disse Ed. — Como esse cara de ontem... o Cienfuegos. Por que não trouxeram o sujeito e fizeram a audiência em terra... quer dizer, depois de todo aquele caos?

— Se alguém é de Cuba e vai parar em uma delegacia, uma cela de triagem, uma cadeia, ou algo assim, recebe asilo automaticamente, porque botou o pé em solo americano. Se cometeu um crime em águas americanas, responderá a processo, mas já não voltará a Cuba.

— Você está brincando.

— Não, senhor. E se alguém não tiver feito mais do que tentar entrar no país de forma ilegal, a única coisa que acontece é o seguinte... esse alguém é condenado a um ano de liberdade condicional, e sai livre. Os cubanos têm uma espécie de status de migração mais favorecida.

::::::alguém alguém alguém não quero acreditar que foi a porra de Yale que fez esse garoto torturar a porcaria da língua assim, embora migração mais favorecida seja um belo jogo de palavras com nação mais favorecida::::::

Mas ele só disse: — Então esse tal de Cienfuegos já está ferrado e vai sumir daqui.

— Sim, senhor. Mas minha fonte me contou que êles podem passar quatro ou cinco dias, até uma semana, sem falar a respeito do caso. Querem dar a todos aqueles manifestantes tempo para esfriar a cabeça.

— Isso seria *ótimo*! — disse Stan, tão empolgado que chegou a erguer o corpo na cadeira. — Se publicarmos outra reportagem imediatamente, teremos a história só para nós.

Ele se levantou... com uma postura até ereta, para os seus padrões, e completou: — Tá legal, vamos nessa, John. Temos muito trabalho pela frente!

Ele partiu rumo à porta. John Smith também se levantou, mas ficou parado ali, e disse a Stan: — Posso mencionar a matéria sobre Koroliov?

Stan revirou os olhos, soltando um suspiro de cansado-além-da-conta, e olhou para Ed, que abriu outro sorriso grande, o sorriso de um homem que tem o Destino jogando a seu favor.

— Claro, vamos ouvir isso — disse ele a John Smith. — O Koroliov é uma figuraça...

Ed notou uma expressão de dúvida, obviamente destinada apenas a ele próprio, passar pelo rosto de Stan feito uma sombra. Só que um homem feliz não se preocupa com as sombras de outras pessoas, de modo que ele continuou: — Por falar em figuras, eu acabei me sentando praticamente ao lado dele naquele jantar que a prefeitura e o museu deram em sua homenagem ano passado. Meu Deus, ele tinha doado uns 70 milhões de dólares em quadros, e metade deles deviam estar pendurados lá naquele salão de jantar! Que espetáculo foi aquilo... todos aqueles quadros russos cobrindo as paredes... de Kandinsky, Malevich... *huuum*...

Ele não conseguia se lembrar de outros nomes.

— Alguns de Larionov — disse John Smith. — De Goncharova, Chagall, um Pirosmanashvili e...

Ed fez uma careta. — Piro... *quem*?

— Ele era uma espécie de Henri Rousseau russo — disse John Smith. — Morreu em 1918.

::::::Cristo, Pirovilioquê?:::::: Ed resolveu ascender acima do nível dos detalhes e disse: — De qualquer forma, eles valem ao menos 70 milhões de dólares, e isso segundo as estimativas *baixas*. Não, o Koroliov é um ótimo tema. Mas nós fizemos um grande perfil dele há pouco tempo. Qual seria o seu ângulo?

Nuvens e mais nuvens já estavam passando pelo rosto de Stan, parado atrás de John Smith.

— Bom, para começar, os quadros de Kandinsky e Malevich são falsos.

Ed inclinou a cabeça, erguendo uma das sobrancelhas tão alto, mas tão alto que seu globo ocular parecia do tamanho de uma maçaneta, e abaixou a outra sobrancelha até fechar completamente o outro olho.

— Os quadros do Kandinsky e Malevich são falsos. — Sem ponto de interrogação. — Com isso, suponho que você queira dizer que eles foram falsificados.

Novamente sem ponto de interrogação. Mas a expressão no seu rosto exibia uma dúvida e uma pergunta implícita. — Você falou mesmo o que eu acho que acabou de falar?

— Sim, senhor — disse John Smith. — Essa é a informação que eu tenho.

Ed inclinou a cabeça ainda mais, e disse com certa displicência debochada: — Todos... falsificados.

Novamente sem ponto de interrogação. Mas suas sobrancelhas contorcidas faziam a pergunta com mais ênfase do que palavras conseguiriam: "O que você andou fumando? Espera mesmo que alguém leve isso a sério?"

— E suponho que Koroliov tinha consciência de tudo isso quando deu os quadros para o museu — disse ele em voz alta. Sem ponto de interrogação... desta vez tratava-se de um indisfarçado deboche verbal.

— Foi ele que pagou para que os quadros fossem feitos.

Ed emudeceu. ::::::Qual *é* a desse garoto? Ele não tem a menor pinta de jornalista investigativo. Parece mais um aluno de colégio alto demais, e que vive levantando a mão porque está louco para mostrar ao professor como é inteligente.::::::

John Smith continuou: – E eu sei que as duas pinturas de Larionov são falsas.

Ed começou a gaguejar: – Então um dos indivíduos mais generosos... admirados... respeitados... e de maior espírito público em Miami deu um golpe no museu.

O ponto de interrogação não era nem um pouco necessário. A declaração afundaria sem nem sequer fazer bolhas, simplesmente por ser tão absurda.

– Não, senhor – disse John Smith. – Não acho que isso seja um golpe, porque os quadros foram um presente, e ele não pediu dinheiro ou qualquer outra coisa em troca, pelo que sei. E as pessoas que receberam não podem ser chamadas de ingênuas. Têm fama de serem peritas nesse campo.

Uma sensação muito desagradável, que ainda nem era um pensamento, começou a se espalhar pelas entranhas de Ed feito um gás. Ele estava começando a criar, em termos pessoais e profissionais, aversão àquele encrenqueiro magricela e alto demais, fosse ou não de Yale. No tal jantar do ano anterior, nenhum outro homem se sentara mais perto do convidado de honra, Koroliov, do que Ed. A mulher sentada entre os dois era a esposa miúda do prefeito, Carmenita, que era pequenina e dolorosamente tímida; em resumo, uma nulidade. Portanto, Ed estava praticamente ao lado do ilustre oligarca. Em um piscar de olhos os dois haviam virado "Ed" e "Serguei". O *mundo* estava naquele jantar, desde o prefeito e seus pesos-pesados da prefeitura... até o bilionário colecionador de arte Maurice Fleischmann, que tinha a mão metida em tantas coisas que era conhecido como o Jogador. Fleischmann estava a quatro cadeiras de Ed ao longo da mesa principal. Ed ainda conseguia visualizar a cena inteira, como se tudo houvesse ocorrido na noite anterior. Fisicamente, Fleischmann não era tão grande quanto parecia... coisa que na verdade pouco importava, quando você parecia um urso irritado, pesado de corpo e hirsuto de rosto. Para compensar a careca, ele adotara a moda atual da "barba por fazer", uma barba de cerca de quatro semanas que começava nas têmporas e terminava sob o nariz, cobrindo as mandíbulas e o queixo. Para manter aquilo limpo e aparado, a maioria dos homens usava o aparador de barba elétrico da Gillette. Dava para ajustar o aparelho feito um aparador de grama, para manter os fios do tamanho que você quisesse. Aquele sombreado forte no rosto dava a Fleischmann um aspecto incomumente feroz e agressivo. Ele tinha a índole de um verdadeiro urso nos negócios: muito temido, muito invejado e muito procurado. Fizera sua fortuna, que chegava a *bilhões*, a partir de uma companhia chamada American ShowUp, em um ramo de que ninguém jamais ouvira falar: "infraestrutura conveniente." Em várias ocasiões, almas benevolentes e entendidas haviam tentado explicar aquilo a Ed, mas ele não conseguira entender. Mesmo assim, quem se sentara praticamente tête-à-tête com o convidado de honra, Serguei Koroliov? Não fora o urso, mas Ed. As demais celebridades de Miami presentes ali naquela noite haviam percebido isso muito bem. O status de Ed subira como nunca desde sua chegada à cidade.

Ele e o *Herald* haviam sido os maiores incentivadores da ideia de transformar Koroliov e sua enorme doação artística na pedra fundamental do Museum Park. Aquilo fora sonhado, ainda no final dos anos 1990... como uma "destinação cultural". Por todo o país, os planejadores urbanos andavam empolgados com a ideia confusa de que toda cidade de "classe mundial" (outra expressão *au courant*) precisava ter uma destinação cultural de classe mundial. *Cultural* se referia às artes... sob a forma de um museu artístico de classe mundial. O Museum Park também teria um novo Museu de Ciências de Miami, mas a âncora do projeto seria o museu de arte. Eram os bons tempos de 2005, e o sonho começou a parecer crível. O parque ocuparia o terreno do velho Bicentennial Park (velho porque o bicentenário ocorrera quase quarenta anos antes, uma eternidade em se tratando de Miami): 120 mil metros quadrados no centro da cidade, com uma bela vista para a baía de Biscayne. E então começou pra valer a captação de fundos. Só o museu custaria 220 milhões de dólares, sendo quarenta por cento em títulos governamentais e sessenta por cento em doações particulares. Uma dupla de arquitetos suíços de classe mundial, Jacques Herzog e Pierre de Meuron, projetaria o museu, e uma firma nova-iorquina também de classe mundial, a Cooper, Robertson, executaria o luxuoso paisagismo. Só que havia um problema na busca de doações particulares. A tal destinação cultural de classe mundial seria um museu cheio de... quase nada: a coleção de arte magra, de terceira categoria, com centenas de quadros e objetos contemporâneos, do já existente Museu de Arte de Miami, fundado apenas em 1984, quando toda a arte "grande" já tivera seus preços inflacionados a perder de vista.

Mas eis que... um milagre. Quatro anos antes, saindo do nada, um oligarca russo de quem ninguém ouvira falar chegara a Miami, se oferecendo para dar ao museu, já chamado de "Novo Museu de Arte de Miami", quadros no valor de 70 milhões de dólares pintados por grandes nomes do modernismo russo do começo do século XX, como Kandinsky, Malevich e o resto. Daquele momento em diante, a construção começara a toque de caixa. Ainda não terminara por ocasião do jantar no ano anterior, mas uma coisa eles haviam completado. Depois da sobremesa, um time de oito gnomos sindicalizados empurrou para o palco um objeto maciço, com quase cinco metros de altura e três de largura, *enorme*, coberto por um manto de veludo lilás. O presidente do já nomeado Novo Museu de Arte de Miami pronunciou algumas palavras deliberadamente vagas, e depois puxou uma corda de veludo. A corda estava ligada a uma roldana, e o manto de veludo saiu voando, *sem mais nem menos*. Perante *le tout Miami* estava um tremendo retângulo de calcário ostentando imensas letras maiúsculas onde se lia: MUSEU DE ARTE KOROLIOV. *Le tout Miami* ergueu-se feito um só animal colonial em um ensurdecedor paroxismo de aplausos. O conselho renomeara o museu em homenagem a ele. As incisões naquela maciça peça de calcário eram tão profundas que as letras desapareciam na sombra se você tentasse ver o fundo delas. O presidente do conselho anunciou que a placa ornamental de dez toneladas ficaria pendurada nas vigas acima da entrada no meio de um enorme jardim suspenso.

Ed jamais esquecera a visão extática daquelas imensas letras, entalhadas tão profundamente (*por toda a eternidade!*) em um tablete de pedra com dez toneladas. As letras que durariam séculos eram uma homenagem explícita a Koroliov, mas implicitamente também homenageavam o grande arauto e paladino de Koroliov... ele, Edward T. Topping IV.

::::::E esse garotinho varapau bem aqui à minha frente está, na realidade, dizendo que eu me deixei usar, enganar, ludibriar, engambelar, da maneira mais humilhante e debiloide.:::::: A ideia o enfureceu.

John Smith provavelmente se perguntou por que o tom de Ed estava tão ardente quando o editor fez uma careta, olhou duramente para ele e exclamou: – Tá legal, acabou a brincadeira. Qualquer um pode *acusar* qualquer um de qualquer *coisa*. É hora de ter seriedade. Por que você acha que *alguém* deve acreditar em *algo* dessa história que acaba de me contar? Você só está fazendo algumas acusações...

Ele iria começar a falar "caluniosas", mas parou a tempo e emendou: – Acusações feitas contra um homem altamente respeitado.

– Eu recebi uma informação, sr. Topping. Sobre o pintor que falsificou os quadros de Kandinsky e de Malevich. Aparentemente, ele não consegue parar de se gabar disso para todo mundo. Enganou os peritos.

– Quem é todo mundo?

– A turma antenada da arte, acho que se pode dizer assim, em Wynwood e South Beach.

– A turma antenada da arte em Wynwood e South Beach – disse Ed. – Mas exatamente quem *na turma antenada da arte em Wynwood e South Beach* contou tudo isso a você?

– Um artista conhecido meu que tem um ateliê perto do artista que fez as falsificações.

– E ele tem a confissão do falsificador gravada ou escrita, espero eu?

– Não, senhor. E o falsificador, que se chama Igor Drukovitch... ele é russo, como o Koroliov... não chegou a confessar às claras, exatamente, mas nem pensa na coisa como uma "confissão". O sujeito *quer* que as pessoas saibam de tudo. Parece que ele tem um problema sério com bebida, e então as insinuações vão ficando cada vez maiores.

— As insinuações vão ficando cada vez maiores — disse Ed, com o máximo de ironia possível. Sem ponto de interrogação.

— Sim, senhor.

— Já lhe ocorreu que tudo isso que você acaba de me contar são rumores?

— Sim, senhor — disse John Smith. — Eu sei que tenho muito trabalho pela frente. Mas confio nas minhas fontes.

— Ele confia nas suas fontes — disse Ed com o máximo de sarcasmo, bem na cara de John Smith.

Imediatamente, percebeu que se descontrolara... mas esses John Smiths, esses malditos garotos ambiciosos, essas crianças que se julgam importantes, e suas visões de "revelar", "descobrir" e "denunciar" escândalos... para quê? Pelo bem cívico? Ah, dá um tempo! Eles são autocentrados, só isso. Egoístas juvenis! Se eles estão tão determinados a criar encrenca, a denunciar o mal, mesmo que isso signifique caluniar as pessoas, por que não se limitam ao governo? Aos detentores de cargos? Aos políticos? Aos burocratas governamentais? Estes não podem *processar*! Tecnicamente, até podem, mas em termos práticos, não podem. Estão lá, à mercê de vocês! Eles não bastam para vocês, seus molecotes asininos? Seus mosquitos! Vocês vivem para picar e sugar sangue; depois se afastam voando e ficam à espera que o próximo panaca, ao se alimentar na manjedoura pública, exponha o rabo desnudo, para que possam mergulhar feito bombas, picando outra vez e sugando *mais* sangue! Isso não basta para vocês? *Precisam* escolher pessoas como Serguei Koroliov, que fazem o bem público altruisticamente... e provavelmente têm sob contrato advogados suficientes para amarrar e humilhar o *Miami Herald*, até nosso jornal perder toda a credibilidade e afundar em um pântano amarelo?

Tentando recuperar a compostura, Ed disse: — Bom, John... você já pensou nas... nas... *dimensões* de uma tal reportagem, se vier a escrever algo assim?

— O que o senhor quer dizer?

Ed ficou emudecido outra vez. Ele sabia exatamente o que queria dizer, mas não sabia como expressar aquilo. Como se podia encarar um jovem repórter, olho no olho, e falar: "Garoto, você não entende? Nós não *queremos* essas reportagens *grandes*. Jornalismo? Você ainda não sacou? Existe o jornalismo, e existe o balancete. E se você não se importa em nos dar licença um instante, aqui precisamos ao menos conferir o balancete. Sentimos muito, mas você não pode ser Woodward e Bernstein agora. E por falar nisso, tenha a gentileza de observar que eles foram atrás de gente que não podia *processar* os dois. Richard Nixon era o presidente dos Estados Unidos, mas não podia *processar* os dois. Eles poderiam até dizer que Nixon fodia com as patas dos parques de Washington, e ele não poderia *processar* os dois."

Concentre-se, concentre-se, Ed finalmente recuperou a capacidade de falar: — O que eu quero dizer é que... em um caso como esse... você precisa agir de forma muito metódica...

Ele fez uma pausa, porque estava principalmente ganhando tempo. Na verdade, não sabia *o que* queria dizer agora.

— Metódica? O que o senhor quer dizer? — disse John Smith.

Ed prosseguiu com esforço: — Bom... aqui você não está lidando com o prefeito Cruz, o governador Slate, ou a Aliança de Tallahassee. Há margem de manobra com matérias políticas, e os políticos... os políticos...

Ele estava evitando propositalmente o termo *processar*. Não queria que John Smith pensasse naquilo como uma palavra-chave ali. Então continuou: — Você pode especular sobre um político, e mesmo que esteja errado não é provável que haja qualquer repercussão terrível, porque na política isso faz parte do jogo, pelo menos aqui neste país. Mas quando você pega um cidadão comum como Koroliov, sem registro anterior de algo semelhante...

— Pelo que eu entendi, Koroliov é parecido com muitos dos chamados oligarcas que vêm para cá — interrompeu John Smith. — Ele é bem-educado, é culto, é encantador, é boa-pinta, sabe inglês, francês e alemão, além de russo, é claro. Conhece história da arte... quer dizer, acho que realmente conhece... e conhece o mercado de arte, mas é um criminoso. Muitos deles são criminosos, e chamam os piores bandidos do mundo, bandidos russos, para trabalhar com eles, se precisarem, e são incrivelmente violentos. Posso até contar ao senhor algumas histórias.

Ed ficou olhando para John Smith novamente. Estava esperando que ele se transformasse totalmente em outra coisa: um falcão, um agente secreto, uma arraia. Mas tudo aquilo saíra da boca do mesmo rosto... de um mero garoto com modos perfeitos e postura perfeita. Além daquele rubor. Quando viu o olhar que Ed estava lançando para ele, o garoto corou outra vez, ficando profundamente escarlate.

::::::Jesus:::::: Ed Topping disse a si mesmo. ::::::Esse garoto é um clássico... As pessoas fazem uma imagem tão glamourosa dos repórteres, não é? Todos aqueles tipos audaciosos que "abrem" matérias, "descobrem" atos de corrupção e passam por situações arriscadas para conseguir um "furo". Robert Redford em *Todos os homens do presidente*, Burt Lancaster em *Embriaguez do sucesso*... Pois é... E na vida real eles são tão glamourosos quanto o John Smith aqui. Se você quer minha opinião, os repórteres são criados aos 6 anos de idade, quando vão à escola pela primeira vez. No pátio escolar, os meninos são imediatamente divididos em dois tipos. Imediatamente! Há aqueles que têm vontade de ser ousados, e então dominam, e há aqueles que não têm. Os que não têm, como o John Smith aqui, passam metade de seus primeiros anos tentando chegar a um *modus vivendi* com aqueles que têm... e qualquer coisa que não seja subserviência é legal. Mas há meninos do lado mais fraco da divisa que crescem com os mesmos sonhos dos mais fortes... e tenho tanta certeza disso quanto de qualquer coisa no mundo: o menino parado à minha frente, John Smith, é um deles. Também eles sonham com poder, dinheiro, fama e belas amantes. Meninos como esse garoto crescem percebendo instintivamente que a linguagem é um artefato, como uma espada ou uma arma. Usada com habilidade, tem o poder de... bom, nem tanto de *conquistar* coisas, mas de derrubar coisas... inclusive gente... inclusive os meninos que estão do lado forte daquela radical linha divisória. Ei, é isso que os *liberais* são! Ideologia? Economia? Justiça social? Essas coisas não passam de roupas de gala para eles. A visão política deles foi formada para sempre no pátio escolar. Eles eram os fracos, eternamente ressentidos contra os fortes. É por isso que tantos jornalistas são liberais! Os mesmos eventos no pátio escolar que os empurraram para a palavra escrita... também os empurraram para o "liberalismo". É simples assim! Haja ironia! Se você quer poder por meio de palavras no jornalismo, não basta ter uma retórica genial. Você precisa ter conteúdo, precisa ter material novo, precisa ter... *notícias*, em uma só palavra... e precisa encontrar isso sozinho. Você, do lado mais fraco, pode desenvolver tamanha ânsia por informações novas que acaba fazendo coisas que aterrorizariam qualquer homem forte do outro lado da divisa. Você se colocará em situações perigosas entre pessoas perigosas... *com prazer*. Irá sozinho, sem qualquer forma de apoio ou reforços... *avidamente!* Você... você com seu jeito fraco... acabará abordando os mais vis dos vis com uma exigência. "Você tem uma informação de que eu *preciso*. Que eu mereço! E que eu *terei*!::::::

Tudo isso Ed conseguia ver naquele rosto de bebê à sua frente. Talvez os tais bandidos russos, ou fosse lá do que John Smith estivesse falando, fossem tão violentos quanto ele dissera. Ele próprio, Ed, não fazia ideia. Mas conseguia visualizar John Smith enfiando seu rosto de bebê, seu cabelo louro, seus olhos azuis, e grandes doses de ingenuidade bem na cara deles, exigindo informações sobre Serguei Koroliov porque precisa, merece e *vai* tê-las.

::::::Bom, eu *não* preciso disso, e não *mereço* uma briga grande, confusa, pseudovirtuosa e financeiramente hemorrágica encenada apenas para glorificar um garoto chamado John Smith, e *não* vou ter isso.::::::

Só que há algo mais perto da verdade em que você preferiria não pensar, não há, Ed? Se uma daquelas pequenas víboras do lado mais fraco do pátio conseguisse denunciar Koroliov e seus 70 milhões de dólares em quadros do começo do modernismo russo como um vigarista que armara uma fraude colossal, todo o *establishment* de Miami pareceria um caos total! Os idiotas haviam posto 500 milhões de dólares em uma destinação cultural de classe mundial que agora valia exatamente zero! Todos se tornariam motivo de chacota de classe mundial, uns emergentes culturais absolutamente retardados e inacreditavelmente crédulos! As gargalhadas ressoariam ao redor do planeta!

E quem se tornaria o mais risível de todos, o mais digno de pena e mais patético... arrastando quatro gerações de Toppings, cinco se contarmos o Fiver, para uma baixaria longa, arrastada e peçonhenta?

Ele devia ajudar seus próprios subalternos a afogá-lo na vergonha? ::::::Trate de se defender, homem! Endureça a parada uma vez na vida! "Jornalismo de verdade"? Que se foda!::::::

4

MAGDALENA

Nestor respirou fundo... livremente... o ar daquela bela manhã de sábado. Olhou para o grande relógio em seu pulso, um relógio de tamanho policial, repleto de sistemas digitais. Eram exatamente sete da manhã... e ali na rua havia um silêncio anormal... *ótimo!* Ninguém se mexia, além das mulheres lavando com mangueiras o concreto... um verdadeiro concerto de duas notas golpeando uma superfície dura. ¡SHshhHHHHshHHHHSSHHHHH! Nestor olha em volta... a duas portas de distância, a señora Díaz. Ele a conhece desde o dia em que se mudou para aquela casita. Graças a Deus, uma amiga doce e generosa no mundo livre! Ele fica feliz só por vê-la ali com uma mangueira de jardim na mão, borrifando o concreto. E com grande alegria entooa: — *Buenos días*, señora Díaz!

Ela ergueu o olhar e começou a sorrir. Mas apenas um lado de sua boca se mexeu. O outro lado permaneceu parado, como se houvesse sido fisgado por um canino. Seu olhar ficou vago. ¡SHshhHHHHshHHHHSSHHHHH! enquanto a señora Díaz resmungava o *Buenos días* mais mecânico que Nestor já ouvira na vida. Ela só *resmungou*! Depois lhe deu as costas, como se houvesse negligenciado o jorro da mangueira no concreto... logo *ali*.

Aquilo era tudo que ela iria lhe dar! Um resmungo e um sorriso retrátil! Além de costas frias como pedra... e eles se conheciam desde sempre! ::::::Preciso sair *daqui* também! Da rua em que morei praticamente a vida toda! Preciso ir para... *onde*, pelo amor de Deus?!::::::

Ele não tinha ideia. Tirando as mulheres que regavam o concreto, tal como a señora Díaz, Hialeah parecia em coma naquela manhã de sábado. ::::::Bom... eu estou *faminto. ¿No es verdad? Dios mío, estou faminto.*::::::

Nestor não comia coisa alguma há quase 24 horas, ou praticamente nada. Tivera o intervalo normal por volta das oito da noite na véspera, mas havia tantos caras lhe fazendo perguntas sobre o negócio do Homem no Mastro que ele só conseguira comer um hambúrguer com fritas. Contava encontrar alguma comida quando chegasse em casa. Em vez disso, o pai lhe enfiara goela abaixo uma caralhada de xingamentos.

Nestor foi direto para seu possante já idoso, o Camaro... *possante*? Ostentava grandes óculos escuros de policial cubano, uma calça jeans apertada feito uma malha de balé nos fundilhos e uma camiseta polo tamanho P, para ficar justa até demais no peito e nos ombros. ::::::Puta que pariu:::::: que burrice! Não era um bom dia para ficar exibindo seus músculos, nem chamar atenção para si mesmo de qualquer outra forma. Àquela hora a padaria Ricky's já estaria aberta... em um shopping de rua a seis quarteirões dali. Seis quarteirões... mas Nestor não estava com vontade de mostrar a cara em sua própria vizinhança, e arriscar-se a enfrentar mais surpresas como a criada pela señora Díaz.

Logo o possante Camaro estava chegando na rua do shopping. O lugar ainda dormia... Nestor passou pela *botánica*, uma loja de artigos de *santería* onde a mãe de Magdalena comprara a imagem de são Lázaro.

Ele saltou do Camaro diante da padaria e sentiu o aroma dos pastelitos da Ricky's, pequenos pastéis de massa com recheio de carne moída, presunto condimentado, *guava* ou o que se queira... bastou o aroma dos pastelitos assando e Nestor relaxou... *ambrosia*... ele adorava pastelitos desde garotinho. A Ricky's era uma padaria minúscula: ao fundo, um grande balcão de vidro cobria praticamente toda a largura do lugar. Na frente, de cada lado, havia uma mesinha de tampo redondo, feita de metal pintado de branco sabe-se lá quando, e flanqueada por duas antigas cadeiras Bentwood. Um freguês solitário estava sentado ali, de costas para Nestor, lendo jornal e bebendo café. Era de meia-idade, a julgar pela calvície no topo da cabeça, sem que o resto do cabelo houvesse ficado grisalho. Sempre havia três garotas atrás do balcão, que era tão alto que a pessoa precisava se aproximar muito para ver algo além do cabelo no topo da cabeça delas. ::::::Ei! Tem uma loura ali atrás?:::::: Nestor nunca vira uma garçonete loura naquela padaria antes. Talvez também não tivesse visto uma agora. Aqueles seus óculos escuros de policial engolfavam o lugar inteiro em uma penumbra semimorta... às sete da manhã. De modo que ele empurrou os óculos para cima da testa.

Erro grande. Aquilo também deixava seu próprio rosto tão visível quanto a lua. A cabeçorra junto à pequena mesa de metal se virou para ele. *¡Dios mío!* Era o sr. Ruiz, pai de Rafael Ruiz, um colega de Nestor no segundo grau em Hialeah.

— Ora... olá, Nestor — disse o sr. Ruiz. Não foi uma saudação alegre. Parecia mais a de um gato brincando com um rato.

Nestor fez questão de sorrir para o sr. Ruiz, e dizer com a maior alegria possível: — Ah... sr. Ruiz! *¡Buenos días!*

O sr. Ruiz deu-lhe as costas e depois deu uma pequena virada de cabeça na direção de Nestor, sem olhar para ele, enquanto dizia pelo canto da boca: — Vejo que ontem você teve um dia e tanto.

Falou sem dar sorriso algum. Depois voltou-se para o seu jornal.

— Bom... acho que dá para dizer isso, sr. Ruiz.

A cabeça disse: — Mas também dá para se dizer que *te cagaste.*

Você fez cagada. Literalmente fez uma merda federal. O sr. Ruiz se virou completamente, dando as costas a Nestor.

Humilhado! Por esse... esse... esse... Nestor teve vontade de arrancar aquela cabeçorra do pescoço magricela e... e... e... cagar em cima daquela goela... depois iria...

— Nestor!

Ele olhou para o balcão. Era a loura. Ela conseguira dar um jeito de ficar na ponta dos pés e erguer o rosto acima da superfície. Nestor conhecia aquela garota. *Cristy La Gringa!* Ele teve vontade de exclamar isso, mas foi inibido pela presença do sr. Ruiz.

Então foi até o balcão. Que cabeleira maravilhosa, loura e solta! *Cristy La Gringa!*

– Cristy La Gringa! – disse Nestor, sabendo que aquilo não tinha a pegada poética de "Inga La Gringa", mas mesmo assim se sentindo Nestor, o rei do Humor... verdadeiramente espirituoso, *no es verdad*? No colégio de Hialeah, Christy estava uma série atrás dele, e era gamada por ele. Ah, isso ela deixara claro. E ele ficara tentado. Ela acendera o fogo dele... *Pastelitos!* Ah, sim!

– Cristy! – disse Nestor. – Eu não sabia que você estava trabalhando aqui! *La bella gringa!*

Ela riu. Era assim que ele a chamava no segundo grau... quando supostamente os dois estavam apenas brincando.

– Comecei há bem pouco tempo. A Nicky me arrumou o emprego. Lembra da Nicky? Ela estava um ano na sua *frente*. E essa aqui é a Vicky – disse Cristy, acenando para a terceira garota.

Nestor correu os olhos pelas três. O cabelo de Nicky e Vicky formava ondas turbulentas na altura dos ombros, tal como o de Cristy, mas o delas era moreno, típico de Cuba. Todas as três usavam roupas justas de brim. As calças jeans abraçavam os declives na frente e atrás, entrando em cada sulco, explorando cada colina ou vale da parte inferior do abdome, escalando os *montes veneris*...

... mas ele simplesmente não *conseguiria*... estava deprimido demais. Então disse: – Vicky, Cristy, Nicky e... Ricky's.

Elas riram... de modo hesitante... e foi isso. Nestor foi em frente, pedindo alguns pastelitos e café... para viagem. Ao entrar, imaginara-se sentando a uma das mesinhas e tomando um longo café da manhã, calmo e prazeroso, em terreno neutro... só ele, os pastelitos e o café. O sr. Ruiz acabara com isso. Quem sabe quantos outros ressentidos boquirrotos apareceriam ali, mesmo no início de uma manhã de sábado?

Depois de um tempo, Cristy trouxe um saco de papel branco (por alguma razão todas as pequenas padarias e lanchonetes de Hialeah só usavam sacos brancos) com os pastelitos e o café. Junto à caixa registradora, ao receber o troco dela, Nestor disse: – Obrigado por tudo, Cristy.

Sua frase tinha uma intenção amorosa, mas parecia triste e gasta, mais do que qualquer outra coisa. E Cristy já estava quase voltando para o balcão, quando Nestor notou ali embaixo uma prateleira com duas pilhas de jornais.

Uuuhhh! Seu coração tentou pular fora da gaiola torácica. *Era ele mesmo!* Uma fotografia *dele mesmo*! Sua fotografia oficial do Departamento de Polícia... estava na primeira página do *El Nuevo Herald*, o jornal em espanhol! Ao lado da sua foto... a foto de um rapaz com o rosto contorcido. Nestor conhecia aquele rosto muito bem: o homem no mastro. E acima dos dois rostos, uma grande fotografia da escuna perto da ponte, e lá em cima uma multidão de gente berrando com os dentes arreganhados. Acima de tudo, a manchete maior e mais negra que Nestor já vira em um jornal: ¡DETENIDO! 18 METROS DE LIBERTAD... estendendo-se por toda a largura da primeira página... do *El Nuevo Herald*. *Choque!* O coração de Nestor disparou. Ele não queria ler a reportagem, sinceramente não queria... mas seus olhos grudaram na primeira frase e não largaram mais o texto, que dizia em espanhol:

"Um refugiado cubano, alegadamente herói da resistência clandestina, foi preso ontem na baía de Biscayne, a apenas 18 metros da ponte de Rickenbacker... e do asilo... por um policial cujos próprios pais fugiram de Cuba para Miami e a liberdade em um bote caseiro."

Nestor sentiu uma onda de calor inundar seu córtex cerebral e fritar seus miolos. Agora ele era um vilão, um ingrato vil que negava a seu próprio povo a liberdade que gozava... em resumo, o pior tipo de *TRAIDOR*!

Ele não queria comprar o jornal... aquela *mancha* se espalharia indelevelmente por suas mãos se ele tocasse nas folhas... mas algo... seu sistema nervoso autônomo, talvez... passou por cima da vontade consciente, ordenando que ele se curvasse e apanhasse um exemplar. *Puta merda!* Ao se curvar, ele deu uma olhadela no outro jornal empilhado ali. Toda a metade superior da primeira página era uma enorme foto colorida, com o azul da baía, as imensas velas brancas da escuna... e acima da foto, em inglês: *The*

Miami Herald, com uma manchete tão gritante e negra quanto a do *El Nuevo Herald*... POLICIAL ESCALA MASTRO EM RESGATE DE MESTRE. Nestor virou o jornal para ver a metade inferior da primeira página... *¡Santa Barranza!* Havia uma fotografia colorida, da largura de duas colunas, de um rapaz sem camisa... trajando da cintura para cima apenas seus próprios músculos. Era uma paisagem montanhosa de músculos, com rochedos colossais, penhascos íngremes, sulcos profundos e desfiladeiros férreos... todo um terreno de músculos: EU! Tão apaixonado ficou Nestor... por MIM!... que mal conseguiu tirar os olhos da foto por tempo suficiente para examinar a reportagem que preenchia as outras quatro colunas... "incrível prova de força"... "arriscou a própria vida"... "Ññññññoooooooooooo!!! Qué Gym!"... escalando um cabo... "resgatou um refugiado cubano segurando-o entre as próprias pernas". Viram só? Ele *resgatara* o escrotinho... o Policial em Resgate de Mestre não condenara o sujeito à tortura e à morte nas masmorras de Fidel... ah, não... ele *salvara a vida dele*... estava *escrito* ali, com tantas palavras! O humor de Nestor melhorou tanto, e tão depressa, que ele sentiu a mudança em suas entranhas. O *Miami Herald* lhe concedera anistia... em inglês... mas *isso também contava*, não contava? Era o *Herald*-em-inglês... o jornal mais antigo da Flórida! Logo, porém, seu ânimo baixou outra vez... "*Yo no creo el Miami Herald.*" Eu não acredito no *Miami Herald*. Nestor já ouvira aquilo mais de mil vezes. O Herald se opusera à imigração cubana, depois que os cubanos haviam começado a fugir de Castro aos milhares... e não gostara quando eles chegaram a tal número que tomaram o poder político... "*Yo no creo el Miami Herald!*" Nestor ouvira aquilo do pai, dos irmãos do pai, dos maridos das irmãs do pai, dos primos e de todos em Hialeah... todo mundo que tinha idade suficiente para pronunciar as palavras "*Yo no creo el Miami Herald...*".

Mesmo assim... aquele jornal *americano* era tudo que ele tinha. Devia haver alguém em Hialeah que lia o maldito jornal e até acreditava... ao menos em parte. Só que ele nunca conhecera essa pessoa. Muitas pessoas que iriam à festa de Yeya, porém, sabiam ler em inglês... Sim! Elas certamente poderiam ler aquelas letras enormes, chamando o que ele fizera de "RESGATE DE MESTRE", não poderiam? Nestor saiu depressa da padaria e voltou ao Camaro. Inefáveis nuvens do aroma que saía do saco ao seu lado inundaram o carro inteiro... Os pastelitos e o *Miami Herald*, que jazia ao lado do saco... dois banquetes... e "É ele ali mesmo, aquele policial vira-casaca, enchendo a cara de comida e lendo sobre seu eu glorificado no *Yo-no-creo Herald*"... Não é legal, não é legal... mas estou tão *cansado*... Nestor tirou a tampa plástica do *cortadito*, passando a se deliciar com um gole e um gole e um gole da doçura absolutamente hedonista de café cubano. Depois pegou o *Miami Herald* e, estalando os lábios, consumiu mais algumas sílabas de POLICIAL ESCALA MASTRO EM RESGATE DE MESTRE. Enfiou a mão no saco da padaria... *pastelitos*! Tirou uma meia-lua de pastelito de carne envolto em papel encerado... *Um pedacinho do Céu!* O gosto era exatamente como ele tinha esperança que fosse... *Pastelitos!* Um pequeno floco da massa assada caiu... depois outro... era da própria natureza da massa assada... pequenos flocos caíam quando você pegava um pastelito. Pequenos flocos caíram na roupa dele... nos bancos reestofados do Camaro... longe de ser um incômodo, a delicada queda dos flocos de massa na calmaria das 7:30 de uma manhã de sábado também era um pedacinho do Céu... fazendo Nestor se lembrar de casa, de prazeres infantis, de Hialeah ensolarada, de uma casita aconchegante... nuvens macias e fofas de amor, afeto... e proteção. Com delicadeza, os flocos eram soprados de um lado para o outro pelos zéfiros quase silenciosos que saíam dos dutos do ar-condicionado. Nestor já sentia aquela tensão terrível se esvaindo se esvaindo se esvaindo, e bebeu um pouco mais de café... doçura inefável... mantida quente pela xícara e tampa plástica! Ele comeu mais algumas meias-luas de pastelitos, vendo os flocos caírem delicadamente, empurrados pelos zéfiros, e então se pegou... erguendo a pequena alavanca ao lado do assento e deixando seu próprio peso incliná-la para trás até fazer um ângulo de vinte graus... enquanto o café, que deveria mantê-lo alerta após uma noite insone, enviava uma onda de calor perfeito pelo seu corpo, que se rendeu completamente à inclinação do banco, fazendo sua mente se render totalmente a um estado hipnagógico, e então...

Nestor acordou assustado. Olhou para as chaves do Camaro, que pendiam da ignição, e sentiu a brisa fresca do ar-condicionado. Ele adormecera com o motor ligado. Abaixou as janelas, para deixar entrar o máximo de ar fresco... Cristo, como estava quente o tal ar fresco! O sol estava bem a pino... com um brilho assassino... que horas eram? Ele olhou para o relógio tamanho jumbo. Eram 10:45! Ele passara três horas dormindo... esticado no País de Morfeu, com o motor funcionando e o ar-condicionado espalhando aquela eletrobrisa.

Nestor pegou seu celular no banco ao lado e suspirou... fossem quais fossem as mensagens contidas ali, seriam venenosas. Mais uma vez, porém, ele não resistiu. Apertou a tecla que exibia as mensagens novas. Havia uma após outra após outra... até que uma fez com que ele voltasse atrás. O número saltava aos seus olhos... um torpedo de Manena!

"vou festa yeya ver vc + tarde"

Nestor ficou olhando para aquilo. Tentou detectar um sinal de amor ali... qualquer um... nas sete palavras. Não conseguiu. Mesmo assim, respondeu: "minha manena louco pra ver vc"

Depois entrou em um estado de espírito maníaco. A festa ainda demoraria pelo menos quatro horas para começar, mas ele iria para casa... *agora.* ::::::Simplesmente vou ignorar aqueles *guajiros* de Camagüey, Papa, Yeya e Yeyo. Só quero ter certeza de estar lá quando Manena chegar.::::::

Àquela altura, 11 da manhã, as ruas de Hialeah já haviam virado muralhas de carros estacionados. Nestor teve de estacionar o Camaro a mais de um quarteirão de distância. No meio do seu próprio quarteirão, duas casitas adiante, o señor Ramos estava saindo pela porta da frente. Por trás dos seus grandes óculos escuros de policial, Nestor viu o vizinho olhando para ele. Em um piscar de olhos, o señor Ramos se virou para a porta, estalou os dedos exageradamente, como se houvesse esquecido algo, e... *fiiiuuu*... voltou para sua casita. Mas o señor Ramos não passa de um carregador de bagagens no aeroporto de Miami. Um carregador de bagagens! Um cisco humano! Só que hoje de manhã, ali na rua, ele não quer trocar nem sequer um *buenos días* com o patrulheiro Nestor Camacho. Mas e daí? Magdalena está chegando.

Tiro e queda: a quatro ou cinco casitas de distância, ele já conseguia *ouvir* a sua própria casita... o jato de água fazendo fricção no concreto quente de Hialeah. Pois é. Lá está Mami, com uma bermuda largona, uma camiseta branca ainda mais larga e chinelo de dedo... domando a selva de concreto pela enésima vez naquela manhã. E então Nestor sente o cheiro do porco, que provavelmente já está assando há algumas horas... vigiado pelos dois mestres machões das grandes coisas da vida... Eu, Camilo e El Pepe Yeyo.

Assim que vê o filho chegando, Mami fecha a mangueira e exclama: – Nestorcito! Aonde você foi? Nós ficamos preocupados!

Nestor sentiu vontade de dizer *::::::Preocupados! Por quê? Achei que "nós" ficaríamos felizes se eu desaparecesse::::::* Mas ele nunca falava de modo sarcástico com os pais, e não conseguiria começar agora. Afinal, Magdalena estava chegando.

– Eu saí para tomar café...

– Nós tínhamos comida aqui, Nestorcito!

– E encontrei umas amigas do colégio.

– Quem?

– Cristy, Nicky e Vicky.

– Não lembro delas... onde?

– Na Ricky's.

Nestor podia ver as rimas rickycheteando no cérebro da mãe. Ela, porém, ou não entendeu, ou não queria ser distraída por aquilo.

– De manhã tão cedo – disse ela. Depois mudou de assunto: – Tenho uma boa notícia para você, Nestor. Magdalena está vindo aí.

Deu ao filho o tipo de olhar que se ajoelha e *implora* por uma reação animada.

Nestor bem que tentou. Arqueou as sobrancelhas e baixou o queixo por alguns segundos, antes de dizer: – Como a senhora sabe?

— Eu liguei e convidei... ela vai vir! Mandei que chegasse antes de você precisar ir para o plantão — disse a mãe. Depois hesitou. — Achei que ela poderia animar você um pouco.

— Acha que eu estou precisando? Bom, tem razão. Quando saí, percebi que... todo mundo em Hialeah pensa de mim o mesmo que o pai, Yeya e Yeyo. O que eu *fiz*, Mami? Houve uma emergência e mandaram que eu acabasse com aquilo sem que ninguém saísse machucado... e foi o que eu *fiz*! — disse Nestor. Percebeu que sua voz estava se elevando, mas não conseguiu se controlar. — Na Academia de Polícia, eles viviam falando de "disposição acrítica para enfrentar o perigo". Isso significa que você deve estar disposto a fazer coisas perigosas, sem parar para analisar tudo e decidir se aprova o risco que querem que você assuma. Não dá para sentar e ficar *debatendo* o assunto. É isso que "acrítica" significa. Não dá para sentar e ficar *discutindo* tudo e... quer dizer, sabe como é...

Nestor se forçou a desacelerar e baixar a voz. Para que jogar toda aquela conversa em cima da mãe? Ela só queria paz e harmonia. De modo que ele parou de falar completamente, dando um sorriso triste.

A mãe se aproximou mais e, pelo sorriso triste que também deu, Nestor deduziu o que iria acontecer. Ela queria botar os braços ao redor dele, garantindo que Mamãe ainda o amava. Só que ele simplesmente não aguentaria isso.

Então ergueu as mãos diante do peito, com as palmas viradas para fora ::::::Pare com isso:::::: ao mesmo tempo que dava um sorriso e dizia: — Tudo bem, Mami. Dá para aguentar. Só é preciso um pouco de "disposição acrítica para enfrentar o perigo"...

— Seu pai, Yeya e Yeyo não estavam falando sério... quando disseram tudo aquilo, Nestorcito. Estavam só...

— Ah, estavam, sim — disse Nestor. Mas fez questão de manter o sorriso estampado no rosto. Depois entrou em casa, deixando Mami lá fora para castigar mais ainda o pátio de concreto com o jato de água.

Lá dentro, a casita estava inundada pelos odores, bons e ruins, do porco que assava na *caja china*. Bons ou ruins, os vizinhos pouco se importariam.

Eram todos cubanos. Todos sabiam que churrasco de porco era uma coisa importante, um ritual familiar. Além disso, a maioria deles fora convidada para a festa. Esse era o costume cubano.

Ninguém parecia estar em casa. Nestor rumou para os fundos. A porta de Yeya e Yeyo estava aberta, de modo que ele entrou ali e olhou pela janela dos fundos deles. Isso mesmo, toda a turma da macheza estava no quintal. Lá estava Eu, Camilo, a orientar Yeyo, que trazia um balde de carvões para a *caja china*. Lá estava a *muchacha vieja* Yeya a apontar para lá e para cá, orientando os dois... corrigindo os dois. Nestor tinha certeza disso.

Portanto... ele podia ir direto até o clero da *caja china* e se meter à força na conversa ::::::*Caramba, que porco grande! Quanto tempo mais vocês acham que vai levar? Pai, lembra daquela vez que o porco era tão grande*...:::::: durante os dez ou vinte segundos que aqueles três fariseus moralistas levariam para voltar a cuspir sua bile sobre ele... ou podia dar as costas à cena inteira. A aniversariante, Yeya, obviamente pouco se importava se uma não pessoa estava lá ou não. Não era uma decisão difícil.

De volta ao seu quarto, Nestor deitou para tirar uma soneca. Nas últimas 24 horas, ele só tivera três de sono meio decente: aquelas propiciadas pelo aroma e a queda dos flocos de pastelitos, sentado em um ângulo de vinte graus no banco do motorista do Camaro, com o motor e o ar-condicionado ligados, diante da padaria. Não conseguia pensar em uma perspectiva mais atraente do que *submergir* outra vez ::::::aqui na minha própria cama, onde já estou na horizontal:::::: mas ficou aflito com a frase "aqui na minha própria cama". Não sabia exatamente por quê, mas ficou. O que significava "minha própria cama" em uma casa onde três pessoas consideravam você um traidor? E a quarta, generosamente, dizia que estava disposta a perdoar você por ter pecado contra ela e as três outras pessoas, contra o legado delas, contra toda a prole cubana em Miami e, por falar nisso, em todas as partes do mundo. De modo que ele ficou deitado horizontalmente ali, dentro de um verdadeiro ensopado de rejeição, estigma e culpa, sendo que dos três o pior, como sempre, era a culpa. Mas então... o que ele deveria ter feito? Encarado o sargento McCorkle, um mero *americano*, e dito: "Não, não vou encostar um dedo nesse patriota cubano!... Mesmo sem ter a menor noção de quem ele é"... e depois aceitado sua exoneração da polícia feito um homem? *Blu blu blu* fazia o ensopado, enquanto os odores piores do churrasco de porco se aproximavam, os odores e uma ou outra imprecação, provavelmente causada por alguma escoriação, vinham do quintal. O tempo passava mais lentamente do que já passara em toda a vida de Nestor.

Depois de só-Deus-sabe-quanto-tempo, chegou o som dos churrasqueiros eleitos voltando à casita e trazendo suas diversas recriminações, embora misericordiosamente Nestor não conseguisse entendê-los direito. Era cerca de uma e quinze da tarde, e a festa de Yeya estava marcada para começar às duas. Eles só podiam ter entrado para se vestir. Ninguém lhe dissera uma só palavra sobre isso, ou qualquer outra coisa. Por que ele ficaria ali? Não passava de um motivo de constrangimento para todos. Um dos nossos, ou que já fora dos nossos, virara uma cobra... Só que sumir da festa de Yeya equivalia a largar a família, cortar todos os laços, e tal perspectiva Nestor não conseguia imaginar. Além disso, a curto prazo era mais uma acusação que teriam contra ele, prova da vileza a que ele chegara. *Ele estava bem ali na casa, mas nem se deu ao trabalho de participar da festa dela e prestar uma homenagem.*

Cerca de meia hora mais tarde, Nestor ouviu uma saraivada de sons em espanhol vindo lá dos fundos da casita até o corredor. Imediatamente, ficou com medo de que eles houvessem começado a festa sem nem sequer lhe comunicar. Agora estava óbvio. Ele era invisível. Desaparecera, no que concernia a eles. Bom, havia um modo de descobrir isso com certeza. Ele se levantou da cama. Com um ímpeto impulsivo e temerário, abriu a porta. A menos de três metros de distância, e já se aproximando... ali estavam eles... formando uma cena de encher os olhos!

Eles haviam vestido seus trajes festivos. Dos ombros largos, mas ossudos, de Yeyo pendia, como que de um cabide, uma *guayabera* branca que já parecia grande demais para ele. Era tão velha que o debrum que corria dos dois lados do peito já estava começando a amarelar. Aquilo fazia Yeyo parecer uma vela à espera do vento. Quanto a Yeya, ela era uma visão... só Deus sabia do quê. Também vestira uma grande blusa branca cheia de babados, com mangas volumosas que terminavam em punhos estreitos. A blusa batia nos quadris dela, por fora de uma calça branca. A calça... Nestor não conseguia desviar os olhos daquilo. Era um jeans branco... tão justo que grudava nas idosas pernas dela, mas também grudava nos fundilhos, que eram grandes o suficiente para três mulheres da mesma altura... e grudava na parte inferior do abdome, inchado sob a blusa... *grudava!* Acima de tudo, porém, pairava aquela perfeita bola de cabelo azul, que englobava toda a cabeça dela, com exceção do rosto, em um pufe único... Com isso, aquela calça jeans, uma mancha de batom terrivelmente vermelha na boca e um círculo de ruge em cada bochecha... Yeya era uma peça e tanto.

Quando avistaram Nestor, os três se calaram. Ficaram olhando para ele de um jeito cauteloso, como alguém olha para um vira-lata. Ele ficou olhando de volta para eles... e subitamente sentiu suas emoções girarem 180 graus. A visão daqueles dois velhos tentando melhorar sua aparência para uma festa... a primeira parecendo uma vela soprada até Hialeah lá da baía... a segunda, com suas carnes envoltas por aquele grude branco de cós baixo, parecendo uma adolescente de jeans que envelhecera cinquenta ou sessenta anos *da noite para o dia*... tudo aquilo era tão triste, tão patético que Nestor ficou comovido. Ali estavam eles... dois velhos que para começar nem queriam estar ali... naquele país... naquela cidade... vivendo à custa do filho e da nora... isolados por um idioma estrangeiro e costumes alienígenas enlouquecedores. Eles também já haviam sido jovens, embora Nestor não conseguisse visualizar isso direito, e provavelmente jamais haviam tido um sonho sombrio o suficiente para imaginar que suas vidas terminariam assim. Como ele pudera *odiá-los* como odiara naquela manhã... ou até, pensando bem, trinta segundos antes? Agora já estava se sentindo culpado... e seu coração se encheu de pena. Ele era jovem, e podia superar tropeços... até a pancadaria que levara naquela manhã... pois sua vida ainda estava começando... e Magdalena estava chegando.

Nestor sorriu para eles. – Sabe de uma coisa, Yeya? A senhora está linda! Quero dizer... linda *mesmo*!

Yeya lançou um olhar maligno para ele. – Aonde *você* foi hoje de manhã?

Ela já estava começando outra vez, não estava? Ao enfatizar *você*, e não *foi*, deixava claro que aquilo não era uma pergunta, na realidade... apenas mais uma pequena marca negra junto ao nome dele.

Nestor disse: – E também gosto muito da sua *guayabera*, Yeyo. O senhor só pode ter mandado *fazer* isso.

Já você *não* deve ter mandado fazer a sua...

Nestor interrompeu, embora sem querer. A culpa e a piedade estavam estimulando sua tagarelice. – Sabe de uma coisa? O senhor e Yeya combinam!

Yeyo inclinou a cabeça e também lançou a Nestor um olhar maligno. Estava louco para começar outra vez, mas o garoto não parava de cobri-lo de lisonjas.

Já Nestor nem pensava naquilo dessa forma. Seu coração estava cheio de pena... e boa vontade. Magdalena estava chegando.

Os convidados começaram a chegar pouco depois das duas. Não era de surpreender que Mami houvesse encomendado um porco de cinquenta quilos... meu Deus! Eles chegavam em pelotões... batalhões... hordas... árvores genealógicas inteiras. Naquela pequena sala de estar, Yeya estava no meio de Miami inteira. A porta da frente dava direto na sala. Nestor se manteve no fundo da sala... no máximo a quatro ou cinco metros da porta. Aquilo não ia ser divertido... com cada guerreiro tribal ciscando, ruminando e devorando todas as fofocas deliciosas... *bem na nossa família*! Não acredito que foi o Nestor, *filho* do Camilo, primo do papai, que fez isso! E assim por diante... por diante... por diante...

O primeiro a chegar foi o tio Pedrito, o mais velho dos irmãos de Mami, com a família. *Família?* Ele chegou com toda uma *população*! Lá estavam sua esposa, Maria Luisa, seus pais, Orlando e Carmita Posada, que moram com o casal, os três filhos adultos deles, Roberto, Eugenio e Emilio, a filha, Angelina, e seu segundo marido, Paco Pimentel, e os cinco filhos que esses dois têm no total, além das esposas e dos filhos de Roberto, Eugenio e Emilio... e assim por diante...

Os adultos abraçaram e beijaram Yeya, fazendo muita festa em torno dela... As crianças resmungavam, aguentando os beijos molhados daquela mancha vermelha que Yeya tinha na boca... e diziam para si mesmas: "Eca-aa! *Eu* nunca vou virar um traste babão feito ela." O principal, porém, era que já sentiam o cheiro do churrasco de porco, e sabiam o que *aquilo* era! Assim que se viram livres, dispararam pela casita rumo ao quintal, onde sem dúvida Eu, Camilo lhes diria: "Venham a mim as criancinhas e vejam como um *homem de verdade*... assa um porco."

Um dos garotinhos, neto ou filho de algum enteado da tia Maria Luisa, só Deus sabia ao certo, de 7 ou 8 anos, partiu feito um coelho junto com os demais, mas parou subitamente diante de Nestor. Ergueu o olhar para ele, boquiaberto, e ficou parado ali, só olhando.

– Oi! Sabe o que tem lá atrás? – disse Nestor, com aquela voz que se usa para crianças. Depois deu aquele sorriso que se usa para crianças, e continuou: – Tem um *porco* inteiro... e é DESTE tamanho!

Ele estendeu os braços feito asas, para mostrar como o porco era colossal, e arrematou: – É maior do que *você*, e você é um garoto grande!

A expressão no rosto do garoto não se alterou. Ele simplesmente continuou olhando para Nestor, de boca aberta. Depois disse: – Foi você mesmo que fez aquilo?

Isso enervou tanto Nestor que ele se pegou gaguejando: – Fez o *quê*? *Quem* falou... não, não fui eu que *fiz* aquilo.

O menino digeriu a resposta por um minuto e disse: – Foi sim!

Depois saiu em disparada para o fundo da casita.

Mais clãs, tribos, hordas e batalhões foram entrando. Metade das pessoas chegava à porta, procurava Nestor com os olhos, notava a presença dele, cochichava com o vizinho, desviava o olhar... e nunca mais olhava para ele. Alguns dos homens mais velhos, porém, de um jeito tipicamente cubano, julgavam-se incumbidos de meter o nariz no assunto e dar nome aos bois.

O concunhado de seu tio Andres, Hernán Lugo, um verdadeiro falastrão, chegou com um ar muito severo no rosto e disse: – Nestor, você pode achar que não é da minha conta, mas é da minha conta, porque eu conheço pessoas que ainda estão retidas em Cuba... conheço pessoalmente... e sei o que elas estão passando. Já tentei ajudar essas pessoas, e até *ajudei*, de muitas maneiras diferentes, de modo que preciso perguntar uma coisa a você, cara a cara... tá legal, tecnicamente eles tinham o direito de fazer o que fizeram, mas eu não vejo por que... *por que*... você se deixou *usar* como instrumento deles. Como *pôde* fazer isso?

Nestor disse: – Olhe, señor Lugo, eu recebi ordem de subir naquele mastro para convencer o sujeito a descer. Ele estava lá em cima...

– Jesus Cristo, Nestor, você não sabe espanhol suficiente para convencer alguém a fazer coisa *alguma*.

Nestor viu tudo vermelho... literalmente, viu seus olhos serem cobertos por um filme avermelhado.

– Então eu precisava de você, não é? Você teria sido de grande ajuda! Você poderia ter escalado 25 metros de cabo, direto até lá em cima, sem usar as pernas para subir mais depressa, e teria chegado tão perto do sujeito quanto eu cheguei, para sentir o pânico no rosto e na voz dele! Então veria que ele estava prestes a escorregar de uma cadeira de contramestre *deste* tamanhinho, despencar quase trinta metros... e se espatifar naquele convés feito uma abóbora! Você poderia ter me falado que o tal cara enlouqueceu de pânico e vai *morrer* se ficar mais um minuto lá em cima! Você poderia ter *visto aquele rosto* bem de perto... e *escutado a voz* com seus próprios ouvidos! Você já viu alguém que tenha perdido o controle sobre si mesmo, e quero dizer realmente *perdido*? Um pobre filho da puta, já abrindo a tampa do próprio caixão? Se você quer ajudar os cubanos... não fique sentado nesse seu bundão em um prédio com ar-condicionado! Tente o... o... o mundo real pela primeira vez na sua vida! Faça alguma coisa, porra! Faça alguma coisa além de matraquear!

O señor Lugo continuou olhando para Nestor por mais um instante, mas depois baixou a cabeça e se esgueirou para as profundezas da casita.

::::::*Merda.* Agora estraguei tudo mesmo. Eu é que perdi o controle. Aquele velho escroto... já está lá atrás, contando tudo a eles... "Tomem cuidado! Não cheguem perto dele! Virou um cão raivoso!"... Mesmo assim, só de ver o medo na cara dele... quase valeu a pena.::::::

Ele estava farto de toda aquela gente. ::::::Mesmo que queiram conversar, com ou sem polidez, eu não vou mais dizer coisa alguma, e também não vou mais me mexer. Vou estar bem aqui quando Magdalena entrar.::::::

Os pelotões, as brigadas, os batalhões, os clãs, os membros das tribos, os cupins na árvore familiar que estavam apinhados em torno dele ali na sala... bebendo cerveja no gargalo e falando a plenos pulmões. Que algazarra infernal. Belo clima... nenhum deles queria conversar com ele, pôr os olhos nele, ou reconhecer a presença dele de qualquer forma.

::::::Tudo bem... se eu sou uma não pessoa que vocês nem conseguem ver, não vão ligar se eu abrir caminho à força até a porta, não é?::::::

Nestor começou a passar pela multidão, com os óculos de policial sobre o rosto, sem olhar para ninguém, metendo o ombro nas costelas de um por trás, e o cotovelo na barriga de outro, enquanto murmurava: — Só passando, só passando...

Não fez uma única pausa a fim de olhar para os membros da tribo que derrubara lá atrás. Apenas se deliciava com as objeções espantadas deles, os *Eis*, *Ais*, *Uis* e *Cuidados*. ::::::E daí se eles pensarem que eu sou grosso? Já me acham muito pior do que isso.::::::

Voltar a exibir seus músculos dava-lhe um prazer soturno e autodestrutivo, mas mesmo assim era satisfatório. Assim que ele saiu porta afora, porém, todo o prazer, soturno ou não, sumiu junto com o medo. Ele estava vazio...

Enquanto levava um instante, mesmo com os óculos de policial, para se ajustar ao sol de Hialeah, que fritava os olhos no concreto, Nestor percebeu um vulto cruzando a rua no meio do quarteirão, mas não conseguiu discernir qualquer detalhe, apenas uma silhueta.

No instante seguinte, uma visão... *Magdalena.*

Ela estava vindo direto para ele, olhando para o seu rosto com um certo sorriso que Nestor sempre interpretara como uma isca, que levava a delícias indizíveis... a curva dos lábios dela... *malícia pura*... as espessas ondas sedosas que o cabelo formava perto dos ombros... a blusa de seda branca sem mangas, tão decotada na frente que dava para ver as curvas internas dos seios... e *mais*... a virilha de Nestor emitiu um boletim... as pernas, coxas e ancas dela, ágeis e perfeitas... ele adorava, endeusava, idolatrava tudo aquilo.

Nestor deixou escapar: – Manena... eu já tinha desistido!

Para chegar à calçada, Magdalena se esgueirou entre a van de FUMIGADORES de Eu, Camilo e um velho Taurus estacionado logo à frente. Os reflexos do sol cintilavam na seda branca que mal lhe cobria os seios, bem como nas ondas do cabelo dela, que eram longas, macias e espessas o suficiente para... para... para... Ela chegou a um metro de Nestor, ainda dando aquele sorriso que prometia... *tudo*... com a respiração acelerada.

– Desculpe, Nestor! Eu mal consegui chegar aqui! Estava no hospital. Nunca dirigi tão depressa em toda a minha vida...

– Ah, Manena – disse Nestor, abanando a cabeça e lutando contra as lágrimas.

– E não tinha lugar para estacionar, de modo que larguei o carro ali mesmo! – Com um meneio de cabeça, ela indicou um ponto atrás de si.

– Ah, Manena, se você não tivesse vindo!

Houve mais abanos de cabeça, e mais lágrimas acumuladas nas pequenas bordas onde as pálpebras inferiores dele encostavam nos globos oculares... no lugar das coisas que ele não sabia como exprimir.

– Manena, você não faz ideia do que eu precisei aturar... por parte da minha família, da porcaria da minha família! – disse Nestor, dando uma olhadela para o relógio. – *Merda!* Não posso chegar atrasado ao plantão.

Ele avançou para ela. *Precisava* segurar Magdalena em seus braços. Então põe os braços em torno dela, e ela põe os braços em torno dele ::::::mas, *merda*, ela está com os braços em volta das minhas *costas*. Sempre põe os braços em volta da minha nuca.:::::: Ele tenta beijá-la, mas ela desvia a cabeça e sussurra: – Aqui fora não, Nestor... parte do pessoal está aqui fora...

Presumivelmente, era a turma da festa. Sim, é verdade. Parte do pessoal saiu do quintal lá nos fundos e veio para a entrada da garagem. Mas que *diferença* isso fazia?

Nestor largou a namorada e olhou para o relógio.

– *Merda*, Manena! Vou chegar atrasado à porcaria do plantão... e meu carro está estacionado a quatro quarteirões daqui!

– Ah... *desculpe*, Nestor – disse Magdalena. – Eu fiz besteira... olhe, vamos fazer o seguinte... eu levo você até o lugar onde seu carro está... que tal? Desse jeito você ganha algum tempo.

Assim que se sentou no banco do passageiro, Nestor soltou uma torrente de lamentos. Sem qualquer motivo, sem motivo algum, toda a sua família... que diabo, Hialeah inteira... estava tentando transformá-lo em um traidor... um pária! Ele botou tudo para fora.

Enquanto dirigia, Magdalena ia gesticulando na direção das fileiras de casitas que passavam dos dois lados.

– Ah, Nestor, já falei isso para você. – Ela suspirou sem olhar para ele. – Hialeah não é a América. Não é nem Miami. É um... bom, a palavra não é *gueto*, mas Hialeah é... Hialeah é uma caixinha, e nós crescemos pensando que isso aqui é uma parte normal do mundo. Mas não é! Aqui você está dentro de uma caixinha! Com todo mundo se metendo na sua vida, e em tudo que você tenta fazer... eles mal conseguem esperar para fofocar e espalhar histórias, na *esperança* de que você fracasse. *Adoram* quando você fracassa. Enquanto você *morar* em Hialeah e *pensar* do jeito de Hialeah... enquanto você achar que a única forma de sair de uma casita desgraçada é casando... que espécie de vida é essa? Você só está deixando que eles *condicionem* você, para que seus olhos não consigam *enxergar* qualquer sinal de vida fora das casitas de Hialeah. Eu sei quem está na sua casa agora. Tem tantas pessoas lá dentro aparentadas com você, que fazem parte de você, ligadas a você... são como plantas parasitas, com todos aqueles cipós que enrolam no tronco e depois nos galhos, e quando não tem mais espaço nos galhos, elas vão atrás dos brotos, das folhas e dos gravetos, até a árvore começar a viver sob uma total condição parasitária...

::::::condição parasitária?::::::

– ... ou então morrer. Escute, Nestor. Eu gosto muito, muito de você...

::::::"gosta"?::::::

– E você precisa sair dessa armadilha agora. Andei conversando com um médico argentino ontem, e ele diz...

::::::Chegou a hora!:::::: Eles estavam a um quarteirão do carro dele. Nestor olhou novamente para o relógio. O tempo estava se esgotando.::::::*Agora!*::::::

Ele se inclinou por cima do encosto do braço, botou a mão no ombro de Magdalena e olhou bem para os olhos dela, de um jeito tão *molhado* que só uma pessoa muito tapada não veria a borrasca que se avizinhava.

– *Dios mío*, Manena! Ah, meu Deus... nós estamos pensando a mesma coisa ao mesmo tempo. Eu nem devia me surpreender com isso... mas é inacreditável! – disse ele. Magdalena puxou a cabeça para trás subitamente, mas Nestor continuou: – Meu bem, nós somos duas pessoas com a mesma... não estou falando só dos mesmos sentimentos, mas o mesmo... bom, nós somos duas pessoas que *compreendem* as coisas do mesmo *jeito*. Entende o que estou dizendo?

Nada na expressão de Magdalena indicava que ela entendia.

– Passei o dia inteiro pensando nisso. Lembra que a gente vive falando "Ainda não é o momento certo"? Lembra que a gente fala isso? Bom, eu juro, Manena, agora eu sei que *é*! Este *é* o momento certo! Este momento! Manena... vamos nos casar... agora... agora *mesmo*! Vamos dar adeus a tudo isso aqui! – Nestor agitou o indicador no ar, como que englobando Hialeah, Miami e todo o condado de Miami-Dade. – Tudo isso! Por que esperar mais pelo *momento certo*? Vamos *fazer* isso logo... agora! Vamos sumir juntos de... *tudo isso aqui*! Manena! Eu vou embora com *você*... agora. Que tal? Eu nunca vou amar você mais do que amo... agora. Tanto você quanto eu sabemos que o momento certo é... *agora*!

Magdalena ficou olhando para ele por um instante... com expressão vazia. Nestor não conseguia ler coisa alguma naquele olhar. Por fim ela disse: – Não é tão simples assim, Nestor.

— Não é tão simples? — Ele deu o sorriso mais suave e amoroso possível. — Não podia ser mais simples, Manena. Nós nos amamos!

Magdalena desviou a cabeça, e já não estava olhando para ele ao dizer: — Não podemos pensar só em nós dois.

— Você está falando dos seus pais? Não vai ser um choque repentino para eles. Nós já estamos juntos há três anos, e tenho certeza que eles sabem... bom, eles sabem que nós não estamos só... só saindo juntos.

Magdalena virou e encarou Nestor. — Não se trata só deles.

— Como assim?

Ela hesitou, mas manteve o olhar fixo nele. — Eu estou saindo com outra pessoa... também.

O carro de Magdalena se transformou em uma cápsula selada. Nestor já não conseguia ouvir coisa alguma, além de um som que começou a encher sua cabeça... parecia o vapor que sai daqueles grandes ferros de passar roupa nas lavanderias.

Sua voz se elevou: — Você acabou de falar *também*?

— Sim. — Ela manteve seu controle a laser.

— E que porra *isso* quer dizer?

— Não use esse tipo de palavreado.

— Tá legal. — Ele deu um sorriso sarcástico, mostrando os dentes superiores e enrugando a testa. — Então simplesmente responda à pergunta.

O sorriso rachou a compostura de Magdalena, que começou a piscar sem parar.

— Quer dizer... assim como saio com você, eu saio com outras pessoas — disse ela. Nestor conseguiu soltar uma risada que mais parecia um latido. Então a expressão de aço voltou aos olhos de Magdalena, que continuou: — Não quero mentir para você. Amo você demais para fazer isso. Amo mesmo, você sabe. Finalmente resolvi que *precisava* contar tudo a você. Eu nunca *quis* esconder *coisa alguma*. Só estava esperando o momento certo... Agora você já sabe de tudo.

— Eu sei... de tudo? Sei... *de tudo*? Só sei que você está tentando me levar na conversa! Sei que você não me contou porra nenhuma...

— Eu já falei para você! Não use...

— Por que não? Porque você é a porra de uma dama que me *ama* pra caralho? Quem já ouviu conversa fiada maior?

— Nestor!

Ele percebeu o nojo e a raiva nos olhos dela. Mas também percebeu que ela estava com medo de falar qualquer coisa a mais.

— NÃO SE PREOCUPE! ESTOU INDO EMBORA! — Ele estava tão descontrolado que nem fazendo força conseguia baixar a voz. Abriu a porta, saltou, foi até a frente do carro e parou, olhando diretamente para ela pelo para-brisa. — ESSA É A SUA CHANCE! POR QUE NÃO ME ATROPELA LOGO E ACABA COM ESSA PORRA TODA?

Ele estava descontrolado, sabia disso, e nada podia fazer. Foi até a janela do motorista, a janela de Magdalena, inclinou o corpo e quase encostou o rosto no vidro.

— VOCÊ PERDEU A PORRA DA SUA CHANCE... *CONCHA*! — Tinha uma vaga consciência de que as pessoas na calçada estavam parando a fim de espiar, mas não conseguia baixar a voz. Recuou a cabeça, endireitou o corpo e berrou com Magdalena a meio metro de distância: — VÁ EM FRENTE! SAIA DAQUI! SAIA DE HIALEAH! SAIA DA MINHA VISTA!

Magdalena não precisou ouvir duas vezes. Acelerou o motor, fazendo os pneus guincharem, e o carro pareceu *pular* feito um bicho. Nestor seguiu a fera com os olhos por cada milímetro do caminho, vendo o veículo derrapar sobre duas rodas em torno da esquina, e por um momento horrível, HORRIVELMENTE CULPADO, ele achou que Magdalena ia capotar.::::::AH, MINHA MANENA! CRIATURA MAIS PRECIOSA DO MUNDO! MEU ÚNICO AMOR! MINHA ÚNICA VIDA... O QUE EU ACABO DE FAZER? CHAMEI VOCÊ DE *CONCHA* NA FRENTE DE HIALEAH INTEIRA! E agora *nunca* terei chance de falar que *idolatro* você... que você *é* a minha vida!:::::: Graças a Deus, porém, o carro se endireitou e desapareceu.

Mais gente parara a fim de espiar. Era bom ele próprio sair dali. Nestor entrou no Camaro, mas ficou recostado no banco, em vez de se afastar logo. Só então percebeu que estava respirando depressa, quase ofegando em busca de ar, e que seu coração disparara dentro da caixa torácica, como que tomado pelo desejo urgente de estar em um lugar melhor...

Pelo para-brisa era possível ver o que lhe sobrara... diminutas cabanas, todas em fileiras, assando em uma infindável pradaria de concreto árido... a culpa, a noção do que ele havia jogado fora, a desesperança; essas três coisas, desesperança, desperdício gratuito e culpa; mas a pior delas era a culpa.

5

O MACACO MIJÃO

Maurice Fleischmann, o bilionário que parecia um urso grande, abriu as abotoaduras e puxou a manga da camisa para cima, até onde era possível, abrindo caminho para a seringa hipodérmica. E, como sempre, tensionou os músculos para mostrar a Magdalena que sob toda aquela carne havia a força e o poder de um urso...

Como sempre, Magdalena disse: — Por favor, relaxe, sim?

E, como sempre, ele relaxou, aparentemente sem perceber a frequência com que eles passavam por aquele ritual. Frequentemente, àquela altura ele acrescentava um comentário sugestivo, não egregiamente sugestivo... só para abrir um pouco a porta. Desta vez ele disse: — Olhe, você é jovem e bonita. Conte as suas aventuras desde a última vez que nos vimos.

Magdalena sempre tentava agir como se aquilo fosse uma brincadeira espirituosa. — Ah, não sei se o senhor conseguiria aguentar...

Ele riu. *Ah, a sacanagem!* E disse: — Experimente. Você pode se surpreender muuiito!

Ah, a sacanagem! E, ah, o nervosismo... já que àquela altura Magdalena sempre picava o braço gordo com a seringa, despejando no fluxo sanguíneo uma dose de Deprovan, um "inibidor de libido"... para reprimir em Fleischmann uma lúxuria irrestrita por garotas bonitas e algumas obsessões sexuais... no caso dele, pornografia.

Na realidade, aquilo era tão pouco divertido que, como fazia ao menos meia dúzia de vezes por dia, Magdalena, sem se dar conta do que estava fazendo, começou a inventariar os prós e contras daquele seu novo "emprego". Depois de se formar em enfermagem na Universidade Global de Everglades, ela passara três anos trabalhando no hospital Jackson Memorial. No ano anterior, era uma das enfermeiras no setor de cirurgia pediátrica. Como podia resistir, porém, quando um dos médicos mais famosos do hospital, que era um dos maiores e mais conhecidos de todo o Sul americano... o dr. Norman Lewis, o famoso psiquiatra... fizera de tudo a fim de recrutá-la para sua clínica particular? Ela ficara siderada pelo glamour da coisa. Ele tirara Magdalena do "gueto" de Hialeah, como ela agora considerava seu antigo bairro, apresentando-a à grandiosidade e à excitação do mundo real fora dali. Em menos de meia hora, o programa *60 Minutes*... e não só o *60 Minutes*, como também o astro do programa, Ike Walsh... estaria ali para entrevistá-lo sobre... a Epidemia Pornô.

Assim que Maurice Fleischmann foi embora, e a porta que dava para o estacionamento do prédio Lincoln Suites se fechou atrás dele, o dr. Norman Lewis saiu do consultório e se aproximou de Magdalena, sorrindo feito um homem que já não consegue conter o riso. Quando chegou a ela... *a explosão*. Ele começou a rir tanto que mal conseguia recuperar o fôlego por tempo suficiente para arquejar as palavras a Magdalena.

— Maurice Fleischmann! — exclamou ele, pondo o braço em torno da cintura dela. — Dom Moe, o Primeiro! O rosto senhorial de Mia-m*iii ii ii ii iiaaahhahAHHHH qua qua qua qua...*

Arquejo.

— O Maurice mandou fazer um terno de seda por 8 mil dólares na rua Jermyn, perto de Savile Row... *ah-ah-ah-ahhahhhHHHH qua qua qua qua* e precisava me contar isso! Precisava me mostrar a etiqueta*aaaa-ahhahhaHAHH qua qua qua qua qua...*

Arquejo... e a cada arquejo ele apertava o braço em torno da cintura de Magdalena mais um pouco.

— Já ganhou o prêmio da porra da semana *ahhhHHHH qua qua qua qua...*

Arquejo... e ele apertou a cintura dela um pouco mais.

— *Tãoooooo refinado, ahhHHHH qua qua qua qua...*

Arquejo... e o aperto foi um pouco *maior*.

– Embaixo daquele belo terno está a maior porcaria que alguém já viu iu iu iu iuahhhHHHH...

Arquejo... e mais um aperto.

– É preciso admitir que nós temos um zool*óóó*gico aqui *ii ii iii*...

Arquejo... aperto... aperto... e ele começou a cantar.

– Ahhhh, vamos todos ao zoo... ver o elefante junto com o canguru qua *qua qua qua!*

Depois tentou recuperar o fôlego e controlar seu júbilo... mas fracassou. – Você devia ver a virilha dele!

Arquejo.

– O coitado do pênis... é uma coisinha vermelha, coberta por tantas bolhas de herpes que parece que a gente está olhando para um monte de balões! Só que é um monte de bolhas se amontoando feito *balõõõõÕÕÕESsss-sAHHHHH qua qua qua ahhhHHHH!*

Arquejando, ofegando.

– Que espécime humano magnífico! Ele realmente bate todas...

Arquejo.

– Ele realmente bate todas*sssua qua qua qua qua qua* juro que eu não queria fazer trocadilho... não estava tentando ser engraçado.

O eminente dr. Lewis conseguiu enfim se controlar, mas manteve o corpo de Magdalena bem apertado junto ao seu, lado a lado. – Coitado do escroto... toda vez que ele se masturba, o herpes piora, e outros montes de bolhas aparecem... mas só quem está sonhando pode achar que ele tem força de vontade para largar a internet, com todos aqueles rapazes e garotas mandando ver e enfiando seus issos ou aquilos em cada orifício do corpo humano, e assim parar de torturar seu pequeno pênis explorado... espere um instante! Preciso mostrar a você! Tirei algumas fotos...

Ele soltou Magdalena, e foi praticamente correndo até o consultório. O riso do dr. Lewis, fosse diante de suas próprias piadas ou não, seu ânimo entusiasmado, sua índole juvenil e sua energia viravam uma torrente que sempre deixava Magdalena impotente... Ele deveria mesmo estar lhe contando os segredos íntimos da vida dos seus pacientes? Mas o que eram aqueles pequenos escrúpulos incômodos dela comparados à totalidade do dr. Norman Lewis? A qualquer momento, *qualquer momento*, o programa *60 Minutes* estaria ali para ouvir de Norm a última palavra sobre a Epidemia Pornô. O *60 Minutes*! E Norm estava todo empolgado com outra coisa, umas fotos da virilha devastada do pobre sr. Fleischmann... como que pouco se lixando para o *60 Minutes* e Ike Walsh... *pouco se lixando*!

Magdalena entrou em pânico *por* ele... e exclamou: – Norman! Mostre isso mais tarde! O *60 Minutes* vai chegar aqui a qualquer momento, tipo agora!

O dr. Norman Lewis parou no umbral do consultório, virou, deu um sorriso com certo viés cínico e disse: – Ah, não se preocupe, meu bem. Eles vão levar uma hora para se instalar. São um bando de gnomos sindicalizados. Para fazer qualquer coisa, levam o dobro do tempo dos gnomos comuns. Fodam-se *eles*. Você precisa ver Dom Moe, o Primeiro, *à la noue*!

– Mas, Norman! O Ike Walsh...

– Foda-se *ele* também. O Ike é um caso clássico de síndrome do Macaco Mijão. – Em seguida ele virou para entrar no consultório.

Fodam-se *eles*... mas Eles eram simplesmente a equipe do programa de maior audiência na TV. E foda-se ele... mas Ele, Ike Walsh, era simplesmente o maior astro do noticiário televisivo. "O Grande Inquisidor", como era chamado. Magdalena ficava fascinada, mas também assustada, quando via Ike na TV. Ele era um torturador. Sua especialidade era ficar em cima das pessoas, até elas ficarem nervosas e terem um colapso emocional. ::::::Mas o meu Norman diz que ele é um pobre-diabo que sofre de "síndrome do Macaco Mijão". O que na face da Terra é a síndrome do Macaco Mijão?:::::: Magdalena nunca ouvira Norman mencionar aquilo antes... síndrome do Macaco Mijão... Ela sabia que ele estava com pressa, mas a pergunta era irresistível.

– Norm! – berrou ela para ele. – O que é a síndrome do Macaco Mijão?

O dr. Lewis parou no umbral do consultório e virou outra vez. Suspirou como quem diz "Não acredito que você não saiba o que é a síndrome do Macaco Mijão". Com um tom de paciência forçada, disse: – Suponho que você saiba que os macacos dão péssimos animais domésticos... certo?

Magdalena jamais ouvira qualquer pessoa falar *qualquer* coisa sobre macacos de estimação, mas assentiu, para não se arriscar a exasperar Norman ainda mais.

– Mas digamos que, mesmo assim, algum homem ganhe um macaco... um macaco pequeno, um macaco bonitinho, feito um macaco-aranha, certo?

Magdalena prontamente assentiu outra vez.

– Bom, se for macho, esse macaco, assim que conseguir chegar a uma altura suficiente... e eles conseguem trepar em qualquer coisa... vai começar a urinar em cima da sua cabeça.

– Urinar em cima da sua *cabeça*? – disse Magdalena.

– Isso. Urinar em cima da cabeça do homem. A cabeça do *homem*. Ele não se interessa por mulheres. Vai urinar em cima da cabeça do homem, e depois vai sorrir, fazendo "IH IH IH IH IH". Está rindo de você, está debochando de você, dizendo que você é um viado. Vai mijar em cima da sua cabeça dia e noite... enquanto você estiver dormindo na sua cama, quando se levantar para ir ao banheiro, quando estiver se vestindo para ir trabalhar, a qualquer hora... o tempo *todo*. E não adianta tentar fazer amizade com o filho da mãe, acariciar o pelo dele, ou arrulhar doces bobagens, nem tentar cair nas boas graças dele servindo-lhe fabulosos banquetes de macaco, maçãs, passas, aipo, amêndoas, ou castanhas brasileiras, todas essas coisas que os macacos adoram. Qualquer tentativa de agradar o bicho só vai piorar as coisas. Ele vai encarar você como um otário *incorrigível*. Entendeu? A única coisa que funciona é a seguinte: você agarra o filho da mãe quando ele estiver se banqueteando com a tigela dele e joga o bicho dentro da privada... enquanto ele estiver se agitando dentro da água, desorientado, e não conseguir se firmar na superfície do vaso, que é muito lisa, *você* mija em cima *dele*. Inunda o bicho com cada gota que tiver. A porra do macaco vai pensar que está preso em um tsunami de mijo. O céu inteiro, o mundo inteiro está mijando em cima dele. Não há mais ar para respirar, só vapores de mijo. A princípio ele vai fazer "IH IH IH IH"... está irritado pra cacete... mas depois vai mudar de tom, parecendo que está pedindo misericórdia... desacelerando até "IH... IH... IH... IH"... então o nível de decibéis cai e resta apenas um pequeno ganido patético: "ih... ih... ih... ih." No dia seguinte, ele estará aninhado no seu colo feito um gatinho, praticamente *implorando* para ser acariciado por você ao som dos seus doces arrulhos. Você lhe mostrou quem manda. Mostrou que o macho alfa é *você*, não ele. E o seu Ike Walsh do *60 Minutes* é isso... um macaquinho mijão.

Dito isso, ele desapareceu consultório adentro.

::::::*Ike Walsh é um macaquinho mijão!* E ele está prestes a ser entrevistado por Ike Walsh!:::::: Magdalena jamais ouvira Norman dizer algo tão desdenhoso antes, embora frequentemente ele descrevesse as pessoas da TV em geral como crianças sugestionáveis e inflamáveis, "inocentes de qualquer pensamento conceitual".

Naquele momento, a palavra-chave era *inflamáveis*. Todos os noticiários televisivos estavam ávidos para explorar os resultados de uma pesquisa do Instituto Nacional de Saúde, mostrando que espantosos 65 por cento de todos os acessos na internet eram a sites pornográficos. O instituto (ou seja, o governo americano!) estava avisando que havia uma pandemia de viciados em pornografia. Norman gostava de dizer que os diminutos cérebros inflamados do pessoal da TV eram "criticamente nulos". Por outro lado, ele não achava ruim aparecer nos programas deles. Dizia que "eles exploram o suposto vício em pornografia" (sempre frisava esse *suposto*), "e são explorados por *mim*". Era *ótimo* naquilo! Magdalena sabia que seu julgamento estava longe de ser isento, mas Norman era maravilhoso na TV... tão calmo, tão bem articulado, tão sábio... e ainda assim tão bem-humorado... além de ter boa aparência. Mas agora ele acha que pode tratar o homem mais feroz da TV como um macaquinho mijão?

Nesse momento, Norman saiu do consultório com um reluzente sorriso de entusiasmo. *Deus*, como ele era bonito! Seu príncipe *americano*! Olhos azuis... cabelo ondulado castanho-claro... que ela preferia ver como louro... alto, e talvez um pouco carnudo demais, mas não a ponto de ser... gordo.

Ele tinha 42 anos, mas mantinha um rosto forte, e a energia de quem parecia ter 30.... não, 25. As amigas de Magdalena viviam abanando a cabeça, preocupadas, e avisando que ele tinha quase o dobro da idade dela... mas elas não tinham noção do vigor, da força e da alegria de viver de Norman. Quando eles se levantavam pela manhã, os dois nus... ela jamais dormira assim com alguém antes... Magdalena percebia que por baixo daquele belo e saudável... acolchoamento... Norman tinha uma compleição muito boa. *Blipe!* Nestor mal chegava a um metro e setenta de altura, mas era *inchado* de músculos aqui, ali, por toda parte... inchado! Tão *grotesco*! O *cabelo de Norman*, tão farto, ondulado e louro... *louro*! Ela insistia nisso... pois aquele cabelo tornava irrelevantes todas as histórias de "saradão" ou "malhadaço" que Nestor vivia repetindo. Ela estava vivendo com o *americano* ideal! Se existia alguém mais absolutamente *não Hialeah*, mais completamente *acima* de Hialeah, em um plano mais elevado, mais intelectual, Magdalena não conseguia imaginar quem seria. O mundo inteiro estava se abrindo para ela. Ah, claro... as pessoas em Hialeah gostavam de fazer piadas sobre *los americanos*. No fundo, porém, sabiam que fora de Miami eram *los americanos* que mandavam nas coisas... mandavam em tudo.

Norman parou ao lado da mesa de Magdalena e colocou uma fotografia à frente dela, dizendo: – Dê uma olhadela nisso e você verá do que eu estou falando. "Minha é a vingança, disse o Senhor, e Eu lhes darei a paga." Essa é a epígrafe de *Anna Karenina*, a propósito. De qualquer forma, o pecado desse nosso urso é o onanismo, e ele *pagará* por isso.

Comentários como aquele, tão casuais e naturais para Norman, intimidavam Magdalena terrivelmente. Ela não fazia a menor ideia do que era uma epígrafe. Tinha uma vaga noção de *Anna Karenina*... alguém em um livro? E quanto a *onanismo*, o vazio era total. Um sexto sentido lhe dizia para não tocar em *epígrafe* e *Anna Karenina*. Qualquer coisa que tivesse a ver com as letras, com literatura, era mais intimidadora do que as demais, por atingir o ponto mais sensível de Magdalena: sua falta de cultura acerca dos livros que supostamente todos deveriam já ter lido, dos artistas com cujos quadros deveriam ter familiaridade, e dos grandes compositores... ela *nada* sabia sobre *qualquer* compositor. Ouvira um único nome, Mozart, mas sabia absolutamente zero sobre qualquer coisa que ele pudesse ter composto. Portanto, fosse como fosse... *onanismo* era mais seguro.

— Onanismo?

— Masturbação — disse o dr. Lewis.

Ele passou para trás de Magdalena, ainda sentada na cadeira, a fim de examinar a fotografia do mesmo ponto de vista que ela, e botou as mãos nos ombros dela. Depois foi baixando a cabeça até encostar o queixo ali, e sua face na face dela. Magdalena sentiu o cheiro da colônia dele, que se chamava Resolute for Men. O apartamento de Norman, lá em Aventura, tinha um banheiro imenso, com uma vasta bancada de mármore abaixo de uma tremenda parede de espelhos, e quando ela ia para *sua* pia pela manhã, via a robusta e viril lata do Resolute for Men de Norman ao lado da pia *dele*. A lata fora desenhada à semelhança de uma granada... um artefato muito masculino, é claro, para borrifar perfume doce no rosto e no pescoço também doces e recém-barbeados de um homem. *Blipe!* O banheiro do coitado do Nestor na casita em Hialeah... o pobre banheirinho sem janelas que ele precisava compartilhar com os pais no corredor. Aquilo não passava de um armário, com latrina, banheira e uma pia minúscula enfiadas todas juntas. A ferrugem já comera o esmalte em torno das torneiras de água quente e fria. Uma tinta verde, de tom infeliz, descascava nas paredes. Ela e Nestor haviam ficado sozinhos na casita apenas duas vezes, durante os três anos que haviam passado juntos, e somente por meia hora em cada ocasião. Mais de uma vez haviam se escafedido, seminus ou totalmente despidos, do quarto dele até aquele banheiro miserável, com pavor de que alguém, a mãe, o pai, um parente ou uma vizinha, entrasse na casa subitamente e descobrisse a perversidade deles. Ah, Deus, aquilo fora tão perverso... e tão inexprimivelmente excitante.

E ah, *Deus*! Era tão horrível o que ela estava fazendo com Nestor agora. Ainda podia ver o rosto contorcido dele, berrando: "*¡Concha!*" Mas não conseguia encarar aquilo como um insulto. Era apenas o grito ferido de um homem latino de coração partido. Nenhum homem, nenhum homem latino de verdade, conseguiria simplesmente se afastar, dormente e silente, depois de um relacionamento como o deles. Mas como aquilo poderia ter sido evitado? De um jeito ou de outro, ela precisaria lhe contar que tudo acabara. Ela estava deixando Nestor e Hialeah.

Será que ela teria "ficado ao lado dele" naquele dia, se soubesse que ele estava encrencado por ter prendido o tal líder clandestino e praticamente entregado o sujeito ao governo cubano? Bom, graças a Deus ela não precisara tomar essa decisão. Não tinha ideia do que andava acontecendo na "carreira" de Nestor. Passara semanas capaz de pensar em apenas uma coisa: escapar completamente de Hialeah e sua "grande barriga cubana", como ela pensava... o que significava, acima de tudo, deixar sua casa e deixar Nestor. Graças a Deus ela fizera as duas coisas enquanto ainda tinha coragem!

Hialeah... aquela pequena cápsula cubana era toda a vida de Nestor. Ah, naquele dia ele falara que também ia deixar Hialeah, mas só estava temporariamente magoado. Logo isso passaria, e tudo seria esquecido. Ele jamais passaria de um policial: cumpriria seus vinte anos de serviço, e depois... o quê? Uma gorda aposentadoria? Sua vida estaria terminada em 15 anos, e ele teria apenas 40. Era triste... mas ao menos ela já não precisava mais mentir para ele... e fingir que nada mudara. Só precisaria excluí-lo do seu Facebook. Não era certo deixar Nestor olhar para o rosto dela todo dia, toda hora, sofrendo e remoendo algo que jamais recuperaria. Isso seria cruel...

::::::Ora, mas vamos, Magdalena, seja honesta consigo mesma! Não é com isso que você está realmente preocupada, é? Uma foto de você e Norm foi parar na sua página, sem que você soubesse, e você ficou com tanto medo de irritar Nestor que deletou a foto assim que soube que estava lá. De agora em diante, vamos encarar a realidade. Você quer que todo mundo saiba que o dr. Norman Lewis é seu namorado! Admita isso! Na realidade, você *quer* fotos dele em toda a sua página quando a entrevista dele ao famoso Ike Walsh do *60 Minutes* for ao ar. Certo? Você quer que todo mundo saiba que é seu aquele maravilhoso *americano* louro, de olhos azuis, aquele glamouroso Homem Maduro!:::::: Esse pensamento feliz, porém, provocou outra onda de culpa acerca de Nestor. O negócio todo estava fadado a acabar da forma como acabara... e antes cedo do que tarde. Ela não conseguira pensar em qualquer forma de fazer Nestor saber... pelo menos uma forma *indolor*. Era melhor assim, um corte brusco e limpo. Ah, logo Nestor voltaria ao seio de Hialeah, como se nada houvesse acontecido...

— Vamos lá! Você nem está olhando para a foto! — disse Norman. E era verdade. Ele foi deslizando as mãos pelo pudico uniforme branco de enfermagem de Magdalena, dos ombros para baixo. — E então?

Ela olhou para a foto e... *eeecccaaa*, que coisa *nojenta*! Era uma fotografia colorida da genitália desnuda de um homem... Havia erupções por toda a virilha e todo o pênis, que estava bastante inflamado.

— Isso é tão...

Magdalena queria dizer "repugnante", mas Norman parecia sentir muito orgulho daquela imagem, por algum motivo. Então ela emendou: — Que foto horrível.

— Não é verdade — disse o dr. Lewis. — O que o nosso Maurice Fleischmann, tão rico e influente, fez a si mesmo pode ser horrível, mas a foto não é horrível. Na minha opinião é uma imagem importante, o tipo de documentação que tem muito valor na nossa profissão.

— Esse é o Fleischmann?

— O próprio — disse o dr. Lewis. — Olhe só para essas pernas compridas e magricelas.

— De onde veio isso?

— Eu mesmo tirei a foto há cerca de meia hora e depois baixei a imagem para o computador.

— Mas por que ele está nu? — disse Magdalena.

O dr. Lewis deu uma risadinha.

— Eu mandei que ele tirasse a roupa. Falei que precisávamos criar uma "linha do tempo visível" para o progresso dele. "Linha do tempo visível", eu disse. — Suas risadinhas estavam à beira de virar uma gargalhada. — Também falei que queria que Maurice levasse a foto com ele, e olhasse para a imagem sempre que sentisse vontade de ceder ao seu suposto vício.

Essa parte só é meio séria. Mas, principalmente, fiz essa foto para a minha monografia.

– Sua monografia? Que monografia? – disse Magdalena. Depois hesitou. Não sabia se devia revelar mais ignorância... mas resolveu ir em frente de qualquer forma: – Norman... eu nem sei o que é uma monografia.

– Uma monografia é um tratado... você sabe o que é um tratado?

– De modo geral – disse Magdalena. Ela não tinha a menor ideia, mas Norman perguntara em um tom que presumia que qualquer pessoa alfabetizada conhecesse a palavra.

– Bom, uma monografia é o que se chama um tratado altamente detalhado e muito erudito, que revela mais do que você realmente quer saber sobre um assunto bastante específico, neste caso o papel da masturbação no suposto vício em pornografia. Eu quero que esta monografia tenha uma documentação tão detalhada, tão densa, tão cheia... na realidade, até *inchada,* incluindo fotografias feito essa da virilha do Mister Miami, que cause enxaqueca ao ser lida. Quero que o trabalho seja tão... *denso* que qualquer cientista que o leia todo... qualquer cientista, médico, psiquiatra ou aluno de medicina... quero que esse filho da puta urre de dor sob o fardo dos meticulosos detalhes clínicos, secos e compactados em tijolos, que o dr. Norman Lewis colocou sobre ele.

– Mas para *que* você quer fazer isso? – disse Magdalena.

– Porque sei que esses merdinhas invejosos estão começando a me chamar de "*schlocktor*".

Magdalena ficou olhando para ele. Não queria fazer outra pergunta que indicasse mais coisas que ela não sabia. Então Norman prosseguiu:

– *Schlock* é uma palavra iídiche que significa barato e malfeito. Principalmente coisas fajutas disfarçadas para parecer de alto nível. Portanto, um "*schlocktor*" é um médico que revela o tipo de "especialista" barato, raso e fuleiro que ele é, aparecendo em programas televisivos como o *60 Minutes* e simplificando assuntos complicados para que milhões de idiotas pensem que compreenderam. É tudo inveja, claro. Meus colegas virtuosos gostam de se ver como detentores de mistérios exclusivos colocados no alto de um pináculo ao qual os milhões de idiotas jamais ascenderão. Qualquer médico que vá à TV e torne tudo menos misterioso vira automaticamente um apóstata barato. — Magdalena manteve um olhar impávido diante daquele *apóstata* de Norman, que continuou: — E que está apenas vendendo os mistérios para virar uma espécie de celebridade vulgar. A minha monografia vai atingir essas pessoas feito um saco de areia. A *obra*... estará acima... *delas*. Terá como título "O Papel da Masturbação no *Vício* em Pornografia", com grifo em vício, ou talvez "A *Agência* da Masturbação no Vício em Pornografia". Atualmente *agência* ganhou uma conotação muita acadêmica entre os detentores de mistérios. Enfim... masturbação. Muitos médicos, e até muitos psiquiatras, não entendem. Nenhum homem fica "viciado" em pornografia sem se masturbar. Caso contrário, um pobre filho da mãe como o nosso distinto Mister Miami logo ficaria cansado de ver garotas com um pau na boca. Mas... se ele consegue manter a mão no bastão da alegria e continuar gozando, não há limite para o "vício em pornografia". Um punheteiro feito Dom Moe, o Primeiro, pode não parecer grande coisa, mas ele consegue ejacular até 18 vezes em um só dia sentado diante do computador, vendo esse lixo patético na rede. Dezoito! Aposto que você nunca conheceu um homem com tanto tutano! Bom, o nosso Maurice Fleischmann é assim! E ele não consegue parar, nem quando sua virilha já está... *desse jeito*.

Magdalena continuou olhando para a foto, que *era* uma foto horrível, pouco importando o que Norman dissesse... enquanto isso, porém, ele estava desabotoando a frente do pudico uniforme de enfermagem dela. Magdalena está sentada à sua mesa no consultório feito uma profissional, uma enfermeira, e isso só torna tudo mais... *perverso*... O *60 Minutes* provavelmente estará se aproximando da porta... a qualquer momento! Os batimentos do coração dela aceleram, enquanto Norman continua falando com uma voz perfeitamente normal:

— E ele ainda fala para a secretária que não pode ser perturbado, pouco importando quem telefone, a esposa, uma das filhas... ele *não* deve ser perturbado. Nem mesmo por ela, a secretária. Depois vira a sua cadeira giratória, grande e funda, estofada com o couro mais macio, recostando-se ali ao máximo. Desafivela o cinto e abre o zíper, baixando a calça e a cueca até os joelhos. Seu pobre pauzinho, castigado e sangrento, está ereto no ar, de modo que ele faz a única coisa que pode fazer. Cerra os dentes e *engole* a dor crua, chegando em pouco tempo ao pequeno espasmo que virou sua razão de viver. Ele realmente me *conta* tudo isso! Como se eu *precisasse* de todos esses detalhes para tratar dele... *eeeuuu!*

Dito isso, ele teve outro acesso de riso.

— Tem certeza de que pode me contar tudo isso sobre ele? — disse Magdalena.

Nem por um instante o dr. Norman Lewis parou de acariciar os seios dela. O *60 Minutes*! A qualquer momento!

— Aaaahhhh, não vejo por que não — disse o dr. Lewis, tentando reprimir o riso. — Nóós nóós nóós aahhhhHHH *qua qua* qua nóóós dois somos profissionais formados, e trabalhamos no caso dele, não é? *Qua qua qua qua qua qua ahhhHHH Qua qua qua qua.*

Ele ainda estava curvado por trás da cadeira de Magdalena, e foi rodeando até conseguir encarar os olhos dela. Então deu-lhe um beijo, sugando delicadamente cada um dos lábios dela, e continuou falando, como se nada mais estivesse acontecendo ali, além de uma elucidação sobre os sintomas comportamentais no caso Maurice Fleischmann.

— No momento em que ele atinge o orgasmo, no momento em que qualquer homem atinge o orgasmo, até o último neurônio, até o último dendrito da excitação que um instante antes inundava de sangue o membro reprodutor... some... *some*! Sem mais nem menos, toda a *luxúria* monomaníaca é dissipada. É como se jamais houvesse existido. Ele é incapaz até de desejo, o nosso másculo Maurice Fleischmann. Só quer saber de negócios. Puxa a cueca de volta para cima, puxa a calça de volta para cima, fecha o zíper, afivela o cinto, levanta e desamarrota as roupas junto ao corpo. Então olha pela janela para um lado e para outro, a fim de ver se *alguém* lá fora *por acaso* o viu. Depois aperta um botão e lá na antessala a secretária atende. Ele fala que ela já pode recomeçar a lhe passar os telefonemas, e volta a trabalhar, perguntando-se como aquilo que acabara de acontecer... aconteceu. Continua trabalhando, até que seu sistema revive, mas esses intervalos estão ficando cada vez menores, e assim que revive ele vira as costas da cadeira giratória para a porta, e fica grudado na tela outra vez. É tão simples ligar a pornografia. Ele não precisa pagar coisa alguma a alguém, nem fornecer seu nome ou endereço eletrônico. Só precisa ir ao Google, digitar www.onehand.com, e teclar BUSCA para voltar a Xanadu, com sua pequena Excalibur cheia de bolhas novamente na vertical e ávida... Ele tem na tela um cardápio sexual com tudo que quiser: sexo anal, felação, *cunnilingus*, coprofilia... ah, pode apostar! E toda a sua existência na Terra é um *anseio pelo espasmo*. Nada mais é real! O tempo entre as visitas ao domo do prazer se torna cada vez menor, e ele já não consegue fazer outra coisa. As pessoas começam a reclamar que já não conseguem marcar hora para falar com o nosso distinto Maurice Fleischmann. Claro que não conseguem! Ele está ocupado se autodestruindo!

Magdalena disse: — Tudo isso está acontecendo em um *escritório*?

— A *maior* parte é no escritório — disse o dr. Lewis. — A casa já apresenta todos os tipos de problemas... e obstáculos. A esposa, os filhos, a absoluta falta de solidão. Quer dizer, se o nosso menino Maurice criasse um pequeno aposento onde tivesse privacidade total, só para ele e o computador, isso levantaria todos os tipos de suspeitas, e pode ter certeza de que a esposa descobriria tudo. Acredite, ela *descobriria*.

Uma das mãos do dr. Lewis, ainda dentro do vestido de Magdalena, começa a descer, deslizando para lá e para cá na barriga dela. E então dois dedos se enfiam sob o elástico superior da calcinha, que para começar mal parecia existir.

— E isso anda tomando *tanto tempo assim*? — disse Magdalena. Seu coração estava disparado, e a pergunta ganhou o tom de um estranho sussurro rouco.

Já o dr. Lewis não parecia ter esse problema, e disse: — Ah, claro. Pense um instante. O ciclo dele já chegou a 18 vezes por dia, a maior parte no escritório. Ele não tem mais *tempo* para qualquer outra coisa, e não consegue se *concentrar* em qualquer outra coisa. Só tem intervalos enquanto está acumulando energia para mais espasmos. Já as demais coisas... se ele não consegue cuidar delas de modo rotineiro e automático... simplesmente não são feitas. Ele está em outro mundo, completamente descontrolado, e esse mundo se chama Onanismo.

— Onanismo. — Magdalena só conseguia sussurrar... em tom rouco. Estava tão excitada que mal conseguia falar.

De repente o dr. Lewis pegou a cadeira dela, com Magdalena sentada em cima, e girou-a noventa graus em relação à mesa...

— Norman! O que está fazendo?

Ele só largou a cadeira quando já havia espaço suficiente para avançar e se posicionar entre as pernas dela. Ficou calado, assim como Magdalena. Baixou o olhar para ela ali, sorrindo levemente. Ela ergueu o olhar diretamente para ele. O dr. Lewis desabotoou o jaleco eu-sou-médico, de algodão branco. Havia um volume sob sua calça na região da virilha, a menos de vinte centímetros do rosto dela. Ele começou a abrir o zíper devagar devagar devagar. Deu um sorriso matreiro matreiro matreiro para Magdalena, feito um adulto prestes a presentear uma garotinha com algo que ela sempre quisera taaantooo. Devagar devagar devagar o zíper...

Um toque baixo e borbulhante... significava que alguém estava apertando a campainha na entrada. Dava para ouvir vozes e risadas de homens lá fora.

— Norman! São *eles*! É o *60 Minutes*!

— Agora... enquanto eles estão na porta! — Subitamente a voz do dr. Lewis ficou mais tensa e entrecortada do que a dela: — *Agora!*

— Não, Norman! Você está maluco? Preciso deixar o pessoal entrar... e já estou seminua! Não é hora disso!

— Essa *é* a hora disso — coaxou o dr. Lewis. — Enquanto eles estão no... portão...

Ele estava com dificuldade para recuperar o fôlego. — Será uma eternidade antes que um momento como esse... surja novamente! *Ande* logo!

Magdalena recuou, empurrando a cadeira para trás, e pôs-se de pé com um salto. Seu alvo uniforme de enfermagem estava desabotoado quase até embaixo. Ela se sentia completamente nua.

Norman ainda tinha as duas mãos no zíper, e ficou olhando para ela com uma expressão que sugeria que ele estava se sentindo... magoado... perplexo... traído.

— Meu Deus, Norman — disse Magdalena. — Acho que você *é* maluco mesmo.

A entrevista ocorreu no consultório de Norman. Havia duas câmeras, uma apontada para Norman e outra para o Grande Inquisidor, Ike Walsh. Eles estavam sentados frente a frente, nas cadeiras laterais que os pacientes geralmente usavam. Já bastante paranoica acerca das artimanhas selvagens do Inquisidor, Magdalena desconfiva que a ideia era impedir Norman de se sentar atrás de sua mesa, que era grande e tinha uma aura de autoridade. Ela estava muito preocupada com o que podia estar prestes a acontecer com Norman nas mãos do Inquisidor. Afinal, Ike Walsh era o profissional. Já passara por aquele tipo de coisa vezes sem conta. Se ele humilhasse Norman, depois de todo aquele sermão sobre o Macaco Mijão, seria simplesmente horrível. O coração de Magdalena batia feito o de um passarinho.

Ike Walsh era muito mais baixo do que parecia ser na TV. Pensando bem, no entanto, no *60 Minutes* ele estava sempre sentado. Só que parecia ainda mais sinistro. A pele perpetuamente bronzeada, os frios olhos estreitos, os malares altos, as mandíbulas largas e a testa baixa, que formava um pequeno penhasco rochoso sob a juba de espessos cabelos pretos, muito espessos e pretos feito tinta... ele parecia um verdadeiro selvagem, mal contido por roupas civilizadas, como o paletó e a gravata. Aqueles seus estreitos olhos robóticos nunca piscavam, mas os de Norman também não. O médico parecia bastante confortável... naquela cadeira de paciente. Ostentava um sorriso leve, amistoso e hospitaleiro. O coração de Magdalena acelerou mais ainda. O comportamento relaxado de Norman só fazia com que ele parecesse mais descuidado e vulnerável... mais fresco e gordo para o abate.

Alguém parecido com um diretor começou a contar: – Seis, cinco, quatro, três, dois, um... rodando.

Walsh inclinou a cabeça para o lado, como sempre fazia quando estava conduzindo alguém para o abate. – Então, dr. Lewis... o senhor diz que o vício em pornografia não é um verdadeiro vício físico, como o vício em álcool, heroína ou cocaína...

Ele fez uma pausa. Uma luz vermelha acendeu na câmera apontada para Norman.

E ele falou! – Não estou convencido de que o vício em álcool, heroína ou cocaína seja físico no sentido que julgo empregado por você, quando fala a palavra *físico*. Mas, por favor, prossiga.

Magdalena juntou as mãos com força e prendeu a respiração. Norman mantivera o tal sorriso hospitaleiro, mas alterara sua expressão muito levemente, abrindo os lábios, movendo a mandíbula inferior muito levemente para o lado e... muito levemente dando uma piscadela com o olho desse lado... *dando uma piscadela*, e não piscando... como quem diz: "Não sei se você tem a *menor* ideia do que está falando, mas estou disposto a deixar isso de lado. Portanto, por favor, prossiga, meu querido."

Walsh alongou a pausa por mais tempo do que Magdalena esperava. Será que ele estava tentando decidir se ia ou não lançar álcool, heroína e cocaína no caldeirão? Depois, com a cabeça ainda inclinada de lado, o entrevistador disse: – Só que quatro dos mais eminentes psiquiatras e neurocientistas do país, e fico tentado a dizer até do mundo, não poderiam discordar mais completamente disso.

Ele consultou algumas anotações em seu colo e continuou: – Samuel Gubner, de Harvard... Gibson Channing, de Stanford... Murray Tiltenbaum, da Johns Hopkins... e Ericson Labro, da Universidade de Washington, o qual, como o senhor deve saber, acaba de ganhar o prêmio Nobel. Todos os quatro chegaram à mesma conclusão. Assistir a vídeos pornográficos na internet por horas a fio todo dia é um vício, que causa uma reação química que *fisga* o usuário de pornografia exatamente da mesma forma que drogas pesadas *fisgam* o usuário de drogas. O cérebro é alterado exatamente da mesma forma. Todas essas quatro autoridades eminentes concordam cem por cento com isso.

Nesse momento, o Grande Inquisidor endireitou a cabeça, projetou o queixo quadrado à frente de maneira quase prognata, estreitou os frios olhos de aço ainda mais e... *atacou*: – Portanto o senhor, dr. Norman Lewis, está me dizendo que sabe mais do que eles, e que esses quatro homens, inclusive um ganhador do prêmio Nobel, estão errados. Eles estão todos errados! É isso que o senhor está dizendo? Não é esse o resumo da ópera?

O coração de Magdalena ficou em suspenso por alguns segundos e pareceu deslizar dentro das suas costelas. ::::::Ah, coitado do Norman.::::::

– AahhhuhwaaaAHHHH*Qua qua qua qua*! – Norman soltou a maior gargalhada que Magdalena já o ouvira dar. E ficou sorrindo, como se não pudesse estar mais encantado. – Eu conheço todos esses quatro cavalheiros, e três deles são meus amigos íntimos!

Depois começou a dar risadas abafadas, como se toda aquela linha de pensamento fosse engraçada demais para ser posta em palavras. – Na realidade, estive em um jantar com Rick e Beth Labro há poucos dias.

Soltou outro risinho e recostou o corpo na cadeira, dando o sorriso mais feliz do mundo, como se todos os planetas estivessem perfeitamente alinhados.

Magdalena não conseguia acreditar no que saíra da boca de Norman! "Há poucos dias" era um jantar lotado que a Associação Americana de Psiquiatria dera no Javits Center em Nova York em homenagem ao Nobel de "Rick" Labro. Magdalena estivera com Norman o tempo todo. Seu "jantar com Rick e Beth" consistira em ocupar mais ou menos o 214º lugar em uma fila de talvez quatrocentas pessoas, esperando para apertar a mão de "Rick".

Quando Norman finalmente chegara a "Rick", dissera: – Dr. Labro? Norman Lewis, de Miami. Parabéns.

Ao que "Rick" retrucara: – Muito obrigado.

E esse fora o... "jantar com Rick e Beth"!::::::Parecia haver um campo de futebol entre a nossa mesa e a mesa de "Rick e Beth".::::::

O Grande Inquisidor recorreu à sua ironia contumaz e disse: – Fico feliz por saber que foi uma ocasião tão agradável, dr. Lewis, mas isso não era...

Buuuummmm!

– AhhhHAHHHAHAHHH *Qua qua qua qua* "ocasião tão agradável" nem chega perto de descrever a situação, Ike! – O riso de Norman, sua voz estrondosa, seu bom humor de 250 watts atropelaram Ike Walsh. – Foi uma ocasião *fabulosa*! Ninguém pode ter uma opinião mais elevada de Rick do que eu... e por falar nisso, de Sam, Gibbsy e Murray também!

::::::*Gibbsy?* Acho que ele nunca sequer pôs os *olhos* em Gibson Channing.::::::

– Eles são pioneiros na nossa arenahhhHHHH*Qua qua qua.* Você é um cara engraçado, Ike! AhhhhHH*Qua qua qua*!

Pelo jeito, Ike não estava achando a menor graça naquilo. Sua expressão ficara vaga. O brilho apagara nos seus olhos de aço. Ele parecia estar buscando uma resposta. Por fim disse: – Está bem, então agora, pelo que eu entendi, o senhor está admitindo que comparado a essas quatro autoridades, o seu...

Buuuuummmmm! A exuberância incorrigível de Norman atropelou Ike Walsh outra vez. – Não, você *é* engraçado, Ike! No meu caderninho, você é *impagável*! O que eu preciso contar é que venho tratando dos chamados "viciados" em pornografia há *dez* anos, e que isso *é* uma doença, um distúrbio mental muito grave neste país, embora tenha pouco a ver com a noção convencional de vício. Nós acabamos de completar os protocolos para o maior teste já tentado com supostos viciados em pornografia.

::::::O quê? Desde quando?::::::

– Só que isso não ocorrerá no costumeiro ambiente laboratorial. Estamos mandando cada paciente para casa com um equivalente a um monitor Holter, e teremos um fluxo constante de dados em tempo real, à medida que eles se... digamos... rendam ao seu "vício" em total privacidade. Os resultados devem se tornar monográficos dentro de 18 meses.

– Monográficos? – disse Ike Walsh.

– Sim. Uma monografia é um tratado... você *já* ouviu falar em *tratados*, não ouviu, Ike?

– Simmmm – disse o famoso Inquisidor. Falou um tanto cautelosamente, como que temeroso de ser posto em uma sinuca por Norman e precisar definir a palavra *tratado*, feito um colegial.

A coisa prosseguiu assim. Norman continuou atacando o Grande Inquisidor com verdadeiros tsunamis de ótimo humor, afabilidade, gargalhadas e entusiasmo colossal. Eram ondas brilhantes e reluzentes que subiam e desciam, mascarando a maré vazante, a corrente submersa de condescendência que arrastava Walsh para um ponto desconhecido lá embaixo. Uma das especialidades de Walsh era passar por cima de um entrevistado que levasse a conversa por um caminho desagradável. Mas como se passa por cima de ondas imponentes, absolutamente avassaladoras? Depois de "Você *já* ouviu falar em *tratados*, não ouviu, Ike?", Ike Walsh não recuperou mais o controle do seu próprio programa.

O Grande Inquisidor passou o resto da entrevista enroscado no colo de Norman. De vez em quando se levantava para fazer um belo lançamento açucarado... enquanto Norman marcava gol após gol após gol.

Magdalena continuava perturbada com o que ocorrera entre ela e Norman mais cedo, antes da chegada da equipe do *60 Minutes*. Havia algo esquisito naquilo, algo perverso. Mas, meu *Deus*, Norman era rápido! Ele era genial! E, meu *Deus*, como era forte! Era um homem de verdade! Mijara em cima do interrogador mais feroz e temido de toda a TV... e reduzira o sujeito a um viadinho.

6

PELE

A sua sala no Departamento de Francês da universidade era um saguão de hotel comparada ao escritório caseiro, mas este era uma pequena joia, uma joia art déco, para falar com exatidão, e o art déco era francês. O assoalho original só tinha quatro metros por três, mas agora parecia mais estreito, porque alguém instalara nas paredes laterais umas estantes de amboína (uma madeira absolutamente *estonteante*!) até a altura do peito, a pouca distância da escrivaninha, antes que ele comprasse a casa, cuja hipoteca ainda lutava... *lutava*... para pagar! E mal dava para *imaginar* como a luta se tornara árdua! De qualquer forma, o escritório caseiro era o santuário inviolado de Lantier. Quando ele estava ali, de porta fechada, como naquele momento, *interrupções* de qualquer tipo eram *absolument interdites.*

Ele mantinha o aspecto monástico do aposento deliberadamente... sem bibelôs, recordações, bugigangas ou coisinhas bonitas... e isso incluía luminárias. Nada de luminárias na escrivaninha ou de pé. O aposento era inteiramente iluminado por lâmpadas fixadas no teto. O ar era austero, mas de austeridade elegante. Não era uma coisa antiburguesa, era *haute bourgeois*, enxuta. Atrás da escrivaninha de Lantier ficava uma janela, que na verdade era uma porta dupla no estilo... francês... com um metro e vinte de largura, indo do chão até a cornija do teto, mais de três metros acima. A cornija era maciça, mas lisa... despojada, em vez de abrigar complicados amálgamas de ondulantes arabescos vitruvianos que indicavam Elegância no design *haute bourgeois* do século XIX, a Elegância art déco substituíra o gesto grandioso: janelas da mesma altura da parede... cornijas maciças e lisas que bradavam o lema art déco: "Elegância com Simplicidade!" Ali a única cadeira, além da de Lantier à escrivaninha, era uma pequena peça branca inteiriça de fibra de vidro feita por um designer francês chamado Jean Calvin. Para quem insistir em ser meticuloso, Calvin era suíço, mas a pronúncia do nome, Col-*van*, indicava que ele era franco-suíço, e não germânico, de modo que Lantier preferia considerá-lo francês. Afinal, embora Lantier houvesse nascido no Haiti e sido nomeado professor-adjunto de francês (e do maldito *creole*) *porque* era haitiano, ele podia provar que na realidade descendia dos proeminentes de Lantier da Normandia, na França, pelo menos dois séculos antes, e talvez mais. Era só olhar para a sua pele clara, cor de café com leite, digamos, para ver que ele era essencialmente europeu... Se bem que também era suficientemente honesto consigo mesmo para perceber que essa avidez para se sentir francês é que provocara sua atual encrenca financeira. Aquela casa não era muito grande, nem grandiosa sob qualquer outro aspecto... mas *era* art déco! Um autêntica casa art déco dos anos 1920! Como várias outras, construídas naquela época nesta zona nordeste de Miami conhecida como Upper East Side, que nem era um bairro de verdadeiro alto nível, apenas de classe média alta... muitos empresários cubanos e de outras nacionalidades latinas... famílias brancas aqui e ali... e sem *nègres* e *haitianos*, com exceção dos Lantier, mas ninguém ali tachava o sobrenome Lantier de haitiano... muito menos no caso dele, um professor de francês da Universidade Global de Everglades que morava com sua família em uma casa art déco! Aquelas casas art déco eram consideradas muito especiais: art déco era a abreviatura de Arts Décoratifs, a primeira forma de arquitetura moderna... e era *francesa*! Lantier sabia que seria puxado pagar aquilo... um puxão de 540 mil dólares... mas a casa era *francesa*, e muito estilosa! Agora, com uma hipoteca de 486 mil dólares no lombo, ele estava pagando 3.050 por mês... ou 36.666,96 por ano... além dos 7 mil dólares do imposto predial anual, mais quase 16 mil dólares do imposto de renda... tudo isso em cima de um salário de 86.442 dólares... era um puxão e tanto... Lantier sentia que tinha uma perna apoiada na beira de um penhasco lá atrás e a outra na beira de um penhasco lá na frente... bem no meio ficava um abismo sem fundo: o Desfiladeiro da Perdição. Em todo caso, a cadeira Calvin tinha um espaldar quase reto, sem almofada no assento. Lantier não queria que qualquer visitante se sentisse confortável ali. Ele não queria visitantes ali. Ponto. Isso valia até para a sua esposa, Louisette, antes da morte dela dois anos antes... por que ele continuava pensando em Louisette pelo menos uma dúzia de vezes ao dia? Se toda e qualquer lembrança dela fazia com que ele respirasse fundo e soltasse o ar sob a forma de um longo suspiro, transformando suas pálpebras inferiores em dois diminutos lagos de lágrimas? Como estavam naquele exato momento...

Tinidobaqueclangor! — ele tentara consertar a porcaria da velha maçaneta sozinho, só para economizar, mas a porta foi escancarada e lá estava sua filha, Ghislaine, de 21 anos de idade, *yeux en noir* com um brilho ofuscante de empolgação, lábios tentando não revelar o entusiasmo que incendiava aquelas grandes *sphères* adoráveis...

Sim, a porta do seu santuário inviolado foi escancarada sem nem sequer uma batida preliminar, e lá estava Ghislaine! Lantier nem precisava articular aquilo na sua mente como um pensamento inteiro, porque já se provara verdade em tantas situações diferentes; onde a felicidade de sua bela filha, pálida como a lua, estava em jogo, suas regras patriarcais desmoronavam. Ele se levantou imediatamente da cadeira e abraçou a menina... depois se sentou na beira da escrivaninha para que os dois pudessem ficar tête-à-tête.

Em francês, ela disse: — Papá! Não sei se já mencionei a South Beach Outreach para você, mas estou pensando em ajudá-los!

Lantier foi obrigado a sorrir. ::::::*Pensando* em ajudar... que tal absolutamente *louca* para ajudar? Você é tão transparente, minha filha querida... doce e previsível. Quando está empolgada com alguma coisa, não consegue investir algum tempo em preâmbulos, não é? Precisa botar tudo para fora *logo*! Não é?:::::: O sorriso de Lantier só fazia aumentar.

Aparentemente, Ghislaine tomou aquilo como um dos sorrisos irônicos do pai, dos quais ele já fora culpado antes, e que absolutamente *não* era a maneira certa de comunicar a uma criança o que se pensa. A percepção de que você está debochando dela incendeia um ressentimento dos mais amargos. Ghislaine só podia estar tomando o sorriso dele como um *daqueles* sorrisos, porque passou a falar em inglês, com um ritmo rápido e urgente:

— Ah, eu sei que você acha que tomará tempo demais. E realmente toma *mais* tempo... Elas não ficam só visitando os pobres e levando caixas de comida. Convivem mesmo com as famílias e tentam descobrir os problemas reais delas, que são muito mais do que *fome*. É exatamente isso que a Nicole *adora* fazer lá! A Serena também! Elas não ficam só sentadas lá, se sentindo caridosas. Tentam ajudar as pessoas a *organizar* as vidas delas. Essa é a única coisa que pode mudar aquelas vidas! Nós podemos dar comida e roupas a elas... mas só o *envolvimento* pode fazer uma diferença verdadeira! — Já com uma voz completamente diferente, em tom de súplica, ela acrescentou: — O que você acha?

O que ele achava... Antes que pudesse piscar, Lantier se viu dizendo:

— O que eu acho? Acho *ótimo*, Ghislaine! É uma ideia *maravilhosa*! *Perfeita* para você!

Ele se calou. Falara com um entusiasmo tão incontido que corria o risco de entregar o jogo. Estava louco para fazer à filha uma pergunta-chave, mas era melhor ficar calado um pouco até se acalmar. Só depois, em um tom já objetivo, continuou: — Foi sugestão da Nicole?

— Da Nicole e da Serena, as duas! Você conhece a Serena? Serena Jones?

— Huuummm — disse Lantier, comprimindo os lábios e revirando os olhos para cima e para o lado, ao estilo estou-tentando-me-lembrar. Na verdade, aquilo não tinha importância. — Ah, sim... acho que conheço.

Na realidade, ele sabia que não. Contudo, recordava aquele nome, Serena Jones, de algum lugar... uma coluna do *Herald*, talvez? As famílias brancas e abastadas, mas com sobrenomes comuns, feito Jones, tinham mania de dar aos filhos, principalmente às filhas, nomes românticos, exóticos ou marcantes, feito Serena, Cornelia ou Bettina, ou então nomes tirados da

Linhagem de Famílias Antigas, feito Bradley, Ainsley Hoxley, Taylor ou Templeton. Uma vez Lantier tivera uma aluna chamada Templeton, Templeton Smith. Ela nunca fora uma reles srta. Smith. Sempre era *Templeton* Smith. A cabeça de Lantier estava concentrada em uma coisa: famílias abastadas, e famílias com chance de se tornarem abastadas. A South Beach Outreach era uma organização que vivia saindo nas páginas sociais do *Herald* e na seção de "Festas" da revista *Ocean Drive*, unicamente graças à voltagem social das famílias de suas integrantes. Era só ver as fotos: todos anglos, anglos e anglos com certo prestígio social. Em termos estritos, Nicole, a amiga que Ghislaine conhecera na universidade, não era uma anglo-saxã branca e protestante, mas no seu caso os termos estritos nem tinham importância. Seu sobrenome era Buitenhuys, que é holandês, e em Nova York a família Buitenhuys significava dinheiro antigo, dinheiro *ungido*. Lantier não tinha a menor ideia se alguma das duas amigas sabia que Ghislaine era haitiana. O importante era que ela estava sendo aceita no meio social delas. O objetivo declarado da South Beach Outreach era entrar em bairros pobres como Overtown e Liberty City (ou até Little Haiti!) para fazer boas ações entre os pobres. Portanto, as duas viam Ghislaine como essencialmente tão *branca* quanto elas! Tão branca quanto era vista por *ele*, o pai! O momento mais glorioso seria a entrada de Ghislaine no meio do povo de Little Haiti. Ali a vasta maioria era de negros, *realmente* negros, sem atenuantes. Lá no Haiti, uma família como a dos Lantier nem sequer *olhava* para os haitianos *realmente* negros. Não perdia tempo olhando para eles... nem conseguia *vê-los*, a menos que estivessem fisicamente no caminho. Pessoas instruídas como ele próprio, com seu doutorado em literatura francesa, pareciam constituir uma outra espécie de *Homo sapiens*. Ali em Miami elas eram conscientemente parte da *diáspora*... e a própria palavra já denotava um status elevado. Só que cerca de metade ou dois terços dos haitianos que moravam na área de Miami eram imigrantes ilegais que nem sequer chegavam *perto* de merecer o termo. Uma vasta maioria deles nem sequer ouvira falar em qualquer *diáspora*. Se ouvira, não fazia ideia do significado. E se fazia ideia do significado, não sabia pronunciar a palavra.

Ghislaine... ele olhou para ela outra vez. Ele *amava* Ghislaine. Ela era linda, maravilhosa! Logo se formaria em história da arte na Universidade de Miami, com uma média de 3,8. Facilmente poderia... passar por... Lantier mantinha aquela expressão, *passar por*, escondida em sua cabeça, embaixo de um núcleo geniculado lateral... Ele jamais pronunciaria *passar por* em voz alta na frente de Ghislaine... ou qualquer outra pessoa, por falar nisso. Mas já dissera a ela, na realidade muitas vezes, que nada poderia atrapalhá-la na vida. Tinha esperança de que ela houvesse entendido o recado acerca... *daquilo* também. Sob alguns aspectos, Ghislaine era sofisticada... quando falava sobre arte, por exemplo. Podia ser a época de Giotto, a época de Watteau, a época de Picasso, ou a época de Bouguereau, se fosse o caso... ela sabia *tanto*! Já sob outros aspectos não era nem um pouco sofisticada. Nunca era irônica, sarcástica, cínica, niilista ou desdenhosa, que em pessoas inteligentes são os sinais da tarântula, aquela pequena criatura ressentida e mortífera que jamais luta... simplesmente espera para *morder* ferozmente e talvez matar você *assim*. ::::::Eu mesmo tenho isso demais.:::::: Os dois se sentaram: Ghislaine na cadeira Jean Calvin, e ele junto à sua escrivaninha. A escrivaninha, com aquele formato de rim art déco, o conjunto de gavetas, a superfície para escrever coberta por pele de tubarão, as pernas gradual e delicadamente afuniladas, os dentículos de marfim correndo em toda a borda e as hastes verticais de marfim perpassando o ébano macassar, era da escola de Ruhlmann, e não do grande Émile-Jacques Ruhlmann propriamente dito; mesmo assim era *muito* cara, ao menos na visão de Lantier. De forma semelhante, a cadeira da escrivaninha também era *muito* cara, com aqueles finos detalhes em marfim nas quatro pernas... Tudo *muito* caro... mas na época Lantier ainda estava eufórico, e preferira mandar a cautela às favas, tendo acabado de comprar a casa por um preço *loucamente* superior ao que podia pagar. Perto daquilo, o que era um preço *insanamente* alto por uma escrivaninha e uma cadeira que seriam dele, o *maître*?

Ghislaine estava sentada com uma postura perfeita naquela cadeira infeliz... mas ainda assim parecia relaxada. Lantier olhou para a filha com a maior objetividade possível. Ele não queria se iludir. Não queria esperar o impossível da parte dela. Ghislaine tinha uma silhueta esguia, com belas pernas. Já devia ter percebido isso, porque raramente usava jeans ou qualquer outro tipo de calça. Estava usando uma saia bege (feita de um material que Lantier desconhecia) bem curta, mas não catastroficamente curta, e uma maravilhosa blusa de mangas compridas feita de seda (ao menos aquilo parecia seda para ele) parcialmente, mas não irremediavelmente, desabotoada. Ghislaine nunca usava a palavra *blusa*, mas era isso que aquilo parecia para ele. Da gola aberta erguia-se o seu pescoço perfeitamente esguio.

E o seu rosto... nesse ponto Lantier achava difícil ser objetivo. Só queria vê-la como filha.

Ele próprio não suportava as calças jeans que as garotas usavam nas aulas. Elas pareciam *tão pobres*. Lantier tinha a sensação de que metade delas nem sequer *possuía* outra coisa com que se cobrir da cintura para baixo. Portanto, não havia muito o que fazer acerca dos jeans. Já aqueles malditos bonés de beisebol que faziam os rapazes parecerem retardados... contra essa moda infantil Lantier se insurgia. Certo dia, no começo da aula, ele dissera: "Sr. Ramirez, aonde é preciso ir para achar um boné como o seu... que caiba assim de lado?... E, sr. Strudmire... o seu desce direto pela nuca, com esse recorte aí na frente para que a gente possa ver um pedacinho da sua testa... eles já fabricam os bonés assim, ou é preciso mandar fazer sob medida?"

De Ramirez e Strudmire, porém, ele só conseguira arrancar meia risada abafada, e do restante da turma, mesmo das garotas, absolutamente nada. Pareciam à prova de ironia. Na aula seguinte, eles e muitos outros rapazes reapareceram com aqueles bonés de garotinhos na cabeça. De modo que Lantier disse: "Senhoras e senhores, de agora em diante neste curso não será permitido usar na cabeça qualquer coisa que não seja exigida pela ortodoxia religiosa. Fui claro? Se alguém insistir em usar boné em aula... serei obrigado a levá-lo ao gabinete do diretor."

Eles também não entenderam isso. Ficaram simplesmente se entreolhando... confusos. Para si mesmo, Lantier dizia: o *diretor*, sacaram? Isso é o que se tem no segundo grau, não na faculdade, e isso aqui é uma faculdade. Vocês são à prova de ironia, não são? São umas crianças! O que estão fazendo aqui? Olhem só para vocês... não se trata apenas dos bonés, mas também das calças curtas, dos chinelos de dedo, das camisas abaixo da cintura, muito abaixo, em alguns casos. Vocês regrediram! Têm 10 anos de idade novamente! Bom, pelo menos eles já não usavam bonés de beisebol em aula. Talvez pensassem que realmente *existia* um diretor na Universidade Global de Everglades... E eu, supostamente, devo *ensinar* a esses idiotas com personalidade *borderline*...

Não, ele não podia mencionar aquilo para Ghislaine. Ela ficaria chocada. Não estava pronta para... esnobismo. Estava naquela idade, 21 anos, em que o coração feminino se enche até a borda de caridade e amor pelo povinho. Ainda não tinha idade ou sofisticação para ouvir que sua piedade pelos pobres, ao estilo South Beach Outreach, era na realidade um luxo para alguém como ela. Significava que sua família tinha dinheiro e posição suficientes para arcar com Boas Ações. Não que Lantier ganhasse muito dinheiro como professor-adjunto de francês na Universidade Global de Everglades. Mas ele era um intelectual, um erudito... e um escritor... ou ao menos já conseguira publicar 24 artigos em periódicos acadêmicos, além de um livro. O livro e os artigos lhe davam um prestígio suficiente para elevar Ghislaine ao nível da South Beach Outreach... Minha filha estende a mão aos pobres! Todo mundo já ouvira falar na South Beach Outreach. Havia até algumas celebridades, como Beth Carhart e Jenny Ringer, que haviam se envolvido com a organização.

Por cima do ombro de Ghislaine, Lantier lançou o olhar pela janela... para o nada... com uma expressão triste. Ele mesmo nem sequer estava tão longe assim de ter uma pele clara como a dela. Podia ter feito o que ela agora estava em posição de fazer, não podia? Só que ele já era *conhecido* como haitiano. Fora exatamente por isso que a universidade o contratara. Eles gostavam da "diversidade" representada por um haitiano... com um doutorado pela Universidade de Colúmbia... que podia ensinar francês... e *creole*. Ah, sim, *creole*... eles estavam loucos para ter um professor que ensinasse *creole*... "a língua do povo"... provavelmente 85 por cento dos compatriotas de Lantier falavam *creole*, e só *creole*. O restante falava o idioma oficial nacional, francês, e uma boa parte dos afortunados 15 por cento falava uma mistureba de *creole* e francês. Lantier tinha uma regra: dentro de casa só se falava francês. Para Ghislaine, isso já virara uma coisa automática. Por outro lado, Philippe, o irmão dela, já fora contaminado, embora só tivesse 15 anos. Ele falava francês bastante bem, desde que o assunto não fugisse ao que um jovem da sua idade tinha chance de conhecer. Além disso, ele claudicava em algo não muito acima do inglês negro, ou seja, *creole*. Como ele aprendera aquilo? Com certeza não fora dentro daquela casa... *creole* era uma língua de gente primitiva! Não havia dúvida quanto a isso! Os verbos nem sequer eram conjugados. Não existia "eu dou, eu dei, eu estava dando, eu darei, eu daria". Em *creole*, era só *m ba* para o verbo todo... "eu dou, eu dou, eu dou"... Você precisava descobrir o tempo e as condicionais pelo contexto. Que uma universidade ensinasse aquele idioma estúpido era o que Veblen chamava de "desperdício conspícuo", ou então uma das incontáveis caricaturas criadas pela doutrina do politicamente correto. Era como instituir cursos e contratar professores para lecionar a forma vira-lata da língua maia falada pelo povo do alto de uma montanha na Guatemala...

Tudo isso passou pela cabeça de Lantier em um só instante.

Então ele olhou diretamente para Ghislaine. E sorriu... para disfarçar o fato de que estava tentando... objetivamente... avaliar o rosto dela. A pele era mais branca do que a da maioria das pessoas brancas. Assim que Ghislaine chegara à idade de compreender palavras, Louisette começara a lhe falar de dias ensolarados. O sol direto não fazia bem à pele. E o pior de tudo era tomar banho de sol. Até caminhar ao sol era um risco grande demais. Ela deveria usar chapéus de palha com abas grandes. Melhor ainda: uma sombrinha. Só que as garotinhas não podiam sair por aí com guarda-sol. Se *precisassem* caminhar ao sol, porém, deviam pelo menos usar chapéus de palha. Ghislaine deveria sempre lembrar que tinha uma pele linda, mas muito clara, e que queimaria facilmente. Ela deveria fazer qualquer coisa para evitar se queimar ao sol. Mas ela entendeu tudo rapidamente. Aquilo não tinha a ver com queimaduras... tinha a ver com morenice. Ao sol, uma pele como a dela, linda e mais-branca-do-que-branca, escureceria *sem mais nem menos*! Em dois tempos ela poderia virar uma *neg... sem mais nem menos*. Seu cabelo era preto retinto, mas graças a Deus nada tinha de crespo. Poderia ser um pouco mais macio, mas era liso. Louisette preferia não falar dos lábios de Ghislaine, que não tendiam para o vermelho-sangue do espectro dos vermelhos, e sim para um marrom-âmbar. Mas eram lábios lindos. Seu nariz era perfeitamente delicado. Bom... aquele tecido fibroso e gorduroso que cobre a cartilagem alar, criando uma bolota em cada narina... ah, *cartilagem alar*, isso mesmo! Lantier sabia, tanto quanto qualquer anatomista, do que estava falando. Era bom acreditar! As narinas dela se projetavam para os lados um pouco demais, mas não a ponto de Ghislaine não parecer branca. O queixo poderia ser um pouco maior, e sua mandíbula um pouco mais quadrada, para equilibrar as duas bolotas. Os olhos eram negros feito carvão, mas muito grandes e cintilantes. Grande parte desse brilho vinha da personalidade dela, claro. Ela era uma menina feliz. Louisette lhe dera toda a autoconfiança do mundo. ::::::Ah, Louisette! Eu penso em você e tenho vontade de chorar! Todo dia passo por tantos momentos assim! Será por isso que amo Ghislaine tanto... porque olho para ela e vejo *você*? Bom, não, porque também já a amava assim quando você ainda estava conosco. A vida de um homem só *começa* quando ele se torna pai pela primeira vez. Você vê sua alma nos olhos de outra pessoa, ama essa pessoa mais do que ama a si mesmo... e esse sentimento é sublime!:::::: Ghislaine tinha o tipo de autoconfiança que uma criança só consegue ter quando seus pais passam muito tempo com ela... *muito*. Alguns diriam que uma garota como Ghislaine, que é tão próxima da família, deveria ir para uma faculdade distante, e assim aprender que na vida ela logo se pegará em um contexto alienígena após outro, e precisará descobrir estratégias próprias. Lantier não concordava com isso. Todo esse negócio de "contextos", "estratégias de vida", *alienígena* isso ou *alienígena* aquilo... era um conceito sem qualquer profundidade. Não passava de um modismo de psicologia barata. Para ele, o principal era que o campus da

Universidade de Miami ficava a apenas vinte minutos da casa deles. Em qualquer outro lugar, ela seria "uma garota haitiana". Claro que tudo viria à tona, mas ali Ghislaine não era "aquela garota haitiana que é minha colega de quarto", ou qualquer outra forma de armadilha em que "se você diz que eu sou *isto*, então obviamente eu não posso ser *aquilo*". Lá ela podia ser o que é e já se tornou: uma jovem muito atraente... Enquanto essas palavras se formavam na mente de Lantier, ele percebeu que estava colocando Ghislaine em segundo plano. Ela não era tão bonita quanto uma loura do norte europeu, feito as estonianas, lituanas, norueguesas ou russas, e também não seria confundida com uma beldade latina, apesar de ter alguns traços em comum com as latinas. Não, ela era ela mesma. A própria visão de Ghislaine sentada ali naquela cadeirinha com uma postura perfeita... ah, Louisette, você fez questão que ela e Philippe aprendessem isso enquanto eram jovens demais para questionar! Lantier sentiu vontade de se levantar daquela cadeira francesa giratória anônima e ir abraçar a filha. *South Beach Outreach!* Era quase bom demais para ser verdade.

Quem é?

A porta do escritório de Lantier estava fechada, mas ele e Ghislaine ergueram o olhar na direção da porta lateral, que dava para a cozinha. Duas pessoas estavam subindo os quatro ou cinco degraus que levavam à porta externa. Philippe? Mas as aulas no colégio dele, o Lee de Forest, só terminariam dali a mais de duas horas. A voz parecia ser de Philippe... mas estava falando *creole*. *Creole!*

Uma segunda voz disse: – *Eske men papa ou?* (Seu pai aqui?)

A primeira voz disse: – *No, li inivèsite. Pa di anyen*, tá legal? (Não, ele na universidade. Escute, a gente num fala com ninguém sobre isso, tá legal?)

A segunda voz disse: – *Mwen konnen.* (Eu sei.)

A primeira disse, em *creole*: – Meu pai, ele num gosta de caras assim, mas ele num precisa saber desse troço. Tá legal, brou?

– Ele também num gosta de *mim*, Philippe.

– Como tu sabe disso? Ele num fala nada comigo.

— Ah, ele também num fala nada comigo. Num precisa. Eu vejo o jeito que ele olha pra mim... ou *não* olha pra mim. Olha direto através de mim. Eu não estou lá. Entende?

Lantier olhou para Ghislaine. Então *era* Philippe. :::::::Philippe e aquele seu amigo haitiano negro, que Deus nos ajude, o Antoine.:::::: E Antoine tinha razão. Lantier *não* gostava de olhar para ele, ou de falar com ele. Antoine sempre tentava manter a frieza e falar um inglês negro perfeito, com todas as sílabas iletradas e o QI de apenas 75 exigido para isso. Quando isso era um salto linguístico difícil demais, ele apelava para o *creole*. Era um daqueles haitianos negros feito breu (e eles eram incontáveis) que falavam *tablo*, a palavra *creole* para "table", e não tinham a menor noção de que isso talvez tivesse a ver com *la table*, a palavra francesa para o "the table" inglês.

Ghislaine tinha a expressão de alguém que respirou fundo, mas ainda não soltou o ar. Parecia terrivelmente ansiosa. Lantier sabia que aquilo não era por causa do que os garotos haviam dito, já que o conhecimento que tinha de *creole* era próximo de zero. A causa era o simples fato de Philippe estar tagarelando em *creole* ali dentro, *chez* Lantier, perto dos ouvidos de *Père* Lantier, e ainda por cima com um pobretão haitiano bem escuro, que seu pai não queria ver por perto... respirando aquele ar... exalando o ar de volta... e assim contaminando tudo, transformando a atmosfera franco-*mulat* em *neg*.

Os dois garotos já estavam na cozinha, abrindo e fechando a geladeira, além de algumas gavetas aqui ou ali. Ghislaine se levantou e foi até a porta, sem dúvida para abri-la e avisar aos rapazes que eles não estavam sozinhos na casa. Mas Lantier fez um gesto para que ela se sentasse, e colocou um dedo sobre os lábios. De maneira relutante e nervosa, ela se sentou novamente.

Em *creole*, Antoine disse: — Vê a cara que ele faz quando os canas pegam no cotovelo dele?

Philippe até tentou manter sua nova voz profunda, mas a tarefa era difícil demais. De modo que desistiu, e disse em *creole*: — Num fazem nada com ele... tu acha?

— Num sei — disse Antoine. — O principal agora é o François. Ele já tá em condicional. A gente tem de apoiar o François. Tu tá com a gente, certo? O François conta com tu. Eu vejo tu falar com o cana. O que tu diz, brou?

— Hum... eu digo... eu digo que o François fala um troço em *creole*, todo mundo ri e o Estevez dá uma chave de pescoço no François — disse Philippe.

— Tem certeza?

— Hum... tenho.

— O François faz alguma coisa primeiro?

— Hum... não. Eu num vejo ele fazer nada primeiro — disse Philippe.

— Tu só fala *Não* — disse Antoine. — Tá ligado? Ninguém liga pro que tu num vê. O François fala que precisa de tu, cara. Só os manos dele, a turma, num bastam. Ele conta com tu, cara. Fica ruim se tu num dá certeza. Tu *vê*, cara. Tá legal? Essa é a hora de tu mostrar que é parceiro... ou fuleiro. Tá ligado?

Ele falou "parceiro" e "fuleiro" em inglês.

— Eu sei — disse Philippe.

— Que bom. Tu é sangue bom, cara! *Tu é sangue bom!* — disse Antoine, com algo próximo de júbilo. — Saca o Patrice? O André? O Jean... aquele gordo? O Hervé? Eles também sangue bom!

Mais júbilo.

— Eles também num são da turma. Mas eles sabem, cara! Sabem o que o Estevez fez com o François! Num falam "se eu estou correto" e essa merda toda. São sangue *bom*! — O júbilo pareceu virar riso dirigido a Philippe. — Feito *tu*, cara!

O professor Lantier olhou para a filha. Ela não entendia o que os dois garotos conversavam, porque eles estavam falando *creole* muito depressa. Isso era um bom sinal. *Creole* realmente *era* um idioma estrangeiro para ela! Ele e Louisette haviam orientado Ghislaine direito! Não havia *une haitian* (mentalmente, ele pronunciava a expressão à maneira francesa: "*ine-ai-ti-an*") sentada tão bem aprumada naquela pequena cadeira. Ela era francesa. Era isso que Ghislaine era em termos de sangue, uma jovem essencialmente francesa de *le monde*, polida, brilhante, linda (mas então por que seu olho se fixava naquelas bolotas fibrosas e gordurosas ao lado das narinas delas?), centrada, e elegante, ou elegante quando queria ser.

Em voz baixa, praticamente entredentes, ele falou com a filha, que misericordiosamente era imune a *creole*: — Alguma coisa aconteceu na escola dele hoje. Foi o que eu entendi. Em uma das aulas.

Os dois garotos estavam vindo para o escritório, com Antoine falando sem parar. Então o próprio Lantier se levantou, abriu a porta e disse alegremente em francês: — Philippe! Achei que tinha ouvido a sua voz! Chegou em casa mais cedo hoje!

Philippe parecia ter sido *pego*... fazendo algo nada aceitável. Tal como seu amigo, Antoine, que era um garoto de semblante duro, pesadão, mas não gordo demais. Ele tinha a expressão tensa de alguém extremamente ansioso para tomar outro rumo. A aparência dos dois estava péssima! Os jeans eram tão baixos nos quadris que era impossível não notar as cuecas berrantes... obviamente, quanto mais baixas e berrantes, melhor. As calças deles terminavam em poças de brim perto do chão, quase tapando os tênis, que tinham faixas fosforescentes para lá e para cá. Ambos tinham camisetas folgadas e grandes demais, com mangas que passavam dos cotovelos e fraldas por fora dos jeans, mas não a ponto de tapar as cuecas horrendas... e ambos tinham um lenço amarrado em torno da testa, com as cores de alguma organização fraternal a que julgavam pertencer. Essa aparência, tão *neg* americana quanto era possível, deixava Lantier arrepiado. Só que ele era obrigado a manter uma expressão jovial colada no rosto, e disse a Antoine em francês: — Bom, Antoine... faz muito tempo que você não nos visita. Eu acabei de perguntar ao Philippe... por que vocês saíram da escola tão cedo hoje?

— Papá! — arquejou Ghislaine em voz baixa.

Lantier se arrependeu imediatamente de ter falado aquilo. Ghislaine não conseguia acreditar que seu pai, tão admirado por ela, faria algo como manipular seu filho ingênuo, de apenas 15 anos, só para ver a expressão perplexa no rosto dele. O pai sabia que Antoine não entendia uma só palavra de francês, o idioma oficial do país em que fora criado até completar

8 anos de idade. Ele só queria provar a ela e Philippe que aquele pobre garoto, negro feito breu, tinha um cérebro com Necessidades Especiais, para usar o eufemismo da escola. Afinal, não era como se ele houvesse pedido para ter sangue ruim. Ele já nascera marcado por aquilo. Ghislaine não conseguia acreditar que seu pai terminara com uma pergunta, só para enfiar a faca um pouco mais fundo. Antoine não poderia ficar parado ali, simplesmente balançando a cabeça. Seria obrigado a dizer algo, no mínimo "Eu não falo francês". Em vez disso, porém, o garoto ficou parado ali com a boca escancarada.

A expressão no rosto de Ghislaine fez Lantier se sentir culpado. Ele sentiu vontade de compensar seu ato, falando de modo que Antoine pudesse compreender, e com uma alegria adicional, para mostrar que não estava tentando debochar dele. De modo que falou em inglês. Nem por um cacete desceria ao lamaçal do *creole* só para tornar absurdamente fácil a vida de um garoto de 15 anos com sangue ruim, mas realmente lambuzou suas palavras com doses de alegria e sorrisos. ::::::*Merde!* Será que estou exagerando? Essa anta vai pensar que estou debochando dela?:::::: E finalmente terminou dizendo, mas em inglês: – Acabei de perguntar ao Philippe... por que vocês saíram da escola tão cedo hoje.

Antoine virou para Philippe em busca de orientação. Philippe mexeu a cabeça para trás e para a frente, de modo muito leve e discreto. Antoine não pareceu ver qualquer mensagem clara nessa transmissão... e manteve um silêncio desajeitado. Por fim disse: – Eles só falam... só falam... numsei... eles só falam que a escola fecha cedo hoje.

– Não falaram por quê?

Desta vez Antoine virou uns bons noventa graus, para encarar Philippe em busca de um sinal... qualquer sinal que lhe mostrasse como responder a pergunta. Só que os sinais fugiram de Philippe, e Antoine precisou recorrer a sua velha resposta padronizada: – Numsei.

– Ninguém falou para vocês?

Obviamente, ele não *queria* dizer por quê, coisa que interessava a Lantier... levemente. Tirando isso, porém, para ele Antoine parecia um garoto haitiano de 15 anos tentando imitar um *neg* americano pseudoignorante. Antoine finalmente resmungou: — Né.

Né... que desempenho! Que mímico perfeito ele era! Antoine se contorceu e virou outra vez para Philippe. Toda a sua postura, com as costas curvadas, e os braços frouxos ao lado dos quadris, era um sinal que significava: "Socorro!"

E o que era aquilo? Na base do crânio, o cabelo de Antoine fora cortado bem curto... e depois raspado cuidadosamente até revelar a pele nua, criando a letra C, ladeada pelo algarismo 4 a dois centímetros de distância.

— O que significa C4? — disse Lantier, ainda absorvido por seu ato *jovial*. — Acabei de ver um C e um 4 na parte de trás da sua cabeça.

Ghislaine soltou outro arquejo. — *Papahhh!*

De modo que Lantier sorriu para Antoine, com a intenção de demonstrar curiosidade amistosa. Não conseguiu. E ainda ouviu Ghislaine arquejar: — Ahhhhh, Deus.

Antoine se virou e lançou para Lantier um olhar feito de puro ódio, dizendo: — Num significa nada. Só alguns de nós, que somu du cê quatru... mais nada.

Seriamente humilhado... furioso. *E é bom tu num me perguntar mais nada sobre isso.*

Lantier não sabia o que dizer. Obviamente, não deveria mais apertar o botão C4. Então virou para Philippe. — Você chegou em casa bem cedo...

— Você também — disse Philippe.

Foi um rosnado petulante, que sem dúvida tencionava impressionar Antoine. E que sem dúvida impressionou Lantier... como algo irredimível e imperdoavelmente impudente, um insulto por demais desafiador para ser deixado de lado...

Só que Ghislaine disse: — Ahhhh, papá...

Desta vez a entonação que ela deu a *papá* implorava: *Deixe tudo isso pra lá. Não repreenda o Philippe na frente do Antoine.*

Lantier ficou olhando para os dois garotos. Antoine era negro... sob todos os aspectos. Mas Philippe ainda tinha uma chance. Era tão claro quanto ele próprio, Lantier... só um pouquinho escuro demais para passar por... mas sua pele não era escura o suficiente para impedi-lo de conquistar uma persona-quase-branca. O que isso exigia? Nada inatingível... habilidade verbal, um sotaque refinado... um leve sotaque francês era perfeito para falar inglês ou italiano, espanhol, até alemão, russo... ah, russo, então... e não seria nada mau se isso fizesse lembrar os laços deles com a nobre família de Lantier da Normandia vários séculos atrás. Só que Philippe fora arrebatado por uma maré forte que ia exatamente na direção oposta. Quando chegavam do Haiti pela primeira vez, garotos como Philippe e Antoine tinham de passar por um corredor polonês, um autêntico corredor polonês! Os garotos negros americanos notavam as novas presenças imediatamente, e batiam neles tanto no caminho para a escola quanto no caminho de volta. Davam surras neles! Mais de uma vez Philippe chegara em casa com vergões ou contusões no rosto. Lantier resolvera intervir e fazer algo a respeito. Philippe implorara que ele não fizesse isso... *implorara!* Isso só pioraria as coisas, papá. E ele iria apanhar pra *valer*. De modo que todos os garotos haitianos faziam a mesma coisa. Tentavam ao máximo se transformar em negros americanos... as roupas, os jeans folgados, as cuecas aparentes... a fala, tu, brou, ei, num é, né, neguinho, filhadaputa. Era só olhar para Philippe agora. Ele tinha cabelos pretos, lisos feito os de Ghislaine. E poderia fazer o que quisesse com aquele cabelo, pois só poderia melhorar o penteado atual, em que todos os fios tinham cerca de oito centímetros, e haviam sido frisados para parecer os de um *neg*.

Enquanto todas essas coisas passavam por sua cabeça, Lantier nem percebeu quanto tempo ficara olhando fixamente para o rosto do filho... com decepção, com o sentimento ressentido de que estava sendo traído por Philippe de alguma forma.

Aquele silêncio súbito foi tornando o momento intenso.

Philippe já estava olhando de volta para o rosto do pai não só com mero ressentimento, mas com insolência, na visão de Lantier. Antoine, porém, já não olhava para ele com puro ódio. Parecia sentir-se entupido na privada de outra pessoa. Por um instante, revirou os olhos para cima, como se procurando alguma pessoinha com asas e vestida de branco que chegasse voando com uma vara de condão e fizesse com que ele desaparecesse.

A coisa virara um impasse mexicano. Os inimigos estavam ali, com adagas faiscando nos olhos, sem mover um só músculo ou fazer qualquer som. Por fim Philippe, com a sua voz de barítono (ou melhor, bari*teen*) de gangue mais profunda e forte, disse para Antoine em *creole:* – An nou soti la! (Vamos dar o fora daqui!)

Sem mais uma palavra, ambos deram as costas a Lantier e cruzaram a cozinha com um andar gingado, desaparecendo pela porta lateral.

Lantier ficou emudecido no umbral de seu pequeno escritório. Ele virou para a mesa e olhou para Ghislaine. O que fazer com isso? Por que um haitiano que em essência era inteligente, bonito, de pele clara e descendente direto dos De Lantier da Normandia, como o seu irmão, quereria se transformar em um *neg* americano? Aquelas calças baggy grandes demais, por exemplo, os criminosos *negs* usavam aquilo na cadeia. Os carcereiros não se davam ao trabalho de *medir* o detento antes de lhe fornecer a roupa. Apenas lhe davam uma roupa que obviamente fosse grande o suficiente, o que significava que as roupas eram sempre grandes demais. Os pequenos *negs* da rua usavam as mesmas roupas porque idealizavam os *negs* grandes da cadeia, que para eles eram heróis. Eles eram *maaauuus*. Eram destemidos. Aterrorizavam os americanos brancos e os cubanos. Caso se tratasse apenas da idiotice das roupas, da ignorância do hip-hop e da vileza do inglês negro (primitivo ao máximo, cara), seria uma coisa; mas os garotos haitianos como o seu irmão também imitavam as atitudes ignorantes dos *negs*. Este é que era o *verdadeiro* problema. Os *negs* achavam que só “viadinhos” levantavam a mão em debates na aula, estudavam duro para as provas e ligavam para notas ou coisas pequenas, como tratar educadamente os professores. Só que os garotos haitianos também não queriam ser *viadinhos*, pelo amor de Deus! E por isso também começavam a tratar a escola como uma chatice de bicha. E agora o Philippe anda regredindo, do inglês para o *creole*. Você ouviu! Mas você é sortuda. Não fala essa coisa, e nem precisa se dar ao trabalho de tentar entender... enquanto eu não tenho tanta sorte. Eu *entendo creole*. Preciso até *ensinar* essa língua maldita. O que fazer quando seu irmão tiver de ir para a faculdade? Nenhuma faculdade vai querer alguém assim, e ele não vai querer faculdade nenhuma. Tá ligada?

Depois de meia hora disso, Lantier percebeu que ele e Ghislaine não estavam conversando sobre Philippe... porque a filha não conseguia encaixar uma só palavra sobre *qualquer* coisa. Ele só estava usando os ouvidos dela como receptáculos para despejar sua agonia e a impotência que sentia... Nada seria resolvido por aquele infindável solilóquio de decepção, que só deprimiria Ghislaine, fazendo com que ela perdesse o respeito por ele. Na sua cabeça surgiu um axioma: os pais nunca devem confessar coisa alguma aos filhos... *zero!* Absolutamente nada!

Mas ele não podia deixar de confessar a si mesmo... com uma maré crescente de culpa. ::::::Qual *é* o problema do Philippe? É tão óbvio, não? Seu problema é: Eu deixei que ele fosse estudar nesse colégio, o Lee de Forest. Minha maravilhosa casa art déco fica em um distrito escolar onde a escola secundária se chama Lee de Forest. Eu soube que o lugar tinha uma reputação não muito... muito... boa, mas ficava dizendo a mim mesmo: "Até que ponto pode ser ruim?" A verdade é: nem de *longe* eu tenho dinheiro para mandar Philippe estudar em um colégio particular. Cada dólar meu vai direto para a goela art déco desta casa, a fim de que eu possa me *sentir* tão francês quanto queira... e *é claro* que Philippe arriou diante da pressão dos Antoines e dos François Duboises. Ele não é um garoto durão. *É claro* que se sente desesperado. *É claro* que agarra qualquer escudo que encontra. *É claro* que vira *creole*. E eu deixei isso acontecer... *é claro*... Ah, Deus... é claro... por *mim*. Então, pelo amor de Deus, seja *homem*! Venda a casa pelo bem do seu filho! Mas agora é tarde demais, não é? Os preços das casas no sul da Flórida caíram trinta por cento. O banco levaria cada centavo que eu recebesse, e eu *ainda* deveria dinheiro a ele... embaixo de tudo isso, porém, eu entrevejo o ogro que vive lá no fundo: *não posso renunciar a tudo isso!*::::::

Já à beira de lágrimas, ele disse: – Ghislaine, acho que... eu tenho de *huumm*... eu preciso preparar as aulas de amanhã, e acho que...

Ghislaine não deixou que ele continuasse claudicando. – Vou para a sala ler umas coisas para o curso.

Depois que ela saiu do escritório, os olhos de Lantier ficaram marejados. Obviamente, ela decidira que era melhor lhe fazer companhia por um tempo, e garantir que ele superaria essa instabilidade mental que estava empurrando-o para o abismo.

Ele realmente *tinha* duas aulas para preparar. Uma seria "O Triunfo do Romance Francês do Século XIX". A turma não era composta pelas lâmpadas mais brilhantes do candelabro. Nenhuma turma da Universidade Global de Everglades era.

– Papá, venha cá! Depressa! Está na TV! – berrou Ghislaine lá da sala. – Ande logo!

Então Lantier se apressou do escritório para a sala, se sentando no sofá com Ghislaine... *merde!* O estofo estava saindo pela costura de um dos almofadões quadrados em que ele se sentou. Lantier lembrava muito bem de quanto custava aquele forro, e no momento ele não podia gastar aquela quantia de dinheiro em um maldito sofá...

A tela da TV mostra o colégio Lee de Forest... que cena... os urros! os berros! as palavras de ordem! Uma centena de policiais, ao que parece, tentando deter uma multidão... uma multidão de rostos escuros, *negs* e morenos de todos os matizes, de *neg* a bege, e os intermediários... estão urrando e apupando, é uma multidão, são todos jovens, e parecem estudantes, com exceção de um grupo de estudantes negros... não, não podem ser secundaristas... parecem ter vinte e poucos anos, talvez até trinta e poucos. Um monte de viaturas, com fileiras de luzes nas capotas, emitem sequências epiléticas de clarões vermelhos e azuis. As lâmpadas brancas são ofuscantes... fazem os olhos doerem! São explosões de luz branca! Mas isso não livra Lantier de uma fração de segundo de agonia, por seu aparelho de TV ser tão pequeno e antiquado, comparado às TVs de plasma (seja lá o que isso for) que outras pessoas têm, e não essa grande caixa de tubos (ou seja lá o que houver lá dentro) atrás da tela feito uma bunda plástica feia e barata... todo mundo já tem TVs de 48 ou 64 polegadas, o que seja, a agonia fatiando esse minimomento, enquanto lá na tela tudo é tumulto... uma enorme *brigada* de policiais, *um batalhão*... nunca vi tantos em um só lugar tentando conter uma multidão de estudantes (*são* mesmo!) aos urros... todas aquelas jovens cabeças de *negs*, do marrom ao bege, com a boca escancarada, protestando esgoelados... viaturas por toda parte... e mais fileiras de luzes cintilando sem parar. A câmera, esteja onde estiver, focaliza mais de perto a ação... dá para ver as viseiras e os escudos de policarbonato que a tropa antichoque usa... uma linha de frente formada por *negs*, com garotos pardos, *mulat*, ou *café au lait*, e *une fille saillante comme un bouef* empurram os escudos para trás... eles parecem tão pequenos enfrentando os policiais, esses estudantes secundaristas...

– *Qu'est-ce qui se passe?* (O que está havendo?) – diz Lantier para Ghislaine. – *Pourquois ne pas nous dire?* (Por que não falam para nós?)

Como que seguindo a deixa, a hipervoz de uma mulher que não é vista se eleva acima dos urros, dizendo: "Aparentemente, eles querem empurrar a multidão para trás o suficiente... precisam pegar o professor... Estevez, falaram que é o nome dele... dá aula de educação cívica... precisam tirá-lo do prédio, colocá-lo em uma viatura policial e colocá-lo sob custódia em..."

– Estevez! – disse Lantier para Ghislaine em francês. – Aula de educação cívica... ele é professor do Philippe!

"... local ainda indeterminado. A grande preocupação agora é com a segurança. Os alunos foram dispensados há cerca de uma hora. Todas as aulas de hoje foram canceladas. Mas a multidão de alunos se recusa a deixar o terreno da escola, e esse prédio é antigo... não foi construído pensando em segurança. A polícia receia que os alunos tentem entrar no prédio outra vez, e é lá que Estevez está detido."

Lantier disse: – Boa sorte ao tirar o sujeito de lá! A polícia não vai conseguir segurar uma multidão de garotos como essa por tanto tempo!

– Papá, é uma gravação! – disse Ghislaine. – Tudo isso aconteceu cinco ou seis horas atrás, só pode ser.

– Ahh... sim, é verdade, é verdade – disse Lantier. Depois olhou direto para a filha. – Mas o Philippe não mencionou... *nada* disso aí!

Antes que Ghislaine pudesse responder, a voz na TV se elevou: "*Acho que vão tentar retirar Estevez de lá agora. Aquela porta pequena ali, no nível do chão... está se abrindo!*"

A câmera aproximou a imagem... a coisa parecia uma porta de serviço. Quando se abriu, criou uma sombra na superfície de concreto... Uma policial saiu, olhando para um lado e para o outro. Depois foram saindo mais dois... mais dois... ainda mais dois... depois saíram mais três, apertados na pequena... não, esses não eram três policiais, eram só dois segurando os braços de um homem corpulento, meio calvo e de pele clara, com as mãos nas costas, aparentemente algemadas. Embora os cabelos já estivessem rareando, ele não podia ter mais de 35 anos. Caminhava com o queixo erguido, mas estava piscando em um ritmo alucinante. Seu peito inflava uma camisa branca cujas fraldas pareciam pender fora da calça.

"É esse aí!", disse a voz na TV. "Esse é o professor José Estevez! Professor de *educação cívica* no colégio Lee de Forest. Agora está preso por dar um soco em um aluno diante de toda a turma, depois derrubá-lo no chão, pelo que nos relataram, e quase paralisá-lo com uma espécie de gravata. A polícia formou uma espécie de... hum... *falange* em torno do professor, para protegê-lo até conseguir colocá-lo na viatura."

... uma torrente de urros, uivos e epítetos nojentos...

"Os alunos já descobriram que é ele, Estevez, o professor que agrediu um dos seus colegas há cerca de duas horas!"

– Que camisa *é* essa? – disse Lantier em francês.

O professor e seu exército de guarda-costas policiais vão chegando cada vez mais perto da câmera.

Ghislaine responde em francês: – Para mim parece uma *guayabera*. Uma camisa cubana.

A voz da TV: "Já estão quase chegando à viatura... dá para ver bem. A tropa antichoque fez um trabalho incrível, bloqueando a multidão de estudantes enfurecidos..."

Lantier olha diretamente para Ghislaine outra vez e diz: – O Philippe chega da escola, vindo da mesma sala de aula onde tudo isso aconteceu... um exército de policiais ocupa o terreno da escola, e uma multidão dos próprios colegas dele está pronta para pendurar o professor em uma árvore, se conseguir botar as mãos no sujeito... mas ele não quer falar no assunto, e seu amigo *neg*, o tal do Antoine, também não quer falar no assunto? Se isso tivesse acontecido comigo, eu *ainda* estaria falando no assunto, mesmo depois de tantos anos! O que está acontecendo com o Philippe? Você tem alguma ideia?

Ghislaine abanou a cabeça e disse: – Não, papá... nenhuma.

7

O COLCHÃO

::::::Eu existo? Se existo, onde? Ah, cara, eu não vivo... em *lugar algum*... não pertenço a *lugar algum*... não sou mais nem do "meu povo", sou?::::::

Nestor Camacho – lembram dele? – estava evaporando, desintegrando, desmoronando... separando a carne dos ossos, virando uma gelatina com um coração que batia, afundando de volta na sopa primordial.

Ele jamais poderia ter se imaginado ligado a... nada. Quem poderia? Não até aquele momento, pouco depois de meia-noite, ao sair do vestiário na marina da Patrulha Marítima e ir andando para o estacionamento...

Patrulheiro Camacho!

Agora ele já estava até ouvindo coisas. Ali fora à meia-noite só havia policiais terminando o plantão, e nenhum deles iria chamá-lo de "patrulheiro", a não ser como piada. Sozinho em Miami naquela crepuscular noite de setembro, que estava quente demais, pegajosa demais, úmida demais, suarenta demais, e pouco iluminada demais... ele já tivera a mais leve noção do que era a desolação? Não tentara se iludir quanto ao que lhe acontecera nas últimas 24 horas.

Exatamente 24 horas antes ele saíra daquele lugar, a marina, eufórico pelos aplausos de seus colegas policiais, atônito pela percepção de que a cidade inteira (*a cidade inteira!*) estivera com os olhos postos nele (*nele*, Nestor Camacho!) na TV, enquanto ele salvava um pobre-diabo apavorado em cima de um mastro com mais de vinte metros, que balançava sobre a borda do abismo. Pouco mais de 15 minutos depois, ele entra na própria casa, encontra seu pai parado à porta, furioso, com a barriga estufada, pronto para expulsá-lo da família... e também do povo cubano, só para arrematar. Nestor fica tão perturbado que mal consegue dormir. Quando se levanta pela manhã, vê que a mídia de língua espanhola (coisa que em essência significa a mídia cubana) vem falando a mesma coisa nas últimas 12 horas: Nestor Camacho traiu sua família e o povo cubano. Seu pai não somente o considera uma não pessoa; age como se ele já não tivesse uma presença corpórea. Age como se não conseguisse *vê-lo*, literalmente. Quem? Ele? Nestor? Ele já não está mais aqui. Seus vizinhos, pessoas que ele conhece praticamente desde que nasceu, giram 180 graus e dão as costas para ele. Sua última esperança, sua salvação, seu único laço remanescente com a vida que viveu nos últimos 25 anos, ou seja, a vida inteira, é sua namorada. Ele vem saindo com ela, o que hoje em dia significa *indo para a cama com ela*... e ama a garota de todo o coração. Então ela aparece há pouco mais de oito horas, bem no momento em que ele precisa ir para o plantão... para informá-lo de que anda vendo e saindo com outro cara, sem dúvida já dividindo os lençóis com ele, e *hasta la vista*, meu querido Brinquedo Quebrado.

Para piorar, o plantão começa e seus colegas policiais, que 24 horas antes estavam em torno dele feito um bando de tietes, ficaram... bom, não frios, mas distantes. Ninguém fala mal dele. Ninguém age como se ele houvesse traído alguém, nem sequer insinua isso. Ninguém age como se quisesse retirar os elogios que lhe fez na véspera. Estão todos constrangidos, só isso. Depois de 24 horas, recebem de volta esse pedaço de carne, azulado de tanto tomar pancada no rádio em espanhol, na TV em espanhol e no jornal em espanhol, *El Nuevo Herald*... e mesmo as almas mais bondosas desviam discretamente o olhar.

O único que mostrou um leve desejo de conversar com ele sobre a confusão toda foi Lonnie Kite, seu parceiro americano no Barco Seguro. Lonnie puxou Nestor para um canto antes que eles embarcassem no Barco Seguro e iniciassem o plantão, dizendo "Você precisa encarar a coisa assim, Nestor" (Nes-*ter*). "Se aquele filho da puta estivesse em cima de um mastro em quase qualquer outro lugar, todo mundo só falaria 'Esse garoto aí, o tal do Camacho, é um Tarzan com um par de colhões que conseguiria derrubar até um prédio'. O seu azar é que tudo aconteceu na frente de um bando de panacas na ponte de Rickenbacker, em plena hora do rush de uma sexta-feira à tarde. Todos eles saltam dos carros, vão se alinhando na ponte e arrumam os melhores lugares da casa para ver a Luta do Refugiado Cubano, aquele carinha tão corajoso, Contra o Policial Burro. Eles não sabem de porra nenhuma. Se aqueles babacas retardados não estivessem lá, não haveria esse escarcéu todo agora."

O americano tencionava levantar o ânimo de Nestor, mas só aumentou a depressão dele. Até os americanos já sabiam! Até os americanos já sabiam que Nestor Camacho estava na pior.

Sua esperança era de que durante aquele plantão algo acontecesse, algo tão grande, feito uma colisão entre barcos grandes (colisões entre barcos pequenos aconteciam o tempo todo), que absorvesse inteiramente sua atenção. Mas não, era o de sempre: barcos à deriva, com um motor que se recusava a pegar... alguém achando que vira gente nadando em um canal de navegação... um idiota criando tumulto na superfície com sua lancha, fazendo curvas fechadas e balançando outros barcos com a marola... um bando de bêbados na baía, jogando garrafas e outros bagulhos dentro da água. Esse era o produto da noite, e nada daquilo era suficientemente sério para distrair Nestor de suas preocupações mais profundas. Ao voltar à marina, ele já começara a totalizar totalizar totalizar suas dores...

... e agora a cena à sua frente exprimia perfeitamente a contagem final – desolação. Ele estava se aproximando do estacionamento da marina. Por volta de meia-noite, ao menos trinta por cento das vagas ficavam sempre vazias. As luzes do estacionamento não iluminavam muita coisa, na verdade. Apenas criavam o crepúsculo mecânico mais débil que se podia imaginar. Mal se viam as palmeiras em volta do local. No máximo era possível ver algumas formas planas escuras. E os carros no estacionamento não chegavam a ser formas, e sim débeis reflexos crepusculares de luz... de um para-brisa ali, uma faixa cromada ali... um espelho retrovisor lá... um aro acolá... débeis débeis reflexos de luz débil débil... No atual estado de espírito de Nestor, aquilo era pior do que a ausência completa de luz... era a luz em sua pior forma...

Ele estava indo para o Camaro... por quê? Onde iria passar a noite?

Conseguiu avistar o Camaro somente porque sabia exatamente onde estacionara. Rumou para lá por puro hábito. E depois o quê? Ele precisava ir para algum lugar, esticar as pernas e dormir pelo menos dez horas. Não lembrava de ter se sentido tão cansado e vazio em toda a sua vida... esgotado, ressecado, exaurido... e onde aconteceria esse sono restaurador? Desde que anoitecera, toda vez que havia um intervalo ele ligava para amigos, pedindo um canto para puxar um ronco, qualquer coisa, até caras que ele não via desde a escola, e as respostas eram todas como a de Jesús Gonzalo, Jesús, seu melhor amigo na equipe de luta greco-romana, e ele disse: "*Huumm*, bom, eu *ahhhh* acho que sim, mas quer dizer, quanto tempo você vai ficar... só hoje à noite, certo? Porque eu falei pro meu primo Ramón, ele é de Nova Jersey e disse que talvez venha pra cá amanhã... aí eu falei pra ele..."

Seus amigos! É verdade que nos últimos três anos seus amigos, na maioria, haviam sido policiais, porque só policiais conseguiam entender o que se passa na sua cabeça, as coisas que precisava fazer, as suas preocupações. Além disso, você tinha status de elite. Precisava encarar perigos que seus amigos antigos nem sequer imaginavam. Eles não conseguiam imaginar o que era preciso para ter o Olhar de Policial e dar ordens às pessoas na rua... Em todo caso, obviamente a notícia do que ele fizera se espalhara feito um gás pela comunidade cubana. Tá legal. Ele pediria a um dos policiais mais jovens do plantão. Tivera a chance agora há pouco, durante a última meia hora no vestiário... tivera várias chances durante a noite... mas não conseguira! Eles também haviam inalado o tal gás! Sua própria família o expulsara de casa... a *humilhação*! Ir para um motel? Para um garoto de Hialeah, isso era uma solução impensável. Pagar tanto assim só para deitar no escuro? Pedir a Cristy? Ela estava do lado dele. Mas ele conseguiria parar só com um lugar para dormir? Tá legal, vamos ver... sempre havia o Camaro. Ele bem que podia apagar dentro do próprio carro. Tentou visualizar a cena...

como alguém conseguia ficar na horizontal dentro de um Camaro? Só uma criança ou um contorcionista. A segunda noite insone consecutiva... era o que lhe restava.

Agora eu moro em... lugar nenhum... não *pertenço* a lugar algum. Mais uma vez a pergunta surgiu na cabeça de Nestor: eu existo? Nas duas primeiras vezes em que a pergunta surgira na sua cabeça, fora com um toque de autopiedade. Nas duas vezes seguintes, já fora com um toque de humor mórbido. E agora era... com um toque de pânico. Estou fazendo o de sempre, indo para o meu carro ao final de um plantão... mas não tenho para onde ir! Nestor parou de chofre. Vamos falar a verdade agora... *Eu existo?*

– Patrulheiro Camacho! Ei! Aqui! Patrulheiro Camacho!

Aqui era algum ponto do estacionamento. Nestor aguçou o olhar diante do débil eletrocrepúsculo do lugar. Um homem branco e alto estava correndo para ele ao longo da fileira de carros estacionados.

– John! *hunh hunh hunh hunh* Smith! Lá do *hunh hunh Herald*! – gritou ele.

Sua forma não é muito boa, seja você quem diabos for *hunh hunh hunh hunh*... ofegando assim depois de correr uns cinquenta metros, talvez. Nestor não reconheceu o nome, mas "do *Herald*" parecia ser legal. De toda a imprensa, somente o *Herald* ficara pelo menos parcialmente do lado dele.

– Desculpe! – disse o sujeito ao se aproximar. – Eu *hunhunhunhunh* não consegui descobrir outra maneira de entrar em contato com você!

Quando os dois ficaram cara a cara, Nestor reconheceu quem era: o repórter que ficara esperando com um fotógrafo, enquanto ele, o sargento, e Lonnie Kite voltavam à marina no Barco Seguro. O sujeito não poderia parecer mais americano, por mais que se esforçasse: alto... cabelo louro e solto, absolutamente liso... nariz pontudo...

– Desculpe a intrusão *hunh hunh hunh hunh*... você leu a minha matéria hoje de manhã? Eu fui justo? – disse John Smith. Depois sorriu, engoliu em seco e arregalou os olhos como se fossem um par de girassóis.

Na opinião de Nestor, a presença de John Smith naquele estacionamento à meia-noite podia muito bem ser o tipo de aparição que costuma afligir pessoas que não dormem e não existem. No entanto, ainda lhe restava sanidade suficiente para aceitar aquele americano pelo valor de face. Sua vontade era perguntar ao sujeito o que ele estava fazendo ali, mas não conseguiu pensar em um modo diplomático de colocar a questão. De modo que simplesmente balançou a cabeça, como quem diz, hesitantemente: "Sim, eu li a matéria, e sim, você foi justo."

— Sei que você deve *hunhunhunhunh* estar indo para casa — disse John Smith. — Mas não poderia me dar dois minutos? Há algumas coisas *hunhunhunhunh* que preciso lhe perguntar.

Uma estranha forma de euforia trouxe de volta à vida o entorpecido sistema nervoso central de Nestor. Ele estava se reconectando a... *algo*, em todo caso. Alguém, mesmo que apenas um repórter americano que ele nem conhecia, estava lhe oferecendo, pelo menos, uma alternativa a passar a noite toda dirigindo e falando consigo mesmo. O vagabundo no Camaro! Um sem-teto nas manchetes! Mas ele disse apenas: — Sobre o quê?

— Bom, estou escrevendo uma sequência para a matéria, e detestaria precisar escrever tudo sem saber a sua reação.

Nestor ficou só olhando para ele. ::::::Reação? Reação a quê?:::::: A palavra provocava uma inominável sensação de temor.

— Por que não nos sentamos em algum lugar para tomar uma xícara de café ou algo assim?

Nestor ficou olhando para ele mais um pouco. Conversar com aquele repórter de cara de bebê só podia dar encrenca para ele, a não ser que algum tenente, capitão, ou subchefe autorizasse. Por outro lado, ele conversara com o cara havia 24 horas, e fora autorizado... além disso, enquanto conversava com a imprensa, ele *existia*. Não era assim? Enquanto conversasse com a imprensa, ele estava... *em algum lugar*. De acordo? Enquanto aparecesse na imprensa, ele *pertencia* a este mundo. Era preciso usar a imaginação. Ele sabia que nenhum tenente, capitão ou subchefe do mundo compreenderia aquilo, muito menos engoliria. Mas talvez eles entendessem *isto*: "Deustodopoderoso, tenente, coloque-se no meu lugar. Eu estou completamente só. Não dá nem para imaginar a minha solidão."

Tudo se resumia a uma só coisa. Ele precisava de alguém com quem falar, mas não no sentido de um padre, ou algo que o valha. Só alguém com quem conversar... para poder sentir que *existia* outra vez, depois do custo terrível das últimas 24 horas.

Nestor deu ao repórter John Smith um longo olhar vago. Mais uma vez fez que sim, sem qualquer traço de satisfação, que dirá entusiasmo...

– Que tal aquele lugar ali? – disse o repórter, apontando para o bar de Inga La Gringa.

– É barulhento demais – disse Nestor. Isso era verdade. O que ele não disse é que o barulho viria de outros policiais da Patrulha Marítima, ao final do plantão. – Tem um lugar chamado Isle of Capri, lá em Bricknell, perto da ponte. Fica aberto até tarde e dá pra gente se ouvir falando, pelo menos. Só que é um pouquinho caro.

O que ele não disse é que nenhum policial no final do plantão em qualquer parte de Miami iria a um lugar tão caro.

– Isso não é problema – disse John Smith. – Fica na conta do jornal.

Eles partiram para o Isle of Capri, cada um em seu carro. Assim que Nestor virou a ignição do Camaro, recebeu no rosto o jato do ar-condicionado. Assim que engrenou a marcha e partiu, o silencioso estourou. Em conjunto, o ar-condicionado e a ruptura do silencioso fizeram com que ele se sentisse preso dentro de um soprador de folhas, daqueles tão barulhentos que os operadores, ganhando 7 dólares a hora, precisam usar protetores de ouvido. Ele estava preso dentro de um soprador de folhas... com dúvidas presas dentro da cabeça. ::::::Por que estou fazendo isso? O que eu ganho, além de encrenca? Ele quer que eu reaja a quê? Por que aquilo ficaria "na conta do jornal", como ele falara? Por que devo confiar nesse americano? Por quê? Obviamente, não devo... mas estou desprovido de tudo que importa nesta vida! Não tenho nem ancestrais... Meu maldito avô, o grande operador de esgotos do sistema hidráulico de Malecón, cortou a árvore familiar embaixo dos meus pés... e nem sei onde vou dormir. Cristo, eu preferiria conversar com uma *cobra* do que não ter com quem falar.::::::

Nestor e o repórter se sentaram no bar e pediram café. O Isle of Capri tinha um aspecto bastante luxuoso. Luzes que vinham de baixo brilhavam sobre uma variedade de garrafas de bebidas diante de uma vasta parede espelhada. Os fachos iluminavam as garrafas... absolutamente glamouroso, e a parede espelhada duplicava o espetáculo. Nestor ficou deslumbrado, embora soubesse que todas aquelas garrafas existiam para o desfrute de americanos de meia-idade que gostavam de contar que na noite anterior haviam ficado "mamados", "chapados", "arrasados" ou até "nocauteados", e que não sabiam nem onde estavam quando acordaram. A ideia que os *americanos* faziam de ser um Homem não era a mesma dos latinos. Apesar disso, o espetáculo de luzes dado pelas garrafas do Isle of Capri fez Nestor começar a delirar com aquele luxo todo. Ele também estava mais cansado do que já se sentira em toda a sua vida.

Assim que o café chegou, John Smith, do *Herald*, deu início aos trabalhos: – Como já falei, estou fazendo a sequência da matéria sobre o homem no mastro... como você salvou o cara... mas minhas fontes dizem que muitos cubanos, em vez de ver você como herói, pensam em você como algo próximo de um traidor...

Depois de dizer isso, ele inclinou a cabeça e ficou olhando para Nestor com uma expressão que claramente perguntava: o que você diz disso?

Nestor não sabia o *que* dizer... o café, que ele enchera de açúcar à moda cubana, parecia uma ambrosia, e deu-lhe fome. Ele não comera o suficiente durante o plantão. Perdera o apetite diante do fato de sua existência, se é que se podia falar assim, constranger os outros patrulheiros. Mas John Smith aguardava uma resposta. Confuso, Nestor não sabia se devia entrar naquilo ou não, e disse: – Acho que você deve perguntar a *eles*.

– Perguntar a quem?

– Perguntar aos... *cubanos*, acho eu.

– Andei fazendo isso, mas eles não ficam à vontade comigo – disse John Smith. – Para a maioria, eu sou um estranho no ninho. Eles não querem falar muito... quando eu começo a perguntar sobre atitudes étnicas, nacionalidades, e qualquer outra coisa nessa área. Em relação a tudo isso, simplesmente não ficam à vontade com o *Herald*, ponto.

Nestor deu um sorriso sem prazer. – Ah, *isso* é.

– Por que você sorriu?

– Porque lá no meu bairro, em Hialeah, o pessoal fala "o *Miami Herald*", e logo emenda "*Yo no creo*". Até parece que o nome completo do jornal é *Yo No Creo el Miami Herald*. Sabe o que é "*yo no creo*"?

– Claro... "eu não acredito". *Yo comprendo*. E eles estão fazendo a mesma coisa com você, Nestor.

O repórter nunca usara o primeiro nome dele. Aquilo incomodou Nestor, mas ele não sabia como reagir. Não sabia se o sujeito estava sendo simpático, ou usando aquele primeiro nome como fazemos quando tratamos com alguém inferior... feito um *fumigador*. Muitos clientes chamavam o pai de Nestor de Camilo logo de cara.

– Eles também estão torcendo tudo a seu respeito – continuou o repórter. – Estão pegando o que você fez, que eu... acho que deixei isso claro na reportagem... considero um ato de grande coragem e força, e transformando em um ato de covardia!

– *Covardia?* – disse Nestor, espantado e incomodado. – Eles podem falar muitas coisas, *traidor* e tudo o mais, mas não ouvi ninguém falar de "covardia". Quero saber como diabos alguém pode falar de "covardia"... Jesus Cristo... queria ver qualquer um chegar perto de fazer o que eu fiz...

Ele balançou a cabeça e emendou: – Você ouviu alguém usar mesmo essa palavra... "covardia"?

– Sim. "Cobarde", eles falavam... todas as vezes.

– *Eles?* – disse Nestor. – Como sabe disso? Falou que eles não queriam conversar com você.

– Alguns conversam comigo – disse John Smith. – Mas não foi deles que eu ouvi isso. Foi no rádio, e não apenas uma vez.

– Qual rádio? Quem falou isso?

– As estações em espanhol – disse John Smith. – "Cobarde." Na realidade, acho que foram duas ou três estações.

— Babacas — resmungou Nestor. Já sentia a adrenalina subindo. — O que tem de *cobarde* nessa história? Por que eles calculam que podem falar assim?

— Eles não ligam muito para cálculos. O raciocínio, se é que se pode falar assim, é o seguinte. Eles falam que é fácil ser um *pez gordo* e sair por aí bancando o *valiente* quando você tem todos os outros *peces gordos* por trás... o efetivo policial inteiro, a Guarda Costeira, o *Miami Herald*. — John Smith deu uma risadinha. — Acho que eles ainda acrescentam *Yo No Creo el Miami Herald*. Você não tem escutado as rádios latinas?

— Não tenho tido tempo — disse Nestor. — Se você soubesse como foram as minhas últimas 24 horas... — Ele fez uma pausa, porque sentia estar entrando em terreno perigoso, e depois arrematou: — ... entenderia o que estou dizendo.

— Por que não me conta o que aconteceu? — disse John Smith. Estava olhando direto para os olhos de Nestor, com uma intensidade que simplesmente não era típica dele. Nestor teve a sensação de que aquilo só podia ser o Olhar de Repórter, semelhante ao Olhar de Policial que os policiais lançam para as pessoas, embora os dois não fossem equivalentes. Então ficou olhando para o espetáculo de luzes proporcionado pelas garrafas de bebidas. Todos os policiais com que Nestor já conversara a respeito achavam que a imprensa era um bando de viadinhos, uns cagões. E ele estava disposto a apostar que aquele ao seu lado ali no bar também era uma bichinha. Havia algo na maneira suave com que ele falava, e em todos aqueles bons modos... Ele era do tipo que tremia e fugia, se você lhe fizesse a menor ameaça física. Só que os policiais mais velhos também falavam que eles pareciam aranhas pequenas, feito as viúvas-negras. Podiam picar e lhe causar grande sofrimento.

Sendo esse o caso, Nestor voltou a se concentrar em John Smith, e disse: — Não sei se é uma boa ideia.

— Por quê?

— Bom, provavelmente eu precisaria de aprovação antes de falar sobre isso.

— Aprovação de quem?

— Não sei exatamente, porque nunca passei por esse procedimento. Mas precisaria consultar um capitão de zona, pelo menos.

— Não entendo isso — disse John Smith. — Você conversou comigo logo depois de tirar do mastro aquele suposto líder clandestino. Precisou ter a aprovação de quem antes de fazer isso?

— De ninguém, mas aquilo foi dife...

Um John Smith subitamente agressivo atropelou as palavras de Nestor:

— E quem escreveu a reportagem mais favorável a você, de tudo que saiu sobre o negócio todo? Além da mais precisa. Eu tratei você mal sob algum aspecto? — disse ele, intensificando ainda mais o Olhar de Repórter.

— Não — disse Nestor. — Mas eu...

O repórter interrompeu outra vez: — Então por que você acha que eu tentaria sujar a sua imagem agora? As pessoas que estão lhe criando problemas são do *El Nuevo Herald*, e eu espero que você tenha visto o que elas falaram...

Nestor desviou o olhar, enquanto balançava a cabeça lentamente para a frente e para trás, com uma leve indicação afirmativa.

— As rádio e as TVs latinas tentaram enterrar você! — continuou o repórter. — E não vão parar com o que fizeram ontem. Vão continuar hoje também. Você não quer alguém do seu lado? Quer ser apenas uma *piñata*, para que o bando inteiro possa se divertir batendo em você? Ah, eu posso ir em frente e escrever um belo artigo analisando o que você fez, e por que aquilo foi absolutamente necessário e humano. Mas isso seria apenas um editorial, e nem sequer escrito por um editor. Eu preciso de alguns detalhes que só você pode fornecer.

O diabo era que o repórter John Smith tinha razão. A palavra *cobarde* continuava pulsando no cérebro de Nestor. Seu senso de honra decretava que aquele insulto não podia ficar sem resposta. Minha é a vingança, disse o Senhor... mas enquanto isso, o que acontece com o seu emprego, ó grande vingador? Se ele entregar tudo para o bem do repórter, mesmo sem criticar o departamento de jeito algum... uma grande matéria jornalística sobre Ele Mesmo em uma ação policial com tanta publicidade... Nestor não precisa de protocolos escritos para saber o que o departamento achará disso. ::::::Mesmo assim, todo mundo... todo mundo... precisa saber de uma coisa. De jeito nenhum Nestor Camacho é *cobarde*... seus babacas... mas não cabe a mim dizer isso, não é? Cabe ao departamento... e não há chance de que isso aconteça. Ah, eles vão defender a decisão de tirar do mastro o tal cara, mas não de botar nas alturas o policial que subiu lá e fez isso.::::::

Nestor não percebia como estava sendo visto por John Smith. Ele não estava olhando para John, e sim para o espelho atrás de todas as garrafas iluminadas. Nem sequer se deu ao trabalho de examinar seu reflexo, embora estivesse visível ali. Ficou passando a mão direita sobre as juntas da mão esquerda, depois a esquerda sobre as juntas da direita, depois a direita sobre as juntas da esquerda, depois a esquerda... e só então percebeu o retrato da indecisão que estava apresentando.

John Smith disse: – Tá legal, Nestor... vamos fazer o seguinte: se me der os detalhes, prometo não citar você, nem indicar que nós conversamos.

– É, mas tem coisas que só eu sei, e todo mundo vai saber que fui eu.

– Escute, eu já tive esse problema antes e sei como resolver a coisa – disse John Smith. – Vou indicar várias outras fontes. Como você acha que as grandes reportagens policiais são publicadas? Não estou falando de uma notícia normal sobre a ocorrência de um crime. Estou falando de uma matéria bem informada sobre a solução de um grande crime, quem dedurou quem e coisas assim. Os policiais vivem dando aos repórteres informações que deixam os repórteres bem na fita, e os repórteres vivem escrevendo matérias que deixam os policiais bem na fita. Os dois lados sabem se proteger mutuamente. Isso acontece o tempo todo, e quero dizer o tempo *todo*. Se você não arrumar um jeito de contar a sua história, ela será contada por outras pessoas, como a prefeitura, por exemplo... e pode acreditar que você não gostará do resultado. Para essas pessoas, você é só um... um... *mosquito* que pica seus companheiros cubanos. Olhe, eu posso publicar a sua história... e deixar claro que você não *quis* cooperar. Vou dizer que você não retornou meus telefonemas, coisa que será verdadeira. Na realidade, já é verdadeira. Por volta de nove e meia eu liguei para o escritório da Patrulha Marítima e pedi para falar com você, mas eles se negaram a transmitir uma chamada pessoal para o Barco Seguro.

Com voz alarmada, Nestor disse: – Quer dizer que eles já *sabem* que você queria falar comigo?

– É claro! – disse John Smith. – Escute, vou tomar uma cerveja. Quer uma também?

Uma *cerveja*? Como aquele sujeito podia começar a pensar de repente em uma cerveja? Aquilo deixou Nestor atônito. Ele até se irritou. Por outro lado... talvez uma cerveja não caísse mal. Talvez o acalmasse um pouco, diluindo o fluxo de adrenalina. Se tivesse alguma outra espécie de droga, sem dúvida ele a tomaria imediatamente... e uma garrafa de cerveja era uma coisa até fraca.

– Hum... sim – disse ele. – Vou tomar uma.

John Smith ergueu a mão para chamar a atenção do barman. Enquanto ele pedia as duas cervejas, a irritação de Nestor recomeçou a aumentar. ::::::Não é o rabo *dele* que está na reta, à beira do abismo.:::::: Então John Smith virou novamente para ele, agindo como se a conversa não houvesse sido interrompida.

– É claro! – disse ele. – Se estou planejando escrever uma reportagem sobre você, e eles verão isso muito em breve, claro que eu tentaria fazer contato diretamente. Seria esquisito se eu não fizesse isso. É o procedimento padrão.

As cervejas chegaram. Nestor não esperou John Smith. Simplesmente inclinou a sua e bebeu... um bom gole longo até. Uma onda de calor ergueu-se do seu estômago, invadiu o cérebro e fluiu por todo o seu sistema nervoso central... parecendo realmente acalmá-lo.

Ele começou pelo final do plantão 24 horas antes... com todos os outros policiais pirando com ele e lhe contando, com jocosidade policial, como ele eletrizara a cidade inteira. Depois ele fora para casa de carro... como que sobre asas... e encontrara uma grande surpresa esperando atrás da porta da entrada.

– E lá está o meu pai. Ele está me esperando, parado ali com as pernas afastadas, feito as de um lutador, e os braços cruzados feito...

De repente ele se interrompeu e encarou o Olhar de Repórter de John Smith. Permaneceu assim pelo que esperava fossem alguns segundos cheios de suspense. Quando voltou a falar, foi com um tom de voz diferente, precisamente adequado àquele olhar:

– Lembra do que você acabou de me prometer sobre a maneira de usar o que vou lhe contar?

– Sim...

– E que vai me encobrir com outras fontes? – Ele intensificou o olhar.

– Sim...

– Só quero ter certeza de que a gente está se entendendo. – Esperou alguns segundos e arrematou: – Eu ficaria muito puto... se a gente se desentendesse.

Dito isso, ele intensificou o tal olhar ao máximo. Só então realmente percebeu que se tratava do Olhar de Policial. Sem uma só palavra, a mensagem era transmitida. Neste terreno mando eu. Eu tenho o poder final, e estou pronto a detonar você, se precisar. Ah, você quer saber o que seria necessário para me fazer "precisar"? Bom, podemos começar com *quebra de contrato verbal.*

O já pálido John Smith empalideceu mortalmente... pelo menos Nestor teve essa impressão. Os lábios do jornalista americano se entreabriram... mas nada disseram. Ele simplesmente fez que sim, inclinando levemente a cabeça à frente.

Antes que Nestor percebesse, ele estava sentado sob o brilho glamouroso das luminosas garrafas de bebidas do Isle of Capri, rasgando o peito, como se diz. E pôs *tudo* para fora. Só vira aquele americano duas vezes na vida, mas não queria lhe esconder coisa alguma. Sentia um ímpeto avassalador de... *só mais uma cerveja...* não de confessar, pois não pecara, mas de conversar com alguém, alguém ao menos parcialmente neutro, sobre sua angústia e humilhação, sua rejeição por todos os seres mais próximos (imediatamente, em menos de 24 horas!) e por milhares de compatriotas...

só mais uma cerveja... seus companheiros *cubanos* estavam mais do que felizes ao acreditar no que era transmitido por aquele mais poderoso dos órgãos, o rádio em espanhol, e até por aqueles meios antiquados que ninguém com menos de 40 anos ainda lia, isto é, os jornais... seu pai parado ali no umbral da porta, que também era de Nestor, com as pernas abertas feito um lutador, e os braços cruzados sobre o peito... feito um lutador *enfurecido... só mais uma cerveja...* e os vizinhos que ele conhecia desde que nascera, e que lhe deram as costas assim que o viram chegando... e ainda por cima seus colegas policiais, que 24 horas antes haviam-no saudado como herói... *só mais uma cerveja...* e agora esfriavam, constrangidos com aquele homem marcado em seu meio... *só mais uma cerveja... in cervisia veritas...* tudo isso, *tudo*, até o celular tocando no seu bolso enquanto ele *quase* despencava para a morte sobre o convés de um barco, tentando descer só com as mãos por um cabo de mais de trinta metros, com um homem preso *entre as pernas...* e então o maldito telefone começa a fazer *bipe-bipe-bipe* com mensagens de texto, e as pessoas... seu próprio povo, *cubanos...* lançam xingamentos sobre ele lá de cima da ponte de Rickenbacker... tudo isso, até a expressão de frieza no rosto de Magdalena quando ele começara a gritar *¡CONCHA!* para ela...

Nestor passou três horas e meia pondo para fora as tristezas de sua alma, até a última gota... e não teria parado, se o Isle of Capri não fechasse às quatro da madrugada. Os dois rapazes foram para a rua. Nestor estava se sentindo instável, com o equilíbrio... prejudicado. Seu andar carecia de fluidez. Também não era de espantar... o estresse dos dois últimos dias... a falta de sono... e falta de comida também, por falar no assunto. Nem sequer passou pela sua cabeça que ele podia estar quase bêbado, depois de engolir nove cervejas sem parar, além de uma dose de tequila... era mais álcool do que ele já bebera em uma só noite na vida.

Já o *el americano periodista* provavelmente pensara nisso, porque olhou para Nestor e disse: — Você planeja ir para casa *dirigindo*?

Nestor soltou uma risadinha amarga. — Casa? Eu não tenho mais isso... uma casa.

— Então onde planeja passar a noite?

– Não sei – disse Nestor. Só que a frase saiu enrolada. – Posso dormir no carro, se precisar... não! Já sei... vou de carro até a academia e durmo num colchonete lá dentro.

– E se o lugar estiver trancado?

Outra risadinha amarga. – Trancado? Nada é trancado se você sabe o que um policial sabe.

Até o próprio Nestor captou um laivo de gabolice policial naquilo.

– Acho que você está exausto demais para ir de carro a qualquer lugar, Nestor. – Mais uma vez aquele uso impudente do seu primeiro nome. – Eu tenho um sofá-cama no meu apartamento, que a essa hora fica a cinco minutos daqui. Que tal?

Ele está de brincadeira? Dormir na casa de um *americano periodista*? Mas aquela palavra que o *periodista* usara... *exausto*. Só de ouvir aquilo em voz alta Nestor se sentiu ainda mais exausto... exausto, e não bêbado... bêbado não, esgotado... ele nunca se sentira tão esgotado. Em voz alta, disse: – Talvez você tenha razão.

Mais tarde ele mal lembrava que John Smith o levara de carro até o apartamento... nem que desmaiara no sofá-cama em uma acanhada salinha de estar... nem de vomitar...

Quando Nestor acordou e voltou ao reino da consciência, ainda não era tão tarde quanto ele tinha esperança de que fosse. Apenas um pouco de claridade se revelava por trás de um pedaço de pano rústico improvisado como cortina diante da única janela do aposento. Ele nunca se sentira tão mal na vida. Se levantasse a cabeça do sofá, desmaiaria outra vez. Isso ele sabia, sem nem sequer testar. Uma poça de dor e náusea inundara todo um hemisfério do seu cérebro, enquanto ele ficara deitado sobre aquele lado da cabeça. Ele não ousava inclinar essa poça em um só grau, pois já conseguia sentir o cheiro... o *cheiro*... do vômito que jorraria para fora feito um projétil. Tinha a melancólica recordação de ter vomitado em cima do carpete inteiro antes de apagar.

Nestor desistiu e fechou os olhos novamente. *Teve* de fechá-los, e acabou adormecendo outra vez. Não foi um sono bom. Ele ficava acordando toda hora. O principal era não abrir os olhos. Isso pelo menos lhe dava uma pequena chance de adormecer novamente... por mais atribulado que o sono fosse.

Quando ele finalmente acordou de vez, a cortina de pano rústico estava cheia de pontos de luz. Já devia ser quase meio-dia. Ele ousou levantar a cabeça alguns centímetros. Dessa vez foi terrível, mas não impossível. Nestor conseguiu baixar as pernas pelo lado do sofá, erguer o corpo até se sentar... e baixou a cabeça entre as pernas para levar mais sangue ao cérebro. Quando reergueu a cabeça, botou os cotovelos nos joelhos e cobriu os olhos com as palmas das mãos. Não queria continuar vendo aquele aposento diminuto, fétido e cor de palha. Não queria fazer coisa alguma, mas sabia que precisaria chegar ao banheiro de um jeito ou de outro.

Deu um suspiro forte, pelo simples motivo de se ouvir declarando como se sentia miserável e paralisado. Depois suspirou mais um pouco. Antes que pudesse piscar, ouviu o assoalho ranger sob passadas. Que muquifo aquilo ali era... por outro lado, ele não tinha sequer um muquifo para ir.

– Bom-dia. *Buenos días*. Como você está se sentindo?

Era John Smith... parado no umbral do banheiro. Nestor ergueu a cabeça só o suficiente para poder vê-lo de corpo inteiro. O americano estava parado ali, vestido de um modo tão americano que era até irritante... a calça social tão bem passada que dava para cortar o dedo no vinco... a camisa social azul, com dois botões abertos sob o pescoço, e com o punho de cada manga dobrado para trás exatamente duas vezes... tudo tão certinho. Se Nestor conhecesse e entendesse a palavra *almofadinha*, perceberia por que aquilo lhe dava nos nervos.

– Eu me sinto uma merda... mas acho que vou sobreviver – disse ele. Depois deu a John Smith um olhar de interrogação. – Achei que você ia estar no trabalho.

– Bom, como a ideia é escrever uma matéria sobre *você*, acho que eu *estou* no trabalho. Achei que devia ficar até você acordar, pelo menos.

A ideia é escrever uma matéria sobre você. Devido ao seu estado frágil, Nestor ficou chocado ao pensar naquilo. Seu ânimo afundou. O que ele fizera? Por que contara ao sujeito toda aquela... bosta na noite anterior? Ele estava ensandecido? Toda aquela bosta pessoal? Teve o impulso de cancelar tudo... naquele exato momento! Mas depois pensou na fraqueza que demonstraria diante de John Smith... renegando pela manhã as entranhas que passara quatro horas dragando e exibindo à inspeção do *americano.* Passara quatro horas expondo suas entranhas pela bocarra, e agora, de ressaca, com a cabeça latejando... ia gemer e implorar: "Retiro tudo! Por favor, por favor, eu estava bêbado, foi só isso! Você não pode fazer isso comigo! Tenha piedade! Tenha misericórdia!"

Foi isso, o medo de parecer fraco, patético e assustado, tanto quanto qualquer outra coisa, que fez Nestor manter a boca fechada... o medo de parecer medroso! Por si só isso já bastava para impedir qualquer Nestor Camacho de ceder a... Dúvidas.

— Alguém precisa levar você até seu carro — disse o americano. — O lugar fica a nove ou dez quilômetros daqui, e não tenho certeza absoluta de que você se lembrará do caminho até lá.

Isso era verdade. Nestor só recordava um bar onde o espetáculo de luzes parecia tão glamouroso... vindas de baixo, as luzes enchiam as garrafas de bebida com um brilho translúcido em tons de bege, âmbar e cobre, refletindo mil diminutas explosões estelares naquelas superfícies curvas. Ele não saberia dizer por quê, mas começou a se acalmar com a lembrança daquele quadro cintilante.

John Smith sugeriu um café da manhã. A ideia de engolir algo sólido, porém, deixou Nestor nauseado. Ele aceitou apenas uma xícara de café instantâneo, puro. Cristotodopoderoso, os americanos bebiam café fraco.

Então eles entraram no Volvo de John Smith e partiram para o Isle of Capri. John Smith tinha total razão. Tanto ao acordar durante a noite quanto ao se levantar do sofá pela primeira vez, Nestor não fazia ideia de *onde* deixara seu carro.

Eles foram até a rua Jacinto, depois dobraram na avenida Latifondo. Quanto mais pensava no assunto, mais Nestor se convencia de que John Smith era uma pessoa boa. Na noite passada ele fora literalmente... *tirado da rua* pelo americano! Que também lhe oferecera um lugar para dormir, e até esperara a manhã toda para que ele pudesse dormir o quanto quisesse. Ainda por cima, dera-lhe uma carona até o carro. O medo do que aquele *periodista* alto e pálido poderia escrever começou a diminuir... *!Yo no creo el Miami Herald!*... Mas John Smith tinha total razão ao dizer que os poderes estabelecidos distorceriam sua história... sua carreira... e até sua *vida*... da maneira que achassem melhor, enquanto ele não tivesse uma voz em sua defesa... mesmo que isso precisasse ser nas páginas de *Yo No Creo Herald.*

— John...

Nestor fez uma pausa ao dizer isso, porque ficou surpreso consigo mesmo. Nunca o chamara pelo primeiro nome, e nem por qualquer outro nome, por falar nisso. Depois continuou: — Quero lhe agradecer por tudo. Quando terminei o plantão ontem à noite... eu estava muito deprê... quer dizer, estava numa pior, como nunca estive na vida. Devo a você um favor... um só não, uma caralhada de favores. Se houver algo que eu possa fazer por você, é só falar.

John Smith não disse uma palavra. De início, nem sequer olhou para Nestor. E continuava olhando direto para a pista à frente, quando finalmente respondeu: — Na realidade, *há* uma coisa. Mas eu achei que não era o momento certo. Você já tem coisa suficiente para pensar no dia de hoje.

— Não, diga lá. Se puder fazer algo por você, eu faço.

Depois de outra pausa longa, John Smith se virou para Nestor.

— Bom... eu preciso ter acesso aos arquivos policiais. — Ele deu uma olhadela para a pista e olhou novamente para Nestor. — Quero ver que informação pode haver lá sobre certo indivíduo, um sujeito que mora em Sunny Isles.

— Quem é? Qual é o nome dele? — disse Nestor.

John Smith disse: — Bom... eu não mencionei isso a ninguém, além dos meus editores. Mas se eu estiver certo, será uma grande reportagem. O nome dele é Serguei Koroliov. Isso faz alguma ficha cair?

— Hum... não.

— Você não se lembra daquele oligarca russo... era assim que viviam chamando o cara, de oligarca russo... que doou um monte de quadros valiosos para o Museu de Arte de Miami? Não foi há tanto tempo assim... um bando de Chagalls, Kandinskys e *hum*... aquele "supremacista" russo, como ele se intitulava... o nome me fugiu da cabeça agora, mas ele é um artista moderno famoso. Em todo caso, o museu calculou que aqueles quadros valiam quase 70 milhões de dólares... *Malevitch!* Era esse o nome do cara! O tal que se declarava um supremacista... Kazimir Malevitch. Era uma mina de ouro tão grande que o museu passou a se chamar Museu de Arte Koroliov.

Nestor lançou um longo olhar intrigado para John Smith. O americano o deixara boiando assim que mencionara Chagas, ou fosse lá qual fosse o nome do artista, além de Kadinsky e Maleviz... ou o Museu de Arte Koroliov, por falar no assunto.

— O negócio é que eu recebi uma informação muito sólida... de que todos aqueles quadros de 70 milhões de dólares não passam de falsificações.

— Não fode!

— Não, a minha fonte é um sujeito muito sério. Não é do tipo que só faz fofoca.

— E o museu deu ao cara algum *dinheiro* por esses quadros?

— Não, e isso é o mais engraçado. Foram simples doações. Ele só ganhou um jantar, e muita bajulação.

As luzes da fantasia atenuaram. Nestor disse: — *Mierda*. Se ele não tirou dinheiro disso, eu nem sei se é crime. Precisaria perguntar a alguém.

— Eu também não sei, mas, seja como for, é uma matéria do cacete — disse John Smith. — Quer dizer, eles estavam todos lá... o prefeito, o governador, Maurice Fleischamnn, cada figurão de Miami... todos tentando se superar uns aos outros para cobrir de elogios um impostor. Isso me lembra aquela peça do Gogol, *O Inspetor Geral*. Você já... enfim, é uma peça ótima.

::::::Não, eu *nunca*... meu americano pálido.:::::: Contudo, o ressentimento de Nestor evaporou depressa. Aquele tal de John Smith era uma curiosidade. Nestor jamais cruzara com alguém mais instintivamente diferente dele mesmo. O sujeito não tinha um único osso latino no corpo. E também nunca poderia ser policial. Havia algo brando e fraco nele. Aquele tipo de sujeito... era difícil imaginá-lo com agressividade suficiente até para lançar o Olhar de Policial. ::::::Ainda assim, ele, um *americano*, é a minha única esperança de impedir que a maré da *minha própria gente, minha própria família, acabe me arrastando*!::::::

Quando o carro de John Smith chegou ao Isle of Capri, Nestor mal reconheceu o restaurante. Sob o sol do meio-dia, o lugar parecia pequeno, cinzento e morto. Como aquilo poderia ter parecido glamouroso? Nada ali *brilhava*... era uma espeluncazinha, só isso. Ele localizou o Camaro, graças a Deus.

Nestor agradeceu a John Smith novamente, prometendo descobrir o que pudesse sobre o tal russo. Ao saltar do carro, teve uma sensação estranha. Dali a um instante, John Smith partiria, e ele, Nestor Camacho, ficaria abandonado ali. Essa sensação de *abandono* começou a se espalhar pelo seu sistema nervoso central. Aquilo era muito *estranho*. Nestor sentiu um ímpeto irracional de pedir que o americano ficasse mais um pouco... ao menos até o começo do plantão na marina da Patrulha Marítima. Estou sozinho! Mais sozinho do que já estive em toda a minha vida! E o plantão na patrulha só pioraria as coisas. Quando o plantão da noite anterior terminara, à meia-noite, seus "camaradas", seus "companheiros" já estavam olhando para ele totalmente de má vontade. E esse fora apenas o primeiro dia depois daquele negócio todo no mastro. Hoje à noite eles estariam se perguntando por que ele não podia fazer uma coisa decente... e se desintegrar... como faz todo homem marcado que é decente.

::::::Ah, por que você não pula logo no rio e se afoga, seu *maricón* de uma figa!:::::: Ele sempre desprezara pessoas que se afundavam na autopiedade. Ao fazer isso, elas perdiam toda a honra. E ali estava ele, Nestor Camacho, satisfazendo-se com o alívio perverso de evitar a luta (e todos os babacas) ao desistir e ficar nutrindo a esperança oculta de que eles se encarregariam de afogá-lo. Ei, isso acabaria com o sofrimento, não?

Na realidade, devia haver algo pacífico no afogamento... depois que a pessoa supera o choque inicial de jamais respirar outra vez, nunca mais sorver o ar. Só que ele já passara pelo choque inicial, não? Que motivo, exatamente, ele ainda tinha para viver? Sua família? Seus amigos? Seu legado cubano? Seus entes queridos? O grande amor romântico da sua vida? Ou talvez a aprovação de John Smith. Isso fez Nestor dar uma risada... azeda. John Smith aprovaria totalmente que ele fosse afogado. Assim, ainda conseguiria arrancar daquela merda toda mais uma história tocante pelo ângulo humano. Nestor já até visualizava a expressão pseudossincera no rosto de John Smith, como se ele ainda estivesse ali parado à sua frente.

Aquele branquelo magricela era ardiloso! Qualquer coisa para fazer uma reportagem... é até onde ia a sinceridade dele! Outros rostos começaram a aparecer... vividamente... vividamente... ao longo da balaustrada da ponte de Rickenbacker. Por um instante, uma mulher quarentona... Nestor nunca vira um rosto tão cheio de ódio em toda a sua vida! Ela cuspira nele, enfurecida. Tentara acabar com ele lançando raios mortíferos com os olhos fundos no rosto contorcido. Nestor ouvia as vaias que vinham de todas as direções, inclusive lá de baixo, e de todos os barcos pequenos que haviam ido até lá só para derrubá-lo. E quem... é... esse aí? ::::::Ora, é Camilo, *el Caudillo*! Ele está bem diante de mim, com os braços cruzados confortavelmente sobre a pança... e ali está minha mãe, sorrindo sem graça, e encharcada de solidariedade, embora saiba que a palavra de *el Caudillo* é como a Bíblia. Yeya e Yeyo... rá!:::::: Portanto, todas as gerações vivas da família Camacho olham para ele como o Maior dos Traidores... Hernán Lugo, o concunhado do tio Andres, que tomara a iniciativa de lhe dar um sermão na festa de aniversário de Yeya... O pai de Ruiz, que lá na padaria virara a cabeça em um ângulo de 45 graus para poder dizer pelo canto da boca: *Te cagaste* (Você cagou tudo, não foi, e em cima de você mesmo também)... e aaahhh, agora é o sr. Ruiz que está sentado de costas imediatamente à sua frente, rosnando pelo canto da boca embaixo da careca reluzente. Todos eles, o bando inteiro, adorariam vê-lo se afogar... alguns, como seus próprios familiares, a fim de ver a mancha desaparecer de uma vez por todas... outros, como o sr. Ruiz, a fim de ter histórias fascinantes e grosseiramente exageradas para contar: "Ele entrou todo marrento, de óculos escuros, achando que não seria reconhecido por mim"... e você, señor Comemierda Ruiz, provavelmente lubrificaria a narrativa com solidariedade ao mesmo tempo... Ah, como vocês adorariam que agora eu simplesmente seguisse a maré, deixando que a correnteza me arrastasse para o fundo...

Bom, nem por um cacete vou fazer isso!

Vocês achariam tudo uma grande delícia, e eu fico ressentido com isso! Desculpem, mas não terão essa satisfação! E se não gostarem, não me culpem. Culpem o sr. Ruiz, com aquele *te cagaste* logo ao alvorecer. E depois tenham a gentileza de irem se foder!

— Você pode achar izo engraçado — disse o sr. Ievgueni Hum-Hum-Hum (Nestor não conseguira entender o sobrenome). — Mas eu preciso fazer eza pergunta. O que você entende de arte?

Nestor não tinha ideia do que responder. Estava ficando desesperado. Já eram 3:15 da tarde e o plantão começaria dali a 45 minutos. Era a sua terceira visita depois de consultar anúncios classificados nas últimas três horas... e ele precisava ficar com aquele apartamento. Se dividisse as despesas com o russo alto, ossudo e um tanto curvado à sua frente, teria condições de pagar... e precisava fechar negócio! Não conseguiria sobreviver a mais uma noite como a última, em que sua única alternativa fora ser abrigado como um vira-lata... por um repórter do *Yo No Creo el Herald*! Ele e o tal Ievgueni estavam conversando no vestíbulo pateticamente pequeno que ficava entre os dois quartos também pequenos do apartamento... Dentro do vestíbulo ainda apertavam-se uma diminuta cozinha imunda, um minúsculo banheiro imundo e a chacoalhante porta padronizada, revestida de alumínio, que sempre se vê em apartamentos baratos como aquele. Aparentemente, Ievgueni era um "artista gráfico". Ele se referia ao apartamento, que queria compartilhar com alguém, como o seu "ateliê". Nestor não sabia o que era um artista gráfico, mas artista era artista... aquele ali morava e trabalhava em seu ateliê artístico, e agora estava perguntando o que ele, Nestor, entendia de arte? Entender de arte? Seu ânimo despencou. ::::::*¡Dios mío!* Eu não duraria duas frases em uma conversa sobre arte. Nem adianta tentar fingir quanto a isso. Cacete! É melhor encarar o sujeito e enfrentar a coisa feito homem.::::::

— O que eu entendo de arte? Para falar a verdade... nada.

— Simmmm! — exclamou Ievgueni. Ele ergueu o punho ao nível do ombro e bombeou o cotovelo feito um atleta americano. — Você quer dividir eze ateliê? É zeu, meu amigo!

Ao notar a consternação de Nestor, ele explicou: — A arte gráfica nao andar bem e eu preciso dividir eze ateliê. Mas última pezoa que eu quero é pezoa que acha que entende de arte, pezoa que quer conversar sobre arte, e pezoa que quer me dar conzelho!

Ievgueni colocou a mão sobre os olhos, abanou a cabeça e olhou para Nestor novamente, dizendo: — Pode acreditar, eu nao consigo pensar em destino pior. Você é patrulheiro policial. Nao gosto de ter aqui alguém que pensa entender de "polícia", ou quer entender de polícia, e você precisa explicar... fica maluco em uma semana!

Além disso, ele não queria conviver com os russos lá de Sunny Isles ou Hallandale. Também ficaria maluco com eles. Ali, naquele ateliê em Coconut Grove, ele se sentia mais em casa. Também calhava sua preferência por trabalhar da tarde até a noite, porque nesse período Nestor estaria dando plantão.

::::::Perfeito:::::: disse Nestor para si mesmo. ::::::Nós dois somos estrangeiros, você da Rússia, eu de Hialeah. Talvez a gente consiga se dar bem em Miami.:::::: Imediatamente ele fez um cheque, mostrou seu distintivo a Ievgueni e convidou o russo a anotar o número do distintivo. Ievgueni só deu de ombros, como quem diz: "Para que essa trabalheira?"

Ele parecia tão ávido quanto Nestor para dividir aquele lugar.

Era o tipo de coisa sobre a qual o chefe nunca falava com ninguém... *ninguém*... Afinal, ele não era bobo. As pessoas falavam com mais facilidade sobre sua vida sexual (às vezes era impossível calar os policiais), seu dinheiro, seus casamentos conturbados ou seus pecados aos olhos de Deus... sobre *qualquer coisa*, menos sobre seu status neste mundo... seu lugar na ordem social, seu prestígio ou mortificante desprestígio, o respeito que recebiam, o respeito que não recebiam, seu despeito e ressentimento em relação àqueles que chafurdam em respeito onde quer que ponham os pés...

Tudo isso passou pela cabeça do chefe em um só clique, enquanto seu motorista, o sargento Sanchez, estacionava o Escalade oficial diante da prefeitura. A prefeitura de Miami era um prédio branco, curiosamente pequeno, isolado em um retângulo de 2 mil metros quadrados aterrado na baía de Biscayne. O Escalade, por outro lado, era um brutamontes imenso, todo preto, com vidros escuros e sem uma só marca que indicasse se tratar de um veículo policial. Na capota havia apenas uma barra negra baixa, com uma fileira de lâmpadas, e no painel uma luz do tamanho de uma moeda, que emitia uma espécie de sinistra radiação azulada. Assim que eles pararam, o chefe quase que *pulou* do banco do carona... na frente, ao lado do sargento Sanchez. A última coisa que ele queria que as pessoas pensassem é que ali havia um velhote que precisava ser *carregado por um motorista* de um lado para o outro. Como muitos quarentões, ele queria parecer jovem, atlético e viril... de modo que pulou, imaginando que fosse um leão, um tigre ou um leopardo... uma visão de força e agilidade, fosse como fosse. Que imagem aquilo era! Pelo menos ele estava convencido disso... só não podia *perguntar* a alguém, não é? Ele usava uma camisa de estilo militar, de azul bem escuro, gravata, calça, sapatos pretos e aqueles óculos escuros que tapavam até as laterais do rosto. Só não tinha paletó, pois estava em Miami... às dez horas de uma manhã de setembro, o maçarico cósmico ia bastante alto, e a temperatura ali fora já chegava a 31 graus. Em cada lado do pescoço do chefe, que ele achava que parecia grosso feito um tronco de árvore, havia uma fileira de quatro estrelas de ouro ao longo da gola azul-marinho... uma galáxia de oito, ao todo... e em cima daquele tronco de árvore estrelado ficava... seu rosto escuro. Ele tinha 1,92 m, 105 quilos e grandes ombros largos. Era inconfundivelmente afro-americano... e chefe de polícia.

Pois é, elas ficavam *olhando*, todas aquelas pessoas entrando e saindo da prefeitura... e ele adorava! O Escalade estava em um recuo circular bem diante da entrada. O chefe pisou no meio-fio e parou por um instante. Ergueu os braços até a cintura com os cotovelos dobrados, empurrou os ombros para trás ao máximo e respirou fundo. Parecia estar se *esticaaaaando* após ficar preso dentro do carro. Na realidade, estava forçando o peito a se inflar todo. Apostava que isso o deixava com um aspecto duas vezes mais poderoso... mas é claro que não podia *perguntar* aquilo a alguém...

Ainda estava se esticando e empertigando quando...

– Olá, chefe! – Era um rapazola, mas parecia ter funcionário da prefeitura escrito por todo o corpo... pele clara... provavelmente era cubano. Vinha saindo da portaria, dando-lhe um sorriso de deferência, e demonstrando seu respeito com um aceno que começou na testa e virou uma semicontinência. Será que ele já pusera os olhos naquele garoto alguma vez? Será que ele trabalhava no Departamento de... que diabos era aquilo? Em todo caso, estava prestando sua homenagem. O chefe o abençoou com um sorriso senhorial e disse: – Oi, campeão!

Mal reposicionara os ombros à frente, em uma postura normal, quando um casal de meia-idade passou por ele a caminho da prefeitura. Os dois também pareciam cubanos. O homem girou a cabeça para o lado e entoou: – Como vão as coisas, chefe?

Homenagem. O chefe abençoou o sujeito com um sorriso senhorial e mostrou seu favor, dizendo: – Oi, campeão!

Em rápida sucessão, ele ouviu outro "Olá, chefe", um "Tudo bem, chefe?", um "Como vai, Cy?" (abreviatura de Cyrus, seu primeiro nome) e um "Tudo bem com o papai, Cy!"... e ainda nem sequer chegara à porta. Os cidadãos pareciam gostar de lhe prestar homenagem com saudações que rimavam com Cy. Seu sobrenome, Booker, era demais para os recursos poéticos deles, o que era até conveniente, do ponto de vista do chefe. Caso contrário, todos os apelidos que lhe dessem seriam gozações, ou insultos raciais e pessoais, como Booker Babuíno, Booker Babaca, Booker Bundão... sim, era até conveniente.

O chefe só dizia "Oi, campeão!"... "Oi, campeão!"... "Oi, campeão!"... e "Oi, campeão!"

Homenagens! O chefe estava de ótimo humor naquela manhã. O prefeito o convocara à prefeitura para uma pequena... "reunião estratégica"... sobre o tal patrulheiro marítimo Nestor Camacho e todo aquele negócio do Homem no Mastro. O chefe abriu um sorriso largo, destinado apenas a si mesmo. Seria divertido ver o velho Dionisio espernear. Sempre que as coisas estavam indo mal para o prefeito, ou deixando-o louco, o chefe pensava no nome verdadeiro dele, *Dionisio Cruz*. O prefeito se esforçava ao máximo para fazer o mundo todo pensar nele simplesmente como Dio, tal como William Jefferson Clinton virara Bill, e Robert Dole virara Bob. O prefeito achava que as quatro sílabas de Dioniso, o deus grego do vinho e dos rapazes festeiros, formavam um nome por demais incomum, além de grande demais, para um político. Ele só tinha 1,67 m de altura, e uma pança bem avantajada, mas também possuía imensa energia, a melhor antena política do ramo, uma voz alta e uma simpatia egoísta que podia dominar um salão inteiro cheio de gente, engolindo todo mundo. Tudo isso era ótimo, na visão do chefe. Ele não tinha ilusões acerca da situação política. Não era o primeiro chefe de polícia afro-americano de Miami, mas o quarto. Sua preocupação não era com o voto afro-americano, que não totalizava grande coisa. Sua preocupação era com... a perturbação da ordem pública.

Em 1980, um policial cubano foi acusado de assassinar um empresário afro-americano, que já estava deitado no chão sob custódia policial... golpeando sua cabeça até rachá-la e os miolos ficarem visíveis. Dois colegas policiais do cubano testemunharam contra ele no julgamento, dizendo que estavam lá e haviam visto tudo. Um júri completamente branco, porém, concluiu que o sujeito era inocente, e ele deixou o tribunal livre feito um passarinho. Isso provocou quatro dias de distúrbios e um massacre generalizado em Liberty City, o pior tumulto na história de Miami e talvez do país. Seguiu-se uma série de conflitos em Miami, durante mais de uma década. Em caso após caso, você tinha policiais cubanos acusados de apagar afro-americanos. Liberty City, Overtown e outros bairros afro-americanos viraram pavios acesos, e a bomba sempre explodia. O último distúrbio acontecera havia apenas dois anos. E então Dio Cruz resolvera promover o subchefe Cyrus Booker a chefe. Estão vendo? Um de vocês, e não dos nossos, dirige o Departamento de Polícia inteiro.

Tudo isso era bastante transparente. Ao mesmo tempo havia cinco subchefes afro-americanos no departamento... e o prefeito *me* escolhera. Dio Cruz tinha admiração e afeição sinceras por ele, preferia acreditar o chefe... sinceramente.

Naquela manhã, porém, graças a Deus era o seu parceiro e admirador Dionisio quem estava enrascado com sua própria gente. Geralmente era *ele*, o chefe. Os forasteiros, em geral brancos, costumavam conversar com ele supondo que os negros – a "comunidade afro-americana" era o atual jargão bem-pensante, e os brancos pronunciavam a expressão como se estivessem pisando em um canteiro salpicado de estilhaços de lâmpadas estouradas – devessem estar "tremendamente orgulhosos" por terem "um dos seus" dirigindo a força policial. Bom, se estavam tão orgulhosos assim, tinham um jeito engraçado de demonstrar isso. Toda vez que um recrutador abordava um jovem afro-americano e sugeria que ele daria um ótimo policial (o próprio chefe já se engajara em missões desse tipo), o cara dizia: "Por que eu trairia o meu próprio povo?" Ou então algo parecido com isso. Um rapaz tivera a petulância de encarar o rosto negro do chefe e dizer: "Então me fale por que eu ia querer ajudar a porra dos cubanos a bater nos meus irmãos, caralho?" Não, se ele era respeitado nas ruas pela "comunidade negra" era somente por causa de sua ligação com o Poder... atualmente. Ele tinha o poder do Homem... atualmente. *Unghhh huhhhnh...* Tu num sacaneia o Traidor em Chefe, cara. Ele vem atrás de tu, e tu acaba cometendo "suicídio por policial". Tu comete esse suicídio levando um balaço da polícia bem no peito, e eles encontram com o teu corpo uma arma que tu nem sabia que tinha. Então falam que tu sacou essa arma-que-nem-sabia-que-tinha para um policial, e que deixou o cara sem escolha. Foi legítima defesa por parte dele. Tu não sabia que ia cometer suicídio. Mas foi isso que tu fez quando sacou a arma-que-nem-sabia-que-tinha e apontou pro Esquadrão do Suicídio. Tá ligado? Mas que diabo, tu nem tá ouvindo. Ah, desculpe, irmão. Agora não tem mais *jeito* de tu ouvir nada.

Os Esquadrões de Suicídio Cubanos... então aquilo fazia o que dele? Ah, é... o Traidor em Chefe. Ele estava feliz que desta vez era o prefeito quem ficara com o pau preso na porta.

Ao entrar no prédio para a grande "reunião estratégica", ele por acaso ergueu o olhar para a fachada da prefeitura, e seu sorriso se alargou o suficiente para que os transeuntes se perguntassem o que o chefe de polícia estava achando tão engraçado. Miami tinha a prefeitura mais esquisita entre as grandes cidades do país, na opinião de Cy Booker. Era uma pequena construção de estuque branco, com dois andares, no estilo *art moderne*, atualmente chamado de art déco, que andara na moda nas décadas de 1920 e 1930. A Pan American Airways construíra aquilo em 1938 como um terminal para sua nova frota de hidroaviões, que pousavam e decolavam na baía de Biscayne sobre bulbosos pontões. Só que o futuro dos hidroaviões fora abortado. Em 1954, a cidade incorporara o prédio, transformando-o em uma prefeitura *art moderne*, mas deixando à mostra o logotipo da Pan American! E não apenas em um só lugar. O logotipo era um globo do mundo flutando no ar com asas *art moderne* e impulsionado pelos raios solares *art moderne* que nasciam por baixo. Aquele toque tipicamente *art moderne*, prometendo um futuro radiante iluminado pela tentativa do Homem, qual um Prometeu, de alcançar as estrelas, era repetido infindavelmente, criando um friso que envolvia o prédio inteiro PAN AM PAN AM PAN AM PAN AM PAN AM embaixo da cornija. Havia algo gloriosamente apatetado naquilo... a prefeitura de uma cidade grande ostentando orgulhosamente o logotipo do terminal de hidroaviões de uma empresa aérea já defunta! Mas tratava-se de Miami, e era isso aí...

A sala de reunião do prefeito, lá em cima, também era diferente da sala de reunião de qualquer outro prefeito de cidade grande. O teto era baixo e não havia mesa, apenas uma coleção aleatória de cadeiras e poltronas de tipos e tamanhos variados. O lugar mais parecia um pequeno salão meio dilapidado de algum antigo clube atlético. Todos os aposentos de cima, inclusive o gabinete do prefeito, eram pequenos e acanhados. Sem dúvida, originalmente haviam sido ocupados pelos encarregados da contabilidade, aquisição e manutenção dos hidroaviões. Agora faziam parte dos domínios do prefeito. Uma frase bastante impopular nas prefeituras de todo o país surgiu na cabeça do chefe: "Está de bom tamanho para trabalho do governo."

Ao se aproximar, ele conseguiu lançar o olhar pelo umbral. O prefeito já estava lá, junto com seu diretor de comunicação, como agora eram intitulados os assessores de relações públicas municipais, um homem alto e magro, chamado Efraim Portuondo, que poderia até ser bonito não fosse tão taciturno... além de Rinaldo Bosch, um sujeito miúdo com corpo de pera, que tinha apenas 40 anos, mas uma careca já avantajada. Ele era o administrador municipal, título que significava pouco quando um homem como Dionisio Cruz era prefeito.

Assim que o chefe apareceu à porta, o prefeito escancarou a boca, pronto para... engoli-lo de uma só vez, junto com o assessor taciturno e o carequinha.

— Olááá, chefe... entre! Escolha uma cadeira! Recupere o fôlego! E pode se preparar! Esta manhã temos para fazer um pouco do trabalho de Deus.

— Isso é igual ao trabalho de Dio? — disse o chefe.

Silêncio abrupto... enquanto a lógica transidiomática da piada se articulava em todas as três cabeças cubanas: Deus equivale a Dios que equivale a Dio...

Uma risada curta brotou do diretor de comunicação e do administrador municipal. Eles não conseguiram se conter, mas foram breves. Sabiam que Dio Cruz não acharia graça.

O prefeito sorriu com frieza para o chefe. — Tá legal, já que você é fluente em espanhol, deve saber o que significa "*A veces, algunos son verdaderos coñazos del culo*".

O diretor de comunicação e o administrador municipal deram outra risada curta, e depois ficaram olhando para o chefe. Diante daqueles olhares de grande expectativa, ele percebeu que já fora posto em seu lugar pelo velho Dionisio, e que os dois estavam loucos para ver *você e ele* brigarem. Mas Cy Booker calculou que seria melhor *não* pedir uma tradução. De modo que riu e disse: — Ei, é só brincadeira, seu prefeito, só brincadeira, Dio... Dios... eu lá entendo disso?

O "seu prefeito" era apenas uma leve ironia que ele não conseguiu deixar de enfiar ali. O chefe nunca chamava Dio de "seu prefeito". Quando ficava sozinho com ele, chamava-o de Dio. Quando havia outras pessoas em volta, nunca o chamava de coisa alguma. Só olhava para ele e falava. Não saberia explicar exatamente por quê, mas considerava um erro se mostrar intimidado diante do velho Dionisio.

Em todo caso, estava claro que o prefeito já se cansara daquela conversa. O velho Dionisio nunca tolerava ficar em segundo plano. Ele se sentou em uma cadeira com uma careta de isso-é-sério no rosto. De modo que todos também se sentaram.

— Tá legal, chefe — disse o prefeito. — Você sabe que essa situação toda é uma babaquice, e eu também sei que é uma babaquice. O tal patrulheiro, esse garoto, Camacho, recebe ordem de trazer o cara lá de cima do mastro. Então ele sobe e traz o cara para baixo, mas primeiro precisa fazer um malabarismo tosco na corda bamba. O negócio todo passa na TV e agora nós temos metade da cidade berrando que estamos coçando o saco enquanto um líder da resistência anticastrista é linchado legalmente. Eu não preciso disso.

— Mas nós não sabemos se ele é isso mesmo — disse o chefe. — A Guarda Costeira diz que ninguém ouviu falar dele, e também ninguém ouviu falar no movimento clandestino que ele afirma liderar, o tal de El Solvente.

— Pois é, mas tente dizer isso a todas as pessoas que estão em cima de nós agora. Elas simplesmente desligam. Esse negócio é uma espécie de pânico, feito uma baderna, algo assim. As pessoas acreditam e acham que aquele sujeito é a porra de um mártir. Se nós dizemos outra coisa... é porque estamos armando uma espécie de golpe baixo, só para abafar o caso.

— Mas que outra coisa podemos fazer? — disse o chefe.

— Onde está o cara, o cara do mastro... onde ele está agora?

— Está detido em um barco da Guarda Costeira, até que eles resolvam anunciar o que vão fazer. Provavelmente esperarão um pouco, até que tudo se acalme. Enquanto isso, não deixarão o cara falar uma só palavra. Ele ficará invisível.

— Então proponho que a gente faça a mesma coisa com o patrulheiro Camacho... que ele seja posto em um lugar em que fique invisível.

— Tipo onde?

— Ah... *huuummm*... já sei! Ponha o patrulheiro naquela área industrial perto de Doral — disse o prefeito. — Ninguém vai até lá, a não ser para consertar as fornalhas de coque e lubrificar o equipamento de terraplenagem.

— Então o que o Camacho faria lá?

— Ah, não sei... eles ficam rodando nas radiopatrulhas, protegem os cidadãos.

— Mas isso é um rebaixamento — disse o chefe.

— Por quê?

— Porque foi assim que ele começou. Ele era um policial de rua. A Patrulha Marítima é uma das unidades especiais. Ele não pode ser rebaixado. Isso seria admitir que nós cometemos um erro, e que esse patrulheiro fez cagada. Ele não cometeu erro algum. Tudo foi feito como manda o manual, seguindo a rotina... com exceção de uma coisa.

— Qual? — disse o prefeito.

— O patrulheiro Camacho arriscou a vida para salvar aquele cara. Ele fez uma coisa do cacete, se a gente pensar bem.

— Pois é, mas ninguém precisaria ser salvo se ele não tivesse tentado agarrar o sujeito — disse o prefeito.

— Mesmo que você acredite nisso, ele fez uma coisa do cacete. Prendeu o cara entre as pernas a mais de vinte metros de altura, e foi descendo com o peso até a água, pondo uma mão atrás da outra no cabo da vela. Sabe de uma coisa? Vocês não vão gostar disso, mas nós precisaremos dar uma medalha ao patrulheiro Camacho.

— O quê?

— Todo mundo sabe que ele arriscou a vida para salvar um homem. A cidade inteira viu isso. Ele é admirado por todos os seus colegas policiais, sejam quem forem. Todos pensam nele como um cara muito corajoso, só que nunca vão dizer isso... é tabu. Mas se ele não receber essa medalha, todo mundo vai sentir o fedor de politicagem.

— Jesus Cristo! — disse o prefeito. — Onde você vai fazer isso... no auditório principal da Torre da Liberdade?

— Não... a coisa pode ser feita discretamente.

O diretor de comunicação, Portuondo, disse: — A melhor forma de fazer isso é distribuir um comunicado à imprensa um dia depois da cerimônia, com todos os tipos de anúncios, comendas, decisões sobre o trânsito, qualquer coisa, e enfiar a medalha do Camacho mais ou menos no oitavo lugar da lista. Isso acontece o tempo todo.

— Tá legal, mas a gente ainda precisa fazer o cara ficar invisível. Como conseguir isso, se ele não pode voltar a patrulhar as ruas?

— Só podemos dar a ele uma transferência lateral, para outra unidade especial — disse o chefe. — Tem a Patrulha Marítima, em que ele está agora, tem a CST, Equipe de Repressão ao Crime, tem a equipe da SWAT, tem a...

— Ei! — disse o prefeito. — Que tal a Polícia Montada? A gente nunca vê aqueles caras, só nos parques. Bote o Camacho na porcaria de um cavalo!

— Acho melhor não — disse o chefe. — Isso é chamado de transferência lateral com uma *rasteira*. Ficaria óbvio demais em um caso como este... colocar o sujeito em cima de um cavalo dentro de um parque.

— Tem uma ideia melhor? — disse o prefeito.

— Tenho — disse o chefe. — A SWAT. De todas, é a que exige mais macheza, porque ali você está sempre na linha de tiro. Você vive em combate. A maioria dos caras é jovem, como o patrulheiro Camacho, e você precisa manter uma forma fantástica. O treinamento... em certo estágio você é obrigado a pular do alto de um prédio de seis andares em cima de um colchão. Não estou brincando... um colchão. Quem não consegue fazer isso não entra na equipe da SWAT. É preciso ser jovem para pular sem se machucar, mas isso é só parte da coisa. Quando fica mais velho, você começa a dar muito mais valor ao próprio couro. Já vi isso cem vezes no serviço policial. Você está mais velho, ganhou um posto mais alto, recebe um salário maior e sente a ambição coçando embaixo da pele. Todos os seus instintos dizem: "Você agora é valioso demais, trabalhou muito duro para chegar aí, seu futuro é tão radioso. Como pode arriscar tudo fazendo uma babaquice dessas, pular do sexto andar em cima... da porra de um colchão?"

O chefe viu que tinha a atenção concentrada deles: Dionisio Cruz, o assessor Portuondo e o carequinha administrador municipal. Todos tinham os olhos arregalados diante dele, com uma expressão de meninos nada sofisticada.

— Pois é... para quem vê o colchão lá de cima do prédio de seis andares, ele parece do tamanho de uma carta de baralho, e tão achatado quanto. Qualquer homem mais velho, ao subir naquele terraço e olhar para baixo, começa a pensar em algumas... coisas mais importantes, como se diz na igreja.

Ah, é! Agora ele tinha os três cubanos fascinados. Era hora do golpe de misericórdia.

— Todo ano, quando os candidatos à SWAT chegam a essa parte do treinamento... eu mesmo vou e pulo. Quero que aqueles garotos se sintam assim: "Jesus Cristo, se o chefe pula, e eu puser os pés na beira do terraço... e não conseguir que minhas pernas obedeçam o comando de pular... vou ficar marcado como um viadinho patético pelo resto da vida." Eu quero que aqueles caras se *recusem* a fracassar.

Por um momento, nenhum dos cubanos disse uma palavra. Mas então o prefeito não conseguiu mais conter a emoção e exclamou: — Puta que pariu! É isso! Se o patrulheiro Camacho gosta tanto assim de ação, cacete... que ele seja levado ao alto do prédio para ver o colchão!

O chefe deu uma risadinha abafada em alguma profundeza. ::::::Te peguei.::::::

De repente, porém ::::::Ah, merda!:::::: ele lembrou de algo, um algo grande. Precisava transformar o prefeito e aqueles dois aspones em meninos de olhos arregalados com noventa segundos de folclore da SWAT, estrelados por ele próprio. Baixou a cabeça e a abanou lentamente de um lado para o outro, de um lado para o outro, resmungando: – Droga!

Então olhou para os três, comprimindo os lábios com tanta força que a carne formou balões em cima e embaixo. Depois disse: – O garoto seria perfeito para a SWAT, mas não podemos fazer isso. Não podemos transferir alguém para a SWAT só por razões políticas. Eles logo perceberiam isso. Todo policial sabe quem é Nestor Camacho, pelo menos agora. No momento nós temos 41 policiais em uma lista de espera para a equipe da SWAT. Todos são voluntários... isso é que é competição! Ninguém pode bagunçar o recrutamento da SWAT, nem o chefe de polícia.

– Quarenta e um policiais querem fazer isso? – disse o prefeito. – Quarenta e um policiais mal podem esperar para pular do sexto andar em cima de um colchão, a fim de se qualificar para ser baleados?

O chefe bateu levemente com o dedo ao lado da testa, fazendo a mímica que significa: isso é usar a cabeça. Depois disse: – Você mesmo já respondeu, Dio. "Mal podem esperar para ser baleados." É isso aí! Existe um certo tipo de policial que veio para ficar. Entende o que eu estou dizendo?

O prefeito ficou olhando para o lado melancolicamente. – Bom... pouco me importa onde você ponha o patrulheiro Camacho, desde que ele seja tirado da porcaria da água. Tá legal? Mas seja para onde for que você... qual é mesmo aquela expressão que você prefere? *Transferência lateral?* Então... seja para onde for que você fizer a *transferência lateral* desse seu acrobata televisivo, ele precisa fazer esse troço. Essa tem de ser uma das condições.

– *Qual* troço? – disse o chefe.

– O troço com o colchão. Se ele gosta tanto assim de ação, e tem de ficar me aporrinhando por aí, então você precisar levar o cara até o terraço... e lhe mostrar o colchão!

Na tarde seguinte, Nestor ligou do seu iPhone para John Smith e disse: – John, tá a fim de um café? Tenho uma coisa pra mostrar a você.

– O que é?

— Não quero só falar. Quero mostrar pessoalmente. Para ver o sorriso no seu rosto.

— Ei, hoje você está parecendo *pra cima*. O olhar no seu rosto quando eu fui embora ontem... você precisava ter visto aquilo. Parecia que você tinha perdido o seu último amigo.

— Você tirou essas palavras da boca da verdade. Mas cansei de sentir raiva, raiva de todo mundo que virou as costas pra mim. Uma coisa que a raiva faz é meio que acelerar a gente, bota o sangue circulando. Quer saber o que eu fiz ontem, entre a hora que você foi embora e o começo do plantão? Consultei o site Craigslist e achei um apartamento em Coconut Grove. Fiz isso em três horas de uma tarde de domingo. A raiva é uma coisa maravilhosa quando a gente fica com *muita* raiva.

— Que ótimo, Nestor!

— Ah, é um muquifo, é pequeno demais, eu estou dividindo o espaço com um "artista gráfico", sei lá o que é isso, e ainda tenho de ouvir a porcaria de todos os moleques doidaços que zanzam pela Grand Avenue até quatro da matina. Eles parecem uns gatos de beco. Sabe aquele barulho, aquela espécie de *miado*, acho eu, que os gatos dão quando saem à noite... e ficam miando por sexo? Parece que os garotos estão fazendo aquilo. Sabe aquele barulho?

— Ei, estamos *pra cima* hoje, hein! — disse John Smith.

— Eu não estou pra cima. É como eu falei pra você... estou com raiva — disse Nestor. — Ei, onde você está?

— Estou no jornal.

— Bom, então levante a bunda, saia do prédio e vá me encontrar naquele restaurante, o Della Grimalda. Fica bem perto daí.

— Não sei. Como eu disse, estou no jornal... e, além disso, não achava que você fosse do tipo que frequenta o Della Grimalda.

— Eu não sou. E é por isso mesmo. Assim como nenhum outro policial é, e não *quero* qualquer outro policial por perto quando lhe mostrar o que tenho.

Suspiro longo... Nestor percebeu que John Smith estava fraquejando.

— Tá legal, Della Grimalda. Mas o que você quer pedir lá?

– Duas xícaras de café.

– Só que o Della Grimalda é um restaurante de verdade. Você não pode entrar lá, se sentar e pedir só duas xícaras de café.

– Não sei se isso é verdade, mas aposto que um policial pode... e não precisará pagar um tostão.

Quando John Smith chegou ao Della Grimalda, Nestor já estava sentado confortavelmente a uma mesa para dois junto à janela, no meio de todo o burburinho do lugar... tomando uma xícara de café. John Smith se sentou e uma garçonete muito atraente lhe trouxe uma xícara de café também. Ele olhou em volta. Havia apenas mais dois fregueses no restaurante inteiro, a mais de dez metros dali, e obviamente eles estavam terminando uma refeição grande. Na sua mesa resplandecia uma verdadeira frota de louças de todos os tipos, e esquadrões de talheres de prata.

– Bom, preciso tirar o chapéu pra você – disse John Smith. – Você conseguiu.

Nestor deu de ombros e tirou de baixo da cadeira um envelope rígido com cerca de vinte por trinta centímetros, que entregou a ele, dizendo: – Fique à vontade.

John Smith abriu o envelope e tirou um pedaço de cartolina que servia de apoio para uma fotografia grande, com cerca de 15 por vinte centímetros. Nestor queria muito ver a expressão daquele branquelo pálido, quando ele percebesse o que tinha nas mãos. O jornalista não o decepcionou. Ergueu da fotografia os olhos abismados e ficou encarando Nestor.

– Onde diabos você achou *isto*?

Era uma fotografia digital, com cores notavelmente nítidas, de Serguei Koroliov ao volante de uma Ferrari Rocket 503 esportiva vermelha berrante – com Igor Drukovitch ao seu lado no banco do carona. Igor tinha um bigode encerado que vinha até *aqui* de cada lado. Koroliov parecia um verdadeiro astro, como sempre, mas o olhar de qualquer pessoa seria logo atraído por Igor e seu bigode. Aquilo era uma verdadeira produção. Decolava do nariz e do lábio superior, voando até *aqui* – uma distância estonteante. Ele torcia os fios laterais e encerava as pontas. Era um homem grande, provavelmente já quase cinquentão. No estilo eu-sou-artista, usava uma camisa preta de mangas compridas aberta no peito, deixando que o mundo visse seu largo peito cabeludo, um triunfo hirsuto quase tão grandioso quanto o bigode.

— Lembra que você perguntou se eu podia lhe dar acesso aos arquivos policiais? Essa fotografia é do quartel-general da polícia de Miami-Dade. Foi tirada há quatro anos.

— Por que eles estavam interessados em Koroliov e Drukovitch?

— Não estavam interessados neles como indivíduos. Aposto que você não sabe disso, mas todos os departamentos de polícia na região fazem o seguinte... se veem alguém em um carro e a coisa parece suspeita, ou talvez até só muito incomum, eles mandam parar o carro com algum pretexto... estavam cinco ou dez quilômetros acima do limite, o número da placa começa com certos algarismos, o adesivo de licenciamento está descolando... qualquer porcaria... então conferem e anotam as identidades, e depois tiram fotografias como essa. Não sei por que motivo pararam o carro do Koroliov, só que esse é um carro bastante incomum, e parece valer *muito* dinheiro.

John Smith não conseguia tirar os olhos da foto.

— Não acredito nisso! — repetia ele. Depois perguntou: — Como você conseguiu isso, na realidade? Só ligou para a polícia de Miami-Dade, perguntando o que eles tinham arquivado sobre Koroliov e Drukovitch, e eles lhe deram isso aqui?

Nestor deu a risadinha feliz de um homem que conhece segredos, e você não. — Não, eles não me deram isso, simplesmente. Eu liguei para um policial com que já trabalhei na Patrulha Marítima. Você nunca conseguiria algo assim pelos canais "oficiais". Precisa entrar na brodernet.

— O que é "brodernet"?

— Se você conhece um patrulheiro bróder e pede um favor, ele vai fazer o favor a você, se puder. Isso é a brodernet. O meu cara também...

— Deus, Nestor... isso é ótimo — disse John Smith, absorto na fotografia. — Se chegar a hora de termos de provar que o Koroliov conhecia o Drukovitch o tempo todo... aqui eles estão desfilando juntos neste brinquedo de meio milhão de dólares. Agora precisamos de mais informações sobre a vida pessoal do Igor. Eu gostaria de encontrar com ele de um jeito... sabe como é... informal.

— Bom, eu já ia mesmo contar a você uma outra coisa que esse meu cara me passou. Isso não está em arquivo algum. Na realidade, é puro disse me disse, mas o *boato* é de que... e é difícil alguém *não* notar o Igor... o boato é de que ele frequenta uma boate de striptease em Sunny Isles chamada Honey Pot. Você está a fim de tentar achar um bigode no meio de uma horda de putas?

8

A REGATA DO DIA DE COLOMBO

Segunda semana de outubro – e daí? Aquela grande frigideira tropical no céu ainda fervia seu sangue, queimava sua carne, transformava seus globos oculares em dolorosas bolas de enxaqueca se você insistisse em olhar fixamente para qualquer coisa, mesmo através dos óculos de sol, negros como a meia-noite, que ambos estavam usando.

No banco dianteiro do conversível do dr. Lewis, o vento soprava no cabelo de Magdalena. Mas o ar estava quente feito sopa. Deixá-lo passar pelo cabelo era como encher um copo na torneira QUENTE. Norman tinha os vidros laterais fechados e o ar-condicionado ligado no talo, mas tudo que Magdalena conseguia sentir era de vez em quando uma débil brisa fresca nas canelas ::::::Esqueça o ar-condicionado, Norman! Só me feche essa capota, pelo amor de Deus!::::::

Mas ela sabia que não podia falar isso em voz alta. Norman tinha fixação por uma coisa chamada... *panache* – um Audi A5 branco, conversível, precisava estar com a capota abaixada... também era preciso deixar os cabelos soltos ao vento... o comprido cabelo castanho-claro dele, e a longa cabeleira escura dela... quilômetros de cabelo flutuando a partir dos reluzentes óculos escuros que ambos usavam... e era preciso usar aqueles óculos. Tudo isso, deduzia Magdalena, devia ser a tal de... *panache*.

Norman fizera um pequeno discurso sobre *panache* dois meses antes. Na época, Magdalena não entendera por quê. Não tinha a menor ideia do que era *panache*. Só que àquela altura ela já não lhe perguntava diretamente o que as palavras novas significavam. Esperava e procurava os termos no Google. Arrá... *panache*... o sentido parecia ser... naquele momento... se você não estivesse dirigindo um Mercedes, uma Ferrari ou no mínimo um Porsche... precisava compensar isso com *panache*. Um humilde Audi, como o que ele possuía, só teria *panache* se fosse espantosamente branco... tivesse a capota abaixada... e carregasse nos bancos dianteiros um belo casal com enormes e reluzentes óculos de sol negros... ofuscando tudo e a todos com juventude e glamour. Para ter *panache* assim, porém, você não podia deixar de fora qualquer elemento, e um deles era manter a capota abaixada.

Naquele momento, o *panache* era um carrasco ali na ponte MacArthur. Magdalena estava ardendo. Pouco antes da chegada a Miami Beach, uma placa indicava FISHER ISLAND. Nos dois últimos dias, Norman lhe dissera, provavelmente uma dúzia de vezes, que mantinha seu barco atracado na marina de Fisher Island, e que eles iriam até Fisher Island Fisher Island Fisher Island e de lá zarpariam para fazer um cruzeiro até a regata do Dia de Colombo, em Elliot Key. Era óbvio que Magdalena deveria registrar o significado daquilo... tão óbvio que ela também não ousara admitir sua ignorância acerca de Fisher Island.

Norman saiu da ponte e desceu uma rampa que levava a uma estação de barcas. A grande carcaça branca de uma barca para Fisher Island, com pelo menos três andares de altura, já atracada ali, diminuía tudo ao redor. Em primeiro plano estavam se formando três filas de carros para a inspeção, aparentemente a ser feita pelos guardas de uma cabine pouco adiante. Por que Norman estava parando na rabeira da fila mais longa? Ela devia perguntar... ou isso só trairia a dimensão espacial da sua ignorância?

Magdalena não precisava se preocupar. Norman mal podia esperar para lhe contar, ele próprio.

— Está vendo aquela fila ali? — Ele estendeu o braço e o indicador ao máximo, como se a fila ficasse a um quilômetro de distância, e não a cerca de cinco metros. Aqueles óculos mastodônticos, escuros como a meia-noite, obscureciam a metade superior do rosto dele, mas Magdalena viu um sorriso se formando ali, enquanto ele dizia: — São os criados.

— Os criados? — disse Magdalena. — Todos os criados precisam entrar nessa fila? Nunca ouvi falar em uma coisa dessas.

— Criados, massagistas, personal trainers e cabeleireiros, acho eu. A ilha é propriedade particular. Pertence às pessoas que têm terrenos lá. Elas podem criar as regras que quiserem. É como um condomínio com portão, só que ocupa uma ilha inteira, e a barca é o portão.

— Bom, nunca ouvi falar de um condomínio com portão que tivesse uma pista só para a classe baixa — disse Magdalena, sem saber por que estava tão irritada com aquele negócio. — E as enfermeiras? Digamos que eu tivesse de cuidar de um caso nessa ilha?

— Você também — disse o dr. Lewis, dando um sorriso ainda mais largo. Ele parecia estar se divertindo com aquilo... principalmente pelo fato de ter pego no pé dela.

— Então eu não toparia — disse Magdalena com certa arrogância. — Não aceitaria o caso. Não vou ser tratada feito a "criadagem". Simplesmente não vou. Eu sou uma profissional. Já dei duro demais para ser tratada assim.

Isso fez com que o sorriso de Norman passasse ao estágio de risadinha entredentes. — Mas então você estaria quebrando seu juramento de enfermeira.

— Tudo bem... mas e você? — disse Magdalena. — Se tivesse de fazer uma consulta domiciliar na ilha, você entraria nessa fila?

— Nunca ouvi falar de um psiquiatra que fizesse consultas domiciliares — disse Norman. — Mas não é completamente improvável.

— E você entraria na fila?

— Tecnicamente, sim — disse ele. — Mas eu levaria o carro até o começo da fila e diria: "É uma emergência." Nunca soube de alguém com coragem suficiente para dizer a um médico que ele precisa seguir as regras, ao ouvir que é uma emergência. Você só precisa agir como se fosse Deus. É isso que os médicos são, quando se trata de uma emergência.

— O problema é que você realmente acredita nisso — disse Magdalena, bastante irritada.

— Rê-rê-rê!! Você é engraçada, Magdalena. Sabia disso? Mas não precisa se preocupar. Toda vez que vier à ilha, estará comigooooo, rá-rá-rá!

— Rá-rá — disse Magdalena. — Estou tendo uma convulsão de tanto rir.

Isso fez Norman se divertir ainda mais. — Agora peguei você, não peguei, neném?

Magdalena detestou ouvir isso. Norman estava debochando dela.

— Se quer saber a verdade, eu não preciso brincar de Deus na fila da criadagem. Está vendo essa insígnia aqui em cima? — continuou ele. Era uma coisa redonda, do tamanho de uma moeda, mas não tão grossa, grudada no canto superior esquerdo do para-brisa. — É a insígnia de um condômino patrimonial. Esta fila aqui é somente para condôminos patrimoniais. Você agora está na alta classe, gatinha.

Magdalena ficou ainda mais irritada. Subitamente, já nem ligava mais se Norman achava ou não que ela não tinha instrução.

— E o que significa, supostamente, esse negócio de *condômino patrimonial*?

Norman estava rindo bem na cara dela. — Supostamente, e também *realmente*, significa que você possui um bem imóvel ou um bem de raiz na ilha.

Magdalena passou a se sentir ofendida, além de irritada. Ele estava debochando dela... e ao mesmo tempo soterrando-a com palavras que ela desconhecia. Que diabo era uma insígnia? Que diabo significava *bem de raiz*? Era diferente de um *bem imóvel*? Que diabo significava *condômino*? E se ela não sabia isso, como poderia saber o que significava condômino patrimonial?

Ela já não conseguia obrigar o Ressentimento a agir com bons modos. — Então aposto que agora você vai me dizer que tem uma *casa* nessa ilha. Só esqueceu de me contar, certo?

Desta vez a antena do bom doutor pareceu pressentir um perigo verdadeiro. — Não, não vou dizer isso. Só estou dizendo que tenho uma insígnia, além de uma carteira de condômino patrimonial.

Ele tirou do bolso do peito da camisa um cartão pequeno, que mostrou a ela rapidamente e depois recolocou no lugar.

— Tá legal; então, se você não possui uma casa, como pode ter todos esses troços... essas carteiras... e ser tão "alta classe", como diz?

O conversível avançou alguns metros e parou outra vez. Norman virou para ela e deu um sorriso matreiro... além de uma piscadela com um olho cintilante. Era o tipo do sorriso que sugere *Agora vou lhe contar um segredinho.*

— Digamos que eu tenho um acerto.

— De que tipo?

— Ah... eu fiz um favor muito grande a alguém. É uma situação de *quid pro quo*. Está vendo isto aqui? — Ele apontou para a tal insígnia. — Pois isto foi o *quid* pelo *quo*.

Ele estava muito satisfeito consigo mesmo... *quid pro quo*... Magdalena lembrava vagamente de já ter ouvido essa expressão, mas não tinha ideia do que significava. A coisa estava chegando a um ponto em que todo termo novo que Norman jogava em cima dela só provocava mais ressentimento. O diabo era que ele não achava que estava *jogando* coisa alguma em cima dela. Parecia supor que ela conhecia aquilo, porque toda pessoa instruída *realmente* conhecia aquelas coisas. De certa forma, isso só piorava tudo, por enfiar a faca na ferida.

— Está bem, dr. Alta Classe — disse ela. — É melhor ouvir logo tudo. Para que é essa fila bem ao nosso lado?

Aparentemente, Norman achou que Magdalena começara a levar a coisa na brincadeira. Ele deu um sorriso de conhecedor e disse: — Essa é para o que você poderia chamar de *haute bourgeoisie.*

Isso realmente espicaçou Magdalena. Ele já começara outra vez. Ela sabia mais ou menos o que era *bourgeoisie*, mas que diabo significava *ôte*? Pro inferno com aquilo! Por que não falar logo tudo?

— Que diabo significa...

— Essas pessoas aqui são inquilinos, hóspedes de hotéis e visitantes. — A exuberância de Norman, sua *joie de* hierarquias sociais codificadas na ilha, atropelou a voz dela. Ele jamais ouvira uma palavra profana na boca de Magdalena, nem mesmo um "que diabo", e tampouco ouviu dessa vez. — Se alguma delas não conseguir mostrar um cartão de identidade...

digamos que ainda esteja chegando ao hotel... só poderá passar depois de um telefonema, confirmando que é aguardada lá.

— Norman, você faz alguma ideia de...

— A pessoa é fotografada, bem como a placa do seu carro, mesmo que tenha uma identidade fornecida pelo hotel. E vou lhe dizer mais uma coisa. Nenhum hóspede de hotel pode pagar em dinheiro vivo, ou usar cartão de crédito. Ninguém na ilha pode. Você só pode debitar as coisas... no seu cartão de identidade. A ilha inteira é um grande clube particular.

Magdalena fez um gesto panorâmico raivoso e exagerado, abarcando todo o cenário, e isso deixou Norman tão surpreso que ele fez uma pausa, suficiente para que ela conseguisse encaixar uma palavra.

— Ora, ora, isto não é maravilhoso? — disse ela. — Temos a classe alta, a classe média e a classe baixa... *bim, bim, bim*... e gente como eu estaria na classe baixa.

Norman deu um risinho, confundindo a ironia com espírito brincalhão.

— *Nããããooo*... não chega a ser uma classe *baixa*. É mais tipo média-baixa. Quem é *realmente* da classe baixa, feito um faz-tudo, um operário de obra, um jardineiro, digamos, ou qualquer um que tenha uma picape ou um daqueles veículos com letreiros... sei lá, de pizza, carpetes, encanamento, por aí... nem consegue entrar nesta barca. Para isso existe outra, que atraca do outro lado da ilha. — Ele acenou vagamente para o oeste. — Sai lá de Miami mesmo. Eu nunca vi, mas acho é uma espécie de velha barcaça aberta.

— Norman... eu simplesmente não sei... sei... se a sua ilha...

Eles já estavam avançando novamente. Desta vez chegaram a uma cabine. Um braço preto e branco bloqueou o caminho. Um guarda uniformizado com um *revólver*... não, era um escâner... postou-se diante do Audi, apontando o aparelho para a placa e depois para a tal insígnia. Quando viu Norman ao volante, abriu um sorriso grande.

— Ei-ei-ei, doutor! — disse ele, chegando perto da janela do motorista. — Vi o senhor na TV! Pois é! Foi ótimo! Que programa era aquele?

— Provavelmente o *60 Minutes* — disse o dr. Lewis.

— Isso mesmo! — disse o guarda. — Um programa sobre... não lembro. Mas vi o senhor na TV, e falei pra minha mulher: "Olha, esse é o dr. Lewis!"

O bom doutor fez uma cara séria e disse: — Agora quero saber uma coisa, Buck... espero que você tenha ligado para o dr. Lloyd, como eu sugeri.

— Ah, liguei! Resolveu logo! Só não lembro do que ele me deu.

— Provavelmente endomicina.

— Ei, foi isso *mesmo*, endomicina.

— Fico feliz que tenha dado certo, Buck. O dr. Lloyd é o melhor.

Norman tirou do bolso da camisa o tal cartão de condômino patrimonial, mas seu amigo Buck mal olhou para o troço. Acenou para que eles passassem pelo posto de controle e entoou: — Tenham um bom dia!

O dr. Lewis deu o que a essa altura Magdalena já reconhecia como um sorriso de autossatisfação.

— Você deve ter notado que o Buck nem olhou para o interior da cabine. Ele deveria olhar para uma tela lá dentro. A tela deve mostrar o retrato do proprietário que consta no sistema, lado a lado com o retrato que ele tira com aquele escâner. O mesmo acontece com o número da insígnia e o número no sistema. E você também vai notar que nossa fila está embarcando primeiro, o que significa que seremos os primeiros a saltar do outro lado.

Ele olhou para ela como que esperando um elogio, mas Magdalena não conseguiu pensar em uma resposta adequada. Que diferença aquilo fazia? Aquela viagem de barca até a ilha dos sonhos dele levaria pouco mais de sete minutos.

— O Buck e eu somos parceiros — disse Norman. — Você sabe que não faz mal algum decorar os nomes dessas pessoas e conversar um pouco. Elas interpretam isso como respeito, e um pouco de respeito facilita muita coisa neste mundo.

Mas Buck significava outra coisa para Magdalena. Um latino nunca se chamava Buck. Aquele sujeito era americano até a medula.

Já a bordo da barca, eles estacionaram perto do começo de uma das filas de condôminos patrimoniais. Para Norman, aquilo parecia ser extasiante. – Se você se inclinar para fora e lançar o olhar além desse carro à nossa frente, poderá ver a ilha.

A essa altura, Magdalena estava pouco se lixando para a maldita ilha. Por algum motivo que ela não saberia identificar, o assunto já estava provocando a sua hostilidade. Fisher Island... se a ilha afundasse totalmente na baía de Biscayne, ela não se incomodaria nem um pouco. Mesmo assim, inclinou o corpo para fora. Podia ver o para-choque do Mercedes preto à frente deles, e o para-choque de um outro, bege, na ponta da fila ao lado deles. Entre os dois para-choques, conseguiu avistar... algo. Achou que era Fisher Island, pelo pouco que conseguia ver, mas não lhe pareceu algo notável. Então recuou a cabeça e disse: – Vejo que Fisher Island é...

Magdalena estava louca para encontrar uma palavra mais cortante, só para abalar aquela euforia social de Norman, mas resolveu se conter e emendou: – ... um lugar muito anglo.

– Ah, não sei – disse Norman. – Acho que não vejo as coisas nesses termos. ::::::Não vê o cacete.:::::: – Espero que você também não veja. Porque não é como se estivéssemos em um lugar onde você precisa sair contando os anglos e latinos para ver se há diversidade. Os latinos mandam em todo o sul da Flórida. Mandam politicamente, e também têm as empresas mais bem-sucedidas. Isso não *me* incomoda.

– Claro que não – disse Magdalena. – Porque a sua gente manda no resto do país. Vocês acham que o sul da Flórida é uma versão diminuta do México... da Colômbia... ou qualquer lugar assim.

– Rá, rá! – disse Norman, dando outro sorriso largo. – Então agora eu virei a "sua gente"? Já tratei você como se fosse a "sua gente"?

Magdalena percebeu que se descontrolara e ficou mortificada. Tentou injetar o máximo de doçura na voz antes de falar novamente:

– Claro que não, Norman – disse ela. Depois aninhou a cabeça no ombro do médico e acariciou o antebraço dele com as duas mãos. – Desculpe. Você sabe que eu não falei com essa intenção. Tenho tanta sorte só de estar... estar com você... Pode me perdoar? Desculpe.

– Não há o que perdoar – disse Norman. – Não estamos levando bagagem pesada nesta viagem. O dia está lindo. Vamos fazer uma coisa que você vai achar mais divertida e incrível do que qualquer outra que já viu na vida.

– E o que é? – disse ela. Depois acrescentou depressa: – Querido.

– Vamos cruzar as águas... até a Regata do Dia de Colombo!

– E o que eu vou ver lá?

– Não vou contar! É algo que você precisa vivenciar.

E obviamente a fila deles, a fila dos condôminos patrimoniais ungidos, desembarcou primeiro do outro lado, já na lendária Fisher Island. Norman não conseguiu resistir e novamente chamou a atenção de Magdalena para aquela unção.

::::::Bom, tudo bem. Não vou criar caso por isso. Ele demonstra a empolgação de um menininho com essas coisas sociais. E parecia tão confiante no *60 Minutes*. Em rede nacional!::::::

Da estação das barcas eles partiram para o leste, por uma avenida chamada Fisher Island Drive. Norman teve o prazer de explicar que aquela era, na realidade, a única rua da ilha. Pois é! A única! Dava a volta inteira na ilha, fazendo um grande arco. Ah, muitas estradas partiam da avenida, como ela podia ver, mas todas eram estradas particulares que levavam a propriedades particulares.

A paisagem não era o luxuriante espetáculo tropical que Magdalena achava que seria. Havia muitas palmeiras... e muitas vistas do mar... mas onde estavam todas as mansões que ela imaginara? Havia um punhado de casas pequenas, que Norman dissera se chamarem "casitas" – casitas! Ela viera àquela ilha exclusiva para ver casitas? No entanto, precisava admitir que aquelas ali eram um pouco mais elegantes, se é que uma *casita* pode ser chamada de elegante, do que as de Hialeah.

Também passaram por algumas casas grandes com gramados verdejantes, grandes arbustos e flores maravilhosas – buganvílias? A ilha, porém, parecia na verdade um grande complexo de prédios de apartamentos. Havia uns dois espigões entediantemente modernos, com vidro vidro vidro na fachada fachada fachada, mas também havia muitos prédios mais baixos, de aparência mais antiga e elegante... pintados de branco... com bastante madeira... Dava até para imaginar aquilo como parte de um paraíso tropical, mas seria preciso fazer algum esforço. Então...

Uau! Agora sim... *aquilo* era uma *mansão*! Um palacete imenso... (não era esse o termo, *palacete*?)... no alto de uma colina, com um paisagismo demasiadamente grandioso e glorioso para ser apreciado de um carro em movimento como aquele. Havia figueiras enormes, de aspecto absolutamente pré-histórico, com múltiplos troncos retorcidos e galhos imensos, chegando mais alto do que qualquer outra árvore que Magdalena já vira...

Claramente, Norman tinha prazer em conhecer tudo aquilo. O lugar já fora uma “Mansão Vanderbilt”, mas atualmente era o Fisher Island Hotel and Resort. Norman apontava para a construção como se fosse o dono. O prazer que ele tinha naquilo começou a incomodar Magdalena. Era tudo parte de... *algo*... que ela não conseguia tolerar.

Pouco depois do hotel eles chegaram à marina da ilha. Aquele *era* um lugar impressionante. Mais de cem barcos, muitos deles verdadeiros iates, estavam atracados em vagas molhadas, como dizia Norman. Muitos tinham quase trinta metros de comprimento, outros eram bem maiores. A cena inteira irradiava... dinheiro... embora Magdalena não conseguisse nem sequer começar a classificar tudo em categorias. Havia tantos empregados embarcando e desembarcando, ou caminhando pelas... *passarelas*?... de madeira do cais. Havia tantas bandeiras, tantos nomes divertidos pintados na frente dos reluzentes cascos brancos: *Honey Bear*, *Gone With the Wind, Bel Ami* – eram tantos donos de barco gorduchos, carecas, molengas e papudos (pelo menos Magdalena supunha que fossem donos) que Norman saudava com naturalidade e simpatia, dizendo *oi Billy*, *oi Chuck*, *oi Harry*, *oi Cleeve*, *oi Claiborne*, *oi Clayton*, *oi Shelby*, *oi Talbot*, *oi Govan*... ::::::mas todos eles são Bucks e Chucks, se são... *americanos*! O bando inteiro!::::::

– Oi, Chuck! – disse Norman nesse momento. *Outro Chuck! Chuck* e *Buck*! Um grandalhão carnudo, de rosto avermelhado, aproximou-se deles.

Usava uma camisa de trabalho com as mangas enroladas, e um boné de beisebol, ambos com a inscrição FISHER ISLAND MARINA.

– E aí, dr. Lewis? Comendo todas? Ah, desculpe, madame. – Ele acabara de notar Magdalena, parada atrás de Norman. – Não tive intenção. *Num tivi intensa.*

Seu rosto grande ficou ainda mais avermelhado. Magdalena não fazia ideia do que ele estava falando.

– Chuck? – disse Norman, gesticulando na direção dela. – Essa aqui é a srta. Magdalena Otero. E Magdalena... esse é o Chuck. O gerente da marina.

– É um prazer conhecer a senhorita – disse Chuck.

Magdalena sorriu levemente. O tal do Chuck não era só um americano comum. Era um puro-sangue. Um verdadeiro caipira. Ela sentiu sua hostilidade crescer novamente.

Chuck disse a Norman: – Vai sair? *Vassaí?*

– Pensei em levar Magdalena para fazer uma primeira viagem na cigarette – disse Norman. – Mas lembrei que o tanque pode estar baixo. Hoje nós vamos *bem* longe.

– Sem problema, doutor. É só passar ali no Harvey na saída. *É só passá li nu Harvi na saída.* A voz do sujeito enervava Magdalena.

::::::Também nunca houve um latino chamado Harvey.::::::

Chuck virou e gritou: – Ei... Harvey!

Norman deu um risinho, inflou as bochechas, fechou os punhos, levou os braços aos quadris curvando os cotovelos e disse a Magdalena: – O Chuck é um monstro, não é? E o cara mais legal do mundo...

Magdalena teve uma sensação esquisita ao ver Norman fazendo aquela pose de monstro. ::::::É, e vocês são irmãos, não são?:::::: Ficou pensando se os dois, tão diferentes sob muitos aspectos, percebiam que eram membros da mesma tribo... sim, a sensação era esquisita. Ela só queria ir embora daquela ilha.

Norman conduziu-a por uma estreita passarela de madeira e apontou para um barco em uma das vagas. – Bom, é esse aí... não é o maior barco da marina, mas garanto a você uma coisa... é o mais rápido. Você vai ver.

O barco parecia pequeno perto dos outros, mas era elegante e moderno, com um formato muito aerodinâmico. *Transpirava* velocidade. Lembrava um conversível. Não tinha capota. E a cabine era pequena, feito o interior de um conversível. Na frente ficavam dois assentos anatômicos. Como se chamava o motorista? Magdalena não sabia. Piloto, talvez? Capitão? Atrás do motorista ficavam duas fileiras de assentos de couro bege, com debruns branco e vermelho-escuro. Será que eles punham mesmo couro de verdade em um barco aberto como aquele? Em todo caso, parecia couro. A cabine pequena fazia o casco parecer muito mais comprido do que era. O casco era branco, com uma faixa bege de 15 ou vinte centímetros de largura que ia da proa até a popa nos dois lados. Lá na frente, dentro da tal faixa bege, umas letras grossas no mesmo tom de vermelho, mas com menos de dez centímetros de altura, diziam HYPOMANIC. As letras estavam fortemente inclinadas à frente.

— Esse é o nome do navio... do barco... *Hypomanic*?

— É uma espécie de piada interna — disse Norman. — Você já ouviu falar em psicose maníaco-depressiva, não é?

— Sim — disse Magdalena em tom tenso, já quase perdendo a paciência. ::::::Eu sou uma enfermeira diplomada e ele quer saber se sei o que é psicose maníaco-depressiva.::::::

— Bom, eu já tive muitos pacientes com psicose maníaco-depressiva, transtorno bipolar. Todos, inclusive as mulheres, falam que quando estão na fase hipomaníaca... *hipo* significa mais baixo... ::::::Ah, muito obrigada por me avisar o que *hipo* significa:::::: quando estão na fase antes de começar a fazer ou dizer coisas malucas, falam que o êxtase é absoluto. Todas as sensações são ampliadas. Se alguém diz algo remotamente engraçado, eles riem às gargalhadas. Um pouco de sexo? Um só orgasmozinho e eles acham que vivenciaram o *kairos*, o tudo-em-um, nirvana absoluto. Eles pensam que podem fazer qualquer coisa, e passar por cima de qualquer um que tente criar encrenca. Trabalham vinte horas por dia e acham que estão fazendo maravilhas. Retardam o trânsito, e se alguém atrás começa a buzinar, eles saltam do carro, sacodem o punho para o cara e berram: "Por que você não enfia essa buzina no rabo e toca 'Jingle Bells', seu viado?" Um dos meus pacientes contou que fez exatamente isso, e o cara não teve coragem de enfrentá-lo, porque achou que estava lidando com um maníaco... coisa que obviamente *estava*! Esse mesmo paciente falou que quem conseguisse engarrafar a hipomania para vender viraria o homem mais rico da Terra da noite para o dia...

Norman apontou para a inscrição no barco e arrematou: – E aí está a minha "cigarette"... *Hypomanic*.

– Cigarette?

– Elas existem há muito tempo. Tem um monte de histórias sobre o uso delas para contrabandear cigarros, por causa da velocidade que fazem. Só não sei que idiota se daria ao trabalho de contrabandear cigarros.

– Qual é a velocidade?

Norman deu a ela *aquele sorriso*. Parecia muito satisfeito consigo mesmo. – Não vou falar para você... vou *mostrar*. Mas está vendo como o casco se estende à frente da cabine? Ali tem dois motores Rolls-Royce, cada um com mil HPs, para milhares de quilos de empuxo.

Pausa longa...

::::::Mas só mil quilos são uma tonelada... acho que este barco nem *pesa* uma tonelada... e o Norman tem alguma coisa que... não é muito *estável*. Por que estou me deixando envolver nisso? Mas como perguntar a ele...::::::

Por fim, Magdalena disse: – Mas isso não dificulta a coisa para o... motorista? É esta a palavra? Como ele lida com tudo isso... quer dizer, tanta potência?

Norman deu-lhe o tipo de sorriso enviesado que diz: "Já sei qual é a pergunta final. Você não precisa dar todas essas indiretas."

– Não se preocupe, menina – disse ele. – Eu sei o que estou fazendo. Só para você ficar mais tranquila, eu tenho licença de capitão. Não posso lhe dar um número exato, mas já saí pela baía nesse barco *muitas* vezes, *dezenas* de vezes. Vou fazer um trato com você. Nós vamos sair, mas... assim que você não se sentir bem, podemos dar meia-volta e retornar.

Magdalena não se sentiu tranquilizada... como a maioria das pessoas, porém, não tinha coragem de admitir que não tinha coragem. Deu um sorriso débil e disse: — Não, não, não. É só que nunca ouvi falar de uma... lancha tão poderosa. ::::::Será que *lancha* era um termo pobre demais? Ele ficaria irritado?::::::

— Não se preocupe — disse ele novamente. — Pule para dentro. Vamos começar devagar.

Norman entrou primeiro no seu barco hipomaníaco, com um único salto sobre a amurada, e depois sustentou o corpo de Magdalena galantemente, enquanto ela pulava para dentro. Ele assumiu o volante atrás do para-brisa e ela tomou o assento ao lado. O troço realmente parecia couro...

Norman girou a ignição e os motores entraram em ação com um rugido apavorante, antes que ele diminuísse o giro. Aquilo fez Magdalena lembrar dos rapazes com motocicletas em Hialeah. Eles pareciam viver para aqueles *rugidos*.

Lentamente, Norman recuou e tirou o barco da vaga. Os motores faziam um barulho grave semelhante a um rosnado. Então Magdalena lembrou de uma mulher que vivia perto dela em Hialeah. A mulher costumava sair com um pitbull na coleira. O cachorro parecia tão pesado quanto ela, e fazia Magdalena lembrar de um tubarão. Não tinha cérebro, apenas um par de olhos, um par de mandíbulas e o faro pelo sangue que fluía nas artérias dos seres humanos. Acabou matando uma menina de 5 anos, ao arrancar-lhe totalmente o braço do manguito rotador e morder-lhe metade da cabeça, começando com uma bochecha, um olho e uma orelha, antes de cravar-lhe os dentes no crânio. Mais tarde, muitos vizinhos confessaram que tinham tanto pavor quanto Magdalena daquela fera irracional. Só que ninguém, inclusive ela, tivera a coragem de vir à frente e dizer que tinha pavor mortal do pitbull descerebrado.

O mesmo acontecia com Magdalena, enquanto os motores do *Hypomanic* descerebrado davam um rosnado baixo um rosnado baixo um rosnado baixo na coleira na coleira na coleira... e o *Hypomanic* rumava lentamente para a saída da marina, e Harvey o caipira Harvey o caipira Harvey o caipira...

Então Harvey, o caipira, bombeou combustível para dentro da lancha. Mesmo com os motores em ponto morto, Magdalena percebeu que deviam consumir gasolina em um ritmo estonteante. Ela estremeceu. A fera era descerebrada. Harvey, o caipira, era descerebrado. O capitão licenciado da nau, dr. Norman Lewis, não era descerebrado. Era desequilibrado. Magdalena já percebera isso na conduta dele antes da entrevista ao *60 Minutes*, mas durante o programa propriamente dito ele se portara como um rochedo, além de um estrategista brilhante. Agora, porém, o medo desmantelara a reputação de Norman aos olhos dela. Se ele fizesse algo instável naquele bote de alta performance, não conseguiria se safar só com sua *lábia*.

A saída para a baía de Biscayne era na realidade um espaço entre duas muralhas de rocha que se erguiam quase dois metros acima da água e se estendiam por toda a marina. Ao passar bem devagar por ali, Norman se virou para Magdalena, apontou para as muralhas e disse: — Antivagalhão.

Foi quase um grito. Mesmo àquela velocidade, o barulho dos motores, somado ao barulho do tráfego de barcos na baía, e ao vento, ainda que fraco, significava que Norman precisava elevar bastante a voz para ser ouvido. Magdalena não tinha a menor noção do que significava *antivagalhão*. Simplesmente balançou a cabeça. A essa altura as lacunas no seu vocabulário já não ocupavam um degrau muito alto na escada de preocupações. E ela não tinha medo de se aventurar na baía. Seu pai possuía um desses barcos levados com tanto orgulho em reboques por toda Hialeah. Ela lançou o olhar sobre a água através dos óculos escuros. Era a costumeira paisagem bonita da baía ensolarada, com enxames de reflexos diminutos do sol ofuscante dançando levemente pela superfície... e ainda assim o ânimo de Magdalena estava afundando afundando afundando... ela estava à mercê de um... *hipomaníaco*! Era isso que Norman era... *no mínimo*! Ele se julgava invencível! Fora assim que demolira o Grande Inquisidor! O mar, porém, não era lugar para alguém se sentir invencível. E ela *deixara aquilo acontecer*! Fraqueza pura! Ficara constrangida de dizer "Estou com medo... e não quero ir".

Nesse momento, Norman, com as duas mãos ao volante, deu-lhe um olhar diabólico e gritou: — Tá legal, menina... SEGURE BEM FIRME AÍ!

O rosnado dos motores virou um rugido explosivo. O rugido não era um som, era uma força. A força passou pelo corpo de Magdalena, chacoalhando sua caixa torácica e sacudindo-a pelo avesso. Os demais sentidos nada registravam. Tinha sensação de que, se gritasse algo, o grito jamais conseguiria sair de sua boca. O bico do barco começou a se elevar. Chegou a um ponto tão alto que Magdalena já não conseguia ver para onde eles estavam indo. Será que Norman, ao volante, conseguia? E se conseguisse, isso adiantaria alguma coisa? Magdalena sabia o que estava acontecendo, embora jamais houvesse estado em um barco como aquele. Supostamente, chegara o... *grande momento*. O barco inteiro estava se elevando sobre a popa. Bom, ooobaaa. Supostamente, aquilo era empolgante. As meninas deveriam estar gritando de empolgação. Magdalena se sentia como se estivesse no começo da adolescência, quando os garotos insistiam em mostrar sua coragem ao volante de um carro. Ela jamais sentira algo além de nervosismo, por causa da juventude vazia dos motoristas, e a falta de propósito de suas metas como pilotos infernais. Norman tinha 42 anos, mas ela se sentia exatamente da mesma maneira. Ah, a meia-idade vazia! Ah, metas sem propósito! Quando aquilo acabaria? A Patrulha Marítima de Nestor não perseguia idiotas como Norman? Mas pensar em Nestor também deixava Magdalena com uma sensação de vazio.

Por fim, Norman relaxou e o bico voltou a baixar. Ele berrou para Magdalena: – Que tal isso? Setenta e duas milhas por hora na água! Setenta e duas milhas!

Magdalena nem sequer tentou dizer algo. Simplesmente sorriu. Ficou imaginando se sua expressão parecia tão fingida quanto na verdade era. O principal era não demonstrar a menor euforia. Um único indício... e ele *fatalmente* tentaria outra vez. O bico voltara a baixar, mas o *Hypomanic* não cortava as águas como os demais barcos ali cortavam. Não deslizava como os veleiros deslizavam... veja só *aquele*! Tão grande! Seria um... iate? Na imaginação de Magdalena, um iate só podia ser um barco bem grande com velas enormes... Naquele dia radioso, todos os veleiros eram clarões de pano branco sobre uma baía... irradiada por explosões solares em cada marola da superfície dali até o horizonte... não que ela pudesse se demorar muito diante de cada detalhe daquilo... Na visão de Norman, a velocidade de cruzeiro da sua lancha era de 55 milhas por hora, em vez de setenta e... ainda tão alta, que o barco sacode e pula... e pula mais um pouco... de forma hipomaníaca, vai quicando e quicando... O hipomaníaco ao volante pula e quica sobre a superfície da água... *zunindo* por toda embarcação que Magdalena conseguia entrever. Um sorriso autorreverente já tomou conta do rosto de Norman. Ele mantinha as duas mãos ao volante... Adorava virar o barco para *cá* e para *lá*... para *cá* a fim de ultrapassar os barcos que se aproximavam... para *lá* a fim de ultrapassar os barcos que vivia alcançando.

Ninguém por quem eles passavam, em qualquer direção, parecia tão entusiasmado com a pressa louca do *Hypomanic* quanto Norman. Sua passageira também não estava. Somente Norman... somente Norman. As pessoas nos outros barcos estreitavam os olhos, endureciam o olhar, balançavam a cabeça, mostravam ao *Hypomanic* o dedo ou o antebraço para cima, o polegar para baixo, e gritavam raivosamente, a julgar pela expressão em seus rostos. A tripulação do *Hypomanic* não conseguia ouvir uma só palavra do que elas diziam, é claro. Certamente Norman, ao leme da sua cigarette, não conseguia. Ele se mantinha inclinado à frente no assento estofado do piloto, vivendo uma fantasia feliz.

Então ele não conseguiu mais resistir. Por mais duas vezes virou para Magdalena, sorrindo como quem diz "Quer mais emoção? Está com o homem certo!". Depois gritou: — SEGURE AÍ!

Por mais duas vezes ele levou o acelerador ao máximo. Por mais duas vezes o bico subiu, e forças súbitas empurraram Magdalena para trás, fazendo com que ela se sentisse uma boba por ter se envolvido naquilo, para começar. Por mais duas vezes o barco pulou à frente, com uma luxúria hipomaníaca por superioridade e acrobacias náuticas. Por mais duas vezes eles passaram zunindo por barcos ancorados, feito um borrão em alta velocidade. Na segunda vez, o velocímetro foi a oitenta milhas por hora... Norman sacudiu o punho no ar e deu uma olhadela para Magdalena. Rapidamente, porque nem o hipomaníaco ousava tirar os olhos do rumo que estava tomando.

Quando ele finalmente desacelerou e botou o bico de volta na água, Magdalena disse a si mesma, ::::::Por favor, não vire para mim sorrindo e dizendo "Adivinhe a que velocidade chegamos!", fazendo depois um ar que pede uma reação reverente.::::::

Norman virou para ela com seu sorriso autorreverente e disse: – Nem eu mesmo acredito!

Depois apontou para os medidores à sua frente. – Você viu isso? Só pode ser brincadeira! *Oitenta milhas por hora!* Juro, nunca nem *ouvi falar* de uma cigarette que chegasse a essa velocidade! Mas *senti*! Aposto que você também sentiu!

Ele deu a ela outro sorriso, à guisa de mais uma oportunidade de reação reverente. ::::::Dê-lhe qualquer coisa, menos *isso*, senão ele vai fazer tudo outra vez. Está febril de Orgulho.:::::: De modo que Magdalena deu um compulsório sorriso natimorto, do tipo que congelaria qualquer homem normal. Para Norman, aquilo era apenas uma brisa fresca.

A lancha cobriu os 32 quilômetros até Elliot Key *em um instante*. Eles perceberam que haviam chegado, não por conseguirem avistar o local... mas por *não* conseguirem. O recife propriamente dito estava obscurecido por uma promíscua congestão de barcos, que alcançava mais de quinhentos metros. Parecia haver milhares de embarcações ali... milhares. Algumas ancoradas, outras amarradas lado a lado de qualquer maneira, chegando a até dez por fila. Pequenos botes singravam as águas entre os barcos maiores... o que era *aquilo*? Um caiaque, com um menino remando em pé na proa. Um menino, e uma menina reclinada atrás dele, cada um segurando um copo plástico.

Música vinda sabe Deus de quantos alto-falantes turbinados soava sobre a água: rap, rock, disco, reggae, salsa, rumba e mambo, tudo colidindo acima de um forte e incessante ruído de fundo, composto por dois mil, quatro mil, oito mil, 16 mil pulmões bradando, gritando, urrando, uivando e rindo, acima de tudo *rindo rindo rindo rindo rindo* rindo a risada forçada de quem proclama que é *aqui* que as coisas estão acontecendo, e estamos bem no meio de tudo... Havia barcos motorizados com dois ou três conveses, barcos enormes, e dava para ver, tanto longe quanto perto, vultos de pessoas pulando para cima e para baixo, agitando os braços para lá e para cá, dançando e...

Norman já levara a lancha até o meio do burburinho da regata, e estava avançando devagar, bem devagar, com os motores de mil cavalos rosnando rosnando rosnando rosnando gravemente gravemente gravemente... em torno deste barco aqui... entre aqueles dois ali... ao longo da fileira de barcos amarrados juntos lado a lado, muito perto, muito perto... olhando para as pessoas... que estavam dançando, bebendo, guinchando e rindo rindo rindo rindo... estamos aqui estamos aqui onde as coisas estão acontecendo! acontecendo! acontecendo! acontecendo! ao ritmo, sempre ao ritmo... de alto-falantes octofônicos que eletrogolpeiam beats, beats, repro-beats... e até as cantoras, sempre garotas, viravam nada mais que simples batidas... sem melodia... só repro-beats... baixo, bateria e beat-girls...

Quanto mais eles se aproximavam do recife, onde ainda não haviam posto os olhos, mais barcos encontravam amarrados lado a lado, no ponto mais largo dos cascos. Isso unia os barcos em uma festança só, apesar da altura diferente de cada convés. Uma garota de biquíni minúsculo (e tantos cabelos louros!) fica balançando sobre a junção estreita entre dois barcos, e guincha de... ela *guincha* de quê? Medo? Afetação? Pura exuberância por estar onde *as coisas estão acontecendo*? Então uns caras correm para lá e ajudam a garota a se reequilibrar. Outra garota de biquíni minúsculo pula a junção e aterrissa no outro convés. Os rapazes dão vivas com um prazer levemente irônico, e um deles fica berrando "Eu topava! Eu topava!".

Enquanto isso os alto-falantes bombam bombam bombam com uma *batida* uma *batida* uma *batida* uma *batida*...

::::::e o que Norman acha que está fazendo?:::::: Diante das fileiras de barcos amarrados, Norman soltava um repentino jato de combustível e os motores de mil cavalos RUGIAM, fazendo todo mundo nos tombadilhos olhar para baixo, dando vivas com uma ironia bêbada. Havia tantos barcos pequenos serpeando no meio daquela multidão náutica... botes, lanchas e de vez em quando o caiaque (o mesmo caiaque!) com o remador lá na frente cantando em tom bêbado... algo... então o garoto e a garota na popa, também bêbada, estenderam uma perna, e depois a outra... Magdalena olha para lá e vê a garota deitada de lado... com o biquíni enfiado no rego da bunda nua... o garoto usa um short folgado, e tem um dos braços sob a cabeça da garota, com a mão agarrando o ombro dela. Aquilo parecia desconfortável pra burro: tentar deitar no fundo de um caiaque... Metade das garotas dançando nos tombadilhos, todos os tombadilhos, tinham as tangas enfiadas no rego, dividindo suas nádegas em pares de melões perfeitos, já maduros para serem colhidos... e aquela garota ali, a menos de três metros, saindo da água pela escada daquela lancha de convés duplo... suas nádegas, seu lombo, sua... sua... sua *bunda* (nenhuma outra palavra exprime a coisa tão claramente)... sua bunda já engoliu a diminuta tanga vermelha tão completamente que Magdalena mal consegue ver que ainda existe algo ali... A água escureceu e transformou o cabelo da garota em uma massa molhada que bate bem abaixo das omoplatas, mas Magdalena apostaria qualquer coisa que aquele cabelo é na verdade louro... *las gringas*! Há tantas delas naqueles tombadilhos! Suas cabeleiras louras quicam quando elas dançam. Reluzem quando elas mexem a cabeça prestes a guinchar... a flertar... a rir rir rir rir nos tombadilhos onde as coisas estão acontecendo... em Elliot Key... nessa regata sexual em que Magdalena se vê encerrada, e que faz com que deseje, embora seja mentalmente sã, mostrar a todos eles... todas aquelas *gringas*... o que ela tem! Então ela se senta bem ereta no assento da cigarette, encolhe a barriga e joga os ombros para trás a fim de deixar os seios perfeitamente empinados... Ela quer que todos *esos gringos y gringas* fiquem olhando para ela, e quer *pegar* alguns olhando... esse aqui! *Aquele* ali? E aquele lá?

Norman dá mais um golfada de combustível para os motores, que desta vez realmente RUGEM. Ele começa a sorrir sem parar, a apontar para qualquer pessoa, a acenar para espaços vazios, pelo que Magdalena percebe, e a fazer os grandes motores rugirem cada vez mais alto, desacelerando calmamente depois.

— Norman, o que... você... está... *fazendo*? — disse Magdalena.

— *Você* vai ver — disse ele com um sorriso misterioso. — Basta continuar com essa aparência apetitosa, como agora.

E ele empinou o próprio peito, imitando com admiração a postura dela. Mesmo a contragosto, Magdalena ficou satisfeita.

Eles estavam rumando ::::::para onde?:::::: ao longo da maior fileira de todas. Magdalena contou 13 ou 14 barcos, todos grandes, e ao final viu dois veleiros, um deles uma escuna com velas enormes. Aquela fileira imensa entusiasmou Norman. Ele começou a acelerar sem parar, de rosnados para RUGIDOS... com largos sorrisos confiantes... acenos para pessoas imaginárias...

Eles já estavam na metade da fileira, quando um garoto em um convés gritou: — Ei, cara... não vi você na TV há pouco tempo?

Norman abriu um grande sorriso simpático e disse: — Pode ser!

— No *60 Minutes*... acertei? — gritou o garoto. — Você foi fogo, cara! Sacaneou muito aquele filho da puta... quer dizer, deixou o cara totalmente fodido!

Pelo que Magdalena conseguia ver lá de baixo, o garoto era bonito... vinte e poucos anos? Tinha uma bela cabeleira castanha, bem queimada de sol, com as mechas leoninas penteadas para trás como as de Tarzan, e um bronzeado perfeito, que realçava seus longos dentes brancos toda vez que ele sorria. E ele sorria muito. Estava todo empolgado por ter um doutor famoso erguendo o olhar para ele ali... fosse qual fosse o nome do doutor.

— Lembrei! — gritou o garoto. — Dr... Lewis!

— Norman Lewis! — gritou Norman. — Eu sou o Norman... e essa é a Magdalena!

— *Eu topava!* — disse o garoto. Ele parecia bêbado. Tinha um frasco enorme em uma das mãos.

— Eu também! — disse outro garoto.

Magdalena não gostou daquilo. Parecia deboche.

Assobios irônicos... um punhado considerável de gente já se aglomerara junto à amurada. O garoto bronzeado cheio de dentes gritou lá para baixo: — Ei, dr. Lewis... Norman... por que você e Madelaine...

— Magdalena! — gritou Norman.

— *Eu topava!* — disse o garoto. Obviamente, ele tinha muito orgulho daquele salto retórico de lógica vagamente sexual.

— Eu também! — disse o outro garoto, e todos os demais riram. Já havia uma verdadeira malta deles no convés lá em cima.

— Por que você e Magdalena...

— *Eu topava!* — gritaram em uníssono dois garotos na amurada. Outros logo exclamaram: — *Eu topava com certeza!*

— Não sobem para tomar um drinque? — arrematou o primeiro garoto.

— Bem...

Norman fez uma pausa como se tal convite jamais houvesse lhe ocorrido e depois emendou: — Tá legal! Ótimo! Obrigado!

O garoto bronzeado falou que ele devia dar meia-volta, ir até o fim da fileira e voltar pelo lado de trás até a popa do *First Draw*, onde havia uma escada.

— Ótimo! — disse Norman. Ele girou a lancha e partiu com um grande RUGIDO dos motores, desacelerando logo depois até um rosnado rosnado rosnado rosnado. Parecia muito satisfeito com o dr. Norman Lewis, e disse: — Quem é visto na TV, ganha uma aura. A memória tende a decair rapidamente, mas eu sabia que ainda me restava um pouco de *mojo*... e tinha razão.

Fez uma pausa breve e continuou: — Claro, também ajudou estar aqui, a bordo da poderosa *Hypomanic*. Toda essa garotada adora cigarettes. As cigarettes têm crédito aquático! Eu sabia que atrairia a atenção deles, se acelerasse aqueles mil cavalos. E você, garota... — Norman estendeu os lábios como se fosse dar um grande beijo cômico em Magdalena e prosseguiu: — ... também só ajudou! Viu a cara deles? Estavam devorando você viva com os olhos! E aquele negócio de *eu topava*... você não adorou? *Eu topava! Eu topava! Eu topava!* Naquele barco ali, ninguém chega aos seus pés. Encare a realidade... você é maravilhosa, garota!

Dito isso, ele pôs a mão na parte interna da coxa de Magdalena.

— Norman! — disse ela. Ao mesmo tempo, não tinha objeção à interpretação que ele fizera das gozações.

A outra mão de Norman continuava no volante. Ele estava olhando atentamente para a frente, como se sua mente estivesse concentrada apenas em fazer a curva com a lancha que rosnava.

– Norman! *Pare* com isso!

Então ele afastou a mão da coxa dela, deslizando-a em direção ao quadril... e enfiando os dedos sob o biquíni até chegar à parte inferior do abdome.

– Pare, Norman... você é *louco*? – Ela agarrou o pulso dele e puxou a mão para cima. – Que droga, Norman...

Magdalena se calou subitamente. Os dedos de Norman haviam se enfiado sob o seu biquíni, à vista de todos... que coisa *nojenta*! E tão *juvenil*! Exemplo acabado de exibicionismo do *garoto safado*! Tudo isso depois de admitir abertamente que ele, dr. Norman Lewis, psiquiatra conhecido nacionalmente, percorrera toda uma fileira de barcos de uma forma humilhante e autodepreciativa, calculada para atingir uma meta tão pequena e retardada... penetrar na festa de um bando de garotos, uma *garotada*! Um bando de garotos que ainda falavam gírias de adolescentes, um bando de garotas saltitando nuas pelos tombadilhos, com *tangas* que cortavam suas bundas ao meio em dois melões frescos, e desapareciam só Deus sabe onde... Ainda assim, aquilo deixara Magdalena *excitada*. Ela já *sentia*... o início de um louco bacanal estrelado por seu próprio corpo *maravilhoso*. Havia uma ânsia em suas entranhas... até que ela se *arrependeu* de não estar usando uma tanga. Aquele biquíni preto que Norman andara explorando seria suficientemente pequeno para consumar o desejo concupiscente de... *abandonar*... todo pensamento consciente que a detinha? Só que o Pensamento Consciente era mais resistente do que ela imaginara. E fez com que ela se sentasse ereta. ::::::*Pare com isso... já!*::::::

– Pare com isso, Norman! – disse ela. – Todo mundo pode nos ver!

Mas ela permitira que a mão permanecesse ali um átimo a mais, e seu *Pare* não tinha força moral, apenas decoro social. Pelo olhar que Norman estava lhe lançando, com um pequeno sorriso nos lábios entreabertos,

Magdalena viu que ele detectara cada neurônio dos seus sentimentos conflitados, percebendo o estado débil e vulnerável em que ela se encontrava.

Quando o *Hypomanic* chegou à popa do *First Draw*, já havia um grande contingente de espectadores aguardando no topo da escada. Magdalena subiu primeiro, acompanhada por outro coro de "*Eu* topava!", "*Eu* topava!", "*Eu* topava!". Ela sentia os olhos deles acariciando seus seios e massageando a parte inferior de seu abdome, que estava desnudo até o *mons pubis* e projetado um pouco à frente, o suficiente para adquirir uma pequena curvatura. Eles não conseguiam tirar os olhos dela!

– *Eu* topava!

– *Eu* topava!

– *Eu* topava!

Até isso era difícil de ouvir. Ali no barco propriamente dito, o BATE BATE BATE saía MARTELANDO MARTELANDO MARTELANDO MARTELANDO dos alto-falantes. Magdalena viu garotas no convés dianteiro, dançando umas com as outras... quase nuas. Uma revoada inteira de garotas com tangas... que desapareciam no rego da bunda! Elas cavalgavam suas selas pélvicas sem arreios, em pelo, e balançavam a cabeça para agitar as jubas louras... americanas louras! Subitamente Magdalena se sentiu presa ali... em uma horda vulgar de estrangeiros.

Agora uns caras jovens, de calção de banho, e com uma pele que parecia pudim, ou flã... Os caras latinos tinham músculos que você podia ver... mas ela percebeu que estava pensando em Nestor, de modo que abandonou o assunto. Um sujeito de talvez... quantos anos? Vinte e cinco? Um sujeito com pele de pudim estava parado bem diante dela, e disse: – Oi, você tá com *ele*?

Ela percebeu que o sujeito se referia a Norman, que vinha subindo a escada ali atrás e logo pegou a mão dela, indo direto até o cara que os convidara em primeiro lugar. Ele acabou se revelando um homem alto e magro, provavelmente de vinte e poucos anos. Estava usando uma longa bermuda *au courant*, com uma extravagante estampa havaiana. Mesmo assim, de perto parecia merecer ser promovido de garoto a rapaz, ao menos em nomenclatura.

Quando viu Norman, ele ficou boquiaberto, esbugalhou os olhos e disse: – Norman Lewis! Que *maneeeero*! Acabei de ver sua entrevista no *60 Minutes*... e aqui está você, no *meu barco*! É *tããããão maneeeero*!

Aquela reverência parecia ser autêntica, e Magdalena viu uma gratidão também autêntica se espalhar pelo rosto de Norman, sob a forma de um sorriso que dizia "É disso que eu gosto". Ele estendeu a mão, que o rapaz apertou, parecendo se sentir compelido a dizer "Na realidade, o barco não é *meu*, é do meu pai".

No tom mais amistoso possível, Norman disse: – Por favor, me diga seu nome!

– Eu sou o Cary! – E foi só... Cary. Ele fazia parte da primeira geração sem sobrenomes. Usar sobrenome era considerado algo pomposo, ou então uma dica exagerada sobre as suas origens... étnicas, raciais e às vezes sociais. Ninguém usava sobrenome... só quando obrigado a preencher um formulário.

– E essa é a Magdalena, Cary.

Cary mostrou aqueles seus dentes incomparáveis e disse: – Eu topava! Sério, isso é um elogio!

Risos e brados de "eu topava" irromperam na multidão que se reunira em volta deles para ver o supostamente famoso dr. Lewis, fosse ele quem fosse.

– *Eu* topava. – Risos.

– *Eu* topava. – Risos.

– *Eu* topava. – Risos.

– *Eu* topava. – Mais risos.

– Eu topava *com certeza*! – Gargalhadas por causa desta última.

– Esse é um *grande* elogio – disse Cary. – Sério mesmo!

Uma onda de constrangimento... e euforia... As garotas cubanas não eram diferentes das garotas americanas na maioria das coisas. Passavam metade do dia se perguntando... ou perguntando às amigas... "Ele me notou? Você *acha* que notou? Que tipo de olhar foi aquele, na sua opinião?"

Magdalena não conseguia imaginar uma só resposta que não... matasse aquela euforia. Caso assumisse abertamente a coisa como um elogio, pareceria uma latinazinha sem sofisticação; caso tentasse alguma réplica autodepreciativa, adequadamente transada e espirituosa, pareceria uma criatura sem traquejo, que temia ser invejada. Sabiamente, ela fez a única coisa segura. Ficou parada ali, corando e reprimindo um sorriso... que euforia!

O sol já baixara um pouco, mas não podia ser mais do que cinco e meia quando Magdalena ouviu um coro daqueles uivos irônicos que todo homem jovem parece ter prazer em dar... Eles estavam no convés do barco ao lado... e lá estava ela... uma loura que acabara de tirar a parte superior do biquíni. Tinha as costas arqueadas e os braços abertos... com o sutiã pendurado em uma das mãos. Seus seios se projetavam de uma forma que dizia, "Chega de esconde-esconde... agora estamos *vivos*!"

— Vamos lá... você precisa ver isso! — disse Norman, com uma expressão devassa e feliz. Ele pegou a mão dela e avançou rapidamente até a amurada para ver melhor. — Agora vai começar!

A loura dos peitos de fora deu umas leves reboladas com os quadris, mostrando ao coro de admiradores como eram rijos seus troféus peitorais, e como se projetavam à frente, desafiando a gravidade...

— Vai começar o *quê*? — disse Magdalena.

— Essa regata é, em essência, uma orgia — disse Norman. — É isso que eu quero que você veja. É preciso ver isso pelo menos *uma vez*, de qualquer maneira.

Só que ele não estava olhando para Magdalena ao dizer isso. Como todos os outros homens no barco, só tinha olhos para os tais seios desnudos recém-libertados. *Ela* estava lançando olhares para lá e para cá, bancando a vamp, feito uma comediante ao interpretar uma coquete, tentando urgentemente transmitir a mensagem: "Ah, só estou me divertindo... só usando o sexo ironicamente... não levem isso a sério." Enquanto isso, rebolava os quadris para lá e para cá... comicamente, é claro, porque aquilo não era sério... mas o suficiente para que todos vissem seu corpo na tanga bege, quase cor da pele.

Subitamente a garota interrompeu o pequeno número, cruzou os braços sobre o peito e começou a se dobrar de rir. Depois ergueu o corpo, ainda rindo, e secou os olhos com as costas da mão, como se aquilo houvesse sido muito engraçado. Mas então se empertigou, sacudiu os seios... já sem rebolar... e abriu um largo sorriso ao se aproximar de três amigas americanas que estavam se acabando de rir. Uma delas ficava erguendo os braços no ar, como fazem os juízes de futebol quando um time marca. A loura já não tentava cobrir os seios com os braços. Ela se posicionou com as mãos na cintura, sorrindo enquanto conversava com as três jovens... não queria que pensassem que estava constrangida pelo que fizera.

O sucesso da garota não provocou uma onda de seios desnudos. A coisa começou aleatoriamente. Magdalena e Norman foram passando de barco em barco... de convés em convés... 13 tombadilhos diferentes... alguns a *esta* altura da água, outros *àquela* altura, ainda outros nem tão altos assim, e um punhado deles pouco mais acima da água do que a lancha de Norman. O doutor parava a fim de blablablablablablablaquaquaquá com os fãs... que não eram exatamente fãs, e sim pessoas que haviam acabado de ouvir falar que ele era importante. Magdalena ficava parada ali com um sorriso de interesse e envolvimento no rosto, mas logo se entediava tanto que olhava em torno. E então via que alguma garota aqui ou ali... ou até *acolá*, a quinhentos ou seiscentos metros de distância, em algum convés ou em outra fileira de barcos amarrados... tirara a parte superior do biquíni, já sem o benefício de uivos e urros. Então o sol baixava mais um pouco... os rapazes ficavam um pouco mais bêbados... tão bêbados, ou tão inflamados de luxúria, que até criavam coragem para se juntar às garotas que dançavam nos tombadilhos. ::::::E lá vem aquele caiaque.:::::: O caiaque continuava navegando entre os barcos e reapareceu lá embaixo. O remador ia em pé na frente com um remo, como se aquilo fosse uma gôndola. O casal continuava deitado lá atrás. A garota tirara a parte de cima do biquíni e deitara de costas, exibindo os seios fartos. Tinha as pernas abertas. O fiapo que era sua tanga minúscula mal a cobria. O rapaz, que continuava de bermuda, estava deitado de lado, com as duas pernas em torno de uma das canelas dela. *Todo el mundo* parecia estar olhando lá para baixo, a fim de ver se ele estava excitado. Magdalena não conseguiu ver direito... e então eles se foram... a fim de apresentar sua *exhibición* a outros barcos. Ali no convés... melões maduros... maduros... Àquela altura, fim de tarde, todos os tombadilhos estavam imundos... cobertos por tudo que é tipo de lixo, além de poças de vômito aqui e ali, algumas delas ainda úmidas, outras já secas... Por toda parte havia latas de cerveja, garrafas de cerveja e grandes copos plásticos de cerveja... tudo descartado ali... os icônicos copões de papel da Solo... preferidos pelos bebuns esportivos... centenas descartados em cada convés... aqueles copões tinham uma cor vermelha tradicional, e todas as outras cores imagináveis... rosa-claro, amarelo-milho, azul-real, azul-marinho, azul-água, verde-azulado, marrom-arroxeado, fúcsia, cinza chão-de-porão, marrom-saco de lixo, todas as cores, com exceção de preto... estavam jogados, esmagados, rachados ou emborcados ainda intatos. E toda vez que um barco balançava, geralmente graças à marola de alguma lancha veloz, as garrafas e as latas de cerveja rolavam pelo convés... as latas de alumínio barato chacoalhando com um som vagabundo, e as garrafas com um gemido oco vagabundo... rolavam rolavam rolavam por cima do lixo achatado, dos cigarros esmagados, dos colares plásticos baratos, das poças de cerveja derramada, das camisinhas usadas, das frituras vomitadas... passavam passavam passavam por cima de um par de óculos com a armação arrebentada, uma sandália de dedo abandonada... colidiam colidiam colidiam com os copos plastificados, e logo os tombadilhos estavam cheios de SARROS e AMASSOS, enquanto o som dos equipamentos ficava mais alto... BATE tum BATE tum BATE tum BATE tum BATE tum BATE tum... mais garotas estavam tirando os sutiãs, restando apenas as tangas minúsculas que desapareciam nas fendas de suas *exatamente agora! exatamente neste momento labial muito rijo e inchado os melões maduros... melões maduros...* e eles foram em frente... sem mais passos, sem mais Lindys e twists como as garotas faziam umas com as outras... não, *vamos em frente...* vamos começar os SARROS...

Magdalena ergue o olhar para Norman. Ele está transfixado pela cena... absorto, consumido... inclinado à frente... Seu sorriso se retorce, passando da diversão à fome... ele está *faminto*! Ele *quer* alguma...

– Ah, merda! – Parecia algo que ele tencionava dizer entredentes... era um *Ah, merda* de entusiasmo. O entusiasmo já dominara Norman tanto que aquele grunhido abafado virara uma exclamação forçada através de uma garganta rouca. Ele certamente não estava falando com *ela*, e seu sorriso já até pulsava... diversão excitação diversão excitação diversão excitação. Ele tinha os olhos fixados em um casal a menos de um metro deles: um americano alto, de cabelo alourado e corpo atlético, estava atrás de uma garota BATE tum BATE tum BATE tum BATE tum METE sarra METE sarra METE sarra sarra sarrando ATRÁS dela SARRA tum METE a virilha túrgida do seu short na bunda dela CIO cio cio cio... com tanta força que a frente do short quase desaparecia naquela ravina madura... Ela estava inclinada à frente, para alargar a ravina, deixando os seios nus pendurados... a cada METE eles balançavam para a frente METE esfrega METE tanga tanga tanga tanga eles pulavam à frente e balançavam de volta...

Los americanos! Não que os rapazes cubanos sejam muito... mas os *americanos* parecem... cachorros no parque! A ideia de um convés inteiro cheio de jovens, homens e mulheres, fazendo algo tão próximo do ato em si BATE tum BATE tum BATE tum BATE tum METE amassa METE amassa METE amassa METE amassa cachorros no parque METE amassa METE sarra sarra sarra sarrando seus paus distendidos, embora tolhidos pelos shorts, nas virilhas das garotas SARRA SARRA SARRA... essas *gringas* poderiam muito bem estar totalmente nuas! Biquínis? Seios BALANÇANDO desvairadamente. Só dava para ver a alça da tanga BATE tum BATE tum BATE tum quase invisível à altura do quadril... fora isso, garotas nuas com caras metendo esfregando amassando todas BATE tanga BATE tanga...

Estava escurecendo... mas a oeste a luz ainda brilhava na fímbria do horizonte, uma faixa roxa silhuetada por um ouro que se esvaía. Magdalena mal enxergava alguma luz ao norte, onde em algum lugar ficava Miami... ou a leste, no oceano aberto... mas a luz bastava para fazê-la pensar que aquela barafunda de... talvez mil barcos... *estava no mundo*. A luz bastava para fazê-la acreditar que Miami realmente ficava... *para lá*... que o oceano realmente se encontrava... *ali*... e que eles realmente *estavam* perto de uma localidade geográfica conhecida, Elliot Key... apesar daquele enorme emaranhado de barcos. Magdalena mal pusera os olhos no local, espiando entre os barcos... e ali *era* a baía de Biscayne. Ela ainda conseguia ver a baía, embora a luz estivesse ficando cada vez mais fraca. Havia uma festa em cada barco...

Grandes urros. As pessoas estavam correndo. Subitamente, gente que dançava começou a correr para a traseira do convés, e até Norman puxou Magdalena naquela direção.

— O que está acontecendo? — Àquela altura, era preciso gritar para ser ouvido.

— Não sei! — gritou Norman. — Mas a gente precisa ver o que é!

Magdalena se pegou cambaleando atrás de Norman, que segurava firme na mão dela e avançava puxando.

Havia grande entusiasmo no convés da popa, com celulares disparando. Dois deles haviam sido programados para tocar "I'm Sexy and I Know It", do LMFAO, e "Hey Baby", do rapper Pitbull. O *bipe bipe bipe* das mensagens de texto que chegavam ressoava por toda parte.

Um americano jovem bradou acima do burburinho geral: — Vocês não vão *acreditar* nisso!

BATE tum BATE tum BATE tum BATE tum... àquela altura Magdalena já conseguia escutar o troço. Que vinha daquele lado ali: vivas, gritos, assobios com dois dedos na boca, urros e *uuurrruuus*. Era sempre debochado aquele *uuurrruuu*, mas dessa vez parecia tão alto! A algazarra estava se aproximando deles feito uma maré. Por fim chegou tão perto que abafou até o sistema de som... a algazarra e o ruído das lanchas... chegando perto...

A multidão junto à amurada era tão densa que impedia Magdalena de enxergar qualquer coisa. Sem uma palavra, Norman botou as mãos na cintura dela, pouco abaixo da caixa torácica, e suspendeu-a até que ela conseguisse colocar as pernas em torno do seu pescoço e deixá-las pender sobre o peito como uma criança. Um resmungo soou logo atrás. – Ei, você está *ronco ronco ronco ronco*!

Norman ignorou o resmungo. No instante seguinte... as lanchas! Atrás da primeira, com cordas compridas... três garotas rebocadas a uma velocidade furiosa por uma só lancha... todas as três nuas em pelo... três garotas sem um fiapo no corpo, duas louras e uma morena... altas como *americanas*! Quase perfeitamente esquálidas! Excitadas por chegarem àquela fileira de 13 barcos amarrados, todas as três tiraram uma das mãos da corda, viraram a parte superior do corpo quase 45 graus e jogaram o braço livre no ar em um gesto de entrega, provocando uma tremenda onda de vivas e risadas em cada barco da fileira... com *uuuhhhuuus* debochados. Até esse deboche era exultante, porém, e deliciosamente feliz...

Outra lancha. Esta rebocava... Jesus!... Um rapaz, nu como no dia em que veio ao mundo, apresentando a Regata do Dia de Colombo... um enorme *membro ereto*... todo inchado de sangue e curvado para cima em um ângulo de 15 graus! Três donzelas nuas, com peitos indomáveis... e o deus Príapo, com *o pau ereto da Juventude indomável*! Tudo iluminado pelo fugaz brilho abobadado do crepúsculo.

Nos barcos amarrados, os urros primevos que ressoavam não partiam dos corações, mas das virilhas: eram *ooopaaas, uuurrruuus, eeeiiitaaas, aaarrrááás, quaquaquaquás*... sendo aquele último ruge ruge rugido inconfundivelmente da parte de Norman.

– Você viu? Viu aquilo, garota? Aquele cara quebrou todas as regras conhecidas do sistema nervoso central! Nenhum homem consegue aguentar o peso que o esqui aquático representa nas suas pernas... nos quadríceps, nos jarretes, nos trapézios, nos braquiais... e ainda manter uma ereção daquelas! Aquilo não podia acontecer... mas aconteceu!

::::::Ah, o cientista, o erudito analista de pesquisas, mantém o olhar fixado nos limites mais exteriores da existência do animal humano.:::::: Magdalena ficou imaginando se Norman tinha consciência da frequência com que tentava esconder sua própria excitação sexual atrás das grossas muralhas da teoria... enquanto isso, ele esquadrinhava a baía em busca de uma última visão fugaz: as belas bundas divididas das esquiadoras daquele espetáculo sexual aquático.

O espetáculo já terminara, mas os americanos, como Norman, estavam inflamados de luxúria. Suas mãos tremiam, e eles tinham muita dificuldade para digitar torpedos nas teclas diminutas dos celulares. Os aparelhos tocavam uma disfonia de "Hips Don't Lie", "On the Floor", "Wild Ones", Rihanna, Madonna, Shakira, Flo Rida, acessos de riso gravados, salsas brasileiras assobiadas, todas entremeadas pelos abruptos *bipe bipe bipe* ou *alerta alerta alertas* dos TEXTOS tum TEXTOS tum BATE tum SARRA tum METE tum BATE tum DANÇANDO tum NOVAMENTE tum CONVÉS tum CONVÉS tum INFLAMADOS tum LUXÚRIA tum LUXÚRIA OBA OBA! UUURRRÚÚÚ! E de repente *todo el mundo* fica louco para ir a outro convés... *daquele* lado ali! Norman agarra o braço de Magdalena e a puxa, ou arrasta, pelo estouro da boiada. Tamanho tumulto...

– *Norman!* O que está...

Ele não esperou que ela completasse a pergunta: – Não sei! Vamos descobrir!

– Por que razão na Terra...

– A gente precisa ver isso! – disse Norman. Falou como se essa fosse a única escolha racional possível, diante do ímpeto da multidão.

– Não, Norman... você está maluco!

Magdalena tenta recuar e ir pelo outro lado. Quando se vira... *!ALAVAO!* Uma horda deles está subindo, pulando a amurada deste convés, *OBA OBA! UUUHHHUUU!* correndo por ela, passando deste barco para o próximo, e do *próximo* para o próximo... indo para *aquele* lado, HORDAS deles! Magdalena desistiu. Saiu correndo com o resto e o esfomeado Norman, lutando com as amuradas, caindo no próximo convés, lutando para se levantar, caindo e correndo sobre convés após convés, até enfim conseguir ver uma multidão fatiada que estava se reunindo, fatiada e picada por luzes que jorravam sobre as pessoas, no último barco da fileira, o único veleiro, a escuna com os dois mastros imponentes. Mas por quê?

Magdalena não queria pensar em Nestor, mas ele se intrometeu: ::::::Deus, aquele primeiro mastro é tão alto... da altura de um prédio de escritórios... e Nestor subiu até o topo só com as mãos.::::::

– Acho que eu sei do que se trataaaa quá quá quá! – disse Norman em um tom muito jovial. Tão jovial que ele naturalmente pôs o braço em torno dos ombros de Magdalena e a puxou para perto. – Ahhhaaahhh, sim, acho... que... eu... sei...

Obviamente, ele queria que ela perguntasse, "O quê, amado onisciente?" Só que Magdalena não ia lhe dar essa satisfação. *Ela* não esquecera os crescentes contratempos anteriores entre os dois.

Alguns vivas irônicos ressoaram entre os rapazes e moças que se apinhavam no convés dianteiro da escuna. Subitamente, a imensa vela principal da embarcação se iluminara feito a cúpula de um abajur... não, feito uma tela. A vela fora girada cerca de noventa graus, até parecer uma tela virada para as pessoas no convés dianteiro, e as luzes, percebeu Magdalena, vinham de um facho projetado lá da proa. Uma imagem apareceu na vela, talvez uma fatia de parte de uma pessoa, mas uma pequena rajada de vento fez o pano ondular, de modo que Magdalena não conseguiu ver direito. No instante seguinte o vento acalmou e uma enorme imagem surgiu naquela vela imensa... um pênis ereto, com mais de dois metros de comprimento e cerca de meio de largura. Mas onde estava o final, ou seja, a glande? Desaparecera dentro de uma caverna... mas aquilo não podia ser a entrada de uma caverna, porque ficava se expandindo e contraindo em torno da glande, indo para cima e para baixo, para cima e para baixo... *!Dios mío!* Eram os lábios de uma mulher! Projetados na vela principal! A cabeça dela tinha quatro metros, da testa ao queixo.

O coração de Magdalena mergulhou de ponta-cabeça... era pornografia! Um filme pornô, projetado em escala gigantesca sobre uma vela gigantesca... transformando aquelas centenas de americanos em porcos, um rebanho desembestado de porcos ganindo *iiieeee uuu eee uuu*... graças a quê? Pornografia.

E um daqueles porcos americanos era o dr. Norman Lewis. Ele estava bem ao lado dela, no meio daquela multidão no convés... tentando resistir à adoração salivante que deseja se espalhar por seu rosto... olhos fixados em uma vela de escuna que vai daqui... até lá em cima... enquanto membros corporais porcinos surgem, deslizam e se invadem mutuamente, vazando, escorregando, babando, sugando e lambendo. As pernas de uma mulher, do tamanho de torres de escritórios, bem abertas... e os grandes lábios, três vezes maiores do que a entrada do Centro de Convenções de Miami... deixam Lewis, o médico pornô, transfixado. Ele quer *entrar* naquele portal... ou quer que seus *olhos* entrem, transfixados pela galáxia alternativa da pornografia?

— Não sei o que você quer, Norman, mas pra mim já chega!

Ele nem sequer ouve Magdalena. Está babando em um mundo próprio.

Ela agarra e sacode o cotovelo dele... com força. Norman se espanta... mais do que isso, porém, parece perplexo: — Como alguém pode...

— Quero ir, Norman.

— Ir...

— Voltar. Quero voltar para Miami.

Perplexo: — Voltar? Quando?

— Agora, Norman.

— Por quê?

— *Por quê?* — diz Magdalena. — Porque você parece um garoto de 3 anos, babando aí parado... um viciado em pornografia babão...

— Viciado em *pornografia* babão — diz ele, sem realmente absorver as palavras. Está tão distante que seus olhos perambulam de volta à vela... onde a cabeça de uma mulher, com quatro metros de altura, tenta mordiscar, com seus lábios de quase um metro, o clitóris de trinta centímetros de outra mulher.

— *Norman!*

— Huuum... o quê?

— Vamos embora! E *ponto final*!

— *Embora?* A noite mal começou! Isso faz parte da experiência!

Magdalena girou a cabeça para trás, indicando o restante da multidão. — Pois eles vão ter essa experiência... incrível... e patética... sem você. Você está indo embora!

— Para onde? — Obviamente, ele não tinha uma compreensão real do que os dois estavam falando, e seus olhos flutuaram de volta para a *vela*...

— VAMOS EMBORA, NORMAN, E ESTOU FALANDO *SÉRIO*!

A expressão de Norman já garantia a ela uma atenção marginalmente maior, mas não muito, e ele disse: — Não podemos. Não dá para levar o barco de volta no escuro... é perigoso demais.

Magdalena ficou parada ali, olhando para Norman com uma expressão que dizia *não acredito* no rosto. Os olhos de Norman já estavam de volta às partes corporais ampliadas. Um imenso... rego de bunda... era visto na tela. As mãos de um gigante estavam apartando as nádegas. O ânus propriamente dito encheu a vasta tela. Era profundo como uma garganta nas montanhas do Peru.

Com uma voz tensa e dura, Magdalena disse: — Norman, se você quiser me achar, eu estarei na lancha, tentando dormir um pouco.

— Dormir? — disse Norman, em um tom que insinuava "Como você pode *pensar* em algo assim?". Apesar disso, ele finalmente se concentrara nela, e disse com severidade: — Escute aqui. Hoje é uma noitada obrigatória. Toda esta experiência se baseia em viver uma noite inteira! Se você mantiver os olhos abertos, irá testemunhar coisas que jamais achou possíveis. Terá uma imagem da humanidade com todas as regras suprimidas. Verá o comportamento do Homem ao nível dos bonobos e babuínos. É para lá que o Homem ruma! Você verá o futuro aqui, no meio do nada! Terá uma antevisão extraordinária do *in*umano e absolutamente animal destino do Homem! Pode acreditar em mim... tratar de viciados em pornografia não é uma especialidade médica estreita. É um baluarte essencial para *qualquer* sociedade contra a degeneração e a autodestruição. E, para mim, não basta reunir dados escutando os pacientes descreverem suas vidas. Aquelas pessoas são fracas, e pouco analíticas. Caso contrário, não teriam deixado que tais coisas acontecessem a elas. Precisamos ver com *nossos próprios olhos*.

E é por isso que estou disposto a ficar acordado a noite toda... a fim de conhecer essas almas desgraçadas de dentro para fora.

Jesu Cristo... aquela era a muralha teórica mais grossa que Magdalena já vira Norman construir! Um forte impenetrável! E uma inimitável puxada de tapete sob os pés de qualquer crítico.

Ela desistiu. O que adiantava argumentar com ele? Não havia o que fazer a respeito.

Desistir da guerra, porém, não lhe trazia paz. Na escuridão, Magdalena olhou para todos os lados. Antes que o sol baixasse... Miami estivera ao norte dali, embora daquela distância tudo avistado no horizonte fosse do tamanho de um fragmento de unha. Dali também não dava para ver Key Biscayne, mas ela sabia que ficava a nordeste. Já Florida City era bem longe, a oeste... e a toda volta o mar imenso parecia negro como a noite... não, *mais negro... invisível.* A mais famosa extensão de oceano no país... desaparecera. Magdalena não tinha a menor noção de onde ficava o norte, nem o oeste... não tinha a menor ideia de onde *ela* estava. Não *existia* o resto do mundo... apenas aquela frota de lunáticos depravados. E ela estava aprisionada ali, forçada a assistir àquela podridão, aos eflúvios pustulentos da liberdade completa. Até o céu era composto por uma treva total e um único facho de luz sobre uma imensa extensão de lona, onde membros corporais imundos vazavam e deslizavam. Era tudo que sobrara da vida na Terra. Magdalena se sentia mais do que deprimida. Algo naquilo ali dava medo.

9

SOUTH BEACH OUTREACH

Sempre que usava aquele binóculo alemão fornecido pela Unidade de Repressão ao Crime, o JenaStrahl, Nestor se sentia com 9 anos de idade outra vez. Ah, a admiração quase infantil que aquele grande artefato provocava! Os *comemierdas* sob sua vigilância naquele momento estavam na varanda de um barraco no gueto de Overtown, a dois bons quarteirões de distância. Com o JenaStrahl, porém, ele conseguia até contar os diamantes de imitação nas orelhas deles, mesmo estando tão longe. O sujeito menor, de pele mais clara, e que estava sentado em uma velha cadeira de madeira, tinha um... dois... três... quatro... cinco... seis... *sete* brilhantes falsos em uma só orelha... tão próximos uns dos outros que até se tocavam... cinco centímetros de orelha perfurados sete vezes... uma linha perfurada feita para ser rasgada era o que aquilo parecia. O outro homem, um verdadeiro touro, com pelo menos 120 quilos, talvez bem mais, estava encostado na parede da frente, ao lado de uma janela gradeada... mantinha os braços cruzados, fazendo seus antebraços entrelaçados parecerem do tamanho dos porcos assados em Hialeah... e exibia três diamantes de imitação na borda de cada orelha. Os dois homens usavam bonés de beisebol bem justos – nada daquelas fivelas feitas para qualquer tamanho atrás! As abas dos bonés continuavam tão firmes quanto no dia em que haviam sido compradas, e ainda ostentavam em cima os adesivos originais da New Era. Os dois usavam tênis NuKill de uma brancura virginal, intocados por qualquer cisco de sujeira ou lama das ruas de Miami. Tanto os bonés quanto os tênis bradavam para todos que conheciam e invejariam esses detalhes: Novinhos! Sou moderno! E posso *pagar pelo Novo*... todo dia!

Huuuum... será que aquelas pedrinhas reluzentes podiam ser diamantes de verdade? *Nããão*... aquilo ali nem de longe parecia uma operação tão grande assim. Todas aquelas joias cravadas nas dobras das orelhas deles. Eles bem poderiam ter cartazes em volta do pescoço anunciando: EI, KOJAKS! PAREM E ME REVISTEM! Aquela vigilância resultara de uma dica dada por um informante chulé que andava dedurando todos os traficantes em Overtown de que já ouvira falar, em uma tentativa desesperada de evitar sua própria terceira condenação por tráfico, coisa que poderia deixá-lo na prisão por vinte anos.

Sem tirar os olhos dos dois homens na varanda, Nestor disse: — Sargento, já notou todos aqueles penduricalhos que eles têm nas orelhas?

— Ah, claro — disse o sargento. — Já li sobre isso uma vez. Todos os nativos adoram essa merda. Num importa se são de Uganda, iorubás, de Ubangui ou Overtown. Tudo que eles podem tatuar, eles tatuam. Tudo que não podem tatuar, eles cobrem com essas merdas brilhosas.

Nestor fez uma careta... pelo bem do sargento. Ele não ousaria falar daquele jeito com qualquer pessoa além de um policial cubano. O departamento tinha em andamento uma campanha, *insussurro*, que visava melhorar o relacionamento com os negros americanos. Em favelas como aquela ali, Overtown, ou Liberty City, os negros viam os policiais cubanos como invasores estrangeiros que um dia haviam caído do céu feito paraquedistas, tomado o Departamento de Polícia e começado a oprimir os negros... negros esses que sempre haviam morado em Miami. Eles, invasores, falavam uma língua estrangeira. Faziam qualquer coisa para evitar papelada, já que os formulários eram escritos em inglês. Em vez de se dar a esse trabalho, simplesmente levavam qualquer suspeito negro até os fundos do prédio e batiam nos rins dele até que o cara urinasse sangue e confessasse tudo que os invasores queriam que ele confessasse. Pelo menos assim rezava o folclore das ruas de Overtown.

Nestor e o sargento estavam parados dentro de um carro descaracterizado, um Ford Assist de três anos. Era difícil criar um design feio para um carro de duas portas, mas a Ford conseguira. O sargento, Jorge Hernandez, estava ao volante, com Nestor no banco do carona. O sargento era apenas cinco ou seis anos mais velho do que Nestor. Conhecia a fundo o episódio do homem no mastro, e achava que Nestor fizera tudo certo. De modo que Nestor se sentia à vontade com ele. Conseguia até brincar um pouco com ele. Era muito diferente de lidar com o sargento americano, que toda hora precisava frisar que você era cubano... e tão alienígena que ele tinha uma palavra bonita, *canadense*, para falar do seu povo impunemente com outros branquelos.

As janelas laterais e traseira do Assist eram escurecidas. No entanto, isso não propiciava uma cobertura suficientemente boa para quem estivesse vigiando suspeitos com um binóculo pelo para-brisa. De modo que eles haviam tapado todo o para-brisa com um daqueles grandes protetores solares feitos de papelão prateado. Só abaixavam levemente a parte de cima do papelão e enfiavam as lentes do binóculo na fresta.

Os dois estavam à paisana. Havia o policial à *paisana* e o policial *disfarçado*; na Unidade de Repressão ao Crime geralmente você se vestia de um jeito ou de outro. Nestor gostava daquilo, porque você virava um detetive, mesmo sem deter o posto na realidade. Já como policial disfarçado você tentava ficar parecido com a sua presa: em geral isso significava parecer um inseto *comemierda*, com oito dias de barba por fazer, principalmente da parte inferior do queixo até o pescoço, e acima de tudo uma cabeleira que não era lavada havia pelo menos uma semana. Se saísse por aí de cabelo limpo, você era descoberto imediatamente. Comparado a isso, o traje à paisana era formal. Nestor e o sargento estavam usando calças jeans limpas com cintos de couro, e camisetas azuis enfiadas para dentro... *enfiadas para dentro!* Hoje, qual jovem conseguia ser mais formal do que isso? Naturalmente, Nestor adorava as camisetas. Desnessário dizer que ele sempre usava um tamanho menor do que o seu. Na Unidade, todo mundo usava um cinto com um coldre onde havia um revólver automático de aspecto maléfico. À paisana, os membros da Unidade usavam finos colares de aço trançado, de onde pendiam distintivos dourados sobre as camisetas, bem no meio do peito. Era impossível não notar aquilo. A vantagem do traje à paisana era que você podia convocar um pelotão inteiro de policiais em carros comuns a um lugar qualquer, sem disparar alarmes por toda a vizinhança. A Unidade de Repressão ao Crime era especial, sem dúvida: uma unidade de elite, e Nestor estava investindo toda sua vida ali. Que outra vida ele tinha? Andava deprimido havia meses. Seu pai e sua família inteira haviam declarado que ele era uma não pessoa... bom, nem todo mundo... a mãe ainda lhe telefonava de vez em quando, e provavelmente nem sequer compreendia quão profundamente irritado ele ficava com aquelas consolações. Na cabeça dela, um consolo doce e terno na realidade consistia em dizer: "Sei que você cometeu um pecado terrível contra seu próprio povo, meu filho, mas eu o perdoo e jamais esquecerei de você... embora todo mundo em Hialeah já tenha esquecido."

– O que eles estão fazendo agora? – perguntou o sargento.

– Nada de importante, sargento – disse Nestor, com os olhos ainda no binóculo. – O mesmo de sempre. O baixinho está balançando sobre as pernas de trás da cadeira, e o grandalhão está parado ao lado da porta. De vez em quando o baixinho fala alguma coisa. Então o grandalhão vai lá para dentro, e depois de mais ou menos um minuto sai outra vez.

– Você consegue enxergar as mãos deles?

– Claro, sargento. Você sabe como é o JenaStrahl...

Pronunciava-se IenaStrahl. Em determinado momento, algum membro erudito da Unidade de Repressão ao Crime comentara que em alemão *J* tinha som de *I*.

A simples enunciação do nome já deixava Nestor agudamente consciente de como era cansativo ficar olhando fixamente por aquele triunfo da engenharia ótica. A imagem que se tinha era tão ampliada, e ao mesmo tempo tão refinada, que deslocar o artefato meio centímetro já dava a sensação de que o seu globo ocular estava sendo arrancado. O sargento não aguentava aquilo mais de 15 minutos por vez, e Nestor também não. Eles deveriam ter recebido uma espécie de tripé que pudesse ser fixado ao painel do carro.

Nestor sempre tinha muitas ideias novas sobre o trabalho policial, e Magdalena costumava gostar de ouvir... as ideias e as histórias dele sobre o mar, ou pelo menos a baía de Biscayne, quando ele ainda estava na Patrulha Marítima. Ou então ela agia como se gostasse... o que provavelmente significava que gostava *mesmo*. Uma das coisas que ele sempre admirara nela era que Magdalena era uma garota que não tentava esconder o que sentia. A lisonja era uma coisa que ela realmente detestava, e tratava como se fosse o Oitavo Pecado Capital. ::::::Ah, Manena! Provavelmente você ainda não percebeu, até hoje, o que fez comigo! Você não foi ao aniversário de Yeya naquele dia para *me ver*. Não estava nem sequer curiosa sobre o que tinha me acontecido. Você foi até lá para me jogar embaixo do ônibus, e nem sequer me deu aviso. Já andava um pouco distante havia duas semanas, mas para isso eu mesmo logo arrumei explicações... Já contei a você como eu me sentia quando deitava ao seu lado? Eu não queria só *entrar* no seu corpo... queria entrar em você tão completamente que minha pele envolvesse a sua, e as duas se tornassem uma só... que minhas costelas contivessem as suas costelas... que minha pelve se unisse à sua pelve... para sempre... e que pelos meus pulmões passasse cada suspiro seu... Manena! Você e eu éramos um universo! O outro universo lá fora girava em torno de *nós*... Nós éramos o sol! É muita burrice minha não conseguir tirar você da cabeça. Tenho certeza de que já saí da sua há muito tempo... eu e Hialeah... *Eu estou saindo com outra pessoa*... Assim que você falou isso, percebi que era algum americano. Ainda estou convencido disso... Todos nós nos enganávamos em Hialeah, não é — todos, menos você. Hialeah *é* Cuba. É cercada por *mais* Cuba... Miami inteira é nossa, a Grande Miami inteira é nossa. Nós ocupamos tudo isso. Somos Cingapura, Taiwan, ou Hong Kong... Mas no fundo do coração todos nós sabemos que na verdade não passamos de uma espécie de porto livre cubano. Todo o poder verdadeiro, todo o dinheiro verdadeiro, todo o glamour, é dos *americanos*... e agora eu percebo que você sempre quis fazer parte disso... ter tudo isso, o que impediria você de...::::::

Subitamente, ele foi posto em alerta pela aparição de um vulto novo naquela ocularmente torturante versão ampliada do mundo que o Jena-Strahl oferecia a dois quarteirões de distância.

— Apareceu mais alguém — disse Nestor em voz baixa, como que falando consigo mesmo, e mantendo os olhos encostados no binóculo. — Um cara acabou de surgir por trás da casa, sargento. Está indo na direção do sujeito na cadeira.

Ele aprendera a lição naquele dia do homem no mastro. Nunca mais! Nunca mais ele pronunciaria mais de uma frase sem enfiar um "sargento", um "tenente" ou qualquer coisa que se exigisse. Já virara um dos maiores viciados em falar "sargento" em todo o efetivo. Sem tirar os olhos do JenaStrahl, continuou: — É um... Meu Deus, nem dá pra saber qual é a cor dele, sargento... de tão mal que o cara está...

— Dá pra ver as mãos dele? — disse o sargento com urgência na voz.

— Dá pra ver as mãos dele, sargento... o cara tem pinta de ser um cracudo total... curvado como se tivesse 80 anos... parece até que penteou o cabelo com cola e depois dormiu em cima... Credo, que imundície... mesmo daqui, dá coceira só de olhar praquilo... O cara parece ter sido cuspido em cima de uma parede, feito um catarro, e agora está grudado ali, só escorrendo...

— Isso não interessa... fique de olho nas mãos dele, mais nada — disse o sargento. Ele era de opinião que os traficantes de drogas não tinham mente, principalmente os de Overtown e da outra grande favela negra, Liberty City. Eles só tinham mãos. Vendiam drogas, guardavam drogas, escondiam drogas, fumavam drogas, cheiravam drogas, fritavam drogas em papel-alumínio para inalar os vapores... tudo com as mãos, tudo com as mãos.

— Tá legal — disse Nestor. — Ele está conversando com o baixinho na cadeira.

Mesmo no banco do motorista, o sargento estava tão inclinado para o lado que Nestor percebeu que ele estava louco para assumir o JenaStrahl. Mas também sabia que ele não faria isso. Durante a troca, eles poderiam perder algum detalhe sobre as mãos dos vagabundos.

— Ele enfiou a mão no bolso, sargento. Está tirando uma... uma *nota de 5 dólares*, sargento.

— Tem *certeza*?

– Consigo enxergar até as sobrancelhas do Abraham Lincoln na nota, sargento... sem sacanagem! O cara tem umas sobrancelhas do cacete... Ok, agora ele está dando a nota pro magricela... O magricela amassa a nota no punho fechado... Lá da porta, o grandalhão vem se aproximando... tem cara de ser um filhodaputa dos maus... está olhando torto pro cracudo... Agora ele se curvou atrás da cadeira do magricela, que bota as duas mãos nas costas... e eu já não consigo ver as mãos deles!

– Focalize a porcaria das mãos deles, Nestor! As mãos!

Putamerda... como ele poderia fazer aquilo? Graças a Deus, o magricela traz as duas mãos para a frente outra vez. – Ele está entregando ao cara alguma coisa, sargento!

– Entregando a ele o *quê*? Entregando a ele o *quê*?

– Entregando a ele uma coisa que parece um cubinho, sargento, embrulhado em um pedacinho de papel-toalha Bounty. Pra *mim*, parece uma pedra.

– Tem certeza? Por que você acha que é da Bounty?

– Tenho certeza, sargento. Por causa do JenaStrahl. Eu *conheço* a Bounty. Que diabo... como os americanos se viravam neste país antes da Bounty?

– Foda-se a Bounty, Nestor! Onde está a porcaria do troço agora?

– O cracudo está enfiando o troço no bolso da calça... e está começando a ir embora, sargento. Está rumando pros fundos do terreno. Só vendo o cara. Ele tem *sééérios* problemas de locomoção.

– Então é uma *compra*, certo? O negócio todo.

– Eu vi as sobrancelhas peludas do Abraham Lincoln, sargento.

– Tá certo – disse o sargento. – Vamos precisar de três carros.

O sargento acionou o rádio da polícia, ligou para o capitão da Unidade de Repressão ao Crime e pediu que ele despachasse três carros descaracterizados, com dois policiais em cada um. Era o mesmo esquema que ele e Nestor mantinham no Ford Assist. Uma unidade passaria pelo ponto de drogas e estacionaria em uma passagem entre duas casas vizinhas, provavelmente usando como disfarce um protetor solar igual ao que o sargento e Nestor usavam. Uma segunda unidade iria até a viela atrás da casa, para cobrir a retaguarda... e ver se conseguia localizar o tal cracudo que caminhava como se houvesse tido um derrame, e que acabara de fazer uma compra ali na casa. Uma terceira unidade pararia do outro lado, bem atrás do carro do sargento e de Nestor, que iriam liderar o ataque. Os dois chegariam bem diante da casa, o mais perto possível da varanda e dos dois *cucarachas* com brilhantes falsos. Todos os oito policiais saltariam dos carros com os distintivos reluzindo no peito, e os coldres plenamente visíveis nos cintos, em uma demonstração de força calculada para dissuadir qualquer um que pensasse em oferecer resistência armada.

A essa altura, aqueles cucarachas com piercing no corpo e andar de malandro se tornaram menos divertidos... Nestor poderia jurar que já *sentia* a adrenalina subindo dos rins e acelerando seu coração. Caso os agentes disfarçados da Unidade de Repressão ao Crime houvessem passado alguns dias comprando drogas e campanando a situação ali, provavelmente uma equipe da SWAT teria sido convocada, mas aquilo parecia um ponto de drogas vagabundo demais para merecer tanto esforço. No entanto, não era bem assim que Nestor e provavelmente o sargento encaravam a coisa. Afinal, o sargento não era bobo. Onde havia drogas, existia uma boa chance de também haver armas... e eles dois iam entrar primeiro no local. Nesse momento, Nestor não conseguiu evitar lembrar de algo que um astronauta falara em um documentário televisivo: "Antes de cada missão, eu dizia a mim mesmo: 'Vou morrer fazendo isto. Vou morrer *desta vez*. Mas estou morrendo por algo maior do que eu mesmo. Estou prestes a morrer pelo meu país, pelo meu povo e por um Deus justo'. Eu sempre acreditei, e ainda acredito, que existe um Deus justo, e que nós aqui na América somos parte do Seu plano justo para o mundo. De modo que eu, que logo vou morrer, estou decidido a morrer de forma honrosa, temendo apenas uma coisa... não estar à altura de morrer pelo propósito com que Deus me colocou na Terra." Nestor adorava essa fala, acreditava na sua sabedoria, e lembrava dela em todos os momentos do trabalho policial que envolvessem perigo... Mas você fazia isso diante dos olhos sempre severos de um Deus justo... ou diante dos olhos de um sargento americano? Ora, seja franco...

Ele ainda tinha o binóculo focalizado nos dois negros com brilhantes falsos nas orelhas. O que era aquele lugar, onde moravam vagabundos feito eles? Overtown... lixo por toda a parte. As construções eram pequenas, e muitas haviam sumido... incendiadas ou demolidas. Talvez houvessem simplesmente desmoronado por falta de manutenção... não seria surpresa. E onde houvesse um terreno baldio havia sempre... lixo. Não *pilhas* de lixo... afinal, *pilhas* de lixo poderiam sugerir que alguém viria recolhê-las. Não, eram vazadouros de lixo. Parecia que um gigante inimaginavelmente grande derramara, por acidente, um balde de lixo inimaginavelmente grande por Overtown, examinara a porcariada inimaginavelmente grande e fora embora resmungando: ora, que se dane. O lixo estava jogado e espalhado por tudo que é lugar. Acumulava-se junto às cercas, e as cercas estavam... por tudo que é lugar. Se havia algum dinheiro honesto a ser ganho em Overtown, só podia ser no ramo de alambrados. Qualquer proprietário com dinheiro cercava cada centímetro quadrado da sua propriedade com um alambrado. Você tinha a sensação de que, se pegasse uma fita métrica e realmente medisse aquilo, encontraria mais de um quilômetro em cada quarteirão. Por toda parte, era possível ver um arbusto crescendo torto embaixo ou através de um alambrado... não dois arbustos, ou uma moita, ou um bosque... mas *um* só arbusto, sobra de uma época há muito passada em que as pessoas chamavam aquilo de sebe, e agora era simples parte do lixo acumulado junto aos alambrados. Às vezes se via algum lixo que chegara a ser posto dentro daqueles sacos de vinil cor de bosta, mas o mais provável era que aquilo também acabasse jogado na rua. Os guaxinins rasgavam metade deles. Mesmo ali dentro do carro, às vezes Nestor sentia o fedor. Lá fora, fervendo sob o sol tropical, o cheiro era de tirar o fôlego. Havia os alambrados... e havia as grades de ferro. Em Overtown você não via uma só janela no térreo que não fosse gradeada. Nestor estava vendo algumas ali mesmo, no muquifo daqueles negros. Havia lixo jogado embaixo da varanda e encostado em uma das laterais. Depois de algum tempo, os próprios barracos começavam a parecer vazadouros de lixo. Eram até menores do que as casitas e viviam em péssimo estado. Quase todos eram pintados de branco, um branco que a essa altura já estava todo encardido, marcado, rachado e descascado.

O sargento devia estar seguindo a mesma linha de raciocínio que Nestor, enquanto eles aguardavam que as outras unidades chegassem e se posicionassem, porque subitamente disse: – Sabe de uma coisa, o problema de Overtown é... Overtown. A porra do povo daqui... simplesmente não faz a coisa *direito*.

::::::Ah, sargento, ah, sargento! Comigo você não precisa se preocupar, mas um dia... um dia... vai esquecer de onde está e se mandará da corporação.::::::

O rádio deu sinal de vida. As outras três unidades já estavam na vizinhança. O sargento deu instruções a elas. Nestor já sentia todo o seu sistema nervoso acelerando novamente, acelerando acelerando acelerando.

O sargento ergueu o quebra-sol que prendia o grande protetor solar do seu lado. – Tá legal, Nestor... tire e jogue isso lá atrás.

Nestor também ergueu o quebra-sol do seu lado, agarrou a grande placa sanfonada, dobrou-a e enfiou-a atrás do banco. O sargento olhou para o espelho retrovisor do seu lado e disse: – Ok, o Nuñez e o García estão no carro atrás de nós.

Nestor sentiu seu sistema nervoso acelerando acelerando acelerando acelerando a fim de se preparar para atacar outros seres humanos sem hesitação. Isso não era algo que você pudesse *decidir* fazer quando chegasse a hora. Você precisava... *já* ter decidido. Mas ele não teria conseguido explicar isso a uma só alma.

O sargento chamou pelo rádio o Comando. Antes de trinta segundos, o Comando respondeu com um QLR.

– Aqui vamos nós, Nestor – disse o sargento. – E vamos sair fora bem depressa. Quando chegarmos lá, o grandalhão é seu. O baixinho e eu não existimos. Você só precisa imobilizar aquele *cózzucca* grandão.

O sargento Hernandez foi levando o Assist devagar, silenciosamente, pelos dois quarteirões até a boca de fumo e os dois traficantes negros. Parou bem na frente deles, abriu a porta do carro com uma fúria súbita, saltou por cima do alambrado e caiu em pé diante dos dois negros na varanda. Fez tudo tão depressa que Nestor ficou com a impressão de que aquilo era uma acrobacia que ele treinara. ::::::O que *eu* posso fazer? Ele é trinta centímetros mais alto que eu! Mas *preciso*!:::::: Não havia decisão a tomar. Decisão? Ele saiu pela porta do carona e deu a volta pela frente do carro... três e meio, quatro passos até a cerca. Fez como se faz em uma corrida curta, saltou em direção à barra superior e *conseguiu*... a academia do Rodriguez! Jogou seus 1,70 m por cima da cerca... e *conseguiu*! Aterrissou desajeitadamente, mas graças a Deus não caiu. Nesses confrontos, ter presença era *tudo*. Lançou para os dois negros o Olhar de Policial, que tinha uma mensagem simples: *eu mando aqui*... eu, o distintivo dourado brilhando sobre o azul-escuro da minha camiseta, e o revólver no coldre no meu cinto... deem uma olhadela! Esse é o nosso estilo, o estilo de *nós que mandamos*... o tempo todo usando o Olhar de Policial como um raio.

Os dois negros reagiram como sempre reagiam os pés de chinelos daquele que era o elo mais baixo na cadeia de drogas, o vendedor de bairro: *Se nos mexermos, eles acharão que temos algo a esconder. Só precisamos ficar frios.* O magricela se recostou levemente na cadeira, olhando o tempo todo para o sargento, que estava bem diante deles, a menos de um metro. O grandalhão continuou encostado na parede da frente. Havia uma janela gradeada entre ele e a porta da casa.

O sargento já estava falando com o cara na cadeira: — O que vocês tão fazendo aqui fora?

Silêncio... Então o baixinho estreitou os olhos, no que sem dúvida tencionava ser uma expressão de frieza diante de uma ameaça, e disse: — Nada.

— Nada? — disse o sargento. — Tu tem emprego?

Silêncio... e olhos estreitados. — Eu fui dispensado.

— Dispensado de quê?

Silêncio... corpo ainda mais recostado na cadeira... olhos estreitados... *muita* frieza. — Do lugar onde eu trabalhava.

O sargento inclinou ligeiramente a cabeça, encostou a língua na bochecha por um instante e se regalou com uma das formas favoritas de deboche policial, que é repetir sem expressão as palavras evasivas de um escroto qualquer: – Tu foi dispensado de trabalhar... no lugar onde trabalhava.

Ele ficou olhando para o sujeito com a cabeça ainda inclinada. Depois disse: – Nós recebemos umas queixas...

Descreveu um leve arco com a cabeça, como que sugerindo que as queixas vinham da vizinhança, e arrematou: – Dizem que tu tá fazendo algum trabalho... *aqui*.

Nestor viu o grandalhão se esgueirando bem lentamente em direção à janela gradeada, ou seja, também em direção à porta, que continuava levemente entreaberta. O sargento provavelmente também notara aquilo de esguelha, porque virou um pouco a cabeça para Nestor e disse pelo canto da boca: – *Manténla abierta*.

Essas duas palavras iluminaram instantaneamente toda uma rede de deduções... e Nestor precisou compreender tudo instantaneamente. Primeiro, qualquer policial cubano sabia que conversar em espanhol deixava todos os negros de Overtown ou Liberty City paranoicos... e depois furiosos. Na campanha do *insussurro*, todos os policiais latinos, principalmente os cubanos, eram proibidos de fazer isso, a menos que fosse absolutamente necessário. Portanto, a simples escolha de palavras por parte do sargento já era um alarme. *Manténla abierta* significava "mantenha-a aberta". O que já estava aberta? Só uma coisa de óbvia importância: a porta da frente, de onde o grandalhão estava se aproximando. E por que isso era importante? Não apenas para facilitar a entrada na casa e a busca lá dentro... mas para legalizar tudo. Eles não tinham mandado de busca. Legalmente, só podiam entrar ali em dois casos. Um, se fossem convidados. Isso ocorria com uma frequência surpreendente. Quando um policial dizia "Você se importa se nós dermos uma olhadela aí dentro?", o pecador amador tendia a pensar "Se eu responder 'Me importo sim', eles vão tomar isso como sinal de culpa". De modo que o pecador respondia: 'Não, não me importo', mesmo sabendo que as evidências procuradas pelos policiais estavam completamente visíveis. O outro caminho legal era "em perseguição acelerada". Quando um suspeito corria porta adentro para fugir da polícia, era permitido entrar atrás dele na casa, em perseguição acelerada... mas só se a porta estivesse aberta. Se estivesse fechada, a polícia não podia arrombá-la, nem invadir a casa... sem um mandado de busca. "*Manténla abierta*"... apenas duas palavras. "Nestor, não deixe esse *cózzucca* grandão fechar a porta da frente." *Cózzucca* era como muitos latinos, mesmo aqueles fluentes em inglês, pronunciavam "cocksucker". *Cózzucca* era como o próprio sargento falava. Nestor o ouvira. Ele dissera aquilo em voz alta dois minutos antes. *Cózzucca* se iluminou na grande cadeia de lógica policial.

– Então por que tu não me conta que tipo de trabalho faz aqui?

Silêncio. Tudo isso girou em torno de um segundo, e então o magricela disse: – Num sei. Num tem trabalho. Só tô sentado aqui.

– Só sentado aí? E se eu lhe dissesse que um *cózzucca* qualquer acabou de lhe dar 5 dólares por um pacotinho? – perguntou o sargento, pondo o indicador perto do polegar para mostrar como o pacote era pequeno. – Tu chama isso de quê? Não chama de trabalho?

O grandalhão, assim que viu a mímica de dedos do sargento sobre a venda da droga, começou a se deslocar de lado, feito um caranguejo, diante da janela gradeada em direção à porta. Nestor foi acompanhando o sujeito, a um metro de distância. Assim que o sargento disse as palavras "chama de trabalho", o grandalhão correu para a porta. Nestor pulou para a varanda atrás dele, berrando: – PARE!

!Manténla abierta! O grandalhão chegou à porta antes que Nestor conseguisse detê-lo. Ele era tão grande, porém, que precisou abrir a porta mais meio metro só para poder passar. Então Nestor se joga sobre o batente, conseguindo enfiar o pé entre o umbral e a porta bem na hora em que o grandalhão tenta batê-la. Dói pra diabo! Ele não está usando um sapato policial bom, com sola de couro, e sim um tênis da Unidade de Repressão ao Crime. O grandalhão chuta o dedão de Nestor e depois tenta dar-lhe um pisão. Uma onda de adrenalina varre o corpo de Nestor. Ele tem a força de vontade força de vontade força de vontade força de vontade, e ganha cerca de oito centímetros... o suficiente para usar seus pulmões e berrar: – Polícia de Miami! Mostre as mãos! Mostre as mãos!

De repente, a resistência do outro lado da porta... já não existe! Nestor se vê cambaleando para a frente... os *olhos*! Ele vê um monte de *olhos*! E por um milissegundo vê também o brilho sombrio, azulado e doentio de um televisor, antes de se esborrachar no chão.::::::Onde está o grandalhão? Estou dentro da casa, completamente vulnerável. No tempo que vou levar para me levantar novamente, se o grandalhão tiver uma arma... o que é isso? Não consigo enxergar coisa alguma! É a escuridão suprema desses óculos de sol de policial cubano, por 29,95, com a barra dourada... saí do sol lá fora e mergulhei no escuro aqui... eles taparam as janelas para ninguém poder espiar... porcaria de óculos de policial cubano! Estou *dentro* e ainda não consigo enxergar, fiquei praticamente cego.:::::: Ele começa a se levantar desajeitadamente... O momento se estende estende estende por uma eternidade, mas as respostas motoras de Nestor estão paralisadas paralisadas paralisadas... ele só consegue ver olhos olhos olhos olhos... e aquele brilho doentio! Já está de pé... os olhos... o que é *isso*? Jesus Cristo! É um rosto branco! Não é de uma negra com pele clara... é branco *puro*! Segurando uma criança negra, ela está... ::::::que diabo de lugar é este?::::::

Tudo isso passou pela cabeça de Nestor em menos de dois segundos, desde que ele forçara e cruzara cambaleando aquela porta... mas ele *ainda* não conseguira encontrar o vulto negro que estava perseguindo. ::::::Não passo de um alvo fácil agora... o único escudo é minha autoridade... eu *sou um policial*:::::: E ele começa a urrar: — POLÍCIA DE MIAMI! MOSTREM AS MÃOS! MOSTREM AS MÃOS...

— quatro segundos —

Bebês começam a chorar... Jesus Cristo! *Bebês!* Ali ao lado, a pouco mais de um metro: um menino e uma menina de rosto bege, com 6 ou 7 anos de idade ::::::Não consigo *ver* os dois!:::::: Estão apavorados, erguendo as palmas das mãos diante dele... obedientemente! NÓS MOSTRAMOS NOSSAS MÃOS! Bebês chorando! Quase bem à frente, uma mamãe grandalhona segura um bebê chorão... Uma mamãe? Um bebê chorão? Em uma boca de fumo? Olhem só para ela! Está sentada segurando o bebê, mas isso não encobre sua barriga inchada... grande demais para a calça jeans justa demais que ela nunca deveria ter pensado em usar... cabelo grisalho, mas frisado de um jeito quero-ser-jovem... mandíbulas grandes, rugas profundas no rosto... e um tom beligerante. – O que você tá tentando fazer com o meu filho? Essa *raça de vocês...* ele num fez nada! Nunca nem passou um só dia na cadeia, e vocês entram aqui...

— seis segundos —

Ela começa a balançar a cabeça, revoltada... Meu Deus, isso aqui não é uma boca de fumo, é a porcaria de uma creche! Um aposento pequeno, um casebre, imundo... sem luz... as janelas estão tapadas... no chão, dois pratos com restos de comida, abandonados... uma garota de mais ou menos 10 anos agachada sobre outro prato... Jesus, eles comem no chão... quase não têm mobília... um sofá pequeno encostado na parede do fundo, com um garoto gordo encolhido e de olhos arregalados... uma velha mesa de madeira lá atrás, e uma TV em algum lugar por *aqui*, brilhando como se fosse radioativa... Merda! Nestor ouve uma voz baixa dizer: – Foda-se a polícia... arrebenta os putos... a bola tá contigo, cara... ou ele te pega... ou tu pega ele, esse filho da puta...

— oito segundos —

Ouvem-se pneus cantando, uma batida forte... e vidro quebrado tilintando no asfalto. Outra vez uma voz baixa diz: – Tomem isso, seus porcos...

Nestor gira a cabeça para aquela parte do aposento... o doentio brilho azulado de um televisor... dois garotos de 11 ou 12 anos, talvez 13 ou 14... Nestor avança para eles, dizendo: – POLÍCIA DE MIAMI! MOSTREM AS MÃOS!

Espere um instante, imbecil! Os dois garotos negros nem sequer parecem intimidados... o brilho azulado da tela do televisor ilumina os rostos jovens da maneira mais doentia possível... E como se houvesse alguém conversando ao fundo, a voz baixa soa outra vez, dizendo: – Vou botar no cu de vocês, seus policiais de merda! Até sair pela porra do nariz!

— *11 segundos* —

Nestor dá uma espiadela na tela... e um título aparece: Grand Theft Auto Overtown... Grande Roubo de Carros em *Overtown*? Ele já ouvira falar disso, era um videogame... mas que porra era aquela? Ali *era* Overtown! Então existia a porra de um mundo em que Overtown tinha heróis? Homens corajosos pra diabo, que estavam cagando pra vocês, policiais, e toda a sua suposta autoridade! Vá se *foder*, patrulheiro! No *cu*, patrulheiro! E essas duas crianças aqui... estão prontas! Então aparece um policial cubano, com um distintivo em torno do pescoço, óculos escuros e coldre no cinto, berrando: "Polícia de Miami! Mostrem as mãos!" O que *elas* devem fazer... se encolher? Rastejar? Implorar piedade? Não, que diabo. Elas voltam direto para aquele videogame. Algumas pessoas sabem o que Overtown realmente é... um lugar onde os caras têm coragem... e mandam a porra dos invasores estrangeiros irem se foder. Quem bolou esse jogo reconhecia isso. Falam bem ali na tela, quando a gente mostra que tem coragem, seus filhos da puta espanhóis de merda! Grand Theft Auto Overtown!

— *14 segundos* —

Outra mamãe! Essa está sentada no chão com uma garotinha apavorada... que parece já não ter idade para chupar dedo, mas está chupando com toda a força... Essa mamãe não é nem um pouco gorda. Tem ombros largos e parece ser magra... cabelos grisalhos puxados para trás nos lados... mas ela *odeia* as forças invasoras... O que *é* este lugar? Quem já estourou uma boca de fumo cheia de mulheres e crianças, caralho? Além de bebês chorões! Com crianças ressentidas que têm tanto desdém por você e sua *autoridade* que brincam de roubar carros em Overtown foda-se a polícia bem na sua cara... olhos e olhos e olhos... e *ali*, aquele rosto muito branco outra vez... uma jovem com medo...

— *18 segundos* —

Atrás dele, uma voz lá na porta berra: — POLÍCIA DE MIAMI! MOSTREM AS MÃOS!

É o sargento Hernandez, invadindo o barraco atrás dele para dar cobertura... provavelmente já entregara o garoto magricela de pele clara ao Nuñez. O sargento grita: — Nestor, *¿tienes el grueso? ¿Localizaste al grueso?* (Já achou o grandalhão?)

— *¡No!* — disse Nestor. *¡Mira a detrás de la casa, sargento!* (Vigie os fundos da casa, sargento!)

— Falem a nossa língua, malditos! — É a mamãe grandona. Está de pé, ainda segurando o bebê, que abriu um berreiro de doer. Tem um corpo que parece um bujão de gás. E está farta. Não vai tolerar mais esse exército invasor. — Vocês num podem entrar na minha casa fazendo algazarra feito um bando de babuínos!

— Aqui é a sua casa? — rugiu o sargento.

— É, esta casa é *minha*... e é...

— Qual é o seu nome?

— A casa desse pessoal. — Ela girou a cabeça, como que para incluir todos os demais no aposento. — É da comunidade...

— trinta segundos —

— Qual é o seu *nome*? — disse o sargento, lançando sua versão mais penetrante do Olhar de Policial diretamente entre os olhos dela.

Mas a mamãe grandalhona mostrou firmeza. — O que isso tem a ver com você?

— Tem a ver que você e essa sua boca frouxa tão presas, mamãe! Todo mundo aqui dentro tá preso! Vocês estão vendendo drogas aqui!

— Vendendo *droooogas* — disse a mamãe grandalhona, com total deboche. — Isso aqui é um centro comunitário, cara...

O bebê nos braços dela abriu outro berreiro, mas lá atrás soaram vozes: — POLÍCIA DE MIAMI! NINGUÉM SE MEXE! Polícia de Miami! Ninguém se mexe!

Eram Nuñez e García, em completa harmonia atonal, entrando pela porta da frente. Mais dois bebês começaram a uivar, totalizando três. Aquilo era desorientador pra cacete. Enquanto o severo sargento Jorge Hernandez, com sua forte voz de barítono, dizia: "Vocês estão presos! Estão vendendo drogas!", um coro de bebês respondia aos uivos. Às vezes eram três, às vezes dois, e às vezes um membro do trio fazia um silêncio paroxístico apavorante, que durava segundos... a criança se salvaria, ou seus pequenos pulmões estourariam? Então ela saía do silêncio, plenamente recarregada, como que protestando contra um infanticídio imaginário... Como se lida com uma ópera dessas? Dentro de uma saleta escura, cheia de mamães grandalhonas e boquirrotas que amparam nos braços pequenos monstrinhos uivantes, como se coloca todo mundo em posição de sentido, ao estilo policial?

Rrrruuuummmm... Nestor vê uma das laterais da mesa no fundo da sala se erguer dez ou 12 centímetros... *plim plim plim plim*... facas, garfos e colheres vão deslizando para o chão... O sargento também vê isso, e pula à frente... Nestor corre na mesma direção pelo outro lado. Surgindo bruscamente por baixo da mesa... é aquele filhodaputa grandalhão, que se ergue feito um monstro...

— Polícia! PARADO AÍ, SEU MERDA! — urra o sargento. O brucutu hesita um instante, avaliando a ameaça... só vê vermelho à sua frente... e avança para o sargento... a fim de espremê-lo feito um inseto... o sargento solta a presilha por cima do coldre com o indicador... *Não, sargento!*... Tarde demais! O gigante já está em cima dele, mirando a garganta... a arma... *inútil*... com as duas mãos, o sargento tenta afastar aqueles dedos imensos do seu pescoço. Nestor se joga *BAM* sobre as costas do gigante. O sujeito é enorme, é forte e tem quase cinquenta quilos a mais que Nestor, que enrola as pernas em torno do abdome dele, entrelaçando os tornozelos... Provavelmente sentindo aquele macaquinho ensandecido agarrado ali, o gigante ergue e estende os braços para trás a fim de afastar com um tapa o incômodo. Isso livra o sargento de ser sufocado por tempo suficiente para que ele comece a sacar a arma do coldre...

— *Não, sargento!* — diz Nestor, enfiando as mãos embaixo dos sovacos do brutamontes e entrelaçando as duas na base do crânio dele... ah, Nestor se lembra muito bem! Na luta livre do secundário, aquele golpe era conhecido como "duplo nelson"... e era ilegal, porque, se você pressionasse a base do crânio, poderia quebrar o pescoço do adversário... ah, ele se lembra bem! Havia uma chave de pernas conhecida como "chave quádrupla"... com o nelson e a quádrupla, dava para cavalgar o sujeito! Cavalgar aquele filhodaputa até que ele não conseguisse mais se mexer! Forçar a cabeça e o pescoço do escroto para baixo, até ele querer implorar piedade, mas não conseguir pronunciar as palavras, por causa da garganta contraída... "Uunngghh... uuunnngggghhh"... tentando desesperadamente afastar da nuca as mãos de Nestor... sem conseguir coisa alguma... contra os braços de Nestor, que escalavam cordas na academia de Rodriguez. O gigante já não aguenta a dor... *Uuuunnnngggghhhhiiii!... Uuuuunnnnnggggghhhhhiiiii!...* Nestor se sente carregado para trás... o gigante está tombando para trás a fim de golpear o corpo de seu pequeno torturador... e esmagá-lo ao fazê-lo cair no chão sob todo o seu peso... Os dois já estão se desequilibrando... Nestor usa a chave de pernas como um torniquete no corpo do gigante... os dois tombam ao chão... não com o grandalhão em cima do baixinho, mas lado a lado. O gigante rola o corpo, tentando achatar Nestor com todo seu peso... *creck*... mas toda vez que ele rola... *creck*... Nestor consegue manter a chave de pernas em torno dele. O gigante rola e rola... *creck creck*... ele *estala* toda vez que rola sobre o abdome de rosto para baixo... rola sobre a barriga *creck* com o macaquinho por cima, o macaquinho continua agarrado às suas costas e está prestes a quebrar seu pescoço... "Sargento, não!"... O sargento Hernandez está livre, de pé, com a arma em punho, tentando mirar só no gigante... demasiadas rolagens e contorções. ::::::Qual ele vai acabar acertando?:::::: "Não, sargento... não atire! Eu já peguei o cara!"... A chave de braço faz a cabeça do gigante se inclinar sobre o peito... seus gemidos passam a berros... *uuunnngohohohohOGHOHHHH!* Um último berro estrangulado, e de repente ele vira apenas um grande saco de banha... está lutando... o gigante está arquejando... tentando sugar ar... começa a espernear... tenta jogar para cima as grandes coxas, como se isso fosse quebrar a chave de pernas de Nestor. Grande erro... usar assim todos os bolsões de ar em seus pulmões... sons ásperos, sons ásperos... arquejos e gemidos patéticos... lutando por oxigênio... Nestor consegue forçar o crânio do grande touro para baixo, até onde seus braços alcançam... Os olhos do gigante estão vidrados e a boca, escancarada... ele parece uma imensa criatura moribunda... Ótimo! Nestor grita no ouvido do brutamontes: "Vamos rolar, filhodaputa!"... e força o pescoço para baixo ainda mais... o touro tenta rolar mais uma vez, em busca de algum alívio... Nestor deixa que ele role *creck* até que o rosto já ensanguentado seja novamente esmagado no chão... e então o grandalhão abandona toda a esperança... *xxxuuummm*... toda a contração muscular some do seu corpo. Ele afrouxa... está acabado... consegue apenas ficar deitado no chão, com os pulmões forçando sons moribundos lá da goela, em sua luta por ar.

— Tá legal, seu *hum hum hum hum* i-di-o-ta — diz Nestor, que também está sem fôlego. Ah, ele queria ardentemente dizer "viado"... anunciando a todo o aposento sua euforia máscula por ter transformado um homem de 120 quilos em um viado indefeso! Ainda consegue se deter à beira do abismo... mas depois salta, dizendo: — Seu *viado* idiota! Se eu *hum* deixar você *hum* levantar *hum* vai se *hum* comportar *hum hum hum* direito?

O gigante grunhe. Já não consegue emitir som algum. Nestor solta as mãos entrelaçadas atrás do crânio do sujeito, e pela primeira vez olha em torno. O sargento está em pé ao seu lado, sorrindo... mas é um sorriso que diz "Isso é ótimo... mas acho que talvez você tenha perdido o juízo". Foi assim que Nestor interpretou. Lutando para parecer calmo, em voz lenta e baixa, disse: — Sargento... *hum*... mande o Hector me arrumar umas algemas... eu *hum*... não acredito que este *hum hum hum hum* escroto vá cumprir sua palavra.

Hector Nuñez entrou com as algemas e eles prenderam os punhos do gigante nas costas. O sujeito ficou simplesmente deitado ali, sem se mexer... só o peito arquejava, enquanto os pulmões lutavam para restabelecer o fornecimento de oxigênio... Nestor já estava de pé. Ele, Nuñez e o sargento assomavam acima daquela grande baleia encalhada.

— Sargento, vamos rolar esse cara pra cima... ouviu uma espécie de *estalo* toda vez que ele rolava? — disse Nestor. O sargento não ouvira. — Eu ouvi isso toda vez que a gente rolava e ele ficava por baixo, sargento. Parecia que ele tinha alguma coisa na barriga ou no peito fazendo esse estalo.

Então empurraram e deixaram o sujeito deitado de costas. Ele era tão maciço, e ao mesmo tempo estava tão atordoado, que foi preciso a força dos três para a tarefa. Era como tentar rolar um saco de cimento com 150 quilos. O sujeito abriu os olhos uma vez e lançou um olhar mortiço para eles. Seu rosto não tinha expressão alguma. Ali, a única parte que funcionava era a boca, mantida aberta por ordem dos pulmões. Das profundezas da garganta emergia um som de serrote.

– Tá vendo uma coisa esquisita? – disse o sargento.

– O quê, sargento?

– Ele está com a camiseta pra dentro. Olhe só pra ele. É o primeiro vagabundo que eu vejo em Overtown com a camisa pra dentro em cinco, talvez dez anos.

– Tem uma coisa embaixo – disse Nuñez. – Faz tipo um... calombo, coisa assim.

Nuñez e Nestor se inclinaram sobre o sujeito e começaram a puxar a camiseta para fora da calça. A barriga era tão grande, o peito arquejava tanto, e a camiseta estava enfiada tão fundo na calça que puxá-la para fora era uma tarefa e tanto. O homem estava enfim se recuperando. Sua respiração se acalmara, passando de pânico mortal a mero temor frenético.

– Fiiipuuutaaa... seu fiipuuutaaa – repetia ele, olhando para Nestor pelo canto dos olhos. Com esse olho torto, disparou alguns raios mortíferos e começou a resmungar: – Um dia tipéééggo... massacro... torturo...

Foi isso que Nestor ouviu, e ele próprio se sentiu consumido por algo que nunca sentira... o ímpeto de matar... *matar*... Ajoelhou-se ao lado da cabeça do brutamontes e olhou para aqueles olhos vermelhos loucos.

– Tá falano o *quê*, viado? Tá falano o *quê*? – disse ele em voz baixa. Depois botou o cotovelo em cima da mandíbula do brutamontes e foi aumentando a pressão até sentir os dentes dele cortando a bochecha que os envolvia, enquanto dizia: – Vai fazer o *quê*, sua bichinha imunda? Vai fazer o *quê*?

Foi apertando até o rosto do sujeito começar a se contorcer de dor e uma mão sacudir seu ombro. – Nestor! Pelo amor de Deus, já chega!

Era o sargento. Uma onda de culpa... Pela primeira vez Nestor percebeu que podia sentir euforia ao inflingir dor. Nunca fora possuído por um sentimento assim.

Quando eles finalmente puxaram a camiseta para fora, viram fragmentos de algo. O primeiro pensamento de Nestor foi que o brutamontes tinha sob a camiseta um pedaço amarelo de louça barata... que se estilhaçara e esfarelara... mas por quê, emnomededeus, ele teria escondido *aquilo*? Sob uma inspeção mais acurada, porém, o troço parecia mais um pé de moleque grande que começara a rachar e esfarelar.

— Mas, ora, ora — disse o sargento, dando uma risadinha cansada. — Nunca vi alguém tentar esconder isso na barriga. Sabem o que é?

Nestor e Nuñez olharam para o negócio, fosse o que fosse, esfarelado, e depois para o sargento, que continuou: — Uma folha de crack... pois é... o fornecedor mistura a merda com uma espécie de massa e faz uma folha como essa, que assa como se fosse um doce, coisa assim. Depois vende o troço pra otários como esses que a gente tem aqui. Eles cortam o material em pedras, como dizem, e vendem cada uma por 10 dólares. De modo que esse grandalhão de merda deve ter uns 30 mil dólares de crack aí em cima da barriga. Eles também podem vender todos esses pedaços quebrados. Que diabo, conseguem vender até os farelos. Quando um cracudo precisa de outra pedra, já num tá muito seletivo.

— Mas por que ele guardaria o troço na barriga, sargento, embaixo de uma camiseta?

— Você não percebe o que aconteceu? — disse o sargento. — Ele está na varanda lá fora e de repente chega a polícia. Então ele sai correndo. Quer pegar a folha de crack, pra esconder, ou simplesmente se livrar dela. Provavelmente ela estava ali abertamente, naquela mesa que vimos se mexer. Então ele agarrou a folha de crack e se escondeu embaixo da mesa, enfiando o crack embaixo da camiseta e a frente da camiseta dentro da calça. Quando tiver uma chance, vai sair correndo pela porta dos fundos e se livrar do crack como puder... assim, mesmo que seja apanhado, não será com o bagulho em cima. Só que ele é esquentado, esse jigaboo, com um pau tão grande que num vai aturá esculacho de otário. Então, quando eu falo que ele é um merdinha, o pau dele fica maior que o bom senso, supondo que ele tenha algum, e o sujeito só pensa em arrancar meu braço fora pra enfiar no meu rabo. Eu já ia até abrir um buraco nele quando o Nestor aqui pulou nas costas dele.

– Como você fez isso? – disse Nuñez. – O marmanjo tem o dobro do seu tamanho.

Música *música* MÚSICA aos ouvidos de Nestor!

– Eu não fiz *coisa alguma* – disse o nosso modelo de masculinidade, com uma indiferença adequada. – Só precisava... sabe como é... *neutralizar* o cara por trinta segundos, que ele próprio faria o resto.

Os arquejos com barulho de serrote continuavam a sair da garganta do grandalhão... enquanto um rancor mortal vazava dos olhos. Seu ódio dos invasores cubanos já estava eternamente moldado em concreto. Nesse aspecto, ele jamais mudaria. Fora humilhado por um cubano que tinha metade do seu tamanho... e agora esse policial cubano e um outro ainda enfiavam a faca na ferida, chamando-o de *merdinha* e variações de *merdinha*.

– Onde está o outro puto, sargento, o magricela de bigode? – disse Nestor.

O sargento olhou para a porta que dava para a varanda, por onde todos eles haviam entrado. – O García está com ele. Bem ali perto da porta, junto com o Ramirez, que pegou o merdinha que fez a compra, o cracudo.

– É mesmo... onde?

– Achou o cara se contorcendo no lixo do chão na viela, tentando tirar a pedra do bolso.

Nestor então percebeu que havia seis policiais da Unidade de Repressão ao Crime dentro daquele antro, para garantir que todos, testemunhas e possíveis criminosos, ficassem ali. Os três bebês continuavam berrando... *Aquele rosto branco*... Nestor procurou a jovem na penumbra do aposento... e a encontrou com os olhos... o rosto branco e o bebê negro nos braços dela... chorando sem parar... Ele não conseguia enxergá-la muito bem, mas discernia aqueles olhos grandes e arregalados – assustados? Os olhos pertenciam a um rosto branco que não se encaixava ali... naquela boca de fumo imunda e fedorenta de Overtown. Aquilo era mesmo uma boca de fumo, um ponto de venda a varejo no comércio de crack e cocaína. Era difícil aceitar isso seriamente, por causa das mulheres, das crianças e dos bebês chorões, mas talvez a sua grande vitória, ao demolir aquele monstro, também parecesse irreal e impalpável para elas, para ela, a jovem do rosto branco...

Então começaram os procedimentos costumeiros... falar com os detidos e as testemunhas... a sós, um por um, longe dos ouvidos dos demais. Um policial da Unidade de Repressão ao Crime que fosse sortudo, ou pelo menos astuto, podia obter informações bem úteis assim. Mas também era preciso procurar inconsistências naquelas histórias... Por que você está aqui? Veio de onde? Como chegou aqui? Conhece alguém na sala? Conhece os dois caras com bonés de beisebol brancos? Não? Bom, sabe o que eles fazem aqui? Não? Então acha que esta casa pertence a quem? Não tem ideia? É mesmo? Quer dizer que você simplesmente gosta de visitar casas sem saber a quem pertencem, não sabe o que acontece aqui dentro, e não conhece qualquer um dos outros visitantes? Então você foi enviada pelo Céu? Ou ouviu vozes? Foi guiada por uma mão invisível? É tudo genético? E assim por diante...

Dois policiais se posicionaram lá fora, um na frente e o outro nos fundos, caso alguma das criaturas perturbadas naquela boca de fumo conseguisse escapulir do antro e tentasse sair correndo.

Então começaram os interrogatórios. O sargento e Nuñez tiraram da barriga do gigante a folha de crack e seus fragmentos. Todo o peso do sujeito caía sobre seus braços, que estavam presos pelos pulsos. Ele começou a reclamar e o sargento disse: "Feche essa boca suja, seu viado. Tu é um zero. É minha bichinha. Queria me *matar*, bichinha? Queria me sufocar até a morte? Vamos ver quem sufoca quem. Vamos enfiar merda no seu rabo até tudo começar a sair pela boca. Viado cagão. Ele quer matar um policial... e é um saco de bicha com 150 quilos de merda."

Com grunhidos de exaustão, Nuñez e o sargento conseguiram colocar o grandalhão sentado. O sargento disse: — Eu não sabia que um saco de merda pesava tanto. Tá legal... qual é o seu nome?

O sujeito encarou o sargento nos olhos com ódio derretido por meio segundo, mas depois baixou a cabeça sem dizer coisa alguma.

– Olhe, eu sei que tu tem merda em vez de miolos. Já nasceu burro. Encare a coisa. Vivia fazendo *uga uga uga*! – O sargento ergue os ombros e encurva os dedos sob as axilas, imitando um macaco. – Mas aprendeu uma coisa ou outra desde então, num foi? Agora já virou um verdadeiro sub-retardado. É uma grande melhoria, mas tu é tão burro que nem deve saber o que é um retardado, que dirá um sub-retardado. Certo?

O gigante está de olhos fechados, com o queixo encostado na clavícula. E o sargento continua: – A partir de agora, toda vez que tu levantar de manhã, quero que vá ao espelho... sabe o que é um espelho? Vocês têm espelhos lá na selva? Quero que tu vá ao espelho e diga: "Bom-dia, seu Babaca de Merda." Sabe o que significa *manhã*? Tem alguma porra de ideia... acerca de *qualquer coisa*... qualquer porra de coisa, seu babaca imbecil? Sabe o que significa *burro*? *Olha* pra mim, idiota! Estou fazendo uma pergunta! Qual é o teu *nome*, caralho? Tu *tem* nome? Ou é tão burro que nem consegue lembrar da porra do nome? Tu tá numa merda federal, seu cabeça de merda. A gente achou crack suficiente nessa sua barrigona pra te deixar preso por três sentenças perpétuas consecutivas. Vai passar o resto da porra da sua vida com sub-humanos tão burros quanto você. Alguns deles nem têm cérebro. Mas acho que tu tem um, ou metade de um. Conte até dez pra mim.

O prisioneiro continuou tão cabisbaixo e inerte quanto antes. Então o sargento arrematou: – Tá certo, vou lhe dar uma pista. A coisa começa com *um*. Tá legal, então conte até três. Já ouviu falar em *três*, não? Vem depois de *um* e *dois*. Agora conte até três pra mim. Num quer colaborar? Então apodreça aí, seu animal de merda!

– Sargento... posso falar com ele? – disse Nuñez. – Dá um tempo, sargento. Vá relaxar... tá legal?

O sargento abanou a cabeça com ar fatigado. – Tá legal. Mas lembre de uma coisa. Esse babaca tentou me matar.

Depois se afastou.

Nestor rumou direto para a jovem branca... *¡Coño!* Estava escuro ali dentro, com todas as janelas tapadas como estavam. Mas o rosto da garota era tão branco que ela se destacava na penumbra feito um anjo. Nestor se sentia absolutamente intrigado... coisa que o fez perceber que estava pingando de suor. Ele tentou afastar o suor do rosto com a mão. Só conseguiu ganhar uma palma também molhada. O pior era sua camiseta. Estava ensopada... e por ser justa demais, grudava na pele e fazia todo o seu peito parecer molhado, o que de fato estava. A garota aguentaria ficar perto dele o suficiente para conversar? Essa preocupação quase nada tinha a ver com o interrogatório que ele deveria conduzir. Enquanto se aproximava... aquele rosto de um branco tão puro! Ela era tão bela quanto Magdalena, mas de forma inteiramente diferente. Em torno de homens, Magdalena sempre adotava um ar que praticamente dizia: "Sei *exatamente* o que você está pensando. Portanto, vamos partir daí, tá legal?" Já essa garota parecia absolutamente inocente e sem malícia, uma ingênua madona branca recém-chegada a Overtown. Ela ainda tinha a criança negra... uma menina... nos braços. A criança estava olhando para Nestor com o quê... cautela? Mera curiosidade? Ao menos não estava chorando. Era bonitinha, mesmo sugando com afinco... *suii-uuup glug suii-uuuup glug*... a ponta de uma chupeta. Nestor abriu um sorriso que tencionava dizer "Deixai vir a mim as criancinhas, e não as impeçais, porque estou aqui em missão amistosa".

— Sou o patrulheiro Camacho — disse ele à madona branca-branca. — Desculpe estar tão...

Ele não conseguiu pensar em um adjetivo aceitável para indicar que *tinha* consciência de sua aparência lamentável. Mesmo "molhado", pareceria... tipo grosseiro. De modo que colocou as mãos no peito, encolheu os ombros com ar impotente e continuou: — Mas precisamos fazer algumas perguntas a todo mundo que viu o acontecido. Que tal irmos até a varanda?

A garota começou a piscar muito, mas nada disse. Fez um *sim* tépido com a cabeça e seguiu Nestor até a varanda, ainda segurando a criança.

Ali na varanda ele viu a jovem sob a luz pela primeira vez. ::::::*¡Dios mío!* Ela é tão *exótica*!:::::: Ele não conseguia desviar os olhos dela. Olhou para ela de alto a baixo mais depressa do que se leva para dizer isso. Sua pele era branca e lisa feito um prato de porcelana, mas o cabelo era tão negro quanto o negro pode ser... reto, grosso, reluzente, chegando aos ombros de forma luxuriante como o de qualquer cubana, mas tão negro quanto o negro pode ser... e os olhos... olhando para ele, arregalados de susto... e ainda mais maravilhosos por isso... e tão negros quanto o negro pode ser... mas em um rosto branco de porcelana. Os lábios eram delicados, e curvados de um jeito misterioso que Nestor achou, sem um bom motivo para isso, ser "francês"... talvez fosse um jeito francês, mas sem vermelho, mais para aubergine... sem batom... ela é totalmente inocente de maquiagem – mas, espere aí! Isso não é bem verdade, é? Ele acaba de notar o delineador nos olhos. ::::::Ela delineou as bordas das pálpebras inferiores! Isso só realça mais seus olhos grandes! E não me diga que ela não tem consciência disso... ei, não me diga que ela não tem consciência de que sua saia é muito curta, e que *por acaso* isso exibe suas adoráveis pernas longas, do tipo que chamam de definidas... que outra americana branca *ousaria* aparecer em uma boca de fumo vagabunda em Overtown exibindo duas pernas definidas e sedutoras como essas?:::::: Só que no momento ela não parece muito ousada. Fica piscando piscando piscando piscando... Mantém os lábios entreabertos, porque está respirando depressa... e com isso os seios sobem e descem. Estão cobertos por uma camisa social de algodão grosso, com somente o botão superior aberto, o que implica que ela nem sequer *tenta* ser sensual... mesmo bem escondidos assim, aqueles seios parecem perfeitos para Nestor... e de alguma forma o óbvio pavor dela realmente toca o coração de Nestor... Nestor, o Protetor... Imediatamente, ele sentiu por ela o mesmo que sentira por Magdalena na Calle Ocho, no dia em que a conhecera. Ele era um policial e ela, uma donzela. Ele era um policial *cavalheiresco*, mas no fundo ainda cem por cento policial. Não que Magdalena parecesse, nem por um instante, assustada. No entanto, a sensação de ser o poderoso guerreiro cavalheiresco protegendo a donzela era a mesma.

– Qual é o seu nome? – disse ele.

– Ghislaine.

— Jizle... como se escreve isso?

— G, h, i, s, l, a, i, n, e.

— G... *h*?

Ghislaine, com *h*, fez que sim. Nestor baixou o olhar, como que examinando as anotações que acabara de fazer, torceu os lábios para cima e abanou a cabeça. Era um antigo maneirismo policial que dizia "A vida já é dura, seus *tontos*... por que vocês se esforçam tanto para piorar as coisas?".

A essa altura, para algum moleque ele teria dito: "Tu tem sobrenome?" No caso da exótica Ghislaine, porém, ele disse apenas: — Qual o seu sobrenome?

— Lan-ti-ê — disse ela. Pelo menos foi isso que Nestor achou que ouvira, enquanto ela protegia o rosto do sol com a mão.

— Como se escreve?

Suii-uuup glug suii-uuuup glug... fez a criança com a chupeta nos braços dela.

— L, a, n, t, i, e, r. É francês, como Bouvier.

::::::O que é um bouvier? Com a minha sorte, deve ser algo que *todo el mundo* devia conhecer.::::::

Antes que ele pudesse perguntar qualquer outra coisa, porém, a tal Ghislaine do rosto branco feito a neve disse: — Eu estou... presa?

Sua voz falhou quando ela chegou à palavra "presa". Os lábios tremeram. Ela parecia prestes a começar a chorar.

Ahhh, o guerreiro já estava se sentindo muito cavalheiresco... até um pouco nobre. Em tom grandioso, ele disse: — Não, claro que não. Só depende de por que você está aqui. É por isso que preciso que você me conte. E quero dizer uma coisa pra *você*... é melhor me contar toda a verdade.

Ela ergueu os olhos grandes para ele e disse: — Eu sou da South Beach Outreach.

South Beach Outreach...

— O que é a South Beach Outreach? — disse ele.

— Nós somos voluntárias — disse ela. — Trabalhamos com serviços de proteção à criança. Tentamos ajudar famílias em bairros pobres, principalmente crianças.

— *Famílias?* — disse Nestor em tom de policial malandro. — Isso aqui é uma cracolândia. Estou vendo um monte de cracudos, e cracudo não tem família. Só tem vício, e nem *pensa* em coisa alguma além disso. *Famílias?*

Enquanto as palavras saíam da sua boca, ele ia percebendo que se tratava de um exagero grosseiro, dito apenas para impressionar aquela jovem coisinha branca feito neve.

— Bem, o senhor deve saber mais sobre o assunto do que eu, mas acho que... como não é a primeira vez que venho aqui, sei que alguns deles têm filhos, e realmente se importam com eles.

Nestor não chegou a "do que eu". Não ouviu coisa alguma depois de "senhor". *Senhor?* Ele não queria ser chamado de *senhor* por ela. Senhor significava que ela pensava nele como distante, inabordável e pomposo, da mesma forma que pensaria se ele fosse muito mais velho do que ela. Mas também não podia mandar que ela o chamasse de Nestor, podia? "Patrulheiro" seria melhor do que "senhor", mas como ele poderia comunicar isso a ela... ou a qualquer pessoa... sem parecer um fanático por etiqueta?

Portanto, ele se conformou, e disse apenas: — Se existe uma família, onde está a mãe?

— A mãe está em uma clínica para tratamento de drogas lá em Easter Rock... desde que ela nasceu — disse ela em tom trêmulo, baixando o olhar para o bebê. — Conhece Easter Rock?

— Ah, sim — disse Nestor. Ele conhecia, e estava surpreso. Easter Rock era uma clínica de reabilitação de alto nível para gente de alto nível. — Como ela chegou a Easter Rock?

— Nós, da South Beach Outreach, tivemos de intervir. Eles estavam prestes a colocar a mulher em um abrigo penitenciário para viciados.

— Como assim... "intervir"?

— O esforço principal foi da nossa presidente, Isabella de la Cruz. Acho que ela conhece muita gente.

Até Nestor já ouvira falar em Isabella de la Cruz. Seu marido, Paolo, tinha uma grande empresa de navegação. Isabella de la Cruz vivia aparecendo nos jornais, naquelas fotos grupais em que todos se enfileiram sorrindo por um motivo que ninguém sabe.

— E onde você se encaixa em tudo isso? — disse Nestor.

— Eu sou voluntária. Nós somos enviadas para... tipo tomar conta de bebês com... *hum*, famílias problemáticas. Detesto a palavra *disfuncional* — disse Ghislaine Lantier, baixando o olhar para o bebê. — Muitas vezes a criança, tal como neste caso, fica com um parente, geralmente a avó, mas também pode ser um lar adotivo. Essa aqui ficou com a avó, a qual você já conheceu.

— Você não está falando daquela grandalhona que ficou mandando o sargento... que ficou enchendo o saco do sargento...

Os lábios trêmulos de Ghislaine formaram um meio sorriso. — Infelizmente, sim.

Nestor deu uma espiadela na penumbra da boca de fumo. Lá estava ela, a mamãe falastrona, a cerca de três metros da porta. Mesmo na penumbra, Nestor logo percebeu que era ela, pelo corpanzil de vovozona. García estava interrogando-a... supostamente. Dava para ver que só ela falava. ::::::O que é aquilo que ela tem nas mãos? A porra de um iPhone! Aqui tem fama de ser a parte mais miserável de Miami... mas todo mundo tem iPhone.:::::: Ele se virou outra vez.

— Mas, Ghislaine, quem está segurando a menina é *você*, e não a vovozona faladeira.

— Ah, eu só estava dando uma ajuda. Ela também tem duas crianças de uma das filhas para tomar conta. Isso dá cinco ao todo. Minha tarefa é vir duas vezes por semana para garantir que elas sejam cuidadas, de várias formas... supervisão, atenção, afeto, compaixão... sabe como é...

Não, ele não sabia. Nestor estava ficando intimidado diante do domínio do idioma que Ghislaine tinha. Ela era capaz de desfiar palavras como supervisão, atenção e todo o resto, como se fosse a coisa mais natural do mundo. Magdalena era inteligente, mas não sabia falar assim. A garota também tinha na fala pequenos maneirismos que intimidavam Nestor, por parecerem mais *apropriados* do que os modos que ele teria usado para dizer a mesma coisa. Ela dissera "a criança, *tal como neste caso*", em vez de "como essa aqui". Também dissera "a qual". Que criatura falava "a qual" ali em Overtown? "Com a avó, a qual você já conheceu", dissera ela, em vez de "que você já conheceu".

– Tá legal, você é uma voluntária da South Beach Outreach. Mora em South Beach?

– Eu só ouvi falar da organização. Moro em um alojamento na Universidade de Miami.

– Você estuda lá?

– Sim.

– Bom, vou precisar de um endereço e um telefone, caso tenhamos de ir atrás de você.

– Ir atrás de mim? – Ela parecia tão assustada quanto no início.

– Este caso é sério. Já temos três vagabundos presos aqui – disse Nestor, apontando para o interior do antro.

Ghislaine ficou só olhando para ele. Fez uma pausa longa e depois disse timidamente: – Eles são jovens. Talvez ainda haja esperança.

– Você sabe o que eles faziam aqui dentro?

Ela comprimiu os lábios com tanta força que já não era possível vê-los. Toda a sua linguagem corporal indicava que... sim, ela sabia o que eles estavam fazendo. O mesmo indicava a pausa longa.

– Nós não indagamos acerca de coisa alguma além das necessidades e condições das crianças. Não julgamos qualquer outro aspecto. Se fizéssemos isso, nunca conseguiríamos...

– *Necessidades e condições?!* – disse Nestor. Esticou o braço rigidamente, apontando para o interior do antro, e disse: – Isso aí é uma cracolândia, pelo amor de Deus!

– Pelo menos aqui as crianças ficam com gente do seu sangue... acho isso tão importante! – Pela primeira vez, ela deixou sua voz se elevar, enquanto baixava o olhar para a criança em seus braços. – A avó dela está ali, por pior que o ambiente seja. Os meio-irmãos também. O *pai* está ali, embora eu reconheça que ele não quer saber dela.

— O *pai*?

Ghislaine parecia mais assustada do que nunca. Voltando a tremer, disse: — É... você acabou de ter uma... briga com ele.

Nestor quase ficou sem fala.

— Você... aquele pedaço de... gente do seu sangue? Você acha... esses... não têm uma gota de moral no corpo! "Totalmente desprovidos de afeto", como dizem os promotores... ele é a porcaria de um traficante de *crack*, Ghislaine! — disse ele, dando uma olhadela para a criança. — Para ele, tanto faz olhar para ela, ou arrancar-lhe a cabeça só para se divertir! É um animal! Santo Cristo!

Ghislaine baixou a cabeça e ficou olhando para o piso da varanda. Começou a engolir suas palavras e a murmurar: — Eu sei... ele é horroroso... tem orgulho de ser o genitor de crianças, mas não quer saber delas... É isso que as mulheres... ele é tão nojento... é grande, imenso, mas...

Ele ergueu o olhar para Nestor e arrematou: — Mal acreditei quando você venceu a briga com ele... e tão depressa.

Música... Nestor estaria ouvindo um som de música? Os acordes de uma abertura? Ele resolveu citar o sargento, mas sem lhe dar crédito por isso.

— Esses idiotas podem ser grandes, mas são sub-retardados. — Com modéstia, resolveu borrifar os elogios pelo efetivo inteiro. — Só um sub-retardado tenta rolar no chão com um policial de Miami. Nós não vencemos ninguém. Deixamos que eles mesmos se vençam.

— Mesmo assim... ele deve ter o dobro do seu tamanho.

Nestor ficou examinando o rosto de Ghislaine. Ela parecia ser totalmente sincera. E criava música... ela criava música... Eis o que ele diria! *Um dia, quando tudo isso acabar, eu gostaria de me sentar com você e conversar sobre esse negócio de serviços de proteção à criança.* Arrisque! Não reprima suas emoções! *Não acredito que alguém deixe um vagabundo como esse aí chegar perto de uma criança...*

Ele diria: *Por que a gente não vai tomar um café?* E ela diria: *Boa ideia... Na South Beach Outreach nós nunca conseguimos ver as coisas pelo ângulo do Departamento de Polícia. Hoje eu descobri algo importante. Criminologia é uma coisa. Mas enfrentar o crime na hora de a onça beber água é outra coisa, muito diferente. Subjugar um homem grande e forte como aquele que você subjugou... nessa hora de nada adianta toda a criminologia do mundo. Nessa hora você dá ou desce!*

Ou algo assim... enquanto a música subia lentamente, feito um órgão, naquele crescendo de acordes que faz a caixa torácica vibrar.

10

O SUPER BOWL DO MUNDO DA ARTE

Era dezembro, o que em Miami Beach tem um significado meteorológico apenas entediante. Basta imaginar um livro de fotografias com a mesma imagem em toda página... toda página... o começo da tarde sob um radioso céu azul imaculadamente sem nuvens... em toda página... um sol tropical que transforma aquelas velhas aves raras, os transeuntes, em atarracadas sombras negras abstratas sobre a calçada... em toda página... infindáveis vistas do oceano Atlântico, sendo que *infindáveis* significa a cada dois quarteirões, se você aguçar o olhar entre os reluzentes prédios rosados, cor de manteiga, que separam o mar dos turistas ingênuos que vêm a Miami pensando que podem simplesmente ir de carro até o litoral, para ver as praias, as pessoas indolentes com espreguiçadeiras e guarda-sóis, as ondas batendo e o brilhante oceano que se estende cintilando até o horizonte, em um arco de 180 graus perfeito... se você aguça o olhar na *medida certa*, a cada dois quarteirões consegue entrever uma imagem vertical esquelética, fina feito carga de esferográfica, do oceano — *blipe* —, e já se foi... em toda página... o mesmo relance — *blipe* — e já se foi... em toda página... em toda página...

No entanto, ao meio-dia, ou às 11:45, para ser exato, nesse dia específico de dezembro, Magdalena e Norman estavam abrigados do sol na companhia distinta, ainda que *pruriginosa*, de Maurice Fleischmann, junto com Marilynn Carr, sua "A.A.", como ele abreviava o cargo da assessora artística. Na realidade, ele começara a usar isso como apelido dela... "Ei, A.A., venha dar uma olhada aqui"... ou coisa assim. Com toda a dignidade que a situação permitia, o quarteto tentava manter seu lugar em uma fila que mais parecia a aglomeração típica do balcão de uma empresa aérea iraniana. Cerca de duzentas almas inquietas, na maioria homens de meia-idade, 11 dos quais haviam sido apontados a Magdalena como bilionários – *bilionários* –, 12, se o próprio Maurice Fleischmann fosse incluído... estavam ali, apinhados feito vermes para ver o que havia do outro lado de uma vidraça com mais de dois centímetros de espessura dentro de um pequeno portal, a Entrada D do Centro de Convenções de Miami. O centro de convenções ocupava um quarteirão inteiro de Miami Beach. Uma pessoa comum podia passar pela Entrada D todo dia, durante anos, e jamais perceber que aquilo existia. E essa era mesmo a ideia. As pessoas comuns *não* sabiam, e nem *podiam* saber, que tanto bilionários quanto incontáveis milionários com fortunas de nove dígitos estavam ali, apinhados feito vermes... 15 minutos antes do momento de dinheiro e combate viril da Miami Art Basel. Todos eles tinham o mesmo *ímpeto*.

Os vermes! Uma vez, quando tinha 6 ou 7 anos, Magdalena se deparara com um cachorrinho morto, um vira-lata, em uma calçada de Hialeah. Uma verdadeira colmeia de insetos estava se enfiando em um grande corte na anca do cachorro... só que não eram exatamente insetos. Mais pareciam vermes... eram curtos, moles, mortalmente pálidos, e não formavam algo ordenado como uma colmeia. Aquilo era um enxame serpeante, deslizante, coleante e conflitante de vermes, passando por cima ou por baixo uns dos outros, em um frenesi sem pé nem cabeça, literalmente sem cabeça, para chegar à carne morta. Mais tarde ela descobriu que eram larvas descefalizadas. Elas não *tinham* cabeça. Só tinham aquele frenesi. Não tinham cinco sentidos, só tinham um, o *ímpeto*, e aquele *ímpeto* era tudo que sentiam. Eram absolutamente cegas.

Era só olhar para eles... os bilionários! Parecem consumidores apinhados diante da Macy's à meia-noite, aguardando a liquidação pós-natalina com quarenta por cento de desconto. Não, nem têm uma aparência tão boa assim. Parecem mais velhos, sujos e alquebrados... o bando inteiro é de *americanos*, afinal. Estão usando jeans pré-lavados com fundilhos folgados, camisetas grandes demais, ou camisetas polo grandes demais, com folga para acomodar a barriga, calças cáqui justas demais, meias horro-*rosas* de lã amarrotada à altura dos tornozelos, nas cores preto-capacho de borracha, verde-banho de tinta e marrom-esfregão de limpeza... com pares de tênis. Magdalena jamais vira tantos homens velhos... praticamente todos eram de meia-idade ou ainda mais idosos... usando tênis. Bastava olhar... aqui, ali e acolá. Não eram tênis comuns... eram verdadeiros tênis de basquetebol. E para quê? Provavelmente, todos pensam que parecem mais jovens com aqueles uniformes de adolescente. Estão de brincadeira? Isso simplesmente dá mais realce ainda a suas costas curvadas, ombros caídos, barrigas banhudas, colunas escolióticas, pescoços esticados à frente, mandíbulas penduradas e papadas pegajosas.

Para dizer a verdade, Magdalena não ligava muito para isso. Achava até engraçado. Mais importante era a inveja que tinha de A.A. A americana era jovem, bonita e, quase não era preciso dizer, loura. Suas roupas eram sofisticadas, e ainda assim bem simples, além de muito sexy: um vestido perfeitamente normal, sensato, estilo empresarial, sem mangas... mas curto, terminando trinta centímetros acima dos joelhos, e mostrando boa parte das suas belas coxas claras. Aquilo dava a impressão de que você estava olhando para *todo* o belo corpo claro dela. Ah, nem por um segundo Magdalena duvidava que fosse mais sexy do que aquela garota, com seios, lábios e cabelos melhores... uma lustrosa cabeleira morena, em oposição ao assexuado corte curto da loura americana, copiado daquela inglesa... como era o nome dela? Posh Spice! Magdalena só desejava também estar usando um minivestido que mostrasse as *suas* coxas nuas... e não aquela calça branca fina que só mostrava o rego profundo de sua bundinha perfeita. Só que aquela tal de "A.A." tinha algo mais. Ela estava *por dentro*. Seu negócio era orientar gente rica, como Fleischmann, na compra de obras de arte valiosas, e ela sabia tudo daquela "feira". Se alguém chamava o evento de "Miami Art Basel", pensando ser este o nome completo, ela informava com a maior educação que o nome oficial era Art Basel Miami Beach...

e que as pessoas por dentro não abreviavam para "Miami Art Basel". Não, elas falavam "Miami Basel". A mulher era capaz de disparar sessenta tiradas *por dentro* em um único minuto.

Naquele momento, A.A. estava dizendo: "Então eu pergunto a ela... pergunto em que ela está interessada, e ela me diz: 'Estou procurando algo de vanguarda... como um Cy Twombly.' Fico pensando: 'Um *Cy Twombly*?' Cy Twombly foi vanguarda nos anos *1950*! Ele morreu há uns dois anos, acho eu, e a maioria dos seus contemporâneos também já se foi, ou está a caminho. Ninguém é de vanguarda se toda a sua geração já está morta ou morrendo. Você pode ser um dos grandes. Pode ser icônico, como o Cy Twombly é, mas *não de vanguarda.*"

Ela não dirigiu o comentário a Magdalena. Nem *olhou* para ela. Por que desperdiçar atenção, que dirá palavras, com uma ninguém que provavelmente não conhecia coisa alguma? O pior era que ela tinha razão. Magdalena jamais ouvira falar de Cy Twombly. Também não sabia o que significava *vanguarda*, embora conseguisse meio que adivinhar, pelo modo como A.A. usava o termo. E o que significava *icônico*? Ela não tinha a menor ideia. Apostava que Norman também não sabia, nem entendera coisa alguma do que aquela sexy A.A., Miss Só Negócios, acabara de dizer, mas Norman tinha uma espécie de presença que fazia as pessoas pensarem que ele sabia *tudo* sobre *qualquer coisa* que *alguém* tivesse a dizer.

Icônico era uma palavra que estava começando a pulular em volta deles, agora que faltavam apenas minutos para a hora mágica, meio-dia. Os vermes já estavam serpeando em volta com mais ansiedade.

Em algum lugar muito próximo dali, um homem com voz aguda estava dizendo: — Tudo bem, talvez o Giacometti não seja *icônico*, mas ele é o grande Giacometti mesmo assim, mas nãããão...

Magdalena reconheceu a voz, que pertencia a um financista bilionário de... Greenwich? Stamford? Algum lugar em Connecticut, de todo modo. Lembrava dele na festa da BesJet, duas noites antes.

E uma mulher estava dizendo: — O Koons *morreria* em um leilão atualmente!

— ... o Hirst, na minha opinião. Está fedendo feito um peixe morto depois de 15 minutos ao sol.

— ... o que você acabou de dizer? O Prince é que afundou.

— ... o peixe que apodrece com tripas de 40 milhões de dólares?

— ... icônico, no cu!

— ... jurrarr, "destalentado" serr o que ela falarr!

Magdalena conhecia aquela voz muito bem, do jantar que Michael du Glasse e sua esposa, Caroline Peyton-Soames, tinham dado no Casa Tua na véspera. Ela lembrava até do nome do homem: Heinrich von Hasse. Ele ganhara bilhões fabricando... algo sobre robôs industriais? Fora isso que eles haviam dito? Fosse qual fosse sua atividade, ele gastara tantos milhões comprando obras de arte na Art Basel da Suíça seis meses antes, que as pessoas viviam falando dele em praticamente toda festa a que ela e Norman haviam ido.

— ... prestes a ver! Um surto de sarampo, neném!

— ... sem tempo para ficar de filigranas!

— Ver... gostar... e comprar! É só isso que você...

— Art Basel em Basel? — Era A.A. se manifestando outra vez. — Você já *foi* a Basel? O único lugar pior é Helsinque. Não há onde comer! A comida nem chega *perto* da comida daqui. O peixe parece ter chegado no banco traseiro de um Honda, e o preço...

— ... manter as mãos dele longe da minha assessora, pelamordedeus.

— ... acho que você tem uma reserva de 15 minutos, mas cinco minutos depois...

— ... o preço é o dobro do que é aqui. E os hotéis de Basel, que se dizem históricos? Sabe o que é histórico ali? As pias dos banheiros! Eeecaaa! São daquele tempo! Entende o que estou dizendo? Mesmo que fossem esfregadas por alguém dia e noite durante uma semana, ainda pareceriam cinzentas feito uma vovó acamada com mau hálito. Não há prateleiras, só umas velhas taças de metal cinzento aparafusadas na parede, para a pessoa colocar sua escova de dentes. Você simplesmente...

— Eu sou o *quê*?

— ... o que eu acabei de dizer. Você é grosso. Pode me dar o telefone da sua mãe? Vou dedurar você para ela!

— E fazer o quê? Mandar o Putin enfiar um isótopo no meu cappuccino?

O mais discretamente possível, Fleischmann baixou a mão até a virilha da calça e tentou coçar as pústulas do seu herpes. No entanto, nunca conseguia fazer aquilo com discrição suficiente para enganar Magdalena. De dois em dois minutos, pelo menos, Fleischmann dava para ela uma de suas *olhadelas* de 63 anos... prenhes de significado... e luxúria. No diagnóstico de Norman, era tudo a mesma coisa. O significado *era*... luxúria. A mera visão de uma garota maravilhosa como ela era pornografia viva para um viciado como Fleischmann... melhor do que uma boate de strip. Por mais nojentas que fossem, Magdalena *adorava* aquelas olhadelas. Eram olhadelas prenhes de luxúria que ela provocava em todo tipo de homem... e *adorava, adorava, adorava*. Primeiro eles olhavam para o rosto dela... e Norman dizia que os lábios *conhecedores* dela já insinuavam o êxtase, mesmo quando ela não dava o menor sorriso. Depois eles olhavam para os seus seios... aqueles seios misteriosamente *perfeitos*. Ela percebia isso *o tempo todo*! Depois via os homens coçando a virilha... esperando encontrar o *quê*, em nome de Deus?

Todos os velhos naquela serpeante infestação de vermes... se ela se dispusesse a passear rebolando os quadris na frente deles... e de suas riquezas... eles *derreteriam*! Só sonhavam em... depositá-las dentro... *dela*.

Era como se uma daquelas fadas da carochinha que as crianças tanto amam houvesse passado sua varinha mágica sobre Miami... e — *flash!* — transformado a cidade em Miami Basel... O feitiço durava apenas uma semana, uma mágica semana em dezembro... quando a "feira de arte" Miami Basel era instalada no Centro de Convenções da cidade, e ricaços de todo o país, da Inglaterra, da Europa, do Japão, até da Malásia, até da China, de Hong Kong, de Taiwan, até da África do Sul, *todo el mundo* caía do céu em enxames de aviões particulares... para comprar arte contemporânea valiosa... ou para *ver* os ricaços comprando... para mergulhar na mesma atmosfera mental de arte e dinheiro... para respirar o mesmo ar que eles... em suma, para estar *onde as coisas estão acontecendo*. Até que uma semana depois a fada brandia sua varinha mágica novamente e – *flash!* – desapareciam as obras de arte vindas do mundo todo, os aviões particulares vindos do mundo todo, os ricaços que haviam caído do céu vindos do mundo todo... *puf!* Todo traço de requinte e sofisticação sumia.

Naquele exato momento, porém, todas aquelas criaturas continuavam sob o feitiço da fada.

A exposição só abriria para o público dois dias depois... mas para quem era *do ramo*, quem estava *por dentro*, havia três dias que Miami Basel virara um turbilhão de coquetéis, jantares, pós-festas, discretas rodinhas de cocaína e pegação inflamada. Em quase qualquer lugar se podia conseguir um pequeno aumento de status devido à presença de celebridades – do cinema, da música, da TV, da moda, até do esporte – que nada entendiam de arte, e nem tinham tempo para se importar com isso. Elas só queriam estar... *onde as coisas estavam acontecendo*. Para elas e o pessoal por dentro, a Miami Basel acabaria assim que o primeiro pé do primeiro membro sem noção do público comum tocasse o local.

Se não fosse Maurice Fleischmann, a própria Magdalena continuaria sendo uma sem noção. Ela jamais ouvira falar da Miami Basel, antes de ser convidada por ele a ir à feira junto com Norman... a pedido do próprio doutor. Conviver socialmente com pacientes era uma prática bastante reprovada nos círculos psiquiátricos. A eficácia do psiquiatra dependia, em grande parte, de que ele assumisse uma postura divina, muito acima do lugar do paciente no mundo, pouco importando qual fosse esse lugar. O paciente deveria ser dependente do seu deus pago, e não o contrário. Só que Norman enfeitiçara Maurice, que achava que sua "recuperação" da "doença" dependia inteiramente do médico, apesar do fato... ou talvez por causa do fato... de Norman viver lhe dizendo que ele não sofria de uma doença, e sim uma fraqueza. De sua parte, Maurice sentia-se especial ao ciceronear Norman, porque ele vivia aparecendo na TV e era visto como celebridade por tanta gente em Miami. Ninguém desconfiaria que Fleischmann era paciente de Norman. Eles eram dois homens bastante conhecidos, que transitavam nos mesmos círculos. O que poderia haver de estranho nisso?

Ao fim de cada dia Fleischmann e seu motorista, um pequeno equatoriano chamado Felipe, haviam passado no prédio do consultório para apanhar Norman e Magdalena em um SUV Escalade preto com vidros escuros. A primeira parada, o primeiro dia, era o evento de abertura dos profissionais: um coquetel conhecido como Crepúsculo dos Deuses. Todo ano um homem chamado Roy Duroy dava essa festa no hotel que possuía, The Random, nem tão longe ao sul dali, na avenida Collins. O Random era um hotel típico da tão aclamada onda retrô em South Beach. Um incorporador esperto como Duroy comprava um pequeno hotel decadente, em geral já com oitenta anos ou mais, dava-lhe uma demão de tinta, colocava pontos de acesso à internet nos quartos, trocava o nome Lido ou Surfside por algo estiloso e maluco como The Random, e declarava que aquilo era uma joia arquitetônica art déco. Então tinha-se uma pequena joia decadente. A parte dos fundos da propriedade era a sua salvação, pois dava para uma pequena enseada no oceano. Duroy instalara ali grandes guarda-sóis listrados de magenta, branco e verde-maçã. Eram guarda-sóis muito coloridos, e o coquetel já estava em pleno andamento quando Maurice, Norman e Magdalena chegaram. De cem a duzentos profissionais da Miami Basel apinhavam-se em torno de mesas sob os guarda-sóis, bebendo, ou simplesmente circulavam entre um guarda-sol e outro, bebendo. Todo mundo estava bebendo, criando uma ruidosa espuma de falatório e rararará! Além de *grito grito grito gritos*!

O que mais impressionou Magdalena foi a agitação causada pela simples presença de Maurice. O próprio Roy Duroy imediatamente se aproximou e deu-lhe um abraço de urso. Suas lisonjas caíam sobre Maurice como pétalas de rosa. Um grande incorporador imobiliário chamado Burt Thornton (até Magdalena já o vira na TV e nos jornais) surgiu apressadamente, e só faltou lamber os mocassins de couro de crocodilo de Maurice. Tantas pessoas correram para Maurice, que ele ficou uma hora parado, sem se mexer meio metro desde que chegara, diante daquela paisagem de guarda-sóis coloridos. Magdalena sempre soubera que Maurice era um bilionário que tinha "influência". Mesmo assim, o que jamais conseguira afastar da cabeça fora a tal foto que Norman tirara da virilha de Maurice, apodrecendo sob as pústulas de herpes. Ali, naquele Crepúsculo dos Deuses, porém, ela estava vendo Maurice *el Grande*.

Enquanto isso, Norman parecia um pouco emburrado. Ninguém o reconhecera até então. Ele até já desistira de sua estratégia de gargalhar *Rará* para chamar atenção. Reclamou com Magdalena que Roy Duroy só queria que Maurice apoiasse seu sonho desvairado de transformar The Random em uma cadeia hoteleira, e que Burt Thornton só queria que Maurice impedisse a North Tryon Street Global de executar um enorme empréstimo que ele contraíra para um empreendimento que não vingara.

Os três voltaram ao Escalade preto e partiram para o hotel High, também em South Beach, onde a BesJet, que alugava aviões particulares para empresas e ricaços poderosos, estava dando outro coquetel... até mais barulhento do que o primeiro, com uma espuma que rugia... o falatório... os *qua qua qua quás*! Os *uivo uivo uivo uivos*! Magdalena ficou atordoada. Do outro lado do aposento, notou dois astros do cinema, Leon Decapito e Kanyu Reade. Sem dúvida alguma! *Leon Decapito e Kanyu Reade*... em carne e osso! :::::: Leon Decapito e Kanyu Reade... e *eu*... somos convidados no mesmo coquetel.:::::: Nem mesmo astros como eles, porém, conseguiam atrair tanta atenção quanto a dada pela BesJet a Maurice. O presidente da empresa correu para ele, fazendo reluzir em um sorriso todos os dentes que tinha. Quando eles se cumprimentaram, o sujeito colocou a mão esquerda sobre os dedos entrelaçados dos dois, como que selando uma jura. Deve ter dito cinco vezes a Maurice que no dia seguinte pousaria na cidade o centésimo septuagésimo voo da BesJet destinado especificamente à Miami Basel. Sem dúvida, sabia que Maurice tinha um avião próprio. Só queria que ele tivesse essa informação, porque em Miami, entre todos os ricaços que podiam fretar voos particulares, Maurice parecia ser o mais bem informado. Norman já estava ficando realmente taciturno. Do coquetel da BesJet eles foram até um restaurante elegante e caro, chamado Casa Tua, para um grande jantar oferecido pela *Status*, uma revista nova que fazia sucesso ranqueando pessoas em todas as áreas da vida que se pudesse imaginar.

Nunca um passo porta adentro dera a Magdalena tamanho incremento de status... e assim que adentrou o salão de jantar, entre cem ou mais pessoas, ela notou os rostos célebres de... Tara Heccuba Barker! Luna Thermal! Rad Packman! Ela não conseguia acreditar. Estava respirando o mesmo ar que eles! Mas o pessoal da *Status* não poderia fazer mais alvoroço em torno de qualquer um deles do que fez em torno de Maurice. Em seus comentários, o editor-chefe da *Status* mencionou Maurice *duas* vezes...

Finalmente, depois do jantar, Norman teve uma chance. Uma grandalhona com cara de lua o reconheceu e trouxe mais duas: em pouco tempo, Norman era o astro de um grupelho de conversa ávido para ouvir o proeminente dr. Lewis falar sobre os viciados em pornografia*aaa QUAQUAQUA qua quá*. Em um piscar de olhos, oito ou nove pessoas se juntaram em torno dele.

Magdalena, parada ao lado de Maurice, viu-se involuntariamente engolfada em um grupinho de conversa formado por Maurice e três dos seus puxa-sacos, todos de meia-idade. O único conhecido por ela era Burt Thornton, que vivia aparecendo na TV... algum fiasco imobiliário... ou coisa do gênero. Os outros dois eram Alguém Herman e Alguém Kershner. Maurice estava discorrendo sobre as armadilhas da "pirâmide de prestações hipotecárias", o que Magdalena concluiu ser o problema de Thornton. Ela nunca se sentira tão deslocada. Teria medo de dar qualquer pio ali, mesmo que tivesse a menor noção do assunto abordado. Mas tinha ainda mais medo de abandonar aquele grupinho e tentar a sorte em um aposento cheio de velhos já de pé, aprontando-se para ir *ao que está acontecendo,* a uma ou outra festa pós-festa. Uma parte desses velhos parou quando chegou ao grupinho de Maurice e um homem se adiantou.

— Maurice! — disse ele, dando a Maurice o abraço que é a versão masculina daqueles beijos aéreos femininos entre iguais sociais. Os dois se separaram e ::::::*¡Dios mío!* Nunca vi um homem mais bonito na minha vida!:::::: Rapidamente, Maurice fez algumas apresentações:

— Serguei, esse aqui é Burt Thornton... Burt, esse é Serguei Koroliov.

— Um prazer, sr. Zornton.

— Ah, a honra é *minha*! — disse Burt Thornton.

O sotaque europeu de Serguei Koroliov... talvez fosse russo... só o tornava mais maravilhoso para Magdalena. Ele parecia jovem, ao menos em relação à turma ali... trinta e poucos? Era tão alto quanto uma garota podia ter esperança de que fosse, e *malhado*. Também era difícil haver homens mais bonitos do que ele. Um queixo quadrado, incríveis olhos azuis... e uma espessa cabeleira castanho-clara, com algumas mechas louras, penteada para trás em longas ondas. Aquilo era *romântico*. Além de ser charmoso o jeito como ele sorria e o tom de sua voz ao saudar o "senhor Zornton" e dizer "é um prazer", fazendo estas três palavras soarem como se ele realmente fosse sincero. Pouco antes de Maurice apresentá-lo ao sr. Herman ::::::ele deu uma olhadela para mim... e não foi só por *acaso*!:::::: Quando foi apresentado ao sr. Kershner ::::::ele olhou de novo! Agora já *sei* que foi de propósito!::::::

Provavelmente Maurice também notara aquilo, porque disse: — Ah, Serguei... esta aqui é Magdalena Otero.

O homem maravilhoso se virou para Magdalena, com o mesmo sorriso polidamente encantador. Estendeu o braço, como que para um aperto de mãos... mas então curvou-se e deu um beijo aéreo no dorso da mão dela, dizendo: — Srta. Otero.

Ao erguer o tronco, porém, acrescentou uma leve insinuação ao sorriso, ficou encarando os olhos de Magdalena por tempo demasiado... e depois se afastou com seu grupo. ::::::*¡Dios mío, mío, mío!*::::::

Magdalena sussurrou para Maurice: — Quem *é* esse?

— Alguém que gostaria de ser seu amigo, acho eu — disse Maurice, dando uma risada entredentes. Depois fez um resumo para ela.

Norman também estava feliz. Finalmente haviam percebido quem ele era. Que euforia! Tanto que ele já estava pronto para ir a um pós-festa em algo chamado Museu do Instante, no Distrito de Design, onde uma artista performática chamada Heidi Schlossel estaria fazendo uma performance intitulada *Des-fodida*. Todo mundo no jantar da *Status* estava falando disso. Magdalena jamais ouvira falar no Museu do Instante, no Distrito de Design, em performance artística, ou em artistas performáticas, que dirá uma chamada Heidi Schlossel. Norman estava mais bem informado, mas não muito: já ouvira falar do Distrito de Design, embora não soubesse onde ficava. Maurice, já um figurão consagrado da Miami Basel, estava louco para ir.

Magdalena puxou Norman para o lado.

– Essa tal performance artística... se chama *Des-fodida*. A gente não sabe o que é – disse ela. Depois apontou para trás. – Você quer mesmo se arriscar a levar o Maurice a uma coisa dessas?

– É um museu – disse Norman. – Não deve ser tão ruim assim.

De volta ao Escalade, rumo ao Distrito de Design, que parecia ficar em uma área de fabriquetas e armazéns abandonados. O Museu Instantâneo era um caos... além de pequeno demais para todos os profissionais da Miami Basel que haviam acorrido ali. A única galeria de tamanho quase decente no local tinha centenas de pneus velhos pretos empilhados junto a uma parede. Um cavalete de madeira, de pernas tortas e sem tinta, ostentava uma placa:

LIXO NATIVO DO DIA

— Coleção do Museu Instantâneo

Uma trilha rítmica gravada trovejou em um sistema de alto-falantes: *BOOMchilla BOOMchilla BOOMchilla BOOMchilla*... De trás de um monte de imundos pneus pretos sai uma figura alta vestida de preto. Ela tem uma pele branca feito giz... e uma cabeleira negra que cascateia sobre as ombreiras pregueadas da beca acadêmica que a envolve. Só que esta é volumosa, e chega até o chão. Ela não está sorrindo.

Fica imóvel ali, sem dar um pio, por cerca de trinta segundos. Presumivelmente, trata-se de Heidi Schlossel.

Ela leva as mãos à nuca e desfaz uma espécie de fecho. A beca desliza de seus ombros de forma súbita e completa... *ploft*. Devia pesar uma tonelada.

Então ela ficou totalmente nua diante de uma grande poça de pano preto pesado... rígida, ereta. Seu rosto era um vazio... Ela parecia uma morta-viva em um filme de terror... sem uma só sutura no corpo.

— Vamos embora... agora! — cochichou Magdalena para Norman, meneando a cabeça em direção a Maurice. Norman simplesmente balançou a cabeça... Não.

A mulher totalmente nua aparentava ter 15 anos a mais e 15 quilos a mais do que pedia o seu papel, seja lá qual for. Ela começou a falar com a voz morta dos mortos-vivos: — Os homens já me foderam... eles me foderam, foderam, foderam demais, foderam muito além...

E assim por diante continuava esse poema do Eu Era uma Zumbi Fodida... até que de repente ela enfiou o polegar e dois dedos na vagina, puxou para fora um pedaço de salsicha e como que voltou à vida, bradando: "Des-fodida!"

Logo apareceu outra salsicha amarrada à primeira, e outra, e mais outras, enquanto ela bradava: "Des-fodida! Des-fodida! Des-fodida! Des-fodida! Des-fodida!"

Magdalena mal conseguia acreditar no número de salsichas que a mulher conseguira enfiar na cavidade vaginal!

Maurice já estava com a mão sobre a virilha. Em vez de se acariciar, porém, ele estava balançando o corpo inteiro para a frente e para trás sob a mão... a fim de passar despercebido.

— Maurice! — cochichou Magdalena em tom alto, cutucando Norman. Mas ele a ignorou. Tinha os olhos fixados em Heidi Schlossel. Portanto, da segunda vez Magdalena nem sequer se deu ao trabalho de cochichar: — Norman! Olhe só o Maurice!

Norman lançou-lhe um olhar raivoso... mas também olhou para Maurice. Ficou só olhando de início... calculando... calculando... depois soltou um grande suspiro de autonegação e colocou o braço ternamente em volta dos ombros de Maurice. Inclinou-se perto dele e, em um tom que se usaria com uma criança, disse: — Precisamos ir agora, Maurice.

Feito uma criança obediente que sabe que decepcionou seus pais, Maurice se deixou levar para fora do Museu do Instante. Foi em silêncio, com expressão de penitência, mas Norman agia como se estivesse zangado. Abanava a cabeça de um lado para o outro, sem olhar para qualquer um deles.

— Qual é o problema, Norman? — disse Magdalena.

— Parece que está havendo uma grande festa em uma galeria perto daqui, a Linger, em Wynwood, seja lá onde isso for — disse ele, ainda abanando a cabeça. — Mas acho que já era.

Mais tarde, Magdalena pesquisou e foi informada de que a Linger, uma galeria grande, queria exibir sua "coleção particular" de pinturas pornográficas fotorrealistas, fosse lá o que *fotorrealista* significasse, e esculturas de orgias homossexuais.

Por que havia tanta pornografia nessa tal de arte de vanguarda? Era o que Magdalena queria saber. Por que razão? Como, em nome de Deus, eles justificavam isso? E quem, exatamente, estava mais perturbado por não poder ver tudo: o paciente... ou o médico?

Mas já na noite da véspera era como se nada houvesse acontecido. Ali estavam os três, Maurice, Norman e ela própria, mergulhando em outra rodada de festas e recepções antes do jantar... e na noite da véspera o jantar fora realmente algo. Michael du Gasse e sua esposa, Caroline Peyton-Soames, eram os anfitriões. *Michael du Gasse e Caroline Peyton-Soames!* O casal mais glamouroso de Hollywood, na opinião de Magdalena... um jantar para cem pessoas no Ritz-Carlton... e Magdalena Otero, ex-moradora de Hialeah, era uma das convidadas que, por um momento sublime e inesquecível, tocara a mão direita deles com a sua.

Em cinco minutos, presumivelmente, um par de portas na parede envidraçada se abriria e aqueles homens velhos, aqueles vermes velhos, teriam a primeira chance de arrebatar os tesouros que jaziam do outro lado... Miami Basel! Durante duas horas aqueles vermes, e somente eles, teriam exclusivamente para si o lugar inteiro... fosse lá o que, em nome de Deus, fosse "o lugar inteiro"...

— ... vá se *foder*? Vá se foder *você*, seu gordo...

— AhhrrrggghhhHAHAHA *qua qua qua qua* vocês viram aquele boi gordo tentando se esgueirar entre aquelas duas pessoas ali? Ficou preso entre elas*asasarrgghhhAHAHAQua qua qua quá!* Não conseguiu fazer a barriga passar*arQua qua quá!*

Maurice Fleischmann olhou para Norman com ar vago. Depois olhou em torno, entre seus colegas vermes apinhados ali, para descobrir o que fizera Norman borbulhar*arar ha ha ha* daquele jeito, mas não conseguiu, e continuou perplexo. Já Magdalena entendeu. Norman sempre gargalhava quando se sentia inseguro, principalmente diante de quem o fizesse se sentir defendido ou inferiorizado... Fleischmann, por exemplo. Era uma maneira de dominar a conversa. Qualquer um, até um verdadeiro ricaço como Fleischmann, precisava ter um coração de pedra para não fabricar um sorriso, dar uns risinhos e se divertir com um grandalhão que parecia arrebatado, convulsionado e paralisado de riso por... Deus sabe o quê. Mas por que dar importância à conversa de Fleischmann... se ele já controlava a pobre mente louca por pornografia do magnata? Por quê? A resposta se iluminou na cabeça de Magdalena. Era *muito* importante para Norman manter seu barco em um lugar como a marina de Fisher Island... só que ele não possuía propriedade alguma lá. Era Maurice Fleischmann que tornava aquilo possível. Assim como a presença de Norman ali, entre os VIPs mais importantes de todos os VIPs da Miami Basel, os mais ricos dentre os ricos, os mais prováveis dos prováveis grandes gastadores, os maiores mergulhadores... todos se espremendo por cima e por baixo uns dos outros, só para chegar primeiro àqueles maravilhosos oito mil metros quadrados de obras de arte à venda. O que Norman estava fazendo ali? Maurice Fleischmann tornava isso possível?

Uma espécie de entrevero bem no início da fila... com o tal boizão tagarelando sem parar, e pelo jeito raivosamente. Uma pilha de pneus... de banha... se forma na nuca dele toda vez que o queixo se ergue. ::::::Veja o que ele está usando! Uma camiseta branca comum, daquele tipo que se usa por baixo da roupa! Olhe só para ele! O pano fica esticado por cima da barriga inchada... fazendo com que ele pareça uma daquelas bolas grandes de ginástica, feitas de plástico... a camiseta fica pendurada por fora da calça, um horroroso jeans Big Boy, modelo BodiBilt.::::::

Magdalena cutucou o braço de Norman. – Norman...

– É, é ele mesmo – disse Norman. – Mas espere um instante... esse cara é demais*aisHahhhHAHAQua qua quá!*

Quando ele chegou à gargalhada, Magdalena foi obrigada a ver que Norman já não estava dirigindo seu pequeno número a ela, e sim a Fleischmann.

– Há um segundo o cara estava tentando furar a fila, para ficar no quarto ou quinto lugar... e *agoraaahHaHaHaQuaquaquaquá* ele já está em *primeiro*!

Fleischmann parece irritado. Nem sequer finge sorrir diante da gargalhada de Norman. Está preocupado. Aproxima-se e dá uma espiadela.

– Ei, A.A.... venha cá – diz ele. – Aquele ali não é o Flebetnikov?

– O próprio – diz ela.

Fleischmann se inclina perto dela e baixa a voz: – Escroto banhudo. Ele sabe que eu estou interessado nos Doggs... e veja só. Literalmente, empurrou as pessoas para o lado com aquela barriga de sumô, e agora está encostado na porta.

A.A. baixou a voz: – E portanto também vai atrás dos Doggs? Você não acha...

– Ele tem bilhões de dólares, é capanga do Putin e... "Portanto, vou agarrar tudo que *você* quiser, só para lhe mostrar que você não tem a menor chance contra mim".

– Quem é ele? – disse Norman.

– Talvez você já tenha ouvido falar nos oligarcas russos – disse Fleischmann, claramente desgostoso de ter aquela conversa confidencial interrompida por Norman. Depois virou de volta para A.A. e continuou: – Agora, a única coisa é...

Foi o "talvez" que irritou Norman. Por acaso Fleischmann estaria adotando aquele tom paciente que se usa com retardados? Norman não aturaria isso por um minuto sequer.

– Ouvido falar neles? – disse ele. – Experimente "ouvido alguns deles*eseshsHAHAHAQua qua quá*". Três psiquiatras diferentes já me contrataram como consultor em relação a esses personagens. Se eu ouvi falar deles*hshsHAAAQua qua quá!*

Magdalena *sabia* que aquilo era mentira.

– Bom, tenho sérias dúvidas de que você já tenha sido consultor de alguém tão repugnante – disse Fleischmann em tom seco, provavelmente se perguntando como perdera o controle da conversa.

Sem mais uma palavra, ele se afastou de Norman, foi até a parede da entrada e tirou um celular do bolso interno do paletó. Olhou para trás, certificando-se de que não seria entreouvido por alguém. E falou com uma pessoa por quatro ou cinco minutos. Quando voltou ao grupo, seu humor já melhorara.

– Para quem você ligou, Maurice? – disse Magdalena.

Fleischmann lhe deu um sorriso faceiro de menino. – Bem que *você* gostaria de saber!

Nesse instante, toda a multidão de vermes silenciou. Do nada, surgira uma mulher no outro lado da parede envidraçada, uma americana loura, ossuda e durona, que tentava aparentar menos idade com uma calça preta bem justa e uma camiseta com gola em V também preta, ambas da Art World. Graças a Deus um crachá onde se lia MIAMI BASEL STAFF pendia de seu pescoço. Misericordiosamente, o crachá cobria parte do osso esterno, onde supostamente estaria o decote dela. A mulher destrancou as portas de vidro, deu um sorriso rígido e acenou para o corredor. Estranhamente, todos os vermes permaneceram em silêncio, mesmo já começando a se empurrar mutuamente para entrar.

Flebetnikov pipocou porta adentro feito uma rolha imensa. Já no corredor, perdeu o equilíbrio por um instante e precisou saltitar para se reequilibrar. O barrigão coberto pela camiseta se esticou para um lado e para o outro. Ele liderava a matilha... com os dois cotovelos projetados para fora, como se quisesse garantir que ninguém o ultrapassaria. Pela primeira vez, Magdalena notou que ele calçava o que parecia ser um par de tênis apropriados para basquete. Ela baixou o olhar para os pés de Fleischmann. Ele também estava de tênis! Um par bege, praticamente da mesma cor que sua calça de popeline. O dele não era tão berrante quanto o do russo, mas mesmo assim era um par de tênis... Adiante! Para o Mundo da Arte! Mais depressa!

Então os quatro, Magdalena, Fleischmann, Norman e A.A., passaram se espremendo pela porta. A tal mulher durona, toda de Preto Arte, sabiamente já recuara, saindo da frente daqueles velhos gordos. Não era exatamente o estouro de uma boiada... nem um empurra-empurra totalmente descontrolado... mas Magdalena sentia a pressão. Havia um sujeito tão colado atrás dela que ela conseguia ouvi-lo respirando arduamente junto ao seu ouvido. Ela foi sendo arrastada por aquela maré de ossos velhos, loucos para *entrar ali*, fosse o que fosse aquele *ali*.

Um pequeno corredor levava ao principal salão da exposição. Só este lugar já devia ser do tamanho de um quarteirão inteiro. O teto tinha... o quê? Três ou quatro andares de altura... com tudo escuro lá em cima. As luzes ficavam embaixo, como as luzes de uma cidade... luzes em fileiras incrivelmente longas, de ruas, de avenidas, de estandes... de galerias de toda a Europa, da Ásia, bem como dos Estados Unidos... devia haver centenas delas! Arte à venda! Um bazar gigantesco... à mostra ali, aberto diante deles, os vermes mais importantes... Tudo para eles! *Vejam! Gostem! Comprem!*

O ajuntamento de velhos frenéticos começou a se desintegrar, e eles começaram a recuperar suas vozes, mas todos foram abafados por uma voz tonitruante perto da entrada:

– Sairr da minha frrente, imbecil! Eu esmagarr você e seu pedaço de papel!

Era Flebetnikov, tentando passar com a barrigona por um guarda postado entre ele e todos os irresistíveis tesouros além... O guarda tinha um uniforme azul-acinzentado escuro, com todos os tipos de insígnias de aparência policial, inclusive um reluzente distintivo. Magdalena reconheceu o tipo só de olhar. Aquele não era um guarda qualquer, era um clássico caipira branquelo da Flórida... cabelo ruivo-alourado, aparado bem curto... corpo carnudo... braços enormes se projetando das mangas curtas da camisa feito um par de presuntos... Com uma das mãos, ele brandia um documento de aparência oficial diante do rosto de Flebetnikov.

O russo afastou com um tapa o documento, aproximou o rosto da cara do caipira branquelo e rugiu com sua voz mais profunda, cuspindo perdigotos: – Agorra você sairr da minha frrente! Entenderr?

Com isso, pôs a base da mão no peito do caipira branquelo, como quem diz: "E estarr falando sérrio! Ou você sairr do meu caminho, ou eu jogarr você forra do meu caminho!"

Grande erro. Mais depressa do que Magdalena pensaria ser possível, o caipira branquelo torceu o braço da mão que tocara nele, em uma espécie de chave que trancou Flebetnikov, sua voz, seu corpo e sua alma. Nem um pio saiu dele. Instintivamente, ele parecia saber que ali estava um velho caipirão, que alegremente nocautearia aquele russo gordo e o transformaria em comida para os porcos.

Magdalena virou para Fleischmann e Norman... mas eles já não estavam ao seu lado, e sim cerca de um metro à frente. Fleischmann deu uma cotovelada nas costelas de Norman: os dois se entreolharam e sorriram. A.A. estava à frente deles, caminhando com um ritmo bárbaro, e presumivelmente rumando para os Doggs a fim de garantir a vantagem, agora que o guarda apavorara Flebetnikov e interrompera seu avanço.

Os vermes estavam deslizando e se espalhando por toda a parte com seus assessores, escafedendo-se em direção aos estandes de seus sonhos. Ali... uma disputa de empurrões! Parecia ser entre aqueles dois sujeitos assinalados por Fleischmann, gerentes de fundos em... um lugar em Connecticut? À frente de Magdalena ressoou uma gargalhada, *HahaQQQua qua quá*... Norman olhou para trás na direção dos dois pugilistas baixotes e gorduchos, mas Fleischmann não. Ele e sua A.A., a srta. Carr, só querem saber de negócios, e estão prestes a chegar a um estande. Um verme grande e esfuziante, que Magdalena notara ainda na fila, chega perto pelo lado, sorri e diz: – Como vão as coisas, Marilynn?

A.A. olha para ele por uma fração de segundo, com uma expressão cautelosa que pergunta não *quem*, mas o *que* é essa... criatura... que vem atacando, assediando sua atenção em um momento crucial como aquele? Então ignora o sujeito.

Norman segue os dois ao estande, e para ao lado deles... eles, e um homem alto de cabelos grisalhos, embora não pareça muito velho, e estranhos olhos cinza-claros, feito os olhos oblíquos de um husky, ou seja lá qual for o cachorro que puxa trenós pela neve no Círculo Polar Ártico.

A.A. diz: – Você deve conhecer o Harry Goshen, não, Maurice?

– Não, infelizmente, não – diz Fleischmann, virando para o homem dos olhos estranhos e dando um sorrisinho frio. Os dois trocam um aperto de mãos.

Tão pálidos aqueles olhos... parecem fantasmagóricos e sinistros. Ele usava um terno também cinza-claro e uma gravata azul-clara... o único homem de paletó e gravata que Magdalena vira o dia inteiro... sapatos pretos tão bem lustrados que o vinco entre os dedos e o arco do pé cintilava. Ele só podia ser o proprietário da galeria... ou um vendedor, no mínimo... Os colecionadores ricos, como ela acabara de ver, só usavam trapos e tênis.

Fleischmann, A.A. e Harry Goshen, com seu olhar ártico, pararam diante de uma fileira de robustas caixas de bordo: cada uma tinha cerca de dez centímetros de altura, e de 25 a sessenta centímetros de comprimento. Não eram pintadas, nem pigmentadas, mas envernizadas com tantas demãos de verniz transparente que só faltavam gritar. O tal do Harry Goshen abriu a tampa de uma: o interior era completamente forrado, tampa e tudo, com camurça cor de chocolate. Ele tirou e ergueu uma grande peça redonda de vidro fosco transparente, com cerca de cinco centímetros de espessura. Dava para ver, pelo estresse nas mãos, nos braços e na postura de Harry Goshen, que a danada da coisa era pesada. Ele a posicionou em um ângulo de cerca de 45 graus... o vidro translúcido se inundou de luz, e ali... de alguma forma esculpida nas profundezas do vidro... refinadamente esculpida, nos mínimos detalhes...

– Meio... art déco – disse A.A. para Fleischmann.

... em baixo-relevo, uma jovem com longas mechas encaracoladas...

A.A. ergueu uma fotografia. – Bem semelhante a ele, não acha?

... e um rapaz com curtas mechas encaracoladas... estavam fodendo... e dava para "ver tudo", como dizem, e "tudo" estava inundado de luz translúcida.

Norman ficou tão animado que um sorriso apalermado se espalhou pelo seu rosto, e ele inclinou o corpo o mais perto possível para ver "tudo". Fleischmann parecia totalmente perplexo. Ficava desviando o olhar da escultura pornográfica para o rosto de A.A., depois voltava para o vidro, e então novamente para o rosto dela... *O que eu* devo *achar, A.A.?*

Com seus olhos cinza-claros, Harry Goshen tira outra peça redonda de uma segunda caixa laqueada e vai virando-a até... *pronto*! Surgem um homem e uma mulher... fornicando de modo diferente... outra peça... coito anal... outra... três figuras, duas mulheres e um homem, fornicando em um arranjo anatomicamente improvável... outra... duas mulheres e dois homens... fornicando... dedos, línguas, bocas, braços inteiros, desaparecendo em lugares imundos... Fleischmann já está olhando freneticamente do vidro inundado de luz para Marilynn Carr... para lá e para cá... O tempo é crucial... os *outros* estarão ali a qualquer momento... Flebetnikov, especificamente... Magdalena se aproxima... Fleischmann olha para sua A.A.... implorando... ela inclina a cabeça quase imperceptivelmente, significando não... Magdalena consegue ouvi-la dizendo... no tom mais baixo possível: "Não é um Doggs icônico"... Outra... fornicando... Fleischmann olha freneticamente para Marilynn Carr. Sem uma palavra, ela balança a cabeça para cima e para baixo muito devagar... significando sim! Imediatamente, Fleischmann vira para o husky fantasmagórico, que diz em uma voz fantasmagoricamente baixa, "Três". Fleischmann vira para Marilynn Carr, olhando desesperadamente para ela, que outra vez balança a cabeça para cima e para baixo bem devagar... Desesperadamente, Fleischmann vira para o fantasmagórico Goshen e murmura no fundo da garganta: "Sim." Então Goshen cola uma bolota vermelha na caixa laqueada que contém a peça... Agora olhando de um lado para o outro rapidamente... sussurrando, fazendo sinais desesperadamente... Goshen diz: "Dois e meio." Em voz rouca, Fleischmann diz: "Sim." Outra bolota vermelha em outra caixa laqueada... Tudo em menos de 45 segundos.

Um uivo! Um rugido! Aí vem ele. Flebetnikov deve ter conseguido libertar sua carcaça envolta naquela camiseta, e já está se aproximando. Parece enfurecido. Ruge em russo para alguém, e depois em inglês: – Outrro burraco no narriz é o que ele quererr, aquele filho da puta!

Goshen age como se não ouvisse, ou simplesmente não ligasse... nenhum russo furioso vai interromper *essa* onda! Flebetnikov rosna, ruge e jura que vai botar mais um *burraco no narriz* do filho da puta. Está se aproximando. Fleischmann parece mais calmo, mas ainda acelera a missão... outra bolota vermelha ("três e meio")... outra bolota vermelha ("um")... bolotas vermelhas bolotas vermelhas bolotas vermelhas ("dois", "quatro" pela cena da orgia, meu Deus! Depois "nove um sete")... todas essas bolotas vermelhas. ::::::Deve ser nisso que estão pensando quando falam em "sarampo".::::::

Se aqueles números significavam o que Magdalena estava começando a achar que significavam, Fleischmann acabara de gastar 17 milhões de dólares, ou 17 milhões menos 83 mil, caso nove um sete significasse 917 mil dólares, em menos de 15 minutos. E caso Marilynn Carr, com suas belas coxas brancas e corte de cabelo inglês, recebesse dez por cento do vendedor, o tal husky fantasmagórico, e dez por cento do comprador, Fleischmann, então... ela acabara de ganhar 3 milhões e 400 mil dólares, supondo que Norman explicara as comissões corretamente.

Os rugidos em russo de Flebetnikov estavam chegando cada vez mais perto.

A.A. disse para Fleischmann: – Por que não saímos daqui? Eu conheço o Flebetnikov. Ele não é uma pessoa racional.

Pela primeira vez desde que tudo aquilo começara, Fleischmann sorriu. – E perder toda a graça?

Ele insistiu em esperar Flebetnikov, e ficou parado bem diante da entrada do estande. A.A. aparentava muito nervosismo. Subitamente, Fleischmann parecia ser a imagem da felicidade.

Flebetnikov chegou, rugindo em russo, com um homem alto, moreno e de ar ansioso ao seu lado:

– Aquele ali é o Lushnikin – sussurrou A.A. para Fleischmann. – É o consultor de arte da maioria dos oligarcas.

Flebetnikov estava rosnando feito um urso, e rugiu para Lushnikin algo em russo... algo que terminava com "Goshen". Então, pela primeira vez, notou Fleischmann, e pareceu ficar espantado, além de cauteloso. Culpado, talvez?

– Camarada Flebetnikov! Está interessado em Doggs? – ribombou Fleischmann, indicando com o polegar o estande às suas costas. – Eu também estava. Mas tudo que era bom já foi vendido. Na Miami Basel você precisa ser rápido. É *ver*, *gostar* e *comprar*.

Pela expressão de Flebetnikov, não dava para saber se o sarcasmo fora detectado ou não. Ele ficou piscando. Parecia perplexo. Sem dar uma palavra, virou e entrou no estande, berrando "Lushnikin! Lushnikin!".

Fleischmann foi embora, rindo entredentes, sem dúvida visualizando a desolada paisagem de bolotas vermelhas que aguardava o Camarada dentro do estande. Norman e A.A. estavam praticamente colados nele. Norman tinha no rosto um sorriso enevoado, um sorriso interior, pode-se dizer. Se Magdalena entendera bem, ele estava pensando em si mesmo transformado em um homem rico, simplesmente por estar ali quando tudo acontecera. Ele nem sequer olhou para ver onde ela se encontrava, tão profundamente absorto em seu mundo imaginário estava. Já caminhara dez ou 12 metros ao longo da fila antes de lembrar da existência dela. Não queria se separar de seus amigos gloriosos, mas hesitou o suficiente para girar a cabeça de um lado para o outro. Quando localizou Magdalena, fez um grande aceno com o braço... mas sem esperar por ela. Girou sobre os calcanhares e continuou no rastro glorioso de Fleischmann.

Sem saber que outra coisa fazer, Magdalena foi andando atrás dele. Dos dois lados, dentro dos estandes perto da entrada... bolotas vermelhas. Era espantoso. Tantas peças haviam sido vendidas tão depressa... Bolotas vermelhas, bolotas vermelhas, bolotas vermelhas... "O surto de sarampo"... mas é claro... era sobre isso que todo mundo vinha falando! Todas aquelas bolotas vermelhas... valendo 17 milhões de dólares no caso de Fleischmann.

Quem sabia quantos outros milhões todas aquelas outras bolotas vermelhas representavam?! Magdalena começou a se sentir enjoada. Bastava pensar em como aquele povo era superficial e perversamente perdulário! *Los americanos!* Era só pensar em Fleischmann, gastando quase 17 milhões em sete peças de vidro obscenas... 17 milhões em 13 ou 14 minutos, por medo de que um russo gordo pusesse as mãos naquelas idiotices primeiro... só para se exibir! Uma exibição pessoal de 17 milhões de dólares... Norman não percebia isso... estava absorto em tudo aquilo. Aquela menina cubana chamada Magdalena já não existia, não é? Norman a tirara da cabeça. O ressentimento de Magdalena foi aumentando, como se estivesse em chamas, até virar *incêndio premeditado*. E ela sentiu uma satisfação sinistra ao alimentar a fogueira. Aquele *escroto*. ::::::Norman, você é um interesseiro nojento. Ostentar dinheiro para você nunca é cafona, não é? *Você me insultou!* Por que vou continuar aturando isso?::::::

Involuntariamente, sem serem chamadas, quatro coisas pipocaram na área de Wernicke do cérebro de Magdalena: seu BMW... registrado em nome do dr. Norman Lewis, já que ele, estritamente falando, era o proprietário; seu salário... que ela recebia sob a forma de um cheque assinado pelo dr. Norman N. Lewis; seu apartamento... seu lar, como ela agora pensava... propriedade do dr. Norman Lewis; o dinheiro adicional de que ela precisava quando apertada, para continuar pagando as prestações do crédito educativo... providencialmente fornecido pelo dr. Norman N. Lewis... O impulso rebelde dentro dela diminuiu rapidinho.

Magdalena engoliu o orgulho e continuou andando rumo ao salão VIP. Uma fileira de divisórias modulares com pouco mais de um metro de altura fora erguida para obrigar todos que quisessem respirar o mesmo ar que os VIPs passassem por uma abertura, guardada por um segurança. Outro caipira branquelo grandalhão. E se o cara não a deixasse entrar? Ele parecia uma caricatura da estirpe. E se começasse a encher o saco?

O sujeito deu uma olhadela burocrática no crachá VIP pendurado no pescoço dela e acenou para que ela entrasse. Tinha ESTOU POUCO ME LIXANDO escrito na cara.

* * *

O único símbolo do elevado status de alguém no salão VIP do Fuggerzberuf Industriellbank de Zurique (FIZ) era o mero fato de que esse alguém tivera permissão para entrar. Fora isso, o lugar era apenas um mar daquilo que no ramo imobiliário comercial é conhecido como "mobília contratada": simples cadeiras modernas e mesas pequenas, feitas de tanto material plástico quanto possível. Ali as pessoas muito importantes podiam se sentar, relaxar, ir pegar uma bebida e contar histórias sobre as batalhas pelos itens mais quentes da Miami Basel, ou seja, trocar fofocas muito importantes.

Bem no meio desse mar, Magdalena sentou-se a uma mesa com Fleischmann, A.A. e Norman, que ela já estava ignorando ostensivamente. Calculava que devia a si mesma pelo menos um nível de respeito próprio. Subitamente, Madame Carr passara a ser a alma da festa. Magdalena ficou pensando se Norman ou até Fleischmann tinha alguma ideia da razão, dentre as 3 milhões e 400 mil possíveis. No momento, madame estava respondendo uma pergunta de Norman... Norman, que certa vez dissera a Magdalena: "Tome cuidado ao fazer perguntas. Perguntar é a maneira mais infalível de revelar sua ignorância." Fosse como fosse, Norman fizera uma pergunta, e Marilynn Carr estava dizendo: – Como o Doggs aprendeu a trabalhar com vidro? Ele não trabalha com vidro, ou qualquer outra coisa. Você nunca ouviu falar em arte Sem Mãos e arte Automatizada?

– Ah, acho que já ouvi algo a respeito... mas na verdade, não – disse Norman desajeitadamente, ou pelo menos desajeitadamente para ele.

A.A. disse: – Hoje nenhum artista de vanguarda toca em materiais, ou instrumentos.

– Como assim... *instrumentos*, A.A.? – disse Fleischmann.

– Ah, vocês sabem... pincéis, argila, facas de moldagem, cinzéis... tudo isso pertence à Era Manual. Lembram da pintura? Parece coisa dos anos 1950, atualmente. Lembram de Schnabel, Fischl, Salle e essa turma? Hoje todos eles parecem dos anos 1950, embora seus 15 minutos tenham sido nos anos 1970. Os artistas novos, como Doggs, encaram todas essas pessoas como se fossem de outro século, coisa que são, na realidade. Continuavam usando as mãos para criar pequenos truques visuais em telas que eram ou bonitas e agradáveis para agradar as pessoas, ou feias e intrigantes para "desafiar" pessoas. *Desafiar*... ahmeudeus! – Ela abriu um sorriso e balançou a cabeça, como quem diz: "Dá para *acreditar* que as coisas eram assim?!"

– Mas então como o Doggs faz? – disse Fleischmann. – Acho que nunca cheguei a perguntar isso.

– É realmente fascinante... – disse A.A. – O Doggs pegou uma garota de programa, a Daphne Deauville, aquela que fez o governador de Nova Jersey perder o emprego... e por causa disso acabou arrumando emprego como colunista do New York *City Light*... eu quase não acreditei! Em todo caso, o Doggs mandou um fotógrafo tirar umas fotos enquanto ele... bom... *ficava fodendo* a garota até arrancar o couro dela! – disse Marilynn. Ultimamente virara uma coisa audaciosamente chique as mulheres usarem *fodendo* na conversa. – Além de fazer isso e aquilo... depois enviou as fotografias para a Dalique, que mandou seu pessoal reproduzir as imagens com três dimensões em vidro Dalique, mas o próprio Doggs nunca tocou nas peças... nunca. Ele não botou a mão na feitura delas. E se tocou nas fotografias, foi só para colocá-las dentro do envelope enviado por FedEx para a Dalique, mas tenho certeza de que ele tem assistentes para fazer coisas assim. Sem Mãos... hoje este é um conceito importante. Não é como um artista que usa suas supostas destrezas para iludir as pessoas. Não é uma habilidade manual. É algo totalmente sem mãos. Isso torna tudo *conceitual*, é claro. Assim ele transforma aquilo que um artista manual usaria para criar... um *efeito*... em algo que leva você a refletir de modo mais profundo. É quase como se ele tivesse inventado uma quarta dimensão. E é aí que você encontra as obras melhores, e mais contemporâneas, de toda essa geração emergente. A maior parte das obras do Doggs nesta exposição é icônica. Todo mundo que vir uma das suas, Maurice, vai dizer: "Meu Deus! É o Doggs no início do seu período clássico." Porque eu estou convencida de que é isso que o trabalho dele é. Vanguarda, e ao mesmo tempo clássico. O tipo de trabalho que não está disponível todo dia! Pode acreditar, Maurice... desta vez você... realmente *emplacou*!

Realmente *emplacou*... Fleischmann parecia muito satisfeito, mas seu sorriso era o sorriso perplexo de alguém que não consegue explicar sua própria boa sorte. Obviamente, ele não entendera uma só palavra da explicação que A.A. dera. Isso fez Magdalena se sentir melhor, porque ela também não entendera patavina.

Em vez de continuar sentado ali com ar de 17 milhões de dólares de perplexidade, Fleischmann se levantou, pediu licença a A.A. e falou que logo voltaria. Como ele estava encurralado por outras mesas, Magdalena se levantou, moveu sua cadeira para deixá-lo passar e por acaso olhou em torno. Seu coração disparou dentro da caixa torácica. Ali estava ele, a cerca de quatro mesas atrás da sua cadeira... aquele russo que ela encontrara tão rapidamente, e tão *profundamente*, após o jantar na véspera... e ele estava *olhando diretamente para ela*! Magdalena ficou tão espantada e nervosa que nem conseguia pensar no que fazer. Acenar? Correr até a mesa dele? Mandar um garçom entregar um bilhete? Uma flor? Um lenço? Seu cordão com um pingente em forma de coração? Antes que a mente de Magdalena parasse de girar, ele já se virara outra vez para as seis ou sete pessoas à sua mesa. Mas ela tinha *certeza*. Ele ficara olhando *diretamente para ela*.

O quê? Agora era Norman. Ele se levantou e perguntou a A.A. se ela por acaso sabia onde havia um banheiro masculino. ::::::Talvez ele não queira ficar só sentado aqui, recebendo os raios negros disparados pelos meus olhos.:::::: A.A. apontou para bem longe *naquela* direção, a direção que Fleischmann tomara, e disse: — Fica no lounge da BesJet. Esse aqui não tem banheiro.

Sem sequer uma olhadela para Magdalena, ele também partiu *naquela* direção. Agora só havia ali as duas mulheres, A.A. e Magdalena, em lados opostos da mesa, sem saber o que dizer uma à outra.

Uma lâmpada acendeu na cabeça de Magdalena. Era a sua chance! Quando se sentara, ficara de costas para o russo. Mas A.A. estava de frente para ele. Até aquela altura, A.A. não dirigira uma só palavra a ela. Nem sequer olhara para ela. Só que nesse instante Magdalena se levantou e abriu um enorme sorriso para A.A. Era mesmo um sorriso? Em todo caso, ela estava decidida a manter aquele sorriso a todo custo. Foi rodeando a mesa na direção de A.A., mantendo o sorriso tão tenso acima e abaixo dos dentes que a coisa começou a dar a sensação de ser uma careta. A.A. parecia intrigada. Não, mais do que isso. Ela estava alerta. A aproximação de Magdalena era totalmente contrária ao que ela esperava. A menininha sem noção que aparecera junto com o famoso médico pornô... Magdalena leu tudo isso no rosto dela, isso e o desejo de que a menininha sem noção fizesse o mais apropriado... a gentileza de parar de sorrir, ficar longe dela e... evaporar. Ah, Magdalena conseguia ler tudo isso, e até *mais*, a partir daquele curto cabelo louro, repartido em um dos lados, e penteado reto por cima da testa e dos olhos até o outro lado... mas já não havia como recuar... não depois de ficar com aquele sorriso grudado no rosto... de modo que ela puxou uma cadeira, a que fora de Fleischmann, para bem perto da de A.A... até as cabeças das duas ficarem apenas a cerca de meio metro uma da outra... Mas o que ela ia dizer? *Sem Mãos* pipocou na sua cabeça...

— Marilynn... posso chamar você de Marilynn?

— É claro — disse ela, com um olhar distante que significava: "Pode me chamar do que quiser, mas depois se enfie por um buraco no chão, tá legal?"

— Marilynn, achei *tãoooo* fascinante o que você falou sobre a arte Sem Mãos — disse Magdalena, percebendo que sua voz adquirira um timbre que ela jamais ouvira dentro do crânio. — O que torna isso importante?

Sentir que seu conhecimento estava sendo solicitado já reduziu um pouco a gelidez na expressão de A.A., mas mesmo assim ela deu um grande suspiro, o suspiro de alguém que sabe estar prestes a empreender algo laborioso... e inútil. Depois disse: — Bom, você conhece a expressão "Toda grande arte é sobre arte"?

— *Nããããooo...*

Magdalena manteve o sorriso simpático e os olhos arregalados de quem tem uma grande sede de conhecimento e já encontrou a fonte.

Outro suspiro carregado de tédio.

— Significa que não basta criar um efeito no espectador. A obra precisa refletir conscientemente sobre a arte... — A.A. parou abruptamente e se inclinou para Magdalena com ar íntimo e confidencial. — Na realidade, você se importa se eu *lhe* perguntar uma coisa? Qual é a sua relação... ou como você conheceu seu amigo, o dr. Lewis? Alguém estava dizendo que ele é um psiquiatra importante... trata de viciados em pornografia, coisa assim?

Magdalena não sabia o que dizer. Ela era namorada dele? Os dois eram apenas amigos? Ela trabalhava para ele? Naquele momento, isso não importava. O principal era que ela estava diretamente na linha de visão do tal russo, Serguei Koroliov. Caso ele suspendesse a atenção que dava aos comensais por tempo suficiente para fitá-la, Magdalena queria que ele visse uma jovem feliz... até alegre... e envolvida em uma conversa confidencial à sua mesa, obviamente uma parte da sua turma, fosse essa qual fosse, perfeitamente à vontade na atmosfera mental dos lounges VIP... e nos círculos íntimos das Art Basels do mundo... em suma, uma bela criatura que *se encaixa*, que está em casa, *onde as coisas acontecem*.

— Ah, eu trabalho para ele... sou enfermeira psiquiátrica — disse ela a A.A.. Aquilo soava melhor do que só *enfermeira*.

— E ele simplesmente convidou você para a abertura VIP da Miami Basel? Patrão bacana — disse A.A. olhando para os olhos de Magdalena com um insincero sorriso insinuante.

::::::Piranha! O que eu digo a *isso*?!:::::: O cérebro de Magdalena digi-googlou em busca de uma resposta, enquanto se perguntava se ela parecia tão baratinada quanto se sentia. Após uma pausa longa demais, ela disse: — Acho que o Maurice Fleischmann conseguiu os passes VIP. Ele é tãããão generoso!

— É mesmo — disse A.A. — Mas então o dr. Lewis...

— E ele realmente *confia na sua opinião* — disse Magdalena.

— Quem confia?

— Maurice Fleischmann. Qualquer um pode ver *isso*! — Magdalena estava disposta a tentar de tudo para desviar a conversa de Norman. E *gra-*

çasadeus! a bajulação provocou um sorriso *sincero* no rosto daquela mulher penteada à moda inglesa.

— *Espero* que sim! — disse A.A. — Sabe, ele realmente se deu muito bem hoje.

— Eu queria entender só *metade* do que você sabe sobre arte, Marilynn. Um *décimo*. Um *centésimo*. Preciso admitir que nunca tinha ouvido falar de Jed Doggs até hoje.

— Jeb — disse A.A.

— Jeb?

— Você falou "Jed". É *Jeb Doggs*. Ele já deixou de ser um "artista emergente", e acho que também passou de "astro em ascensão". Já chegou lá. Tem lastro real. Eu estou muito feliz pelo Maurice... e *ele* vai ficar muito feliz quando vir a trajetória ascendente em que Jeb Doggs está.

::::::Consegui! Fiz a atenção dessa piranha vaidosa sair de mim e do Norman e voltar para si mesma.::::::

Pelo canto dos olhos, Magdalena viu Koroliov desviar os olhos dos outros à sua mesa, virar e olhar ::::::não para mim:::::: para algo *lá*. Ao girar de volta, a cabeça dele parou no meio do arco. ::::::Ele está olhando direto para *mim*... continua *olhando*... continua *olhando*!::::::

Magdalena não conseguiu mais manter a frieza. Desviou o olhar de A.A., embora os lábios dela ainda estivessem se mexendo, e olhou diretamente para ele. A.A. ficou olhando diretamente para *ela*. ::::::Mas eu preciso aproveitar a chance!:::::: Magdalena abriu um sorriso que tencionava dizer: "Sim, sou *eu*, a dona daquela mão que você apertou por tempo demais! Sim, fique à vontade para fazer isso outra vez!"

Koroliov sorriu de volta de um modo que dizia a Magdalena: "Ah, não se preocupe... farei isso." E também manteve o sorriso no rosto por tempo demais. Magdalena comprimiu os lábios de um modo que tencionava dizer: "Estou quase estourando de emoção e expectativa. Por favor, se apresse!"

Koroliov virou de volta para seus comensais... e A.A. disse: — Amigo seu? Não me leve a mal, mas não consigo lembrar de outra enfermeira que conheça tantos pesos-pesados. Não estou sugerindo coisa alguma, mas notei que você e Fleischmann se chamam de Magdalena e Maurice...

E deu outro sorriso insinuante.

::::::Como eu sou *burra*! Por que fui contar a ela que sou enfermeira do Norman? Por que fui falar "enfermeira", para começar? Por que não falei "Ah, somos amigos", deixando que ela interpretasse isso como quisesse? Agora vou ser obrigada a dizer: "Bom, eu *realmente* trabalho para o Norman, mas nós também *namoramos*." Namorar! Hoje em dia *namorar* é um eufemismo para *foder*. Burra! Burra! Mas é a única saída! A.A. está com a cara bem perto da minha. E agora faz uma expressão *venenosa*, arqueando as sobrancelhas de modo a dizer: "E aí... por que essa demora? Eu fiz uma pergunta simples. O que você está tentando esconder?" *Droga!* E *droga* novamente! Bom... lá vai.::::::

– Hum... o negócio é que... eu trabalho para o dr. Lewis... o Norman... como já falei. Mas nós também estamos namorando...

– Ahhhhh...

Esse foi o sussurro que A.A. não conseguiu reprimir, e que saiu da sua boca... um irresistível *ahhhhhh*<<<fisguei um peixe grande!>>>...

– E o Norman e o...

Magdalena fez uma breve pausa. ::::::"Sr. Fleischmann" ou "Maurice"? *Hum...* Maurice.::::::

– O Norman e o Maurice são muito amigos, de modo que fui apresentada a ele também.

A.A. abriu um sorriso supervenenoso... *Agora peguei você, não peguei?...* Ah, Magdalena sabia bem o que estava passando pela cabeça dela. <<<Arrá! Então o grande expert sexual está fodendo com a própria enfermeira até dizer chega! Posso fazer a festa com *isso*!>>>

Nesse instante... *graças a Deus*. Norman e Maurice surgiram de volta, ziguezagueando entre as mesas. Pareciam muito alegres, muito satisfeitos com alguma coisa. No momento anterior, Magdalena queria que eles ficassem longe por tempo suficiente para que o russo bonito pudesse se aproximar. Agora... agradecia até por coisas pequenas! Os dois homens estavam de volta, e isso forçaria uma mudança de assunto, sendo o assunto em pauta <<<O bom doutor fode com sua enfermeira safada>>>.

— Você nunca vai adivinhar com quem eu esbarrei no salão VIP da BesJet! — Maurice parecia transbordar de prazer. Estava sorrindo, e seus olhos dardejavam entre A.A. e Magdalena, sempre brilhando... não, mais do que isso... cintilando, refulgindo, irradiando. — O Flebetnikov! Como *ele* estava puto! Rosnava! Rugia! Você precisava ouvir aquilo! A porcaria de um burocrata... foi a palavra que ele usou, burocrata... como ele ouviu falar em burocrata? O inglês dele é tão ruim! Ele foi retido pelo idiota de um segurança burocrata. "O idiota de um *caipirra brrranquelo*"... também não sei onde ele pescou esse *caipira branquelo*... ficou falando sem parar sobre "o idiota daquele caipirra brranquelo". Ele teve até sorte que um idiota de um caipira branquelo não tenha aparecido para acabar com as banhas dele. Contou que quando finalmente se livrou do caipira branquelo, todas as peças melhores já tinham desaparecido. "Todas as peças melhorres já desaparrecerr!"

— E o que você falou? — disse A.A.

Norman se intrometeu:

— *AahhhHAHHQua qua quá* você precisava *ouvirrr ohohoh qua qua qua* Mauric*eeeeeehehehehahahahhHAHAHahhhqua qua quá*! Ele falou para o cara... "Caramba, isso é péssimo! Vou tentar achar alguém que seja da diretoria-*ahahaHAHAqua qua quá*! Você estava interessado nas obras de quem?", perguntou ele ao cara. "Naum interressarr... tudo desaparrecerr!" — Claro que ele precisava mostrar que sabia imitar um sotaque russo tão bem quanto Maurice. — E escute mais essa*aaaAHHHH qua qua quá*! O Maurice bota a mão no ombro do cara e diz: "Que pena! Lamento muito*ooohOHOHOHOooo*!" Ele lamenta muito*ooohOHOHOooo*! Eu achei que você ia irromper em lágrimas por ele*eeehEHEHEHEQua qua qua quá*!

— Deixe pra lá — disse Fleischmann. — Mas ele mereceu. É o tipo do cara que vive empurrando, empurrando, empurrando... assim como empurrou todo mundo até ser o primeiro a passar por aquela porta.

Magdalena se pegou sentindo pena do gordo. Maurice Fleischmann, que cultivava boas relações por toda parte, conseguira arrumar um caipirão branquelo para cuidar daquele urso russo bilionário com apenas um telefonema. Ela baixou os olhos, enquanto refletia. Só notou o vulto alto que se aproximava por trás de Fleischmann quando ele já quase chegara à mesa. Sim, era ele, finalmente, o russo, Serguei Koroliov. Magdalena chegou até a sentir a adrenalina fazer seu coração disparar, fibrilando em uma fração de segundo. ::::::Droga! Por que ele esperou tanto? *Agora* ele se decide... depois que Maurice e Norman já voltaram! Agora nada vai acontecer, além do que sempre acontece quando homens com altas opiniões sobre si mesmos se encontram. Eles passarão o tempo todo tentando pensar em maneiras de se exibir que não sejam totalmente óbvias. *Direitos das mulheres?* Isso é uma piada. As mulheres não existem quando homens assim se encontram... a menos que elas próprias sejam estrelas de algum tipo... Nós simplesmente estamos aqui. Apenas preenchemos o espaço.::::::

— Maurice! — disse Koroliov no tom mais caloroso possível. — Eu já devia saber que ia ver você aqui!

Dito isto, ele deu a Maurice um abraço viril, do tipo que os europeus costumam trocar quando estão aproximadamente no mesmo platô social. Depois acenou em direção à exposição e disse: — Gostou de alguma coisa que viu aí?

— Ah, umas duas coisas — disse Maurice com um sorriso de conhecedor, para deixar ostensivamente claro que *Ah, umas duas coisas* era um eufemismo intencional. — Mas primeiro quero apresentar você à minha querida A.A., Marilynn Carr, minha assessora artística. Se você quiser saber *qualquer coisa* sobre arte americana contemporânea... *qualquer* coisa... precisa conversar com a Marilynn. Ela me deu uma ajuda tremenda hoje. *Salvou* o dia. A.A... Serguei Koroliov.

— Ah, eu sei! — disse A.A., levantando-se e apertando a mão estendida de Koroliov com ambas as mãos. — É uma honra! Você deu a nós... a Miami... nossa primeira destinação artística!

Koroliov deu um risinho e disse: — Obrigado. É muita bondade sua.

— Não, estou falando sério! — disse A.A. — Eu fui ao jantar daquela noite lá no museu. Espero que você saiba o quanto fez pela arte em Miami... aqueles Chagalls maravilhosos, maravilhosos! ::::::Babando em cima do homem, monopolizando a atenção dele, só para se exibir... *Ah, aqueles Chagalls maravilhosos*! E eu, que nem sei o que é um Chagall?::::::

Um súbito pensamento horrível. ::::::Talvez seja a A.A. que ele tenha vindo conhecer, para começar. Olhe só para ela! Está segurando a mão dele... com as duas mãos... e não larga!::::::

Magdalena estudou o rosto dele em busca de pistas. ::::::Graças a Deus! Ele só está tratando A.A. com uma polidez formal à temperatura ambiente.::::::

Enquanto isso, Maurice parece enrijecido de impaciência, com os dois cotovelos dobrados em ângulo reto ao nível da cintura... frustrado ao ver interrompida sua rodada obrigatória de apresentações. Por fim, ele corta a tagarelice de A.A. ao dizer em voz bem alta: – E, Serguei... esse aqui é o dr. Norman Lewis. Você deve se lembrar dele, naquela noite no Casa Tua...

– Ah, sim! – disse Koroliov. – Alguém na nossa mesa comentou que tinha acabado de ver você na TV. Falando sobre... não lembro direito o que ela disse.

– Olá novamente, Serguei Koroliov! – disse Norman, em tom muito jovial. – Não sei a qual programa ela se referia, mas provavelmente eu estava falando de vício. Em geral o assunto é esse. ::::::*Em geral... qual programa... provavelmente!* Você precisa frisar que está *sempre* na TV, não é, Norman?:::::: – Eu tenho a obrigação impossível de comunicar às pessoas que, em termos médicos, não existe o que se chama de vício. Mas ninguém quer acreditar nisso! Todas preferem acredit*aaaar HAHAHA Qua qua quá...* acreditar que estão doent*essss HAHAHQua qua qua quá!*

Maurice não queria prolongar esse assunto. Apressou-se a dirigir a atenção de Koroliov para Magdalena.

– E você deve se lembrar de Magdalena, Serguei.

– É claro! – disse Koroliov. – Lembro muito bem.

Ele estendeu sua mão; e ela a sua. Ele segurou a mão dela por tempo demasiado, sem dizer qualquer outra palavra. Deu a ela o mesmo olhar que dera lá da sua mesa, com a mesma mensagem, só que desta vez derramou grandes doses de significado nos olhos dela. E então, em tom perfeitamente polido e neutro, disse: — É muito bom ver você novamente.

Depois virou-se para Maurice, enfiando a mão em um bolso interno do paletó. — Por favor, fique com o meu cartão. Não entendo nada de arte americana contemporânea. Só leio a respeito... Jeb Doggs, coisa e tal... ::::::Será que de alguma forma ele já soube do "triunfo" de Maurice?:::::: — Mas sei algumas coisas sobre a arte russa do século XIX e começo do século XX. Portanto, se houver alguma ajuda que eu puder dar... em todo caso, vamos manter contato.

Ele estendeu um cartão para Maurice, que o pegou. Estendeu outro para A.A., que também o pegou... *Ah, obrigada baba obrigada baba obrigada baba.* Estendeu mais um para Norman, que deu só um risinho, contendo outra gargalhada*aaqua qua quá*, e também o pegou. Então Koroliov estendeu outro para Magdalena. Quando ela ergueu a mão, ele deslizou o cartão pelos dedos dela até a palma. Apertou o cartão ali com as pontas dos dedos, ancorando tudo por baixo com o polegar no dorso da mão dela, enquanto derramava grandes doses de si mesmo nos olhos dela ::::::por tempo demasiado!:::::: antes de ir embora.

E depois desse momento com o cartão ::::::Agora eu *sei*... Isso não foi *por acaso*!:::::: a serotonina começou a inundar sua corrente sanguínea, sem chance de captar qualquer outra coisa. A partir desse instante, ela passou a tramar tramar tramar tramar urdir urdir urdir urdir alguma forma de rever Serguei.

Norman não notara coisa alguma anormal. Já as antenas de Maurice provavelmente haviam estremecido, porque cerca de dez minutos depois ele disse: — Você já conhecia o Koroliov?

— Só daquela outra noite — disse ela, lutando para manter um tom casual. — Você me apresentou.

Serguei Koroliov... *ele era tão maravilhoso!*

11

GHISLAINE

Encontrar uma camisa de mangas compridas para cobrir os famosos músculos de Nestor Camacho, que viviam nos noticiários, não era tarefa fácil. Mas precisava ser feito. Então ele lembrou de uma camisa de flanela xadrez que enfiara na prateleira do armário que dividia com Ievgueni. Obviamente uma camisa de mangas compridas, de flanela axadrezada escura, não não não era a escolha ideal para andar em Miami sob aquele maçarico quente quente quente... mas ele não tinha opção melhor. A camisa era até feiosa, e Nestor deixou as fraldas fora da calça, a fim de parecer um saco de ração cheio de modéstia... tudo porque sabia que a reportagem no *Herald* naquela manhã daria o que falar onde quer que ele encontrasse seus colegas da Unidade de Repressão ao Crime. O negócio estava na primeira página, com uma versão menor daquela foto dele sem camisa depois do incidente do mastro.

Dito e feito: Nestor, Hernandez, Nuñez e Flores, um outro policial da unidade, haviam acabado de se acomodar nos bancos da Kermit's, uma lanchonete no mesmo quarteirão de uma grande filial da CVS – por falar nisso, toda lanchonete vagabunda em Miami parecia ficar no mesmo quarteirão de uma grande farmácia –, em todo caso, eles haviam acabado de se aboletar ali, quando Hernandez disse: – Nestor... quem é esse tal de John Smith? E quanto custa contratar um relações-públicas, afinal?

Uuuuiii! A pergunta pegou Nestor bem entre os olhos. Mas ele conseguiu mentir friamente, com um tom até estoico. – Pelo que eu sei, sargento, ele é simplesmente um cara que sabe reconhecer um talento autêntico.

Boa. Nuñez e Flores deram uma risada de aprovação, mas o sargento Hernandez não.

— É, mas ele não viu o troço, e nem estava lá. Só que ninguém percebe isso ao ler a reportagem — disse ele, segurando um exemplar do *Yo No Creo el Herald* como se fosse um objeto tóxico e passando a ler em voz alta: — "Nestor Camacho, 25 anos, o policial escalador de cordas que há dois meses foi condecorado por bravura pelo Departamento de Polícia ao retirar um refugiado cubano apavorado do alto do mastro de quase 25 metros de uma escuna, ontem realizou uma nova proeza, deixando seus colegas policiais e alguns suspeitos de tráfico de crack em Overtown embasbacados"... Que diabo é *em basbacados*?

Nuñez e Flores deram outras risadas de aprovação, enquanto Hernandez continuava lendo: — "Camacho e seu parceiro, o sargento Jorge Hernandez, que infelizmente nunca chegou a ser uma lenda..."

Mais risadas de Flores e Nuñez, fazendo Hernandez se deliciar com aquele seu dom de humorista recém-descoberto.

Nestor interrompeu: — Qual é, sargento... isso não está escrito aí!

— Caramba, talvez eu tenha lido errado — disse Hernandez, continuando a ler: — "Camacho e seu parceiro, sargento Jorge Hernandez, ainda virgem na Terra das Lendas, estavam tentando..."

Nestor revirou os olhos crânio adentro e gemeu: — Dá um tempo...

Hernandez continuou: — "Estavam tentando prender TyShawn Edwards, de 26 anos, e Herbert Cantrell, 29, ambos de Overtown, por acusações ligadas a drogas, mas a situação ficou mortalmente perigosa. Segundo a polícia, Edwards, um homem de 1,95 m de altura e 125 quilos, já agarrara com as duas mãos o pescoço de Hernandez para sufocá-lo, quando Camacho, que mede menos de 1,70 m de altura e pesa pouco mais de 70 quilos, pulou nas costas dele, aplicando-lhe um golpe chamado 'chave quádrupla com duplo nelson', e cavalgou-o como se estivesse em um rodeio, até Edwards tombar arquejando. Nuñez prendeu as mãos de Edwards nas costas e efetuou a prisão. Camacho credita a um regime de treinamento heterodoxo..."

Nestor interrompeu, com as bochechas ardendo de vergonha. – Tá legal, sargento... SARGENTO! A gente *entendeu*, já *entendeu*, tudo!

– Claro, *você* entendeu – disse Hernandez. – Mas e Nuñez e Flores aqui, além do resto da unidade? A maioria não lê o *Yo No Creo el Herald*. Você quer *privar* seus colegas disso?

Ele continuou lendo a reportagem em voz alta... divertindo-se imensamente com o constrangimento de Nestor, que sentia as bochechas arderem tanto como uma incandescente bola vermelha. Então Nuñez e Flores entraram pra valer no espírito da coisa. À medida que os detalhes do triunfo de Nestor se acumulavam, os dois começaram a urrar: – Uauuu! Uauuu!

Então Flores disse: – Ei, sargento! O que aconteceu? A última notícia foi de que um negão estava com as duas mãos no seu pescoço, e depois não soubemos mais coisa alguma. Virou presunto, ou coisa assim?

Gargalhadas gerais de Nuñez, de Flores e do sargento.

Flores disse a Hernandez: – Onde o cara pode ter conseguido todos esses detalhes, tipo cavalgando o babaca grandalhão "como em um rodeio", e tudo mais...

Hernandez olhou para Nestor e disse: – E então?

Mierda... Nestor não sabia se aquele *então* estava carregado de acusações ou não.

– Não olhem pra mim – disse ele. – Mandaram que eu fosse responder algumas perguntas logo depois daquele caso do mastro. O capitão Castillo estava logo ao lado. Mas ninguém me mandou responder perguntas sobre isso aqui. Onde esses caras arrumam os detalhes dessas reportagens policiais? Eles vivem falando "de acordo com a polícia", "a polícia falou que" ou "segundo um porta-voz da polícia". Mas... "quem é um porta-voz da polícia"? E quem está falando quando eles dizem "a polícia falou"? É o pessoal da Comunicação Social? E como *eles* descobrem os detalhes? Ligando para os policiais de cada caso? Porque eles precisam perguntar a alguém. Entendem o que eu estou dizendo?

::::::Nada disso chega a ser mentira... mas e se Hernandez, Nuñez ou Flores me perguntarem diretamente? Será que consigo continuar levando esse pessoal no papo? Provavelmente eles nem leem o *Herald*. Mas digamos que façam as contas... John Smith mais John Smith mais John Smith.:::::: Além de se sentir paranoico, ele se sentia culpado.

Nesse instante surgiu uma vibração no bolso esquerdo da sua camisa de flanela xadrez. Nestor tira o celular e diz: — Camacho.

A voz de uma garota na outra ponta: — É o patrulheiro Camacho?

— Sim, é o patrulheiro Camacho — disse Nestor, usando a expresssão "patrulheiro Camacho" para mostrar ao sargento, a Nuñez e a Flores que se tratava de um telefonema profissional.

— Patrulheiro Camacho, aqui é Ghislaine Lantier. Estivemos conversando ontem.

— Hum... claro. — O som da voz dela animou Nestor de um jeito que ele não conseguiria explicar a si mesmo. Simplesmente se animou.

— Provavelmente nem deveria estar lhe telefonando, porque isso não é responsabilidade sua, mas eu... eu preciso de um conselho.

— Sobre o quê? — Nestor conseguia vê-la como se Ghislaine estivesse parada à sua frente... a pele clara, clara... o cabelo escuro... os olhos grandes, arregalados, inocentes e ansiosos... e as pernas. As pernas dela também pipocaram na sua cabeça.

— Isso não tem nada a ver com o que aconteceu ontem. É meio complicado, e eu não conseguia pensar em outra pessoa para ligar... então vi aquela reportagem grande sobre você no *Herald* hoje de manhã, e pensei em tentar. Ainda tenho o seu cartão. Até ler o jornal hoje de manhã, não fazia ideia de que você fosse o mesmo patrulheiro que eu já tinha visto na TV, carregando aquele refugiado mastro abaixo.

Um cântico angelical!

— Espere um segundo — disse Nestor. Cobriu o bocal com a mão e disse aos colegas: — Preciso atender esse telefonema. Volto logo.

Dito isso, ele se levantou do banco, passou pela porta, chegou à calçada e disse ao telefone: — Só estou indo para um lugar mais silencioso. Havia barulho demais lá dentro.

Um lugar era a CVS grande quarteirão abaixo. Na entrada havia um par de portas de vidro que deslizavam automaticamente. Cerca de dois metros mais para dentro havia outro par, criando uma espécie de vestíbulo. Nestor se encostou em uma parede lateral e disse a Ghislaine Lantier: – Desculpe fazer você esperar, mas aqui está bem melhor.

Só que "melhor" nada tinha a ver com barulho. "Melhor" se referia ao fato de que o telefonema daquela garota o livrara do questionamento do sargento acerca de suas relações com John Smith. De nada adiantaria uma mentira descarada, tal como: eu nem conheço o cara. Alguém podia tê-lo visto com John Smith na noite em que eles haviam ido àquele restaurante, Isle of Capri, e em que ele acabara dormindo no apartamento do jornalista. Subitamente, ele teve uma visão sombria: uma investigação, por parte do departamento, sobre o conluio entre um policial e um *periodista*. Qual é! Um policial de baixo escalão, com apenas 25 anos de idade, dando informações à imprensa sem autorização superior? *¡Dios mío!* Destinos cada vez mais melancólicos começaram a passar pelos pensamentos de Nestor. Ele se agarrou desesperadamente àquela conversa com Ghislaine Lantier... dentro de uma câmara de ar da CVS.

– Bom, você fala que precisa de um conselho – disse ele a ela. – Mas que não é sobre ontem. Eu entendi direito?

– Sim, é sobre... eu estou me arriscando tanto ao falar disso com você, um policial! Mas de algum jeito... sei que posso confiar em você. Gostaria de poder contar ao meu pai... quer dizer, eu *vou* contar a ele, mas não posso simplesmente jogar a coisa no colo dele e dizer: "Aí!"... Estou me fazendo entender?

– Hum... não – disse Nestor com uma risada. – Você nem me contou ainda qual é o assunto. Não pode me falar *alguma* coisa?

– Acho que não consigo explicar isso por telefone. Tem algum lugar em que eu possa encontrar você? Quando nós conversamos, depois da sua briga... não consigo explicar, mas percebi que talvez pudesse contar com a sua solidariedade. Percebi que você não estava ali só para prender gente. Foi uma *sensação* que eu tive...

— Está bem... por que não vamos tomar um café em algum lugar? Lá você relaxa e me conta tudo. Tá legal? — interrompeu Nestor. A ideia era boa, mas o mais importante era que Ghislaine parasse de analisar a personalidade dele. Ela já estava fazendo com que ele se sentisse... Nestor nem sabia direito... tantos papos sobre como ele se portara bem lá! — Só que hoje pra mim não dá. Meu turno já vai começar. Que tal amanhã?

— Vamos ver... eu tenho aula até uma da tarde.

— Aula?

— Aqui na Universidade de Miami. É onde eu estou agora.

— Ah, é... você falou disso. Tá legal, eu encontro você aí à uma e quinze. Onde você vai estar? Meu turno começa às quatro, mas isso deve lhe dar tempo suficiente...

Nestor estava esticando todo esse planejamento conscientemente. Tinha um olho no relógio. Queria ficar ali, naquela câmara de ar da CVS, até que os outros precisassem sair da Kermit's para começar o turno. Um deles, provavelmente Hernandez, teria de pagar a conta dele. Mas ele tomara apenas um café... e que diabo, devolveria o valor. O principal era não precisar afundar outra vez naquela maldita discussão.

A garota continuou tagarelando sobre o local do encontro dos dois no campus... e, ó Deus, ela esperava não estar cometendo um erro terrível, porque, no fim das contas, ele *era* um policial. Não era como consultar um advogado, mas ela não podia bancar um advogado... as palavras continuavam pipocando daquele feixe de nervos... e logo Nestor estava escutando apenas metade. Em vez disso, ficava vendo as pernas dela... as pernas e aquela pele de alabastro. Mal conseguiu chegar a tempo no expediente.

Pouco antes de uma em ponto na tarde seguinte, o Camaro de Nestor adentrou o campus da Universidade de Miami para o encontro dele com Ghislaine. ::::::¡Santa Barranza!:::::: Nestor nunca desenvolvera qualquer interesse estético em paisagismo e horticultura, mas ali nem mesmo ele podia deixar de notar aquilo. ::::::Isto aqui é um lugar e tanto!::::::

Um luxuriante gramado cobria cada centímetro do campus, ondulando eternamente em todas as direções... essa era a impressão que Nestor tinha dali do banco do motorista do Camaro. Tudo era tão luxuriantemente verde e uniforme que parecia um gramado sintético estendido ali por Deus. Como se fossem soldados, fileira após fileira de palmeiras-imperiais, com troncos lisos em tom cinza bem claro, criavam colunatas gigantescas de ambos os lados de aleias divinais. As fileiras cruzavam aquele relvado divino até a portaria de todos os prédios principais. Essas entradas grandiosas faziam as construções mais comuns, fossem as brancas modernas ou as coloniais com telhado de barro, parecerem magníficas. Mesmo assim, as aleias formavam apenas a parte mais marcante daquele espetáculo arbóreo. Parecia haver centenas ou milhares de árvores baixas para dar sombra, criando frondosos guarda-sóis verdes com cinco ou mais metros de diâmetro... e isso por toda parte... sombras para terraços sombreados, e filtros solares para canteiros de exóticas flores tropicais. A palavra era mesmo... *luxuriante*. Qualquer um pensaria que Coral Gables tinha um índice pluviométrico anual igual ao do Oregon.

Como era hora do almoço, os alunos estavam saindo dos prédios e tomando diversos rumos.

::::::Eles parecem bons garotos passando um período feliz... com essas camisetas, esses jeans, shorts e chinelos de dedo. São inteligentes, eles ou os pais deles. Estão se preparando para governar as coisas. Esses garotos caminhando pelo campus agora... bem *aí*... podem não parecer grande coisa, mas estão todos no jogo! Vão acabar conseguindo os diplomas que é *preciso* ter, os *BA*, *BS* e tudo isso. Hoje em dia até mesmo no Departamento de Polícia é preciso ter um diploma universitário para se conseguir progredir na carreira. Para chegar a capitão, você precisa ter esse diploma, que já é uma enorme, *enorme* vantagem na competição pelo posto de tenente. Sem aquelas letras após seu nome, você já pode perder as esperanças de passar de sargento.::::::

Nestor pisou no acelerador: o motor envenenado do Camaro fez um alarido, protestando contra a injustiça da vida, e avançou pela alameda

San Amaro em direção à biblioteca Richter, a maior biblioteca do campus, levando o motorista rumo ao seu compromisso, seu inquérito policial, seu sabe-se lá o quê, seu *rendez-vous*, com Ghislaine.

Ele deveria ter adivinhado que a Richter teria uma colunata de palmeiras. Graças a Deus. Aquilo impedia o prédio, que era largo, mas com apenas três andares, de ficar parecendo um galpão. Nestor chegara dez minutos adiantado. Ghislaine dissera que se encontraria com ele na frente do prédio. De modo que ele estacionou no começo da colunata e ficou vendo as pessoas entrarem e saírem dos prédios. Ocasionalmente aparecia uma pessoa de aparência mais idosa. E Nestor ficou se perguntando qual seria o motivo real daquele... encontro.

Um minuto antes das 13:15, uma garota sai da biblioteca... que visão! Ela está usando apenas um chapéu de palha com uma fita preta e uma aba grande feito um guarda-sol, junto com uma pudica blusa de mangas compridas... e *nada mais*! Ghislaine! ::::::*Você está vendo coisas,* seu idiota. Imbecil, está vendo apenas o que *quer* ver.:::::: Então o imbecil percebe que um minishort branco cobre as delícias indizíveis que provocaram tamanho frêmito na sua virilha... Como os de metade das meninas que Nestor viu desde que chegou, o short de Ghislaine é *mini*. Termina a menos de três centímetros das entrepernas. ::::::Todas aquelas delícias lúbricas lá dentro. Já as belas pernas brancas dela, porém, lisas feito alabastro, são reais, e as correntes que fluem através... pelo amor de Deus, pare com isso, Camacho!::::::

Ela vem caminhando em direção a ele pela colunata. Só quando chega bem perto do Camaro é que percebe que *aquele* ao volante é *Nestor*. Ela sorri... levemente... mais por nervosismo do que por qualquer outra coisa, se a opinião dele vale alguma coisa.

– Oi! – disse Nestor. – Entre aí.

Ela olha para as calotas do carro, "calotas" sendo o que fanáticos por carros como Nestor chamavam os aros barrocos que o Camaro ostentava nas rodas. Com um design fantástico, o conjunto ainda fora cromado; portanto, quando o carro andava, cada giro das rodas iluminava a vida dos transeuntes com mil clarões a partir de mil superfícies brilhantes...

ou então estigmatizava o motorista como um pobretão cafona. Para dizer a verdade, a vida de Ghislaine não parecia iluminada por aquela visão. Ela olhou para as calotas berrantes... literalmente *berrantes*... como se calotas, feito tatuagens, exalassem um aroma de criminalidade.

Ao entrar no banco do carona, ela precisou dobrar as pernas antes de conseguir se sentar ereta, e o short foi empurrado para cima até revelar o quadril...::::::Ah, qual é, Nestor! Você está agindo como se fosse um garoto de 13 anos que sentisse os primeiros impulsos de todos aqueles troços na sua pelve. Isso não passa de um par de pernas... tá legal? E você é um policial.::::::

– Está se sentindo um pouco melhor hoje? – disse ele em voz alta, adotando um tom jovial que implicava: *É claro que sim, agora que teve tempo para pensar no assunto.*

– Não muito. Mas estou agradecida por você ter vindo até aqui – disse ela. Que olhos abertos, inocentes e assustados tinha Ghislaine!

– Aonde você quer ir tomar café? – disse Nestor. – Parece que existe uma "praça de alimentação" ou coisa assim por aqui.

Em tom muito hesitante, ela disse: – Tem sim...

– Bom, você escolhe um lugar. Não faz diferença pra mim.

– Starbucks? – disse ela, como que fazendo um pedido que provavelmente seria rejeitado.

– Tudo bem, ótimo – disse Nestor. – Nunca fui numa Starbucks. É a minha grande chance.

A Starbucks ficava no andar térreo de uma arcada que atravessava toda a biblioteca, da frente até os fundos. Era o único empreendimento comercial perto do lugar. *A lendária Starbucks!*

Lá dentro... que decepção... nada havia de especial ali. Nem sequer era muito diferente da Ricky's... cadeiras e mesas baratas, tal como na Ricky's... grãos de açúcar deixados no tampo das mesas, tal como na Ricky's... copos de papel plastificado, guardanapos de papel, invólucros, pauzinhos para mexer o café, tal como na Ricky's... um balcão da altura das meninas que trabalhavam atrás, tal como na Ricky's... Mas duas coisas eram diferentes...

Primeira: não havia *pastelitos*, e portanto nenhum aroma de ambrosia... Segunda: o lugar estava lotado, mas no meio da tagarelice e da algazarra ele não escutava qualquer palavra em espanhol.

Nestor e Ghislaine se enfiaram em um grande amontoado de gente que lutava para fazer pedidos diante de um balcão. Ele olhou por acaso para um grande estande envidraçado ao seu lado... e que diabo era *aquilo*? As prateleiras não continham apenas folheados e biscoitos... tinham alimentos embalados, coisas como *wraps* de frango com alface, macarrão com gergelim e tofu, salada de frango com estragão em pão de oito grãos, pão doce de Maiorca. Quando eles finalmente chegaram ao balcão, Nestor insistiu, galantemente, em pagar os dois cafés. Entregou uma nota de 5 dólares... e foi *tungado*! Recebeu como troco apenas um dólar e vinte cents. O tal gesto galante lhe custara três dólares e oitenta cents! Um e noventa, cada xícara de café! Na Calle Ocho uma xícara de café cubano, provavelmente muito melhor do que aquele troço ali, custava só 75 cents! Ninguém podia ficar mais amargamente chocado com o preço de uma xícara de café do que um policial. Nestor foi levando Ghislaine para uma pequena mesa redonda com o tampo de cor clara... e grãos de açúcar em cima. Fulo da vida, ele se levantou, trouxe de volta um guardanapo de papel e limpou acintosamente o açúcar. A inocente Ghislaine, com seus olhos arregalados, não sabia o que pensar dele. De repente Nestor percebeu que virara seu pai... um Monumento à Paciência. Então se acalmou e se sentou à mesa com Ghislaine. Continuou tão amargurado com o preço do café naquele lugar, porém, que olhava para Ghislaine como se *ela* estabelecesse os malditos preços ali. Com um tom abrupto, do tipo sou-objetivo-e-não-tenho-o-dia-todo, ele praticamente rosnou: – Tá legal, diga lá qual é o lance. O que está acontecendo?

Ghislaine ficou intimidada pela transformação de seu cavaleiro solidário em um reles policial, impaciente e burocrático. Nestor viu isso no rosto dela imediatamente. Aqueles olhos já estavam arregalados de medo. Ela parecia estar lutando para manter os lábios sob controle... e ele sentiu um profundo assomo de culpa. O Monumento à Paciência, sorrindo para a Dor – sob a forma de... uma xícara de café com preço inflacionado!

Timidamente, muito timidamente, Ghislaine disse: — É o meu irmão que me preocupa. Ele tem 15 anos e estuda no colégio Lee de Forest.

— *Iiisss* — disse Nestor entredentes, assobiando suavemente. ::::::*Dios mío*... um garoto branco simpático e bem-educado, de boa família, com 15 anos de idade... no Lee de Forest? Nem quero pensar no que o pobre coitado deve ter sofrido lá. Não sei qual gangue é pior, a dos negros ou dos haitianos.::::::

— Você conhece o colégio Lee de Forest?

— Todo policial de Miami conhece o Lee de Forest. — Nestor fez questão de dizer isso com um sorriso solidário.

— Então sabe das gangues — disse Ghislaine.

— Sei das gangues. — Outra expressão de solidariedade bondosa.

— Bom, o meu irmão... o nome dele é Philippe. Ele sempre foi um bom menino, sabe... calmo, cortês, estudioso... e praticava esportes na escola até o ano passado.

::::::Que olhos grandes e inocentes ela tem! A própria expressão nesse rosto já me deixa com vergonha de mim mesmo. Só foi preciso uma xícara de café.::::::

— Mas se você visse o Philippe hoje em dia... pensaria que ele é de uma gangue afro-americana. Eu acho que ele não é, mas todo o seu jeito mostra o oposto... a calça baggy com o cós tão baixo que a gente pensa "Mais dois centímetros isso vai *cair*"... e a bandana em volta da cabeça com "as cores" da gangue. E ele caminha se pavoneando de uma certa maneira, como os membros de gangues caminham...

Ela balançou o corpo na cadeira, fazendo a mímica, e continuou: — ... e o jeito como ele *fala*! Toda frase começa com "cara". É *Cara* isso e *Cara* aquilo. E tudo é *legal*, ou não é *legal*. Ele vive dizendo coisas como: "Firmeza, cara, pra mim tá legal." Qualquer *uma* dessas coisas já deixaria meu pai louco. Ele é professor, catedrático de literatura francesa na Everglades. Ah, e eu esqueci o pior de tudo... meu irmão começou a falar creole com os seus novos "amigos"! Eles acham isso muito legal, porque assim podem xingar os professores bem na cara deles! Os professores não têm ideia do que eles estão falando. Foi isso que começou toda aquela encrenca na escola, em primeiro lugar! Meu pai não permite que falemos creole dentro de casa. O Philippe anda aprendendo com os outros alunos lá na escola.

— Peralá... o creole é uma língua haitiana, num é? — disse Nestor. Ghislaine balançou a cabeça... muito lentamente. — Então você está falando... que seu *irmão é haitiano*?

Ghislaine deu um suspiro profundo. — Eu estava com a sensação...

Ela parou, deu outro suspiro e prosseguiu: — Acho melhor explicar tudo logo, porque faz parte. Sim, meu irmão é haitiano, meu pai é haitiano, minha mãe era haitiana, e eu sou haitiana. Todos nós somos haitianos.

— Você é... *haitiana*? — disse Nestor, sem saber como se exprimir melhor.

— Tenho a pele tão clara — disse Ghislaine. — Não é nisso que você está pensando?

Sim, era... mas Nestor não conseguia pensar em uma maneira de abordar o assunto com tato.

— Existem muitos haitianos de pele clara — disse Ghislaine. — Bom... não *muitos*... mas um número razoável. As pessoas não nos notam, exatamente por isso. Nossa família, os Lantier, descende do general Lantier, um dos líderes das forças francesas que primeiro ocuparam o Haiti, em 1802. Meu pai fez bastante pesquisa sobre isso. Mandou que meu irmão e eu não mencionássemos o assunto... o fato de sermos haitianos, quero dizer. Não que ele tenha vergonha de ser haitiano, de modo algum. É só que, aqui neste país, se você fala que é haitiano, é imediatamente rotulado pelas pessoas: "Ah, então é isso que você é, uma haitiana." Significa que você não pode ser *isto*... ou *isso*... ou capaz daquilo ou de alguma outra coisa. E se você falar que é francês, as pessoas simplesmente não vão acreditar, porque não conseguem imaginar que alguém nascido e criado no Haiti seja francês. Mas é isso que os Lantier são.

Nestor parecia chocado. Não sabia o que pensar. Estava pronto a acreditar que Ghislaine fosse uma ave rara do paraíso, pela aparência dela, mas... *haitiana*? E agora ela alega ser francesa?

Ghislaine sorriu para Nestor pela primeira vez. – Não fique olhando para mim desse jeito! Está vendo por que meu pai nos falou para não mencionarmos o assunto? Assim que isso acontece, o pessoal de vocês fala: "Ah, você é haitiana... uma *daquelas*... e a gente não pode contar com vocês para coisa alguma." Ande, confesse... eu tenho razão, não tenho?

Isso fez Nestor sorrir para ela, em parte porque sorrir era mais fácil do que tentar inventar um comentário apropriado... e em parte porque aquele sorriso dela realmente iluminava o seu rosto. Ghislaine virava outra pessoa... ::::::*radiante*... é a palavra, mas ao mesmo tempo ela parece vulnerável... precisa dos braços de um protetor ao seu redor... e que par de pernas!:::::: Só que ele se odiava por simplesmente pensar assim! A beleza de Ghislaine era *pura*... e também havia outra coisa... ela era tão *inteligente*. No início Nestor não disse isso para si mesmo com essas palavras. As coisas que ela sabia, o vocabulário que usava... tudo ia se acumulando gradualmente, à medida que ela falava. Nenhum conhecido de Nestor falava "E ele caminha se pavoneando de uma certa maneira"... podiam até falar "pavonear", talvez... mas nenhum deles usaria a expressão "de uma certa maneira", ou uma coisa pequena como "ele não é". Nestor não tinha um único amigo que falasse "ele não é". Todos falavam "ele num é, tu num é". Nas raras ocasiões em que Nestor ouvia "você não é", a expressão lhe provocava uma reação visceral, fazendo com que ele pressentisse algo "alienígena" ou "afetado", embora soubesse perfeitamente, caso pensasse no assunto, que "você não é" era apenas o uso gramatical correto.

– Em todo caso, eu precisava lhe contar isso, porque foi a origem do que aconteceu lá no colégio Lee de Forest – disse Ghislaine. – O meu irmão estava naquela aula.

– Ele *estava* lá... quando o professor derrubou aquele aluno no chão?

– Quando ele *supostamente* derrubou "aquele aluno" no chão. "Aquele aluno" é um garoto haitiano, grande e grosseiro, chamado François Dubois. É o líder de uma gangue lá. Todos os garotos vivem aterrorizados por ele... e infelizmente esse "todos" inclui meu irmão. Tenho certeza de que aconteceu o contrário. O professor Estevez é um homem grande, mas tenho certeza de que *ele* é que foi derrubado no chão pelo tal do Dubois... e para encobrir o fato, Dubois começou a pressionar os garotos a contarem à polícia que tudo começou quando *ele* foi derrubado pelo professor Estevez. E o coitado do meu irmão se deixou ser usado dessa forma. O Philippe quer tão desesperadamente que os colegas durões gostem dele... O tal Dubois arrumou Philippe e quatro outros garotos para lhe dar apoio quando a polícia aparecesse. Os outros da turma falaram que não sabiam o que aconteceu, que não viram nada. Foi desse jeito que escaparam. Assim não precisaram mentir para a polícia, e ao mesmo tempo não incorreram na ira de Dubois e sua gangue. – *Incorreram na ira.* – Um professor que bate em um aluno... hoje em dia isso é um caso de muita gravidade. Nenhum aluno, nem um único, falou que Dubois bateu no professor Estevez. De modo que o professor não tinha uma *única* testemunha em seu apoio, enquanto Dubois tinha quatro ou cinco. Em um instante a polícia saiu da escola com o professor Estevez. As mãos dele estavam algemadas nas costas.

– Bom, o que o Philippe diz que aconteceu?

– Ele não quis conversar sobre isso comigo, nem com o meu pai. Falou que não viu o acontecido, e que não quis conversar a respeito. Eu percebi logo que algo estava errado. Quero dizer, a maioria dos garotos... quando acontece uma coisa sensacional assim na escola, ou mesmo quando a coisa *não* é sensacional... você não consegue manter o pessoal quieto. Já com Philippe, o máximo que conseguimos saber foi que o problema todo começou quando o tal Dubois falou algo para o professor Estevez em creole, e todos os haitianos da turma começaram a rir. O professor Estevez...

– Espere um instante – disse Nestor. – Seu irmão não quer conversar sobre o assunto... mas então como você sabe que ele está sendo levado a mentir a favor desse tal Dubois, junto com os outros quatro garotos?

– Meu pai e eu entreouvimos o Philippe conversando em creole com um garoto da turma chamado Antoine, membro da "galera" de Dubois, que é como eles se chamam, acho eu. Eles não sabiam que tinha gente em casa. Eu não sei creole, mas meu pai sabe, e eles mencionaram os outros quatro garotos.

— Quem eram?

— Não sei — disse Ghislaine. — Simplesmente garotos da turma. Eu nunca ouvi falar de algum deles. E só mencionaram os primeiros nomes...

— Você lembra desses primeiros nomes?

— Lembro de um, que eles chamavam de "Louis Gordo". Falavam em inglês... "Louis Gordo."

— E os outros três?

— Os outros três? Eu acho... lembro que um chamava-se Patrice. Isso ficou na minha cabeça... e os outros... os dois nomes começavam com *H*... disso eu lembro... hummm... Hervé e Honoré! Era isso, Hervé e Honoré.

Nestor tirou do bolso do peito um pequeno caderno espiralado, com uma caneta esferográfica, e começou a anotar os nomes.

— O que você está fazendo?

— Ainda não sei exatamente — disse Nestor. — Mas tive uma ideia.

Ghislaine baixou o olhar, torcendo com uma das mãos os dedos da outra. — Está vendo por que eu hesitei antes de conversar com um policial sobre isso? Pelo que eu sei, você é obrigado a dar todas essas informações a... bom, seja lá quem for o seu superior, e talvez isso já baste para encrencar o Philippe.

Nestor começou a rir. — Seu irmão não está correndo perigo algum agora, mesmo que eu me revelasse um verdadeiro policial *durão*. Em primeiro lugar, o que você me contou nem sequer chega ao nível de prova por ouvir dizer. Eu só teria a imaginação da irmã dele como base pra agir. Além disso, nosso departamento não tem jurisdição sobre qualquer coisa que aconteça dentro do Lee de Forest, ou de qualquer outra escola pública em Miami.

— Por que não?

— O sistema escolar tem um efetivo policial próprio. Esse caso esteve fora das nossas mãos desde o começo.

— Eu não sabia disso. Ele tem um *efetivo policial próprio*? Por quê?

— Quer ouvir um pouco de teoria por minha conta? — disse Nestor. — Oficialmente, eles estão lá pra manter a ordem. Mas acima de tudo, na minha opinião, estão lá pra reduzir os prejuízos. Sua meta é abafar as notícias ruins antes de qualquer repercussão. Neste caso, não tiveram escolha. A coisa já virara um tumulto, e não havia como botar panos quentes.

Ghislaine ficou calada, simplesmente olhando para Nestor... mas seu olhar virou um pedido. Por fim, encarando profundamente o olhar dele, ela disse: — Por favor, me ajude, Nestor.

Nestor! Ele já não era o patrulheiro Camacho.

— Você é minha única esperança... a vida dele está prestes a ser arruinada... antes mesmo de começar.

Nesse momento ela se mostrou radiante outra vez, tão radiante quanto qualquer anjo que Nestor pudesse imaginar. Ele teve vontade de colocar os braços em torno de Ghislaine e virar seu protetor. Não fazia ideia do que dizer a ela. Só queria abraçá-la e garantir que estava ao lado dela.

Com a expressão mais tranquilizadora que conseguiu, ele se levantou, olhou para o relógio e disse: — Está na hora de ir. Mas você tem meu número. Pode me ligar a qualquer hora, e quero dizer a *qualquer* hora.

Eles saíram da Starbucks lado a lado. Tinham mais ou menos a mesma altura. Ele virou, aproximando o rosto de Ghislaine. — Tenho umas ideias, mas preciso pesquisar um pouco.

Depois colocou o braço em torno dos ombros dela e puxou-a mais para perto, enquanto caminhavam. Supostamente, aquilo era um abraço de avô, que significava: "Ânimo, menina. Não fique tão preocupada." Ele arqueou misteriosamente as sobrancelhas e disse: — Se a situação piorar, sempre existem... coisas... que nós podemos fazer.

Deu ao *nós* o peso de todo o efetivo policial.

Ghislaine olhou para ele com uma expressão própria para ungir um herói do povo. Nestor pensou nas pernas dela, para falar a verdade, e baixou o olhar a fim de dar uma espiadela aparentemente casual nelas ali ao lado. Tão longas, firmes e nuas. Rápida e resolutamente, ele passou para pensamentos mais castos, dizendo: — Olhe... é possível dar um jeito de fazer o Philippe conversar comigo, sem parecer que eu sou um policial fazendo um interrogatório sobre um caso?

Ghislaine voltou a retorcer os dedos. – Talvez você pudesse estar lá... quer dizer, na nossa casa... por acaso, um dia à tarde, quando ele voltasse da escola... algo assim?

"Chegando ao destino à direita", disse a mulher em algum lugar do alto da nuvem GPS. Tá legal, era tudo computadorizado, a voz da mulher, mas mesmo assim... ::::::cumé que é isso?:::::: Que nem daquela vez em Broward, quando ele derrapou no asfalto liso e acabou caindo de ré em um riacho. Ficou sentado lá, com água pelos para-choques do Camaro, imaginando como sair dali, enquanto a mulher, com a voz mais calma possível, dizia: "Recalculando"... e logo ela voltou, mandando ele avançar 450 metros com o carro contra a correnteza do riacho e depois virar à esquerda, onde vestígios de asfalto de uma antiga estrada vicinal chegavam até a água – e ele percorreu exatamente 450 metros pelo leito do riacho, virou à esquerda... e a coisa funcionou! A mulher acertou! Ele escapou! ::::::Mas cumé que é isso?::::::

Ele freou, seguindo as instruções dela, e as casas começaram a passar mais devagar... eram casas do tipo que se costumava construir ainda no século XX... muito estuque branco, telhas arredondadas cor de barro e assim por diante. Os lotes eram estreitos, e só poucas casas tinham mais de oito metros de largura... mas havia muitas árvores altas para dar sombra, indicando que se tratava de um bairro antigo... Com o sol quase a pino, as árvores lançavam sombras curtas no estuque e nos gramados frontais. As casas ficavam bem próximas da rua. Apesar disso, os gramados ostentavam um verde luxuriante, com arbustos e flores vívidas: brincos-de-princesa em tom fúcsia, íris nas cores amarela e lavanda, petúnias de um escarlate brilhante... bela vizinhança! O bairro ficava na parte nordeste de Miami, o chamado Upper East Side... ali havia muitos latinos e anglos abastados... bem como vários viadinhos latinos e anglos, por falar nisso... Imediatamente a oeste, do outro lado da Biscayne Boulevard, ficavam Little Haiti, Liberty City, Little River, Buena Vista, Bownsville... Nestor até imaginava os latinos e anglos dali dando graças a Deus todo dia pela existência da Biscayne Boulevard, que isolava os bairros ruins.

— Você chegou — disse a Rainha invisível da mágica esfera GPS.

Nestor parou junto ao meio-fio e olhou para a direita. ::::::O que é *isso*? Ghislaine mora... *aí*?:::::: Ele nunca vira uma casa assim... Tinha um telhado plano, de que só se via a borda... paredes de estuque branco com duas estreitas faixas de tinta preta quase dois palmos abaixo do telhado, percorrendo a casa inteira... duas dúzias de altas janelas estreitas, instaladas lado a lado, criando uma imensa curva que começava em um dos lados da casa e ia até quase a metade da fachada. Nestor ficou boquiaberto ali, até que a porta da frente se abriu e a voz dela ressoou:

— Nestor... oi! Entre!

O sorriso de Ghislaine! Aquela alegria pura e inocente, enquanto ela corria para ele! Nestor queria ficar parado ali com o peito inflado feito o príncipe da Branca de Neve, e deixar que ela se jogasse nos seus braços! Ali estava ela... Ghislaine! Com sua camisa de mangas compridas e seu minishort muito mini, desnudando aquelas lindas pernas longas! Só no último instante é que ele conseguiu se conter. ::::::Isto é trabalho policial, cacete, e não uma pegação. Ninguém da polícia autorizou esse trabalho, mas... do que se *trata*, afinal?:::::: Ela parou bem diante dele, olhos nos olhos, e disse: "Você chegou dez minutos adiantado!", como se isso fosse o tributo mais amoroso que um homem jamais prestara a uma mulher. Nestor ficou emudecido. Para seu espanto, Ghislaine pegou a sua mão, mas não para segurá-la, e sim para puxá-la, dizendo: "Venha... vamos lá para dentro! Você não quer um chá gelado?", o tempo todo o sorriso de Ghislaine revelando um amor dos mais puros e indefesos; ao menos isso era o que parecia, para Nestor.

Lá dentro, ela o levou até a sala, inundada pela luz que jorrava da imensa fileira de janelas. As outras paredes eram cobertas, de alto a baixo, por estantes de livros, interrompidas apenas por uma porta e espaços para três pôsteres tamanho jumbo, que retratavam homens de chapéus. Eram pôsteres europeus, a julgar pelos chapéus anunciados: "ChapeauxMossant", "Manolo Dandy", "Princeps S.A. Cervo Italia"...

– Dê uma olhadela em volta! – disse Ghislaine, em um tom de entusiasmo inexplicável. – Vou buscar um chá gelado para nós!

Ao voltar com o chá, ela disse: – Então... o que você acha?

– Eu... eu... não sei o que dizer. Esta é a casa mais... incrível que eu já vi – disse Nestor, quase falando "incomum".

– Bom, é coisa do papai – disse Ghislaine, revirando os olhos daquele jeito cômico que significa *fazer-o-quê*. – É tudo art déco, dentro e fora. Você conhece art déco?

– Não – disse Nestor, abanando levemente a cabeça. Era mais uma daquelas coisas que o deixavam com a sensação de ser... *huuummm*, nem tanto ignorante, mas inculto, perto de Ghislaine.

– Bom, é um estilo francês dos anos 1920. Em francês se chama "*Les Arts Décoratifs*". É muito importante para o papai, por ser francês. Tenho certeza de que foi por isso que ele comprou essa casa, para começar. Não é muito grande, nem tão elegante, mas é uma casa art déco original. Essas poltronas e essa mesa de centro são exemplos autênticos de mobília art déco. – Ela apontou para as cadeiras. – Ei... por que não nos sentamos?

Então ambos se sentaram nas poltronas art déco. Bebericando seu chá, Ghislaine disse: – Só essas poltronas já custaram ao papai uma *fortuna*. Ele não quer que Philippe e eu esqueçamos de nossa origem francesa. Aqui em casa nós só podemos falar francês. Quer dizer, o papai tem verdadeira ojeriza por creole... ::::::*ojeriza*::::::, embora tenha de lecionar creole na universidade. Fala que é uma língua tão-*ão-ão-ão-ão* primitiva que ele não aguenta. Foi por isso que, quando meu irmão chegou da escola falando creole com o tal garoto chamado Antoine... que foi criado sem conhecer outra língua *além de* creole... e o Philippe obviamente queria ser aceito por aquele... desculpe, *imbecil*... isso simplesmente *matou* o papai. E quando Philippe ainda discutiu com ele só para impressionar o tal retardado... então papai explodiu. Quer dizer, eu *adoro* o papai, e você também vai adorar, quando perceber quem ele é... – ::::::O que significa "Quando perceber quem ele é"?:::::: – mas acho que o papai tem um *tiquinho*... – e Ghislaine estendeu à frente o polegar e o indicador, bem próximos, sinalizando a medida – ... um *tiquinho* de esnobismo. Por exemplo, eu percebi que ele não queria demonstrar como ficou entusiasmado com a minha filiação à South Beach Outreach. ::::::*Minha filiação à*, e não *quando eu me filiei*:::::: – Sinceramente, acho que ele ficou mais entusiasmado do que...

– O que o Philippe acha da sua origem *francesa* e tudo o mais? – disse Nestor. Não tencionara interromper, mas não tinha paciência para o esnobismo de papai, a South Beach Outreach e o resto daquela lenga-lenga social.

– Philippe só tem 15 anos – disse Ghislaine. – Duvido que ele pense qualquer coisa sobre isso, pelo menos conscientemente. No momento ele só quer ser um *neg*, um haitiano negro, feito Antoine e o tal Dubois... já *eles* só querem ser gângsteres americanos negros, e eu não sei o *quê* os gângsteres americanos negros querem ser.

Assim eles foram conversando sobre as encrencas de Philippe, as escolas e as gangues.

– Esta cidade é tão fragmentada entre nacionalidades, raças e grupos étnicos – disse Ghislaine. – Pode-se tentar explicar tudo isso a alguém de 15 anos, feito o Philippe, mas ele não vai escutar. E sabe do que mais? Mesmo que ele compreenda, isso não vai fazer... *shshsh!*

Subitamente ela tapou os lábios com o indicador e virou para os fundos da casa... escutando. Em um tom pouco acima de um sussurro, disse a Nestor: – Acho que é ele... Philippe. Sempre entra pela porta da cozinha.

Nestor olhou para aquele lado. Conseguiu ouvir alguém, presumivelmente Philippe, colocando algo pesado sobre a mesa da cozinha... e abrindo a porta da geladeira.

Ghislaine se inclinou, e com a mesma voz sussurrante disse: – Ele sempre pega alguma coisa gelada para beber quando chega da escola. Se acha que o papai está em casa, pega um copo de suco de laranja. Se sabe que o papai não está aqui, como hoje, pega uma Coca-Cola.

Tchunque. A porta da geladeira fechou. Ghislaine olhou cautelosamente para lá, antes de virar outra vez para Nestor. – O papai não tenta proibir

Coca-Cola em casa, mas toda vez que vê o Philippe bebendo uma, fala: "Igualzinho a beber um doce líquido, não é?" Ou algo assim, e isso deixa o Philippe louco. Ele não suporta. Quando o papai fala coisas supostamente engraçadas, Philippe não ousa rir... porque metade do tempo o papai faz uso de uma espécie de *sarcasmo sutil* que Philippe precisa aguentar. Philippe só tem 15 anos. Às vezes eu acho que deveria falar algo sobre isso com o papai.

Ela olhou bem inquisitivamente para Nestor, como se ele pudesse ter um conselho sábio a oferecer.

Nestor deu a ela o sorriso mais caloroso que conseguiu... na realidade, ficou sorrindo por tempo até demasiado. Depois disse: — Depende do seu pai.

Depende do seu pai? O que significava *isso*? Significava que ele estava perturbado... adorando aquele olhar completamente vulnerável e indefeso no rosto de Ghislaine... um olhar que parecia dizer "Eu renuncio ao meu julgamento em prol do seu". Quando ela se inclinava à frente assim, seu rosto ficava a meros trinta centímetros dos joelhos cruzados. E aquele minishort era realmente mini. As belas pernas dela eram a manifestação carnal de uma inocência indefesa e vulnerável. Ele queria abraçar... ::::::Pare com isso, idiota! Já não basta ter decidido meter o bedelho em um caso da Polícia Escolar? Agora só falta...:::::: Ele afastou da cabeça aquele negócio de atrações carnais concebíveis. Mas seu sorriso e olhar jamais mudaram. Tal como os de Ghislaine... até que ela começou a comprimir os lábios levemente... Nestor interpretou isso como "Não podemos dizer tudo que nos passa pela cabeça, podemos?".

Pou! Aquela bolha que já inchava desapareceu assim que Ghislaine ouviu o irmão sair da cozinha. Ela se levantou da cadeira e disse: — Philippe... é você?

— É. — Dava para ver que o garoto estava tentando imprimir um tom de barítono viril à sua voz de 15 anos.

— Entre aqui um instante — disse Ghislaine. — Tem alguém aqui que quero apresentar a você.

Uma pausa.

— Tá legal. — De alguma forma, ele conseguira baixar o tom ainda mais profundamente, em busca do lodaçal de tédio afetado que jazia lá no fundo.

Ghislaine arqueou as sobrancelhas e revirou os olhos para cima. *Sinto muito, mas precisamos aturar isso.*

Philippe, um garoto alto, mas terrivelmente magricela, entrou na sala andando de um jeito lento e embalado, que Nestor reconheceu imediatamente como a Ginga do Cafetão. O gancho da sua calça jeans batia praticamente nos joelhos... e o cós baixara até os quadris... revelando cerca de um palmo da cueca berrantemente estampada. Na parte de cima, uma camiseta preta com uma vívida inscrição amarela dizia UZ MUVVUZ, um grupo negro de rasta-rap, do qual Nestor ouvira falar vagamente. Abaixo das letras, a estampa de uma bocarra escancarada de um jacaré, com os dentes arreganhados e a escura goela da fera à mostra. O garoto arrematava tudo isso amarrando em torno da testa uma bandana com diversos matizes de verde, amarelo e vermelho permeados de branco. Toda essa parafernália bastante datada, traje de rua popular entre os negros, adornava o corpo cor de café com leite... enquanto a bandana da gangue coroava um rosto adolescente, quase de bebê! Philippe tinha traços delicados, ou delicados para um haitiano, aos olhos de Nestor... com lábios quase de um anglo... mas um nariz um pouco largo demais. Era um rosto doce... mesmo enquanto ele examinava o aposento com as sobrancelhas franzidas sobre o nariz ao nível dos olhos, e as mandíbulas enviezadas, tentando fazer uma careta que dissesse *foda-se*... mesmo *assim*, era um rosto doce.

Ghislaine se levantou e disse: — Philippe, quero apresentar você ao patrulheiro Camacho. Lembra que eu falei dele? Sobre aquela matéria grande no jornal... e sobre o que aconteceu em Overtown, enquanto eu estava na South Beach Outreach? Então... o patrulheiro Camacho veio aqui tratar daquilo.

A essa altura Nestor já se levantara e Philippe estava olhando diretamente para ele. A expressão do garoto mudara completamente. Mas exatamente o que passara por sua cabeça tão de repente? Ele parecia... cauteloso? Ou apenas surpreso? Intrigado? Ou talvez espantado pela extraordinária imagem musculosa em *chiaroscuro* azul-marinho que se erguera à sua frente?

Enquanto os dois trocavam um aperto de mãos, Nestor recorreu a todo o charme policial que conseguiu, e disse: – Oi, Philippe!

O Charme do Policial era a outra face da moeda do Olhar de Policial, que funcionava porque o policial exibia a autoconfiança de alguém que sabe que tem o Poder, além do sinal verde oficial para usá-lo... e *você* não. O Charme do Policial funcionava pelo mesmo motivo. Eu tenho o Poder, e *você* não... mas no momento minha intenção é apenas ser caloroso e amigável, porque por enquanto você tem minha aprovação. Ao ser irradiado, o Charme do Policial tendia a ser recebido por meros civis como uma dádiva, um presente dado por um homem que tem licença para ser violento. Nestor percebeu toda atitude do garoto mudar com uma gratidão completamente inconsciente.

No início Philippe ficou só olhando para Nestor, cheio de admiração. Subitamente, já sem qualquer *basso profundo* na voz, apenas um tímido tenor adolescente lutando para tomar coragem, ele disse: – Caramba... eu vi você na internet ontem à noite!

Continuando a irradiar o Charme do Policial, Nestor disse: – Sério?

– Tinha uma foto sua e uma foto do grandalhão com quem você lutou. Ele era *muito* grande! Como você briga com alguém assim?

– Ah, isso não é uma briga de verdade – disse Nestor. – Você não está tentando machucar o cara. Fica só rolando na poeira, até conseguir efetuar a prisão dele.

– Rolando na *poeira*?

– É assim que a gente fala – disse Nestor. – Rolando na poeira. Pode ser no chão, como eu estava, em uma calçada, ou até no meio da rua... isso acontece muitas vezes... e muitas vezes é mesmo na poeira, mas a gente sempre fala "rolando na poeira".

– Mas aquele cara era tão *grande*! – disse o garoto.

– Isso pode até facilitar – disse Nestor. – Muitos grandalhões se deixam engordar, porque assim ficam ainda maiores. E nem sabem o que é se exercitar. Só querem parecer *grandes*.

– Exercitar?

— Eles não se mantêm em forma — disse Nestor. — Não correm. A maioria nem levanta pesos. Aquele grandalhão era assim. Então você só precisa agarrar bem um cara desses e deixar que ele mesmo se canse. O cara está fora de forma, e fica jogando o corpanzil de um lado para o outro para tentar se soltar... vai perdendo o fôlego, começa a ofegar e logo está acabado. Você só precisa ficar firme ali, e ele faz tudo sozinho.

— Mas como você se segura ali? Aquele cara era *muito* grande.

— Cada policial usa um golpe diferente, mas eu acho que na maioria dos casos bastam a velha chave quádrupla e o duplo nelson — disse Nestor com a maior displicência possível. Depois explicou ao garoto como eram os dois golpes.

Àquela altura Philippe já abandonara totalmente sua pose de gangue *neg*. Virara apenas um garoto de 15 anos fascinado por relatos reais de capa e espada. Ghislaine sugeriu que eles se sentassem, coisa com que Philippe logo concordou... justamente ele, que deixara claro pela voz e pelo jeito que ir até aquela sala, onde *Tem alguém aqui que quero apresentar a você*... um adulto, sem dúvida... era a última coisa que queria fazer. Nestor acenou para a poltrona que ocupara antes. Philippe se sentou ali, e Nestor foi para o sofá, mas nem sequer recostou o corpo. Sentou-se na borda do assento e se inclinou em direção ao garoto.

Eles começaram a papear, principalmente sobre aspectos do trabalho policial que sempre haviam intrigado Philippe. Nestor foi fazendo perguntas sobre o garoto e seus interesses. Comentou que ele era muito alto... e perguntou se ele praticava algum esporte. Philippe revelou que até pensara em tentar o time de basquete da escola, mas desistira por essa ou aquela razão. Então Nestor indagou: — Em que escola você estuda?

— No colégio Lee de Forest — disse Philippe, sem expressão alguma na voz.

— Tá brincando — disse Nestor. — No Lee de Forest?

Ghislaine se intrometeu: — Para falar a verdade, o Philippe estava na aula em que ocorreu aquele incidente... um professor agrediu um aluno, houve protestos e eles prenderam o professor. O Philippe estava lá quando tudo aconteceu.

Nestor olhou para Philippe, que parecia paralisado. Seu rosto era uma parede em branco. Obviamente, ele não tinha vontade alguma de prolongar o assunto.

– Ah, eu lembro daquilo – disse Nestor. – Todo policial lembra. O professor... como era o nome dele? Estevez? Ele foi acusado de lesão corporal dolosa. Isso é *bem* mais grave do que uma simples lesão corporal culposa. Ele pode ficar preso *muito* tempo.

Philippe... continuava um bloco de gelo.

– Pelo que eu lembro, o nosso departamento respondeu à chamada, assim como os departamentos de Miami-Dade, Hialeah e Doral. Deve ter sido uma cena e tanto, todos aqueles policiais de tudo que é lugar... sirenes, luzes estroboscópicas, megafones... deve ter sido uma loucura. Acho que todo mundo leva bastante a sério esse negócio de professor agredir aluno. Em todo caso, a Polícia Escolar acabou cuidando da história toda, que está completamente fora das nossas mãos. Mas eu lembro de ficar pensando sobre o negócio... como foi que começou, Philippe? Você estava lá... o que provocou aquilo tudo?

Philippe ficou olhando para Nestor, com uma expressão absolutamente vaga. Quando finalmente respondeu, sua voz parecia a de um zumbi:

– O professor chamou o François, que é o nome dele, para a frente da sala. O François falou alguma coisa em creole e todo mundo começou a rir. O professor Estevez ficou com raiva e sufocou o François. – Ele fez a mímica de uma chave de pescoço. – Depois jogou o François no chão.

– E você viu tudo isso? – disse Nestor.

Philippe entreabriu levemente a boca e pareceu ficar assustado. Não fazia ideia do que falar. Praticamente dava para ver os cálculos, as probabilidades, as chances e as mentiras girando dentro da sua cabeça. Ele não conseguiu se forçar a dizer uma só palavra. Por fim, balançou a cabeça para cima e para baixo levemente, bem devagar, aparentemente para dizer sim sem dizer sim.

Nestor disse: – O motivo da minha pergunta é o seguinte... você conhece uns alunos da sua turma ::::::hora de ir para o tudo ou nada:::::: chamados Patrice Légère, Louis Tremille... Louis Gordo, como ele é chamado... Honoré Buteau e Hervé Condorcet?

A expressão de Philippe passou de paralisada a totalmente apavorada. A visita daquele policial, supostamente ligada à inocente presença da sua irmã em uma casa de crack, súbita e estranhamente estava se desviando direto para *ele próprio*. Mais uma vez, ele não se sentiu confortável para dizer sim ou não. Então recorreu a uma resposta abertamente duvidosa:

– *Huuummm*... sim? – disse ele.

– Estou perguntando isso porque andei conversando com um detetive que conheço na Polícia Escolar – disse Nestor. – Ele me contou que um daqueles garotos desmentiu seu depoimento, e eles acham que os outros três farão a mesma coisa. Originalmente, todos os quatro falaram que o professor Estevez tinha atacado o... você falou que o nome dele era qual? François? Bom, falaram que o Estevez tinha atacado o tal François, mas agora estavam dizendo que era o contrário. O Estevez só tinha dado uma gravata no tal François para se defender, depois de ter sido atacado por *ele*. Se isso é verdade, então esses quatro garotos se livraram de uma bela encrenca... sabia? Eles já podiam ser processados por mentir a policiais sobre o negócio. Mas não serão, se contarem a verdade agora. Você tem ideia do que aconteceria se eles tivessem mantido a versão original, e prestado juramento como testemunhas em um julgamento? *¡Dios mío!* Seriam culpados de perjúrio, *além* de mentir pra policiais! Todos têm 16 ou 17 anos. Seriam processados como adultos, e aí estamos falando de penas de prisão bem sérias. E pense no professor Estevez! Só Deus sabe o que a prisão faria com aquele homem! Ele ficaria trancafiado durante anos com um bando de gângsteres totalmente carentes de afeto.

Ele fez uma pausa e lançou um olhar duro para Philippe, esperando que ele perguntasse o que significava "carentes de afeto". Só que o garoto estava petrificado demais para falar qualquer coisa. De modo que Nestor simplesmente continuou explicando:

— Metade daqueles marginais na cadeia é carente de afeto. Isso significa não só que não sabem a diferença entre certo e errado, e estão pouco se lixando... mas que também não têm solidariedade alguma por qualquer pessoa. Não sentem culpa, não sentem pena, não sentem tristeza... a menos que sejam privados de algo que querem. E diante de quatro adolescentes do Lee de Forest? Eles arrancariam a calça de um garoto assim e... Cristo Todo-poderoso! Bom, nem adianta entrar nos detalhes, mas vou lhe contar... você não faz ideia da sorte que esses garotos têm por falar a verdade tão cedo. Se fossem pegos mais tarde... *iiisss*! — disse Nestor, abanando a cabeça e dando uma risadinha abafada. — Eles não teriam mais *vida* depois disso. Só continuariam respirando, mais nada...

Depois de outra risadinha abafada, ele arrematou: — Ah, e por falar nisso... o que você acha do professor Estevez?

A boca de 15 anos de Philippe se entreabriu, mas nenhuma palavra saiu... de *agonia*. Ele respirou fundo duas vezes... e por fim, com uma voz de 15 anos, aguda e suave, disse: — Acho que... ele era... legal.

— Philippe! — disse Ghislaine. — Você me falou que *gostava* muito dele!

— O que Patrice, Louis Gordo, Honoré e Hervé acham dele? — disse Nestor.

— Eu... eu não sei.

Nestor percebeu que Philippe estava se retesando antes de cada pergunta. Talvez ele já estivesse pressionando o garoto demais. — Eu só estava tentando visualizar os quatro sentados a seis metros do seu professor em um tribunal, e mandando o Estevez pra cadeia. Detestaria estar nessa posição.

Ele baixou o olhar, abanou a cabeça e arrematou torcendo os lábios em um sorriso sem humor que significava *Acho que é a vida*.

— Eu preciso sair — disse Philippe. Já não parecia um barítono prestes a florescer, apenas um menino assustado com um desejo premente de sumir em pleno ar. Ninguém consegue ver o ar.

Ele olhou para a irmã como que para perguntar se podia se levantar do sofá e ir embora. Ghislaine não indicou nem que sim nem que não. Nestor decidiu fazer isso por conta própria. Levantou-se e irradiou uma forte dose de Charme do Policial para Philippe, que pegou a deixa imediatamente, pondo-se de pé quase que de um salto. Nestor estendeu a mão feito um presente, irradiando... Eu tenho o Poder, e *você* não... mas no momento minha intenção é apenas ser caloroso e amigável, porque por enquanto você tem minha aprovação.... enquanto eles trocavam um aperto de mãos, e disse: — Foi um prazer conhecer você, Philippe!

Então acrescentou um pouco mais de pressão no aperto. Philippe murchou feito uma peônia e deu a Ghislaine o tipo de olhar apavorado que significa "Ajude aqui!". Depois voltou para a cozinha, já sem a Ginga do Cafetão.

Eles ouviram a porta que dava para os fundos da casa abrir e fechar. Ghislaine foi até a cozinha, para se certificar de que Philippe saíra... antes de voltar à sala para os procedimentos póstumos.

— Como você descobriu os sobrenomes daqueles quatro garotos? — disse ela. — O Patrice, Louis Jean... quais eram os outros dois?

— Hervé e Honoré.

— Você viu a cara que o Philippe fez? Ele deve ter achado que a polícia já sabe tudo sobre o caso! Sério... como você descobriu os sobrenomes deles?

— Nem foi tão difícil assim — disse Nestor. — Eu tenho um amigo na Polícia Escolar. Nós servimos juntos na Patrulha Marítima. Mas eu notei que isso deixou seu irmão muito abalado.

— Bom... como fica o envolvimento do Philippe?

— Ele ficou assustado — disse Nestor. — Não quis dizer uma só palavra sobre o assunto. Acho que tem medo do garoto envolvido, o tal Dubois. Meu amigo me contou que ele é um garoto ruim, com um prontuário juvenil deste tamanho. É por isso que eu quis avisar a todos que eles devem se preocupar com algo muito pior do que esse garoto.

— Avisar a *todos*? — disse Ghislaine.

— Bom, você mesma sabe que a primeira coisa que seu irmão vai fazer é chamar os quatro garotos e dizer que a polícia... e não só a Polícia Escolar... está falando deles, e que um deles se desmentiu. Cada garoto dirá que não foi *ele*, é claro, mas eles... você sabe... vão começar a se perguntar quem é o traidor. Se eu tiver razão, todos começarão a desconfiar uns dos outros, e pensarão: "Ei, é isso que pode me acontecer se eu mentir pra proteger o Dubois? É pior do que tudo que o Dubois pode fazer comigo." Também acho que vai ajudar se eles começarem a falar sobre o professor Estevez, e o que vai acontecer com *ele*. Não podem ser todos carentes de afeto! Dá pra ver que o Philippe não é assim.

— Eu *sei* que ele não é — disse Ghislaine. Ela fez uma pausa e se recompôs, refletindo profundamente... mas depois explodiu: — O Philippe é carente de uma coisa pior, Nestor! Ele carece de coragem! É um bebê! Ele *baba* diante de... *delinquentes* sem valor feito o tal Dubois! Tem mais medo deles do que da própria morte... por isso é atraído pela grossura durona deles, e deseja que eles *gostem* dele! Tenho certeza de que eles riem dele assim que ele dá as costas, mas ele rasteja diante de toda opinião deles. Ele se preocupa se vai ser preso por perjúrio? Tem medo das coisas horríveis que podem lhe acontecer na prisão? Sabe a culpa que sentirá se ajudar a mandar o professor Estevez para a cadeia? *Sim!* Ele sabe de tudo isso. Só que nada disso chega *perto* do medo que ele tem desses bandidos, do Dubois e o resto. Philippe idolatra esse pessoal por serem mais durões e violentos do que ele! E agora deve estar tremendo ao pensar nos horrores indizíveis que eles farão com ele, caso sejam traídos. É pior do que indizível... é inimaginável! Na cabeça dele, é o maior dos horrores!... Ele não passa de um bebezinho, Nestor, um garotinho, coitado!

Os lábios de Ghislaine se comprimiram e começaram a virar para baixo nos cantos... seu queixo tremeu para cima, serpeando... os olhos ficaram marejados...

::::::Sim? Não? Tudo bem se eu puser meu braço em torno dela como consolo... certo? Certo... só para consolar.:::::: E foi o que ele fez.

Eles estavam parados lado a lado quando o braço dele passou pelas costas dela. Ghislaine tinha a cabeça baixa, mas então ergueu-a até encarar Nestor a menos de um palmo de distância. Mantendo o braço em torno dela, Nestor transformou seu gesto de consolo em um abraço genuíno, aproximando ainda mais o rosto de Ghislaine do seu. A expressão dela era um pedido primordial de ajuda.

— Não se preocupe. Se for preciso, eu cuido desse Dubois também — disse Nestor em tom baixo, mas grandioso.

Com os olhos ainda fixados no rosto dele, Ghislaine entreabriu levemente os lábios e pronunciou uma única palavra, em tom quase sussurrante: — Nestor...

Aqueles lábios hipnotizaram Nestor. ::::::Saia dessa, rapaz! Isso aqui é uma investigação policial, pelo amor de Deus! Mas ela está me fazendo um convite, abertamente! Acima de tudo, precisa de reconforto e proteção. Certo?... certo. É apenas um modo de fazer com que ela recupere a compostura. Certo?... certo!:::::: Nestor aproximou tanto seus lábios dos de Ghislaine que ela passou a ter apenas um olho, no centro da testa, praticamente em cima do nariz...

Barulho de chave na porta da frente, a menos de três metros do ponto onde eles estavam. *Ooopaaa!* As cabeças dos dois se afastaram bruscamente. O braço incriminador de Nestor recuou do flanco de Ghislaine de volta ao... *plaft*... dele próprio.

A porta abriu. Um homem alto e magro, versão cinquentona de Philippe, parou diante deles... espantado e constrangido. Nestor também se sentiu espantado e constrangido... Os três ficaram paralisados por uma fração de segundo... com um constrangimento *chocante*! O homem usava uma camisa azul-clara aberta no colarinho, mas com um paletó azul-marinho por cima. No paletó, ele corporificava o terror moral de todo rapaz: Dignidade!

Como quem anda na ponta dos pés sobre o gelo, Ghislaine disse: — Papai, esse aqui é o patrulheiro Nestor Camacho! Ele está aqui... mas por pouco você não encontra o Philippe! Ele saiu há poucos minutos!

::::::Que história é essa? "Sim, agora ficamos sozinhos, mas por pouco tempo"... Cristo Todo-poderoso! É isso que ela está tentando dizer?::::::

Um turbilhão de impressões invadiu a cabeça de Lantier. ::::::Meu Deus, é o tal patrulheiro Camacho! Temos uma celebridade aqui em casa! Ele é famoso! Por que está parado tão perto da minha filha... a poucos *centímetros* dela? E por que os rostos dos dois estão tão corados? Por que eles parecem constrangidos? O que eu devo fazer? Correr para apertar a mão dele? O Philippe estava aqui? E daí? Dizer que ele é bem-vindo à nossa casa? Agradecer ao famoso patrulheiro Camacho... *pelo quê?* Será que ele botou a mão na minha filha? O escroto está de sacanagem aqui? Por que ninguém me informou que ele vinha? Olhe só para ele... com esse físico de fisiculturista inchando a camisa polo. Ele ganhou uma medalha! Os repórteres vivem escrevendo artigos no jornal e exibindo programas na TV só para proclamar o heroísmo dele. Ele é *importante*! Mas isso não lhe dá o direito de ficar de sacanagem com a Ghislaine! Ela é uma criança! E ele é um policial cubano, cacete! Um policial *cubano*! O que ele veio fazer aqui? Um *policial cubano*! Por que ela está parada tão perto dele... um *policial cubano*! *Qu'est-ce que c'est? Quel projet fait-il? Quelle bêtise?* O que está havendo?!::::::

12

JUSTIÇA JIU-JÍTSU

Por volta de seis e meia da tarde, Magdalena abriu a porta do seu álibi, seu disfarce, por assim dizer: o apartamento que oficialmente ela dividia com Amélia. Deu um passo para dentro e *UHHHhhhnnnngghhhhhhsss*... soltou um suspiro bem mais alto e prolongado do que tencionava. Então ouviu um homem dizer lá na sala: — Esperem um instante... não estou sequer *sugerindo* que haja algo de ilegal nisso, embora eu...

Um segundo homem interrompeu: — Mas isso é quase irrelevante, não é? Um erro... um *erro crasso*, para usar a sua expressão... deste...

Na realidade, assim que ouviu o tom beligerante e estentóreo em que o primeiro homem falou "não estou sequer *sugerindo*", Magdalena percebeu que era apenas Amélia, assistindo a algum noticiário noturno naquele seu telão de plasma.

Subitamente, o volume das vozes baixou a um quase inaudível murmurblablamurmurblabla, com um só *uaca uaca uaca uaca* de riso, seguido de outro murmurblablamurmurblabla. Então Amélia apareceu no umbral, de camiseta, calça jeans e sapatilhas. Tinha a cabeça inclinada para um lado, e os lábios erguidos para o outro, com o olho praticamente fechado. Esse era o seu jeito de avisar "deboche à vista".

— O que foi *isso*? — disse ela.

— O que foi o *quê*? — disse Magdalena.

— Aquele *gemido* que eu ouvi. *¡Dios mío!*

— Ah, nem foi um gemido de *verdade* — disse Magdalena. — Foi um suspiro-gemido.

— Um *suspiro*-gemido — disse Amélia. — Entendi... Isso significa que veio do coração?

Magdalena revirou os olhos para cima, como quem indica que já-está-por-aqui, e disse com bastante amargura: — É, do coração ou de algum lugar lá embaixo. Já pensei em vários lugares.

Ela passou direto por Amélia, entrou na sala, praticamente *jogou* o corpo de bunda sobre o sofá e suspirou-gemeu novamente:

— Ahhhunnngggghhhh. — Depois ergueu o olhar para Amélia, que viera atrás. — É o Norman. Não sei quanto mais do Doutor Maravilha eu vou conseguir aguentar...

E começou a fazer um relato detalhado do comportamento de Norman na Art Basel, dizendo: — Ele praticamente enfia o nariz do Maurice Fleischmann na pornografia, só para garantir seu controle sobre ele e usar o coitado em seu alpinismo social patético... é tão antiético, quer dizer, é *pior* que antiético... é *cruel* o que ele está fazendo com o Maurice...

E obviamente na tela da TV estavam exatamente três dos sabichões carrancudos que ela calculara que estariam quando ouvira as vozes no corredor... com os inevitáveis ternos escuros e diversas amplitudes de escassez de cabelo nas carecas, carecas essas determinadas a paralisar você com opiniões solenes sobre o panorama político geral e políticas públicas específicas. A TV tinha uma tela tão grande que os braços, as pernas e os lábios deles, que jamais paravam de se mexer, pareciam grandes o suficiente para estarem ali na sala com você, irradiando um tédio que Magdalena percebia como um zumbido muito distante, graças a Deus, enquanto explicava, dizendo: — O amor de Norman por Norman seria constrangedor mesmo que ele agisse com sutileza, e sutileza é algo que Norman desconhece. Às vezes me dá vontade de vomitar.

Somente sua visão periférica percebeu quando os três ternos foram substituídos por um comercial. Um golfista quarentão apareceu quicando no chão da sua sala de estar, como se fosse uma bola de basquete, *tum tum tum*

tum, enquanto uma mulher um pouco mais jovem e duas crianças apontavam para ele, chorando de rir: *tum tum tum tum*. O sujeito desapareceu quicando, o que Magdalena só notou porque a tela ficou bem mais brilhante. Ela estava profundamente absorta em suas lembranças da Regata do Dia de Colombo, dizendo: — O Norman estava *louco* para ser reconhecido como o grande médico pornô e ser convidado a subir a bordo de um daqueles barcos.

Ela deu uma olhadela rápida para o que abrilhantara a tela, e que era um segundo comercial: um desenho animado, em que trinta ou quarenta porcos com asas voavam em formação militar diante de um radiante céu azul, e depois iam se separando um a um, mergulhando feito bombardeiros, enquanto um único nome ocupava a tela... ANASOL.

— As garotas tiravam o fio dental do rego, enquanto os garotos tiravam o short e ficavam fodendo com elas feito cachorrinhos, ali mesmo no convés, na frente de todo mundo... Norman queria que eu tirasse a parte de cima do biquíni, mas eu sabia que ele não pararia nisso — estava dizendo Magdalena para Amélia, mal percebendo que o âncora do noticiário já estava de volta à tela. Um repórter aparece em uma espécie de academia decadente, erguendo um microfone para um homem alto, bastante musculoso. Magdalena percebeu vagamente que alguns caras, todos com mais ou menos 20 anos, estavam apinhados atrás dele... Aquilo não podia ser menos interessante... Ela só estava interessada em falar com Amélia, dizendo: — O Norman ficou sentado ali no convés, no meio de quarenta ou cinquenta pessoas, na maioria homens que também pareciam prestes a precisar de terapia para viciados em pornografia... e eu acho que isso aconteceria muito em breve! Lá estava ele, o famoso psiquiatra pornô, sentado no meio deles... eu não conseguia acreditar! Foi assustador. Eles ficavam projetando filmes pornôs nas velas *imensas* de um barco... *imensas*... e *!Dios mío!* Norman era o pior de todos! Ele parecia ter um verdadeiro mastro embaixo do calção de banho, de tão óbvia que era a coisa! E ainda fala dos viciados em pornografia? Ele parecia enfeitiçado... porque naquelas velas imensas os membros eretos ficavam gigantescos, e quando as garotas abriam as pernas, parecia até que um homem podia entrar em pé ali dentro. Eu não conseguia acreditar!

Magdalena tinha tamanha compulsão de revelar tudo a Amélia que nem sequer notou quando o mesmo tipo de barco, uma escuna com mastros altos e velas volumosas, aparece na tela, com dois pequenos vultos lutando no topo do mastro mais alto. O vulto maior enlaça as pernas em torno da cintura do menor, que está prestes a sofrer uma queda fatal, e começa a descer. Vem balançando, pondo uma mão após a outra no cabo da vela, enquanto carrega o outro para baixo. Quando eles se aproximam da câmera, dá para ver o rosto do salvador...

– Magdalena! – disse Amélia. – Esse aí não é o seu namorado?

Magdalena olhou diretamente para a TV pela primeira vez. – *¡Dios mío!* Nestor!

A visão a deixou sem fôlego... Ela não vira aquilo na TV na época. Passara todo aquele dia concentrada em tomar coragem para discutir com a mãe e se despedir de Hialeah... e agora não estava no clima para apreciar por nem um segundo sequer o grande triunfo de Nestor... mas foi vencida pela curiosidade. – Amélia, pode aumentar isso aí, por favor?

Aquele era exatamente o instinto de Amélia, e ela já estava aumentando o som no controle remoto. Na tela, o rosto de Nestor está se aproximando delas... o rosto, as vaias, os apupos e as imprecações que jorram lá de cima da ponte, uma verdadeira borrasca de espanhol, inglês e só Deus sabe quais outras línguas. ::::::Que bom! Ele é odiado por seu próprio povo! Portanto, pouco importa que ele seja tão famoso assim... certo? *Certo!* Toda a tralha de Hialeah... ou você se livra daquilo, ou se emaranha ali dentro até ser sufocado... e Nestor era parte daquilo, não era?, uma parte *grande*... Como esses americanos se *atrevem* a inflar a reputação dele, tentando fazer dele uma espécie de herói? Como se *atrevem* a insinuar que talvez eu tenha feito a escolha errada e aberto mão de uma... *celebridade*?::::::

– *¡Caramba!* – disse Amélia. – Ele é mesmo bonito, esse seu namorado de Hialeah!

Magdalena ficou soturna, nervosa e ríspida: – Ele *não* é meu "namorado", nem de Hialeah nem de outro lugar.

— Tá legal, ele *não* é seu namorado de Hialeah. Mas você tem de admitir que ele é bem gostoso! — disse Amélia, que arrumara um brinquedo e não queria parar de brincar. Na tela aparece a foto de Nestor no jornal, sem camisa. O rosto de Amélia quase resplandece de gozação bem-humorada. — Ele podia posar para uma daquelas estátuas de deus grego, coisa assim. Tem certeza de que não quer repensar, Magdalena? Ou então, talvez você possa me apresentar a ele...

A boca de Magdalena se abriu, mas ela ficou emudecida. Não conseguia pensar em uma réplica. Tinha consciência de que seu rosto ficara paralisado, mas nada podia fazer a respeito. ::::::Obrigada, Amélia! *Muito* obrigada... Quanta gentileza sua botar em palavras tudo que eu estou sentindo... Ah, obrigada por me jogar isso na cara.::::::

Em um desenho animado, uma esquadrilha de porcos com asas está voando a uma velocidade inacreditável... tão depressa que pequenas nuvens passam por eles feito foguetes, tendo ao fundo um radiante céu azul... tudo isso ao som marcial da "Cavalgada das Valquírias" de Wagner... Um a um, os porcos voadores vão se separando e mergulhando feito bombardeiros rumo a um alvo invisível lá embaixo. Uma voz de barítono profundo diz: — Suave... poderoso... de ação rápida e sempre no alvo... Isso é o que promete... ANASOL"...

Simultaneamente, o nome ANASOL preenche a tela.

— Anasol — disse Ievgueni. — O que é Anasol?

— É melhor você nem saber, pode acreditar — disse Nestor. — É uma espécie de creme.

Ele e Ievgueni estavam sentados diante da TV, no ateliê do russo. Passavam cerca de trinta minutos da meia-noite e Nestor acabara de voltar do plantão de quatro à meia-noite na Unidade de Repressão ao Crime. Os dois estavam vendo o noticiário local, transmitido primeiro às seis da tarde e reprisado à meia-noite.

Blipe a chamada equipe de notícias já voltara: eram três homens e uma mulher sentados diante de uma bancada curva, em estilo modernístico televisivo, com quase cinco metros de extensão, de onde liam as notícias nos teleprompters... todos os quatro ficam dando risadinhas e fazendo caretas, feito universitários espirituosos, para mostrar o quanto haviam se divertido durante o intervalo comercial... e sinalizar que já haviam chegado ao segmento final do programa, que tinha um lado mais leve, de interesse humano. O âncora então diz: – Bom, Tony, pelo que entendi, o noticiário financeiro de Miami está todo enrolado, ou já deu um nó?

O comentarista de finanças, Tony, abana a cabeça de lado a lado. – Venha cá, Bart... você já sabia que esta reportagem é sobre cordas, e sobre o lado empresarial da escalada de cordas, ou eu sou simplesmente um cara de sorte?

Ele focaliza o olhar no teleprompter e continua: – Escalar cordas usando somente os braços, sem as pernas, foi um esporte popular na Europa e na América durante pelo menos mil anos, até cerca de cinquenta anos atrás. A competição foi retirada da Olimpíada em 1932, e a partir de então o mesmo aconteceu nas escolas e faculdades. Escalar cordas parecia algo morto e enterrado... até ser ressuscitado por um homem aqui de Miami, que ao fazer isso criou um tumulto no crescente ramo de preparo físico do sul da Flórida. E esse tumulto não para de aumentar desde então.

O coração de Nestor disparou, entrando em estado de alerta vermelho. ::::::*¡Dios mío!* Essa reportagem não pode estar indo para onde parece estar indo, pode?!::::::

Ah, pode! Na tela aparece o vídeo de um rapaz escalando uma corda só com as mãos, ao longo dos vinte e poucos metros do mastro dianteiro de uma escuna. Há rostos virados para cima no convés ou em pequenas lanchas, e rostos virados para baixo em uma ponte próxima; todos olham com grande entusiasmo e preocupação, vibrando, vaiando e urrando sabe Deus o quê. Uma lente telescópica focaliza o rapaz que sobe. Ele está usando o uniforme amorfo da Patrulha Marítima de Miami, composto de short e camisa de mangas curtas, mas há muitas formas, formas musculosas, em seus ombros e braços. A câmera telescópica deixa seu rosto inconfundivelmente nítido...

O cérebro e todo o sistema nervoso central de Nestor já estão insensíveis, devido a algo muito mais poderoso do que entusiasmo: suspense fatídico. ::::::Sou eu aí, sim, mas *¡Dios mío!*... o Destino está me arrastando para... *O quê?*::::::

Fora do quadro, o comentarista Tony diz: – E este é um patrulheiro marítimo de Miami chamado Nestor Camacho, em ação... ele está subindo a corda, ou cabo, como chama o pessoal da marinha, de um mastro com mais de vinte metros de uma escuna de cruzeiro na baía de Biscayne... vocês estão vendo aí a ponte de Rickenbacker... para *resgatar*, como dizem alguns, ou *prender*, *deportar* e *condenar à morte*, como dizem muitos dos compatriotas cubanos de Camacho... o pequeno vulto que se pode discernir sentado em um assento estreito no topo do mastro.

Em uma sequência curta e altamente editada, o vídeo mostra ::::::*sou eu!*:::::: Nestor agarrando a ::::::*minha!*:::::: presa, e descendo a corda com seu fardo em segurança.

A visão periférica avisou Nestor que Ievgueni estava olhando para ele ::::::*mim!*:::::: com intensidade máxima. Mas ele não ousou retribuir o olhar. Estava tendo muita dificuldade para controlar o tremor eufórico que varria o seu sistema nervoso.

O comentarista Tony estava dizendo: – Todos os fisiculturistas do sul da Flórida, e existe uma legião deles, viram apenas uma coisa neste "resgate" ou nesta "prisão", chamem como quiserem... o físico e a força deste jovem policial de Miami.

Então aparece rapidamente a foto original do *Herald*, com Nestor nu da cintura para cima, e o comentarista de finanças Tony continua: – Desde então, essa admiração virou um frenesi no ramo das academias de ginástica. Há quatro dias, esse mesmo patrulheiro jovem, Nestor Camacho, realizou outra proeza espantosa, ao dominar e prender um traficante de 1,90 m, com mais de 120 quilos, que estava prestes a matar por estrangulamento um outro patrulheiro em Overtown.

Na tela surge uma foto de jornal do corpanzil de TyShawn Edwards, derrotado, com os olhos inchados, a cabeça baixa, as mãos algemadas nas costas, sendo levado para a cadeia por três policiais de Miami, que ao seu lado mais parecem anões.

— Entre os devotos de exercício físico, a corrida às cordas começou assim que o jovem policial subiu no alto do mastro... mas eles não conseguem achar cordas para escalar. Em toda a região metropolitana de Miami, parece haver apenas uma única corda própria para ser escalada, e essa fica na academia em que Nestor Camacho se exercita há quatro anos. A academia fica localizada em Hialeah e chama-se... estão prontos para isso? Ññññññoooooooooooo!!! Qué Gym!, de Jaime Rodriguez... isso mesmo... Ññññññoooooooooooo!!! Qué Gym!, de Jaime Rodriguez. Earl Mungo, do Canal Vinte e Um, está em Hialeah agora, dentro da academia, ao lado do sr. Jaime Rodriguez...

Blipe. Na tela aparece Rodriguez, parado ao lado do repórter da TV, Earl Mungo. A subitamente afamada corda, com quase quatro centímetros de diâmetro, pende proeminentemente três metros atrás deles. Magnetizados pela presença da equipe televisiva, um bando composto em sua maioria por fisiculturistas musculosos, clientes de Rodriguez, juntou-se em torno, formando três fileiras. Rodriguez está usando uma camiseta preta sem mangas, tão justa que parece pintada no corpo.

Earl Mungo diz: — Jaime, você tem ideia do tumulto que essa corda está criando nas academias do sul da Flórida?

— Ah, cara, e eu não sei? Uma loucura! A gente tá sendo invadido por tudo que é malhador do sul da Flórida! — Risos gerais. — E vou dizer pra você: desde que o Nestor prendeu aquele gigante outro dia, a coisa saiu de controle. É tanta gente querendo se matricular aqui que meu escritório precisou contratar um monte de meninas só pra acompanhar o movimento, sem falar dos professores novos. Vou lhe contar, às vezes eu acho que estou com um hospício nas mãos.

Risadas e assobios de aprovação por parte da rapaziada. Um deles grita: — Ei! É isso aí, Hospício!

Mais risos.

— O que, exatamente, torna a escalada de cordas um exercício tão bom?

— Você precisaria combinar cinco ou seis exercícios com pesos para atingir os resultados obtidos escalando uma corda, e mesmo assim não atingiria todos. Ali você usa os bíceps... acho que isso é óbvio... mas também força pra diabo um músculo grande que muita gente não conhece, porque não dá pra ver. Ele se chama braquial, e fica embaixo do bíceps. Se você exercita direito esse músculo, fica com um braço e *tanto*. — Ele ergue o braço, e faz um muque que parece um rochedo íngreme. — É muito difícil desenvolver o braquial só usando pesos, mas ao escalar uma corda você vai exercitando esse músculo até lá em cima. O Nestor vem escalando essa corda há quatro anos direto, e, cara... vou lhe dizer, agora é só *correr pro abraço*!

Com um sorriso largo para a câmera, Earl Mungo diz: — Bom, Tony e Bart, é isso aí... quem escala cordas, *corre pro abraço*! Para os fisiculturistas, é como o advento do iPhone. Todo mundo simplesmente precisa *ter* um. E tudo começou onde eu estou agora, em Hialeah... sinto muito, pessoal, mas preciso tentar mais uma vez... na academia Ññññññooooooooooooo!!! Qué Gym!, de Jaime Rodriguez...

O âncora ainda estava recitando a introdução ao que viria depois, quando Ievgueni, em um tom abafado, atônito e reverente, disse: — Nestor, eu nao tinha ideia... todo eze tempo eu nao sabia que você é... de quem você é... o policial que trouxe aquele homem do mastro. Eu mesmo vi você na TV e depois você veio morar aqui, e eu ainda nao sabia que era você! Você é famoso! Meu colega de quarto... *colega de quarto*? Eu moro com uma pezoa famosa!

Nestor disse: — Eu não sou famoso, Ievgueni. Sou só um policial.

— Nao...

— Só fiz o que me mandaram fazer, e quando isso dá certo o policial vira "herói"... por mais ou menos dez minutos. Ele não é famoso. "Fama" é outra coisa.

— Nao, nao, nao, nao, Nestor! Você acaba de ver! Fama causou loucura em toda academia! Fama é ícone para muita gente!

— Então, obrigado... eu acho — disse Nestor, que tinha apenas uma vaga ideia do que significava *ícone*. Ele fez um breve aceno desdenhoso com a mão em direção à tela da TV, seguido de uma careta, e depois deu as costas ao aparelho. – Essa macacada precisa exagerar tudo.

::::::Uma mentira em prol da modéstia não chega a ser realmente uma mentira, chega? Há algo de generoso e atencioso nisso... mas e se os macacos tiverem acabado de dizer a Verdade? Posso *provar* a partir das evidências que eles simplesmente inventaram aquilo? Um *ícone*... preciso jogar isso no Google.::::::

Assim que ficou sozinho, ele fez isso. Depois ficou pensando sobre o assunto. Já eram quinze para as duas da madrugada quando foi para a cama.

Adormeceu imediatamente, com sonhos movidos por uma grande maré de serotonina.

¡Caliente! Caliente baby... Got plenty fuego in yo' caja china... Means you needs a length a Hose put in it... Ain' no maybe 'bout it... Hose knows you burnin' up wit'out it... Don'tcha... Bulldog já estava no meio da canção quando Nestor conseguiu ascender das profundezas do sono, ainda envolto em um nevoeiro hipnopômpico, e perceber, *tentando negar*, que aquela voz masculina era o seu iPhone no chão ao lado do colchão...

... Que *horas* são? *'Cause Hose knows you tryin' a buy it* Os ponteiros luminosos do pequeno relógio indicavam quinze para as cinco da manhã *But Hose only gives it free* e pela quinquagésima vez, mais ou menos, ele se recriminou por ter programado o telefone com uma canção *To his fav'rite cha-ree-tee*. Quem estaria ligando àquela hora, quase cinco da matina?! Por quê?! *Hose' fav'rite cha-ree-tee.* Ele conseguiu se apoiar em um dos cotovelos *'At's me* e encontrar o *'At's me, see?* e encontrar o *An' 'at's me* botão certo *Yo yo!* e *Yo yo! Mismo!* apertar...

– Camacho. – Era assim que ele sempre atendia. Para que desperdiçar tempo com todo o resto?

– Nestor. – Era uma voz latina. Não falava "Nes-*ter*". – Aqui é Jorge Hernandez... o sargento Hernandez.

– Sargento...

— Eu sei que é cedo, e provavelmente acordei você, mas você vai querer ouvir o que aconteceu — disse o sargento. Isso despertou totalmente Nestor, que vasculhou o cérebro, tentando descobrir o que emnomededeus ele poderia querer saber em plena madrugada. Ficou emudecido, e o sargento continuou: — Você precisa se levantar e entrar na internet. Vá no YouTube!

— YouTube?

— Conhece o Mano Perez, lá da Homicídios? Ele me liga há cerca de um minuto, já com o jornal que vai sair hoje, e fala: "Você está no YouTube! Você e o Camacho!" Eu quase caí da porcaria da *cama*! Então fui no YouTube... e é verdade! A porcaria do troço é sobre *mim*... e *você*, Nestor!

— Tá brincando! — disse Nestor, já sentindo uma voltagem passar pelo seu crânio. Logo a seguir, sentiu-se um idiota naquele nevoeiro hipnopômpico. Então o sargento Hernandez ligaria às quinze para as cinco da manhã para ficar de brincadeira? De jeito nenhum. — Eu e você, sargento? O que tem lá sobre a gente?

— É sobre o negão *comemierda* que nós prendemos naquela cracolândia *comemierda* em Overtown. Bom, algum babaca ali tinha um celular e gravou a porra de um vídeo. Dá pra ver que foi com um celular, porque a imagem está toda tremendo e fora de foco. Mas também dá pra ver nós dois direitinho, os putos! Vem com a voz de algum cara, pra deixar bem claro os nossos nomes e mostrar que dupla de cubanos escrotos e violentos nós somos, torturando o pobre do negro deitado no chão com o rosto retorcido de dor, enquanto eu e você seguramos o King Kong de modo que ele não consegue mexer um músculo...

::::::Meu Deus, sargento, só espero que eles não tenham gravado a sua voz dizendo "King Kong".::::::

— O cara tá lá deitado, e eles mostram você berrando no ouvido dele: "Tá falano o *quê*, bichinha imunda? Tá falano o *quê*?"... Depois me mostram falando: "Nestor, pelo amor de Deus, já chega!"... Eles fazem parecer que você está torturando e quase assassinando o cara, mas é impedido por mim. Depois falam que havia mulheres e crianças nessa "suposta cracolândia", que na verdade era uma creche. Quer dizer... *merda*, e a gente nunca vê o puto que está falando tudo isso.

Culpa... uma onda de culpa varre Nestor. Ele recorda aquele momento... e *sente* a emoção horrível, o desejo de matar... a *loucura*! *Mate!* Não conseguia pensar nas circunstâncias de modo racional... só a *culpa*...

– Depois eles me mostram falando: "Ele é esquentado, esse jigaboo, acha que tem um pau tão grande que *num* vai *aturá esculacho de otário*." A porra da bichinha fala que isso é uma tentativa "grosseira e injuriosa" de imitar a fala dos negros... *grosseira e injuriosa!* Que eu estou insinuando que os negros são ignorantes e primitivos. Jesus! Isso é o de menos! O escroto do grandalhão tentou me *matar*! Já estava com as duas mãos em volta da porra do meu pescoço, tentando esmagar a minha goela. Eu já tinha até sacado minha arma quando você pulou em cima dele. Mas agora isso significa que eu estava prestes a matar o cara a sangue-frio, quando você me distraiu... *me distraiu*! Além disso, eu chamei o sujeito de jigaboo. Qual é o grande problema? Eu estava falando com você, não com ele, e o cara não me ouviu. E jigaboo significa... sei lá o que a porra de jigaboo significa. É só uma palavra. Não é como se eu tivesse falado um palavrão e chamado o cara de merdinha, que é o que ele é.

::::::Sargento, você *ainda* não sacou, não é? Precisa parar com tudo isso... merdinhas, macacos e todos os outros nomes que tem para *los negros*. Nem pense mais nisso... muito menos falar em voz alta, mesmo que só para mim!:::::: Mas Nestor disse apenas: – O cara tentou estrangular você, sargento! O que eles falam sobre isso?

– *Isso* eles não mostram! Nem falam tipo que talvez exista alguma *razão* para aquele enorme touro preto estar deitado de costas sob a custódia de dois policiais, além do fato de os dois policiais serem cubanos. Eles esperam que o espectador conclua que a única *razão* é que os cubanos são uns escrotos cruéis, que vivem oprimindo, molestando, esculachando *los negros*, xingando cada um de macaco ou merdinha, e tratando todos como macacos ou merdinhas. E não adianta tentar dizer pras pessoas que elas precisam se colocar no nosso lugar, porque elas nem conseguem *imaginar* o que é rolar na poeira com um desses gorilas imensos. Vou lhe contar, Nestor... nós estaremos atolados nessa merda até os joelhos já ao alvorecer, e até a cintura ao meio-dia...

– Sargento, você precisa parar de falar assim, mesmo comigo, porque mais tarde isso vai sair pipocando da sua boca, e então a merda vai mesmo feder pro seu lado. Quer dizer, vai feder pro *nosso* lado.

– Eu sei. Tem razão. É como gargarejar com cianeto, caralho... mas agora a gente precisa pensar em alguma coisa. Precisamos de um relações-públicas. Mas como alguém *encontra* a porra de um relações-públicas? Mesmo podendo *pagar* um relações-públicas, coisa que eu não posso. Não sei de você.

– Por que a gente num vai direto ao chefe? – disse Nestor.

– Isso não tem graça, Nestor.

– Não estou tentando fazer graça, sargento. Ele não é um cara ruim, passei mais ou menos meia hora com ele, quando fui transferido da Patrulha Marítima para a Unidade de Repressão ao Crime.

– Pouco me importa se ele é são Francisco em pessoa. O que ele vai fazer? É *un negro*, Nestor! Por que você acha que ele virou chefe de polícia? Para que os neguinhos pudessem falar, "Ei, agora a gente tem a porra do chefe de *polícia*, moleque. Agora ele tá do *nosso* lado! E vai cuidar da *gente* lá!"

::::::Jesus! Quanta merda o sargento estava falando! Por falar em *dissolução*... ele está decidido a se dissolver!:::::: Em voz alta, Nestor disse: – Por que nós não passamos a trabalhar disfarçados, sargento?

– De que porra você está falando, Camacho?

– Assim ninguém vai nos ver, sargento. Nós podemos *nos* dissolver.

– Não comece a...

– É só brincadeira, sargento, só brincadeira. Onde você quer encontrar comigo?

– Hummm. – Pausa longa. – Merda... venha até a central, como sempre. A gente conversa no carro. E olhe para trás. Ninguém está dando cobertura a você neste caso. Você não vai ter a menor vontade de brincar depois que o sol nascer.

* * *

Nestor desligou o telefone, mas continuou apoiado em um dos cotovelos sobre o colchão. Estava se sentindo catatônico. Seus olhos focalizavam um ponto inexistente em pleno ar. ::::::Estou despencando em uma fenda... que leva a um universo paralelo! Ah, pare com isso, Nestor.:::::: *Universo paralelo* era uma expressão que ele ouvira em um pesado drama fantasmagórico na TV. Não invente universos paralelos, Camacho. Para falar a verdade nua e crua, ele estava chocado e assustado.

YouTube YouTube YouTube YouTube... seu lado assustado não queria sequer ver a porcaria do vídeo... mas ele acabou se içando do colchão e se arrastando um metro pelo chão, em meio a roupas sujas, toalhas sujas, caixas vazias, poeira e bolas de cabelo... até o computador. Então se sentou no chão e se recostou na parede... e, meu Deus, bem na página inicial... ali estava ele, dentro da cracolândia. Ele fica fascinado ao se ver naquela telinha... Nestor vitorioso! O brutamontes está deitado de bruços. ::::::Veja isso! O brutamontes tem o dobro do meu tamanho, mas eu sou o vencedor! Estou montado nas costas dele... *Veja!* Imobilizei o cara com o duplo nelson e a chave quádrupla. Minhas mãos estão entrelaçadas na nuca dele, e estou esmagando seu rosto no chão com toda a minha força. Meu Deus!::::::

Seus músculos já estavam inchados, cheios de sangue, devido à luta com o brutamontes. Agora, ali na telinha do computador, ele está recorrendo aos últimos gramas de força que tem para enfiar a cabeça do brutamontes chão adentro, esmagando o rosto dele. ::::::Estou... inchado!:::::: A enorme pressão do duplo nelson curvou o pescoço do brutamontes para a frente, a tal ponto que Nestor poderia tê-lo quebrado, se realmente quisesse. Dá para ver isso, mesmo na telinha daquele computador; o rosto do brutamontes está irreconhecível de tão contorcido... *pela dor!* Ele tem a boca aberta. Quer berrar. Mas quer oxigênio mais ainda. O único som que escapa dos mais de 120 quilos daquele corpo aterrorizado é: "Urrrrrrunhhh... urrrrrrunhhh... urrrrrrunhhh!" Ele parece um pato moribundo. É! Um pato grasnando. Mais trinta segundos de pressão máxima... bastaria isso! Viraria presunto o brutamontes negro! Nestor fica siderado, vendo seu triunfo naquela telinha. Sinistro! Na hora, ele não tomara consciência da expressão no seu próprio rosto. ::::::Meu Deus! Eu arreganhei mesmo os dentes assim? Dei mesmo esse sorriso maléfico e pavoroso?::::::

Positivamente encantado, Nestor não consegue parar de se ver na tela. Ele fica olhando... e ouvindo... Nestor Camacho protestar: *Uhhh uhhh uhhh*. Ele próprio fica sem fôlego... *uhhh uhhh uhhh*... ao humilhar o gigante no tom mais alto possível: "Tá legal, seu *uhhh uhhh uhhh* idiota *uhhh uhhh uhhh viado*!" E também se lembra de querer que todo o entorno soubesse que ele dominara completamente o brutamontes. Fica se vendo inclinar o corpo até estar a poucos centímetros do ouvido do brutamontes, e então gritar diretamente ali: "Tá falano o *quê*, bichinha imunda? Tá falano o *quê*?"

Diante disso, o moral de Nestor afunda. Ele quer clicar para fechar a janela... porque depois a coisa só piora, não é? O que ele fez? Ele sabe o que vem depois... os epítetos, seus e do sargento, começam a se empilhar em cima daquele saco de ossos em um ritmo furiosamente louco... e a pilha pega fogo. Nestor ainda atiça a pira mortuária, dizendo: "Tá falano o *quê*, bichinha imunda?"

Só então, olhando para a tela do computador, é que Nestor entende tudo plenamente. Só então ele compreende, em poucas palavras, como é ruim tudo aquilo... essa introdução de Nestor Camacho ao mundo pelo YouTube!

E o que o mundo vê naquele vídeo? Onde começa a história do YouTube? O mundo vê um prisioneiro negro deitado de bruços, inerte, indefeso, perpassado de dor, que luta para continuar respirando, e geme de um jeito... *urrrrrrunhhh*... como nenhum ser humano já gemeu, preso e à mercê de dois policiais cubanos. Um deles está montado nas costas do coitado, arreganhando os 32 dentes em um sorriso cruel diante da perspectiva encantadora de quebrar o pescoço do prisioneiro com um duplo nelson. O outro está agachado a menos de um metro dali, pronto para estourar os miolos do coitado com um revólver calibre 44. Os dois ficam humilhando o prisioneiro negro, debochando da sua macheza, e falando que ele é um retardado sub-humano. Não haverá limite para o mal que esses dois policiais cubanos estão dispostos a causar a um homem negro que, pelo que o espectador sabe, não fez coisa alguma?

É assim que a versão do YouTube *começa*... e muito provavelmente termina.

Não se indica a crise de vida ou morte que precipitara este "mal" tão vil, e nem sequer se insinua que esse homem negro vilipendiado é, na realidade, o traficante de uma cracolândia, um jovem forte que pesa 125 quilos. Portanto, nada torna crível que ele possa ter provocado tudo ao agarrar com as mãos enormes o pescoço do sargento, ou que dali a um segundo fosse assassiná-lo esmagando sua traqueia, nem que a vida do sargento tenha sido salva somente pela reação imediata do patrulheiro Camacho, que se lançou sobre as costas do brutamontes e, pesando apenas 70 quilos, deu duas chaves imobilizadoras nos 125 quilos do traficante da cracolândia, rolando com ele na poeira até fazer o brutamontes perder totalmente o fôlego, o poder, a força de vontade, a coragem, a virilidade... e desistir... feito uma bicha. Como alguém poderia fingir não perceber que, diante da morte, até um policial recebe um jato de adrenalina imensamente mais poderoso do que todas as correntes de conversa cortês, e imediatamente tenta sufocar seu suposto assassino com qualquer repulsa vil que venha subindo pelo seu tronco cerebral a partir das mais sombrias e perversas entranhas do ódio? Como poderia algum homem, por mais brando e sedentário que fosse, deixar de compreender isso?

Só que nada no YouTube poderia mostrar a esse homem a primeira metade da história, a metade *crucial*... *Nada!* E sem essa primeira metade, a segunda metade vira ficção! Uma mentira!

Vou lhe contar, Nestor... nós estaremos atolados nessa merda até os joelhos já ao alvorecer, e até a cintura ao meio-dia. Porque a merda já começou a subir, e ainda está escuro lá fora.

E às seis da manhã *ainda* estava escuro lá fora, quando o chefe de polícia, que sempre se levantava cedo, recebeu pela sua linha particular um telefonema de Jorge Guba, um dos Sextas-Feiras de Dio, dizendo que o prefeito queria que ele fosse a uma reunião na prefeitura dentro de noventa minutos. *Sete e meia?* Sim. O chefe já vira o YouTube?

De modo que o chefe deu uma olhadela no YouTube. Na realidade, assistiu ao vídeo três vezes. Depois fechou os olhos, baixou a cabeça e massageou ambas as têmporas com uma só mão, apertando um lado com o polegar, e o outro com o dedo médio e o anular. Então disse em voz alta, mas entredentes: "Era tudo que eu queria, não é?"

Em tom mal-humorado, o chefe acordou o motorista e mandou que ele aprontasse o carro. Às sete e vinte, quando os dois entraram na alameda circular diante do pequeno prédio que a prefeitura herdara da Pan Am, uma só olhadela já aumentou seu mau humor. Aguardando a chegada dele, e de sabe-se lá quem mais, havia um pelotão de supostos membros da mídia, cerca de uma dúzia deles. Todos se vestiam como sem-tetos, mas tinham um ar de seriedade devido aos microfones e blocos de notas que empunhavam, além — acima de tudo — dos dois caminhões, com antenas parabólicas que se erguiam quase sete metros no ar, para fazer transmissões ao vivo. Desta vez o chefe não saltou do grande Escalade preto com tanta alegria. Que diabo, nem sequer conseguiu respirar fundo e expandir ao máximo o maciço peito negro, antes que os chamados integrantes da mídia começassem a enxamear à sua volta feito mosquitos. *Truculência policial* e *insultos racistas* eram as duas expressões com que eles o picavam sem parar, produzindo um incessante zumbido de mosquitos, enquanto ele abria caminho entre todos, sem uma palavra, e entrava na prefeitura.

Era tudo que ele queria, não era?

A sala de reunião do prefeito, que parecia ter sido outrora o salão de algum clube atlético, já estava cheia de Sextas-Feiras: o relações-públicas Portuondo e o administrador municipal Bosch, como da outra vez... além do promotor Hector Carbonell ::::::promotor?:::::: e de duas eminências pardas, Alfredo Cabrillo e Jacque Díaz, ambos advogados que Dio conhecera ainda na faculdade de direito e frequentemente convocava quando confrontado com grandes decisões ::::::grandes decisões?::::::...

Com o prefeito, eram seis. Todo o pelotão era cubano. E Dio aparentava estar exuberante, como sempre, quando o chefe entrou no recinto.

— Eeeiii, chefe! Entre! Sente-se aí! — disse ele com um sorriso largo, apontando para uma poltrona. — Acho que você já conhece todo mundo aqui... certo?

Os outros cinco cubanos deram ao chefe rápidos sorrisos protocolares. Quando todos se sentaram na miscelânea de cadeiras e poltronas da sala, o chefe teve uma sensação estranha. Então percebeu que o prefeito e os Sextas-Feiras haviam formado uma espécie de ferradura... meio torta, mas mesmo assim uma ferradura... e que ele próprio estava sentado entre as pontas dessa ferradura... com um grande espaço até o assento mais próximo de cada lado. O prefeito estava diretamente à sua frente, em uma poltrona de espaldar reto, bem na crista da curva da ferradura. A poltrona do chefe só podia estar com as molas quebradas, porque sua bunda afundou tanto que ele mal conseguia enxergar acima dos joelhos. Lá da sua poltrona, Dio parecia fitá-lo de cima a baixo. Os membros do coro tinham alguns olhares gélidos nos rostos... e nenhum sorriso. O chefe teve a sensação de estar no banco dos réus, encarando os semblantes severos de um júri.

— Acho que todos sabem por que estamos aqui, não? — O prefeito esquadrinhou o pelotão... vendo muitos meneios de cabeça afirmativos. Depois olhou diretamente para o chefe de polícia e, em tom que não admitia brincadeira, disse: — Qual é a desse seu garoto, o Camacho? Ele parece um conflito racial ambulante. Com quem ele ainda não fez cagada? Os haitianos, talvez? E não é como se ele fosse subchefe, ou capitão. É só um policial, pelo amor de Deus, um policial de 25 anos com capacidade comprovada de emputecer um monte de gente.

O chefe sabia o que estava por vir. Dio exigiria que ele demitisse Camacho. O chefe raramente tinha essa sensação de... insegurança. Nos dias em que estava bem, sua confiança e seu carisma desequilibravam Dio e toda aquela gangue cubana. Ele já travara batalhas armadas, tiroteios reais. Arriscara a vida para salvar policiais sob seu comando, inclusive policiais cubanos, sabe Deus. Ganhara duas medalhas por bravura. Tinha presença.

Ali dentro, seria preciso botar dois cubanos lado a lado para obter ombros largos como os seus... três para igualar a grossura do seu pescoço... e quarenta, ou talvez quatrocentos, para ter a sua disposição de arriscar a própria vida pelo que era certo... Ele realmente pulara do alto daquele prédio de seis andares, em cima de um colchão que parecia do tamanho de uma carta de baralho. Não tencionava frisar as diferenças, mas ele era um homem... coisa que ninguém mais naquela sala era. Sua confiança, sua vitalidade, aquele certo *olhar* que ele tinha nos olhos. Ali naquela arena, pouco importava a sua cor. Ele irradiava a mais rara e radiante das auras... e ninguém conseguia deixar de *ver... o Homem*!

Naquele momento, porém, não era assim que ele estava sendo visto... dava para perceber. Naquele momento eles só estavam vendo *un negro*... e esse maldito *negro* estava em uma sinuca, porque se esse *negro* não fosse *un negro, nuestro negro, nosso* negro, fazendo o que nós mandamos que ele faça, nem teria cacife para entrar ali... Nenhum dos rapazes de Dio ousara levantar sequer uma sobrancelha... nem mesmo Dio... mas o chefe sabia o que eles achavam do que estavam vendo ali... só mais um presunto negro fantasiado. Isso fez com que ele recuperasse o ânimo.

— *Qual é* a do Camacho? — disse ele, fuzilando Dio com um olhar de trezentos watts, e fazendo várias sobrancelhas se levantarem, pois ninguém ali ouvira o chefe usar de sarcasmo com o prefeito antes. — Já que o senhor perguntou, a resposta curta, a resposta longa e a resposta entre as duas são... ele é um policial bom pra cacete.

Houve silêncio na sala. E então o prefeito disse: — Tá legal, Cy... ele é um policial bom pra cacete. Acho que precisamos aceitar sua palavra em relação a isso. Afinal, você manda na polícia da cidade, é o comandante em chefe. Mas então qual é o problema aqui? Esse seu policial bom pra cacete e mais um outro policial foram pegos no YouTube maltratando um cidadão da nossa comunidade afro-americana, xingando o sujeito de animal, jigaboo, retardado sub-humano e cabeça de merda...

— Ele é traficante, Dio! — A voz do chefe se elevou, atingindo algumas notas de muito pouca autoridade.

— E por isso o Camacho pode se dirigir ao *suspeito*... um suspeito *afro-americano*... como se ele fosse membro de uma raça de sub-humanos, um bando de animais? Espero que você não esteja me dizendo isso, Cy.

— Mas precisa levar em conta o *contexto*, Dio, todo o...

— O contexto é que o seu policial bom pra cacete está fazendo cagada com toda a nossa comunidade afro-americana! Se esse é um contexto bom, então temos um problema *maior*. E esse problema é liderança. Que outro poderia ser?

Isso calou o chefe imediatamente... tão imediatamente que ele não conseguiu pronunciar uma só palavra. Que diabo estava acontecendo tão de repente? Ele estava arriscando seu cargo, toda a sua carreira, por causa de um policial cubano de 25 anos chamado Nestor Camacho? E isso era ser *viril*? Após 15 anos de ralação, suando a camisa além da conta, arriscando a vida, passando por cima do racismo como se este fosse um quebra-mola na estrada para a glória, virando um líder de homens, você põe tudo em perigo... por causa de um garoto cubano? Mas como ele poderia se safar daquilo... sem mostrar que, com uma única frase, Dio lhe acertara tamanho foguete na virilha que transformara o *Homem Definitivo* em um maricas?

E Dionisio sabia que a luta terminara com aquele único golpe, não sabia? Pois abandonou o sarcasmo, começando a falar em um tom tranquilizador e terapêutico:

— Olhe, Cy, quando nomeei você chefe, eu tinha total fé na sua capacidade, na sua coragem e em muitas outras coisas que fariam de você um líder natural. E ainda tenho, porque você nunca fez algo que me desse a sensação de que tomei a decisão errada. Uma dessas outras coisas era minha esperança de que, com você como chefe, nós poderíamos superar muitos erros que haviam sido cometidos no passado. Por exemplo, eu esperava mostrar aos membros da nossa comunidade afro-americana que sim, eles podem ter sido prejudicados antes, mas agora não iam ter alguém só para defender seus interesses... iam ter o próprio Homem. Isso é uma coisa boa, além de ser um símbolo poderoso. Agora, quando aconteceu aquele negócio do Homem no Mastro, eu mandei você botar o Camacho na geladeira por um tempo. E o que você fez? Deu a ele uma medalha, e uma "transferência lateral", mas não para um cavalo no parque, porque os únicos que ele poderia incomodar lá seriam os malditos ratos e esquilos. Não, isso seria uma transferência lateral com uma "rasteira", acho que foi a palavra que você usou...

O prefeito já estava ficando esquentado outra vez, e tirando a coleira do seu cão de guarda sarcástico. Ele parecia saber que o chefe já fora nocauteado, e continuou: – Em uma situação dessas, nenhum indivíduo pode ser o centro das coisas. Entende o que eu estou dizendo? Você quer defender um dos seus homens, e isso é elogiável. Só que, no momento, eu e você temos a obrigação de defender centenas, milhares, dezenas de milhares de pessoas que não conseguem acompanhar os aspectos mais complicados do caso. Entende o que eu estou dizendo?

O chefe se pegou assentindo com a cabeça... e imediatamente percebeu que fizera a mesma coisa, concordando obedientemente, um momento antes... Todos os Sextas-Feiras ali dentro deviam estar maravilhados com os poderes persuasivos de seu líder, que pareciam golpes de jiu-jítsu... Sem mais nem menos, ele reduz o Super-Homem Negro a algo tão onipotente quanto uma ostra defumada... E eles ficam só olhando. Não estão de cenho franzido. Não, estão fascinados, feito menininhos. Têm os melhores assentos da casa... para ver o Incrível Chefe que Encolheu... encolher. Ninguém passa a perna no nosso Dionisio Cruz, não é mesmo?! Ele só tem 1,65 m, mas derruba qualquer Super*negro* de 1,90 m que se meta no caminho. É por isso que ele é... o *caudillo*. Não acusa *el negro* de coisa alguma, não ameaça *el negro* com coisa alguma... pelo menos não de forma que possa ser apresentada como prova. Ele simplesmente estende a rede e logo... *Peguei você! El negro* está dentro da rede, lutando... socando o ar... preso em uma rede de palavras.

– Eles só veem esse jovem policial, esse garoto que tem... o quê? Quatro anos no efetivo? E veem também que, por onde ele anda, vão atrás os Quatro Cavaleiros... Racismo, Chauvinismo, Insultos Étnicos e... *hum*...

O prefeito, que vinha muito bem, empacou aí. Não conseguia pensar em uma quarta praga montada, mas continuou tentando.

– *Hum... hum...* e todo o resto – arrematou desajeitadamente. – Entende o que eu estou dizendo?

Quanta babaquice! O chefe pensou que não podia ficar sentado ali, fazendo *sim* para troços daquele tipo! Portanto, disse: – Não, não entendo, Dio.

Só que a resposta também saiu desajeitada, tal como a expressão *hum... e todo o resto*, dita pelo pequeno Dionisio. Saiu tão fraca quanto os meneios de cabeça afirmativos do chefe. Ele não injetou *ânimo* na frase. Era muito nobre defender um de seus homens, ainda mais um de baixo escalão... mas era realmente nobre colocar em risco todas as coisas que você podia fazer pelos seus irmãos verdadeiros?

::::::Era como se Dio estivesse *lendo* meus e-mails.::::::

– Olhe, Cy, a questão não é se o Camacho é um policial bom ou ruim. Eu estou disposto a concordar com você quanto a isso. Tá legal? Mas ele já se tornou algo maior do que ele mesmo. Virou um símbolo de algo que mexe com todo mundo na cidade. A sua lealdade, que eu admiro, não altera essa situação. Tenho certeza de que na hora o garoto nem pensou sobre o assunto. Mas fatos são fatos. Por duas vezes, nos últimos meses, ele deixou comunidades inteiras vendo tudo vermelho... com as tripas revoltadas. Ele tratou esse povo todo como lixo... e você não acha que o seu departamento pode continuar o trabalho sem os serviços desse garoto de 25 anos?

::::::Eu estava pensando quando ele ia finalmente chegar a esse ponto. E quando fizesse isso, eu ia riscar uma linha na areia e me entrincheirar.::::::

– É, eu sei do que o senhor está falando. – O chefe se pegou dizendo isso. Só que ele falou com um suspiro, como alguém que cede, obviamente a contragosto, diante do destino. – E não gosto disso.

Essa última parte saiu como pouco mais de um murmúrio. Nesse instante a expressão e o tom do prefeito se tornaram paternais: – Cy, preciso lhe contar umas coisas sobre esta cidade. São coisas que provavelmente você já sabe, mas às vezes ajuda ouvir tudo em voz alta. Sei que *me* ajuda, pelo menos. Miami é a única cidade do mundo, pelo que eu sei... no *mundo*...

onde mais de cinquenta por cento da população são imigrantes recentes... imigrantes *recentes*, chegados nos últimos cinquenta anos... e isso é uma coisa do cacete, quando você pensa bem. O que isso provoca? Outro dia eu estava conversando sobre isso com uma mulher, e ela me falou: "Dio, se você quer mesmo entender esta cidade, precisa perceber uma coisa antes de tudo... em Miami, todo mundo odeia todo mundo."

Portuondo, o relações-públicas, deu um risinho abafado, como se o Patrão estivesse fazendo uma piadinha. Dio lançou-lhe um olhar de reprovação e continuou: – Mas nós não podemos deixar por isso mesmo. Temos uma responsabilidade, eu e você. Precisamos fazer de Miami... não um caldeirão racial, porque isso não vai acontecer, pelo menos durante a nossa vida. Não podemos fundir esses povos... mas podemos soldar todo mundo junto... *soldar*... O que eu quero dizer com isso? Que não podemos *misturar* as pessoas, mas podemos forjar um lugar seguro para cada nacionalidade, cada divisão étnica, cada raça, e garantir que todas estejam no mesmo plano. Entende o que eu estou dizendo?

O chefe não fazia a menor ideia. Sentiu vontade de falar que jamais ouvira tanta babaquice desde que nascera, mas não conseguiu chegar a isso. O que acontecera com o Velho Chefe? Ele sabia, mas não queria expressar a coisa em palavras, nem mesmo dentro da sua própria cabeça. O que acontecera... acontecera no instante em que Dio dissera: "Então temos um problema maior. E esse problema é liderança." O resto do enredo se desenrolou em um clarão na cabeça do chefe. Dio só precisava demitir o chefe Booker e dizer: "Ele foi colocado em uma posição de liderança, mas não conseguiu cuidar nem do seu próprio pessoal. Um verdadeiro líder criaria uma atmosfera em que esse tipo de coisa não acontecesse, não pudesse acontecer. Portanto, vou nomear um novo chefe, com força suficiente para mudar a atmosfera mental aqui em volta, um líder de verdade... e ele *também* será da nossa comunidade afro-americana."

Comunidade afro-americana, no cu. O chefe ficou imaginando se ele ou algum dos cubanos que estavam ali dentro, olhando fixamente para ele a fim de não perder qualquer momento delicioso daquele esporro de mestre... ficou imaginando se *alguém* já vira Dionisio, Modelo de Democracia, pronunciar a expressão *afro-americana* antes... que não fosse na presença de uma câmera de TV ou de alguma sentinela da imprensa. O chefe começara a sentir raiva toda vez que aquela expressão saía deslizando da boca de hipócritas brancos como Dio. *Brancos?* Todo cubano naquela sala ali se via como branco. Mas não era assim que eles eram vistos pelos brancos de verdade. Deveriam é passar mais tempo em Pine Crest, no Coral Beach Yacht Club, ou em alguma reunião dos condôminos de Coral Gables. Ficariam de cabelo em pé! Para os caras brancos de verdade, todos eles eram pessoas morenas, de cor, só um pouco mais claras do que ele próprio.

Entende o que eu estou dizendo? Desta vez o chefe não estava fazendo que *sim* com a cabeça. Estava abanando a cabeça de um lado para o outro. Era um *não* que sua cabeça estava fazendo, mas um *não* oscilante e desmaiado, tão insignificante que o velho Dio nem sequer notou.

— Portanto, isso nos leva à questão do que fazer com o patrulheiro Camacho — disse o prefeito. — Ele é um argueiro no olho de metade de Miami. Você sabe o que é um argueiro? Está na Bíblia. Um argueiro é parecido com um cisco de poeira que entra no olho. É só um cisco, mas é irritante. Realmente irritante. Na Bíblia, as pessoas parecem passar metade do tempo removendo argueiros. Um argueiro não mata ninguém, mas provoca muito mau humor. Entende o que eu estou dizendo?

::::::Não:::::: mas dessa vez o chefe nem se deu ao trabalho de fornecer qualquer resposta, sob forma alguma. Subitamente, percebeu como devia parecer para os cubanos naquela sala, pois deixara-se derrear nas profundezas da poltrona. Então endireitou o corpo e empurrou lentamente os ombros para trás, em uma tentativa desanimada de mostrar àqueles cubanos metidos a brancos que ainda possuía um peito maciço. Só que foi um impulso bastante desanimado. Quanto tempo mais ele conseguiria deixar que o prefeito o sacaneasse daquele jeito? Logo as únicas opções seriam: abandonar qualquer pretensão de virilidade... ou se levantar, avançar dois metros até a poltrona de Dio, *arrancá-lo* de lá pela cabeleira, com apenas uma das mãos, e estapear a porra daquele rosto moreno com a palma da outra mão e depois com as costas da mão a palma e depois as costas a palma as costas a palma as costas palma costas palma costas palma costas palmacostaspalmacostas até o rosto moreno ficar vermelho feito uma almôndega malpassada e Dio começar a soluçar por ter sido totalmente humilhado por um Homem...

::::::Ah, claro, Super-Homem... mas diga lá quem, na realidade, está sentado aí com a boca escancarada e muda?::::::

— Então como afastamos essa dupla, Camacho e o sargento Hernandez, do centro das atenções do público? Eu tenho mais experiência em me livrar de pecadores, pouco importando as circunstâncias, do que você. E posso lhe dizer que não existe jeito delicado. Você precisa falar alto e bom som: "Esses dois se revelaram uns racistas, e não podemos ter gente assim no nosso departamento." É desse jeito que você precisa fazer o serviço. *Bum! Bum!* É doloroso, mas é rápido. Uma frase... não, duas frases... e acaba tudo.

Dio começou a bater nas palmas das mãos de todos ao redor, de um jeito que significava: *bom, agora acabou... já resolvemos isso, não é?* Depois comprimiu os lábios e deu uma piscadela para o chefe, como quem diz: "Não está feliz por termos resolvido isso?"

A piscadela foi a gota d'água... uma pequena piscadela... com aquela piscadela o prefeito fez uma incursão profunda demais na virilidade do chefe. Todos os Sextas-Feiras de Dio mantinham uma expressão vaga, mas estavam gozando intensamente aquela humilhação. O velho Dionisio é uma figuraça, não é? *Risinhos risadinhas risinhos risadinhas risinhos risadinhas* ele empunhou a tesoura, e bem depressa picotou *el negro* fanfarrão em pedacinhos insignificantes.

Aquela piscadela, e aqueles presunçosos rostos cubanos de expressão vaga... o chefe tinha a sensação de que deixara seu corpo por meio de uma projeção astral, e que estava fitando outra criatura. Então disse bruscamente: — Não podemos fazer isso, senhor prefeito.

Não foi uma exclamação. A coisa saiu com um som fervente. O tal "senhor prefeito", no lugar de Dio ou Dionisio, anunciava que era hora de falar sério.

— Por que não? — disse o prefeito.

— Prejudicaria o moral de todo o departamento. — O chefe sabia que isso era um grande exagero, mas agora as cartas estavam na mesa, e ele foi em frente: — Todo policial que precisou lutar contra um desses cracudos escrotos, seja rolando na poeira ou sacando uma arma, sempre vai se colocar na pele do Camacho ou do Hernandez quando ouvir falar na história. Todos ainda conseguem sentir aquele jato de adrenalina. Cada um deles conhece a sensação de lutar pela vida, porque não sabe com quem se meteu ali, e também sabe que não é mais o mesmo quando tudo termina. Todos eles já sentiram o medo se transformar em ódio puro. Não há meio-termo entre um e outro. Se se gravasse em vídeo tudo que os policiais falam, quando finalmente prendem esses escrotos e recuperam o fôlego para falar qualquer coisa, as fitas gravadas chamuscariam o cabelo de todas as cabeças em Miami. Simplesmente, trata-se da natureza da fera, porque não se engane... durante a luta você não passa de um animal.

Todos na sala ficaram em silêncio. A veemência e a impudência do chefe eram chocantes. Depois de alguns instantes, o prefeito voltou à vida: — Então o que esses dois policiais falaram sobre os afro-americanos não incomoda você... o afro-americano que ocupa o cargo mais elevado nesta cidade?

— Sim, as *palavras* me incomodam — disse o chefe. — Escuto essas merdas desde os meus 4 ou 5 anos de idade, e conheço bem o ímpeto de matar. Mas também já estive no lugar de policiais como Camacho e Hernandez... muitas vezes. E sei que todo pensamento vil que já passou pela nossa cabeça... provavelmente será falado em voz alta pelo animal que mora dentro de nós. Olhe, Dio... esse negócio aconteceu em uma cracolândia. É *preciso* ter medo quando se entra ali, porque onde tem droga tem arma. Por acaso, o grandalhão da casa tentou sufocar o sargento Hernandez, que puxou a arma e já ia lhe dar um tiro, só que o Camacho pulou nas costas do cara. O sargento ficou com medo de também acertar o Camacho, que deu uma espécie de chave imobilizadora no grandalhão, e ficou montado ali em cima até ele perder o gás e desistir. Se o cara tivesse conseguido derrubar o Camacho dali, teria acabado com a vida dele, e ainda por cima lhe arrancado a cabeça fora. Mas nada disso aparece quando a gente só vê a gravação do que eles falaram.

— Tá legal. Tá legal — disse o prefeito. — Já entendi o seu ponto de vista. Só que o meu é que Miami tem uma população afro-americana bem grande, e esse povo está aqui há muito tempo. Uma coisa dessas pode provocar outra revolta. Eles sempre se revoltam pelo mesmo motivo, o sistema judiciário criminal. Não vou deixar isso acontecer no meu mandato. O seu Camacho e o seu Hernandez... têm de dançar, Cy... pelo bem da cidade.

O chefe começou a balançar a cabeça de um lado para o outro, sempre fitando diretamente os olhos do prefeito, e disse: — Não posso fazer isso... não posso.

Parecia estar fervendo outra vez.

— Você não está me deixando com muitas opções... senhor chefe de polícia. — A súbita formalidade do prefeito era mais portentosa do que a do chefe. Ele tinha mais lastro por trás. — *Alguém* tem de dançar.

Filhodaputa! O golpe derrubou o chefe, que ficou nocauteado, sentindo sua rebeldia diminuir... Aquele emprego era a maior coisa da sua vida... incluindo sua família. *Chefe de polícia de Miami*... ele nem sequer sonhava com algo assim quando virara um jovem policial, 15 anos antes... um jovem policial *negro*... que agora chefiava o Departamento de Polícia de uma importante cidade americana... graças àquele homem ali, Dio... e agora estava forçando Dio a derrubá-lo daquele pico eminente, e a queda seria grande até lá embaixo... para o *ex*-chefe, com seu salário de 104 mil dólares, e sua casa em Kendall, que custara 680 mil dólares, e que ele jamais teria conseguido comprar se não houvesse fechado uma hipoteca de 650 mil dólares com o pessoal do Banco UBT, à taxa quase *prime* de 1,2%... coisa que eles nunca, jamais teriam feito, se não achassem importante prestar favores ao prefeito Cruz... e que eles executariam antes que ele conseguisse pronunciar *empréstimo de risco*... reduzindo seu status, *sem mais nem menos*, de o Homem, embora Negro, a apenas outro barnabé negro inadimplente... Ele precisaria tirar os garotos da escola Lorimer... tudo isso, além de ficar amplamente estigmatizado como traidor do seu próprio povo. Ah, o próprio Dionisio cuidaria disso. Ele não é um gênio, tal como o mundo define a palavra, mas decerto é genial ao cuidar da própria pele... e tem um gênio implacável, se preciso for.

Naquele microssegundo de conscientização, todos esses pensamentos passaram pela sua cabeça, em um só clarão de muitos neurônios, *zaaapee-eaaando* seus juramentos e sua coragem ao mesmo tempo...

Mas não sua maldita vaidade. Ah, não... nem por um segundo. Seu novo juramento era não parecer só mais um fracote diante do coro cubano de Dio, esses idiotas metidos a brancos, esses coqueiros envasados... seu júri. Ah, eles adorariam ver o Grande Homem, o chefe, o *gran negro*, rastejando diante do velho Dionisio tal como *eles* rastejavam. *Adorariam* isso.

Sua mente disparou... e então ele entendeu. Ou entendeu algo, e disse: – Posso pelo menos lhe dar um conselho? ::::::Estão vendo, eu cedi sem parecer que cedi! *Eu* é que estou dando conselhos a *ele*!::::::

Em voz alta, disse: – O Camacho e o Hernandez... demitidos por causa *disso*? Exonerados sumariamente? Vai dar merda com o sindicato, e aquele sindicato é dirigido por dois cubanos falastrões. Eles vão fazer o troço render um mês, transformando nossa vida em um inferno, e vão levar os negros ::::::nem a pau vou falar “afro-americano”, e parecer que estou pisando em vidro estilhaçado como eles fazem:::::: a enxergar um regimento inteiro de policiais cubanos mostrando o dedo para eles. Entende o que eu estou dizendo? ::::::Cristo, eu realmente falei *entende o que eu estou dizendo?*:::::: Mas nós já descobrimos uma coisa que funciona melhor do que demitir, e que é “afastar do serviço”. O policial é obrigado a entregar sua arma, recebe uma função burocrática, enquanto nós anunciamos isso alto e bom som... uma só vez. Então todo mundo entende logo... todo mundo. Todos percebem que tirar a arma e o distintivo de um policial equivale a uma castração pública. Depois disso ninguém sabe, e tampouco liga, se ele ainda existe. Ele desaparece. Vira um morto-vivo.

O chefe mantém o olhar fixado nos olhos do prefeito mais um pouco. Tenta aparentar mais sinceridade do que qualquer homem que já viveu.

O prefeito olha para o administrador municipal e para Portuondo, o relações-públicas. Os Sextas-Feiras estão tentando, mas não têm a menor ideia do que acham agora. Simplesmente devolvem o olhar de Dio como se fossem cinco canecas numa prateleira.

Por fim, o prefeito vira novamente para o chefe. – Tá legal. Mas é bom que eles sumam, cacete. Entende o que eu estou dizendo? Se eu ouvir um só pio da parte de qualquer um dos dois, é outra pessoa que vai sumir. E você... *entende*... o que eu estou dizendo.

Duas horas mais tarde, por volta das dez e meia da manhã, no consultório do dr. Norman Lewis, nada poderia estar mais longe dos pensamentos de Magdalena do que o YouTube ou seu ex-namorado de Hialeah, Nestor Camacho. Para ela, toda a sua época juvenil recuara para um passado cada vez mais opaco, desgastado, proscrito e desclassificado. Naquela manhã ela estava obcecada com o brilhante alvorecer... *dele* em sua vida. *Ele* convidara Norman e ela própria para jantar na sexta-feira, pouco dias depois, no Chez Toi. Não havia em Miami restaurante algum melhor que o Chez Toi, ou assim Norman declarara. Magdalena jamais ouvira falar do lugar. Chez Toi! Norman ficou falando sobre o restaurante em um tom de reverência religiosa. Ah, ele também estava empolgado, mas nem sequer remotamente do jeito que *ela* estava.

Às vezes seu coração batia literalmente, *literalmente*, mais depressa só de pensar no assunto... ou seja, em *Serguei*. Magdalena realmente conseguia sentir a aceleração dos batimentos dentro do peito, por puro medo de fracassar diante dos olhos dele... Que roupa ela deveria usar? Não possuía qualquer fiapo capaz de impressionar o pessoal do Chez Toi... ou *Serguei*. Simplesmente teria de ir *à la cubana*... exibindo um belo decote *cubano*... transformando suas pálpebras em duas piscinas negras feito uma boate, envolvendo dois reluzentes globos flutuantes... deixando a cabeleira cascatear até os ombros, com o maior volume que ela, o xampu e o condicionador Fructis, e um secador Conair pudessem insuflar ali... fazendo de seu vestido, qualquer vestido, uma mera folha semitransparente em torno de seus seios, sua cintura, seus quadris, sua "bunda" e suas coxas... mas somente a parte *superior* das coxas, pelo menos 45 centímetros acima dos joelhos. Ela ainda montaria toda essa produção sobre um salto agulha de quase 15 centímetros. Sexy... a ideia era essa. Ligar as turbinas do... Corpo! Deixar a sexualidade passar por cima de toda a sofisticação que ela não tinha.

Mas será que ela não pareceria simplesmente vulgar e barata? Seu ânimo afundou. Quem *era* ela, afinal? Quem ela deveria ser naquele jantar de alto nível... apenas uma funcionária do dr. Lewis, o generoso dr. Lewis que levava funcionárias a eventos assim? Ou deveria tomar outro rumo, sugerindo que *havia* muito mais entre os dois do que só isso, assim avisando logo a Serguei e ao mundo que uma celebridade como Norman era louco por ela, enfermeira ou não?

Fiiiuuu... lá se foi sua confiança outra vez. Talvez ela estivesse apenas se iludindo com aquilo tudo... Serguei não dera uma só *palavra*, ao menos uma palavra *falada*, que indicasse qualquer interesse real... Simplesmente a encarara com um *certo olhar*, e sub-repticiamente apertara a palma dela com os dedos... Talvez ele fosse assim com qualquer mulher, um conquistador crônico... Sim, mas apertar a palma de uma mulher com os dedos daquele jeito... era tão estranho que só podia significar algo... e ele a encarara com o tal *certo olhar* não só uma vez, mas três... Então o coração de Magdalena continuava batendo, batendo, batendo dentro do peito, tão alto que... e se Norman pudesse ouvir aquilo? Ela chegara a um tal ponto de paranoia... não podia revelar de jeito algum que tinha qualquer expectativa em relação àquela noite. Sempre que Norman mencionava o assunto, Magdalena tomava todo cuidado para aparentar indiferença.

Uma revista da sala de espera estava aberta sobre sua mesa, mas mal olhara para aquilo, tão perdida estava naquele reino de fantasia, composto apenas por sexta-feira à noite, Serguei Koroliov e Magdalena Otero... que nem sequer notou que Norman saíra da sala do trono e estava a dois metros da sua mesa.

— Essa revista deve ser ótima — disse ele.

Magdalena ergueu o olhar, atrapalhada, como se houvesse sido pega em flagrante.

— Ah, não! Eu estava sentada aqui, pensando... em outra coisa — disse ela, abrindo a agenda e mudando rapidamente de assunto: — A sua próxima consulta é às 11 horas, daqui a 15 minutos, com um paciente novo, Stanley Roth. Eu mesma marquei a consulta, mas não tenho ideia do que ele faz.

— É corretor de um fundo de investimento novo, chamado Vácuo — disse Norman. Depois sorriu, por achar "vácuo" divertido. — Falei com ele ao telefone.

— Vácuo? — disse Magdalena. — Feito um aspirador a vácuo?

— É, isso mesmo — disse Norman com uma risada curta. — Um bando de garotões. Você vai rir quando eu contar qual é o probleminha do Stanley Roth...

Ele interrompeu a linha de pensamento. Depois disse: — Que revista *é* essa?

Magdalena precisou inspecionar o exemplar de perto. — Chama-se... *La Hom... Lomê*?

Norman pegou e inspecionou a revista.

— É a *Lom* — disse ele, apontando para o nome na parte inferior da página, *L'Homme*. — Significa "O Homem", em francês.

Ergueu uma das páginas e continuou: — Veja só esses caras. Hoje em dia todos os modelos masculinos parecem esses dois aqui. São todos magricelas. Parecem sofrer de uma séria deficiência de proteínas. Têm as faces encovadas, uma barba de seis ou sete dias e esse ar melancólico, como se tivessem acabado de ser libertados após cinco anos de cadeia, onde contraíram AIDS de tanto serem enrabados por outros prisioneiros. Eu não entendo. A ideia é fazer a rapaziada querer comprar as roupas que esses viados estão usando? Talvez hoje em dia parecer uma bicha aidética esteja na moda*aahaHAHA qua qua quá*... Eles fazem lembrar aqueles rapazes emaciados que o Egon Schiele pintava. Têm um aspecto tão fraco e doentio, que parecem prestes a desmaiar, cair e morrer, deixando uma pilha de ossos bem na nossa cara.

Magdalena disse: – Quem? Você falou Sheila?

– É alemão – disse Norman. – S-c-h-i-e-l-e. Egon Schiele. Ele era austríaco.

– E é famoso? – disse Magdalena... melancolicamente. Toda essa bobajada de arte que *los americanos* achavam tão importante...

– Claro – disse Norman. Quer dizer, acho que ele é famoso para quem se interessa por arte austríaca do início do século XX, como eu me interesso. Realmente considero...

Norman interrompeu abruptamente o que estava prestes a dizer e desviou o olhar. Seu rosto murchou. Ele parecia triste, de um jeito que Magdalena jamais vira. Mas logo depois disse: – Pois é... eu "me interesso" por arte austríaca do início do século XX, sim. Gosto desses livros de 75 dólares sobre pinturas, mas só posso ir até aí. Vinte anos atrás, descobri Schiele, Gustav Klimt, Richard Gerstl e... ah, Oskar Kokoschka e todo esse pessoal. Eu poderia ter comprado um quadro espetacular do Schiele por 25 mil dólares em um leilão. Mas eu já estava na faculdade de medicina, e nem *sonhando* tinha 25 mil para gastar em uma "obra de arte". Vivia praticamente apertado. E ainda passei mais oito anos assim, como estagiário e residente. Por fim, abri meu próprio consultório, comecei a ganhar algum dinheiro e consegui respirar, mas quando olhei para os austríacos... eles já estavam em órbita terrestre! Há dois anos aquele mesmo quadro foi vendido por 25 *milhões*. Enquanto eu virava a cabeça, o preço já tinha aumentado *mil vezes*.

Ele fez uma pausa... olhando para Magdalena de um jeito cauteloso e hesitante, que parecia dizer *Não sei se devia entrar nesse assunto com você ou não*. Deve ter pensado *Ah, que se dane*, porque foi em frente.

– Sabe, antigamente as pessoas pensavam que os médicos eram ricos – disse ele. – Quem morava onde os médicos moravam sabia que estava no melhor bairro da cidade. Mas isso já não é mais verdade. Ninguém consegue ganhar dinheiro grosso cobrando por consulta. Médicos, advogados... nós cobramos pelo tempo que gastamos em cada caso, tanto por hora. Assim como violinistas e carpinteiros. Se você tira férias, sai para caçar, ou vai dormir... não recebe. Agora, vamos comparar isso com alguém feito o Maurice. Pouco importa se ele está dormindo, devaneando, jogando tênis, viajando de navio ou, por acaso, fazendo o que ele geralmente faz, que é tentar arrumar um jeito de colocar pelo menos um dedo e o polegar em torno de seu pênis ereto sem apertar uma das bolhas de herpes. Mesmo enquanto está fazendo a pior coisa que pode fazer no seu estado, Maurice tem uma empresa, a American ShowUp, trabalhando a seu favor dia e noite. Eles montam os estandes de exibição, as plataformas giratórias, os palcos, as tendas e as estruturas para tudo que você possa imaginar, em exposições de automóveis, congressos médicos ou convenções comuns. Pode acreditar: quem tem oitenta por cento desse ramo nos Estados Unidos, tal como o Maurice, fatura bilhões. É preciso ter um *produto*. E é por isso que eu vou a todos esses programas de TV. Não é só pela publicidade. Você precisa admitir que eu não sou ruim na TV. Até me vejo ancorando um programa em uma emissora, como o tal dr. Phil. Ele mata a pau fazendo aquele programa. Aquilo dá a ele algo para vender. Quanto mais canais transmitem o programa, mais dinheiro ele fatura. Ele já não trabalha cobrando por consulta. Agora virou uma franquia. Ele vai dormir, ou tira férias em Istambul, mas as franquias continuam trabalhando enquanto ele não está olhando. Também vejo outros frutos bons, como livros eletrônicos, ou até livros em papel, você sabe... tipo impressos.

Magdalena estava atônita, chocada: — O que você está dizendo, Norman? Você tem uma... uma vocação... uma coisa que é tão... tão mais bonita do que o que eles têm... esses doutores Phils, que na TV se transformam em *personagens*. Médicos... e enfermeiras também, porque eu me lembro do dia que levantei minha mão direita... médicos e enfermeiras, nós prestamos o juramento de devotar nossas vidas aos doentes. Eu me lembro desse dia, porque me orgulho disso. Os médicos da TV viram as costas ao Juramento de Hipócrates. Só se dedicam a ganhar dinheiro e virar celebridades. Quando penso no "Dr. Phil"... fico imaginando se ele conta aos filhos o que faz... supondo que ele tenha filhos!

Norman pareceu ficar contrito. Talvez até estivesse se sentindo culpado, coisa que não era de seu estilo. Ah, não... nem um pouco. Em tom baixo, para os seus padrões, disse: – Ah, tenho certeza de que ele conta aos filhos que assim consegue ajudar muita gente, gente do país todo, gente do mundo todo... talvez fale até em "curar", não apenas ajudar, mas curar o mundo todo. Se meus pais tivessem me contado algo assim quando eu tinha 6 ou 7 anos, eu teria optado por acreditar neles... Em todo caso, você tem razão, Magdalena.

Ele também não dizia isso com muita frequência. Talvez estivesse *mesmo* se sentindo culpado. E continuou: – Mesmo que você vá à TV só de vez em quando, como eu faço, os seus colegas médicos não aprovam. Eu achava que isso era pura inveja, mas agora já não tenho tanta certeza. Acho que em parte é por causa da tal honra... mas mesmo assim eles são uns escrotos invejosos.

– Mas você não entende? – disse Magdalena. – A questão *é* a honra. Nós não fazemos isso por dinheiro, eu e você. Fazemos pela honra. Alguém feito o Maurice chega aqui, com um vício que está devorando gradualmente a sua vida. Aqui está ele, um bilionário... mas isso lhe dá segurança? Ele parece um trapo! Devo ter visto o Maurice tentar coçar a virilha, sem que alguém notasse, umas cem vezes lá na Art Basel na semana passada. Ele é patético... e depende totalmente de você. O que vale mais, todo o dinheiro dele, ou a sua capacidade de curar as pessoas?

Magdalena baixou uma das mãos com a palma paralela ao chão, e ergueu a outra um metro acima, enquanto continuava: – Ele está aqui embaixo, e você aqui em cima. Pouco importa quanto dinheiro você tem. *Você* é o dr. Norman Lewis. Tem um *dom*. Não percebe isso?

Norman fez que *sim* levemente, e baixou o olhar para o chão, sem falar uma só palavra. Seria modéstia à luz do elevado lugar na existência humana que ela acabara de lhe designar? Mas ela jamais o vira dominado pela modéstia. Agora ele baixara o olhar para... o quê? Aparentemente, o carpete que ia de parede a parede. Era um carpete perfeitamente bom e prático, com finas linhas brancas sobrepostas a um fundo verde-floresta. Nada mau... mas merecedor de cinco segundos de exame, talvez.

– Em que você está pensando, Norman?

– Ah... nada. – Ele continuava sem olhar para ela, e Magdalena jamais ouvira a voz de Norman fraca daquele jeito.

Um pensamento vil se insinuou dentro da sua cabeça. Era tão vil que Magdalena resolveu não pensar naquilo. Maurice vinha se consultando com Norman três vezes por semana, o que significava uma despesa de quase três mil dólares por semana. Pelo que Magdalena podia ver, não houve melhora alguma, e sob alguns aspectos houve até certa piora. A virilha coberta de bolhas era um desastre. O negócio todo era tão vil, porém, que ela simplesmente não ia pensar naquilo. Para que tentar superar Norman como analista? Ele era, talvez, tão afamado quanto qualquer outro psiquiatra no país. Como ela poderia pretender saber mais do que ele... e até imaginar que Norman achasse vantajoso deixar Maurice passar por uma terapia infindável? Mas essa era a parte vil! Como ela podia deixar sua imaginação correr solta assim? Não ia fazer isso. Sem perceber, logo estaria imaginando quem levava mais vantagens naquela relação médico/paciente. Como Norman conseguira a vaga para sua lancha na famosa marina de Fisher Island? Com Maurice... E como ele conseguira estar entre os primeiros da fila naquela corrida louca no primeiro dia da Art Basel? Com Maurice. Como ele conseguira ser convidado para jantar no Chez Toi por Serguei Koroliov, uma das personalidades mais proeminentes do mundo artístico de Miami? Porque Serguei o vira no séquito de Maurice lá na Art Basel... Quem não percebesse que Norman era um alpinista social desavergonhado só podia ser cego.

Magdalena ficou pensando em um jeito de fazer Norman falar sobre o assunto que não fosse óbvio demais. Como não havia qualquer coisa incomum a perguntar, ela disse apenas: – Norman, você acha que Maurice vai estar lá sexta à noite?

Foi como se ela houvesse apertado o botão que ligasse Norman outra vez.

— Ah, sim! Maurice já falou comigo sobre isso. Ele acha que o tal do Koroliov pode ser um importante amigo novo. E ele adora o Chez Toi. *Opa opa.* O lugar tem o tipo de cachê que Maurice acha muito importante. Eu já estive lá, e sei o quanto aquilo impressiona gente como ele.

— Cachê? — disse Magdalena.

— É como... uma reputação, ou um certo nível social.

— Cachê — disse Magdalena em tom apático.

— Os sócios ganham um cartão preto, e quem tem um pode subir ao lounge, no segundo andar, e tomar um coquetel. Quem não tem, não pode.

— Você tem cartão de sócio?

Norman fez uma pausa. — Bom... na realidade... não. Mas já estive nesse lounge.

— Esteve lá muitas vezes?

— Até certo ponto. — Norman fez outra pausa e simulou um ar hesitante, coisa que não fazia seu gênero. — Pensando bem... duas vezes, acho eu.

— Com quem você foi?

Pausa longa... cenho franzido. — Com Maurice.

— As duas vezes?

Pausa mais longa... careta desapontada. — Sim.

Norman lançou um olhar atento para Magdalena. De alguma forma, ela virara uma interrogadora, e o pegara, não em uma mentira... mas pecando por omissão... omissão de qualquer coisa que pudesse revelar sua dependência de Maurice... seu paciente. Então ele mudou o rumo da prosa e voltou a se alegrar:

— Mas eu conheço o Maurice muito melhor do que a maioria das pessoas, talvez melhor do que *qualquer* outra pessoa. Todo mundo em Miami quer ficar perto dele... os colecionadores de arte, os negociantes de arte, ... negociantes de *arte*! Pode acreditarar*ahahaHAHAQua qua qua quá!* Os diretores de museus, os políticos, empresários de todos os tipos que você puder imaginar... inclusive o nosso novo amigo, Koroliov. Você se lembra de como ele veio correndo falar com o Maurice lá na Art Basel? Praticamente beijou os sapatos dele, feito um reles servo russo. Digo a você... o Maurice tem a maior rede de influência do sul da Flórida. — Ele deu um sorriso largo e depois olhou para os olhos de Magdalena com grande seriedade. — É por isso que nós... você *e* eu... precisamos fazer tudo que estiver em nosso poder para livrar o Maurice dessa fraqueza terrível, essa fraqueza viciante. A fraqueza não deveria se tornar viciante, mas se torna. Você falou com propriedade, Magdalena... isso está *destruindo* o Maurice. Não podemos deixar isso acontecer. Ele não é só um sujeito rico e poderoso. É também um homem decente, que se dedica a fazer o bem em toda a comunidade. Nós precisamos fazer nosso serviço, Magdalena! É por isso que eu tento ficar com ele mesmo depois das sessões. Senti que era *importante* que eu fosse com ele à Art Basel, embora a maioria dos psiquiatras jamais fizesse o mesmo. Tantas coisas empolgantes nesta cidade são parecidas com a Art Basel. No fundo, são absolutamente imorais. E os frequentadores da exposição ficam à vontade diante da pornografia, desde que tudo tenha uma "procedência culta"...

::::::procedência?::::::

— Maurice poderia ter afundado naquela areia movediça, e nunca mais seria encontrado por nós. Mas nós não deixamos isso acontecer, Magdalena. Ficamos lá com ele até o fim.

A coisa mais esquisita... e talvez a mais *feliz*... é que ele acredita em cada palavra do que diz, pensou Magdalena. Está sendo absolutamente sincero. Obedientemente, ela bloqueou qualquer outra interpretação contraditória.

13

À LA MODA CUBANA

Eram cinco minutos para o meio-dia quando o sargento e Nestor percorreram os três quarteirões entre a Starbucks e a central de polícia, no número 400 da Segunda Avenida, lado leste. Ao chegar, eles continuaram com os óculos policiais, embora aquelas lentes fizessem o saguão e a área de espera mergulharem nos últimos momentos de um crepúsculo moribundo... porém claro o bastante para que eles vissem que estavam sendo esquadrinhados por todos os colegas.

— O primeiro otário que tentar me sacanear vai ter a porra do nariz arrancado por uma mordida minha — disse o sargento.

O efetivo foi poupado de uma iminente cirurgia nasal quando uma cubana gostosa, chamada Cat Posada... hum, hum, *Cat*... apareceu do nada... nada, pelo menos para dois homens levando uma vida crepuscular atrás dos óculos... deu-lhes um sorriso de Garota de Ipanema perfeito... fazendo *ahhhhhh*... e depois falou que eles deveriam acompanhá-la. Aparentemente, o chefe de polícia era inteligente o bastante para saber que nada esfria mais o ressentimento de um jovem macho do que os encantos de uma mulher gostosa.

Ao subir no elevador, Nestor foi treinando o olhar que queria mostrar ao chefe: *eu sou um policial de verdade*... ombros para trás, estilo militar, postura correta, cabeça para trás, queixo para baixo. Ele não tinha tanta certeza quanto ao queixo para baixo... aquilo fazia algo engraçado com seus lábios — e nesse exato momento o sargento deu uma olhadela e disse:

— O que há com *você*?

Nestor concluiu que só perderia pontos com a adorável Cat Posada se entrasse no assunto diante dela... Por que ele se importava com isso? Simplesmente se *importava*. Por que se importava com sua imagem aos olhos de sujeitos no fliperama que jamais reveria, ou da garota no caixa da Starbucks? Com aqueles dois rapazes negros que na véspera vinham caminhando pela rua na direção dele, mas que estavam cuidando da própria vida? Ele tentara parecer tão durão que eles nem *pensariam* em tentar foder com ele? Você passava metade da vida imaginando como era visto por um total desconhecido ou outro...

Quando chegaram ao terceiro andar, a adorável Cat conduziu Nestor e o sargento por um longo corredor, demasiadamente estreito e mal iluminado, ladeado por acanhados escritórios de portas abertas... revelando pequenos burocratas, muitos dos quais realmente os reconheceriam como os dois policiais racistas do YouTube... Nestor interpretava cada espiadela como um olhar acusatório. Um funcionário *negro* olhou na direção dele – nada mais do que isso, olhou na direção dele. Nestor se sentiu terrivelmente constrangido e falsamente condenado. Queria parar e *explicar... não foi nada disso! Não no meu caso!* Então eles chegaram a um escritório lá no canto, e a maravilhosa Cat – os homens são terríveis! Mesmo sob a pressão de algo sério, algo que ele temia, Nestor continuava pensando nela como a adorável, a maravilhosa Cat – talvez topasse ir tomar um café mais tarde? A sublime Cat fez um gesto para que os dois aguardassem um instante, enquanto ela entrava, e eles a ouviram dizer: – Chefe, o sargento Hernandez e o patrulheiro Camacho estão aqui.

Quando saiu, a radiante, a irresistível Cat sorriu para eles, indicando que deveriam entrar. Depois se afastou sem sequer olhar para trás e *puff*, foi-se a fantasia.

Nestor ficou nervoso ao ver a expressão do chefe. Ele estava sentado à mesa e mal ergueu os olhos à entrada da dupla. Quando finalmente ergueu o olhar, apontou o indicador feito um revólver para duas cadeiras de espaldar reto diante da mesa, dizendo em tom bem pouco hospitaleiro:
– Sentem-se aí.

Cadeiras de espaldar reto... a sala ficava em um canto e tinha janelas grandes com vista para... quase nada. Era bem menor e menos impressionante do que Nestor imaginara.

O chefe se recostou na poltrona giratória e ficou olhando para eles sem expressão por um momento, momento esse que se estendeu e s t e n d e u... Nestor percebeu agudamente como aquele homem era grande... e como seu rosto era moreno... isso, além do uniforme azul-marinho do chefe, tornava Nestor hiperconsciente do branco dos olhos dele. O chefe parecia poderoso o bastante para pertencer a uma ordem de *Homo sapiens* totalmente diferente. Formando um verdadeiro paraíso policial, quatro estrelas douradas enfileiravam-se ao longo de cada lado do colarinho dele, dando um ar oficial ao seu imponente pescoço.

Por fim o chefe disse: – Vocês dois têm noção do que andou acontecendo com aquele showzinho de vocês no YouTube durante as últimas seis horas mais ou menos?

Ele mal soltara esse "mais ou menos", quando o sargento, com um olhar fulgurante, já interrompeu: – Desculpe, chefe, mas aquilo não foi um "showzinho"! Foi o cumprimento do meu dever! E algum... *canalha safado*... anda tentando me derrubar postando no YouTube uma... uma... uma... versão *adulterada* daquele vídeo *hum hum ilegal*!

Nestor ficou pasmo. ::::::Pelo amor de Deus, sargento, você está maluco... virou um caso de insubordinação ambulante!::::::

O chefe também ficou pasmo. Mas que cara de pau – e depois se inclinou sobre a mesa e rugiu na cara do sargento: – Vai me dizer que aquilo é armação? Que nem é você ali? Que alguém botou palavras na sua boca? Ou que algum "canalha safado" está tentando derrubar você? E que ele deu um jeito de imitar a sua voz, fazendo você delirar feito a porcaria de um cubano da Ku Klux Klan? Quem é esse "canalha" demoníaco, sargento? Eu realmente gostaria de saber!

– Olhe, chefe, eu não estou falando o que eu estou falando. Aquilo no YouTube não é o que eu estava falando... entende? Estou falando que o canalha posta o que eu estou falando, mas ele não diz que cortou a parte que me fez falar o que eu estou falando!

Um rugido. – Cale a boca, Hernandez! Tá todo mundo cagando pro que você fala que falou. O que você falou está na porra da web. Você foi bem claro, e tem alguma noção do que aquele seu vídeo racista no YouTube já virou? Sabe quantos outros sites, blogs e noticiários já reproduziram a porra daquele vídeo?

– Não é um vídeo *meu*, chefe...

– O que há com você, Hernandez? É surdo? Ou burro? Não sabe o que significa *cale a boca*?

O "Hernandez" é um gancho de esquerda nas costelas. Jorge Hernandez já não é mais "sargento". Isso chama sua atenção, até mais do que a repreensão. Ele fica sentado com o corpo rigidamente ereto na cadeira de espaldar reto, de boca aberta, enquanto o chefe diz: – Venho recebendo e-mails, torpedos e uma caralhada de tuítes desde as seis da matina, e àquela altura a bomba só tinha estourado duas horas antes... e tudo isso não está vindo só de Overtown, Liberty City e Little Haiti. Está vindo da porcaria do mundo todo! Da França, recebo merdas como "Vocês, com todo o seu papo virtuoso sobre direitos humanos, liberdade e tal... agora a gente vê como é o verdadeiro sistema americano de justiça criminal"... essa é a espécie de *merda* que eu ando recebendo, Hernandez, e o que *eu* ando recebendo...

Hernandez... o cara é demais! Ele ainda tenta se recuperar! – Olhe, chefe, eles não podem falar isso, porque...

Ele não chega a completar a frase. Fica paralisado diante da expressão no rosto do chefe, que não diz uma só palavra. Só dá um sorriso sinistro, o tipo do sorriso vou-te-cobrir-de-porrada que diz "*Seu viado! Na hora em que quiser resolver isso fora do âmbito oficial, é só avisar... a gente vai lá fora e eu enrolo seus intestinos na porra da sua cabeça feito um turbante*". Intimidado, o sargento se calou.

E com um tom mais suave e calmo, o chefe disse: – E o que eu estou recebendo é quase nada perto do que o prefeito anda recebendo. Lá é uma verdadeira enchente de merda. O negócio já se transformou em uma virose.

Não se trata apenas de uma foto, tirada a mais de dez metros, de um grupo de policiais que parecem estar em volta de um pobre-diabo caído no chão, enfiando-lhe os cassetetes, sem que a gente saiba por quê, nem o que eles estão falando. Desta vez a câmera estava bem perto, pegando cada palavra que vocês falaram, e não só as palavras, mas também a expressão nos seus rostos ao falar, e as expressões já diziam tudo, com mais força do que as palavras.

O chefe fez uma pausa... significativa. Ficou olhando sem muita simpatia para o sargento, e depois para Nestor. – Algum de vocês já esteve em uma peça? Sabem como é... no palco?

Nenhum deles se pronunciou. Por fim o sargento abanou a cabeça, como quem diz *não*, e Nestor fez a mesma coisa.

– Eu achava que não – disse o chefe. – De modo que aquilo não foi uma grande atuação de vocês. Os dois deram à porra do mundo todo uma autêntica exibição de preconceito racial, uma bela exibição sincera... não é?

O chefe estava olhando com raiva para os dois, mas dessa vez era Nestor que estava desesperado para interromper. ::::::Mas isso é totalmente injusto! Chefe, você não prestou atenção ao que eu disse, na realidade! Não pode simplesmente me enfiar com o sargento no mesmo saco! Não tem a menor ideia do que começou esse negócio todo? Não pode ser ingênuo a ponto de pensar que tudo começou quando dois policiais cubanos derrubaram no chão aquele negro grandalhão, e depois xingaram o sujeito disso e daquilo, só para se divertir?!:::::: E então a corda de Nestor arrebentou...

– Isso não é justo, chefe! – Seu tom de voz começou a se aproximar de um grito. – Porque eu só falei que...

– Você também, Camacho! Cale a boca! Agora escutem os dois, e com bastante cuidado, cada palavra que eu disser. – O chefe fez uma pausa. Parecia estar debatendo se baixava ou não o cacete em Nestor. Deve ter resolvido que não. Quando voltou a falar, sua voz assumiu um tom de sensatez bem direta: – Olhem, eu sei que o vídeo cortou tudo que explica o que levou vocês até aquele ponto. Sei o que é a vontade de matar um moleque que acaba de tentar me matar, porque já passei por esse inferno muito mais vezes do que vocês. Sei o que é querer enterrar o filhodaputa embaixo de cada xingamento que você consegue cuspir da boca. Também já fiz isso. Mas vocês dois precisavam tocar a porra do gongo, não é? Precisavam exibir o pior tipo de preconceito no país hoje em dia. Precisavam mostrar a porcaria de um *almanaque* de insultos, que garantisse magoar ao máximo os sentimentos do povo negro. E eu também já fiz isso. Hoje eu não *aturo* mais merda nenhuma, e quebro todos os ossos do corpo de qualquer idiota que me xingue... úmero, quadril ou hioide. Garanto que fodo com qualquer racista que tente me falar essas merdas.

Nestor estava louco — *louco* — para protestar. ::::::Mas não fui *eu*! Não falei nada de errado!:::::: Duas coisas o detiveram... Uma, seu medo autêntico... do chefe e do que ele poderia fazer. E duas... se ele começasse a jogar a culpa em cima do sargento... seria marginalizado por todo mundo... a irmandade, o efetivo policial, Hernandez, Ruiz, até americanos como Kite e McCorkle, da Patrulha Marítima, e claro... até o chefe. ::::::Não vou mais receber esse tipo de xingamento do meu pai, meu *papi*, mas vou receber desse negro grandalhão aí na mesa. A polícia é toda a minha vida, e os policiais são as únicas pessoas que eu ainda tenho. E daí que daqui a sessenta segundos eu descubra que toda essa fúria esmagadora do chefe é apenas o aquecimento para me dispensar, junto com o sargento, para nos exonerar e nos chutar feito dois peixes mortos já fedorentos?:::::

As próximas palavras a sair da boca do chefe foram: — Não se preocupem, não vou demitir vocês, nem vou rebaixar os dois. Acho que conheço vocês. São dois policiais...

Ele fez uma pausa, como que para deixar que aquilo fosse absorvido. Depois continuou: — Seja lá o que forem... e provavelmente você é um racista irrecuperável, Hernandez... os dois têm medalhas por bravura, coisa que não é distribuída só para levantar o moral da tropa. No curto prazo, porém, nós precisamos fazer algo que não é tão compreensivo e generoso em relação à fragilidade humana.

Ele sorriu levemente ao falar "fragilidade humana". Era o seu primeiro sorriso afável desde o começo do sermão. ::::::Tá legal, mas o que pode ser divertido em "fragilidade humana", a menos que ele queira demonstrar que sabe que usou uma expressão idiota? E quem está por trás desse "nós"... ou isso é só mais uma das palavras idiotas que os políticos gostam de usar para dizer "Aqui você não está vendo só um homem... está na presença do Poder"?::::::

— Vamos ter de afastar vocês do serviço — disse o chefe. — Como eu falei, no curto prazo é isso que nós precisamos fazer. Não é uma medida definitiva. E vocês serão remunerados normalmente.

Nestor olhou para o sargento, que tinha os lábios comprimidos, e não parava de tensionar os músculos da mandíbula. Ele parecia saber algo acerca do significado exato de "afastar do serviço" que Nestor não sabia. Então Nestor reuniu coragem e perguntou: — Chefe... pode me dizer o que isso significa, exatamente? A gente vem e fica fazendo trabalho burocrático?

— Não — disse o chefe, novamente com um rosto de pedra. — Quem é afastado do serviço não faz trabalho algum.

— Não faz trabalho *algum*? — Ao terminar a pergunta, Nestor se viu olhando não mais para o chefe, e sim para o sargento. Por algum motivo tinha a sensação... somente isso, uma sensação... de que o sargento lhe daria uma resposta objetiva.

O sargento estava olhando para o chefe com um sorrisinho quase atrevido.

— Não, vocês não vão fazer qualquer trabalho — disse o chefe com a mesma expressão de pedra. — E nem vão vir aqui. Precisam estar disponíveis para chamadas em casa, das oito da manhã até as seis da tarde, todo dia.

— Chamadas para fazer...

Nestor não conseguiu se recompor a tempo de completar a pergunta.

— Para fazer nada — disse o chefe. — Só precisam estar disponíveis para as chamadas.

Catatonicamente, Nestor lançou um olhar vago para ele.

— Também precisam devolver o distintivo e o revólver de serviço.

::::::Devolver... meu distintivo e meu revólver de serviço? Para ficar sem fazer nada?::::::

— Já podem entregar tudo isso para mim... agora.

Nestor olhou para o sargento, que estava olhando para o chefe com os lábios torcidos resignadamente. Ele já sabia o tempo todo, não é? Nestor estava pior do que pasmo. Estava novamente assustado.

Pouco mais de uma hora depois de Camacho e Hernandez saírem do escritório do chefe, Cat Posada trouxe a ele uma carta entregue pessoalmente e arqueou as sobrancelhas como quem diz "Arrá! O que temos aqui?".

O chefe teve a mesma reação, mas só demonstrou isso depois que ela saiu da sala. ::::::Deus, como essa Cat Posada é *gostosa*... mas *nessa* estrada eu não vou dar um só passo.:::::: Depois olhou para a carta novamente, balançando a cabeça e suspirando. O endereço do remetente estava escrito com caneta esferográfica, e o nome era Nestor Camacho. O chefe jamais vira um patrulheiro afastado da corporação entrar com um recurso pouco mais de uma hora depois. ::::::Péssima jogada, Camacho. Qualquer coisa que você diga só vai piorar as coisas.::::::

Ele abriu o envelope e leu:

Caro Chefe Booker,

Respeitosamente, pode um patrulheiro afastado do serviço fornecer informações obtidas antes do seu afastamento? Na esperança de poder, por favor, respeitosamente, aceite o seguinte no caso do professor José Estevez, que foi preso após uma altercação no colégio Lee de Forest.

O garoto está quase me matando de respeito e massacrando a gramática.:::::: Enquanto prosseguia aos trancos e barrancos, porém, o garoto começava a fazer sentido, dizendo que o aluno supostamente atacado pelo professor, o tal François Dubois, era líder de uma gangue, e os membros dessa gangue haviam obrigado pelo menos quatro alunos a dar informações falsas aos investigadores. Ele fornecia seus nomes, e dizia "Dois deles têm 16 anos, e dois têm 17. Não são 'caras durões', nem são membros da gangue... são só garotos". Ele pusera *caras durões* entre aspas, porque sem dúvida não conseguira encontrar uma expressão mais digna. "Eles já estão com medo de estar arrumando uma encrenca séria ao dar falso testemunho. Nosso departamento vai fazer com que eles contem a verdade depressa." A gramática ia ficando cada vez mais sangrenta, mas o chefe estava gostando do potencial daquela informação... muito.

Ele nem sequer se deu ao trabalho de convocar Cat Posada pelo intercomunicador. Simplesmente berrou porta afora: – Cat! Chame o tenente Verjillo para mim!

Graças a Deus ele se enganara com Camacho. O garoto não estava entrando com um recurso. Só estava sendo um policial.

Magdalena guardava suas roupas elegantes no seu endereço oficial, o pequeno apartamento que dividia com Amélia Lopez na avenida Drexel. Suas declarações sobre virar as costas para Hialeah e o estilo de vida cubano haviam sido muitas, abertas e... *veementes*, sempre que ela podia jogar isso na cara da mãe. Mesmo assim, sua educação católica ainda a levava a querer manter as aparências. E se uma velha amiga ou uma parente... ou até a mãe ou o pai, embora eles não tivessem coragem... recorresse a uma escandalosa história triste para fazer Amélia deixar que entrassem no apartamento? Magdalena queria dar a impressão de que realmente morava ali. Na casa de Norman ela guardava basicamente seus vestidos brancos, do tipo eu-sou-uma-enfermeira, e algumas roupas para os fins de semana, como jeans, blusas de malha, biquínis, tops, shorts, vestidos diurnos e suéteres ou cardigãs de algodão.

E por isso na sexta-feira Magdalena estava dentro do closet no seu quarto – no tal apartamento oficial – tentando se vestir de forma furiosamente apressada, com apenas uma calcinha minúscula no corpo. Ela se agitava freneticamente de um lado para o outro, em pânico total, entre cabides de roupas penduradas, murmurando cada vez mais alto... Ah, meu Deus... eu não acredito... estava pendurado bem ao lado *disso aqui*.

Mexe mexe mexe. – Ah, *merda*... nem um só... Chez Toi... O que o meu...

– *Dios mío, qué pasa*, Magdalena? – Lá estava Amélia na porta, só de jeans e camiseta. Magdalena nem sequer ergueu o olhar. Nenhuma das duas tinha vergonha de ser vista totalmente nua pela outra, ou quase nua como Magdalena estava naquele momento.

— Não consigo achar uma roupa para usar. *Lo es qué pasa.*

Amélia deu uma risadinha. — E *quem* consegue? Aonde você vai?

Amélia era uma garota peruana bonita, embora não tão bonita quanto Magdalena... tinha um rosto redondo, com grandes olhos escuros e quilômetros de reluzentes cabelos morenos. Era mais ou menos do tamanho de Magdalena, mas com tornozelos ligeiramente mais grossos. No entanto, uma coisa Magdalena realmente invejava nela: Amélia era sofisticada, ao menos em comparação com qualquer outra enfermeira que ela conhecia. Tinha 26 anos. Fizera um bacharelado em artes na Universidade Global de Everglades, antes mesmo de pensar na escola de enfermagem. De certa forma, ela simplesmente *sabia* das coisas... conhecia as referências... Era uma verdadeira adulta, pelo menos aos olhos de Magdalena... uma verdadeira adulta uma verdadeira adulta uma verdadeira adulta... e Magdalena respondeu: — Um lugar chamado Chez Toi.

— *Um lugar chamado Chez Toi* — disse Amélia. — Você não brinca em serviço quando o assunto é *um lugar*, não é?

— Você já foi lá?

— Eu? Nem tentaria. É impossível conseguir fazer uma reserva, e os preços são absurdos. Quem vai levar você? Vou adivinhar... seu amigo dr. Lewis.

— É. — Magdalena sentiu uma melancolia estranha ao admitir isso, sem saber exatamente por quê. Fosse qual fosse a razão, estava ficando fatigada e constrangida por aquela ligação sexual com o patrão. — Você já entendeu... mas pode me ajudar, de qualquer jeito? Não consigo encontrar uma coisa adequada a um lugar assim. Simplesmente não tenho vestidos elegantes.

Enquanto Magdalena postava-se do lado de fora, com os braços cruzados abaixo dos seios, Amélia entrou no closet e começou a vasculhar rapidamente os cabides, um após o outro, feito uma máquina... *claque... claque... claque... claque.* Depois parou e olhou para Magdalena lá das profundezas do closet.

— Sabe de uma coisa? — disse ela. — Você tem razão. Não tem coisa alguma. No seu lugar, eu tentaria ir em outra direção.

— Que outra direção? — disse Magdalena. — O Norman vai chegar a qualquer momento.

— Tive uma ideia — disse Amélia, saindo do closet com um cabide de onde pendia uma saia preta curta.

— *Isso?* É só uma saia de algodão comum. Comprei na Forever 21. Bate *aqui* em cima — disse Magdalena, pondo o lado da mão pouco acima do meio da coxa.

— Espere um segundo, que eu vou lhe mostrar. Você vai ficar incrível! E vai adorar! — disse Amélia, dando uma risada levemente maliciosa. Depois praticamente correu para seu quarto, berrando por cima do ombro: — E pode esquecer o sutiã!

Em um piscar de olhos ela voltou, sorrindo amplamente e segurando o que aparentemente era um corpete, mas um corpete feito de seda preta com duas taças de seda preta na parte de cima. Abaixo de cada taça, três fileiras do que pareciam ser zíperes corriam até o fim do negócio.

— O que é *isso*? — disse Magdalena. — Parece um corpete.

— *Parece* um corpete, basicamente — disse Amélia. — Mas é um bustiê.

— *Bustiê?* Ah, claro, já ouvi falar nisso, mas acho que nunca vi alguém usando um.

— É só você vesti-lo com a sua saia preta... vai ficar gostosa pra caralho!

— Está falando *sério*? — Magdalena ficou olhando para o troço. — Sei lá, Amélia. Vão achar que eu sou *piranha*.

— Está na moda usar bustiê. Posso mostrar uma dúzia de revistas a você.

— E o que eu ponho por cima?

— Nada! A ideia é essa! A princípio ele parece uma espécie de lingerie. Está vendo todas essas fileiras de zíperes falsos? Mas depois dá para ver que é feito de seda, cobrindo a pessoa da cintura para cima tão bem quanto um vestido de baile... e até *mais*, se você já notou o que as modelos andam usando hoje em dia.

Magdalena parecia altamente em dúvida. — Não sei...

— Olhe, Magdalena... você *prefere* bancar a cubana que tenta parecer americana com um vestido careta comprado em uma liquidação de shopping?

Isso fez Magdalena refletir. Ela ficou emudecida... repassando mentalmente todas as possibilidades feito uma calculadora.

— Não sei... simplesmente não sei — disse ela, formando com as mãos dois pequenos punhos frustrados. — O Norman vai chegar a qualquer momento, e esse tal de Chez Toi é um lugar muito importante.

— Você vai precisar ser a melhor *você* — prosseguiu Amélia. — E isso é *à la moda cubana!* Só mais duas coisas. Você tem um colar de ouro? Sabe como é... nada berrante.

— Tenho *um*.

Magdalena virou, abriu a gaveta da cômoda e tirou de lá um colar com um pequeno pingente em forma de cruz.

— Uma cruz! Isso é *perfeito*! Na realidade, você nem sabe como é perfeito. Não vai levar nem um segundo — disse Amélia. — Vista a saia com o bustiê e *pronto*! Eu fecho o zíper atrás.

Magdalena soltou um grande suspiro de desespero, mas obedeceu. Amélia fechou o zíper do bustiê, que atrás era tão decotado que terminava meros 15 centímetros acima da cintura. Depois disse: — Agora ponha o colar.

Magdalena obedeceu.

— Perfeito! — disse Amélia. — Agora venha se ver no espelho.

Magdalena ficou chocada com o que viu. O bustiê empinara tanto os seus peitos que criara um intervalo muito visível entre os dois, deixando-os levemente arredondados em cima.

— Ah, meu Deus — disse ela. — Parecem tão grandes.

— "Grande" é a nossa palavra-chave — disse Amélia. — Você está *maravilhosa*. E essa cruz? Não falei? Uma *perfeição*.

A cruz jazia sobre o colo de Magdalena, exatamente onde começava o entresseio.

— Você parece uma virgem na montanha, olhando para o playground do Diabo, Magdalena! É só ter confiança. A noite é toda sua, Magdalena, *sua*!

Sorria muito. Sorria até para os espaços vazios nas paredes, se for preciso. Todo o Chez Toi virá a você, e não você ao Chez Toi. Sabe qual será o seu segredo? Fazer sua entrada *à la moda cubana*. Você não precisará... *atuar como coisa alguma*! Será a pessoa mais relaxada e confiante na casa!

Um assobio começou a soar em cima da cômoda de Magdalena, e Amélia praticamente pulou de susto. Era o celular de Magdalena. Nestor programara o aparelho daquele jeito, com o som de um homem assobiando uma melodia... só que ninguém sabia qual era a melodia. Ele adorava brincar com coisas assim. No seu próprio celular tocava uma canção de hip-hop... como era mesmo? Ah, sim. "¡Caliente! Caliente baby... Got plenty fuego in yo' caja china" – mas aquilo não provocava em Magdalena a menor saudade. Simplesmente fazia com que ela pensasse na infantilidade dos dois... furtivamente *entrando e saindo, entrando e saindo, entrando e saindo*, sempre à procura da cama vazia de algum amigo que ninguém pudesse ver. Ela mal acreditava na criancice dos dois, que viviam *entrando e saindo, entrando e saindo, entrando e saindo*...

– Alô?

– Magdalena, achei que você ia esperar aqui embaixo! – Norman, é claro. Ressentido e zangado. – Não tem lugar para estacionar.

– Já vou descer! – Magdalena girou para se examinar no espelho novamente e começou a balançar a cabeça. – Não tenho *certeza* disso, Amélia...

– Mas *eu* tenho! – disse Amélia. – O Chez Toi *precisa* de você. Eles *precisam* de um pouco de sexo, que vai chegar com um ar muito doce! Tem uma cruz entre os seus peitos!

Magdalena continuou olhando para aquela criatura ali no espelho, ainda transfixada por si mesma. Com um discreto tremor na voz, disse: – *Oh, Dios mío*, Amélia! Tomara que você tenha razão! Em todo caso, já não dá tempo de trocar. O Norman vai me matar!

– Você está uma visão, Magdalena... uma *visão*. Mas não esqueça de duas coisas. Você foi revirginada. É uma virgem com uma cruz em cima do coração! É mais jovem, bonita e pura do que qualquer outra mulher no Chez Toi. Lembre-se disso... e tenha confiança. Você é *melhor* do que elas... aquelas esnobes.

Quando Magdalena desceu pelo elevador e foi encontrar Norman no carro, seu ânimo, que se erguera apenas um pouquinho, já despencara outra vez. O que ela estava *fazendo*? Que *virgem*... pois é, uma virgem se esforçando ao máximo para parecer uma vagabunda... de bustiê. Que *idiota* ela era!

Assim que ela abriu a porta do Audi, porém, Norman abriu um largo sorriso lascivo e disse: — Eiiii, olhem só para ela! Que se dane o Chez Toi! Vamos direto para o meu apê!

Magdalena se sentou no banco do carona. — Tem certeza de que isso não é demais?

— *Você* é demais, Magdalena! — disse ele, mantendo a expressão de tarado. Norman não era o melhor juiz do mundo. ::::::Ele pode ser um importante psiquiatra de viciados em pornografia, mas é meio maluco em relação a sexo.:::::: Mesmo assim, aquilo já era encorajador. Ao menos seu modelito não era um óbvio desastre total. ::::::Tenha confiança! Bem, ainda não. Mas talvez eu tenha alguma chance.::::::

Enquanto eles percorriam a Lincoln Road, Norman disse: — Já viu aquele negócio no YouTube?

— Que negócio?

— Você precisa ver! Tem um vídeo de dois policiais de Miami em cima de um negro. Eles são brancos e botaram um prisioneiro negro deitado no chão com as mãos presas nas costas. Ficam em cima dele, dando cotoveladas na cabeça e xingando o cara de tudo que se possa imaginar, só faltou "seu crioulo". Você *precisa* ver isso.

Preciso ver algo? Na realidade, Magdalena mal prestara atenção ao que Norman falara. A única pergunta era: o que *ele* achará disso? Achará que eu pareço uma vagabunda... ou Norman tivera uma reação crível? Ela baixou o olhar para o próprio busto. Nada mudara. Dava para ver... *tudo*.

Eles chegaram ao Chez Toi e entregaram o Audi ao manobrista. Magdalena disse: — É isso... uma cerca viva?

— É aqui — disse Norman. — Fica atrás da cerca viva.

Eles estavam a poucos passos de uma cerca de ligustro que devia ter mais de três metros de altura. Uma cerca viva de ligustro *enorme.* A folhagem fora aparada meticulosamente, de forma absolutamente regular, por cima. Um portal fora aberto entre as plantas... um retângulo com mais de dois metros de altura, um metro e pouco de largura, e no mínimo um metro de profundidade... um retângulo perfeitamente aparado, até a última diminuta folha de ligustro. A noite caía rapidamente e na luz crepuscular era fácil confundir a sebe com uma muralha austera, e de construção sólida.

— Não vejo nem uma placa.

— Não há placas — disse Norman, no tom de quem *sabe das coisas.*

O coração de Magdalena começou a acelerar. Ela pensou novamente em algo mais básico. E novamente mergulhou no desespero. E se estivesse completamente iludida? O que Serguei lhe dissera na semana anterior? *Nada!* Nem uma só palavra pessoal! Apenas as coisas polidas e insignificantes que pessoas educadas devem dizer quando são apresentadas a alguém. Ela construíra aquela fantasia toda a partir de olhares, sorrisos e gestos que podiam ou não ter revelado algum sentimento da parte de Serguei. Ele lançara aqueles olhares compridos, perscrutadores e insinuantes para ela... *três vezes.* Mas... e se não estivessem *perscrutando* nada, nem *insinuando* coisa alguma? E se só fossem olhares compridos pelo relógio *dela*? Tarde demais para descobrir isso *agora*! Ali estava ela, e presumivelmente ali estava ele, em algum lugar do outro lado da cerca... enquanto ela continuava naquele voo insano, mergulhando, subindo, mergulhando, subindo subindo subindo até o próximo "e se" precipitá-la em um mergulho fatal e a próxima leve esperança tirá-la de lá a tempo... isso acontecera o tempo todo que Magdalena passara acordada nos últimos sete dias...

— Mas como alguém sabe que o lugar é aqui? — disse ela.

— Os alguéns não sabem — disse Norman. — É aberto ao público, mas parece um clube particular. A menos que já conheçam você, ou que alguém tenha dado uma palavra sobre você, é muito difícil fazer uma reserva. Não ter placa faz parte da... sabe como é... mística do lugar.

Magdalena não tinha a menor ideia do que fosse essa tal *mística*... mas não era hora de pedir definições. Eles estavam bem diante daquele portal improvável, um retângulo cortado em meio a uma cerca de ligustro de um metro de profundidade, com uma precisão que faria um mero pedreiro desmaiar de inveja. Dois casais tagarelavam em inglês, parecendo se divertir a valer. Então ela e Norman atravessaram aquela sebe formal, aparada de forma tão precisa, tão meticulosa e... lá estava o Chez Toi, Sua Casa, bem diante deles. Magdalena sabia que o restaurante ficava literalmente em uma casa, mas sua imaginação erigira uma mansão. Aquilo ali não era uma mansão. Isso era óbvio, mesmo em meio à escuridão que se adensava. Pelos padrões de Miami, era uma casa muito antiga, um dos poucos exemplos remanescentes de um estilo que estivera em voga cem anos antes, o Revival Mediterrâneo. Quase todo o jardim da frente virara um pátio, suavemente iluminado por velas nas mesas de pessoas jantando ao ar livre. Havia ainda mais velas em luminárias antigas penduradas nos galhos de abrunheiros frondosos. A luz das velas fazia maravilhas pelos rostos brancos dos anglos... que estavam por toda a parte. Eles pareciam ocupar todas as cadeiras ali fora. Suas vozes criavam um zumbido e uma algaravia... mas nada que fosse estridente.

Um lugar adorável, mas *¡Dios mío!* como era *quente*!

Eles se viram na galeria de entrada do que parecia ser a velha casa de alguém: confortável, mas nada luxuosa... perto, mas não de frente para o mar... e certamente longe do que Magdalena esperava ver no mais importante de todos os restaurantes de Miami. Bem à frente ficava uma escada, mas sem qualquer curva ou balaustrada grandiosa. De cada lado da escada havia um portal arqueado... mas com um arco que ninguém relembraria dez segundos depois. Mesmo assim, de um deles emanavam os ruidosos zumbidos, uivos e *bassos profundissimos* de risos, típicos do fascínio irracional de mortais que sabem ter chegado ao lugar *onde as coisas acontecem*. Quem já ouvira aquilo, como Magdalena na Art Basel, reconheceria o som para sempre.

Ali ao lado, junto a um aparador, o *maître d'* confabulava com seis clientes, quatro homens e duas mulheres. O garçom-chefe, isto é, o *maître d'*, era instantaneamente reconhecível, por ser o que se vestia como um cavalheiro. Ao que parecia, esse era o costume atualmente. Ele usava um terno tropical em tom creme, com uma gravata roxa bem escura. À moda contemporânea, mesmo entre homens de mais idade como eles, os demais usavam camisas com colarinhos abertos, para melhor revelar as rugas profundas que desciam do nariz para as mandíbulas e papadas, chegando até aquela introdução à velhice: um par de tendões do tamanho de cordas de harpa que ladeavam o pomo de adão. O *maître d'* levou-os até o pátio, voltando depois apressadamente a Norman e Magdalena com um sorriso amável, enquanto dizia: – Bon soir, monsieur, madame.

O uso do idioma francês acabava aí, a menos que se incluísse também o nome do restaurante. – Bem-vindos ao Chez Toi.

Ele tinha um sorriso agradável, e não tinha o que uma menininha de Hialeah instintivamente temia em um lugar sofisticado como aquele: uma atitude de *maître de votre destin*, vosso destino. Norman mencionou Koroliov e seu grupo. O *maître d'* falou que eles estavam tomando drinques na biblioteca, como chamou. E levou os dois ao tal portal arqueado de onde vinha a algazarra jubilosa.

Sr. Koroliov... Magdalena juntou as mãos, sentindo que estavam trêmulas. Depois entrou com Norman no salão jubiloso. Homens e mulheres gesticulavam para lá e para cá enfaticamente, revirando os olhos como se *Eu nunca tinha ouvido falar em uma coisa assim*, ou então *Meu Deus, como isso pôde acontecer?* Acima de tudo, riam tanto que o mundo inteiro podia ver que eles faziam parte integrante daquele conclave de semideuses. Magdalena entrara no Chez Toi jurando a Vênus, deusa da sedução, que permaneceria tranquila, até distante, como se pudesse pegar ou largar os homens daquele lugar. Em vez disso, viu-se engolfada pelo avassalador delírio de status do lugar. Seus olhos começaram a *disparar em volta disparar disparar...* procurando... *ele*. A biblioteca, como dissera o *maître d'*, tinha nas paredes estantes com livros, livros de verdade, reforçando ainda mais a atmosfera mental de *chez toi* do restaurante, mas parecia ser usada principalmente como um pequeno salão de jantar. As mesas haviam sido empurradas para as paredes, dando a Koroliov e seus convidados mais espaço para confraternizar, circular, borbulhar e tilintar enquanto tomavam seus drinques... mas onde estava *ele*? E se ele *não* estivesse ali, e todo aquele...

... de repente Norman saiu do lado dela, rumando para a multidão enlouquecedora.

– Norman!

Ele parou por um instante, virou-se com um sorriso culpado no rosto e ergueu o indicador, como quem diz *"Não se preocupe, só vou levar um segundo"*.

Magdalena ficou chocada e então entrou em pânico. O que ela deveria fazer? Era uma garota de 24 anos, parada ali entre todas aquelas pessoas velhas... elas são tão frias, e tão brancas! Ela era uma menininha cubana, uma enfermeira chamada Magdalena Otero, presa dentro de um bustiê que enfiava seus seios quase desnudos na cara deles, feito duas grandes porções de pudim!

Depois ficou furiosa. Ao erguer aquele indicador, Norman não estava dizendo que voltaria em um instante... ah, não... conscientemente ou não, ele estava dizendo Eu sou o Número Um aqui, notei alguém imensamente mais importante do que você e, desculpe, mas preciso jogar meu famoso charme de Dr. Pornô em cima dele, enquanto tenho o sujeito no meu campo de visão!

O que ela deveria fazer agora? Ficar parada ali, feito uma vagabunda de plantão? As pessoas já estavam lançando olhadelas para ela... ou só para o bustiê e os seios? ::::::*Maldito Norman!*:::::: Ela se lembrou do que Amélia falara. Sempre pareça confiante... se não tiver com quem conversar, abra um sorriso confiante. Então Magdalena abriu um sorriso confiante... de certa forma, porém, ficar parada ali com um sorriso confiante não era muito melhor do que ficar parada ali com uma cara triste... *Ahhh!* Ela notou um quadro na parede mais próxima... era um quadro grande, com pelo menos um metro por um metro e pouco... Era melhor se ocupar olhando para aquilo, e Magdalena postou-se diante da obra... duas formas semirredondas, uma toda preta e a outra toda branca, pintadas sobre um fundo bege-acinzentado. As duas formas ficavam separadas uma da outra, e anguladas em ângulos estranhos... ::::::*Ayúdame, Jesús*... É preciso ser debiloide para ficar parada aqui, realmente estudando essa *mierda*... Nem os velhos bocós que pagam milhões por essas besteiras idiotas na Miami Basel são tão retardados a ponto de *olhar* para isso.:::::: Magdalena desistiu e virou para encarar novamente aquele salão, *onde* as coisas estavam acontecendo. O riso frenético ainda reinava... *guincho! guincho! guincho! guincho!* faziam as mulheres... *qua! qua! qua! qua! quá!* devolviam os homens... nesse instante, porém, do outro lado do aposento irrompeu uma gargalhada que superava todas... "aahaa AAAQua qua qua quá"... Magdalena olhou para lá, cortando feito um laser todo aquele riso jubiloso, até ver a cabeçorra de Norman balançando para divertir uma mulher, uma mulher muito atraente... de 30 anos? Hoje em dia, quem sabia dizer? Pele clara, ah, tão clara... uma cabeleira escura repartida ao meio e repuxada para trás teatralmente... maçãs do rosto proeminentes, queixo quadrado e bem definido, lábios vermelhos feito rubis, olhos tão brilhantes e hipnoticamente azuis quanto os diamantes mais azuisss*uhhhhHAHAHAQUA-QUAqua qua qua quá*... Magdalena inventara os rubis e diamantes só para sentir mais pena de si mesma e mais raiva de Norman, mas aquela gargalhada*aahahhhhHAHAHAQua qua qua quá* era real, real até demais, seu filho da puta insensível e desalmado! *De volta em um segundo*... claro, você vai voltar em um segundo, assim que passar uma cantada em alguma americana com cabelo escuro feito a meia-noite e pele branca feito a neve! Nós, cubanos, não *temos* neve, como você, com sua sabedoria, talvez saiba...

— Srta. Otero!

A voz vinha de trás... uma voz com sotaque. Magdalena virou e era *ele*... *o* ele... tão bonito, tão Príncipe Valente, e tão um monte de outras coisas quanto ela sonhara a semana inteira. Em um *blipe* de velocidade inacreditável Serguei baixou os olhos, inspecionou os seios dela, que estavam ameaçando estourar o bustiê, e blipou de volta para cima.

Magdalena notou isso... e gostou. Nesse instante, Norman e a raiva por ele engendrada dentro dela desapareceram. *Assim, sem mais nem menos.*

¡Mirabile visa!, como uma das freiras, Irmã Clota, costumava dizer. *Um milagre a ser visto! Simplesmente sublime!* No instante seguinte, porém, com Magdalena bem desperta no mundo real sem sonhos, o bombardeiro amoroso de Hialeah que levava aquele seu eu sublime mergulhou, bateu e explodiu em chamas... como ela fizera a semana toda, obcecada pelo vulto à sua frente. Por que ele se aproximara naquele momento... quando ela só podia ser vista como uma coitada, uma desajustada social, uma solitária que tentava disfarçar a solidão "estudando" um quadro extremamente idiota em uma parede? Ah, era óbvio. Generosamente, ele queria salvá-la do fracasso social. Que forma horrenda de *rendez-vouz*! Quem era ela aos olhos de Serguei? Uma simplória tola, que precisava da piedade dele! Era humilhante... *humilhante*! Tão humilhante que vaporizava qualquer papel que ela pudesse ter escolhido para desempenhar... coquete, vamp, discípula de Esculápio, o deus da medicina, mãe misericordiosa dos esmagados pelo fardo da luxúria, ou tiete de grandes filantropos oligárquicos russos colecionadores de arte. Sem querer, portanto, ela reagiu com total sinceridade: seu queixo caiu, fazendo os lábios se abrirem e a boca se escancarar...

Serguei continuou jogando charme para ela, como se isso fosse ajudar. – Estou tão feliz por ver você aqui, Magdalena!

Ele já tinha outro convidado junto ao seu ombro, de sorriso pronto para engolfar sua atenção assim que seus lábios parassem de se mexer. Mesmo assim, Serguei se inclinou para Magdalena e disse em voz baixa: – Mal tive chance de falar com você na Miami Basel.

E novamente blipou uma olhadela das mais rápidas e sorrateiras para o busto dela no bustiê.

A essa altura, por puro nervosismo, Magdalena já estava roendo a unha do mindinho. A intimidade de Serguei ao baixar a voz reinjetou sangue vermelho e seu guarda-costas, a malícia, no sistema dela. Magdalena sentiu isso na pele. Lentamente, ela afastou o mindinho que roía nervosamente, e baixou a mão até o entresseio no bustiê, fazendo seus lábios sorrirem de um certo jeito muito divertido. Depois disse em tom rouco e suave: – Ah, eu me lembro...

Já havia três pessoas junto de Serguei, com os olhos brilhando ansiosamente para fazer contato visual com ele. Uma das três, um sujeito com cara de fuinha, que tinha o colarinho tombado sobre o pescoço na falta de uma gravata, era tão *gauche* que chegou a bater no ombro dele. Serguei revirou os olhos desesperadamente, só para Magdalena ver, e disse em voz alta: – Continuamos mais tarde...

Então deixou que os cortesãos o cercassem totalmente. Mas ainda fez seus olhos se regalarem uma última vez, ainda que apressadamente, com o busto dela.

Magdalena ficou sozinha novamente, mas isso já não importava. Ela não se incomodava nem um pouco. Só havia uma outra pessoa em todo o Chez Toi, e agora ela sabia que ele estava interessado...

Pouco depois Norman voltou do outro lado do salão. Assim que foi visto por Magdalena, ele comprimiu os lábios e balançou a cabeça daquele jeito que fazem todos os homens antes de falar "Meu bem, juro que fiz o melhor que pude".

– Escute, me desculpe. Avistei alguém que vinha tentando contactar, e não tinha certeza se teria outra chance de falar com ele, mas nunca pensei...

Sua voz falhou quando ele viu que Magdalena estava lhe dando um sorriso agradável e amistoso.

– Então conseguiu falar com ele?

– *Uhhh*... sim.

Ela simplesmente sorriu diante daquela mentirinha branca em relação ao sexo do alguém. Que diferença fazia? Depois disse: – Fico feliz, querido.

Ele olhou para ela de modo esquisito, como se seu radar detectasse ironia. Provavelmente foi a palavra "querido". Norman não era do tipo que suscitava apelidos carinhosos no coração de Magdalena. Ele ficou estudando o rosto dela. Se era um bom estudante, viu que ela estava autenticamente feliz. Sob as circunstâncias, isso também poderia tê-lo confundido.

Logo o tal *maître d'*, de terno tropical em tom creme, apareceu à porta da biblioteca, dizendo em voz alta e eminentemente jovial: – O jantar está servido!

Serguei também estava à porta, bem ao lado dele. Sorriu para seu rebanho e ergueu o queixo em um grande arco que parecia dizer *Podem me seguir!*. Foi o que eles fizeram, aparentemente aumentando os zumbidos, as borbulhas, os guinchos e as gargalhadas. Foram marchando pelo saguão rumo a... outro aposento.

Norman parecia tremendamente impressionado. Inclinou-se para Magdalena e disse: — Sabe de uma coisa? Ele reservou todo este andar, e só existem dois!

— Acho que você tem razão — disse Magdalena, àquela altura já feliz por não precisar pensar muito em qualquer coisa que qualquer outra pessoa falasse.

Ela baixou o olhar para seu busto glorioso. Pensar que tivera *medo* do que aquele bustiê poderia fazer com seu lugar na sociedade e no mundo!

O rebanho foi se espremendo pelo umbral feito uma massa energizada, ávida por toda gota de unção social que aguardava no outro aposento. Magdalena nunca vira um salão de jantar como aquele. Como convinha ao *motif* do Chez Toi, ali nada havia de grandioso. Mas o ambiente era espetacular... em um estilo casual próprio. A parede de frente para a entrada nem sequer era uma parede, mas sim uma bancada quase do comprimento da sala, e além dessa bancada você se via olhando direto para a afamada cozinha do Chez Toi, que era imensa. Quase sete metros de *reluzentes* caldeirões, panelas e utensílios culinários de todos os tipos pendiam enfileirados de ganchos naquela cozinha, a uma altura suficientemente baixa para ofuscar os comensais. Os *chefs*, *sous-chefs* e o restante de um exército de branco, com *toques blanches* na cabeça, marchavam pela cozinha, cuidando disso, inspecionando aquilo... e apertando botões, notou Magdalena. Apertando botões? Ah, sim. Computadores controlavam os fornos, as grelhas, as frigideiras abertas, as geladeiras e até a rotação das prateleiras nos armários do estoque... Não era muito a linha de uma Casa Antiga, mas todos pareciam dispostos a desviar os olhos dessa intrusão da digitalização americana no século XXI naquela analógica frigideira velha sobre um tampo de fogão a lenha. A arte de metais reluzentes e a marcha de *toques blanches* criavam um pano de fundo mais do que suficiente.

Uma mesa feita de uma só peça sólida de castanheiro dominava o salão. Ou melhor, *preenchia* o salão. Tinha quase sete metros de comprimento, mais de um de largura, e ia *daqui*... até *lá*. Era o tipo de monstro bom para se ter em uma fazenda durante a época da debulha, quando todos os trabalhadores entravam de macacão, famintos por todas as panquecas com xarope de bordo que conseguissem comer, e todo o café ou toda a sidra de maçã ainda não fermentada que conseguissem beber, antes de saírem novamente. Mas a superfície daquela mesa ali não lembrava qualquer cena como essa. Aquilo era o palco para uma companhia, um congresso, uma prodigiosa constelação celestial de taças, grandes e pequenas, arranjadas em grupos, pelotões mágicos, nuvens, cintilantes bolhas translúcidas, diante de cada lugar na mesa... Eram copos tão finos, tão transparentes, reluzindo e brilhando com reflexos luminosos, inchados por meio de proezas tão sublimes da arte de soprar vidro que, até para uma garota de 24 anos recém-saída de Hialeah, parecia que, se você tocasse em um deles com o diminuto dente de um garfo, ouviria "*Cristal!*" com as notas mais altas possíveis. Flanqueando cada algelical arranjo de taças havia paradas de talheres, regimentos de utensílios tão estupendos que Magdalena nem sequer conseguia imaginar para que eram usados. Em cada lugar havia um cartão, obviamente feito à mão por um calígrafo profissional. Seguiu-se um interlúdio em que os convidados saltitavam e se curvavam, ainda tagarelando, em busca de seus lugares designados, com muita movimentação... Serguei vai apresentando as pessoas umas às outras o mais depressa possível... cuidando de sorrir para Magdalena de forma especial quando a apresenta a alguém... tudo gente velha, pelo menos aos olhos dela. O todo é muito intrigante... os nomes se tornam apenas sílabas que voam, entrando por um ouvido e saindo por outro. Quando a coisa acabou, Magdalena se viu colocada a quatro lugares de Serguei, que estava na cabeceira da mesa. Imediatamente à direita dele havia uma mulher anglo, provavelmente quarentona, que a Magdalena pareceu muito bonita, mas afetada. À esquerda dele estava — *Oh, Dios mío!* — uma famosa cantora cubana, famosa pelo menos entre os cubanos... Carmen Carranza. Ela se sentara com uma postura de rainha, mas já não era jovem. Tampouco era uma modelo adequada ao vestido que usava, com um decote que ia até o osso esterno, excitando não os sátiros, mas os loucos por saúde. Onde foi parar todo o colágeno... o colágeno das curvas internas dos seus seios, que mal se viam? Por que ela passara cosmético no espaço ossudo entre os seios... uma aparição precoce de pequenas manchas da idade? Entre a ave canora ultrapassada e Magdalena havia um anglo de cabelos ralos e bochechas que pareciam infladas... com *perfeição*. Seu rosto quase não tinha rugas; e um tom rosado, perfeito como ruge, decorava seus ossos malares. O velhote usava terno e gravata, mas não um terno qualquer. Era um risca de giz com listras rosadas... e colete. Magdalena não se lembrava de já ter visto algum homem usando colete. E a gravata... parecia um céu cheio de fogos de artifício explodindo em todas as direções, com todas as cores imagináveis. O homem intimidou Magdalena desde o momento em que ela pôs os olhos sobre ele. Era tão velho, augusto e formal... mas cedo ou tarde ela teria de *conversar* com ele.

Na realidade, Ulrich Strauss se revela um sujeito amável, engraçado, muito inteligente, e nada condescendente. Não olha para Magdalena como se ela fosse uma garota sem eira nem beira que inexplicavelmente acabara jantando no Chez Toi. O jantar começa com Serguei fazendo um brinde de boas-vindas e reconhecimento aos convidados de honra: o novo diretor do Museu de Arte Koroliov, Otis Blakemore, de Stanford, sentado dois lugares à direita de Serguei, e a esposa de Blakemore, Mickey, como ela é chamada, imediatamente à esquerda de Serguei. ::::::*Dios mío,* é aquela mulher bonita de cabelo repuxado para trás que Norman estava paquerando na biblioteca agora há pouco... e ela não é uma americana, mas uma *cubana*.:::::: Os garçons começaram a servir vinho, e Magdalena, que não é de beber, dessa vez fica feliz por ter algo para se acalmar.

A mesa é muito comprida, acomodando 22 pessoas sentadas, e comparativamente estreita; somado a isso, há tantas conversas animadas que fica praticamente impossível ouvir o que é dito a mais de três ou quatro cadeiras de distância. Magdalena começa uma conversa divertida com Ulrich Strauss acerca da Art Basel. Ele se declara um colecionador passional de móveis antigos, além de estatuetas dos séculos XVII, XVIII e XIX. E pergunta a Magdalena como ela conheceu Serguei... um estratagema para descobrir quem é aquela garotinha sexy de bustiê, ou seja, qual é o status dela? Magdalena fala que só conheceu Serguei na semana anterior, na Art Basel.

Então você se interessa por arte contemporânea.

Na verdade, não, ela só passou por lá com "um pessoal".

E o que você achou?

Não achei grande coisa, para dizer a verdade. Achei o ambiente feio — propositalmente feio! E tão pornográfico! Ela descreve parte das obras de modo genérico, mas com decoro. O vinho vai e vem.

Strauss conta para ela um ditado espirituoso de Tom Stoppard: "A imaginação sem talento nos dá a arte moderna." E segue falando que a arte contemporânea seria considerada uma piada ridícula, se pessoas sob outros aspectos brilhantes não a houvessem elevado a um plano mais elevado... fazendo com que *muito* dinheiro troque de mãos.

Outra taça de vinho e Magdalena conta o que viu: supostos consultores de arte puxando ricaços velhos pelo cabresto e falando a eles: Não *discuta* conosco sobre isso. Você quer ou não quer se atualizar sempre? Ao menos Magdalena ainda está suficientemente sóbria para não mencionar Fleischmann ou sua assessora nominalmente.

Strauss fala que sabe que Serguei sente exatamente a mesma coisa e só vai à Art Basel para se divertir com o circo. O novo diretor do Museu de Arte Koroliov tem um gosto bastante conservador, e uma abordagem acadêmica. Os quadros de Chagall doados por Serguei são praticamente as obras de arte mais modernas com que ele se sente confortável.

Uma série de conversas gerais ocorre na ponta da mesa de Magdalena e Serguei. Todos falam da surra e dos insultos racistas que um acusado negro recebeu de dois policiais brancos no YouTube. "Brancos", e não "cubanos", porque ninguém quer ofender a cantora ou os demais cubanos importantes à mesa, de modo que não há motivo para Magdalena pensar que Nestor pudesse estar envolvido.

Eles falam da disputa entre o prefeito e o chefe de polícia.

Falam dos problemas atuais no Haiti.

Magdalena não apenas é tímida demais para participar, como também não faz ideia do que eles estão falando. Portanto, simplesmente entorna mais um pouco de vinho.

Então eles entram no assunto da Art Basel. Ulrich Strauss fala dos rumores sobre conluios entre negociantes de obras e consultores de arte, só para arrancar dezenas de milhões de grandes financistas e outros. — Minha amiga, a srta. Otero, pode contar a vocês como a coisa funciona. Ela esteve lá.

E vira para Magdalena, presumindo que ela repetirá para os outros o que andou contando a ele. Subitamente, todos os adultos naquela ponta da mesa se calam, concentrados na srta. Otero... e no seu peito também, embora estejam loucos para saber o que ela tem a dizer... essa coisinha que parece nua, mesmo vestida.

Magdalena sente a pressão vinda de todos os lados. Ela sabe que deve recusar, mas ali está Serguei, bem como Ulrich Strauss e os demais, olhando direto para ela à espera de *algo*... ou ela não passa de uma desorientada sem um único neurônio na cabeça? Ao mesmo tempo, sua única prova real vem da experiência de Fleischmann, e Magdalena certamente não quer que Maurice ou Norman descubram o que ela tem a dizer sobre o tema. Eles não a escutarão agora, lá na outra ponta da mesa, mas... e se ouvirem falar do assunto depois do jantar, algo assim? Só que ela não pode continuar sentada ali feito uma criança assustada! Não na frente de Serguei desse jeito!

De modo que Magdalena começa a falar... com uma voz apropriadamente modesta... mas todas as 11 pessoas naquela ponta da mesa vão se inclinando para ouvir... aquela *delícia*! Todos já vinham se perguntando o que ela tinha na cabeça, se é que tinha algo, enquanto ela olhava para eles por cima daqueles seios espetaculares. Magdalena ergue um pouco a voz e fica com a sensação de que está ouvindo outra pessoa falar. Mas suas três taças de vinho ajudaram e ela começa a falar quase fluentemente.

Toca rapidamente, de leve, em toda a pornografia que foi injetada na corrente sanguínea da Miami Basel...

::::::Já falei demais! Mas toda essa gente está olhando para mim! Como posso parar e ficar muda? Mais e mais pessoas estão parando de conversar entre si... só para poderem *me* ouvir! Como posso de repente... *me calar*? Está na minha hora de *emergir*. Para conquistar o *respeito* deles!::::::

Ela só não percebe quantas pessoas significa a expressão "mais e mais", e quando chega à parte em que um *certo colecionador* é conduzido por sua consultora de arte...

::::::Preciso parar *já*! Isso aqui é um salão reservado, e ninguém está fazendo barulho algum... só eu. O Maurice está *logo ali*, na outra ponta da mesa! O Norman está logo ali! Mas este é o *meu momento*! Não posso... sacrificar isso:::::: ela mergulha de cabeça ::::::não posso evitar:::::: faz com que os consultores de arte pareçam cafetões exigindo um preço alto pelo êxtase... como se aquilo fosse uma *droga*! Tal é o "barato" consumado de ser reconhecido como um jogador nesse mercado mágico que parece ter sido criado do nada. O que são, afinal, essas chamadas obras de arte que valem uma fortuna na Art Basel? A imaginação sem talento nos dá a arte moderna. Então Magdalena vira, cheia de modéstia e decoro, para seu vizinho de mesa e pergunta: – Quem o senhor disse que falou isso?

Nesse momento ela toma consciência de algo horrível: a mesa inteira já silenciou. Ela não citou o nome de Maurice, nem do artista cujas obras ele comprou, ou da srta. Carr, sua assessora... mas Maurice e Norman não são burros.

Magdalena dá uma olhadela para os dois. Ambos parecem atordoados, como se houvessem levado um soco no nariz sem motivo algum. Mas ela não pode simplesmente... *parar*, pode? Não diante de Serguei e seu novo amigo, Ulrich Strauss. A única coisa em que ela consegue pensar é abandonar o assunto de consultores de arte e falar do frenesi insano dos ricaços no dia da abertura da Art Basel para chegar às obras dos artistas que foram aconselhados a escolher. No meio dessa pequena digressão maledicente, Magdalena vai enfiando comentários contemporizadores, como: "Não estou falando de todos os colecionadores", e "Mas alguns consultores de arte são absolutamente honestos... eu sei disso". Só que é tarde demais. Fleischmann não pode ignorar que esses comentários suculentos são sobre *ele*. Norman também sabe. E ficará enfurecido. Para ele, Maurice é o caminho que leva à eminência social... e ali está sua própria enfermeira... se esforçando ao máximo para arruinar tudo!

Já Serguei sorri sem parar. Está adorando cada questão que Magdalena levanta! Isso foi sensacional! *Ela* é sensacional!

Magdalena precisa aguentar o restante do jantar sentada ali, ardendo de culpa e vergonha por causa do que acaba de falar sobre Maurice, embora jamais tenha mencionado o nome dele. As meninas da Irmã Clota nunca cometem tamanha traição. Ela se sente tão culpada que nem consegue aproveitar as atenções que todos naquela ponta da mesa estão ávidos para lhe dispensar. Uma pergunta após a outra! *Que jovem mais interessante!* E... *pensar no que pensamos quando a vimos pela primeira vez!*

As atenções só fazem Magdalena se sentir pior. Culpa! Culpa! Culpa! Culpa! Como ela pode ter feito isso com Maurice? Norman vai ficar furioso... *e com razão*!

Assim que o jantar termina, ela se levanta e vai direto para Serguei, sorrindo e estendendo a mão como que para expressar sua gratidão... nesse momento, Magdalena é o retrato fiel de uma convidada cortês e adequadamente grata.

Já Serguei é o retrato fiel de um anfitrião gentil, que toma a mão oferecida por ela nas suas, com um sorriso perfeitamente apropriado e uma expressão perfeitamente cortês no rosto. Então, como quem cita uma regra de etiqueta tirada do manual, diz a ela: — Como posso entrar em contato com você?

14

AS GAROTAS DE RABO VERDE

O suposto hábitat do suposto hábito sexual de Igor Drukovitch, a Honey Pot, era o último prédio de um pequeno shopping decrépito em uma rua decrépita perto da avenida Collins, lá em Sunny Isles, onde Miami Beach se funde ao continente. O prédio parecia ter sido construído como um armazém... grande, feio, sem traços marcantes e com apenas um andar. Na frente, porém, havia uma grande placa de plástico reluzente, tão iluminada por trás que ofuscava a vista... era uma coisa enorme, com pelo menos oito metros de largura, e a frase THE HONEY POT escrita em luminosas letras laranja-sangue contornadas por néon vermelho e amarelo. Essa coisa berrante estava montada em cima de uma única coluna de aço com cerca de quatro andares de altura. Depois do anoitecer, nenhum motorista na avenida Collins podia deixar de ficar boquiaberto com o que via:

THE HONEY POT

Enorme enorme enorme reluzente reluzente reluzente berrante berrante berrante era aquela placa, mas também ficava a quase 15 metros acima do solo. Os cerca de 12 homens parados ali embaixo, diante da entrada da boate, estavam iluminados por pouco mais do que a costumeira e mortiça eletropenumbra que prevalecia ao ar livre na vida noturna da Grande Miami. Esse *pouco mais* era um eletromatiz vindo de cima que dava a todos aqueles rostos brancos um tom doentio de laranjada...

Uma laranjada doentia e hiperdiluída, pensou Nestor, que acabara de chegar com John Smith. Doentia? Aquilo não podia ganhar uma aparência mais doente do que já tinha ali, bem à frente dele, no rosto branco de John Smith. Era ruim para John Smith... mas também era ruim para os nervos de Nestor. Que diabo ele sabia sobre boates de strip? Havia 143 delas na área de Miami... era uma *indústria* da porra! Mas Nestor Camacho nunca entrara em uma. Ele fora até lá entretendo John Smith com histórias policiais sobre aqueles muquifos. Infelizmente as histórias não eram *suas*, porque haviam criado a impressão de que ele conhecia profundamente aqueles antros do vício. E Nestor percebera isso perfeitamente, ao narrar as histórias. *Vaidade! Vaidade!* ::::::Um policial de verdade que não conhece o ramo de boates de striptease? *Qual é?!*:::::: Talvez, se a situação apertasse, ele até conseguisse se safar *blefando*... Afinal, John Smith admitira desde o início que jamais entrara em um antro sujo como aquele ou qualquer outro.

Os dois pararam diante da Honey Pot para discutir a estratégia. Em tom profissional, no papel de líder, Nestor disse: — A gente não veio aqui pra ver as merdas que acontecem aí dentro. Veio aqui pra encontrar um russo com um bigodão chamado Igor Drukovitch.

Rapidamente, ele traçou uma escultura no ar: botou os indicadores e as pontas dos polegares embaixo do nariz, esticando tudo até as orelhas. Depois continuou: — Só vamos vasculhar o lugar em busca de Igor Drukovitch. Sem distrações. Entendeu bem?

John Smith assentiu e depois disse: — Você tem *certeza* de que não vai se encrencar por causa disso? "Afastado do serviço" não significa que você não pode fazer qualquer trabalho policial?

No início, Nestor pensou que John Smith estava amarelando, agora que chegara realmente ali, à porta de uma boate de strip... naquela penumbra alaranjada desorientadora... Se ele, Nestor, arregasse no último minuto, John Smith seria poupado da ignomínia de fazê-lo por conta própria.

— Mas eu não estou aqui fazendo um trabalho policial — disse Nestor. — Num vou mostrar distintivo algum. Pra falar a verdade, eles até me tomaram o distintivo.

— Mas você não está em uma espécie de... prisão domiciliar, é assim que se fala?

— Preciso estar em casa de oito da manhã até seis da tarde. Depois disso, posso fazer o que quiser.

— E é isso que você quer?

— Falei que ia tentar ajudar você com o Koroliov, e aqui estamos nós. Pelo menos já podemos partir desse troço. — De um bolso lateral, ele tirou uma cópia laminada da tal foto de Igor no carro com Koroliov que obtivera na polícia de Miami-Dade via brodernet. — Pelo menos sabemos qual é a cara do sujeito, e sabemos que eles se conhecem. Não é um mau começo.

A entrada da Honey Pot era uma porta deslizante sem ornamentos, do tipo industrial, com mais de cinco metros de largura, e que parecia estar ali desde muito antes da conversão do armazém em boate. Logo depois da entrada havia uma parede envidraçada, com um par de portas de vidro que levavam ao que parecia ser o vestíbulo de um cinema.

Assim que o líder e seu seguidor de rosto alaranjado entraram, BATE *uummm tummm* BATE *uummm tummm* BATE *uummm tummm* BATE *uummm tummm* ficou BATENDO e *uummmendo* em seus sistemas nervosos centrais. Não era uma batida rápida, e nem terrivelmente ruidosa, mas era incansável. Nunca mudava, e nunca parava de fazer BATE *uummm tummm* BATE *uummm tummm*. Devia haver uma partitura musical gerando aquilo, mas não dava para perceber isso naquele espaço pequeno e apertado que servia de bilheteria... um balcão curvo... e atrás do balcão, um quarentão branco e barrigudo que trajava uma camisa polo branca, com o logo alaranjado da Honey Pot bordado no bolso. Ele era o caixa. John Smith lhe deu 40 dólares pelos dois ingressos. Esforçando-se ao máximo para ser jovial, o sujeito sorriu e disse: — Divirtam-se, parceiros!

O sorriso parecia uma careta malvada com os cantos virados para cima. Nestor avançou, passou pela porta e entrou na boate em si... BATE *uummm tummm* BATE *uummm tummm* BATE *uummm tummm* e claro, havia música por trás das batidas, música gravada. No momento uma garota com voz adolescente estava cantando: "I'm takin' you to school, fool, an' if *you* don' *get it*, I don' give it, an' if I don' give it, you don' *get it*. Get it, fool? You cool with that?" Após alguns instantes, porém, a canção já não importava. Era sugada pelo BATE *uummm tummm* BATE *uummm tummm*.

Girando — a cabeça de Nestor e a de John Smith viraram simultaneamente. Muitos olhos observando os dois! Ali ao lado, perto da porta por onde haviam acabado de passar, ficava um bar separado do resto da boate por uma divisória de dois metros e pouco. Estava lotado de mulheres jovens com pernas brancas esticadas, decotes brancos realçados e olhos brancos de trezentos watts... *somente* garotas brancas, com os rostos brancos decorados por maliciosas artes negras: delineador, sombra para os olhos, maquiagem para os cílios e pálpebras enegrecidas. Eram garotas brancas com libidos-de-aluguel *somente* para clientes brancos... *¡Dios mío!* Tentem misturar brancos, negros, pardos e amarelos em um lugar assim! Não duraria uma hora! O lugar explodiria! Só sobrariam sangue e detritos sexuais...

— Como vão, parceiros? — Um grandalhão gordo, já quase cinquentão, materializou-se na escuridão. Ele usava a camisa polo branca da Honey Pot, com um crachá laminado preso do bolso, onde se viam o logo da Honey Pot e a inscrição SUBGERENTE DE OPERAÇÕES. — Tem muito lugar...

Ele parou de falar subitamente e ficou olhando para Nestor. Franziu a testa com tanta força que suas sobrancelhas se uniram feito dois músculos pequenos agarrando o topo do nariz. — Eiiiii... eu não conheço você?

::::::O maldito YouTube outra vez! Mesmo deixando crescer esta barba por oito dias... *grande disfarce!*:::::: A essa altura, porém, Nestor já estava preparado taticamente, e disse: — É provável... há quanto tempo você trabalha aqui?

— Há quanto *tempo* eu *trabalho* aqui? — O gordo pareceu achar insolente a pergunta. Fechou um dos olhos e avaliou Nestor com o outro, pensando: acabo com essa peste ou dou-lhe uma chance, por ele ser tão obviamente sem noção? Só podia ter escolhido a última opção, porque depois de uma pausa sinistra disse: — Mais ou menos dois anos.

— Então é isso... eu vinha muito aqui com o meu amigo Igor. Sabe o Igor... aquele russo... de bigodão? — disse Nestor, detectando uma expressão sofrida no rosto de John Smith, e fazendo outra escultura aérea do bigode de Igor. Depois sorriu e abanou a cabeça como quem relembra os velhos tempos com prazer. – Metade do tempo eu não entendo o que ele fala... sabe como é? Mas o Igor é um cara muito legal... sabe se ele ainda vem aqui?

– Se é o mesmo cara em quem estou pensando... sim, ele ainda vem aqui – disse o gordo, um pouco mais tranquilizado.

– Sério? – disse Nestor, arregalando os olhos feito um menino feliz. – Ele está aí hoje?

– Não sei... acabei de chegar. – O sujeito fez um gesto vago em direção ao interior. – Tem muito lugar... – BATE *uummm tummm* BATE *uummm tummm* BATE *uummm tummm* BATE *uummm tummm* BATE *uummm tummm*...

O rosto pálido de John Smith estava agitado. Ele não parava de endurecer as mandíbulas e comprimir os lábios. – Não sei se foi uma boa ideia, Nestor, mencionar o nome do Igor e falando para aquele sujeito que vocês se conhecem. E se ele chegar daqui a meia hora e o sujeito contar que tem alguém perguntando por ele aqui?

Nestor disse: – Bom, aquele sujeito... você viu o cargo no crachá dele, preso ali no peito em letras bem grandes? Subgerente de Qualquer Coisa? Na minha opinião, está mais do que carimbado que ele é um LEÃO DE CHÁCARA.

John Smith deu um leve sorriso e disse: – Você está falando isso de brincadeira...

Mas Nestor interrompeu: – O cara me deu aquele olhar do YouTube... sabe? Então precisei dar a ele outra razão para ter me reconhecido. Talvez não devesse ter mencionado o nome do Igor, mas agora já sabemos que ele continua vindo aqui.

Entredentes, mas não muito, John Smith disse: – Nós já *calculávamos* isso.

Nestor disse: – Qual é, John! Não seja tão cauteloso. Às vezes a gente precisa deixar as coisas correrem soltas.

John Smith desviou o olhar e não respondeu. Não estava feliz.

Os olhos dos dois começaram a se adaptar à penumbra. Já podiam ver que a luz forte na parede oposta vinha de um palco. Naquele momento, o show estava obviamente... em *andamento.* <<< BATE *uummm tummm* BATE *uummm tummm* BATE *uummm tummm* BATE *uummm tummm.*>>> Homens se apinhavam na beira do palco, gritando, vaiando, bradando e fazendo barulhos esquisitos. Nestor e John Smith só enxergavam as silhuetas. O bando parecia um animal enorme se retorcendo, serpeando, pulsando de luxúria... e *bloqueando* a visão deles.

Da escuridão surgiu uma garota montada sobre saltos de 15 centímetros. Tinha uma cabeleira loura, um tapa-sexo preto e uma blusa transparente de mangas compridas, tão aberta que revelava quase inteiramente seus seios. Ela passou bem diante dos dois, a menos de dois metros, conduzindo pela mão um rapaz anglo... de vinte e poucos anos? Ele só tinha no corpo um top... um top!... entre uma calça jeans imunda e um boné de beisebol virado para trás. Obviamente, nem tentava esconder o volume notável na virilha da calça. John Smith pareceu ficar atordoado... fascinado. Não conseguiu tirar os olhos deles antes que os dois desaparecessem por uma porta larga na parede oposta, onde um leão de chácara parecia montar guarda. Acima da entrada havia uma placa pequena, mas bastante pomposa, onde se lia: SALA DE CHAMPANHE *Privê – Só para Convidados.* O casal não podia mais ser visto, mas os olhos de John Smith permaneceram fixados na porta. Ele parecia enfeitiçado pela sensualidade barata de Sunny Isles.

Nestor abanou a cabeça e disse: – Escute, John... isso aqui é uma boate de *striptease*... sacou? Tem garotas sem roupa aqui dentro... tá legal? Mas *nós* precisamos trabalhar. Só estamos procurando um corpinho... o do Igor.

A essa altura os olhos dos dois já estavam se acostumando à penumbra da boate, que se estendia diante deles até as luzes do palco... mas não havia cadeiras. A plateia se sentava no que parecia ser um showroom de móveis com as luzes apagadas... sofás, banquetas, namoradeiras ou mesinhas de centro, tudo espalhado sem ordem aparente. Os únicos móveis que realmente podiam ser vistos eram dez ou 12 bancos de bar ao longo de uma das extremidades do palco.

Abrindo caminho pelo crepúsculo profundo daquela barafunda, Nestor ficou atônito ao ver quantas garotas seminuas estavam inclinadas sobre os homens recostados em todos os móveis. E o lugar nem parecia cheio. As mulheres, quaisquer mulheres, podiam ser bem-vindas à Honey Pot, mas Nestor só via o tipo de mulher que parece pronta a... *ziiiiip*... abrir um zíper e deixar qualquer fiapo que estiver trajando formar um montinho no chão. Mais garotas do que ele jamais poderia ter imaginado estavam acertando seus alvos ali nos estofados da Mobilândia, e conduzindo todos em direção àquela porta, a porta que tanto obcecava John Smith. Muitas safadas adoráveis... mas nada de Igor.

O show acabara. Ótimo: vários bancos altos na beira do palco haviam sido abandonados, e eles se sentaram ali. Parecia que haviam se sentado à mesa de uma sala de jantar... e a mesa era o palco, onde você podia inspecionar todas as safadas gostosas à sua frente, estalar os lábios... e depois *comer... comer tudo.*

Nestor esquadrinhou os comensais sentados com eles nas banquetas... não era um bando muito classudo. O traje em boates de striptease era informal, mas aqueles sujeitos pareciam ser do tipo que surra a esposa, e ostentavam camisetas cheias de letras. Metade deles parecia ter cédulas brotando nos dedos. Nestor só entendeu o que era aquilo ao ver as garçonetes que traziam bebidas para os ocupantes das banquetas. Embora fossem uns esfarrapados, eles jogavam notas de 1 dólar nas bandejas das garotas, à guisa de gorjeta. A coisa parecia até uma nevasca verde. Em busca de uma cobertura protetora, acima de tudo, Nestor e John Smith pediram cervejas. A garota voltou com duas, e uma conta de 17 dólares e 28 centavos. O Tesouro, John Smith, deu a ela uma nota de cinquenta. Ela trouxe de volta quatro notas de cinco, algumas moedas... e *12* notas de um, caso eles ainda não houvessem sacado a etiqueta do lugar, que era: dê gorjeta a qualquer coisa que se mexa. John Smith deu a ela quatro das 12 notas.

Uma voz de mestre de cerimônias incorpórea... não dava para saber de onde vinha aquilo... anunciou com uma típica gravidade alegre: "E agora, senhoras e senhores, deem boas-vindas a... NATASHA!"

Uma rala salva de palmas e uivos, e BATE *tummm* BATE *tummm* BATE *tummm*... uma garota, a aclamada Natasha, apareceu girando em torno do poste na outra ponta do palco. Tal como a dançarina anterior, Natasha era uma loura bonita... não maravilhosa, mas maravilhosa o bastante para aquela turma... e também para John Smith, que não conseguia tirar os olhos dela. Já o deslibidinado Nestor conseguia, e ficou esquadrinhando os homens que haviam começado a se aproximar do palco para ver mais de perto. "Natasha" usava um traje em tom amarelo vivo, que parecia o uniforme de soldado de algum garotinho. A gola militar da jaqueta se fechava em torno do pescoço. Duas fileiras de grandes botões brancos desciam pela frente, que terminava quase dez centímetros acima do umbigo... perfurado por um diminuto anel dourado. A calça começava quase dez centímetros abaixo do umbigo, e só chegava ao alto das coxas. As pernas pareciam inacreditavelmente longas, em cima de sapatos de salto alto também amarelos... Mas Nestor só via tudo isso com a visão periférica. Tinha a cabeça virada em outra direção... procurando um homem de bigode russo, preto e encerado... "Natasha" girava para lá e para cá. Girava com o poste enfiado até a virilha, e uma perna de cada lado. *Ziiiippp*... com um só *zip* ela abriu a jaqueta inteira, e seus seios pularam para fora. Não eram muito grandes, mas grandes o bastante para aquela turma. Ela deu um sorriso sugestivo, enquanto seguia DANÇANDO *tummm* REBOLANDO *tummm* DESCENDO *tummm* SUBINDO *tummm* BOMBEANDO *tummm* e também girando em torno do poste.

Por fim largou o poste e partiu pelo palco DANÇANDO *tummm* REBOLANDO *tummm* DESCENDO *tummm* SUBINDO *tummm* BOMBEANDO *tummm* em direção a Nestor e John Smith. Nestor estava pouco se importando. Continuou esquadrinhando os rostos daquele bando de homens transformados em bodes pela luxúria... Ah, Cristo... que dançarina essa nossa garota... *ziiiip!* Só que os zíperes nas laterais da calça de soldado infantil, que deveriam fazer a calça cair... "Natasha" não conseguiu fazê-los funcionar BATE *tummm* BATE *tummm* BATE *tummm*; ela precisou parar e lutar para tirar as calças, uma perna de cada vez, BATE *tummm* BATE *tummm*... O áudio nem percebeu o problema, e a situação ficou meio incômoda. Mas valia a pena esperar! Aquela turma não era muito exigente... Agora, onde as calças estavam... nada, nadinha... uma virilha totalmente desnudada, até de pelos pubianos... depilados com cera brasileira... abrindo caminho para a estrela do show, sua genitália. Isso tornava tudo bem legal para aquela turma. Trajando apenas aquela jaqueta infantil de soldado escancarada, ela rebolava e bombeava a genitália... de repente jogou os braços para trás, e a jaqueta saiu voando BATE *tummm* VIRILHA *tummm* RABO *tummm* RACHA *tummm* PERÍ *tummm* NEO *tummm* ela afunda no palco bem diante de John Smith... sai rastejando nua, de quatro... sobre os joelhos e cotovelos... Tem o rabo empinado feito o de uma bonoba, ou uma chimpanzé, na direção de John Smith, exibindo totalmente o períneo proibido, com dobras, brechas, rachas, fendas, melões partidos, lábios sedutores, poros genitais... o arco carnudo inteiro. BATE *tummm* BATE *tummm* FEIXE *tummm* PALCO *luzes* ATINGE *o ponto* PORNÔ *o ponto* LUXÚRIA *o ponto* PERÍ *ponto* NEO *ponto* BATE *tummm* BATE*ndo* SOCA*ndo* HOMENS correm PARA frente ENFIAM cédulas de 1 dólar NO REGO da bunda dela... John Smith fica transfixado outra vez... olhos arregalados, boca entreaberta... Nestor esquadrinha os rostos dos homens apinhados diante do palco... um bigode encerado... um bigode encerado... isso é tudo que *ele* está procurando... Um grandalhão com uniforme de motorista de ônibus municipal de Miami faz "Uau uau uau uau!"... em tom irônico, mas obviamente excitado a ponto de sorrir de prazer pelo que vê... estende o braço por cima do ombro de John Smith para enfiar não uma, mas duas cédulas de dólar no rego dela... Tá legal, hora de mais cobertura protetora... Nestor estende o braço por cima de John Smith e coloca 3 dólares no rego... e por fim John Smith... com delicadeza... ou reverência... diante do altar do Diabo... coloca 1 dólar no REGO da BUNDA de "Natasha", e BATE *tummm tummm* BATE *tummm tummm* BATE *tummm tummm* TODO EL MUNDO tem DÓLares DEStinados ao REGO da BUNDA. A GARÇOnete FAZ todo o TROCO em DÓLares ENDEREÇADO ao REGO da BUNDA de uma garota BONITA ou à MINHA bandeja. Todo homem BATE com o privilégio de ter um assento *tummm* ali na beira sente o DEVER moral de ENFIAR 1 dólar *tummm* no REGO *tummm* da BUNDA dela. E LOGO o REGO INTeiro está ATULHADO de DÓLares, e muitas outras cédulas são enfiadas BATE entre as *tummm* enfiadas BATE no *tummm* rego em si... até que BATE a garota bonita parece *tummm* que tem uma espécie de cauda de pavão verde saindo do REGO de sua bunda. BATE *tummm* BATE...

Assim que a música parou, ela encarou John Smith... *diretamente*... bem nos olhos... ainda apoiada nas mãos e nos joelhos... bem diante dele... com os seios nus pendendo praticamente no rosto dele... e deu uma *piscadela*. Depois se pôs de pé e começou a ir para os bastidores, virando e piscando para ele mais duas vezes. Sua postura era excelente. Seu andar, de uma rainha: nem rápido nem lento demais... Ela seria a própria imagem de uma jovem senhora, se não estivesse completamente nua, com uma montanha promíscua de notas de 1 dólar ENFIADAS NO REGO DA BUNDA. Nem uma vez ela estendeu o braço para deslocar aquilo, e tampouco deu qualquer indício de notar sua existência. Por que comprometeria sua dignidade? No meio do palco, as cédulas começaram a cair por iniciativa própria. Por que, porém, ela deveria olhar para o rastro verde que criara? Dois homenzinhos, mexicanos na avaliação de Nestor, apareceram imediatamente com vassouras e pás de lixo para recolher as notas, muitas das quais haviam sido jogadas no palco por espectadores que, desistindo de alcançar o rego, haviam se contentado em mirar na direção dela.

O rosto pálido de John Smith se avermelhara. Ele estava constrangido? Estava excitado? Nestor não fazia ideia. Sabia muito pouco sobre americanos pálidos e cavalheirescos como John Smith. Já ele próprio estava por demais mergulhado no seu Vale das Sombras para se excitar com piranhas que tinham estandartes de dinheiro ondulando no REGO de suas BUNDAS. E era isso que elas eram, todas elas... PIRANHAS.

... BATE *tummm* BATE *tummm* BATE *tummm* BATE *tummm* BATE *tummm*

Nestor mal olhou para ela. Continuou esquadrinhando os homens ainda apinhados diante do palco. Pouco além daquele bando ali... qual é a *daquele* cara? Os olhos de Nestor se fixaram em um homem pesadão, que tinha a frente da camisa preta desabotoada até a metade, para melhor exibir o peito peludo. Ele não tinha um bigode grandioso, apenas uma coisa rala que mal passava dos cantos da boca... mas a camisa preta desabotoada e a exibição desleixada do peito peludo fizeram Nestor pensar imediatamente na tal foto de Igor que ele conseguira com os policiais de Miami-Dade. Nestor conhecia aquela foto de cor e salteado: a camisa preta, o peito peludo, ou até os sulcos profundos que começavam dos lados do nariz, passavam dos lábios e se fundiam com as mandíbulas... além daquele viés torto na boca, que provavelmente tencionava aparentar charme.

Então ele se inclinou para John Smith. – Posso estar vendo coisas, porque o cara tem só um bigodinho, mas eu juraria que ele é o Igor!

Depois virou para mostrar o sujeito a John Smith... *mierda!* Ele desaparecera.

Epa. Uma revoada de garotas semivestidas avançou para eles dois. Uma loura... qual era a daquele universo de louras? A loura chegou a John Smith primeiro. Ela usava um vestido de brim, que na parte de cima parecia um macacão... com suspensórios de brim sobre os ombros... só que ela estava nua por baixo do macacão. Seus seios se projetavam para os lados, e dava para ver até as curvas inferiores, na junção com o peito. O vestido parecia pronto para... *um só puxão!* Sairia inteiro, e viraria uma mera poça no chão. Ela trocou um aperto de mãos com John Smith... agarrando a parte interna da coxa dele, dando um grande sorriso sugestivo e dizendo: – Oi! Sou a Belinka... está se divertindo?

Onde estava aquele cara? Nestor entreviu o sujeito novamente... levando um papo com um leão de chácara. A essa altura John Smith já era incapaz de pensar na missão deles. Só conseguia pensar no que se apropriara de sua coxa... a parte *interna* da sua coxa... bem perto de... O pálido rosto branco de John Smith assumiu o tom de vermelho mais sangrento que Nestor já vira. Sua única resposta à pergunta dela foi "*Hum-hum*". Nestor estava se divertindo imensamente com aquela agonia, mas não ousava se demorar mais... *onde o tal cara foi agora? Estava bem ali há meio segundo!*

– Aposto que você quer se divertir *mais*! – disse "Belinka".

John Smith ficou calado, sem saber o que responder. Por fim, mesmo com a voz embargada de constrangimento, conseguiu dizer: – Acho... que... sim...

Acho que sim. Nestor adorou aquela falta de jeito, mas não podia ficar assistindo. *A qualquer segundo...* ele vasculhou a Mobilândia... *a qualquer segundo...*

No instante seguinte, sentiu uma mão na parte interna da sua própria coxa.

— Oi! Sou a Ninotchka. Vi que você está...

— Oi — disse Nestor, sem se virar para ela, mantendo os olhos fixos na Mobilândia. Em tom displicente, disse: — Que nome é esse... Ninotchka?

— É russo — disse ela. — Para o que você está olhando?

— Você é russa? Quem diria! — disse ele, mantendo os olhos na direção de Mobilândia.

Longa pausa. — Não, mas meus pais são... o que você está procurando?

— Você foi criada aqui perto? — disse Nestor, ainda sem olhar para ela.

Outra pausa.

— Não — disse ela. — Fui criada em Homestead.

Nestor sorriu para si mesmo. ::::::Essa é a primeira coisa verdadeira que você fala! Homestead é tão chulé que ninguém mentiria dizendo que foi criada lá.:::::: Para ela, porém, ele não falou coisa alguma.

A piranha já cansara daquilo. Ele estava brincando com ela, debochando dela. Bem, ela também sabia brincar. Deslizou a mão mais para cima na parte interna da coxa dele, e disse: — Qual é o seu nome?

— Ray — disse Nestor.

— Você vem muito aqui, Ray? — disse a piranha.

Nestor continuou esquadrinhando as pessoas que se moviam na maldita penumbra glamourosa da boate.

— Sabe, você tem um pescoço muito grande, Ray. — Com isso, ela ergueu a mão da coxa e envolveu a genitália dele... com delicadeza, mas completamente. Depois deu um sorriso debochado e disse: — Um pescoço muito, muito grande... que está ficando *maior* ainda. Que tal um beijão bem molhado nesse pescoço?

Pelo canto da boca, em tom neutro, Nestor disse: — Não, obrigado.

— Ah, qual é? — disse ela, começando a acariciar a virilha dele. — Estou sentindo você.

Nestor se virou pela primeira vez... e lançou um olhar para ela. — Eu falei não, obrigado... que significa não, obrigado.

O Olhar do Policial. "Ninotchka" retirou a mão, sem ousar proferir som algum. Imediatamente, Nestor voltou à sua vigília. Olhou para a parede oposta, por onde ele e John Smith haviam entrado na boate. De repente... um tranco elétrico nas batidas do seu coração. ::::::Jesus Cristo! Lá está ele, ali atrás, perto do bar... o sujeito da camisa preta... juro por Deus, só pode ser *ele*... Tem uma garota pelo braço, literalmente pelo braço... até parece que se trata de um passeio dominical, só que ela é uma stripper seminua, e logo ali adiante fica a porta!::::::

Nestor girou na banqueta e pulou para o chão. "Ninotchka" ficou tão assustada que jogou o corpo para trás, atingindo "Belinka", que estava inclinada sobre a coxa de John Smith. *Bum!* As duas garotas caíram de costas no chão, com os pés para cima. John Smith continuou petrificado na banqueta. E ficou olhando para Nestor, de queixo caído.

— Já vi o cara! Indo para *aquela porta*! Vamos nessa! — disse Nestor para ele, já por cima do ombro, entrevendo *blipe* John Smith... ainda sentado rigidamente no banco do bar... *duro feito um pau.*

Mobilândia. ::::::Preciso *correr*!:::::: No mar de sofás da Mobilândia, porém... havia estofados demais, demasiadamente desarrumados... havia homens demais, com as pernas esticadas enquanto se recostavam nas almofadas... havia piranhas demais com traseiros empinados, porque elas ficavam em pé, com a cabeça abaixada sobre os fregueses... havia demasiadas mesinhas de centro entupindo o espaço de assoalho que sobrava... sua única esperança era *saltar* por cima das pernas dos homens... *desviar* do rabo das piranhas... *pular* por cima das mesinhas de centro... e *bum*! Lá foi ele...

Os homens afundados nas almofadas... se assustam... se sentem insultados... ficam furiosos... e também não fazem parte da turma mais cavalheiresca do condado de Miami-Dade!

Camisa preta, peito peludo... Nestor vira a cabeça por uma fração de segundo... ::::::É *ele*! Tenho certeza! *Sei* que é o Igor! Igor quase sem bigode! ::::::Uma piranha quase vestida está de braços dados com ele! Os dois estão *andando* pela Mobilândia até os fundos, por onde ele e John Smith entraram! Estão indo para *a porta*!

Subitamente, chegar à porta antes de Igor se tornou o problema mais urgente que Nestor já enfrentara na vida. Um instante antes de virar a cabeça para a frente outra vez, ele acelerou... *Jesus Cristo*! Ele ia colidir com eles! Três homens e duas piranhas em torno de uma mesa de centro... sem espaço... sem jeito de parar a tempo... Só uma coisa era possível: ele *saltou* por cima da mesa de centro... roçou em uma piranha de um lado, e em um gordão do outro...

— PUTAQUIMIPARIU! — O gordão, que já era velho, mas tinha uma voz dos diabos...

— VIADO! — Uma das piranhas...

— SEU MERDA! — Outro homem... cheio de luxúria...

Então todos se levantam berrando: — MOLEQUE! BOSTA!

Cheio de adrenalina, o moleque *saltador pulador* ::::::Como eles podem *me* chamar disso?!:::::: chega ao outro lado de Mobilândia... *Aquela porta* está a... o quê? Dez metros de distância... *Ah, merda*... um leão de chácara... ele já largou a *porta*... e está vindo direto para mim... o cara tem um quilômetro de largura... com aquele rosto largo e achatado dos samoanos... não há jeito de passar por ele... o Olhar do Policial?! O brutamontes já bem diante dele, bloqueando o caminho...

— Qual é a pressa, campeão? — O sujeito tinha *a voz*.

O Olhar do Policial? Nestor tinha cerca de meio segundo para decidir... e *bum*! Esse aqui é osso duro de roer! Sem chance! Talvez fosse um policial fazendo bico após o expediente... Antes que a decisão tomasse a forma de palavras em seu cérebro, ele virou pelo avesso o verdadeiro Nestor Camacho. Encolheu o corpo todo, apontando para o tumulto lá em Mobilândia, e com uma voz estridente, agoniada, trêmula e medrosa, disse: — Eles estão se matando ali! Ficaram malucos! Eu podia ter morrido!

O segurança grandalhão ficou olhando para Nestor. Não acreditava nele, necessariamente... mas a confusão lá em Mobilândia era um problema maior... Gritos de "CHEGA DESSA MERDA", "AH, NÃO, ISSO NÃO!", "PEGUEM O CARA", "SEU MAGRICELA DA PORRA!"... Eram tantos gritos que um abafava o outro no tumulto.

– Você não sai *daqui*! – disse o leão de chácara, e ficou apontando o indicador para o ponto onde Nestor estava parado. – Não se *mexa*!

Depois partiu para a confusão dando grandes passos de gorila, com os braços e as mãos quase meio metro longe do corpo, também feito um gorila. Deu cerca de cinco daqueles passos de King Kong no território da Mobilândia, com aquela voz *basso profundo* rugindo, *rugindo*: – Tá legal! Que diabo está havendo *aqui*?

– Aquele MOLEQUE!

– Aquele BABACA!

– Aquele MERDA! – urraram eles em resposta, apontando para o lugar em que Nestor estava, bem atrás dele.

Nesse exato momento Nestor cruzou correndo *correndo* os dez ou 15 metros até a porta... aquele antro de ancas amplas... e olhem só! Bem na sua frente... a um passo da porta... *o cara* da camisa preta... ele parara, junto com a piranha, para olhar na direção da confusão lá em Mobilândia.

– Foi *aquele merdinha*!

– O filhodaputa me deu uma cotovelada bem *aqui*!

– Se eu num tivesse pulado pra trás, aqueles babacas teriam...

– Num vim aqui para ser sacaneado por dois...

– Qual é a sua, seu puto? Se vocês vão deixar esses pentelhos correrem soltos...

Barulho de luta TUUMM! PAFT! EEERRRGGG!

::::::Pentelhos... no *PLURAL*?::::::

– TÁ CERTO! VAMU ACALMANDO ESSA PORRA! EU VOU ARRANCAR A PORRA DA CABEÇA E CAGAR NA GOELA DO PRIMEIRO DE VOCÊS QUE ME CHAMAR DE...

Igor ::::::Agora eu *sei* que é ele! Sei que é *ele*!:::::: *Igor*! Ele está com o braço em volta da cintura da piranha... e eles estão a apenas dois passos *da porta*. Eles *param*! Ele está conferindo o bafafá na Mobilândia. Seja o que for que esteja acontecendo lá, ele adora... tanto que fica puxando a piranha, com força, para perto da sua coxa e do seu peito... várias vezes... Ela simplesmente sorri e deixa e deixa e deixa e deixa e deixa METE BATE METE BATE METE BATE METE BATE O que há com ele? Parece bêbado... mas até aí tudo bem! Só *fique aí, sem se mexer*! Nestor sai correndo... correndo a toda velocidade pela pista de uma boate de striptease. TARDE DEMAIS! Igor... se é que era ele... e a garota passam *pela porta* e desaparecem... ¡*Coño!* Nestor estanca de chofre, tremendo... Está bloqueado bloqueado bloqueado... mas o que pode impedi-lo de *simplesmente entrar*? Ele inspeciona a porta. Não há *porta* propriamente dita. Três passos vão adentro há um guarda-fogo. Nada pode impedir Nestor de entrar, mas de início ele não consegue enxergar ali dentro. Então olha por cima do ombro... ¡*Coño!* Lá vem o leão de chácara, de volta ao posto. ::::::Como posso entrar aqui?:::::: Seus olhos perscrutam tudo em volta... a menos de três metros... o que é *aquilo*? A bunda de uma piranha! Nestor vê por trás a mulher, que está inclinada sobre um homem sentado em um sofá... está usando um short rosa muito curto, tão curto que cada nádega fica com metade para fora... *nádegas décolletage*, como diria John Smith, e então Nestor entende. As nádegas estavam para fora do short, feito dois seios de cabeça para baixo. Ela usa uma blusa sem mangas feita de um material lustroso e fino, quase no mesmo tom de rosa... com babados nas aberturas para os braços... e duas grandes aberturas ovais nas costas. Para quê? Mostrar que ela não usa sutiã? Só Deus sabia... seu tronco estava levemente virado... para *lá*... mas é claro! Ela tinha uma das mãos na parte interna da coxa do seu alvo.

Não havia tempo para amabilidades ou etiqueta. Nestor se inclinou ao lado dela. Abriu o sorriso mais simpático que conseguiu e disse: – Oi! Não quero interromper, mas preciso de uma *lap dance*. Preciso *muito* de uma *lap dance*.

Mantendo a mão na coxa do outro sujeito, ela virou a cabeça e olhou para Nestor com um ar intrigado... que logo depois, por defesa, virou um ar cético. Era uma morena com mechas tingidas de louro... na Honey Pot, seja loura, pouco importa como! Nós lhe daremos um nome russo ou estoniano... mas você precisa trazer cabelos louros, uma expressão de êxtase sexual e lábios sem lei.

Dava até para ouvir os dígitos clicando na cabeça dela: 0, 1, 1, 0, 0, 0, 1, 0. <<<Estou ocupada provocando o sujeito no sofá... ele parece rico... mas ainda não topou... de repente aparece esse cara se inclinando aqui ao meu lado... e ele está se *oferecendo*! Parece um tipo decente... é jovem, animado 0, 1, 1, 0, 0, 1, 0, 0, clique clique clique clique.>>> Então ela fez uma coisa com os olhos e lábios que lhe deu um ar malicioso. Virou a cabeça para Nestor até os dois estarem quase se tocando. Com um tom baixo, mas na realidade bastante doce, disse: – Sabe de que tipo de homem eu gosto? O tipo *animado*! Eu não devia fazer isso...

Dito isso, ela botou a mão livre na parte interna da coxa de Nestor, e apertou como se não tencionasse deixá-lo ir embora... nunca mais. Depois afastou a outra mão da coxa do possível cliente no sofá. Nestor conseguiu ver o cara direito pela primeira vez. Ele parecia quase distinto... tinha uma barba grisalha... meticulosamente aparada... uma espessa cabeleira também grisalha, bem-cuidada, uma camisa social com o colarinho desabotoado, sem paletó ou gravata... uma calça em tom bege claro que obviamente era *bem* cara... Por que um homem assim viria a um lugar como aquele... escutar as propostas de uma piranha? Até mesmo Nestor percebeu que estava fazendo uma pergunta ingênua.

A garota olhou para a presa no sofá, assumindo sua expressão mais maliciosa e lasciva, enquanto dizia: – Você fica quietinho aí! Eu volto em um minuto!

Então se levantou, afastando a mão da virilha de Nestor. O sujeito ficou olhando para os dois, perplexo. Mas Nestor sabia que ele não falaria coisa alguma que pudesse revelar, no sentido de expor, sua presença ali.

Ela puxou Nestor pela mão com força, e foi andando os quatro ou cinco metros até *a porta*. O leão de chácara já voltara a seu posto. Examinou Nestor de alto a baixo, em dúvida, mas qualquer um nas mãos de uma piranha *bona fide* se tornava legítimo. Ainda pela mão, ela conduziu Nestor e passaram pelo guarda-fogo. Ele se viu no que parecia um vestiário comprido, estreito, sujo, mal iluminado e atulhado por uma fileira de cabines bem próximas. Tinha a impressão de que poderia estender o braço e tocar as cabines, embora na realidade estivessem a cerca de dois metros... Era uma fileira infindável de divisórias baratas, espaçadas a cada metro e meio, e talvez trinta centímetros mais altas do que as de um banheiro de aeroporto... e em vez de portas, as divisórias tinham cortinas listradas de bege e marrom-escuro, combinando com um carpete industrial que você não conseguiria cortar com um machado, e que ia de parede a parede, misturando bege, marrom-escuro e marrom-claro. Tudo parecia muito gasto, mas ao menos ali a Honey Pot abrigava uma tentativa de decoração de interiores. A mesma música BATE *tummm* BATE *tummm* que martelava o resto da boate massacrava você naquele recinto, congestionado pelo teto baixo e pela total falta de janelas. Nos diminutos intervalos entre os BATEs e os *tummms*, Nestor conseguia ouvir sons humanos ali perto... não palavras, mas sons... atrás das cortinas das cabines... *huum*, *ahhh ahhh*, *ommm-muh*, *ennngh ohhhunnn*... quase todos gemidos de homens, e não de garotas... gemidos que às vezes cruzavam a fronteira da algaravia sem sentido... *ahhh*sim *ahhh*sim, *numm*para *numm*para *numm*para, *sim sim sim sim*, *maiiis* fundo *maiiis* fundo, vem *agora*, vem *agora*... e depois voltavam muitos barulhos como *uhnnn uhnnn ahhh ahhh oooueh oooueh oooueh*. Nestor ficou escutando tudo aquilo com intenso interesse.

A garota ergueu o olhar com o sorriso mais lascivo que ele já vira na vida. Da sua boca deslizaram palavras que pareciam lubrificadas labialmente, ou lubricamente: – Qual é o seu nome?

– Ray – disse Nestor. – E o seu?

– Olga. – Foi a palavra que deslizou da boca da garota.

– Olga... conheci tantas russas aqui hoje. Mas você não tem sotaque.

– Eu sou russa pelo lado materno, mas fui criada aqui – disse ela, como que oferecendo a ele a chave do Paraíso. Seus lábios assumiram os contornos de êxtases indizíveis. – Provavelmente você já conhece as... *hum*... normas. Uma *lap dance* básica é 25 dólares, sem contato. Com contato é mais caro, dependendo de *onde*. E claro... grana sempre adiantada, em qualquer caso. Ainda quer uma *lap dance* básica, Ray?

– Ótimo! Maravilha! – disse Nestor, cavando 25 dólares... dinheiro de John Smith... dentro do bolso. A piranha enfiou tudo em um bolso lateral do seu short rosa.

– Tá legaaal... obrigada – disse "Olga", pegando a mão dele, e levando Nestor para uma cabine com a cortina aberta. Ali dentro só cabiam uma cama estreita, aparentemente composta por um estrado, um colchão e uma coberta listrada de bege... uma poltrona modernosa, com estrutura em fibra de vidro, e uma almofada em tom marrom-escuro no assento, sem braços... um banco na mesma linha, com almofada marrom... e ao fundo uma prateleira de fórmica, com uma bacia e duas torneiras instaladas em cima de um armário com portas duplas. Pouco antes de "Olga" fechar a cortina, Nestor ouviu um homem gemer com muito mais força e êxtase do que qualquer outro até então.

– Ah, *govno*... ah, *govno*... ah, *govno*... ah, *govno*... ah, *govno*!

E depois vieram os gemidos de uma mulher, não *tão* altos, mas altos o suficiente para serem ouvidos acima do BATE *tummm* BATE *tummm* e todo o resto... eram gemidos *suspirantes*, terminando em prolongados suspiros ofegantes que faziam: *Ahhhhh... ahhhhhh... ahhhhh...* Depois começaram a acelerar: *Ahhh... ahhh... ahhh...* E a soar cada vez mais depressa: *Ahh... ahh... ahh...*

O mesmo aconteceu com o homem: – Ah, *govno* Ah, *govno* Ah, *govno* Ah, *govno*.

Então a garota deu um suspiro convulsivo *ahh ahh ahh ahh ahh* que mergulhou em um lago de *soluços soluços soluços* Ah, Deus *soluço soluço soluço soluçooo unnh unnh unnh* Ah, Deus, ah Deus ah Deusssss...

Logo depois o homem superou isso com: Ah, *govno* Ah *dermo* Ah, *govno* *DERMO DERMO DERMO! BOZHE MOY! GOSPODI...* No final ele já atingira o volume de um tenor em uma ópera.

"Olga" se afastara da entrada. Com um só movimento da mão, sua blusa caiu ao chão... então ela respirou fundo e virou-se para Nestor, apresentando os seios nus.

Ele deu um sorriso feliz, como quem diz: "Ah, ótimo. Isso é muito bom." Não mais do que isso, porque já estava de volta à cortina, abrindo-a alguns centímetros... para poder ouvir mais resmungos audíveis dentro das várias cabines... Podia jurar que ouviu um homem reclamar...

— Como assim... num posso ir até o fim? — O cara devia estar falando com a sua piranha, porque disse: — Ah, não me venha com essa! Não fique aí parada me falando das suas regras da *porra*... ou *sem* porra!

Aparentemente, havia outro homem em uma cabine gritando para o sujeito do clímax operístico, porque Nestor ouviu o Homem do Clímax berrar de volta: — Você não *falarr* comigo assim, seu verrme!

Ele parecia bastante bêbado, e o adversário berrou: — Que porra você pensarr que serr?

O da voz forte respondeu: — Serr melhorr você nem querrerr saberr! Você estarr aqui embaixo, um verrme, e eu lá em cima! Eu serr arrtista!

Vaias, psius, dá-um-tempos e outros brados de depreciação sarcástica.

— Vocês calarr boca! Não acreditarr em mim? Eu estarr em museu!

— Ei, pessoal, vamu parar! Que diabo tá acontecendo aqui dentro? — Era o leão de chácara. Parecia que ele estava enfurecido. O lugar se aquietou.

"Olga" dos seios nus disse: — O que você está fazendo aí na cortina, Ray? Achei que estivesse louco por uma *lap dance*.

— Estou, mas acho que acabei de ouvir uma coisa — disse Nestor.

"Olga" ficou olhando para ele, emudecida com os seios nus.

::::::Aquele cara parece exatamente o Igor do bigode ralo. Ele fala com sotaque russo. Diz que está em um museu. É um jeito de exprimir a coisa!::::::

John Smith estava esperando diante da *porta. O que aconteceu com ele?* Estava parado ali com um grande olho preto. Seu paletó azul estava todo sujo de poeira, com uma grande mancha molhada na lapela.

¡Dios mío! O que aconteceu?

— Eu tentei alcançar você na Mobilândia... e eles descontaram tudo em mim.

Nestor assobiou entredentes. — Eu ouvi uma confusão atrás de mim, e vi um leão de chácara indo pra lá... mas não fazia ideia de que era com você... parece um pouco machucado. Você está bem?

— Vou sobreviver... só que agora tem três escrotos que eu gostaria de matar. Como estão as coisas aqui?

— Ele é o nosso homem, John.

— Como você sabe?

— Vamos sair dessa porcaria de porta — disse Nestor. — E eu conto tudo a você.

Iluminada por trás, a placa de quatro andares de altura da Honey Pot criava um crepúsculo elétrico na frente da boate ali na rua. Era uma luz artificial, mas com brilho suficiente para Nestor e John Smith vigiarem, de dentro do Camaro, tanto a boate quanto a entrada do estacionamento que ficava nos fundos... quando Nestor erguia, apenas alguns centímetros, a tela refletora SPTotal que cobria todo o para-brisa. A SPTotal era a marca preferida da Unidade de Apreensão... *¡Coño!* Tudo conspirava para fazê-lo reviver o dia em que ele e Hernandez estavam vigiando aquela cracolândia em Overtown.

Nestor recuara o Camaro até a frente da garagem de uma loja do outro lado da rua, a Buster's BoostersX, no momento fechada, pois eram três da madrugada... John Smith já virara um soldado, mas aquela vigilância ainda o enervava. Ele receava que Igor houvesse dado um jeito de ir embora sem ser visto por eles. Talvez existisse uma saída que eles desconheciam... talvez Igor, por ser freguês costumeiro, pudesse dormir na Honey Pot quando tinha vontade... talvez até houvesse garotas dispostas a ficar e brincar com ele... Talvez isso e talvez aquilo... mas de uma coisa Nestor sabia, por ter trabalhado na Unidade de Repressão ao Crime: era preciso aprender a *esperar* a hora de entrar em ação. Sem que o seu coração tentasse fugir da caixa torácica, você ou um superior seu precisava decidir qual plano as probabilidades favoreciam, e ter disciplina para manter essa decisão... tal como Hernandez planejara a vigilância naquele dia em Overtown... *¡Coño!* Por que ele não conseguia parar de pensar naquilo? Era isso. Essa era a sua Preocupação Profunda.

Só que agora eram ele e John Smith esperando a presa dentro do seu Camaro... e John Smith estava longe de ser o sargento Hernandez.

– E se ele nem for pra casa? – disse John Smith. – E se ele for pra casa de alguma namorada, coisa assim? O que nós fazemos então?

– Talvez haja alguém que passe três ou quatro noites por semana em uma boate de strip e saia às três ou quatro da madrugada pra ver a namorada, mas acho que a probabilidade não é muito grande. E esse cara aí me parece um pouco patético. A ideia que ele faz de uma vida amorosa é a *Honey Pot*?

– Não precisa ser uma namorada – disse John Smith. – Foi só um exemplo. Pode ser uma...

– Escute, John... *qualquer coisa* pode acontecer. E o que isso nos diz? Exatamente nada. É preciso pegar o que é mais *provável* que aconteça, e partir daí. Escute, a noite de hoje foi bastante boa! É a primeira vez que fazemos *qualquer* contato com o sujeito. Agora sabemos qual é a aparência real dele.

– Ainda não sei como você fez isso – disse John Smith.

– Juro que foi aquela camisa preta que ele usa aberta no peito. Estava usando a mesma camisa na foto que conseguimos com o pessoal de Miami-Dade. E acaba de passar cinco ou seis horas fazendo as diabruras que gosta de fazer em um prédio cheio de piranhas. Não acredito que ele vá enfrentar a estrada até Wynwood às três da madrugada. Vamos ver pra onde ele *realmente* vai.

John Smith afundou no banco do carona, soltou um suspiro e fechou os olhos.

Cerca de meia hora depois, um cara pesadão, com a camisa preta aberta na frente exibindo o vasto peito peludo, saiu sozinho da Honey Pot. Nestor cutucou as costelas de John Smith e disse: – Bom... lá está o nosso garoto.

Sentado no banco, sem erguer o corpo, John Smith olhou para Igor Drukovitch. – Nossa! Ele não me parece muito firme das pernas.

O sujeito entrou no estacionamento da Honey Pot. Sem acender os faróis, Nestor ligou o motor do Camaro.

Antes que um minuto se passasse, John Smith, em tom abafado e conspiratório, disse: – O que ele está fazendo? E se ele simplesmente cruzar o estacionamento e sair pelo outro lado?

Depois ficou olhando para a saída do estacionamento, enquanto mais minutos passavam se arrastando.

Finalmente um Volvo grande, modelo Vulcan, emergiu do estacionamento. Nestor precisou olhar duas vezes para enxergar o peito peludo atrás do volante. E foi dobrando bem lentamente o protetor solar, enquanto dizia: — Quer saber qual é, na minha opinião, o pior jeito possível...

Confuso, John Smith disse: — Ele está acelerando!

— ... de morrer? Ser atropelado por um Vulcan ou um Escalade. Nem sei por que razão...

— Deus do céu! Ele está quase chegando àquela curva na rua, e nós ainda nem...

— ... mas seria tão humilhante... disso eu sei.

— Nestor!

— Fica frio. Preciso deixar que o Vulcan faça a curva antes de acender os faróis do Camaro e seguir atrás dele. Senão o cara vai querer saber por que uns faróis acendem e um carro parte atrás dele assim que ele sai do estacionamento.

— Mas ele vai desaparecer.

— É, por cerca de cinco segundos. Pronto... ele acabou de fazer a curva. Veja *só*.

Nestor acendeu os faróis do carro e avançou devagar até a rua... depois passou pela Honey Pot já exibindo a aceleração do Camaro, chegando à tal curva em um piscar de olhos... retardou a marcha ao fazer a curva... e dito e feito: cerca de cinquenta metros adiante, lá estava o Vulcan... A carroceria parecia diminuir na escuridão... mas não havia como confundir aquelas lanternas traseiras: eram enormes, meio metro mais altas do que as de um veículo comum, e curvadas em torno dos cantos feito extravagantes faixas luminosas. Nestor conseguia manter uma boa distância delas, e ainda assim seguir o Vulcan. Igor rumou para leste... mas apenas por trezentos metros... logo dobrou à esquerda, rumando para o norte pela A1A, a pequena estrada que corria junto ao litoral. Como havia bastante tráfego, Nestor conseguiu seguir o Vulcan mais de perto sem ser notado. As placas verdes da estrada pareciam se aproximar flutuando. A princípio, ele conhecia os lugares por onde estava passando... Miami Gardens Drive... Northeast 192nd Street... Northeast 203rd Street... Aventura... Golden Beach... a pista de corrida em Gulfstream Park... até passarem por um grande restaurante russo chamado Tatyana's. Então Igor e o Vulcan dobraram à esquerda em um largo bulevar... mais nomes russos começaram a aparecer na penumbra da madrugada... Academia de Balé Kirova... Banhos Russos e Turcos São Petersburgo... Centro Cultural Ouspensky, que parecia uma loja comum... Lanternagem e Pintura Vladim... Spa e Salão Ivana. Igor continuou rumo ao oeste, sem parar. Aonde diabos ele estava indo?

Os locais por onde passavam começaram a fazer Nestor sentir que estava entrando em outro país. Ali, em plena madrugada, havia algo de alienígena e fantasmagórico na paisagem, que mal era visível no crepúsculo profundo e instável criado pelos faróis com que cruzavam, e também pela iluminação da estrada: lâmpadas montadas em suportes metálicos tão altos que a luz ficava débil. Aparentemente, com exceção da 7-Eleven, todos os lugares estavam às escuras: Troca de Óleo e Tuning Speeder... Petshop Amigos dos Animais... IHOP, quer dizer, Casa Internacional das Panquecas... Lanternagem e Pintura Four Guys... Spanky's Cheese Steak... Residências para Adultos Ativos Tara... Supercortes... Grill e Churrascaria Smokey Bones... Supermercado Pet ... Pizzaria Little Caesars... Applebee's... Wendy's... Condomínio para Adultos Ativos Desoto Luke, que parecia consistir de apartamentos em prédios feitos de tijolos comuns, com pequenos terraços e pátios... outra 7-Eleven, também iluminada... Toyota Carver, com um lote cheio de automóveis sob a luz crepuscular de duas lâmpadas... Bingo Olde Towne...

— Onde nós estamos? — disse John Smith.

— Condado de Broward — disse Nestor. — Mas não sei exatamente onde. Nunca vim tão para oeste antes.

— É muito esquisito! — disse John Smith, em tom extraordinariamente animado. — E sabe por quê? Acabamos de entrar em um país estranho... chamado Estados Unidos! Não estamos mais em Miami. Você não *sente*? Um russo chamado Igor está nos levando para os Estados Unidos!

Nestor analisou aquele conceito em busca de um insulto aos cubanos, embora houvesse vivenciado a mesma sensação alienígena um momento antes... Bom, o próprio John Smith era um alienígena. Aparentemente, ele era a corporificação viva de uma criatura de quem todos em Miami já haviam ouvido falar, mas que ninguém ainda encontrara, o WASP, o anglo-saxão branco e protestante. Racionalmente, Nestor sabia que a piada de John Smith sobre "um país estranho... os Estados Unidos!" era inofensiva. Já emocionalmente ele se ressentia, fosse inofensiva ou não.

Oeste, oeste e ainda mais longe a oeste Igor seguia, naquela carcaça com lanternas berrantes. Eles passaram por mais condomínios com prédios baixos e de tijolos aparentes... "Hampton Court... Suítes para Adultos Ativos Assistidos"...

— Adultos Ativos Assistidos... não é adorável? — disse John Smith, virando para ver a reação do seu parceiro.

Nestor se esforçou bastante para não mostrar qualquer reação, mesmo sem conseguir descrever com palavras a razão disso. Estava incomodado por ver John Smith animado assim. Aquela animação sempre vinha acompanhada por um sentimento de superioridade. John Smith era capaz de extrair... conceitos... até de algo ordinário como aquela estrada de segunda... "Acabamos de entrar em um país estranho... os Estados Unidos"... Esse tipo de pensamento era uma facilidade que Nestor não tinha. A ironia sempre vinha à custa de outra pessoa... ele próprio, provavelmente... Tudo se resumia a educação? John Smith frequentara uma faculdade com um nome intimidador... Yale. E naquele exato momento Nestor estava com ódio de qualquer ex-aluno de uma faculdade com um nome intimidador... No fim das contas, eram todos uns viadinhos... mas o problema de Nestor era que talvez eles não fossem viadinhos...

Oeste oeste oeste seguiu Igor ao volante do Vulcan, até chegar a um lugar chamado West Park, onde virou à direita e rumou para o norte por uma estrada menor... passando por Utopia... a Abadia de Deauville... mais condomínios baixos de tijolos aparentes... "Asilo com Lazer para Adultos Ativos Aposentados"...

— Esses lugares... estão por toda parte aqui em volta — murmurou Nestor.

— Até assusta a gente, depois de um tempo — disse John Smith.

Então Igor virou à esquerda, rumando *mais* para oeste ainda.

— Para onde diabos ele está indo? — disse Nestor. — Everglades?

Igor passou com o Volvo Vulcan por baixo da autoestrada Florida Turnpike, ainda rumando para oeste... mas logo ele diminuiu a marcha e entrou em uma espécie de alameda. Nestor e John Smith perceberam para onde ele estava indo até antes de avistarem os prédios... Mesmo a cinquenta metros de distância, já podiam ver o inevitável lago artificial... os faróis do Camaro tinham alcance suficiente para tornar visíveis os chafarizes que jorravam no meio da água.

Nestor mal reduziu a marcha, e passou direto pelo lugar.

— O que você está fazendo? — disse John Smith.

— Não quero entrar logo atrás dele — disse Nestor. — Vou fazer a volta e chegar ao lugar vindo de outra direção.

Bastava entrever a entrada para perceber que ali havia um tipo básico de residência para Adultos Ativos. Uma placa metálica em um suporte junto à alameda exibia o nome Alhambra Lakes. De um dos lados, a entrada se abria para um grande estacionamento... lotado de carros... mal iluminado por lâmpadas sobre suportes altos. O Vulcan de Igor acabara de entrar ali. Os prédios de apartamentos eram do tipo mais básico que eles haviam visto até então. À primeira vista, pareciam dois soturnos cubos sólidos de tijolos... cada um com três andares... adornados apenas pelas inevitáveis varandas diminutas e portas de vidro deslizantes... sem moitas, nem qualquer outra decoração horticultural ou arboreocultural, sequer uma ou duas palmeiras esperançosas.

— O que você acha que tem *aí*? — disse John Smith, meneando a cabeça para o condomínio.

— Vou entrar com o carro — disse Nestor. Desviou para o acostamento, fez a volta e acelerou o Camaro tão repentinamente que a cabeça de John Smith foi lançada para trás... mas quase imediatamente precisou frear para entrar na alameda dos Adultos Ativos... e lá estava o Volvo Vulcan, parado em uma vaga no estacionamento. As lanternas traseiras já haviam sido desligadas, mas a luz interna estava acesa.

— Vou passar por ali, mas não olhe pra ele — disse Nestor. — Nem mesmo na direção dele. Vou passar bem devagar, como se estivéssemos procurando um lugar pra estacionar.

Antes de chegarem ao Vulcan, eles viram o vulto corpulento de Igor abrindo a grande porta traseira do carro.

— Não olhe — disse Nestor. — Talvez seja melhor até virar um pouco a cabeça.

O que eles fizeram. Nestor nem sequer tentou recorrer à sua visão periférica. Quando chegaram ao final da fila de carros, estavam bem perto do prédio mais próximo, e era possível enxergar uma portaria larga e aberta, que parecia uma espécie de túnel. Na outra ponta, em direção ao interior, via-se a mesma iluminação triste vinda de cima.

— Só pode ser um pátio — disse John Smith.

Nestor fez o giro e voltou percorrendo lentamente o outro lado da fila. Quando passaram pelo Volvo Vulcan, a luz interna já estava apagada.

— Ele está indo para o prédio — disse John Smith.

— Que diabo está carregando ali? — disse Nestor. — Aquele troço grande e achatado.

— Não sei — disse John Smith. — Parece um portfólio. Portfólio de artista, sabe?

— Vou virar outra vez ali na ponta. Veja se consegue perceber para onde ele está indo — disse Nestor. Fez o giro lentamente e voltou pelo outro lado.

— Ali vai ele — disse John Smith. — Está entrando naquela portaria por onde a gente passou.

Nestor ainda conseguiu entrever Igor, que desapareceu no túnel, ou fosse lá como se chamava aquilo. Então parou o Camaro ali mesmo, bem no meio do estacionamento.

— O que acha que ele tá fazendo aqui? — disse ele. — Já percebeu que a gente está praticamente em Fort Lauderdale... e a oeste pra diabo de lugar nenhum? Não entendo. E você diz que ele tem um ateliê em Wynwood?

— Não é só um ateliê, Nestor, é um apartamento inteiro, e bem bacana. Eu conheço muitos artistas, vários deles bem-sucedidos, que *dariam a vida* para ter algo assim.

— Não... saquei... esse... lance... aqui — disse Nestor.

— Bom... o que a gente faz agora?

— Não há muito o que a gente *possa* fazer no momento — disse Nestor. — São mais de quatro da madrugada. Não podemos sair andando por aí no meio da noite.

Os faróis do Camaro ainda iluminavam o prédio... Silêncio... Então John Smith disse: — Teremos de voltar de manhã cedo, esperar que ele saia e então ver o que podemos fazer...

Silêncio... os faróis do carro iluminavam arbitrariamente parte de uma fileira de carros... o estacionamento estava cheio... o Camaro tinha quase dez anos de idade, e Nestor tomou consciência da vibração do chassis quando o motor ficava em ponto morto.

— Já é de manhã cedo — disse ele. — Um sujeito como o Igor... não acho que ele vá se levantar às seis, depois de ficar se embebedando em uma boate de striptease até as três. Você viu aquela merda que ele descarregou do Vulcan. Isso aqui não é só uma visita rápida.

— *Huuummm*... acho que você tem razão. Além disso, precisamos ir pra casa trocar de roupa. Temos de aparentar seriedade quando entrarmos ali — disse John Smith, meneando a cabeça para o prédio em que Igor entrara. — Você tem paletó?

— Paletó? Tenho... *um*. Faz parte de um terno azul.

— Beleza! — disse John Smith. — Pode me fazer um favorzão? Use o terno com uns sapatos de couro.

— Nem sei se o terno ainda dá em mim. Comprei antes de... bom, deve ter sido há três ou quatro anos. — Nestor reviveu toda a cena mortificante ali mesmo... Mami levando-o ao departamento masculino da Macy's... ele parado lá feito um boneco de madeira... Mami e o vendedor conversando... em espanhol... acerca de quanto *isso* deveria subir e quanto *aquilo* deveria baixar... só falando com ele duas vezes... Mami dizendo "*¿Cómo te queda de talle?*" e o vendedor dizendo "*Dobla los brazos y levanta los codos delante*"... e ele próprio só se importando com uma coisa... a chance horrível de algum conhecido passar e vê-lo daquele jeito.

— Foi antes de você começar a malhar no Rodriguez? — John Smith sorriu.

— Bom... foi — disse Nestor.

— Hummm... mas faça uma tentativa, Nestor. Dá pra você se apertar um pouco.

— Acho que você também vai querer que eu use gravata — disse Nestor com certo tom de sarcasmo.

Os olhos de John Smith se iluminaram. — Ei, você tem alguma?

— Tenhoooo...

— Então use! — disse John Smith. — Eu também vou usar uma! Nós precisamos parecer *sérios*! Esse prédio está cheio de Adultos Ativos. Sabe como é? Eles não vão gostar se nós aparecermos como se fôssemos para a Honey Pot. Nem um maluco tarado feito o Igor vai gostar. Nós somos homens *sérios*.

15

AS YENTAS

Sete horas mais tarde, às dez e meia, Nestor e John Smith entraram no... ou melhor, John Smith entrou no estacionamento do Alhambra Lakes novamente, desta vez ao volante do seu Chevrolet Assent, um carro cinza de duas portas, novo em folha. John achou que seria grosseiro estacionar o Camaro de Nestor em um estacionamento de Adultos Ativos em plena luz do dia. O Camaro era um carro possante, da época em que carros possantes eram possantes, e era tão cheio de bossa que parecia encarar qualquer Adulto Ativo e rosnar: "Eu sou um delinquente juvenil. Tu tem problema com isso?"

É claro que John não falou "grosseiro", ou qualquer coisa assim. Exprimiu seu pensamento com palavras mais gentis, cuidadosamente escolhidas, mas naquele dia de sol escaldante mesmo os seus bons modos incomodaram Nestor... os modos e mais uma dúzia de outras coisas. Ainda dentro do casulo refrigerado do Assent, eles avançaram lentamente em direção ao prédio em que Igor desaparecera na noite anterior. Sob a luz radiante do sol, o lugar parecia ainda pior do que no escuro. Em volta de todo o quadrado havia um trecho de terra, que sem dúvida outrora fora ocupado por luxuriantes moitas verdes. Ao longo das margens do estacionamento, viam-se uma palmeira aqui... duas ali... depois um intervalo... três acolá... outro intervalo... e mais uma palmeira solitária... O lugar todo parecia desdentado. As palmeiras estavam murchas e sem viço, com as folhas todas manchadas de amarelo-pus. Na fachada do prédio, as varandinhas com grades de ferro e as esquadrias de alumínio das portas deslizantes pareciam estar prestes a cair e morrer empilhadas.

John Smith apontou e disse: – Ei, olhe só... o Vulcan do Igor sumiu.

Isso não era problema. Antes de confrontar Igor, ele precisavam saber muito mais... o que ele fora fazer ali na noite anterior... o que era e onde estava aquele troço que ele carregara para dentro. John fez o giro na ponta da fileira de carros e estacionou no ponto mais distante, reservado para visitantes.

Quando os dois saíram do carro, Nestor ficou bastante incomodado, mas vestiu o paletó que John o convencera a usar e apertou o nó da gravata. O paletó ficou justo demais, como ele previra. Além disso, John Smith insistira que Nestor carregasse no bolso interno um dosímetro, dispositivo para medir níveis de ruído, com 24 centímetros de comprimento, quase dez de largura e três de espessura. Caso eles fossem questionados por alguém, Nestor deveria exibir o dosímetro, e John explicaria que estavam medindo níveis de ruído. Um paletó apertado demais, *cobrindo* um aparelho de mais de setecentos centímetros cúbicos em um dos lados... maravilha! Antes de dar o primeiro passo, ele já sentiu a parte interna do colarinho ficar ensopada de suor... suor esse que foi se espalhando pelo paletó, criando grandes meias-luas nas axilas. O terno, a gravata, os sapatos pretos de couro da polícia... ele parecia um verdadeiro *guajiro*... John Smith, por outro lado, trajava um terno cinza-claro de tamanho perfeito, uma camisa branca, uma gravata azul-marinho com uma estampa pomposa qualquer e sapatos de couro pretos suficientemente leves e estreitos para dançar. Ele agia como se aquilo não o incomodasse... maldito branquelo! E ainda enfiava a faca na ferida...

– Nestor... você está ótimo! Se soubesse como fica bem de terno, nunca mais usaria outra roupa!

Nestor nunca vira aquele branquelo tão bem-humorado antes. De modo que esticou o dedo médio para ele. John estava tão bem-humorado, porém, que começou a gargalhar ao ver isso.

O céu inteiro parecia a cúpula azul-pálida de um abajur acima da lâmpada. Assim que Nestor caminhou trinta metros, já sentiu o suor começar a jorrar. O estacionamento estava tão silencioso e imóvel que era possível ouvir as passadas dos dois no asfalto. Mas praticamente todas as vagas dos residentes estavam ocupadas. Então um micro-ônibus barulhento, velho e mal-conservado, do tipo caixote, pintado de branco, saiu da estrada e entrou no estacionamento. Os para-choques eram grandes curvas, como as asas de um pelicano em pleno voo. O veículo parou perto de Nestor e John. Na capota, uma placa de trinta centímetros de altura ia da traseira até a frente: SHOPPING BUS! Aparentemente, tratava-se de um serviço que pegava grupos de pessoas nos lares de Adultos Ativos e Vida Assistida, levava-as para fazer compras e depois trazia de volta. O motorista saltou. Que bronzeado! Era um jovem anglo magricela, cujo couro parecia recém-chegado de um curtume! Ele foi rapidamente até o outro lado... ajudar um monte de senhoras a saltar, a julgar pelas vozes. Elas não pareciam cansadas. Pareciam entusiasmadas:

— ... mas *nunca* vi uma *liquidação* assim...

— ... quem pode precisar de quatro, gente? Mas olha só esta *sacola* de compras... dá uma olhada nisso!

— ... nem usei todos os meus cupons...

— ... daqui a trinta minutos? É melhor esquecer o merengue de limão...

— ... é, só tinha um caixa funcionando, e *uma fila* que você...

— ... "*Atenção, clientes*", de dois em dois minutos "*Atenção clientes*", isso sempre me dá uma enxaqueca pavorosa!

— ... empurrando, empurrando, empurrando, a cara de pau que algumas pessoas têm para empurrar...

— ... pouco me *importa*! A Walgreens tem promoções melhores!

— ... merengue às onze e quinze... talvez você consiga entrar na fila! Já eu, às 11:15, preciso subir e tomar meus remédios...

Tudo isso era acompanhado por música... por um ritmo, pelo menos... na realidade, uma batida metálica irregular... *clinque clinque... clatá clatá clatá... clinque... clatá... clinque clinque clatá...*

Quando se aproximaram, Nestor e John viram as senhoras entrando no prédio. Várias delas se apoiavam em andadores de alumínio que *clincavam* e *clatavam clatavam* e *clinque clinque clincavam*... Havia apenas dois senhores com elas... Pelo menos metade das senhoras, mesmo as que tinham andadores, estava carregando sacolas de compras... Walgreens... Walmart... CVS... Winn-Dixie... Marshalls... JCPenney... Chico's... Gap... Macy's... Target... ShopRite... Banana Republic... Naturalizer...

Lar! De volta ao lar, carregando suas presas, lá vinham elas! Tinham o *élan* de caçadoras mortíferas, voltando do campo.

— Que história é essa de *merengue*? — disse Nestor.

— Sei lá — disse John Smith. — Vamos deixar todas entrarem e se acomodarem antes de *nós* entrarmos.

Tááá legaaal... "o repórter"... John Smith vinha dirigindo aquela operação desde o começo do dia. Assumira o papel de capitão. Talvez naquele terreno "o repórter" realmente valesse mais... Nestor duvidava disso, mas dependia muito de John Smith. Que outro aliado ele tinha? Então, tudo bem... ele que fizesse aquilo do *seu* jeito.

Eles pararam diante do prédio. John fez sinal para que Nestor tirasse o dosímetro do bolso. Embora já ensopado de suor, Nestor precisava reconhecer que ele tinha razão... os ternos... o aparelho... ninguém tenderia a identificá-los como dois jovens suspeitos vadiando com má intenção em um condomínio de adultos ativos. Eles eram dois rapazes bem-vestidos, dois cavalheiros dispostos a usar aquelas roupas enquanto o maçarico no céu se aproximava do máximo... só podiam ter uma missão séria, ou nem *estariam* ali.

John se deu por satisfeito que o caminho estava livre cerca de um minuto após 11:30. A grande portaria da frente não era uma portaria no sentido arquitetônico formal. Não passava de um corredor com mais de três metros de altura e dez de comprimento, onde se juntavam os dois lados do prédio.

Graças a Deus... não havia mesa de porteiro, ou qualquer outra coisa para controlar quem entrava ou saía. John Smith e Nestor passaram por ali e se viram na borda de um pátio, emoldurado pelos quatros lados do prédio que se uniam, criando uma praça. Tal como o exterior, o pátio do Alhambra Lakes eram os restos do que outrora só podia ter sido um grande jardim com palmeiras, moitas e flores. Bem no centro, havia uma piscina quadrada com um chafariz velho que projetava debilmente um único jato de água a cerca de um metro acima da superfície. No segundo e terceiro andares, largas plataformas de concreto se projetavam das paredes interiores por toda a praça, criando uma passarela de tamanho exagerado, ou uma varanda, nos fundos de cada apartamento do andar. Uma escadaria aberta ligava todos os três níveis, caso você não quisesse tomar o elevador que eles haviam visto ao entrar.

— Vamos de elevador até lá em cima — disse John Smith, descrevendo um grande arco no ar com o dedo. — Depois descemos ao segundo e aqui ao térreo... tá legal?

Eles subiram sozinhos de elevador. Lá em cima, no terceiro andar, saltaram na tal passarela, sendo logo engolfados por um barulho mecânico forte e irritante. A certa distância, um operário de pele morena, usando macacão, passava um aspirador de pó industrial na passarela. Em algum ponto lá embaixo continuavam *clincando* e *clatando* dois andadores de alumínio. Já ali por perto ouviam-se televisores ligados em volume demasiadamente alto dentro dos apartamentos... mas não havia residentes ali fora, no calor de meio-dia. John Smith foi passando devagar pelos apartamentos naquele lado, seguido por Nestor, que segurava o "monitor de sonar audiométrico". ::::::O que eu sou... um criado nativo?:::::: Em algum lugar dentro de certo apartamento havia um programa televisivo em volume tão alto que era possível ouvir cada palavra... "Mas ele é o gastroenterologista dela há *cinco anos*!"... dizia a voz inconfundivelmente novelesca de uma jovem. "E só *agora* se *apaixona* por ela... ao separar suas nádegas para uma *colonoscopia*? Ah, os *homens*"... Ela começa a injetar soluços em cada palavra... "*Homens... homens... homeeens*... hum-hum-hum-hum... eles levam uma vida totalmente independente abaixo do ci-i-i-into!" Ao lado da porta, no chão da passarela, havia uma rã de ferro fundido, pintada de verde-claro. Tinha só trinta centímetros de altura, mas também trinta de largura, e uns quarenta de comprimento, de modo que parecia enorme e pesada. Em cada lado da porta havia uma janela pequena. John Smith e Nestor fizeram questão de não ser abelhudos e espiar. O apartamento seguinte era idêntico, mas lá dentro o programa que urrava era uma comédia com o riso enlatado mais irritante que Nestor já ouvira... e ao lado da porta havia um homem das cavernas feito de ferro fundido, de mais de meio metro de altura, com braços e pernas de gorila. Parecia mais pesado do que a rã. No apartamento seguinte... Meu Deus! O que era aquilo? Um programa do Discovery Channel? Um bando de leões rugindo, não apenas um, mas... como se chamava aquilo? Uma alcateia de leões? O volume só podia estar no máximo, pois entre os leões e o aspirador de pó Nestor teve a sensação de ficar paralisado ali, naquela pilha de tijolos para adultos ativos... Ao lado daquela porta havia um vaso grande com gerânios vermelhos, uma verdadeira maçaroca de gerânios vermelhos... que acabaram se revelando falsos.

John Smith precisou se aproximar de Nestor para ser ouvido. Apontou para o vaso e disse: — Fique de olho nessas... *coisas* perto da porta, sejam lá o que forem... até encontrar algo que diga "artista", tá legal?

Nestor assentiu, mas já estava farto de receber ordens de John Smith. Quem ele achava que virara, de repente, um grande detetive?

Eles conferiram mais dois apartamentos. Mesma coisa... John Smith se aproximou de Nestor novamente e disse: — Nunca ouvi televisores com o volume tão alto. O que eles são... surdos?

— Eles usam andadores de alumínio, pelo amor de Deus... se não forem surdos, quem será? — disse Nestor, sem sorrir. Mas percebeu que John Smith não fazia a menor ideia do que originara o seu tom de reprovação. Então se sentiu culpado.

Era tão forte o barulho naquela passarela que eles só perceberam os dois vultos que vinham caminhando atrás deles quando já estavam quase emparelhados... duas senhoras. Uma parecia terrivelmente pequena. Tinha as costas tão curvadas por cima do andador que seus olhos ficavam no nível da caixa torácica de Nestor... e eram tão cheios de muco que não paravam de lacrimejar. O cabelo que ainda lhe restava fora tingido de louro, e penteado em pequenas mechas com a intenção de parecer uma cabeleira espessa, mas Nestor podia ver através delas o couro cabeludo. Subitamente, ele se sentiu inundado de compaixão, com um desejo inusitado de proteger a velhota. A outra senhora andava ereta, com o auxílio de uma bengala. Seu cabelo era branco, mas tão ralo que um dos lados da cabeça parecia careca. Só que ela tinha muitos quilos em excesso, com um grande rosto redondo... e não era tímida. Foi direto até John Smith e disse: — Posso ajudar? Vocês estão procurando alguma coisa, talvez?

Aquele jeito de falar... ela era uma presença formidável.

— Gunnar Gerter? — balbuciou atrapalhadamente John Smith. Depois apontou para Nestor, dizendo: — E esse é o meu técnico, o Carbonell.

::::::*meu técnico*::::::

— Estamos medindo os níveis de ruído — continuou John Smith, indicando o dosímetro que Nestor segurava ::::::feito um escravo::::::

— Arrá! — Ela soltou uma risada sarcástica. — *Neste* lugar? Ruído? Bem que eu gostaria de ouvir mais barulho. Sabe o que você precisa estar para fazer barulho? Vivo.

— Isso eu não sei, mas estamos medindo uns níveis bastante altos bem aqui neste ponto. — John Smith sorriu, apontando para o aspirador de pó industrial e o apartamento diante do qual eles estavam parados. Gritos e urros, de um game show qualquer na TV, ressoaram lá dentro. Antes que a mulher passasse a perguntas como *Por quê? Quem mandou vocês aqui? De onde?*... John Smith disse: — Por falar nisso, talvez a senhora possa me dizer uma coisa. Estávamos admirando suas estatuetas junto às portas. Vocês têm aqui algum artista que faz isso?

— *Hummm!* — Um muxoxo desdenhoso saiu da velhota curvada sobre o andador. Ela tinha uma voz aguda, e surpreendentemente forte. — *Artista?* Nós temos aqui *um* artista, ou assim ele se intitula. Eu nunca vi qualquer coisa que ele tenha feito. Ele só faz deixar o lugar fedorento. O cheiro que sai do apartamento dele é horrível, horrível. Vocês são do Meio Ambiente?

O *Meio Ambiente*? Nestor não imaginava o que ela queria dizer, mas John Smith nem pestanejou. — Sim, somos.

A mulher robusta de bengala disse: — Ah, finalmente alguém apareceu! O fedor está de matar. A gente vem reclamando desse sujeito há três meses. Reclamamos e reclamamos, mas ninguém aparece. Deixamos recados e ninguém liga de volta. O que vocês têm lá para receber mensagens... uma secretária eletrônica, ou um daqueles sacos plásticos de lixo, cor de nem vou dizer o quê?

A velhota do andador interrompeu: – Vamos embora, Lil. Precisamos chegar ao salão de jantar... para o merengue. Se a gente não for para lá, vai sumir tudo, e hoje é o único dia em que vai ter merengue.

– Edith... e hoje é o único dia em que o Meio Ambiente apareceu aqui. Além disso, às vezes sobra um pouco. A Dahlia pode guardar um pouco pra nós dentro da bolsa dela. *Hiiii!* Ouviram isso? – disse a mulher robusta, apontando para os andares inferiores lá embaixo.

E realmente era possível ouvir um crescente concerto percussivo: *clinque clatáclatá clinque clinque clatá*, até mais alto do que aquele que Nestor e John Smith haviam ouvido perto do ônibus das compras. Muitas pessoas com andadores de alumínio estavam tentando chegar depressa a algum lugar.

– E nem estou contando as pessoas que descem e fazem fila meia hora antes de o salão de jantar abrir no dia do merengue... é o que a Hannah e o Cutter fazem – disse Edith.

A mulher robusta, Lil, nem sequer deu atenção a ela. Estava ocupada falando com John Smith. – Esse lugar tem um... *fedor*... até aqui dá pra sentir. Está sentindo? Cheire! Cheire! Dê uma boa cheirada!

Ela era tão mandona que Nestor inalou e deu uma boa cheirada. Mas não sentiu qualquer coisa incomum. Edith, a menor, disse: – Meu médico diz que isso é tóxico... *tóxico*... Procure no dicionário... *tóxico*. É por essa razão que eu não como direito, e não durmo. O médico vai dobrar minhas doses de óleo de peixe toda semana. Até meu cabelo fede por causa desse cheiro em toda a nossa volta.

– Onde é o apartamento dele? – disse John Smith.

– Bem embaixo do *meu* apartamento – disse Lil, apontando para a fileira de portas na passarela. – É um... *fedor* tão forte que sobe, por mais coisas que eu faça.

– No meu também – disse Edith. – Mas no da Lil é pior.

John Smith disse a Lil: — Vocês já tentaram conversar com ele sobre isso?

— Tentar? Já até acampei diante da porta dele. Que cheiro! Dá pra sentir o fedor saindo da porta dele. Bom vizinho ele não é. Já vi o sujeito, mas nunca entrando ou saindo... ele deve fazer tudo no escuro. Nunca foi visto no salão de jantar. Eu ouço o barulho que ele faz dentro do apartamento, mas ninguém sabe o telefone ou o e-mail dele. Eu desço, toco a campainha, bato na porta, mas ele não atende. Mando cartas, mas ele não responde. Então ligo pro pessoal de vocês, mas *vocês* não fazem *xongas*. Num é só eu e a Edith. Todo mundo neste andar é obrigado a respirar esse fedor. Parece até gás venenoso, ou radiação nuclear. É até bom que ninguém aqui possa mais ter filhos. Eles nasceriam com um só braço, sem nariz, uma língua que nem alcançaria os dentes da frente, ou as tripas no peito... fariam tudo com as orelhas, falariam pelo umbigo e pensariam com miolos localizados naquilo onde sentam. Feche os olhos e imagine isso. Tente *você*. Tente *você* falar com ele.

John Smith e Nestor se entreolharam... perplexos. Então John conseguiu abrir um sorriso e disse: — Nem sei o nome dele.

— Ele se chama Nicolai — disse Lil. — O sobrenome começa com *K*, mas depois é um monte de *v*, *k*, *y* e *z*. Parece uma batida de automóvel em uma encruzilhada.

John Smith e Nestor se entreolharam. Nem precisavam falar em voz alta: "Nicolai... e não Igor?"

— Pode me fazer um favor? — disse John. — Leve a gente até o apartamento dele, para que a gente saiba exatamente qual é.

— Aaahaaa... de guia é que vocês não precisam! — estrilou Edith. — Por acaso não têm *nariz*?

— A Edith tem razão — disse Lil. — Mas vou levar vocês até lá mesmo assim. Já passei tempo demais esperando a vinda de alguém do Meio Ambiente.

De modo que os quatro, inclusive Edith com seu andador *clinque clatá clatá clinque*, entraram no elevador, e Lil levou todos à porta de "Nicolai" na passarela do segundo andar. Ao lado da porta havia a estátua metálica de um homem alto estendendo o braço direito, com a palma da mão virada para baixo, em uma saudação.

– É o presidente Mao, só que Mao tinha 1,55 m de altura, e aí ele parece ter mais de 1,90 m. O Igor é... esquisito.

::::::Como ele sabe dessas coisas?::::::

O cheiro... era mesmo forte... mas não desagradável, na opinião de Nestor. Era aguarrás. Ele sempre gostou do cheiro de aguarrás... mas se fosse obrigado a viver ali perto naquela passarela, sentindo o cheiro do aguarrás de alguém dia e noite, talvez ficasse mesmo irritado.

John Smith passou por seis ou sete portas da passarela em *uma* direção... por seis ou sete em *outra* direção... e depois voltou à porta do apartamento de "Nicolai".

– É... é bem forte em toda parte – disse ele. Depois olhou para Lil. – A gente precisa entrar aí e descobrir exatamente qual é a origem disso, antes de poder fazer qualquer coisa. Como podemos entrar... alguma ideia?

– O administrador tem a chave de todos os apartamentos.

– E onde está o administrador?

– *Aaahaaa!* – disse Edith. – O administrador nunca está aqui!

– Onde está ele?

– *Aaahaaa!* Quem sabe? Por isso a Phyllis tapa o buraco pra ele. Ela diz que gosta. Phyllis, a Sempre Feliz, é o apelido que dei a ela.

– Quem é Phyllis?

– É uma moradora – disse Lil.

– E uma moradora substitui o administrador?

Lil disse: – Aqui, o administrador é como um super... superintendente em Nova York. Um zelador com um título, é o que o administrador é.

Nestor falou pela primeira vez: – A senhora é de Nova York?

Edith, e não Lil, respondeu à pergunta: – *Aaahaaa! Aqui* todo mundo é de Nova York, ou Long Island... a cidade inteira se mudou pra cá. Quem você *acha* que mora nesses lugares... gente que nasceu na *Flórida*?

– Então a Phyllis tem a chave?

— Se alguém tiver a chave, é a Phyllis — disse Lil, pegando o celular. — Quer que eu ligue pra ela?

— Claro! — disse John Smith.

— O Nicolai... a Phyllis não acha que ele tem 55, pra começar — disse Edith. — Ele acaba tendo de ir à administração às vezes. E a Phyllis já conhece a cara dele. Ele tem um bigodão que vai até aqui, mas eu não vejo o sujeito há muito tempo. É preciso ter acima de 55 anos, sem animais de estimação ou filhos, para poder comprar um apartamento aqui no condomínio.

Lil dera as costas a eles, em busca de privacidade. A única coisa que Nestor ouviu-a falar com clareza foi: "Você está sentada? Pronta pra isso? O Meio Ambiente está aqui."

Depois ela virou para eles, fechando o celular, e disse a John: — Ela vai subir! Também não acredita que o Meio Ambiente está aqui.

Em um piscar de olhos, chegou uma mulher alta e ossuda... Phyllis. Ela lançou para John Smith e Nestor um olhar soturno. Lil apresentou-a aos dois. Graças a Deus lembrou do novo sobrenome de Nestor, "Carbonell", porque ele próprio já esquecera. A cara feia de Phyllis virou um sorriso de penetrante desdém.

— Vocês só levaram três meses para chegar aqui — disse ela. — Mas talvez seja isso que o pessoal do governo chama de "resposta rápida".

John Smith fechou os olhos, abriu os lábios em um esgar reto e começou a balançar a cabeça afirmativamente, como quem diz: *Sim, sim, dói, mas preciso admitir que entendo perfeitamente o que você está falando.* Depois abriu os olhos, fez uma expressão profundamente sincera e disse: — Mas quando chegamos aqui... nós estamos... *aqui*. Entende o que estou dizendo?

Nestor fez uma careta e disse a si mesmo: ::::::Não *acredito* nisso.:::::: Enfim compreendia o que era ser um repórter de jornal: conversa fiada e mentiras sinceras.

Só que o recurso provavelmente tranquilizara um pouco Phyllis e seu rosto pétreo, porque ela apenas lançou aos dois um olhar de desdém moderado, exibiu uma chave e destrancou a porta do apartamento.

A porta dava para uma cozinha, pequena e imunda. Dentro da pia empilhavam-se desordenadamente pratos, facas, garfos ou colheres de aparência barata, ainda com os restos de comida grudados, e que pareciam estar ali havia uma semana. Manchas, gosmas e líquidos inidentificáveis espalhavam-se pela bancada dos dois lados da pia ou no chão, pelo visto também havia uma semana. Lixo, felizmente já ressecado a essa altura, jazia enfiado em uma lata diminuta, a ponto de impedir a tampa de fechar, ao que parecia também havia cerca de uma semana. O lugar era tão imundo que para Nestor o envolvente cheiro de aguarrás já virara até um purificador.

Phyllis levou-os da cozinha para o que sem dúvida fora projetado como uma sala de estar. Bem diante das portas de vidro deslizantes na parede oposta ficava um grande cavalete de madeira, escuro e antiquado. Ao lado havia uma longa bancada industrial, com uma pilha de gavetas metálicas em cada ponta. O topo da bancada estava atulhado de tubos, trapos e só Deus sabe mais o quê, além de uma fileira de latas de café cheias de finos cabos de pincéis. O cavalete e a bancada ficavam sobre uma lona salpicada de tinta, com mais de dois metros em cada lado. Só aquilo cobria o chão da sala. O resto era madeira crua... e que não recebia cuidados havia muito tempo. O lugar parecia em parte um ateliê, e em parte um depósito, graças aos caixotes e equipamentos empilhados sem ordem discernível junto a uma parede lateral... rolos de lona... caixas grandes, compridas e largas, mas com apenas dez centímetros de profundidade... Nestor calculou que fossem para pinturas emolduradas... um projetor de slides em cima de um pequeno suporte metálico com cerca de um metro de altura... um desumidificador... além de mais caixas e latas...

Tudo isso Nestor absorveu com uma só olhadela. Lil, Edith e John, porém, estavam dando atenção a uma coisa totalmente diversa. Na outra parede havia 12 quadros, seis enfileirados em cima, e outros seis embaixo. As mulheres davam risadas entredentes.

— Você precisa ver esse aqui, Edith — disse Lil. — Tem dois olhos no mesmo lado do nariz, e veja só o tamanho do narigão! Está vendo isso?

Está vendo? Meu neto de 7 anos pinta coisa melhor que isso. Ele é pequeno, mas já sabe onde botar os olhos!

As três mulheres começaram a rir, e Nestor foi obrigado a rir também. A pintura era um esboço, grosseiro e canhestro, do perfil de um homem com um nariz gigantesco, como se fosse desenho de criança. Os dois olhos estavam de um lado só. As mãos pareciam peixes. Não havia tentativa de sombreado ou perspectiva. Só havia traços pretos, também grosseiros e canhestros, criando formas preenchidas com cores chapadas... e nenhuma tentativa de fazer qualquer uma delas sobressair entre as demais.

— E esse aqui ao *lado*? — continuou Lil. — Estão vendo aquelas quatro mulheres ali? Haja sofrimento! Estão vendo? Elas têm os olhos no lugar certo... mas o *nariz*! Coitadas, o nariz delas começa em cima de uma sobrancelha e desce até onde seria o queixo de uma garota normal... as narinas parecem o cano-duplo-de-uma-espingarda-pronta-pra-arrancar-sua-cabeça-fora!

Mais gargalhadas.

— E vejam aquele ali em cima — disse Edith. O quadro não passava de uma série de listras verticais coloridas... devia haver uma dúzia delas... que nem sequer eram muito retas. E por que eram todas tão aguadas? — Parece até que foram chupadas pela tela de algum jeito.

— Acho que isso nem era para ser um quadro — disse Phyllis. — Ele só devia estar limpando a tinta dos pincéis, na minha opinião.

Ela falou isso de uma forma absolutamente Phyllistina. Nunca brincava, mas mesmo assim Lil, Edith e Nestor foram forçados a rir. Todos estavam se divertindo muito ao debochar daquele russo delirante que pensava ser um grande artista.

— *Aaahaaa*, estão vendo aquele? O coitado do *zhlub* pegou uma régua, fez aquela cruz *ali*, que tá quase caindo, olhou pro troço e falou "*Shmuck!*" — disse Edith, dando um tapa na própria testa. — "Eu desisto!"... e então pintou o resto de puro branco-ele-tem-seu-valor. É melhor do que aquela cruz troncha!

As três mulheres começaram a rir sem parar, e o próprio Nestor não conseguiu abafar uma risada entredentes.

Então elas deram uma olhadela *naquele* ali, com suas lombrigas-saltando-da-latrina, naquele *outro*, com mãos-que-parecem-dois-molhos-de-aspargos, naquele lá na ponta, que-parece-uma-pilha-de-ostras-podres, e vejam só aquele ali embaixo... "*Tethered at Collioure.*" "*Tethered*" deve significar que você passa cola no treco todo, depois despeja em cima um saco cheio de confetes de cores diferentes... e pronto, eis um quadro! Em seguida elas passam para aquele *ali*, o da colcha-de-retalhos-de-quem-não-sabe-desenhar-uma-reta-e-despedaça-tudo... e aquele do jarro de cerveja e cachimbo-cortado-ao-meio... e aquele *lá*... que parecem dois nus-de-alumínio-com-parafusos-nos-mamilos... e o outro ao lado, são três-homens-de-alumínio-comendo-cartas-de-baralho?... Elas riem até chorar, balançando a cabeça, fazendo caretas, abrindo sorrisos sardônicos ou se fingindo de boquiabertas, revirando os olhos até as íris praticamente desaparecerem. Edith fica tão entusiasmada, mesmo curvada sobre o andador, que consegue bater os pés no chão com toda a força, em um paroxismo de hilariedade enlouquecida. Nem mesmo a expressão séria no rosto férreo de Phyllis consegue resistir. Ela irrompe da cápsula de ferro com uma única gargalhada... *Uuoonnkkuuoonnkk!*

Lil diz: — Então ele se intitula um artista, mas não consegue fazer melhor que *isso*? Bom, eu também só andaria no escuro! Não ia querer mostrar minha cara pras pessoas!

Outra rodada incontrolável de gargalhadas... até a postura profissional de Nestor vira geleia, e ele também ri. Olha para John Smith em busca da reação dele... e vê que o repórter está totalmente distante daquilo tudo. Parece até estar sozinho ali. Já pegou seu caderninho espiralado e sua esferográfica, para examinar os quadros um a um, enquanto faz anotações.

Nestor se aproxima e diz a ele: — Ei, John... o que você tá fazendo?

John Smith age como se não houvesse escutado. Puxa do bolso uma pequena câmera e começa a tirar fotos dos quadros, um a um. Passa entre as mulheres como se não percebesse que estão ali... Então Lil se inclina para Edith e diz em voz baixa: — O mandachuva.

Depois John passa de volta por elas, com os olhos fixados na tela da câmera. Parecia em transe. Nem sequer ergueu o olhar quando alcançou Nestor. De costas para as três mulheres, abaixou a cabeça, de olhos fixos no caderno, e disse: — Sabe o que você está vendo nessa parede aí?

— Não. A creche de alguém?

— Você está vendo dois quadros de Picasso, um de Morris Louis, um de Malevich, um de Kandinsky, um de Matisse, um de Soutine, um de Derain, um de Delaunay, um de Braque e dois de Légers. — Pela primeira vez desde que começara a recitar, John Smith ergueu a cabeça o suficiente para encarar Nestor. — Dê uma boa olhadela nisso, Nestor. Está vendo aí 12 das falsificações mais perfeitas e sutis em que você ou qualquer outra pessoa conseguirá botar os olhos na vida. Não se preocupe. Nada disso foi feito por "Nicolai". São obras de um artista de *verdade*.

Dito isso, John Smith deu uma piscadela confiante e tranquilizadora para Nestor.

::::::Ao diabo com essa sua tentativa de me tranquilizar. Você está tentando agir como um detetive de *verdade*.::::::

Por medida de segurança, Magdalena chegara ao consultório uma hora antes, às sete da manhã. Ficara sentada ali, com seu uniforme branco, dura feito um cadáver... até certo ponto. O coração do cadáver estava a 100 b.p.m, partindo para a taquicardia. A garota estava preparada para o pior.

Normalmente, o Pior chegava às 19:40, vinte minutos antes da abertura do consultório, para se inteirar das queixas do paciente das oito... Em geral ele dizia a Magdalena que não conseguia se imaginar tão fraco a ponto de se queixar com alguém feito ele próprio, subindo ao palco como astro de uma tragédia diante de uma plateia composta por uma só pessoa... e que só aparecia se recebesse 500 dólares por hora*aaaHAHHAHAHAhahaqua qua quá!*

Esta não é uma manhã comum, no entanto. Hoje ela vai fazer o que deve. E fica falando isso para si mesma. *Diga não agora!* O que adianta continuar postergando o troço? *Vá em frente, vá em frente! Diga não agora!*

Em uma manhã comum, os dois chegavam ao consultório sentados lado a lado no banco dianteiro do Audi conversível dele, de capota abaixada como ele insistia, e ao diabo com a cabeleira da garota... vindo do apartamento dele, com o banheiro de duas pias que ele acha tão bacana... onde teriam tomado uma ducha... depois se vestido e tomado café.

Magdalena não preparara exatamente o que dizer, porque não havia como prever qual variedade de reação cansativa e nojenta Norman teria. Ela lembrou da história que ele contara sobre o "macaco mijão". Norman fizera bom uso da moral da história quando chegara a hora de lidar com um macaco mijão feito Ike Walsh, do *60 Minutes*. Em sua essência, a moral era: imobilize o macaco, para que ele não consiga ficar por cima. Mas essa era a única estratégia que ela tinha a seu favor... uma fábula sobre um macaco? Seu coração acelerou e Magdalena perdeu as esperanças de encontrar *qualquer* modo de impedir que Norman a arrasasse quando quisesse. Ele era grande e forte fisicamente, e tinha pavio curto... embora nunca houvesse erguido a mão para ela... e os minutos estavam passando.

Ela precisava se acalmar... e assim tentou parar de pensar no ego inflado e volátil de Norman. Tentou se concentrar no ambiente ao redor... a mesa de exame, branca e limpa, com um lençol que envolvia o colchão de forma tão justa que deixava a superfície tensionada... a cadeira em tom bege-acinzentado, onde os pacientes costumavam se sentar para tomar suas injeções de Desejo-Zero, embora alguns dos mais altos preferissem se sentar na beira da mesa de exame quando ela lhes dava as injeções... tal como Maurice Fleischmann. ::::::Qual é, Magdalena!:::::: Ela não conseguiria tirar Norman da cabeça se ficasse pensando em Maurice. Ele era um dos homens mais poderosos de Miami. Gente de tudo que é tipo *corria* quando ele aparecia... corria para fazer *qualquer* coisa que satisfizesse Maurice... corria para garantir que ele tivesse o melhor lugar no aposento... dava atenção a tudo que ele tivesse a dizer... sorria o tempo todo diante dele... ria de qualquer coisa que ele dissesse e que pudesse ter uma intenção humorística...

... enquanto Norman o conduzia como se conduz um cachorro. Convencera o Grande Homem que só ele, Norman Lewis, doutor em medicina, podia fazer algo para tirá-lo do vale sombrio da pornografia. Ele até deixava Norman acompanhar suas atividades sociais, que eram entre os muito ricos. Magdalena desconfiara disso desde o começo, mas agora *sabia* que era verdade: Norman fazia tudo para que Maurice jamais se livrasse do seu vício em pornografia... bastava ver como esfregara os troços no nariz dele lá na Art Basel... ele *precisava* que Maurice permanecesse naquela condição desgraçada... pois Maurice abria todas as portas que de outra forma ficariam fechadas para qualquer *swami* que tratasse viciados em pornografia. Então Magdalena resolveu *ser forte*... e contar a Maurice *exatamente* o que estava acontecendo... assim que *aquilo*...

... a fechadura da porta exterior estava abrindo... Na certa já eram 19:40. ::::::Agora, lembre que você mandou a ele um torpedo com bastante antecedência, dizendo que passaria a noite em casa... e não há por que ele não perceber que "em casa" significa *no meu próprio apartamento*, aquele que eu divido com Amélia. Qual é o problema de ir até lá e me colocar a par do que Amélia anda fazendo? Não ouvi você sugerir que nós devíamos casar, ou qualquer coisa assim, ouvi? Não, você não pode dizer isso... Não pode nem insinuar que anda pensando em se deixar enredar ainda mais na vida pervertida dele... não! E nem sugira que ele é pervertido, pelo amor de Deus... qual é? Pare com isso! Não há jeito de planejar o que você vai dizer ao Norman... Basta lembrar de não deixar que ele mije em você::::::

O trinco gira, significando que ele já está dentro do consultório. O coração de Magdalena bate desembestado. Ela não sabia que era possível ouvir passos ali dentro. O chão é só uma placa de concreto coberta por um carpete sintético. Mesmo assim, ela consegue ouvir a aproximação de Norman. Os sapatos dele fazem um leve *nhec*. Magdalena planejou se manter muito calma e tranquila. Portanto, ficou sentada ali, como uma pessoa que espera ser executada... *nhec*... *nhec*... *nhec*... ele estava se aproximando. ::::::Não posso ficar sentada aqui desse jeito, como se ele houvesse amarrado meus pulsos nos braços da cadeira e eu estivesse resignada ao meu destino.:::::: Ela se levantou e foi até o armário bege-acinzentado... tudo naquele consultório era em tom bege-acinzentado... onde ficavam guardadas as seringas e doses de soro antilibido... empurrou o material para o lado na prateleira, só para parecer ocupada... *nhec... nhec... NHEC... Epa...* parou o *nhec*. Ele já devia estar bem no umbral da porta, mas ela não ia se virar para ver. Alguns segundos se passaram... e nada. Parecia uma eternidade...

— Ora... bom-dia — disse a voz, nem amistosa nem hostil... apenas à temperatura ambiente.

Magdalena virou, como que surpreendida... e imediatamente se arrependeu. Por que deveria estar surpreendida? Então disse: — Bom-dia!

::::::Droga! Isso foi um pouco acima da temperatura ambiente.:::::: Ela não queria parecer calorosa e amigável.

Norman lhe parecia imenso. Usava um terno de gabardine bege que ela nunca vira, uma camisa branca e uma gravata marrom com uma estampa até pitoresca, mas infeliz, de duendes... devia haver uma dúzia deles ali... esquiando em uma íngreme encosta marrom. Ele sorriu, sem dizer coisa alguma. Era o tipo de sorriso em que o lábio superior é erguido para mostrar os dois caninos pontudos. Magdalena deu uma boa olhadela naqueles dentes, antes que Norman falasse.

— Não tinha certeza se você estaria aqui hoje — disse ele com aquele leve sorriso, onde ela procurou ironia.

— Por que não estaria? — Magdalena queria soar espontânea, mas percebeu imediatamente que sua resposta parecia combativa.

— Ah, não lembra? Você me deu bolo ontem à noite. Bem arbitrariamente.

— Arbitrariamente... o que significa isso? — disse Magdalena. Na realidade, dava até uma espécie de alívio admitir claramente que ela não sabia do que ele estava falando.

— Ontem você podia ao menos ter me avisado, antes de se escafeder.

— *Escafeder?* — disse Magdalena. — Eu mandei um torpedo para você.

— É, por volta de dez da noite. Você me mandou um torpedinho ridículo. — Norman estava começando a ficar um pouco esquentado. — Por que não me ligou? Com medo que eu *atendesse*? E quando eu liguei para você, o telefone estava desligado.

– A Amélia foi dormir cedo, e eu não queria que ela acordasse. Por isso desliguei o telefone.

– Uma atitude de eminente consideração – disse Norman. – Ah... *eminente* significa o mesmo que *elevada* neste caso, tá legal? *Elevada* ajuda? Não? É uma palavra grande demais? Então troque por "muita". Tá legal? "Muita" consideração. Tá bom agora?

– Não adianta... reagir dessa maneira, Norman.

– A que horas *você* foi dormir, doçura? E onde? Ou também não adianta reagir *dessa* maneira?

– Eu já falei pra você...

– Você não me falou coisa alguma que faça sentido. Então por que não tenta ser sincera e me conta que porra é essa que está acontecendo?

– Não use esse palavreado, se quiser conversar comigo, tá legal? Mas já que perguntou, vou mencionar uma coisa que nunca abordei. Sabia que você tem mania de preencher qualquer lugar até não sobrar mais ar algum?

– *Oooohhh.* "Preencher qualquer lugar até não sobrar mais ar algum." Que coisa mais literária, assim tão de repente. O que significa *essa* metáfora?

– O que é uma metá...

– O que é uma metá... fora, certo? Achei que estávamos em modo literário hoje. O que é "modo literário"? Tá legal, vamos trocar por "modo de falar". Tá bom pra você?

Seu lábio se erguera ainda mais, mostrando os dentes superiores. Ele parecia um animal rosnando. Isso meteu medo em Magdalena, mas ela tinha ainda mais medo de ser dominada e sujeitada a Deus sabe o quê pelo macaco mijão, porque Norman já parecia realmente enfurecido. Ela olhou em torno do consultório. Ainda não eram oito da manhã. Será que já havia mais alguém no prédio capaz de ouvir algo? ::::::Não seja tão medrosa! Vá em *frente*...:::::: Então ela se ouviu falando...

– Você mandou que eu fosse sincera e contasse o que está acontecendo. Tá legal, o que está acontecendo é... *você*. Você preenche qualquer lugar... e *me* preenche, com sexo, até aqui!

Ela encostou a mão na garganta. Depois continuou: — E eu não estou falando de prazer sexual. Estou falando de *perversão* sexual. Não *acredito* que você levou o coitado do Maurice para aquelas exposições pornográficas da Art Basel e deixou que ele comprasse todas aquelas obras de pornografia clara, direta do tal Jed Não-sei-das-quantas e ainda gastasse *milhões* com aquilo. Não *acredito* que você estava louco para ir àquela orgia, a Regata do Dia de Colombo, e ainda por cima queria que *eu* participasse... e se eu participasse, você também entraria! Não *acredito* que até deixei que você me convencesse a fazer aquele joguinho de "representar papéis" assim que começamos a morar juntos... como na vez em que mandou que eu carregasse aquela mala preta dura feito... hum... fibra de vidro... e fingisse bater na porta do seu quarto de hotel por engano... deixei que me "violentasse", como você disse, arrancando minhas roupas, rasgando a minha calcinha e metendo em mim por trás. Não *acredito* que deixei você fazer isso e passei dois dias tentando me convencer de que aquilo era "liberdade sexual"! *Liberdade...* meu Deus... *si ahogarme en un pozo de mierda es la libertad, encontré la libertad.*

Norman não disse palavra. Olhou para Magdalena como se ela subitamente houvesse lhe aplicado uma mortífera cutelada de caratê no pomo de adão, e ele estivesse estudando-a para entender por quê. Quando finalmente falou, foi em tom baixo... e mostrando os dentes superiores, mas sem sorrir: — Então você simplesmente esqueceu de mencionar tudo isso antes... que porra *é* essa?

— Já falei pra você...

— Ah, eu sei... você é respeitável demais para esse palavreado. Sabe de uma coisa? Você é tão respeitável quanto o último boquete que pagou pra mim. Sabia disso?

— Foi você que falou "seja sincera"!

— E essa é a sua ideia de sinceridade? Essa é a sua ideia de... *alguma coisa*. Não sei o *quê*, mas é algo clinicamente doente!

— "Clinicamente doente"... isso é uma expressão médica? É isso que você diz ao Maurice que é o problema dele? Ele é "clinicamente doente"? Você *quer* que o Maurice continue doente, não quer? *Quer* que ele tenha bolhas de pus... certo?! Se não, ninguém vai fazer você passar pela porta VIP da Art Basel, arranjar uma vaga para a sua lancha em Fisher Island, nem deixar você entrar no Chez Toi ou naquele andar especial lá em cima, o Club Chez Toi, ou seja lá que nome tenha, com o cartão preto.

— Cacete...

— Para você, não basta ser um doutorzinho de TV famoso, não é? Nããããooo, você quer respeito, não é?! Você quer...

— Ora, sua *piranha*!

— Ser um *socialite*! Tá certo! Quer ser convidado para todas as festas! Então vai continuar dando ao coitado do Maurice esse diagnóstico de "clinicamente doente" até...

Norman emitiu um som animalesco. Antes que Magdalena entendesse o que estava acontecendo, ele já lhe agarrara pelo braço, logo abaixo do ombro, e dera-lhe um puxão para cima. Trouxe o corpo dela para perto do seu e meio que sibilou ou rosnou: — Ah, eu vou dar um diagnóstico a você, sua vagabunda... você é uma piranha, *piranha*!

— Pare! — disse Magdalena. Foi quase um berro. Ela ficou aterrorizada. A voz dele tinha um som animalesco, enquanto ele a chamava de *piranha*... e sacudia o corpo dela... *piranha*... para um lado... *piranha*... e para o outro... *piranha*... então ela soltou o grito mais sanguinário que já soltara na vida: — *Pare!*

Norman girou a cabeça como se procurasse algo ::::::Que escroto! Ele quer se garantir de que ninguém saiba o que está fazendo!:::::: Por essa fração de segundo, a mão de Norman relaxou e Magdalena se soltou... gritando gritando gritando sob os rugidos de "*sua piranha*... você *não* vai... sua piranha!". Ele está bem atrás dela! Ela se joga sobre a tranca da porta que dá para o estacionamento e sai cambaleando sob o sol...

Há carros circulando à procura de vagas, e no banco do carona de um deles um homem berra: — Você tá legal?

O homem não para a fim de descobrir, mas em todo caso isso detém Norman. Nem mesmo esse monstro de egoplasma, ensandecido por sexo, ousa ser visto correndo feito um louco, em um estacionamento público, para dominar fisicamente uma garota com metade da sua idade e que grita sem parar. Ainda assim, ela sai correndo curvada, pelas fileiras de carros estacionados, para que ele não consiga ver sua cabeça surgir acima das capotas e enlouquecer a ponto de... vai se afastando abaixada... arquejando sem parar... sentindo mais medo de morrer do que já sentiu em toda a vida... e o coração martelando dentro do peito. ::::::Para onde eu vou? Não posso ir para o meu apartamento... ele *sabe* onde fica! E já virou um bicho!::::::

Ela chega ao seu carro... e se abaixa ali ao lado... a porta! ::::::Entre logo! E tranque tudo!:::::: Ela vai enfiar a mão na... e um calor terrível começa a surgir em sua cavidade craniana, queimando seus miolos... ela não está com a bolsa! Nessa louca escapada, deixou a bolsa na sala de exames... com as chaves, o controle remoto, a chave do apartamento... os cartões de crédito... grana... celular... *carteira de motorista*! Sua única identidade neste mundo, além do passaporte, mas isso está no apartamento, e *agora ele tem a chave*! Ele tem *tudo*, até a maquiagem dela... Magdalena não ousa continuar abaixada ao lado do carro... ele conhece o carro! E se...

Ela foi se escafedendo, curvada, até finalmente avistar a saída lá do lado oposto... mesmo assim não teve coragem de andar ereta. As pessoas já estavam olhando para ela, uma jovem enfermeira de branco correndo em um estacionamento... toda curvada daquele jeito... olhem só para ela! Tão jovem... ou está *bêbada*, ou está tendo um *derrame*! Aquela garota precisa de *muita* ajuda... e quem vai dar isso a ela? Não olhe para mim...

Meio-dia de outra manhã idêntica em Miami: o céu, um domo azul pálido e branco-incandescente, irradiava um calor feroz e uma luz ofuscante sobre todas as clientes das lojas da avenida Collins, dando-lhes sombras atarracadas na calçada, que elas mal conseguem notar, devido aos óculos, muito escuros, para enfrentar a degeneração macular. De repente, algo lhes dá vontade de abrir os olhos e *ver*. Um rapaz de camisa branca e jeans azul acaba de encostar em um prédio, cuja sombra ao meio-dia nem chega a meio metro de largura. Ele carrega uma grande sacola de compras da CVS. Apressadamente, apertando-se na sombra, ergue a sacola e começa a enfiá-la sobre a cabeça. Boquiabertas, as transeuntes percebem que há outra sacola de compras metida dentro da primeira, além de uma toalha branca que teima em cair. Às pressas, o rapaz pega a toalha e coloca-a sobre a cabeça em torno do rosto e das orelhas, cobrindo tudo até os ombros. Depois coloca as sacolas de compras, uma dentro da outra, por cima da toalha. De queixo caído, as passantes mal conseguem enxergar cinco centímetros da toalha saindo por baixo das sacolas, e simplesmente não conseguem mais ver a cabeça do rapaz, que então tira do bolso do jeans azul um celular, enfiando-o embaixo das sacolas e da toalha. O que é isso... um maluco? Ninguém consegue entender.

Embaixo da toalha e dentro das sacolas, o telefone toca: *¡Caliente! Caliente baby... Got plenty fuego in yo' caja china"*... E o rapaz dentro das sacolas diz: – Camacho.

– Onde você está? – diz a voz do sargento Hernandez. – Embaixo de um colchão?

– Oi, Jorge... graças a Deus é você! – diz Nestor. – Espere um instante... vou tirar essas merdas todas... melhor assim?

– Sim, agora você parece quase normal. Dá até pra ouvir algum trânsito. Onde você está, porra?

– Na avenida Collins. Botei essas merdas todas em cima da... da... ::::::Não vou dizer "minha cabeça"... ele vai achar isso muito esquisito.:::::: Do telefone, para eles não perceberem que eu não estou em casa.

– Saquei – disse Hernandez. – Eu faço a mesma coisa... mas eles devem saber que ninguém mais tem linha fixa, só celular... deixe pra lá. Já soube da novidade?

– Não... e acho que nem quero. Lembro da última vez que você me ligou com uma "novidade".

– Agora talvez você *queira*, sei lá... em todo caso, eles soltaram os nossos traficantes de crack. O grande júri não quis indiciar os dois!

– Você está brincando!

– Acabou de acontecer, Nestor, talvez meia hora atrás. Já está na internet.

— Não quis *indiciar* os dois... por que não?

— Adivinhe, Nestor.

Nestor teve vontade de dizer *Por causa de você e suas merdas sobre os crioulos*, mas conseguiu se conter. Simplesmente disse: — Por causa da gente?

— Acertou de prima. Como eles podem indiciar dois jovens cavalheiros simpáticos de Overtown, se os dois patrulheiros que efetuaram a prisão são racistas? Nem como testemunhas nos convocaram, Nestor, e o caso era *nosso*!

Silêncio. Nestor estava perplexo. Não conseguia calcular as consequências. Por fim, disse: — Isso significa que não vai haver julgamento... certo?

— Certo — disse Hernandez. — E se você quer saber o que acho, estou dando graças a Deus por *isso*. Não queria ir depor no tribunal, para ouvir algum advogado me perguntar: "Então, sargento Hernandez, você diria que é racista em que grau... pouco, muito ou meio a meio?"

— Mas como o pessoal do departamento vai encarar isso?

— Ah, ele vão dizer "Bom, agora é oficial. O grande júri já se pronunciou. Esses dois exemplos ambulantes de preconceito nos custaram um caso. Quem precisa de dois parasitas feito eles?"... Ora, sem nós eles nem teriam um caso, para começar. Mas você sabe até que ponto eles vão levar isso em consideração.

— Eu achava que os procedimentos do grande júri eram sempre secretos.

— *Deveriam* ser. As únicas opiniões que ele podem dar são "indicia" e "não indicia". Mas se tu seguir a TV, o rádio e quem bota esses troços na internet... os membros do grande júri não deviam, mas vivem falando com esses escrotos. E parece que já fizeram isso. Na minha opinião, nós estamos fodidos.

— Alguém ligou para você, alguém do departamento, tipo o capitão ou alguém assim?

— Ainda não, mas vão ligar... eles vão ligar...

— Não sei de você, mas eu não vou conseguir ficar sentado esperando o machado cair. A gente precisa *fazer* alguma coisa.

— Tá legal... fale aí o quê. Diga alguma coisa que a gente pode fazer, e que não vá piorar as coisas.

Silêncio. — Preciso de um pouco de tempo. Vou pensar em alguma coisa.

Naquele momento ele só conseguia pensar em Ghislaine. Ghislaine Ghislaine Ghislaine... Nem sequer estava pensando no que ela, concebivelmente, poderia fazer por ele como depoente ao apoiar sua versão, testemunhando que tudo que ele falara sobre o grandalhão lá na cracolândia fora fruto do calor de uma batalha de vida-ou-morte. Não, ele só pensava no adorável rosto pálido dela.

— Vou descobrir quem gravou aquele vídeo no celular, pegar a primeira metade da gravação e mostrar o que realmente aconteceu.

— Mas você já tentou isso — disse Hernandez.

— Pois é... bom, mas vou tentar outra vez, Jorge. Vou armar uma defesa inteira.

— *Bueee-no, muy bueee-no* — disse Hernandez, em um tom que identificava Nestor como uma criança irremediavelmente ingênua. — Mas fale comigo antes... tá legal? Precisa tomar cuidado com o que armar, quando fizer toda essa armação. Entende o que eu estou dizendo? Encare a coisa assim... de certa forma, a gente se deu bem. A porra do caso encerrou. Nós não vamos mais precisar ficar sentados em um tribunal, sendo chamados de tudo no mundo, caralho... para *depois* ser expulsos do efetivo. Entende o que eu quero dizer?

— É — disse Nestor em tom neutro, pensando o tempo todo ::::::Palavras de um verdadeiro veterano da babaquice. Talvez isso lhe sirva de consolo, porque na realidade foi você que falou todos aqueles troços. Mas não tenho vontade de pular na sua cova junto com você.:::::: Sem qualquer motivo que pudesse explicar, ele pensou em Ghislaine novamente. Podia até ver as adoráveis pernas ágeis dela, cruzadas como lá na Starbucks... a aparência ágil, esguia e de certa forma *francesa* da panturrilha daquela perna, com o joelho dobrado sobre o joelho da outra perna... mas ele não pensou nos mistérios das amplas ancas dela... não pensava nela *desse* jeito... Por fim, disse em voz alta: — Para falar a verdade, Jorge, eu *não* entendo o que você quer dizer. Para mim, não é consolo *não* passar por um julgamento. Eu queria muito que *houvesse* julgamento. Gostaria de botar tudo em pratos limpos, porra, e vou dar um jeito de fazer isso.

– Não vê que vai fazer pouquíssima diferença “botar tudo em pratos limpos”? – disse Hernandez. – Pode até piorar tudo.

– É, bom, talvez você tenha razão... mas eu não consigo ficar sentado aqui... porque é pior do que isso. Eu me sinto amarrado na cadeira elétrica, imaginando quando eles vão apertar o botão. Preciso fazer alguma coisa, Jorge!

– Tá legaaal, amigo, mas...

– Eu aviso você – disse Nestor. – Agora preciso ir.

E nem despedida houve.

16

PRIMEIRA HUMILHAÇÃO

Amélia estava arriada, quase submersa, nas almofadas da única poltrona do apartamento delas... com as pernas cruzadas, empurrando sua saia, curta até *aqui*, para começar... tão para cima que Magdalena, ao entrar, teve dúvida se aquilo era uma saia ou uma blusa. Ela ficou decepcionada ao encontrar a amiga tão deprimida... decepcionada, e quase ressentida. ::::::Por que *você* tem que estar tão ensimesmada?:::::: Vinha contando com a personalidade sempre jovial e lúcida de Amélia para escutar os *seus* problemas. Então, resolveu também assumir uma pose. De short e camiseta, aboletou-se em uma cadeira da mesa de jantar com espaldar reto. Inconscientemente, dramatizou a superioridade de sua carência, dobrando uma perna, erguendo o pé até botar o calcanhar no assento, e abraçando o joelho com ambos os braços, como se fosse o derradeiro amigo que lhe restasse.

— Não, isso não é verdade — disse Amélia. — Nós *não* estamos no mesmo barco. Você deu um pé *nele*. *Ele* deu um pé em *mim*. Você está feliz. Eu não.

— Eu não estou *feliz*! — disse Magdalena. — Estou morrendo de medo! Se você visse a cara dele... meu Deus!

Amélia moveu as sobrancelhas de um jeito que parecia dizer: "Você está tentando transformar nada em *algo*."

— Mas a cara dele... era uma espécie de... de... de... uma espécie de *demônio*! O jeito com que ele começou a me chamar de "*Piranha... sua piranha!*"... Dizer que foi isso que ele falou nem *chega perto* de...

Amélia interrompeu: – E você está tão arrasada que acho que *não* vai sair com seu amigo "oligarca" hoje à noite... Ah, qual é? O Reggie nem se deu ao trabalho de levantar a voz *comigo*. Parecia um chefe chamando uma funcionária e dizendo: "Desculpe, mas você simplesmente não é a peça certa para a nossa organização. Não é culpa sua, mas vamos ter de dispensá-la." Foi assim que o Reggie falou: "Vou ter de dispensá-la. Isso simplesmente não está funcionando." Foram estas as palavras que ele usou: "Isso simplesmente não está funcionando." Depois de quase dois anos... "Isso simplesmente não está funcionando". Que diabo é "isso", eu gostaria de saber, e o que significa "funcionando"? Ele também disse: "Não é culpa sua." *Ahhh... poxa...* isso fez com que eu me sentisse *tão melhor*, sabe? Depois de dois anos, ele chega à conclusão de que "isso não está funcionando" e que "não é culpa minha".

::::::Que droga! O mundo não gira em torno de você, Amélia.::::::

Tentando fazer o mundo voltar a girar em torno de si mesma, Magdalena disse: – E outra coisa, Amélia, eu estou falida! Ele ficou com os meus cartões de crédito, meu talão de cheques, minha carteira de motorista... tudo! Por sorte eu ainda tinha grana suficiente malocada aqui para pagar o chaveiro. Custou uma fortuna!

– O que você acha que ele vai fazer... torrar milhares de dólares comprando coisas com os seus cartões de crédito? Pegar as chaves e roubar o seu carro? Arrombar isso aqui de madrugada? Você já trocou a fechadura. Acha que ele é tão louco por você a ponto de arruinar sua carreira só para se vingar? Você é bem gostosa, mas eu não notei... – Amélia mudou subitamente de assunto: – Em todo caso, quem é o seu amigo oligarca de hoje?

– Ele se chama Serguei Koroliov.

– E faz o quê?

– Acho que ele... "investe"? É esta a palavra? Não sei direito. Mas sei que ele coleciona arte. Doou 70 milhões de dólares em quadros ao Museu de Arte de Miami, que passou a se chamar Museu de Arte Koroliov. Lembra disso? Teve muitas reportagens a respeito na TV.

Magdalena se arrependeu de forçar tanto a barra. Ali estava Amélia, em estado de choque por causa de Reggie... era preciso falar da celebridade com quem *ela* ia sair dali a duas horas?

— Acho que me lembro de alguma coisa sobre isso — disse Amélia.

Silêncio... e então Magdalena não conseguiu resistir. Foi em frente e disse: — Lembra daquela noite em que eu ia ao Chez Toi e você me emprestou o bustiê? Bom, foi naquela noite que eu conheci o Serguei... ou foi naquela noite que ele pediu meu telefone. Nós já tínhamos nos encontrado uma vez... mas no meio de um monte de gente, sabe? Acho que o bustiê não foi má ideia! Mas não se preocupe... não vou pedi-lo emprestado de novo. Não quero que ele pense que toda noite eu uso um bustiê. Mas bem que eu queria um conselho seu outra vez.

Amélia desviou o olhar com ar distraído. Obviamente, não se entusiasmara com a ideia de bancar a *couturiere* em mais um compromisso deslumbrante de Magdalena. Por fim, sem olhar diretamente para a amiga, disse: — Aonde ele vai te levar?

— É um festão em... já ouvi falar do lugar, mas nunca fui lá... Star Island? Na casa de alguém.

Amélia deu um sorriso sarcástico. — Você é demais, Magdalena. Por puro acaso vai jantar em um restaurante de que nunca ouviu falar chamado Chez Toi. Depois, por puro acaso vai a um festão na casa de alguém em um lugar chamado Star Island. Simplesmente é lá que ficam os imóveis mais valorizados de Miami. Talvez em Fisher Island também... mas não há muita diferença.

— Eu não sabia disso — disse Magdalena.

Amélia ficou olhando para ela, com uma expressão que Magdalena não conseguia interpretar de jeito algum. Era simplesmente um... olhar fixo. Por fim, ela disse: — Você está planejando dar a *papaya* pra ele hoje?

Magdalena ficou tão chocada com a pergunta que soltou seu joelho adorado e botou o pé no chão junto ao outro, como que se preparando para lutar ou fugir.

— Amélia! — disse ela. — Que pergunta é essa?

— Uma pergunta prática — disse Amélia. — Depois de uma certa... quando os homens chegam a uma certa idade, simplesmente *presumem* que isso faz parte de um primeiro encontro agradável. "*Aflojate, baby*! Dê logo isso aí!" Quando eu penso em todas as vezes em que *fiz* algo só porque era o que o Reggie esperava... é isso que se chama "relacionamento". Quando ouço essa palavra idiota, tenho vontade de enfiar os dedos na goela.

— Nunca vi você... tão *pra baixo* assim antes, Amélia.

— Não sei — disse Amélia. — Nunca me *aconteceu* algo assim antes. Aquele escroto!, não, ele não é escroto. Eu teria me casado com o Reggie, feliz da vida. Só espero que isso nunca aconteça com você.

A essa altura, já havia lágrimas rolando pelas suas faces, e os lábios tremiam. Logo Amélia... que ali dentro sempre fora a mais forte e calma! Magdalena começou a achar constrangedor tudo aquilo. Claro, Amélia fora magoada::::::O que será que aconteceu realmente entre ela e o Reggie?:::::: mas ela sempre tivera coisas positivas demais na vida para cair e ficar com pena de si mesma daquele jeito. Se ela realmente começasse a chorar, soluçar e abrir o berreiro, Magdalena não ia conseguir aguentar. Ficar sentada ali, vendo Amélia desmoronar... ela sempre admirara a amiga demais para isso. Ela era mais velha, mais instruída e mais sofisticada.

Amélia fungou até recolher um monte de lágrimas, e conseguiu se recompor. Seus olhos ainda estavam marejados, mas ela deu um sorriso perfeitamente natural e disse: — Desculpe, Magdalena.

Lágrimas se acumularam nos seus olhos outra vez. ::::::*Por favor*, segure a onda, Amélia!:::::: E ela fez isso, graças a Deus. Só deu um sorriso levemente lacrimejante e disse: — Hoje não estou nos meus melhores dias, por algum motivo. — Deu uma risadinha e continuou: — Escute, é *claro* que vou ajudar você... se puder... Na realidade, por que não dá uma olhadela no meu closet? Eu tenho um vestido preto novo, com um decote que...

Com as mãos, desenhou um V que começava dos dois lados do pescoço e ia até a cintura. — Está um pouco apertado em mim, mas em você vai caber como uma luva.

* * *

Que leveza! Que visão extra-ambiental! Que projeção astral! Que sensação paradisíaca!

Não que Magdalena conhecesse as expressões *visão extra-ambiental* ou *projeção astral*, mas aqueles eram os dois principais componentes da euforia quase sobrenatural que ela estava sentindo. Tinha a sensação – só que para ela era mais do que uma sensação, era uma coisa muito real – de que estava sentada ali no banco do carona, forrado por um luxuoso couro bege, daquele glamouroso carro esportivo... e ao mesmo tempo estava flutuando acima da cena... por ter sido projetada astralmente àquela altura... e observando a incrível virada do Destino que agora pusera Magdalena Otero, nascida em Hialeah, sentada pertinho *assim* daquele homem por demais ousado, bonito, rico e famoso para ter ligado e a convidado a sair – *só que ele fizera isso*! Ele, Serguei Koroliov, o oligarca russo que doara 70 milhões de dólares em quadros ao Museu de Arte de Miami, que oferecera o jantar mais bacana a que ela já fora, no restaurante socialmente mais bacana de Miami, o Chez Toi... ele que estava dirigindo aquele carro, que parecia tão caro, e sem dúvida *era* caro – ele estava bem ao lado dela, atrás do volante! Dali de cima, ela conseguia se ver, e ver Serguei. Conseguia enxergar através da capota. Então olhou em torno... quantas pessoas estavam vendo aquilo, vendo Magdalena Otero sentada naquele carrão, que parecia a 120 por hora mesmo parado junto ao meio-fio?

Bem... não muitas, infelizmente. Ninguém sabia quem ela era. Ali na avenida Drexel ficava o seu endereço oficial, mas quantas vezes ela chegara a dormir ali?

Fuuuuuuuuu... ela voltou de seu cosmo astral com a mesma rapidez com que subira até lá.

E é claro que Serguei parecia perfeito naquele cenário. Além do seu perfil, com o queixo forte e a mandíbula firme, sem qualquer vestígio de carne excessiva... havia também o cabelo, que era farto, castanho-escuro com mechas alouradas pelo sol, e com as laterais empurradas para trás como que por um jato de ar... embora na realidade os dois estivessem dentro do casulo de ar refrigerado em que todo motorista mentalmente são do sul da Flórida transformava seu carro. *Blipe*... e o Norman com aquele conversível aberto? Mas Norman era *insano*!

Serguei deu uma olhadela para Magdalena... que olhos ele tinha! Azuis, cintilantes e maliciosos! Um leve sorriso... Já que nenhum deles iniciara qualquer assunto divertido, um turista de Cincinnati poderia chamar aquele sorrisinho de convencido. Essa, porém, de jeito algum era a palavra que ocorrera a Magdalena. Ah, não. Jovial, suave, sofisticado... cabiam melhor. E as roupas dele... tão *ricas*... aquele paletó... *cashmere*? Era tão macio que até dava vontade de enterrar a cabeça ali... uma cintilante camisa branca... seda? Tinha um colarinho alto, feito para ser usado aberto... É claro, ela própria também estava muito atraente. Aquele vestido de Amélia, superdecotado... volta e meia ela pegava Serguei dando um espiadela nas curvas internas dos seus seios. Estava se sentindo... *gostosa*.

Quando Serguei se afastou do meio-fio, o motor do carro quase não fez barulho. Eles rumaram para o norte pela avenida Collins... não havia muito trânsito. Os espigões dos condomínios iam passando sem parar... uma muralha que impedia qualquer transeunte de perceber que havia um oceano duzentos metros a leste dali.

Magdalena continuou vasculhando o cérebro em busca de um assunto... qualquer assunto... *interessante* para conversar com Serguei. Graças a Deus! Parte da sofisticação de Serguei era sua capacidade de puxar conversa a partir do nada... sem silêncios ansiosos.

Magdalena não lembrava de já ter avançado tanto para o norte em Miami Beach antes. Eles já deviam estar chegando ao ponto em que Miami Beach se integrava ao continente.

Serguei diminuiu a marcha e deu a Magdalena um sorriso muito divertido. – *Ahhh*... acabamos de entrar na Rússia. Aqui Sunny Isles.

Pelo que Madalena podia ver à luz dos postes de rua, do luar e dos janelões iluminados aqui e ali nos arranha-céus, aquilo parecia uma parte normal de Miami Beach... a mesma muralha de prédios a leste da avenida

Collins que monopolizava a vista do mar... e do outro lado, a oeste da avenida Collins, prédios antigos e pequenos, agrupados juntos por só Deus sabia quantos quilômetros. Serguei reduziu ainda mais a velocidade, apontando para a massa de prédios e destacando uma rua transversal bem pobre.

— Vê aquele *zhopping* ali? — disse ele, com seu sotaque russo. Não era de impressionar, pelo menos para quem já conhecia Bal Harbour ou Aventura. — Se você não falar russo, não consegue comprar naquelas lojas. Bom, acho que você pode apontar para algo e pegar alguns dólares para mostrar que quer dizer "Eu compro". Eles russos de verdade. Não falam inglês, não querem ser americanos! É como estar na Calle Ocho em Miami e entrar numa loja sem falar espanhol. Eles também não têm interesse em ser americanos...

— Mas o que é *aquilo*? — disse Magdalena.

— O quê?

— Aquela placa grande. Parece que está flutuando sozinha no ar.

Pouco além do tal shopping acanhado, uma placa berrante brilhava, cheia de néon vermelho, amarelo e alaranjado: THE HONEY POT. No escuro, aquilo não parecia estar conectado a qualquer outra coisa ali embaixo. Serguei deu de ombros displicentemente. — Ah, *izo*. Eu não *zei*. Acho que uma zona de boates de striptease.

— Só para russos?

— Não, não, não, não... para americanos. Russos não vão a boates de striptease. Nós gostamos de garotas. Americanos ficam loucos é com pornografia. Ninguém mais fica tão louco.

— Está na internet toda — disse Magdalena. — Tipo sessenta por cento de todos os acessos são pornográficos. Você ficaria surpreso se soubesse quantos homens importantes são viciados em pornografia. Eles passam cinco ou seis horas por dia vendo pornografia na internet, e grande parte disso é durante o trabalho no escritório. Que tristeza! Eles arruínam suas carreiras assim.

— Dentro do escritório? Como dentro do escritório?

— Porque em casa a esposa e os filhos estão lá.

— Como *zabe* tudo *izo*?

— Eu sou enfermeira. Já trabalhei para um psiquiatra. — Magdalena procurou no rosto de Serguei algum sinal de que ele sabia de Norman... nem sequer um vestígio, graças a Deus. Aquele pequeno discurso sobre a pornografia... enfim um triunfo! Ela provara mais uma vez... não era apenas um rostinho bonito com um corpo gostoso... ele não teria escolha, teria? *Precisaria* levá-la a sério. Entrando pelo canal auditivo até o ouvido interno de Magdalena, e fazendo a membrana do tímpano vibrar, a voz de Amélia sussurrou: "Você está planejando dar a *papaya* pra ele hoje?"

Depende! Depende! Decisões assim sempre dependem!

Depois que eles saíram de Sunny Isles, indo ainda mais para o norte, a paisagem foi ficando cada vez menos parecida com Miami Beach... Hollywood... Hallandale...

— Agora a gente entra no coração da pátria russa. — Serguei deu uma risadinha, para mostrar a Magdalena que achava aquilo muito divertido. E saiu da avenida Collins, pegando uma estrada menor que ia para o oeste. Magdalena já não tinha ideia de onde eles estavam.

— Fale outra vez — disse ela. — O restaurante para onde estamos indo se chama...

— Gogol's.

— E é russo?

— Muito russo — disse ele, com aquele sorriso suavemente convencido, ou convencidamente suave.

Eles rumaram para oeste na escuridão, fizeram uma curva... e lá estava, em uma placa resplandecentemente iluminada por trás, tão berrante quanto a da Honey Pot: GOGOL'S! Na fachada havia um pórtico emoldurado por um monte de ninfas nuas, esculpidas em um baixo-relevo tão profundo que beirava o alucinatório: GOGOL'S!

Embaixo havia um verdadeiro enxame de manobristas, jovens e de pele clara. Carros chegavam e partiam em um ritmo incrível... enquanto uma verdadeira multidão de homens e mulheres entrava.

Serguei brincou em russo com os manobristas, que conheciam *Gospodin* Koroliov muito bem. Assim que ele e Magdalena entraram, um homem corpulento e alto, com mais de 1,90 m, de terno escuro, camisa branca, gravata azul-marinho e ralos cabelos pretos penteados para trás por cima do couro cabeludo, chegou correndo e disse com grande entusiasmo: "Serguei Andreievitch!"

O resto da sua conversa foi em russo. O sujeito parecia ser dono do lugar, ou no mínimo gerente. Em inglês, Serguei disse a ele: — Esta é minha amiga Magdalena.

O grandalhão se curvou ligeiramente, de um jeito que Magdalena interpretou como "europeu". O lugar era enorme... cada centímetro quadrado das paredes coberto por um veludo sintético lilás, iluminado apenas por batalhões de pequenas luminárias embutidas no teto completamente preto. O tal tom de lilás fazia fundo para tudo que é tipo de brilho que caísse nas mãos de uma equipe de decoradores russos. As duas escadas que levavam a um segundo nível, apenas um metro e meio acima do primeiro, tinham mais curvas extravagantes do que as da Ópera de Paris. Os corrimões tinham estrias de metal polido fixadas na madeira. As toalhas brancas do Gogol's formavam um grande mar rebrilhante, graças a diminutas lantejoulas costuradas no tecido... As pequenas luminárias nas mesas tinham cúpulas em tom lilás, sustentadas por cintilantes hastes imitando cristal... No Gogol's, sempre que era possível acrescentar bordas, franjas, bordados e debruns brilhantes, isso era feito. Todas essas coisas tencionavam criar um glamour cintilante dentro de uma penumbra lilás rica, porém tranquila... mas não conseguiam. Não eram nem sequer berrantes. Pareciam frescas, metidas, pomposas, esnobes e enfeitadas. Todo aquele cavernoso salão de jantar parecia ter saído direto da caixa de joias da vovó.

Um enxame de homens, da idade de Serguei ou mais velhos, reuniu-se em torno dele. Como falavam alto! Estavam bêbados? Bom, talvez aquele fosse apenas o jeito deles de saudar o amado camarada, mas para Magdalena pareciam bêbados mesmo. Deram-lhe grandes abraços de urso. Gargalhavam até não poder mais com cada frase que saía da boca de Serguei, como se ele fosse o homem mais espirituoso que conheceram na vida. Naquela hora Magdalena daria tudo para saber russo.

Serguei já nem sequer tentava apresentá-la a cada novo sujeito que aparecia. Era difícil apresentar alguém que abraçava você feito um urso e urrava nadas no seu ouvido. A única atenção que ela recebia ali eram os olhares lascivos de homens que deixavam a luxúria de suas virilhas subir até o rosto.

De todos os lados do lugar vinham longos risos masculinos e brados de barítonos... bêbados. Na mesa mais próxima, um grandalhão já cinquentão, na avaliação de Magdalena, aboletou-se no meio de uma banqueta com um grande sorriso e passou a engolir uma, duas, três, quatro doses de algo... vodca? Depois soltou um grande *ahhhhh!*. Seu rosto tinha um tom vermelho fulgurante, e o sorriso parecia mais satisfeito do que qualquer outro que Magdalena já vira na vida. O sujeito então soltou uma gargalhada gutural, vinda das profundezas de sua goela. E entregou uma dose do que fosse lá o que fosse aquilo para uma mulher ao seu lado... jovem, ou de aparência jovem... era difícil dizer, quando uma mulher juntava o cabelo em um grande coque da vovó atrás... ela olhou para a bebida como se aquilo fosse uma bomba... Gargalhadas guturais em toda a volta...

Serguei conseguiu se desvencilhar de seus admiradores e acenou para Magdalena. O sujeito alto e corpulento levou os dois até uma mesa. *¡Dios mío!* Era uma mesa para dez... e Magdalena percebeu o que estava por vir. Já havia oito homens e mulheres sentados ali, com apenas dois lugares vagos... para Serguei e ela. Assim que viram Serguei, todos se levantaram, dando *huzzahs* e só Deus sabe mais o quê. E como Magdalena temia, Serguei não estava escapando de um bando ruidoso de adoradores... Estava meramente substituindo-o por outro. Ela não ficou feliz. Começou a imaginar se Serguei não a trouxera até ali apenas para mostrar o figurão que ele era em seu próprio território. Ou talvez pior ainda. Talvez para ele pouco importasse que ela ficasse impressionada ou não. Simplesmente gostava de se banhar toda noite naquela adulação.

Pelo menos dessa vez ele a apresentou a cada russo, russo, russo... uma grande barafunda de consoantes... Magdalena não guardou um só nome. Tinha a impressão de estar sendo enterrada sob aqueles *zz*, *yy*, *kk*, *gg* e *bb*.

Oito russos desconhecidos... todos, homens e mulheres, olhando como se ela fosse uma curiosidade alienígena. O que temos aqui? Faça alguma coisa... diga alguma coisa... para nos entreter. Estavam todos tagarelando em russo. Do outro lado da mesa havia um homem de rosto quadrado e cabeça calva. Abaixo da careca, verdadeiras moitas de cabelo preto, obviamente tingido, projetavam-se loucamente de cada lado, culminando em costeletas gloriosamente descuidadas que iam até as mandíbulas. O sujeito parecia estar estudando o rosto de Magdalena com uma intensidade patológica. Depois virou para um homem a duas cadeiras de distância e falou algo que fez os dois darem risadas entredentes... de um jeito que indicava estarem se esforçando ao máximo para não prorromperem em gargalhadas... mas por quê?

No cardápio, os pratos apareciam impressos primeiro em inglês, com ornamentadas letras russas logo abaixo. Mesmo em inglês, Magdalena quase não conseguiu reconhecer qualquer coisa ali.

Um garçom materializou-se silenciosamente ao lado de Serguei e lhe entregou um pedaço de papel dobrado. Serguei leu o bilhete, virou para Magdalena e disse: – Preciso dar um oi para o meu amigo Dimitri. Com licença. Volto logo.

Também falou com os demais, em russo. Depois se levantou e se afastou da mesa com o garçom, que o levaria a "Dimitri". Então Magdalena se viu sozinha com oito russos que não conhecia, quatro homens... talvez quarentões, e quatro mulheres... talvez trintonas? Todas tinham elaborados penteados feitos com rolos quentes e vestidos "elegantes" oriundos de priscas eras.

O principal, porém... era o tal careca de olhar arrepiante. Serguei o apresentara como um grande campeão de xadrez, confidenciando por trás da mão: "O número *zinco* do mundo na época de Mikhail Tal."

Só que nada daquilo, incluindo o grande Mikhail Tal, significava qualquer coisa para Magdalena... havia apenas aquele homem com a explosiva borda de cabelo infracraniano. Seu nome, se ela entendera corretamente, era Não-sei-o-quê Zhytin. O olhar dele enervava Magdalena. Ela não conseguia tirar os olhos... ou melhor, sua visão periférica... de cima dele. Evitava olhar direto para aquela cara. O sujeito era horripilante e tosco, a ponto de ser sinistro. ::::::Serguei, ande logo! Volte aqui! Você me deixou sozinha com essa gente esquisita... ou com um deles, pelo menos. O homem é esquisito o suficiente para encher um salão inteiro.:::::: Ele tinha os cotovelos sobre a mesa e os braços bem juntos em torno do prato. As costas estavam tão curvadas que a cabeça ficava a menos de 15 centímetros daquele enorme tesouro de comida. Ele comia tudo com uma colher, que segurava feito uma pá. Ia enfiando montes de batatas e uma espécie de carne desfiada naquela goela voraz em um ritmo espetacular. Pegava com os dedos e roía os pedaços de carne que não cabiam na colher, dando olhadelas para ambos os lados. Parecia concentrado em defender sua comida de abutres, cães e ladrões. Ocasionalmente, erguia a cabeça, dava um sorriso de entendedor e despejava comentários gratuitos, em russo, no meio da conversa ao seu redor. *Despejava* era a palavra certa. Em russo, o som de sua voz parecia o de um caminhão despejando uma carga de cascalho.

Magdalena ficou fascinada... fascinada até demais. O enxadrista Número Cinco do Mundo ergueu a cabeça para retificar uma conversa ali ao lado, e a pegou olhando para ele. Então parou, ainda com a cabeça perto da comida e uma montanha de carne desfiada na colher. Espantou Magdalena com um grande sorriso debochado, e disse em inglês fluente, embora com sotaque: — Posso ajudar você em alguma coisa?

— Não — disse Magdalena, corando terrivelmente. — Eu só estava...

— O que você faz? — O *faz* ficou enterrado sob os dois dedos que ele enfiou na boca, em uma valente tentativa de retirar fiapos de carne presos entre os dentes.

— Faz?

— *Faz* — disse ele, lançando um fiapo direto da fuça para o tapete. — O que você faz para ter comida, roupas e uma cama para dormir à noite? O que você *faz*?

De alguma forma que Magdalena não conseguia entender, ele estava debochando dela... ou simplesmente sendo grosseiro... ou *algo assim*. Ela hesitou... e por fim disse: — Eu sou enfermeira.

– Que espécie de enfermeira? – disse o ex-Número Cinco.

Magdalena notou que várias pessoas à mesa estavam imóveis, com os olhos fixados *nela*... aquele homem *ali*, de cabeça raspada, sentado ao lado de uma mulher tão gorda que seu enorme colar falso jazia esticado sobre o corpete como se fosse uma bandeja... e aquelas duas mulheres *ali*, com chapéus e redes no cabelo que datavam do século passado. Todos também queriam ouvir aquilo.

– Enfermeira psiquiátrica – disse Magdalena. – Eu trabalhava para um psiquiatra.

– Psiquiatra de que tipo... logoterapeuta ou terapeuta de receita?

Magdalena não tinha ideia do que o sujeito queria dizer. Ao vê-lo torcer matreiramente os lábios e estreitar um dos olhos, porém, teve a impressão de que ele simplesmente queria expor a ignorância dela acerca da própria profissão. Então olhou em torno rapidamente. Se ao menos Serguei voltasse! E com voz cautelosa, disse: – O que é um logoterapeuta? Não conheço essa palavra.

– Você não sabe o que é um logoterapeuta.

O homem falou isso não como quem pergunta, mas como quem declara um fato. Então assumiu o tom de um professor primário, quase como quem diz "Você é uma enfermeira psiquiátrica... que não sabe as coisas mais básicas sobre psiquiatria. Acho melhor começarmos do princípio".

– Um logoterapeuta "trata" seus pacientes pela fala. – A palavra "trata" saiu encharcada de ironia. – O ego, o id, o superego, o complexo de Édipo e tudo isso... mas principalmente a fala do paciente, e não a sua própria. O logoterapeuta quase que só escuta... a menos que o paciente seja tão entediante que faça a mente do psiquiatra devanear, coisa que imagino deve acontecer com muita frequência. Já o psiquiatra de receita dá aos pacientes comprimidos para aumentar o fluxo de dopamina, inibir a reabsorção e dar-lhes uma paz de espírito sintética. *Logos* é "palavra" em grego. Portanto, para que tipo de psiquiatra você trabalha?

– *Trabalhava*.

– Tá legal, trabalhava. Qual deles?

Aquelas perguntas estavam deixando Magdalena ansiosa, sem que ela conseguisse entender por quê. O ex-Número Cinco não estava dizendo algo insultuoso, nem inconveniente. Portanto, por que ela estava se sentindo tão insultada? Só queria se safar daquilo. Queria falar: "Olhe, vamos conversar sobre outra coisa, tá legal?" Mas não tinha coragem. Não queria parecer mal-humorada na frente dos amigos de Serguei. Mais uma vez, ela esquadrinhou o interior cintilante do Gogol's... *implorando* que Serguei reaparecesse. Mas não havia sinal dele... e ela precisava responder ao campeão, fosse como fosse.

— Bom, ele até receitava alguns remédios, mas acho que era mais do outro tipo... aquilo que você falou. — A expressão *aquilo que você falou* era como se esquivar do golpe que ela sabia que viria.

— Que bom para ele! — disse o grande enxadrista sem qualquer vestígio de um sorriso, como se realmente estivesse falando sério. A esperança de Magdalena cresceu... não o seu ânimo, apenas sua esperança. Então o sujeito continuou: — Um homem sábio! A logo é o melhor caminho! Tenho certeza de que você concorda... não é? Esses terapeutas da fala são os extorsionários mais astutos que existem!

Ele lançou dois fachos penetrantes nos olhos dela, paralisando Magdalena. Não havia como se libertar daquilo.

— Não sei do que você está falando... ::::::Por favor! Alguém me tire daqui! Ou tire esse homem de cima de mim!:::::: — *Extorsionário... ¡Dios mío!* Eu realmente não consigo ver isso...

Ela finalmente percebeu que a mesa inteira parara de conversar, de comer e até de beber vodca... só para ver o campeão atormentá-la.

— Você realmente não consegue ver isso? — disse o campeão, como se aquele fosse um jeito patético de se safar. — Está bem, então vamos começar com... diga lá o que *é* um extorsionário.

Seu olhar se tornou ainda mais penetrante, enquanto a voz insinuava que Magdalena, caso não soubesse a resposta, não tinha a menor instrução.

Magdalena desistiu e desabou completamente. — Eu não sei. Não sei nem falar isso. Diga você.

Dessa vez ele inclinou a cabeça e torceu os lábios de um jeito que, para Magdalena e seu coração arrasado, parecia abertamente desdenhoso.

— Você não sabe. — Mais uma vez não era uma pergunta, mas uma triste declaração do óbvio. — Um extorsionário é alguém que fala "Ou você faz o que eu digo, ou eu garanto fazer você sofrer de um jeito insuportável". O logoterapeuta passa as primeiras sessões fazendo você acreditar que só *ele* pode salvar você da sua depressão, do seu medo, da sua culpa esmagadora, das suas compulsões, dos seus impulsos autodestrutivos, da sua catatonia paralisante, ou seja lá o que for. Depois que ele convence você disso, você é *dele*. É um dos ativos dele. Ele manterá você indo às consultas até o dia da sua cura... dia esse que nunca virá, é claro... ou até todo o seu dinheiro acabar... ou até você morrer. Esse era o psiquiatra para quem você trabalhava, não era? Não sei quantos anos o seu patrão tinha, mas se ele já tiver idade suficiente para ter fisgado duas gerações dessa pobre gente, passará o resto da vida como um homem muito rico. Claro, precisará aturar sentado um monte de queixumes e elucubrações totalmente sem sentido... os pacientes adoram tagarelar sobre o significado dos seus sonhos e tudo mais... mas tenho certeza de que seu patrão pensava em outras coisas enquanto os pacientes tagarelavam: a carteira de investimentos, um carro novo, uma garota sem roupa, um garoto de entregas que o deixa petrificado... qualquer coisa é melhor do que ficar escutando a logorreia desses idiotas. Ele só precisa se preocupar em manter todos no seu curral, transformando-os em prisioneiros perpétuos, garantindo que eles não comecem a pensar por si mesmos, e arrumando... *ideias*. Isso descreve o seu patrão bastante bem, não? Você podia ou não ter consciência de que estava trabalhando para um extorsionário erudito e gentil. Mas estava... não é mesmo?

Aquilo realmente perturbou Magdalena! Ele podia estar falando de Norman e seu paciente estelar, Maurice! Por um instante, ela ficou tentada a mencionar isso... mas nunca que ia dar tamanha satisfação àquele campeão de xadrez horroroso. ::::::O que ele pensa que está fazendo? Brincando com a minha cabeça? Ele é horrivelmente vil! Vil! Vil! Vil!:::::: Ela já estava à beira das lágrimas, mas conseguiu se conter. Também não podia dar a ele a satisfação de ver suas lágrimas.

— Não é mesmo? — disse ele novamente, desta vez em tom caloroso e solidário.

Magdalena comprimiu os lábios para impedir que *eles*, aquele bando de russos horrorosos à mesa, todos agora só olhos, vissem que seus lábios estavam trêmulos. Em tom muito débil, e com uma voz derrotada, quase sumida, ela ainda conseguiu dizer: — Eu nunca vi algo assim... não sei do que você está falando...

Sua voz foi ficando cada vez mais fraca... esmagada pela derrota... e ela não conseguia entender por que ele atacara, que motivo teria para submetê-la a algo assim... ou como conseguira fazer a coisa... nem *se* conseguira... pois Magdalena sabia que não conseguiria descrever aquilo para outra pessoa. O grande enxadrista não adotara qualquer expressão raivosa. Não exprimira qualquer hostilidade... no seu rosto havia apenas aquele sorrisinho convencido, e um ar dominador de superioridade intelectual... além de condescendência, enquanto ele tentava explicar, sílaba por sílaba, as coisas que Magdalena ignorava. Como ela poderia fazer outra pessoa entender o que ele estava fazendo com ela?

— Mas... é "não sei" ou "prefiro *nem* saber"? — disse ele. — Sinceramente, qual das duas você acha que é?

O sujeito falou isso no tom de voz mais bondoso possível... com a expressão mais solidária e compreensiva possível no rosto... com o sorrisinho mais suave... e com um leve meneio de cabeça, que parecia digno de um avô.

Magdalena ficou paralisada. Não tinha forças para falar qualquer coisa. Só podia responder àquele homem vil prorrompendo em lágrimas... mas conseguiu se restringir a convulsões silenciosas. Então seu pescoço, seus ombros curvados, seu peito e seu abdome entram em convulsão. Ela não ousa tentar falar. O que eles estão pensando? Aqui está uma cubana burra, gostosinha e sem noção... que se intitula "enfermeira psiquiátrica"! Todos os oito ali têm um sorrisinho de deboche estampado na cara. Não é que estejam rindo *dela*, exatamente... ninguém ri de uma criança indefesa... Não, claro que eles não fariam *isso*. Só estão ávidos para ver qual será a *resposta* desmiolada dela.

::::::Não *posso* fazer isso! *Não* vou dar essa satisfação a eles!::::::

Ela cerrou os dentes; realmente *cerrou* as arcadas. ::::::Nem um único soluço passará pelos meus lábios! Não na presença desses vampiros voy...:::::

— O que está havendo?

Bem alto... era a voz dele! Mas com bom humor. Serguei aparecera tão perto atrás dela que Magdalena não conseguia enxergá-lo sem virar a cabeça. No instante seguinte... a pressão das mãos e o peso dele no encosto da sua cadeira. *A voz dele!* O som vinha diretamente acima da cabeça de Magdalena... mas agora já mais embaixo, e com um leve tom de ameaça, Serguei disse em inglês: — Está se divertindo... Zhytin? Percebi que você estava fazendo o seu jogo sujo novamente a mais de cinco metros de distância, e *zenti* o cheiro. Você é mesmo um merrdinha, não é?

Então botou as mãos nos ombros de Magdalena, começando a massagear delicadamente os músculos entre os ombros e a nuca dela.

Ela estava nas mãos dele! Com isso, Magdalena cedeu. Seus olhos se inundaram de lágrimas, que transbordaram por cima das faces...

Zhytin erguera o olhar para Serguei. Tentou encobrir uma expressão doentia e culpada com um sorriso de boa vontade. E disse em russo: — Serguei Andreievitch, eu e a srta. Magdalena só estávamos tendo um debate interessante sobre psiqui...

— *Molchi!* — A exclamação parecia um latido feroz. Fosse lá o que significasse, Serguei interrompera Zhytin tão bruscamente que o enxadrista nem sequer tentou falar mais. Sua boca se abriu de perplexidade. Então Serguei late outra vez... e a cor se esvai do rosto quadrado de Zhytin. Ele fica branco de medo. Olha para Magdalena, adota o tom sério do pacificador e diz: — Lamento muito... presumi que você soubesse que estávamos apenas fazendo uma brincadeira espirituosa.

Serguei pulou dali de trás de Magdalena, botou as palmas das mãos na mesa, inclinou o corpo ao máximo na direção do rosto assustado do Campeão Zhytin e falou algo em russo com um furioso tom baixo.

Zhytin olhou para Magdalena novamente, desta vez ainda mais assustado do que antes.

— Srta. Magdalena, estou sinceramente arrependido da minha conduta rude. Só agora vejo que agi feito uma criança insolente — disse ele, fazendo uma pausa e olhando para Serguei, que falou bruscamente mais algumas palavras, em russo: — Peço o seu perdão.

Por um instante Magdalena se sentiu aliviada, diante da súbita e total humilhação do seu torturador. Imediatamente depois, porém, começou a se enervar. Algo estranho e pouco saudável fora posto em movimento. Serguei late algumas palavras, e Zhytin, o grande campeão, quase se prostra diante dela em súplica abjeta. Aquilo era tão estranho que ela se sentiu humilhada ainda mais profundamente... por ter de contar com terceiros para subjugar seu torturador.

Bem na frente de Zhytin, Serguei disse a ela: — Preciso pedir desculpas pela conduta do nosso "campeão".

Tais desculpas foram demais para a esposa de Zhytin, uma morena da mesma idade que ele... que já estava engrossando feito um homem nos ombros e na parte superior das costas. Ela se levantou da cadeira fazendo o maior barulho possível, empertigou o corpo... o mais possível, para quem tinha as costas em concha como ela... lançou um olhar malévolo para Serguei e falou em russo com o marido. Mas Zhytin era a própria imagem do medo, e nem sequer olhou para a esposa. Tinha os olhos vidrados em Serguei.

Serguei disse a ele em inglês: — Tudo bem. Olga tem razão. Vocês devem ir embora. Na realidade, sugiro que façam *izo* logo.

Ele abanou rapidamente o dorso da mão a centímetros do rosto de Zhytin, repetindo "*Vaks! Vaks, vaks*", o que devia ser "se manda" em russo.

Zhytin se levantou, tremendo visivelmente. Com uma postura curvada, deu o braço à esposa e se escafedeu rumo à entrada. Mas era *ele* que ia apoiado *nela*, e não o contrário.

Serguei virou de volta para os comensais remanescentes: o panaca de cabeça raspada, a gorda cujo busto mais parecia uma mesa e as duas mulheres de chapéu. Ali também havia um homem muito alto e tristonho, com o crânio demasiadamente estreito, bochechas emaciadas, mangas curtas demais que revelavam um par de pulsos ossudos exageradamente grandes e mãos maiores do que a cabeça. Além deles, havia um homem que parecia um touro pequeno, cujos olhos eram invisíveis de tão afundados no sulco entre as sobrancelhas projetadas à frente e as faces encovadas. Tudo muito esquisito... Serguei lançou um sorriso jovial para os seis rostos, como se nada houvesse ocorrido. E passou a levantar diversos assuntos leves, mas todos ali pareciam assustados demais para conversar sobre qualquer deles.

Magdalena estava mortificada. Ela era a alienígena que provocara aquela cena. Se houvesse dito algo espirituoso ou inteligente, como fizera lá no Chez Toi, nada daquilo teria acontecido. Ela só queria se afastar daquele restaurante e seu bando de russos. Serguei também não conseguiu arrancar coisa alguma dela, que parecia desanimada demais.

Após alguns minutos de fracasso, Serguei chamou o grandalhão que era *maître d'*, ou algo no gênero, e teve uma conversinha com ele em russo. Então sorriu outra vez para os seis idiotas à sua frente. Primeiro em russo, e depois em inglês, disse: — Vocês estão com muita sorte. O Marko tem uma ótima mesa para seis. Vocês terão todo o conforto lá.

Com timidez e cautela, sem dar uma palavra, os seis entenderam o recado, se levantaram e seguiram Marko, que os levou a um destino distante no canto oposto do amplo piso do Gogol's. Serguei se inclinou para Magdalena e botou o braço em torno dos ombros dela.

— Pronto, agora melhorou... uma bela mesa para dois — disse. E riu alto, como quem diz, "Ah, como estamos nos divertindo!".

::::::Bem... não e não, meu querido Serguei. Não há apenas só nós dois, há três: você, eu... e a Humilhação, que ocupa os outros oito lugares. E não, eu não chamaria isso de diversão, especificamente. Todos esses animais ru-ru-ru-gindo neste lugar... esses boçais e suas namoradas, vestidas, fantasiadas, embonecadas com estilos e penteados mofados, esses boçais bêbados com sua rude vitalidade animal, loucos para agarrar uma pessoa fraca ou ingênua, só para se divertir arrancando as asas dela, rindo o tempo todo enquanto ela se debate... Ah, Zhytin, o Grande Número

Cinco... ele é genial nisso! Genial! Um mestre consumado! O quê? Você não viu? Meu Deus, perdeu uma demonstração clássica! Mas você pode ver os restos dela logo ali... é a *papaya* cubaninha naquela mesa para dez que está quase vazia... vazia em um lugar lotado feito este! Em um horário nobre feito este! Vazia! Ela é uma casca vazia e envergonhada. Ninguém quer coisa alguma com ela, só o nosso renomado colecionador de *papayas*, Koroliov... Ele vai tomar a *papaya* dela, fazer o que quiser com ela, e depois jogar fora o que sobrar, feito um bicho atropelado na estrada... Mas pode banquetear os seus olhos! Não dá para perder! Ela está sozinha naquela mesa imensa, apenas com o nosso *connoisseur* de *papayas*, e ele não conta, é claro... sim! Dê uma olhadela! O que é pior do que a morte? *Humilhação!* Enquanto isso, o comensal dela, Serguei Koroliov... está se sentindo ótimo consigo mesmo. Acha que pode alegrá-la, e por que não? *Ele* está no topo do mundo! Seu ânimo não poderia subir mais! É assim que um homem se sente quando simplesmente aparece... e *todo el mundo* pula da cadeira, corre para abrir sorrisos calorosos à sua frente e cuidar de cada capricho seu. Melhor ainda, sem dúvida, é ver o medo no rosto de outros homens, quando se opõem de qualquer forma a ele... ficam aterrorizados, como que temendo pela vida... chegam a se *encolher*... como aquele homem vil vil vil vil vil se encolhera assim que o czar Serguei usara certo tom de voz... ah, Serguei está no sétimo céu agora... ficará feliz se passar o resto da noite aqui nesta mesa... esta imensa mesa para dez, só ele e sua pequena *chocha*, com um vasto mar branco cheio de lantejoulas brilhantes à frente dos dois. É impossível não notá-lo! Lá está ele! O homem mais poderoso no salão! Ele nem sequer consegue *começar* a entender o sofrimento dela, consegue? *Por favor*, meu belo salvador, por favor, me tire daqui... para longe desses mil olhares de desdém, piedade e condenação... mas nããããão, ele precisa se exibir ao máximo, não é? Vejam o czar! Da pátria russa em Hallandale, Flórida.::::::

Finalmente finalmente finalmente finalmente finalmente... e esse *finalmente* parecia *finalmente, depois de cinco anos de pura tortura...* finalmente Serguei sugeriu que eles fossem para o tal festão em Star Island. A partida foi igual à chegada... a bajulação, os abraços de urso, os nadas eloquentes no ouvido dele... Serguei parecia ter dois metros de altura, estufando o peito enquanto via todos ciscando... Magdalena? Já não existia. O olhar deles atravessava o corpo dela. Só o grandalhão que gerenciava o lugar chegou a se despedir dela... sem dúvida porque ele queria bajular o czar, que trouxera aquela fatiazinha de *papaya*.

17

SEGUNDA HUMILHAÇÃO

::::::Bem no começo, assim que ele falou "O que você faz?" e tudo mais... "O que você faz para ter comida, roupas", ou fosse lá qual fosse o restante da frase, eu só precisava falar algo como "Eu conheço o senhor?". Depois, pouco importaria o que ele falasse... eu deveria continuar pressionando com essa pergunta: "Eu conheço o senhor? Precisaria chegar a conhecer o senhor *muito* bem antes de vir a responder perguntas assim." Caso ele *ainda* insistisse, eu poderia acrescentar: "E algo me diz que *jamais* chegarei a conhecer o senhor tão bem assim, nem em mil anos, se eu puder evitar"... Bom, talvez "se eu puder evitar" já fosse exagero, principalmente vindo de alguém da minha idade, 24, enquanto ele já tem, o quê... cinquenta e tantos? Mas eu deveria ter cortado o barato do sujeito naquele momento, bem no começo, antes que ele embalasse naquela onda vil e humilhante...::::::

E isso era *tudo* que passava na cabeça de Magdalena, sentada a menos de dois palmos de Serguei, que estava passeando em seu luxuoso carro esportivo pela avenida Collins na escuridão... um buraco negro penetrado por um verdadeiro cometa de lanternas traseiras vermelhas. Serguei dava risadas, risadinhas e muxoxos, enquanto dizia coisas como "Ele se encolheu todo! Ele se encolheu feito um garotinho que sabe que se comportou mal!"... *zunindo* por esta lanterna traseira vermelha *zunindo* pela próxima *zunindo* por mais uma *zunindo* por ainda outra e *zunindo* por todas elas na escuridão a uma velocidade inacreditável... uma velocidade totalmente temerária.

Magdalena tem consciência de tudo, mas apenas em seu cerebelo... a noção nem sequer chega às pirâmides de Betz, que dirá a seus pensamentos... Ela só consegue *pensar* no que deveria ter feito, o que poderia ter feito para tirar aquele horrível pedaço de *mierda* de cima dela... o "Campeão" Zhytin.

::::::Seu *bastardo de puta!*:::::: Normalmente, Magdalena não permitia aquele tipo de linguajar nem sequer dentro da sua cabeça. Ali, porém, ela estava se debatendo nos estertores do *Por que não fiz isso?*, aquele pavoroso interlúdio em que você está subindo a escada para ir dormir, ou acelerando loucamente pela avenida Collins após a festa, e só *então* pensa nas respostas que deveria ter dado... para aniquilar aquele escroto que passou a noite toda derrubando você na conversa durante o jantar... não que Magdalena conhecesse a expressão *l'esprit de l'escalier*, mas estava vivendo a frase naquele instante... com furor, vasculhando inutilmente o cérebro.

Serguei sentia-se tão animado que nem sequer notou que Magdalena estava silenciosa e afundada em pensamentos. Ficou falando sobre Flebetnikov, o russo anfitrião da festa a que eles iam, em uma mansão, uma propriedade ou um palácio em Star Island... nenhum nome seria exagerado demais para aquilo. E ela já não notara que em Miami todo russo que morava em uma casa grande era chamado de "oligarca"? Que piada isso era! Ele próprio também era chamado de oligarca. Não podia deixar de dar risada com aquilo. Oligarquia era o governo de poucos... portanto, alguém poderia fazer a gentileza de lhe contar quem ele estava governando, e com quem? Na realidade, ele ouvira falar que o fundo de investimentos de Flebetnikov enfrentava alguns problemas reais, e quantos problemas um russo tinha de enfrentar antes de deixar de ser ranqueado como oligarca? Ele deu outra risada entredentes.

A essa altura eles estavam atravessando Sunny Isles, e Serguei apontou para um espigão residencial do lado esquerdo da avenida Collins, dizendo: — É lá que eu moro... tenho o vigésimo nono e o trigésimo andares.

Isso atraiu a atenção de Magdalena. — Os dois andares inteiros?

— Bom... já que você pergunta... sim, os dois andares.

— Qual a altura do prédio?

– Trinta andares.

– Quer dizer que os dois andares de cima são só seus? – Olhos arregalados.

– Hummm... sim.

– A *cobertura*?

– Tem uma vista muito boa – disse Serguei. – Mas você mesma vai ver.

Ele já tinha Magdalena sintonizada em sua onda novamente. ::::::Isso quer dizer hoje à noite?:::::: A pergunta de Amélia pipocou na cabeça dela outra vez, fazendo Magdalena sair daquela névoa mental o suficiente para ao menos *pensar* em algo além daquela cena horrível no Gogol's... *Você mesma vai ver*... e ela começou a *sentir* a resposta àquela pergunta. Será que conseguiria ser forte o suficiente para subir até aquela cobertura, de *dois andares inteiros*, na torre de um condomínio *com vista para o mar*, e ser uma boa menina que *no la aflojare* no colo dele ali mesmo? Que fosse forte e esperasse o segundo encontro? Ou àquela altura ela já teria tal grau de intimidade que... por que resistir agora que estamos praticamente lá?

Com isso, graças a Deus, Zhytin saiu da cabeça dela e desapareceu.

.

.

Serguei saiu da avenida Collins e pegou a ponte MacArthur. Surpreendentemente, diminuiu a marcha... por cerca de quatrocentos ou quinhentos metros... e apontou para a baía de Biscayne à direita... nada além de uma vasta forma negra na escuridão. – Está vendo aquela pontezinha ali? Leva a gente direto para Star Island.

– Star Island é tão perto assim do litoral? – disse Magdalena. – A ponte é muito curta... não vejo como podem chamar isso de ilha.

– Mas não toca o continente em ponto algum – disse Serguei. – Deve ser por *izo*.

Eles passaram zunindo pela pontezinha, *assim*, mas então Serguei diminuiu a marcha e disse: – É a... não sei exatamente qual é a casa à direita, mas não fica longe. É imensa.

Mesmo na escuridão, Magdalena percebeu como a vegetação ficava luxuriante, opulenta e abundante assim que se chegava a Star Island... sebes delicadamente esculpidas, infindáveis alamedas perfeitas, com palmeiras gigantescas. As casas ficavam bem distantes da beira da rua. Mesmo naquela luz era visível que se tratava de propriedades imensas, vastas e vistosas, tão grandes que eles pareciam ter percorrido um longo caminho de carro quando finalmente chegaram à que Serguei reconheceu como sendo de Flebetnikov. Ele entrou na alameda... muralhas de arbustos de ambos os lados, tão altas e espessas que não se via a casa. A alameda chegava ao fim entre duas construções invisíveis da rua. Cada uma tinha dois andares e podia acomodar uma família de bom tamanho... bem elegantes também... uma espécie de estuque branco das Bermudas... um manobrista pegou o carro deles... aquelas duas estruturas eram apenas um pórtico duplo. E mais além ficava... a casa principal. Lá estava ela. Que palácio! Estendia-se sem parar... sem parar... por uns 150 metros. A passarela até lá fora desenhada com curvas gigantescas, conspicuamente desnecessárias. Mas o que era aquilo? O começo da passarela estava bloqueado por uma corda de veludo. De um lado, pouco à frente da corda, uma loura com cerca de 35 anos estava sentada diante de uma pilha de formulários sobre uma mesa de jogo. Quando Serguei e Magdalena se aproximaram da mesa, ela abriu um sorriso jovial e disse: — Vieram à festa?

Quando Serguei falou que sim, ela pegou dois formulários do alto da pilha e disse: — Assinem aqui, por favor.

Serguei começou a ler o formulário, mas subitamente virou a cabeça, estreitou os olhos e ficou olhando atentamente, como se o papel houvesse virado um lagarto. Depois lançou o mesmo olhar para a loura. — O que é *izo*?

A loura deu outro sorriso jovial e disse: — É um termo de autorização. Só uma formalidade.

Serguei também sorriu. — Ah, que bom. Se é só uma formalidade, para que nos incomodar? Você não concorda?

— Bom, nós precisamos ter a sua permissão por escrito.

— Permissão por escrito? Para quê?

— Para podermos usar sua imagem e sua voz em vídeo.

— Iiiiimagem? — disse Serguei.

— Sim, para podermos mostrar você em ação na festa. A sua participação vai ser incrível, se me permite dar minha opinião. Nós adoramos sotaques europeus nesses programas. Você vai ser maravilhoso... e você também — acrescentou ela, olhando para Magdalena. — Formam o casal mais bonito que vi aqui a noite toda.

Magdalena adorou isso. Estava louca para entrar.

— O que significa "*nezes* programas"?

— A nossa série — disse a loura. — Chama-se *Mestres do Desastre*. Eles não lhes contaram? Talvez vocês até já tenham visto o programa.

— Não, eu não vi — disse Serguei. — Nunca ouvir falar. E não, "eles" não me contaram. Eu acho que Flebetnikov me convidou para uma festa. O que vem a ser *eze Mestres do Desastre*?

— Um reality show. Estou surpresa por você não ter ouvido falar do programa. Nossos índices são muito bons. Todo mundo adora as estrelas, mas adora ainda mais ver as estrelas caírem e se queimarem. Você sabe alemão? Em alemão isso se chama *Schadenfreude*.

— Então o Flebetnikov... caiu e se queimou? — disse Serguei.

— Eu soube que ele é um oligarca russo, que tinha um fundo de investimentos enorme, mas algum negócio deu errado, todo mundo pulou fora do tal fundo e isso virou um desastre para ele.

Magdalena disse para Serguei: — Ah, acho que *lembro* dele! Ele estava na nossa fila no dia da abertura da Art Basel. Um grandalhão. Foi furando a fila na frente das pessoas.

— Ah, eu também vi o Flebetnikov lá... mas agora ele é um mestre do desastre. — Serguei deu uma risada entredentes e virou-se para a loura. — Por que *ezes* "mestres do desastre" querem se humilhar assim no programa de vocês?

— Bom, eles parecem achar que todo mundo já sabe o que aconteceu, de modo que podem tentar dar a volta por cima mostrando que estão feridos, mas não derrotados. — Ela deu um sorriso matreiro dessa vez. — Ou é isso... ou é o cachê que nós pagamos a eles pelos direitos do programa.

— E quanto é *izo*?

Com o mesmo sorriso de conhecedora, a loura disse: — Varia, varia. Só posso dizer a vocês que os nossos mestres do desastre sempre descontam o cheque.

Serguei virou para Magdalena de olhos arregalados... para ele, muito arregalados, e com um leve sorriso. No todo, sua expressão indicava: "Isso é bom demais para perder... que tal?"

Magdalena fez que sim com a cabeça, dando também um largo sorriso, e os dois assinaram as liberações. A loura deu uma olhadela para as assinaturas, e disse: — Ah, sr. Koroliov, agora sei quem é o senhor! Umas pessoas estavam falando a seu respeito outro dia mesmo! O Museu de Arte Koroliov... nem acredito que estou aqui, falando com o senhor. É uma *honra*. O senhor é russo, que nem o sr. Flebetnikov... estou certa? Tenho certeza de que eles vão querer que o senhor converse com ele em russo, para depois colocar legendas. Fica ótimo. Fizemos isso com o Yves Gaultier no programa sobre o Jean-Baptiste Lamarck. Os dois franceses.

O rosto da loura ficou radiante com a lembrança daquele ponto alto na história do reality show, e ela arrematou: — Os produtores, o diretor e o roteirista... todos vão adorar ver o senhor.

Magdalena falou pela primeira vez: — O roteirista?

— Bom, sim... é tudo real, claro, e ele não escreve as falas de ninguém, nada disso... mas é preciso alguém para dar ao programa uma... *estrutura*. Entende o que eu estou falando? Quer dizer, não dá para ter lá dentro sessenta ou setenta pessoas zanzando de um lado para o outro sem foco em alguma coisa.

Serguei também deu a Magdalena um sorriso de conhecedor, e meneou a cabeça em direção ao casarão. Era uma propriedade imensa, no estilo *revival* espanhol dos anos 1920.

A entrada era guarnecida por dois porteiros negros de smoking. Lá dentro eles se viram em um imenso vestíbulo antiquado, uma galeria de entrada, como se costumava dizer em casas grandiosas. *¡Dios mío!* O lugar estava entupido de convidados, a maioria de meia-idade. Que zoeira de gritos! Metade dos homens só estava ali tomando um "porre de branquelos", na visão de Magdalena. Um ritmo novo, o *sync'n'slip*, tocava no sistema de som.

Do nada, um anglo baixote com uma *guayabera* que lhe batia quase nos joelhos materializou-se bem diante dela, sorrindo exageradamente e entoando: – Serguei Koroliov! Magdalena Otero! Bem-vindos! A Savannah nos falou que vocês estavam aqui, e ficamos muito felizes! Sou Sidney Munch, produtor de *Mestres do Desastre*. Quero apresentar vocês a Lawrence Koch.

Dois homens e uma mulher estavam parados juntos, a cerca de um metro de Sidney Munch, o produtor. Um deles, um rapaz de cabeça completamente raspada, solução atualmente em voga para todo jovem afligido pela calvície, avançou com o sorriso mais amistoso imaginável.

– Larry Koch – disse ele, apertando a mão de Koroliov. Usava um colete de safári com inúmeros bolsos. – E aqui estão o nosso roteirista, Marvin Belli, e a nossa figurinista, Maria Zitzpoppen.

O roteirista era um rapaz de rosto redondo e avermelhado por pressão alta. Sua barriga considerável se projetava à frente, de forma ainda pior por baixo do cinto do que por cima. Era o tipo do sujeito borbulhante e jovial para quem dificilmente você não sorri de volta. A figurinista, Maria Zitzpoppen, era uma mulher de túnica branca, magra e cartilaginosa, cujo sorriso parecia decididamente melancólico e forçado em comparação com o de Belli. Depois de apresentações mútuas e uma troca de sorrisos inacreditáveis, o jovem diretor careca, que infelizmente tinha um pescoço tão fino e comprido que sua cabeça parecia uma maçaneta branca, disse alegremente para Serguei: – Pelo que sei, você é russo... e fala russo?

– *Izo* é verdade – disse Serguei.

– Bom... seria legal se você tivesse uma conversa com o Flebetnikov. Isso criaria uma realidade real e daria uma ambiência à narrativa de Flebetnikov.

– *Izo* criaria uma "realidade real"? Então o que seria uma "realidade irreal"? Eu mal conheço Flebetnikov. – Serguei paralisou o diretor Koch com um sorriso debochado.

— Ah, isso não importa — disse o diretor Koch. — Para começar, vocês só precisam de umas duas falas de abertura. E vocês dois são maravilhosos. *Maravilhosos!* Já percebi... assim que quebrarem o gelo, vão se dar muito bem. Com certeza não são tímidos, e o Marvin pode dar a vocês duas ou três ótimas falas de abertura.

Mas Serguei já virara para Sidney Munch, o produtor. Mantendo aquele ar de descrença divertida, disse: — Pensei que fosse um reality show. E eu digo falas de um roteirista? Acho que o termo inglês para *izo* é "teatro".

Sidney Munch não mostrou um só instante de hesitação.

— Como tenho certeza de que você pode imaginar, na TV é preciso criar uma hiper-realidade, que possa chegar ao espectador como realidade normal. Marvin e Larry precisam dar a tudo isso aqui uma narrativa — disse ele, acenando para a festa em andamento. Caso contrário, tudo parecerá uma grande confusão, e supostamente estamos contando a história do próprio Flebetnikov. Por falar nisso... por que você acha que ele faliu desse jeito? Espero descobrir mais a respeito do assunto, mas no momento simplesmente não entendo.

Serguei foi obrigado a rir entredentes. — Ah, existem muito poucos homens que correm riscos como o Flebetnikov. Ele tem... como dizer... "raça"... é *eza* a palavra? Ele tem raça, e apostou muito na produção americana de gás natural. Só que o futuro da energia nunca é uma aposta segura, e quanto mais você aposta, mais insegura é a aposta. Olhando em retrospecto, foi um erro bobo, mas o Flebetnikov tem raça. Raça *real*. Foi assim que o seu fundo de investimentos lucrou bilhões de dólares, para começar. Ele tem raça real para correr riscos reais.

— Que *maravilha*! — disse o jovem diretor careca. — A gente vem lutando para entender isso e facilitar a compreensão do público. Você é *maravilhoso*, Serguei Koroliov! Por que não vai até lá e leva uma discussão com ele sobre tudo isso? Ele está bem ali. As câmeras estão nele.

Ele apontou na direção de dois altos suportes brancos para câmeras. Não dava para avistar Flebetnikov na multidão. Mas era possível ver as câmeras de vídeo apontadas para ele, por trás e pela frente.

— Então você quer que eu confronte o Flebetnikov e converse com ele sobre os problemas — disse Serguei, divertindo-se cada vez mais. — Você gosta se alguém se aproxima com câmeras de TV e começa a falar dos seus problemas?

— *Ah!* — disse Munch. — Quem me dera merecer tanta atenção assim! Eu adoraria! Não é um confronto, nada disso. É uma chance para que ele dê a sua perspectiva da situação, e Flebetnikov nem teria concordado em participar do programa se não estivesse preparado para colocar tudo abertamente. E dessa vez ele poderá explicar tudo em sua língua natal. Talvez não se sentisse à vontade para abordar uma situação tão complicada em inglês, mas assim o negócio todo pode ser em russo, com legendas em inglês. Confronto! *Rá!* Ele ficará grato pela oportunidade de falar sobre o assunto em sua língua natal, capturando todas as nuances. Muito importantes as nuances. Você estará fazendo a ele um *verdadeiro favor*.

Serguei quase riu na cara dele. — Então você acha que vai me instruir a ir até ali e falar com alguém sobre coisas que interessam a *você*, enquanto filma tudo, e *izo* é a realidade?

Então ele *realmente* começou a rir na cara de Sidney Munch. Enquanto o russo ria e fazia caretas, Munch deu uma olhadela para Larry, o diretor careca de colete de safári. Foi uma olhadela muito rápida, e ele logo voltou a dar toda a atenção para Serguei, mas manteve o braço abaixado ao nível da coxa, com a palma da mão virando para cima e para baixo. Sem uma palavra, Larry se afastou do pequeno grupo, com um andar lento e relaxado... assim que percorreu uns sete metros, porém, acelerou o passo ao máximo. Começou a caminhar tão depressa que precisava erguer as mãos à sua frente para não esbarrar na multidão de gente, falando sem parar algo parecido com: "Licença! Licença! Licença! Licença!" Magdalena percebeu isso, mas Serguei não. Estava se divertindo demais rindo de Munch e debochando dele com um sarcasmo pesado.

— Que "narrativa" maravilhosa você tem! Eu ser um atorr! Meu papel... ir até Flebetnikov e esfregar o nariz dele na lama, enquanto você filma... e chamamos *izo* de reality show!

Como Serguei estava se divertindo... ao expor o impostor que era Sidney Munch! Que cobra ele era!

De repente ouviu-se uma barulhada, com urros e uivos embrigados na multidão ali ao lado... além de uma raiva bêbada.

– Sai de cima da porra do meu pé, seu saco de banha!

– Camarada Flebestinhakov, é o seu nome?

– Não *me* empurra, seu gordão!

– Mestre do Destrato!

O tumulto só crescia. Fosse o que fosse, estava se aproximando de Magdalena, Serguei e Sidney Munch. Seguindo tudo, vinham dois suportes de câmera móveis. Era impossível não notá-los... eram tão altos. Deslizavam pela multidão feito um par de tanques.

Dios mío, que barulhada! A borda da multidão se abriu... e o tumulto chegou a Magdalena, sob a forma do corpanzil de Flebetnikov em pessoa... *enfurecido*. Ele trajava um terno escuro, que parecia bem caro, e uma camisa branca. Seu pescoço estava cheio de veias, tendões, estrias e um par de enormes músculos esternoclidomastóideos... inchados com o sangue da fúria.

– Koroliov! – urrou ele.

Sidney Munch e Maria Zitzpoppen se afastaram espertamente. O grandalhão raivoso avançou direto para Serguei, rugindo em russo: – Sua viborazinha miserável! Você me insulta e me ataca pelas costas! Na TV! Para trezentos milhões de americanos idiotas!

Flebetnikov enfiou o rosto, avermelhado de apoplexia, bem na cara de Serguei. Os dois estavam separados por apenas 15 centímetros. Magdalena ficou olhando ansiosamente para Serguei, que não moveu um só músculo além de cruzar os braços sobre o peito, ostentando um sorriso que dizia: *Espero que você saiba que é maluco*. Ele não poderia parecer mais confiante ou relaxado. *Frio* era a melhor palavra. Magdalena ficou tão orgulhosa do seu Serguei! Estava louca para dizer isso a ele!

Flebetnikov continuou berrando em russo: – Você ousa me chamar de bobo! Um bobo que fez uma bobagem e perdeu todo o seu dinheiro! Acha que vou aceitar isso assim?!

Magdalena notou que as duas câmeras móveis estavam bem perto deles, e que os operadores tinham a cabeça dos dois ocupando praticamente todo o quadro, devorando com avidez a cena inteira.

— Boris Feodorovitch, você sabe muito bem que isso não é verdade — disse Serguei, ainda com aquele sorriso muito frio. Depois acenou para Sidney Munch e o diretor com cabeça de maçaneta, que estava bem atrás de Flebetnikov. — E também sabe muito bem que os nossos mestres da realidade aqui vivem mentindo para você.

Flebetnikov se calou. Magdalena viu a olhadela que ele deu para Munch, e viu o produtor ainda com o braço esticado ao lado do corpo, mexendo a palma da mão para cima para cima para cima para cima. *Continuem!* Munch parecia estar sinalizando. *Não pare! Vá fundo! Apague esse olhar cínico da cara arrogante dele! Ele está debochando de você! Pegue esse sujeito, grandalhão! Não pare agora!*

Em russo, Flebetnikov continuou: — Você ousa ficar parado aí, debochando de mim, Serguei Andreievitch? Acha que vou aturar a sua arrogância! Eu mesmo vou precisar apagar esse ar convencido da sua cara?

Também em russo, Serguei respondeu: — Ora... qual é, Boris Feodorovitch? Nós dois sabemos que isso foi bolado por esses americanos. Eles só querem fazer você bancar o bobo.

— *Bobo*... você usa essa palavra outra vez! Ousa me chamar de bobo na minha cara? Ah, desculpe, Serguei Andreievitch, mas não posso deixar você chegar a esse ponto! Obviamente, sou maior que você, mas agora você me força a fazer o que preciso! Se você mesmo não tira esse sorrisinho insultuoso da cara, eu fico sem escolha!

Magdalena não tinha a menor ideia do que eles estavam falando... mas era só ver como estava o rosto de Flebetnikov *agora*! Está realmente inchando! Inundado de sangue! E ele o aproximara ainda mais de Serguei! Está perto o suficiente para arrancar-lhe o nariz com uma dentada! Chegou ao ponto de fervura! E Serguei! Ela tem tanto orgulho dele! Ele é um *homem*! Não se encolhe, muito menos recua. O olhar frio que lança para Flebetnikov não mudou em nada, desde que tudo começou. Ela vê

Flebetnikov dar outra olhadela para Munch. Munch faz que *sim* depressa, mexendo a palma da mão para cima e para baixo furiosamente. *Sim! Sim! Sim! Sim!*

Em russo, Flebetnikov disse: – Lembre-se que eu não quero fazer isto! Mas você *insiste* que eu faça!

Dito isso, ele deu um passo atrás, a fim de obter espaço para fazer o que "precisava fazer". Soltando algo que parecia uma cruza entre um grunhido e um rugido, golpeou Serguei com um gancho de direita, grande e vagaroso. Mesmo alguém menos jovem e preparado do que Serguei poderia ter encerrado um telefonema e se despedido, antes de ser atingido. Ele se esquivou facilmente, e contra-atacou enfiando o ombro no estômago de Flebetnikov. *Grrrruuuf!*... algo entre um grunhido e uma barriga subitamente deflacionada. O Mestre do Desastre tombou para trás, levando o barrigão e a bundona. A base do seu crânio teria batido no chão, se não houvesse se chocado com a coxa do diretor careca no meio da queda. Ele ficou deitado ali, com o peito e a barriga ofegando em arquejos curtos. Seus olhos estavam abertos, mas completamente desfocados, e obviamente nada enxergavam. Magdalena, por ser enfermeira, sabia dessas coisas. Obviamente, Serguei tencionara apenas afastar o grandalhão. Mas seu ombro atingira exatamente o feixe nervoso do plexo solar, nocauteando Flebetnikov.

Munch, o produtor, estava pouco se lixando para o astro caído do seu reality show. Tinha a atenção inteiramente voltada para os operadores das câmeras nos suportes móveis. Mexia desvairadamente o punho com o indicador apontado para Flebetnikov e Serguei, gritando: – Peguem *tudo*! Cubram os *dois*! Peguem *tudo*! Cubram os *dois*!

Os únicos que tentaram ajudar o gordo foram Magdalena e Serguei. Ele se inclinou sobre o corpanzil prostrado, procurando sinais de vida. – Boris Feodorovitch! Boris Feodorovitch! Está me ouvindo?

O produtor Munch e o diretor Koch pareciam estar nos estertores de um sonho tornado realidade.

– Fabuloso! – disse Munch, com um rebolado estranho por baixo da *guayabera*.

— Beleza! — disse Koch, que era de uma geração posterior à de Munch, e não falava "fabuloso".

Serguei já se ajoelhara ao lado de Flebetnikov, falando em russo. O medo de que pudesse ter golpeado mortalmente o gordo estava exposto no seu rosto angustiado. Os olhos do gordo pareciam dois pedaços de vidro leitoso... sem íris... sem pupilas...

— Boris Feodorovitch! Eu juro que não estava tentando machucar você! Só queria nos separar um do outro, para podermos conversar sobre tudo isso feito amigos! E ainda quero ser seu amigo. Fale comigo, Boris Feodorovitch! Somos russos orgulhosos, e deixamos esses vermes americanos nos fazerem de bobos!

Aquela palavra... *bobos*... penetrou na névoa mental do gordo. Por si só, criou o estímulo para uma resposta. Enfim, um sinal de vida! Empregando todas as forças, mas incapaz de qualquer coisa além de um sussurro áspero, Flebetnikov ficou repetindo algo sem parar.

Estranhamente, ele não parecia nem um pouco raivoso... simplesmente triste...

Magdalena se ajoelhou com Serguei ao lado da barrigona de Flebetnikov. A cabeça de Serguei estava muito perto da do gordo. Então um terceiro par de joelhos surgiu junto ao pequeno grupo deles. Eram joelhos em calças sociais limpas e bem passadas, impecavelmente vincadas. Magdalena e Serguei ergueram o olhar. Era um jovem anglo, pálido e magro, com cabelos louros cuidadosamente aparados e penteados. Ele tinha um caderno espiralado em uma das mãos e uma caneta esferográfica na outra. Só que aquilo não era uma caneta esferográfica comum, era uma caneta esferográfica com um microfone-gravador digital embutido na parte superior, a parte mais larga. Ele usava paletó azul-marinho e camisa branca. Parecia um universitário anglo, do tipo que se vê em fotos de revistas.

— Serguei Koroliov? Oi! — disse ele em tom amistoso e tímido, olhando para Serguei. Corou quando Serguei olhou de volta, e disse em tom leve: — Sou John Smith, do *Miami Herald*. Estou cobrindo a festa, ou reality show, ou seja lá o que for isso, de Boris Flebetnikov, e de repente aconteceu esse tumulto aqui.

Ele olhou para Flebetnikov ali embaixo, olhou de volta para Serguei e disse: — O que aconteceu com Flebetnikov?

::::::O *Miami Herald*. John Smith... por que isso me parece familiar?::::::

Serguei olhou para o rapaz com ar vago, mas não por muito tempo. Logo lançou-lhe um olhar que dizia, em termos nada ambíguos: "Desintegre!" Pois ele levou só um instante ou dois para avaliar que a chegada daquele rapaz à cena significava: Ah, *ótimo*... toda esta idiotice ainda pode acabar nos jornais!

— Aconteceu? — disse ele. — Nada aconteceu. Meu amigo Flebetnikov caiu. Um acidente. Nós chamamos o médico, por segurança. Mas Flebetnikov ficou atordoado só alguns segundos.

— Mas este cavalheiro aqui me falou que Flebetnikov tentou bater em você — disse John Smith, olhando vagamente por cima do ombro.

— Ele tropeçou e caiu — disse Serguei. — Não foi nada, meu amigo.

— Caramba... então eu preciso de um esclarecimento — disse John Smith. Fez um meneio de cabeça vago por cima do ombro e continuou: — Este cavalheiro aqui atrás viu a confusão e falou que Flebetnikov tentou lhe dar um soco. Mas você se esquivou "feito um boxeador profissional", disse ele. Fugiu do soco e contra-atacou com um golpe no corpo que *nocauteou* Flebetnikov! Ele falou que foi *muito* legal!

John Smith abriu um largo sorriso, provavelmente calculando que Serguei derreteria ao ser bajulado. — Você já lutou muito bo...

— O que eu disse a você? Você ouviu? Nada. Eu falei que nada aconteceu. Meu amigo aqui, ele tropeçou e caiu. Um acidente.

Enquanto isso, o gordo começara a gemer, e seu sussurro virou um grave murmúrio murmúrio murmúrio.

— O que ele falou? — disse John Smith.

— Ele falou "*Izo* é verdade. Foi um acidente".

Uma voz soou bem acima deles: — Bem que eu gostaria que *tivesse* sido um acidente. Infelizmente, nã-ã-ã-o foi acidente.

Serguei, Magdalena e John Smith ergueram o olhar. Sidney Munch estava parado ali, com aquela *guayabera* exageradamente grande, tão comprida que parecia um vestido. Ele baixou o olhar para eles atentamente.

– É *ele*! O homem que eu mencionei a vocês – disse John Smith, olhando para o caderno espiralado. – Sidney Munch! Ele estava aqui o tempo todo e me contou o que aconteceu.

– Não foi uma cena bonita – disse Munch, começando a abanar a cabeça. Então comprimiu os lábios e baixou os cantos da boca melancolicamente. Depois exalou um profundo suspiro. Dirigindo suas palavras a John Smith, e indicando Flebetnikov com um movimento do queixo, disse: – Não sei por quê, mas de repente ele começou a abrir caminho por toda essa gente...

Munch gesticulou para a multidão de convidados, e continuou: – E veio direto para Serguei Koroliov. Eles trocaram algumas palavras com raiva...

Sempre alternando o tal movimento de queixo entre um e outro, Munch prosseguiu: – E então Flebetnikov golpeou Koroliov, mas Koroliov se esquivou feito um boxeador profissional, e enfiou o ombro no estômago dele com tanta força que Flebetnikov caiu feito seis sacos de fertilizante!

Pelo canto dos olhos, Magdalena viu que uma das câmeras móveis estava a pouco mais de um metro dali, com o olho vermelho ligado, gravando tudo *tudo tudo*. Ela cutucou Serguei. Ele recuou o corpo e viu a câmera com seus próprios olhos.

Ficou furioso. Levantou-se, empertigou o corpo e baixou o olhar para Munch. Então enrijeceu o braço e o indicador. Apontou para a câmera e disse em tom gélido: – Você filmou *izo* também... seu *ubljúdok*!

A voz gélida virou um grito: – *Izo* aqui é o seu teatrinho! Você manda seu diretorrzinho contar mentiras... e deixa Flebetnikov furioso! Flebetnikov não faz *izo*! Eu não fiz *izo*! *Você* fez *izo*! Você inventou *eza mentira*! *Izo* não é realidade... *izo* uma mentira!

Munch assumiu a expressão de um homem terrivelmente magoado por um comentário feito com a única finalidade de ferir seus sentimentos.

– Serguei Koroliov, como pode falar que isto não é realidade? Tudo isto acabou de acontecer! Quando algo acontece, torna-se real, e depois de se tornar real, vira parte da realidade! Não? Boris Flebetnikov não *fingiu* estar furioso. Ele *estava* furioso. Ninguém falou que você precisava se *defender*. *Você* decidiu se defender. Com toda a razão! De forma bela e atlética, se posso acrescentar. Já foi boxeador profissional? No ringue, você já...

– JÁ CHEGA! – disse Serguei. – Escute aqui! Você não vai exibir qualquerr imagem minha, nem usar qualquerr coisa que eu dizer. Não tem eze direito! Eu vou abrir um processo! E *izo* é só o começo. Entende?

– Mas Serguei Koroliov... você assinou um termo de autorização! – disse Munch, no mesmo tom magoado. – Aquele papel nos dava permissão para gravar tudo que você fez e falou no nosso programa. Nós fomos em frente baseados na *sua palavra*. Consideramos que você é um homem de palavra. Afinal, você *assinou* a autorização. Isso não podia ser mais claro. E certamente tudo que filmamos mostrará você sob uma luz favorável...

Ele indicou Flebetnikov com o queixo, e continuou: – Boris Flebetnikov atacou você, mas você se defendeu com coragem, força, velocidade e segurança atlética... mesmo quando atacado de surpresa, *fisicamente*, por um homem com o dobro do seu tamanho, o dobro do *tamanho de qualquer um*. Por favor, pense nisso! Você *quererá* aparecer em *Mestres do Desastre*. Miami conhece você como um benfeitor nobre e imensamente generoso do museu, e de todo o sul da Flórida. Este programa mostrará o *homem* por trás dessa grande generosidade. O programa mostrará ao mundo... um *homem de verdade*!

Magdalena notou que o repórter, John Smith, estava captando tudo com aquele gravador digital embutido na caneta esferográfica. Ele parecia devorar tudo aquilo tanto quanto Munch. E Serguei? Estava murchando diante dos olhos de Magdalena. Seu grande pescoço poderoso, cheio de sangue, estava desinchando... assim como seu maravilhoso peito esculpido... até seus ombros largos e fortes estavam encolhendo rapidamente. O paletó parecia, para Magdalena, estar se projetando vários centímetros além daqueles ombros outrora largos e fortes... e caindo. E ela viu que Serguei percebera que fora enganado por aquele baixote, Sidney Munch... logo *ele*, o poderoso russo que conseguia lidar com qualquer um, e certamente com um vigaristazinho feito Munch... só que agora Munch o levara a fazer exatamente o autodepreciativo e humilhante número do urso dançante que queria que Serguei fizesse...

E *ele assinara a autorização*! Abrira mão dos seus direitos, feito o otário mais patético que o mundo já viu!

Serguei lançou a Munch um último olhar malévolo, dizendo em tom baixo e enfurecido: — Espero que você tenha me ouvido. Eu não *pedi* que você não exibisse eze filme. Falei que você *não vai* exibir. Um processo não é a única coisa que pode acontecer. *Outras* coisas podem acontecer. Você *nunca* verá eze filme na TV.

Magdalena não conseguia enxergar o rosto de Serguei, mas via o de Munch, que olhava para o russo. O rosto parecia congelado, exceto pelas pálpebras, que piscavam piscavam piscavam piscavam.

— Serguei Koroliov! Serguei Koroliov! — Era John Smith, aproximando-se por trás deles. Serguei lançou-lhe um olhar capaz de matar, mas o pálido repórter, magro feito um fio, era incansável. — Serguei Koroliov... antes de ir embora! Você foi *maravilhoso* agora! Você... bom, sei que já está indo embora... mas posso lhe telefonar? Gostaria de lhe telefonar, se isso...

John Smith se encolheu no meio da frase. A expressão no rosto de Serguei pareceu cortar-lhe a respiração. Aquilo não era um mero olhar que mata. Era um olhar que mata, defuma a carcaça e depois come tudo.

Eles saíram da mansão e começaram a caminhar de volta para as guaritas do portão. Serguei mantinha o olhar fixado à frente... em nada. A expressão no seu rosto era mais taciturna do que Magdalena já vira em qualquer rosto humano, mesmo no Jackson Memorial Hospital, naqueles momentos de queda livre que antecedem a morte. Ele começou a murmurar sozinho em russo. Ainda caminhava ao lado dela, mas com a cabeça em outra zona.

Murmúrio*mirov*murmúrio*lamei*murmúrio*nesmaya*murmúrio*milaysh*murmúrio*khlopov*murmúrio...

Magdalena não aguentou e interrompeu aquilo: — Serguei, qual é o problema? O que você está murmurando aí? Volte aquiiiiii!

Serguei olhou zangado para ela, mas finalmente começou a falar em inglês: — Aquele anãozinho filho da puta, o tal do Munch... eu não acredito que deixei isso acontecer! Aquele monte de gosma americana... e eu deixei que ele me enganasse! Ele sabia exatamente como "me" colocar no seu reality show nojento... e eu não percebi! Ele me fez parecer um arruaceiro idiota. Antes eu era o grande... qual é a palavra americana... doador? E eles me homenageiam por doar dezenas de milhões de dólares em quadros a um museu... mas agora eu sou um bobo que se rebaixa a ponto de aparecer no lixo que é esse "reality show". Você sabe o que Flebetnikov falou, quando eu me inclinei para ver se ele ainda respirava? Eu estava com medo de que ele tivesse morrido! Mas graças a Deus ele ainda vive. Ele mal conseguia falar, mas com aquela voz fraca sussurrou no meu ouvido: "Serguei Andreievitch, eu não falei pra valer." Ele não precisava falar mais nada. A expressão nos seus olhos... ele estava pedindo, dizendo: "Serguei Andreievitch, por favor me perdoe. Eles me falaram: 'Você precisa ir começar uma briga.'" Coitado do Boris Feodorovitch. Estava duro, desesperado. Precisava do dinheiro que eles oferecem. Então eles começam a fazer insinuações. Se ele for bem no programa, talvez ganhe um "reality show" próprio. Talvez até se chame *O russo maluco*? Não sei, mas agora vejo como esses americanos nojentos funcionam. Eles forçam Boris Feodorovitch a me arrastar para a cloaca deles, ao me atacar... fisicamente! Depois que ele tenta me dar aquele soco patético, eu estou no programa imundo deles, goste ou não. Eu, que exibi tamanho desdém por esse Munch... ele me engana feito o coitado de um *lokh* qualquer. Não acredito nisso! Um americanozinho nojento!

Eles já estavam no final da passarela, aproximando-se das guaritas geminadas, que pareciam enormes naquela penumbra elétrica. A luz não iluminava direito as guaritas, apenas sugeria seu tamanho... uma borda de ardósia nos telhados... as arquitraves brancas ao redor das janelas... as sombras no profundo relevo de uma espécie de medalhão de gesso com figuras elaboradas.

Bem na ponta da passarela, a louraça "Savannah" continuava à mesa de jogo. A luz mal era suficiente para iluminá-la sentada ali, de costas para eles... com o vestido sem mangas, a brancura de seus largos ombros desnudos e as mechas louras realçadas no cabelo... Serguei estancou de repente e disse a Magdalena: – Aquela *kvynt*... olhe só para ela. Foi ela que começou tudo.

Ele não falou em voz muito alta. Na realidade, até pareceu *arder* mais do que falar. Mas seu tom foi alto o suficiente para que a tal mulher, Savannah, escutasse algo. Ela se levantou da cadeira e virou. O coração de Magdalena disparou. Serguei tinha no rosto a mesma expressão de antes, quando arrasara o pobre enxadrista Número Cinco lá no Gogol's. ::::::Deus meu, me poupe! Não vou aguentar outra cena horripilante feito aquela!:::::: Ela prendeu a respiração, apavorada.

A mulher, Savannah, abriu um sorriso. E entoou: – Oi! Como correu tudo lá?

Os olhos de um furioso Serguei dardejaram raios mortais sobre ela por um segundo, dois segundos, três segundos, segundos demais, e então...

– Foi incrível... maravilhoso! – disse ele, carregando no sotaque, mas a felicidade dele era inconfundível. – Ainda bem que ouvimos você!

Magdalena não conseguia acreditar nos seus ouvidos. Ela avançou meio passo e deu uma rápida olhadela para o rosto de Serguei. *¡Dios mío!* Será que aquele sorriso era tão sincero e... e... e tão *profundo* quanto parecia?

– Sim, temos de agradecer a *você*, Savannah! – Ah, a camaradagem, e até o *amor*, em que ele banhava o nome dela! – Aquilo não foi um programa. Foi uma *experiência*, uma... uma... uma *lição de vida*! O Flebetnikov... Boris Flebetnikov... ele demonstrou para nós de que é feita a coragem!

Ele estava dando a Savannah um olhar que não era meramente de felicidade... mas de *encanto*. Era a personificação da Boa Vontade e da Gratidão, caminhando sobre esta terra em reluzentes sapatos de couro. E Serguei personificava isso tão bem que um sorriso notável se espalhou pelo rosto de Savannah. Era um sorriso grande, e brilhava. Seus dentes eram certamente longos... mas também perfeitamente posicionados... além de tão brancos e brilhantes que superavam a sombria eletropenumbra do gramado frontal de Flebetnikov.

— Bom... obrigada — disse ela. — Mas na verdade eu nem fiz muita coisa...

— Ah, fez sim! Claro que fez! Você suportou meus resmungos com tanta paciência. Você me *encorajou* tanto!

Serguei começou a avançar para Savannah com as duas mãos estendidas, como alguém faz ao oferecer afeto a um amigo. Encantada, a vividamente luxodôntica Savannah também estendeu as mãos para ele, que as agarrou assim que chegou lá.

— De repente ele perdeu tudo, mas quer que o mundo *saiba* — continuou Serguei, bombeando as mãos dela para enfatizar *saiba*. — Saiba que, quando o pior acontece a um homem corajoso, ele tem uma força *dentro* de si, que é o poder do *coração*, do *coração humano*.

Ele bombeou as mãos dela três vezes: uma em *dentro*, uma em *coração*, e outra em *coração humano*.

::::::Por falar em encantada: vejam só a expressão no rosto dela. É o próprio retrato de uma mulher imaginando se tal visão é real, e quase incapaz de se render a essa possibilidade. Este homem célebre e incrivelmente bonito, com sotaque europeu, está segurando e apertando as suas duas mãos, enquanto derrama a alma nos seus olhos arregalados. Isto pode ser verdade? Mas *é* verdade! Ela consegue sentir o toque das mãos dele! Seus olhos não conseguem engolir as mais profundas emoções dele com rapidez suficiente!::::::

— Ele descobriu um poder maior do que aquele para que viveu por tantos anos, o poder do dinheiro. — Serguei deu mais duas bombeadas de mão, e acenou para a casa. — Lamento que você não estivesse conosco para verr, mas tenho certeza de que Sidney Munch... homem de grande talento e simpatia, por falar nisso... lhe mostrará depressa o filme. Mas, por favorr, preciso pedir que você verifique uma coisa. Eu falei a ele que estou à disposição sempre que ele tiver uma pergunta sobre Boris Feodorovitch e o que ele fez nesses anos na Rússia ou em qualquer outro lugar.

Mas quero ter certeza de que botei toda a informação naquele formulário. Eu estava com tanta pressa! O e-mail, o número do celular, o endereço, todas essas coisas.

Ele deu uma última bombeada e soltou as mãos dela.

— Está bem, vamos conferir — disse Savannah. Sentou-se outra vez na cadeira e pegou embaixo da mesa um arquivo metálico que colocou sobre o tampo. Tirou da bolsa uma chave e abriu o arquivo. — Deve estar bem aqui em cima...

Dito isso, tirou uma folha de papel e continuou: — Aqui está. Agora, o que, exatamente, você queria que eu verificasse... o e-mail, você falou?

— Deixe-me ver isso um instante — disse Serguei, que estava parado ao lado dela. Savannah lhe passou o documento e ele lhe deu o sorriso mais grato e caloroso da noite... enquanto dobrava o papel ao meio no sentido do comprimento, e depois novamente ao meio, antes de enfiá-lo no bolso interno do paletó... o tempo todo sorrindo sorrindo sorrindo.

O vívido sorriso luxodôntico de Savannah perdeu parte do brilho. — O que você está fazendo?

— Preciso examinar isso melhor na luz. — Ainda sorrindo sorrindo sorrindo, ele acenou para Magdalena, tomou o braço dela, abriu o cordão de veludo e partiu para a grande guarita do portão. — Obrigado, querida Savannah, por tudo.

O brilho de Savannah diminuiu *muito*, e sua voz se elevou: — Por favor... Serguei... isso não pode sair daqui!

::::::*Serguei*... é assim que ela fala! Todo aquele papo... ele deve ter lançado um feitiço sobre ela!::::::

Serguei apertou o passo e, por cima do ombro, no tom mais jovial que Magdalena podia imaginar, entoou: — Ah, minha querida Savannah, não se preocupe! Tudo vem para melhor!

— Não! Serguei! Sr. Koroliov! O senhor não deve... não *pode*! Por favor!

Serguei sorriu de volta enquanto caminhava, e foi em frente depressa. Eles não seguiram as curvas coleantes da passarela, e simplesmente cortaram direto pelo gramado. Serguei acenou para um manobrista.

– Sr. Koroliov! Pare! Isso não é seu! – A voz de Savannah atingira um nível estridente de pânico... e parecia mais próxima. Ela só podia estar vindo atrás deles. E então: – Ah, *merda*!

Magdalena olhou para trás. A mulher tropeçara. Estava sentada na grama, com um sapato no pé e o outro fora, esfregando o tornozelo com o rosto torcido de dor. O salto alto provavelmente afundara no gramado. Não sobrara brilho algum.

O manobrista trouxe o Aston Martin. Serguei sorriu para Magdalena e deu uma risadinha. Depois soltou uma gargalhada, falou alguma coisa e riu mais um pouco. Qualquer espectador normal e desavisado, tal como o manobrista, pensaria que ali havia um sujeito meio bêbado, que se divertira bastante na festa... e se embriagara o suficiente para dar uma nota de 50 dólares a um manobrista. Enquanto eles se afastavam, Magdalena viu Savannah se apressar descalça em direção à casa... mancando de salto alto com um estilo muito contemporâneo.

Quando eles cruzaram a pontezinha entre Star Island e a ponte MacArthur, Serguei estava gargalhando tanto que mal conseguia respirar. – Eu queria poder ficar e ver a expressão daquele sapinho, o Munch, quando a mulher contar o que aconteceu. Daria qualquer coisa!

Enquanto dirigia, ele colocou a mão no joelho de Magdalena e deixou-a ali por algum tempo. Nenhum dos dois disse uma palavra. O coração de Magdalena estava batendo tão depressa, e ela respirava com tanta rapidez, que sabia que não poderia falar coisa alguma sem que a voz tremesse. Então Serguei deslizou a mão para cima, passando da metade da coxa.

Ele já chegara à avenida Collins. Magdalena ficou absolutamente imóvel. Se ele dobrasse à direita, seria rumo ao apartamento *dela*. Se dobrasse à esquerda, seria rumo ao dele... Ele dobrou à esquerda! E Magdalena não conseguiu se controlar. De imediato, contactou Amélia telepaticamente, pela conexão fibrofigmental quimérico-óptica que deixara ligada a noite toda. "Eu *falei* pra você! Depende, depende!" Bem delicadamente, Serguei deslizou a mão até o meio das pernas dela e começou a acariciar ali. Ela sentiu algo começar a fluir ali embaixo e tornou a contactar Amélia telepaticamente. "Eu juro, Amélia, não é uma decisão minha. A coisa simplesmente está acontecendo."

O apartamento de Serguei era mais grandioso do que qualquer coisa que Magdalena pudesse imaginar. A sala tinha dois andares de altura. O lugar tinha um aspecto muito moderno, mas moderno de um jeito que ela jamais vira antes... paredes de vidro, mas tão extravagantemente gravadas com volteios e rodopios surreais de mulheres em vestidos fantasmagóricos que mal se podia enxergar através delas. Serguei levou Magdalena ao segundo andar, subindo uma escadaria curva com um corrimão de madeira escura, todo entalhado em marfim... aquilo era de verdade? Ele abriu a porta do quarto e fez com que ela entrasse primeiro... um aposento enorme, iluminado por luminárias do tipo que ela já vira em boates... a cama era gigantesca... e as paredes de... aquilo é veludo?

Magdalena não absorveu mais detalhes, porque nesse instante Serguei a abraçou por trás, com tanta força que ela sentiu o poder esmagador dos braços dele, sem falar no impulso pélvico. Ele enterrou a cabeça na nuca dela, e com um único gesto, *assim*, baixou-lhe o vestido dos ombros até a cintura. ::::::O vestido da Amélia... ele rasgou alguma coisa?:::::: O *V* do vestido era tão profundo e largo que não se podia usar coisa alguma por baixo, de modo que ali estava ela... Serguei foi deslizando as mãos pela caixa torácica dela...

A linha até Amélia caiu, desapareceu e tornou-se irrelevante a partir desse ponto.

18

NA ZDROVIA!

No mesmo instante em que Serguei ia com o Aston Martin apanhar Magdalena para ir ao jantar em Hallandale, Nestor e John Smith encontravam uma vaga para estacionar em um quarteirão onde reinava a ruína. Nestor jamais vira tantas janelas cobertas por placas metálicas pregadas na vida. Ele e John Smith tinham opiniões diferentes sobre aquela parte da cidade, atualmente chamada "Wynwood", nome que sugeria lufadas e sopros de zéfiros na ajardinada clareira silvestre de uma propriedade ancestral. Era lá que Igor tinha seu ateliê oficial, seu ateliê de *fachada*, por assim dizer, aquele que constava no catálogo telefônico. Wynwood ficava ao lado de Overtown, e Nestor, por ser policial, via aquela vizinhança como uma zona industrial velha e decadente, cheia de decrépitos galpões de um, dois ou três andares, que nem valia a pena reformar... bem como um ninho de ratos formado por pequenos criminosos porto-riquenhos que tampouco mereciam atenção. John Smith, por outro lado, encarava a área como a versão, em Miami, de um curioso fenômeno social (e também *imobiliário*!) novo, que surgira no final do século XX, os chamados "distritos de arte".

Havia desses bairros artísticos por toda a parte... SoHo (sul da rua Houston) em Nova York... SoWa (sul da rua Washington) em Boston... Downcity em Providence, Rhode Island... Shockoe Slip em Richmond, Virgínia... e todos nasciam da mesma maneira. Algum incorporador imobiliário começa a comprar uma parte antiga da cidade, cheia de velhos armazéns decadentes. Então ele assobia para os artistas — tanto faz se talentosos ou não — e passa a lhes oferecer apartamentos loft, alugados a preços ridículos... depois anuncia que ali fica o novo bairro artístico... e em três anos ou menos... Saiam da frente! Lá vêm elas! Hordas de pessoas cultas e abastadas saltitando e urrando com *nostalgie de la boue*, "saudade da lama"... ávidas para inalar as emanações da Arte e de outras Coisas Mais Elevadas em meio à esqualidez geral do lugar.

Em Wynwood até as palmeiras eram boêmias... solitárias e esfrangalhadas... uma ali... outra acolá... e todas maltratadas. Os saudosistas-da-lama não aceitavam que as coisas fossem de outro jeito. Não queriam *allées* grandiosas com palmeiras imponentes. *Allées* grandiosas não propiciavam emanações de Arte e de outras Coisas Mais Elevadas em meio à esqualidez.

Naquele exato momento Nestor e John Smith estavam em um elevador de carga, rumando para o ateliê de Igor no andar superior de um galpão com três andares, que algum incorporador transformara em um condomínio de lofts. Todos os elevadores do prédio eram de carga... manobrados por mexicanos ressentidos que jamais dirigiam uma só palavra a alguém. Ali tinha-se um confiável indicador de estrangeiros em situação ilegal. Eles não queriam chamar atenção alguma para si mesmos. Os saudosistas-da-lama adoravam os elevadores de carga, mesmo que fossem pesadões, lentos e antiquados. Aqueles antiquados elevadores de carga propiciavam algumas das mais lamacentas emanações de *nostalgie*... o pesado gemido elétrico das polias do maquinário industrial sobrepujando a inércia... o rosto ressentido feito pedra do operador mexicano...

Nestor tinha nas mãos uma câmera digital... cheia de mostradores, marcadores e medidores que ele jamais vira, e de que jamais ouvira falar. Ergueu o artefato diante de John Smith como se aquilo fosse um objeto estranho absolutamente inidentificável. — O que *isto* aqui deve fazer? Nem sei por onde devo *olhar*.

— Você não tem de olhar por coisa alguma — disse John Smith. — Só precisa olhar *para* esta imagem bem *aqui*... e então apertar *este* botão. Na realidade... *esqueça* a imagem, e simplesmente aperte o botão. A gente só precisa daquele *zumbido* que a câmera faz. Você só precisa *fazer um barulho* de fotógrafo.

Nestor abanou a cabeça. Detestava não saber o que estava fazendo... e detestava ver John Smith comandando a operação em seu lugar, apesar do bom desempenho de John no lar daquelas Yentas Avançadas lá em Hallandale. John continuava insistindo no uso de mentiras descaradas como artimanhas de reportagem! Ele ligara para o número de Igor que constava no catálogo telefônico, dizendo que o *Herald* lhe encomendara uma matéria sobre a recente onda de arte realista em Miami... e que as pessoas estavam citando o nome dele, Igor, como uma das figuras importantes desse movimento. Igor era tão vaidoso, e estava tão ávido para sair da obscuridade local... que se mostrou pronto a acreditar naquilo, embora sua obra só houvesse aparecido em duas mostras coletivas amplamente ignoradas... e não existisse "onda" alguma, ou "movimento" algum. Na realidade, John Smith tampouco recebera encomenda alguma, e também não teria conseguido um autêntico fotógrafo do *Herald* para acompanhá-lo. Além disso, ele ainda não queria que alguém do *Herald* ouvisse falar do que andava fazendo. Era cedo demais. Primeiro ele precisava conhecer bem os fatos. Diabos, Topping IV se enervara muito diante da mera menção ao assunto.

Assim que o elevador fez uma parada pesada e hesitante no terceiro andar... hesitante porque o mexicano precisava empurrar a alavanca para a frente e para trás, a fim de fazer o piso da enorme cabine de carga se alinhar adequadamente com o nível do andar lá fora... os saudosistas lameiros adoravam essa parte, a parada pesada e hesitante... aquilo era tão *real*... antes mesmo que as portas abrissem, Nestor e John Smith sentiram o aroma do seu homem... *aguarrás*! Os saudosistas lameiros mais modernos podiam ou não fazer objeção a esse cheiro. Mas não podiam reclamar, podiam? *Naturalmente*, havia artistas trabalhando naqueles lofts, e *naturalmente* os pintores trabalhavam com aguarrás... Você está no "distrito de arte", meu camarada! É melhor aceitar o fel com o mel, e considerar tudo uma emanação da Arte e de outras Coisas Mais Elevadas em meio à esqualidez geral.

Assim que Igor abriu a porta do loft, ficou óbvio que ele se preparara para aquele acontecimento primordial em sua vida-midiática-até-nula. Seu rosto estava tomado por um grande e cintilante sorriso ruuusssooo.

Se ali ainda houvesse aquele enorme bigode encerado, estilo Salvador Dalí, realmente seria algo memorável. Igor tinha os dois braços abertos. Parecia prestes a dar em ambos um abraço de urso russo.

— *Dobro pozalovat!* — disse em russo. Depois emendou em inglês: — Bem-vindos! Entrem! Entrem!

Tal bom humor bombástico fez com que as duas últimas palavras repetidas lançassem o álcool do seu bafo na cara de Nestor e John Smith. Igor parecia maior, mais forte e mais bêbado do que na lembrança guardada por Nestor ao vê-lo na Honey Pot. E como estava esmeradamente vestido à moda do distrito de arte! Camisa preta de brilho sedoso, com mangas compridas enroladas até os cotovelos e a gola aberta até o osso esterno, por fora do jeans preto demasiadamente justo, em uma esforçada tentativa de esconder a barriga.

A entrada levava diretamente a uma cozinha aberta, em uma das pontas de um espaço com pelo menos 12 metros de comprimento e seis de largura. O teto ficava a quase cinco metros de altura, fazendo o lugar parecer enorme... da mesma forma, lá na outra ponta havia uma imponente fileira de antiquadas janelas de galpão. Mesmo naquele horário, perto de quatro da tarde, toda a área de trabalho estava inundada de luz natural... os cavaletes... as bancadas metálicas... uma escada... algumas lonas... o mesmo tipo de trecos que Igor tinha no seu ateliê clandestino em Hallandale. Abruptamente, porém, Nestor interrompeu o exame do local, porque Igor tomou-lhe a mão, aproximou seu rosto do dele e exclamou: — Aêêêêêêêêêê!

Depois sacudiu-lhe a mão, fazendo Nestor sentir que deslocara cada junta do braço direito, e deu-lhe no ombro aquela palmada que entre homens significa: *Você é meu parceiro, e a gente já passou por muitas coisas boas juntos, não é?*

— Este é o meu fotógrafo — interveio John Smith. Nestor percebeu que a mente costumeiramente mentirosa de John estava girando em busca de um adequado nome falso. *Clique!* Provavelmente porque o nome começava com Ne, feito Nestor, John arrematou: — O Ned.

– Neide! – O nome saiu assim, ao ser dito por Igor. Com outro acesso de alegria inexplicável, ele continuou segurando a mão de Neide e deu-lhe outra palmada no ombro. Depois disse: – Nós toma um drrinque!

Ele estendeu o braço para trás e pegou na bancada da cozinha uma garrafa de vodca Stolichnaya, mas que continha um líquido com uma pálida tonalidade âmbar... Encheu uma taça grande, que ergueu com uma das mãos, enquanto apontava com a outra.

– *Vod*apri*ka*! – disse ele, acentuando *apri*... e entornou goela abaixo o conteúdo inteiro da taça. Seu rosto assumiu um tom vermelho-arterial. Ele ficou sorrindo e arquejando. Quando finalmente exalou, o ar ambiente ganhou um cheiro de vômito alcoólico.

– Eu pego a vodca e coloca um pouco de... como vocês falam em inglês? Um "spitz?"... de suco de abricó. Entende? Um spitzinho... *vod*apri*ka*! Nós todos toma um pouco! Vamos!

Dito isso, Igor levou os dois a uma grande mesa de madeira, sólida e comprida, cercada por uma miscelânea de cadeiras de madeira. Ele próprio se sentou à cabeceira, flanqueado por Nestor e John Smith. As taças grandes já estavam à espera deles. Igor trouxe sua própria taça, a garrafa de *vodaprika* e uma grande travessa de *hors d'oeuvres*... picles de repolho com uma espécie de amora... pepinos salgados, bem grandes... fatias de língua com rabanete... arenque salgado... ovas de salmão vermelho salgadas (uma espécie de caviar barato)... picles de cogumelos, montes dessas belezas em salmoura, intactos ou cortados, e misturados com batatas cozidas, ovos e grandes nacos de manteiga ou maionese, ou então enrolados dentro de grandes folhados, capazes de manter um homem aquecido perto do Círculo Polar Ártico, e frito por calorias em Miami... tudo isso servido em meio a uma pesada nuvem de *odeur de vomi*.

– Todo mundo pensa que russos só bebem vodca comum – disse Igor. – E sabem de uma coisa? Todo mundo tem razão! Só isso que eles bebem!

Nestor viu John Smith tentando fazer seu rosto perplexo assumir uma expressão alegre.

— E vocês sabem por que eles bebem assim? — disse Igor. — Eu mostro. *Na zdrovia!*

Ele agarrou um naco de arenque salgado com os dedos, enfiou o quitute goela abaixo e entornou outra taça de vodca. Arquejou e ficou de rosto vermelho novamente, exalando um verdadeiro nevoeiro de *odeur de vomi.*

— Vocês sabem por que nós faz isso? Nós não gostamos do sabor da vodca. Tem gosto de química! Assim nós não precisamos provar. Nós só queremos o álcool. Então por que não toma logo assim?

Ele fez a mímica de injetar uma seringa no braço, e achou isso altamente divertido. Pegou com os dedos um grande folhado em salmoura na travessa, enfiou-o na goela e começou a falar de boca cheia. Apanhou a garrafa, encheu outra vez a taça e ergueu-a novamente, como quem diz *Esta aqui, esta é a vodaprika!*. Sorriu para John Smith, sorriu para Nestor, depois sorriu para John Smith de novo e... *bum!* Entornou tudo.

— E agora vocês bebem! — Não era uma pergunta. Nem uma ordem. Era uma declaração. Igor serviu uma taça para cada um deles... e outra para si próprio. — E agora a gente bebe quando eu falar "*na zdrovia*"... tá legal?

Ele olhou para John Smith e depois para Nestor. O que se podia fazer além de concordar?

— *Na zdrovia!* — exclamou Igor. Todos os três inclinaram a cabeça para trás e entornaram a bebida goela abaixo. Ainda antes que o líquido chegasse lá embaixo, Nestor sentiu que aquela maldita taça era bem maior do que ele pensara, e que não havia sabor de abricó, nem qualquer outro sabor, para atenuar o choque iminente. A porcaria do troço bateu no fundo feito uma bola de fogo, fazendo com que ele começasse a engasgar e a tossir. Seus olhos ficaram inundados de lágrimas, assim como os de John Smith... se seu rosto estava tão avermelhado quanto o de John, o tom era um vermelho chamejante.

Igor abriu um sorriso, pegou com os dedos um arenque salgado na travessa e enfiou-o na boca. Achou hilariante o desempenho de Nestor e John Smith. *Rá rá rá rá rá rá.* Obviamente, ele teria ficado desapontado caso os dois houvessem se saído melhor.

— Não se preocupa! — disse ele alegremente. — Vocês precisam ganhar prática! Eu vou dar mais duas vezes.

Jesus Cristo!, pensou Nestor. Era o pior caso de "branquelo bebum" que ele já vira! Nojento! E ele estava participando daquilo! Os cubanos não eram grandes bebedores. Com um tom que pretendia ser leve, ele disse: — Ah, não, obrigado. Acho que eu preciso...

— Não, Neide, nós precisamos tomar trrês! — disse Igor. — Você sabe? Se não... bom, nós precisamos tomar trrês!

Nestor olhou para John Smith, que fez uma expressão severa e lentamente balançou a cabeça, fazendo que sim. *John Smith?* Ele era tão alto e magricela. Normalmente não tinha coragem física. Mas sabia mentir, trapacear... e provavelmente roubar, embora isso Nestor ainda não houvesse testemunhado... e agora, até cauterizar seu próprio trato intestinal... só para fazer uma reportagem.

Nestor olhou para Igor e, sentindo-se condenado, disse: — Tá legal.

— Que bom! — disse Igor. Com um ar muito jovial, encheu novamente as três taças.

Em um piscar de olhos — *Na zdrovia!* — Nestor lançou a cabeça para trás e entornou a *vodaprika* goela abaixo... *¡mierda!* O engasgo, a curvatura do corpo, a tosse, o arquejo e o jorro de lágrimas mal haviam sido controlados quando... *Na zdrovia!* Outra bola de fogo... ahhhhhhhuuuggghhh... iiiiiuuuuuggghhhh... *ushnaiiiiiiiiiiinuqui* jorrou goela abaixo... queimando-lhe a garganta... borbulhando nas suas vias nasais e vazando para as calças.

Igor parabenizou Nestor e John Smith: — Vocês conseguiram! Parabéns! Agora são *muzhiks* honorários!

De certa forma, ser um *muzhik* não parecia grande coisa.

A julgar por sua expressão mórbida, John Smith sofrera tanto quanto Nestor. Imediatamente, porém, ele assumiu um ar profissional. Pelo canto da boca, com um rosnado baixo, disse a Nestor: — Trate de começar a bater fotos.

Trate de começar a bater fotos? Ora, seu puto! E ele nem sequer estava fingindo. *Meu fotógrafo!* O escroto já começara a *acreditar* que era o comandante ali! Nestor sentiu vontade de atirar a porcaria da câmera digital pela janela... embora... *huuummm*... em termos táticos, ele precisasse admitir que John Smith tinha razão. Se era um fotógrafo, deveria começar a apontar a câmera para alguma coisa e a apertar a porcaria do botão falso. Mas sentiu-se muito humilhado quando, obedientemente, começou a bater fotos... fotos falsas, tal como instruído.

Enquanto isso, John Smith ficava abanando a cabeça de admiração e olhando para os quadros de Igor nas paredes, como se não conseguisse resistir.

— É maravilhoso, Igor... *incrível*! — disse ele. — Esta é a sua coleção particular?

— Não, não, não, não, não — disse Igor, rindo como quem diz "Eu perdoo o seu desconhecimento acerca dessas coisas... quem dera isso fosse verdade!". Ele indicou com um gesto senhorial da mão as duas paredes e disse: — Daqui a dois meses, metade disso vai embora, e eu preciso pintar mais. Minha agente *manter* pressão o tempo todo.

— *Sua* agente? — disse John Smith. — É uma mulher?

— Por que não? — disse Igor, dando de ombros. — Ela é a melhor em toda a Rússia. Pergunta a qualquer artista russo. Todos conhecem Mirima Komenensky.

— Sua agente é russa?

— Por que não? — disse Igor, dando de ombros novamente. — Na Rússia eles ainda compreendem a arte verdadeira. Compreendem o talento, a técnica, as cores, o *chiaroscuro*, tudo isso.

John Smith tirou do bolso um pequeno gravador, que colocou sobre a mesa, arqueando as sobrancelhas como quem pergunta se pode. Igor respondeu que sim com um magnânimo aceno de mão, que dissipava qualquer preocupação quanto a isso.

— E qual é a reação ao realismo aqui nos Estados Unidos? — disse John Smith.

— Aqui? — disse Igor, rindo da pergunta. — Aqui eles gostam de modismos. Aqui eles acham que a arte começa com Picasso. Picasso largou a escola de arte aos 15 anos de idade. Falou que eles nada mais tinham a ensinar a ele. E no semestre seguinte eles ensinaram anatomia e perspectiva. Se eu não desenhar melhor que Picasso, sabem o que eu faço?

Ele ficou esperando uma resposta.

— Hum... não — disse John Smith.

— Eu começo um movimento novo e *chama* de cubismo! — Ondas de gargalhadas jorraram dos grandes pulmões de Igor, alcoolizando o ar ainda mais, e Nestor se sentiu tragado por aquilo, lutando para não ser sufocado por um estupor de vômito.

Igor encheu as três taças novamente. Ergueu a sua e...

— *Na zdrovia!*

Ele entornou a *vodaprika* goela abaixo. Já Nestor e John Smith apenas levaram a taça aos lábios, inclinaram a cabeça para trás, fingiram beber e, com falsa satisfação, envolvendo com a mão o incriminador líquido âmbar que restava, fizeram *Ahhhhhhhhh!*.

Igor já estava bêbado demais para notar. Entornara cinco taças grandes desde a chegada deles... e só Deus sabe quantas mais antes disso. Nestor já se sentia bastante bêbado após apenas três. Só que aquela intoxicação era tudo, menos feliz. Ele tinha a sensação de que danificara seu sistema nervoso central, e de que já não conseguia mais raciocinar direito, nem utilizar as mãos com destreza.

— E quanto à arte abstrata, como, por exemplo, hum... Malevich? — disse John Smith. — Que tal os quadros de Malevich doados ao Museu de Arte Koroliov recentemente?

— *Malevich!* — Igor soltou o nome rolando na crista da sua maior onda até então. — Engraçado você falar em *Malevich*!

Ele deu uma piscadela para John Smith e a onda continuou rolando.

— Malevich fala que na arte realista Deus já dá a imagem, você só precisa copiar. Mas na arte abstrata você precisa ser Deus e criar tudo sozinho. Pode acreditar... eu conheço Malevich! — Outra piscadela. — Ele precisava falar isso. Eu vi o trabalho inicial dele. Ele *tenta* ser realista. Mas não tem talento! Zero! Se eu pintar como Malevich, sabe o que eu faço? Eu começo um movimento novo e *chama* de suprematismo! Como Kandinsky!

Igor deu a John Smith um sorriso significativo e continuou: — Você vê Kandinsky quando *ele* começa. Ele tenta pintar a imagem de uma casa... parece um pão! Então ele desiste e anuncia que começa um movimento novo, chamado construtivismo!

Mais uma piscadela e um sorriso significativo para John Smith.

— E Goncharova? — disse John Smith. Já estavam na roda ali três artistas, nomes que inspiravam gratidão, por parte de *le tout* Miami, ao célebre e generoso Serguei Koroliov. Quanta cultura e sofisticação ele dera à cidade!

Igor deu a John Smith um sorriso conspiratório, como quem diz "Sim! Exatamente! Nós dois estamos pensando a mesma coisa".

— Goncharova? — disse ele. — Ela é a menos talentosa de todos! Não sabe desenhar, por isso cria uma grande confusão de pequenas linhas retas para lá, para cá, e no meio... uma *verdadeira* confusão, e ela diz que cada linha é um raio de luz, e dá um nome a isso: "Raionismo." "*Raionismo!* porque minha arte é uma arte nova, e por que *eu*, a Criadora, preciso olhar para trás e pensar em coisas já usadas e gastas?... Eu não preciso pensar na linha, na anatomia, nas três dimensões e na... como se fala? Modelagem? Nem na perspectiva, na harmonia das cores, nenhuma dessas coisas... Elas foram *feitas*... anos atrás... séculos atrás, feitas até morrerem. Elas são coisas do passado. Vocês não me incomodem com o passado! Eu estou na frente! Todas essas coisas, elas ficaram em algum ponto lá atrás!"

Igor fez um gesto para trás sobre o ombro. Depois fez outro, para a frente e para cima. — E eu estou aqui em cima, acima disso tudo.

— Você conseguiria fazer o que esses artistas, Malevich, Kandinsky e Goncharova, fizeram?

Igor soltou uma gargalhada que vinha de sua barriga. Riu até lágrimas jorrarem de seus olhos. — Depende do que você quer dizer com isso! Se eu conseguir fazer os americanos *levar* essa besteira a sério, e *pagar* muito por tudo? Não... isso me faz rir demais.

Ele começou a ter outro acesso de riso, e precisou se obrigar a parar. — Não, vocês não podem me fazer rir assim. É engraçado demais para mim! Não bom para mim... nada bom, nada bom.

Por fim, Igor pareceu se controlar. — Mas se eu consigo pintar quadros como os deles... *qualquer pessoa* consegue! Eu consigo fazer, mas isso me obriga a olhar para esse *govno*!

A ideia fez sua barriga roncar outra vez. — Eu preciso fazer isso vendado... e posso *fazer* isso vendado!

Ronco ronco ronco.

— Como assim? — disse John Smith.

— Eu já fiz isso vendado.

— Você está falando sério, ou só me gozando?

— Não, eu *já* fiz essas coisas de olhos fechados!

A frase *E posso fazer isso vendado* saiu borbulhando para cima e para baixo, no meio de risadas... mas a frase *Não, eu já fiz essas coisas* foi demais para Igor. Todos os roncos, todas as borbulhas, as risadas, as gargalhadas e os urros entraram em erupção ao mesmo tempo... saíram explodindo dos seus pulmões, sua laringe e seus lábios. Ele nada podia fazer para deter o jorro. Ficou só batendo com os pés no chão, mexendo os antebraços e punhos para cima e para baixo. Estava fora de si. Nestor ficou parado perto dele, fingindo que batia fotos, antes de perceber que era inútil. Olhou para John Smith e fez uma careta. Mais uma vez, porém, John Smith assumiu uma postura profissional. Olhou para Nestor com absoluta seriedade. Enquanto Igor continuava naquele acesso de riso, com os olhos fechados, John Smith fez a mímica de botar algo dentro de um copo. Meneou a cabeça em direção à cozinha, mas de forma brusca, com um sulco irritado no meio da testa, como se aquilo fosse uma ordem direta. *Ande logo! Vá buscar uma taça de* vodaprika*! Isto é uma ordem!*

O que John Smith achava que estava fazendo? Ele realmente pensava que eu, Nestor Camacho, era *seu* fotógrafo? Não obstante, Nestor obedeceu... correu até a bancada, encheu uma taça grande com a abricocção *na zdrovia* de Igor e voltou até John Smith. Não conseguiu reprimir uma cara feia, mas John Smith nem pareceu notar.

Quando Igor finalmente voltou de seu acesso e abriu os olhos, John Smith estendeu-lhe a vodca e disse: — Tome isto aqui.

O peito de Igor ainda arquejava, tentando reinflar os pulmões, mas ele não recusou a bebida. Assim que conseguiu, pegou a taça, engoliu tudo e fez *ahhhhhhh!... ahhhhhhhhh... ahhhhhhhhh...*

— Você tá bem? — disse John Smith.

— Sim, sim, sim, sim — disse Igor, ainda respirando com esforço. — Não consegui evitar... Você me perguntou uma coisa tão engraçada...

— Bom, mas onde estão esses quadros agora? Os que você fez de olhos fechados?

Igor sorriu e começou a dizer algo... mas de repente o sorriso sumiu. Embora estivesse bêbado, parecia perceber que adentrara um terreno traiçoeiro.

— Ahhhhh, eu não sei. — Ele deu de ombros, para mostrar que aquilo não tinha importância. — Talvez eu tenha jogado tudo fora, ou perdido... eu só me diverti com eles... e dei tudo... mas quem quer? Eu guardei em um lugar que esqueci... perdi tudo... não sei onde estão.

E deu de ombros mais uma vez.

John Smith disse: — Digamos que você tenha *doado* tudo. Mas para quem daria aqueles quadros?

Igor respondeu, mas não com um sorriso, e sim com um olhar astuto, quase fechando um dos olhos. — Quem ia querer aqueles quadros? Mesmo que fossem pintados pelos próprios "artistas"? Eu não ia querer, mesmo que me dessem ali do outro lado da rua.

— O Museu de Arte de Miami com certeza pareceu ficar feliz por receber os quadros. Foram avaliados em 70 milhões de dólares.

— Aqui eles gostam de modismos, eu estava falando a vocês. É o seu... o seu... eu não sei falar o que eles gostam. *De gustibus non est disputandum* — disse Igor, dando de ombros outra vez. — Você faz o que pode, mas com algumas pessoas não há muito que você pode fazer...

Nestor viu John Smith respirar fundo, e de certa forma percebeu que ele tomara coragem para fazer a grande pergunta. Mordera a bala. O repórter respirou fundo outra vez, e disse: – Sabia que tem gente falando que foi *você* que realmente fez aqueles quadros lá no museu?

Um arquejo súbito... e nenhuma palavra. Igor ficou só olhando para John Smith. Fechou quase totalmente um dos olhos, como antes, mas não havia humor na sua expressão.

– *Quem* disse isso? – Epa. Nestor percebeu que o último resquício de equilíbrio na mente vodaprikizada de Igor revivera na undécima hora. – Eu quero saber *quem*... que *pessoas*!

– Não sei – disse John Smith. – É uma dessas coisas que simplesmente... *hum*... *hum*... estão no ar. Você sabe como é.

– Sim, eu sei como é. É *mentira*! É assim que é, uma *mentira*! – disse Igor. Então, como que percebendo que estava protestando demais, ele soltou um *ahhhhh* forçado a fim de tornar a coisa mais leve. – É a maior bobagem que eu já ouvi. Vocês conhecem a palavra *procedência*? Os museus têm um sistema completo. Ninguém conseguiria se safar fazendo algo assim. Seria a maior loucura! Por que uma pessoa tentaria fazer algo assim?

– Eu consigo pensar em uma razão – disse John Smith. – Se alguém lhe pagasse bastante dinheiro.

Igor ficou só olhando para John Smith. Não havia qualquer vestígio de humor ou ironia em seu rosto, nem sequer uma protopiscadela. Por fim, ele disse: – Eu te dou um conselho. Você nem menciona tal coisa para Koroliov. Você nem conta isso a alguém que *veja* Koroliov. Você entende?

– Por que você está mencionando Serguei Koroliov? – disse John Smith.

– Ele é que doou os quadros ao museu. Houve uma grande comemoração para ele.

– Ah... você *conhece* o Koroliov?

– NÃO! – disse Igor. Ele congelou, como se alguém houvesse encostado a ponta de uma faca em sua nuca. – Nem sei qual é a aparência dele. Mas todo mundo sabe de Koroliov, todo russo. Você não brinca com ele como brinca comigo.

— Não estou brincando com...

— Ótimo! É bom nem deixar que ele saiba que você pensa nessas coisas, essas fofocas!

Escolha uma cadeira. Escolha uma cadeira é o cacete! O que significava *aquilo*? O chefe *nunca* precisava *escolher uma cadeira* antes de entrar no gabinete de Dio. Ele sempre caminhava reto pelo corredor, passando por todos os acanhados escritórios da antiga Pan Am, com os ombros para trás e o peito empinado. Queria garantir que até aqueles funcionários, que haviam dedicado a vida inteira à prefeitura, dessem uma boa olhadela na imponência negra do chefe Booker... e se a porta estivesse aberta, sempre havia um desses funcionários, branco ou cubano, parado junto ao umbral para falar "Oi, chefe!" em tom de amistosa adoração. Então O Poderoso virava para ele e dizia: "Oi, campeão!"

Desta vez, porém, quando ele percorreu o corredor não havia funcionário algum entoando "Oi, chefe" ou qualquer outra coisa. E eles não poderiam ter reprimido sua adoração de forma mais completa. Não haviam mostrado a menor reação à imponência dele.

Será que a frieza de Dio vazara para todo o ambiente? A antiga camaradagem entre ele e o prefeito sumira desde o dia em que os dois haviam discutido sobre Hernandez, Camacho e o estouro da tal cracolândia... diante de uma plateia de cinco pessoas. Só que aquelas cinco, devido a seus cargos e suas bocarras cubanas, eram suficientes. Haviam testemunhado o momento em que ele cedera a Dio, por causa do pagamento da sua hipoteca e sua posição como grande chefe negro. É claro que provavelmente ignoravam as prestações hipotecárias, mas a outra parte... teriam de estar se distraindo em outro planeta para não sacarem imediatamente. O chefe se sentira humilhado desde então... mais do que poderiam imaginar as testemunhas naquele aposento. Ele cedera diante daquele pretensioso impostor cubano, Dionisio Cruz, que só tinha preocupações gritantemente políticas...

Escolha uma cadeira... a guardiã do portão de Dio, uma mulher cavalar chamada Cecelia, que usava os cílios postiços de uma menina de 9 anos brincando de maquiagem diante do espelho, acima de mandíbulas neandertalescas, decretara: "Escolha uma cadeira." Sem desculpas, sem explicações, nem sequer um sorriso ou uma piscadela para mostrar que ela percebia como aquilo tudo era bizarro... só "Escolha uma cadeira". A tal "cadeira", na realidade, era uma poltrona de madeira que ficava, junto com quatro ou cinco outras poltronas de madeira, em um espaço acanhado criado pela remoção da parede dianteira de um escritório acanhado. O chefe acabara de passar por essa suposta sala de espera da prefeitura, e que tipo de gente se poderia esperar encontrar ali? Anthony Biaggi, um empreiteiro vigarista que estava de olho no prédio e no terreno de uma escola decadente em Pembroke Pines... José Hinchazón, um ex-policial exonerado anos antes por um caso de corrupção escandalosa, e que agora era dono de um suspeito serviço de segurança... um sujeito anglo, que ao chefe parecia ser Adam Hirsch, da falida empresa familiar de barcos e ônibus turísticos que levava seu nome... Pegar uma cadeira em uma sala com esse bando?

Então o chefe, baixando o olhar, deu ao rosto cavalar de Cecelia um sorriso perturbadoramente ambíguo que já usara com bons resultados muitas vezes antes. Ele estreitou os olhos e ergueu o lábio superior, revelando a fileira de cima dos seus grandes dentes brancos, que pareciam ainda maiores tendo como fundo aquela pele escura. O gesto tencionava indicar que ele estava prestes a alargar o sorriso ainda mais... fosse por pura felicidade... ou para devorar Cecelia.

— Eu estarei ali no corredor, quando o Dio estiver pronto para me ver — disse ele, meneando a cabeça naquela direção.

Cecelia não era de se intimidar e disse: — Você quer dizer na sala de espera.

— Ali no corredor — disse ele, parecendo ainda mais que estava prestes a devorá-la... e a cuspir o bagaço. Pegou um dos seus cartões, escreveu um número de telefone no verso e entregou o cartão a ela. Então transformou o sorriso ambíguo em um sorriso feliz, na esperança de que ela percebesse a ironia e ficasse ainda mais perturbada, ou ao menos mais confusa.

Ao voltar pelo corredor, passando pela patética sala de espera, o chefe viu pelo canto dos olhos que todos estavam olhando para ele. Virou para os três, mas só cumprimentou um deles, Hirsch... e na verdade nem sequer sabia quem era aquele Hirsch, Adam ou seu irmão Jacob.

Tal como antes, ninguém o estava homenageando com um "Oi, chefe" no umbral de uma porta aberta, coisa que significava que ele não poderia se enfiar no gabinete de alguém e ficar conversando até ser convocado... *convocado* por seu amo cubano.

Diabo, ele também não podia ficar de bobeira ali no corredor... *Maldito Dio!* De repente, o prefeito criara coragem para começar a tratá-lo feito qualquer pedinte humilde que aparece na corte implorando algo do rei.

Não havia outra solução, além de descer até o saguão daquela prefeitura da Pan Am, e fingir dar uns telefonemas. As pessoas que entravam e saíam do prédio viram o chefe parado ali ao lado, teclando na tela de vidro do seu iPhone. Ignoravam a queda de prestígio dele... ao menos até aquele momento, e foram se aglomerando em torno dele quase como fãs de rap.

— Oi, chefe!

— Ei, chefe!

— Como vão as coisas, chefe?

— Você é o cara, chefe!

Ele só repetia *Oi, campeão* e *Ei, campeão* incessantemente... que ironia... Ele! Cyrus Booker, chefe de polícia, poderosa presença negra no coração do governo municipal de Miami... Ele! O chefe Booker, reduzido àquela insignificância insultuosa, esgueirando-se em um saguão... recorrendo a um estratagema defensivo idiota... tentando não perder, ao invés de arriscar fosse o que fosse necessário para ganhar... *Ele*! Por que *ele* deveria estar se encolhendo de medo diante de *qualquer* um? Ele nascera para liderar... e ainda era suficientemente jovem, com apenas 44 anos de idade, para batalhar seu caminho de volta ao topo... se não na função de agora, então em outra, onde o topo ficasse até mais alto, embora no momento ele não conseguisse imaginar o que isso poderia ser... se necessário, ele *construiria* o caminho todo! E que história era aquela de se borrar de medo da hipoteca da casa? Em termos de veredicto histórico, que diferença faria uma casa em Kendall? Mas então ele pensou em outro veredicto... o de sua esposa... ela ficaria angustiada por umas 24 horas... e depois se enfureceria! *Uuuuuiiiii*, Cristo de Deus! Só que um homem não podia se encolher diante da fúria de sua esposa, se ia arriscar tudo... para conquistar tudo, podia? *Meeeeerda!* Ela estaria em pé de guerra. "Que beleza, Figurão! Sem emprego, sem casa, sem renda, mas *nããããooo*... você não vai deixar que isso..."

Seu celular tocou, e ele atendeu como sempre: — Chefe Booker.

— É Cecelia, do gabinete do prefeito Cruz. — "Do gabinete do prefeito Cruz", como se ele não soubesse qual Cecelia, entre as milhares da cidade ou do mundo, ela seria. — O prefeito pode receber você agora. Eu fui até a sala de espera, mas não consegui achar você. O prefeito está com a agenda muito cheia hoje à tarde.

Fria? Totalmente *gélida*, cacete! No cu, Cara de Cavalo! Mas ele disse apenas: — Já estou indo.

Droga! Por que ele enfiara aquele "já" na frase? Parecia até que ia sair correndo obedientemente. Por razões de segurança, só de elevador se podia chegar ao segundo andar. Droga, e droga outra vez! Dentro do elevador ele se viu preso com mais dois membros da turma do *Oi, chefe*, e um deles era um rapaz bacana que escrevia boletins para o Departamento de Gestão Ambiental, um rapaz negro chamado Mike. Ele deu a Mike um grande *Ei, campeão*... mas foi incapaz de sorrir. Só conseguiu mostrar os dentes!

Foi treinando o sorriso enquanto caminhava pelo corredor estreito. Precisava ter uma tirada pronta para Cecelia. Quando chegou à mesa dela, por um instante ela fingiu não vê-lo. Depois ergueu o olhar para ele. Como eram grandes e cavalares os dentes daquela *piranha*!

— Ah, você está aí — disse ela, ousando até dar uma olhadela para o relógio no seu pulso. — Por favor, entre logo.

O chefe abriu o sorriso de orelha a orelha que viera treinando. Tinha esperança que significasse: "Já saquei esse joguinho bobo que você está fazendo, mas não vou descer ao seu nível e entrar nessa."

Quando entrou no gabinete do prefeito, viu o velho Dionisio sentado em uma grande cadeira giratória de mogno, estofada em couro vinho. A cadeira giratória era tão grande que parecia um Monstro de Mogno, e aquele estofado vinho parecia o interior de uma boca prestes a engolir o velho Dionisio inteiro. Ele estava recostado ali, com um glorioso ar de satisfação, diante de uma mesa em cuja superfície um teco-teco poderia até aterrissar. Mas não se levantou para receber o chefe, como geralmente fazia. Nem sequer se empertigou na cadeira. Até se recostou mais ainda, forçando as molas da cadeira ao máximo.

— Entre, chefe, e pegue uma cadeira. — Havia um tom confiante de convocação na voz dele, e um meneio displicente do punho indicou o outro lado da mesa. A *cadeira* era de espaldar reto, bem diante de Dio. O chefe se sentou, tomando cuidado para manter uma postura perfeitamente ereta. Então o velho Dio disse: — Como anda a tranquilidade dos cidadãos nesta tarde, chefe?

O chefe sorriu levemente e indicou o pequeno rádio policial preso ao cinturão do uniforme. — Não recebi um só chamado nos trinta minutos que passei esperando aqui.

— Que bom — disse o prefeito, mantendo um duvidoso ar de deboche no rosto. — Então o que posso fazer por você?

— Bom, provavelmente você lembra daquele incidente na escola Lee de Forest... um professor foi preso por agredir um aluno e passou duas noites na cadeia? Bom, agora ele tem um julgamento se aproximando, e o tribunal considera que a agressão de um professor a um aluno equivale à agressão de um vagabundo qualquer a um idoso de 85 anos apoiado no seu andador dentro do parque.

— Tudo bem — disse o prefeito. — Eu aceito isso. Portanto...

— Nós descobrimos que a coisa foi ao contrário. O aluno é que agrediu o professor. Ele é o chefe de uma gangue haitiana, já fichado por delinquência juvenil, e os outros alunos têm medo dele. Na realidade, eles se cagam de pavor, se você quer saber a verdade. Ele mandou cinco dos seus cupinchas mentirem para a polícia, falando que o autor da agressão foi o *professor*.

— Tá legal, mas e os outros alunos?

— Todos os interrogados pelos policiais falaram que não sabiam. Disseram que não conseguiram *ver* o que aconteceu, ou foram distraídos por outra coisa, ou... para encurtar a história, esse moleque e sua gangue iam fazer alguma coisa com eles, se chegassem perto de contar o que aconteceu.

— E agora?

— E agora nós temos confissões das cinco "testemunhas". Todas admitem que mentiram aos policiais. Isso significa que a promotoria pública não tem uma acusação a levar adiante. O professor Estevez... esse é o nome dele... será poupado do que seria uma sentença muito dura.

— Bom trabalho, chefe, mas eu achava que esse caso era da Polícia Escolar.

— Era, mas agora está sob a jurisdição do tribunal e da promotoria pública.

— Bom, então temos um final feliz, não temos, chefe? — disse o prefeito, erguendo os cotovelos, unindo as mãos na nuca e recostando-se o máximo possível naquela cadeira giratória. — Obrigado por se dar ao trabalho de me avisar que a justiça será feita, chefe. É por isso que você precisava ter uma audiência pessoal comigo no horário mais ocupado do meu dia?

A ironia, o esnobismo e o desdém com que ele o tratava... feito uma peste que desperdiçava seu tempo precioso... o total desprezo e gritante desrespeito... formaram a gota dágua. Só restava puxar o gatilho... sem se reprimir... ele ia *fazer* aquilo... arriscando tudo... até a casa em Kendall, tão adorada por sua adorada esposa, cujo belo rosto passou fugazmente por seu *corpus callosum* no exato instante em que ele disse: — Na realidade... há um outro elemento nisso tudo.

— Ah, é?

— Sim. É o policial que desvendou o caso. Ele evitou um erro judiciário terrível. A carreira do professor Estevez, ou até sua vida, teria sido destruída. Ele deve muito a esse policial. Todos nós devemos. Tenho certeza de que você se lembrará do nome dele... Nestor Camacho.

O nome fez coisas terríveis com a postura quase horizontal do prefeito. As mãos desceram da nuca, os cotovelos bateram no tampo da mesa e a cabeça se inclinou à frente. – De que você está falando? Achei que ele estivesse afastado do serviço!

– E estava. Ainda está. Mas logo após entregar o distintivo e a arma... não mais do que sessenta minutos depois... ele me deu os nomes de todos os cinco garotos. Tinha descoberto tudo sozinho. Com um deles, já tinha tido uma longa conversa, e o garoto desmentira tudo que falara para a Polícia Escolar. Àquela altura Camacho já estava afastado do serviço, então eu mandei o departamento de detetives investigar os outros quatro. Eles não mantiveram suas versões por muito tempo. Assim que souberam que houve um vazamento no grupo, e que podiam ser presos e processados por perjúrio, todos abriram o bico. Afinal, não passam de garotos. Amanhã a promotoria pública vai anunciar o arquivamento do caso.

– E vão divulgar o nome do Camacho?

– Ah, sim... claro – disse o chefe. – Eu refleti muito sobre este caso, Dio... vou reabilitar o Camacho... devolver a ele o distintivo, a arma, tudo.

Ao ouvir isso, o prefeito projetou o corpo à frente como que impelido pelas molas da cadeira.

– Você não pode fazer isso, Cy! O Camacho acabou de ser afastado do serviço... por ser a porcaria de um racista preconceituoso! Nós perderíamos toda a credibilidade que ganhamos com a comunidade afro-americana quando pusemos aquele filho da puta na geladeira. Eu deveria ter obrigado você a exonerar logo o sujeito. De repente... quanto tempo já passou... três semanas? De repente ele volta à ativa com tudo, e vira a porra de um herói. Todo afro-americano em Miami vai partir para a briga outra vez... exceto um, a porcaria do chefe de polícia! Parece que foi ontem... todos eles viram o seu amiguinho preconceituoso em ação, cuspindo aquelas merdas racistas dele, ao vivo, de forma nua e crua, lá no YouTube. E agora ele vai provocar a porra de um caos na porra da comunidade haitiana. Eles já passaram dois dias na rua, criando um inferno do cacete antes. E agora vão tomar as ruas todas, quando souberem que esse racista notório, esse tal de Camacho da Ku Klux Klan, conseguiu transferir a culpa para um dos seus. Já falei para você que esse moleque é um tumulto ambulante, não falei? Agora você quer trazer o cara de volta à ativa, e não só isso... coberto de glórias! Não entendo você, Cy. Não entendo mesmo. Sabe muito bem que um dos principais motivos da sua promoção à chefia foi o fato de vermos você como o homem certo para manter a paz com todas essas... *hum, hum*... comunidades. Portanto, acha que eu vou ficar parado aqui, vendo você transformar um atrito racial em uma maldita conflagração durante o *meu mandato*? Nããããããooo, nããããaoo, meu amigo, você não vai fazer isso! Caso contrário, vai me obrigar a fazer uma coisa que eu preferia não precisar fazer.

— E que é o quê? — disse o chefe.

O prefeito estalou os dedos. — Mandar você embora *assim*! Isso eu prometo!

— Você não me promete porra nenhuma, Dionisio. Lembra? Eu não trabalho para você. Trabalho para o administrador municipal.

— Isso é uma distinção, sem ser uma diferença. O administrador municipal trabalha para *mim*.

— Ah, você pode ter dado o emprego a ele, e é você quem aperta os botões dele, mas ele acha que trabalha para o conselho municipal. Se você lhe passar a porcaria desse caso sob o assédio da imprensa, ele entrará em pânico. Vai se cagar todo! Eu *conheço* alguns conselheiros, exatamente como você conhece o seu pretenso administrador municipal... e eles estão tão prontos para infernizar a vida do seu pau-mandado, estão tão preparados para dizer que ele é um instrumento pessoal seu, em total violação do código municipal... que seu garotinho vai virar um anão balbuciante. Vai convocar a porcaria de uma comissão, que passará dez meses estudando o problema, até tudo ser esquecido.

— Você só conseguirá me atrasar, Cy... talvez. Mas já é carta fora do baralho. A diferença entre mim e você é que eu preciso pensar na cidade inteira.

— Não, Dio, a diferença entre nós é que você é incapaz de pensar em qualquer outra coisa que não seja o que a cidade inteira pensa de Dio. Por que não experimenta ficar um pouco em um aposento pequeno e calmo, pensando no que é certo e no que é errado? Aposto que ainda se lembrará de algumas partes.

O prefeito transformou seu sorriso em um esgar. – Carta fora do baralho, Cy, carta fora do baralho.

O chefe disse: – Você faz o que precisa fazer, e eu faço o que preciso fazer... depois vamos ver, não é?

Ele se levantou e lançou para o prefeito Dionisio Cruz o olhar mais beligerante que já lançara para alguém em toda a sua vida... sem piscar uma só vez. Mas Dio também não piscou. Ficou sentado naquela luxuriante bocarra forrada de couro em tom vinho que era sua gigantesca cadeira de mogno giratória, olhando friamente de volta. O chefe sentiu vontade de aniquilar a laser os globos oculares no crânio de Dio. Mas o prefeito não se intimidou. Nenhum deles moveu um só músculo, ou disse uma só palavra. Era um clássico impasse mexicano, e pareceu durar dez minutos. Na realidade, foi mais perto de dez segundos. Então o chefe deu meia-volta, mostrando a Dio suas costas imponentes, e saiu abruptamente do gabinete.

A caminho do elevador, ele sentiu o coração batendo tão depressa quanto batia nos seus tempos de atleta. No saguão havia cidadãos que não tinham ideia de que ele fora posto na geladeira, criogenizado, dois andares acima. Ali embaixo, entre aquelas almas inocentes, reverberava como de costume a saudação *Oi, chefe*. Fugindo ao costume, porém, ele ignorou aquelas boas almas, seus fãs. Estava completamente concentrado em outra coisa.

Assim que ele saiu daquela ridícula prefeitura em estuque branco da Pan Am, o sargento Sanchez se aproximou com o grande Escalade preto, e o chefe se sentou no banco do carona. Percebeu que devia estar com um ar ainda mais taciturno e enervado do que Sanchez já vira.

Sem saber o que falar, mas curioso quanto ao que ocorrera, Sanchez disse: – Bom, chefe... *hum*... como foi?

Olhando fixamente pelo para-brisa, o chefe disse duas palavras: – Não foi.

Sem dúvida Sanchez estava louco para dizer "O *que* não foi?". Só que tinha medo de fazer uma pergunta tão direta. Então tomou coragem e disse: – Não? Não o quê, chefe?

– Não *foi* – disse o chefe, ainda olhando fixamente à frente. Depois de alguns segundos, ele disse para o para-brisa: – Mas *irá*.

Sanchez percebeu que o chefe não estava falando com ele. Aquilo era uma conversa com seu elevado e poderoso Eu.

O chefe tirou o iPhone do bolso do peito, bateu com o indicador duas vezes na tela de vidro e ergueu o aparelho até o ouvido.

– Cat – disse ele. Era uma ordem, e não uma conversa telefônica. – Chame o Camacho... agora mesmo. Quero que ele esteja no meu gabinete assim que for possível.

19

UNA PUTA

Magdalena acordou em um estado hipnopômpico. Alguma coisa acariciava o seu corpo, mas sem provocar alarme, apenas uma perplexidade semiconsciente em meio ao seu esforço para se ligar. Quando a coisa chegou ao seu *mons pubis*, deslizou pelo abdome e passou a se concentrar no mamilo de seu seio esquerdo, ela já formara uma imagem do que era, embora continuasse de olhos fechados. Ela e Serguei jaziam nus sobre a gigantesca cama da grande cobertura dúplex que ele tinha em Sunny Isles. Ela mal conseguira acreditar que um homem da idade dele pudesse restaurar as forças tantas vezes, antes que os dois finalmente adormecessem. Então abriu os olhos e percebeu, com uma só olhadela para a brecha entre duas cortinas quase comicamente magníficas, que ainda estava escuro lá fora. Eles não podiam ter dormido mais de duas horas – e obviamente Serguei já estava pronto para dar outra. O Museu de Arte Koroliov... Ela estava na cama com um famoso oligarca russo. *Todo el mundo* sabia quem ele era, e como era bonito. O corpo de Serguei montou nela, e sua mão foi acariciando Magdalena aqui... ali... e ali, ali, ali... e ela se desesperou. Era *una puta* do Museu de Arte Koroliov no corpo de um oligarca, um estrangeiro que falava inglês com sotaque pesado. De repente, porém, os bicos dos seus peitos endureceram sozinhos e a umidade que escorreu dela lavou para longe a moral, o desespero e todas as outras avaliações abstratas em uma espécie de nuvem da divina colônia dele. O grande membro gerador dele já estava dentro da sela pélvica dela, cavalgando, cavalgando, cavalgando, enquanto ela avidamente engolia engolia engolia tudo com os lábios e a bocarra da própria sela... sem uma só palavra. Só que ele começou a gemer, e a pontuar os gemidos com uma ocasional exclamação pseudoagoniada em russo, que parecia "Zhyss katineee!". Serguei era incrível. Parecia capaz de continuar eternamente, tanto que os sons finalmente começaram a sair involuntariamente dos lábios de Magdalena... *"Ah... ah... ahh... ahhh... Ahhhhhhh"*... enquanto ela gozava várias vezes. Quando ele enfim ficou simplesmente deitado ao lado dela, Magdalena conseguiu voltar a raciocinar. O relógio na mesa de cabeceira indicava 5:05 da manhã. Ela era uma piranha afinal? Não! Aquilo era a sequência moderna do amor! Do romance! No mínimo, Serguei era louco por ela. Estava pronto para morrer de amor por ela. Não conseguia se fartar dela, e isso também incluía seu espírito, sua singularidade como pessoa, sua *alma*. Ficava só olhando para Magdalena, com desejo por ela, e entregando-se totalmente a ela, querendo tê-la todo o tempo que passasse acordado — e *dormindo* também, obviamente — *Dios mío*, ela estava tão cansada, tão exausta que queria submergir no sono... mas então se imaginou tomando o café da manhã com ele. Talvez os dois estivessem vestidos com luxuosos roupões felpudos. Serguei tinha uns luxuosos roupões felpudos pendurados no banheiro... os dois tomariam o café da manhã a uma mesa pequena com vista para o mar, olhando um para o outro, conversando languidamente, rindo de pequenas coisas, com seus seres totalmente inebriados de doçura... era um sonho tornado possível por, sim, divinas sensações carnais que são a... a... *destilação* de coisas que não podem ser expressas com meras palavras, essa entrega perfeita a... *¡Dios mío!* o que foi *isso?!* Pling pling pling plingplingplingpling pling pling plingplingpling pling pling pling pling pling pling plingpling... Serguei virou o corpo e estendeu o braço até a mesa de cabeceira, pegando o iPhone. A música vinha do toque do aparelho, suave e tranquilizadora... Pling pling pling plingplingplingpling pling pling... Magdalena *conhecia* aquela música... mas de onde? *Ahhh!* De muitos anos atrás! Por duas vezes a mãe a levara, no Natal, a um balé para crianças. Como era o nome? Ela só conseguia pensar em "A Dança dos Polegares Açucarados"... mas não podia ser isso... "A Dança da Fada Açucarada"! Era isso mesmo! Sim, e o nome todo era... *O Quebra-nozes*! Tudo voltou à lembrança dela! A música era de um grande compositor... qual era o nome dele? *Tchaikovsky*! Era isso... *Tchaikovsky*! Ele era realmente um *grande* compositor, um *famoso* compositor de músicas lindas. Nestor passou *blipando* pela cabeça de Magdalena. E pensar que Nestor tinha uma coisa em comum com Serguei: ambos gostavam de brincar com toques telefônicos. Engraçado. Até nesse pequeno detalhe, por falar nisso, Serguei era o aristocrata. Tchaikovsky... um grande compositor clássico! Enquanto Nestor revelava seu verdadeiro eu de Hialeah ao escolher uma canção barata do Bulldog, e o Bulldog era como o Dogbite and Rabies — uma imitação do Pitbull. Mesmo em uma coisa boba como aquela, brincar com o toque do telefone, Serguei fazia parte de uma ordem superior. Serguei pling pling pling apoiou o corpo sobre um dos cotovelos, e Magdalena olhou para a curva das costas nuas à sua frente. Serguei tinha um corpo maravilhoso. Ele ergueu o telefone com a outra mão. Era o final do *Quebra-nozes*. Aquele telefonema, tão *cedo*... ainda estava escuro lá fora.

— Alô? — disse Serguei. Mas o resto foi em russo. Sua voz começou a se elevar. Ele perguntou algo ao interlocutor... e houve uma pausa enquanto alguém respondia... Em tom mais alto, Serguei fez outra pergunta. Nova pausa... e Serguei fez outra pergunta, já em tom irritado. Daquilo tudo, Magdalena conseguiu distinguir só uma palavra, um nome — Hallandale —, o nome de uma cidadezinha logo ao norte de Sunny Isles. Veio a pausa... e dessa vez Serguei se enfureceu. Começou a berrar.

Depois jogou o telefone no colchão. Passou as pernas para a beira da cama, endireitando o corpo e se aprumando sobre a base das mãos. Ficou sentado ali... com a coluna e a cabeça formando uma linha feito uma corda.

Entredentes, ele falou algo com a mesma fúria de antes. Balançou a cabeça de um lado para o outro, como quem sinaliza "Caso perdido... perdido... perdido".

— Qual é o problema, Serguei? — disse Magdalena.

Ele nem sequer virou a cabeça para ela, e disse apenas uma palavra. — Nada.

Na verdade, não chegou a realmente *dizer* isso. Só *respirou* a palavra.

Depois se levantou e foi andando, totalmente nu... resmungando e balançando a cabeça o tempo todo... até o closet onde guardava seus robes... e tirou um deles de um grande cabide de mogno... era uma verdadeira produção aquele robe, de seda pesada com um desenho em azul-marinho, azul médio e vermelho, além de pontos brancos do tamanho de grãos que riscavam o pano feito cometas... enormes lapelas e punhos acolchoados... Ele enfiou os braços nas mangas e ficou parado... olhando para Magdalena, mas sem vê-la...

... Ah! – uma nota de esperança! Embora Serguei estivesse a cinco ou seis passos de distância, seu *polla* estava praticamente pendurado na frente do rosto de Magdalena... e estava duro! Decididamente duro! ::::::Um sinal de que eu ainda existo!:::::: Mas os olhos de Serguei não demonstravam isso... Dentro da sua cabeça, todos os sete tipos de neurônios estavam bombando nas sinapses em ritmo enlouquecido... E Magdalena estava louca para perguntar sobre o quê. Ela *se* apoiou em um dos cotovelos... pensando se a visão de seus seios com os mamilos subitamente eretos não deixaria Serguei seriamente excitado... louco por *coño*... mas ele conseguiu conter qualquer desejo porventura existente... pelo visto, àquela altura, Magdalena já não existia, e obviamente qualquer curiosidade da parte dela não seria bem recebida.

Ele mal calçara os chinelos... que eram de veludo, bordados com... o quê? Um elaborado monograma em caracteres russos? Aquilo deve ter custado mais do que todas as roupas que ele excitadamente removera do corpo dela na noite anterior. A noite anterior... não podia ter sido há tanto tempo assim, porque ela estava se sentindo tão cansada, até um pouco grogue... A luz que vazava da fresta entre as cortinas parecia terrivelmente fraca... será que o sol já nascera? Isso tornava ainda difícil compreender aquele telefonema... *Algo* acontecera... Serguei mal calçara os chinelos quando a campainha soou... não tocou, nem zumbiu... soou como a tecla intermediária de um xilofone... Ninguém iria detonar uma explosão ou produzir qualquer outro som alarmante apertando um botão ao lado da porta de Serguei Koroliov...

Ele passou os dedos pelo cabelo e rumou para a porta... enquanto Magdalena se enfiava de volta embaixo das cobertas para esconder o corpo desnudo, pensando em afundar ao máximo nos travesseiros e dar as costas ao que quer que estivesse prestes a acontecer. Só que sua curiosidade venceu, e ela ficou deitada sob aquelas cobertas que iam até suas bochechas... mas não aos olhos. Não queria perder coisa alguma. À porta, Serguei falou algo em russo... e uma voz grave respondeu lá fora. Dois homens entraram, ambos com cerca de 35 anos, vestidos com roupas idênticas: ternos em tom bege, feitos de... gabardine? Camisas polo... em tom azul-marinho ou preto? Um deles era alto e de ombros curvados, com uma cabeça calva que infelizmente fora raspada até virar uma maçaneta deformada... o outro era mais baixo e atarracado, exibindo ao mundo uma ondulada cabeleira castanho-escura que obviamente ele tratava *muito* bem... Ambos tinham olhos encovados, e a Magdalena pareciam ser bem durões. O mais alto, pelo jeito servil com que sacudia a cabeça, parecia estar se desculpando por ter acordado Serguei tão cedo, e depois passou a ele um jornal aberto em certa página... Ainda parado ali, Serguei examinou a matéria durante um minuto que pareceu se estender por uma hora, já que todos eles, inclusive Magdalena, queriam saber a reação do poderoso chefão. Ele fez uma cara feia para os dois sujeitos, como se eles houvessem feito algo não só errado, mas estúpido. Não disse uma só palavra. Mandou que os dois passassem por um antiquado par de portas com pesados caixilhos de madeira e vidros embutidos... apontando para lá com um braço enrijecido e um indicador que subitamente parecia ter quase meio metro. As portas levavam a um pequeno gabinete. *En route* para lá, eles precisaram passar a menos de dois metros da cama. Cada um deu uma única olhadela para Magdalena, meneou a cabeça no máximo cinco centímetros, e pronunciou a palavra "licença", mas sem retardar em um microssegundo a marcha obediente para o gabinete. Um micromeneio... uma micropalavra de saudação... não, saudação não; melhor dizendo, um reconhecimento mínimo da existência de Magdalena. Uma onda quente de humilhação se espalhou pelo cérebro dela. Aquela "hospitalidade" parecia automática. Sem dúvida, ela fazia parte de uma sequência de jovens nuas a serem encontradas na cama principal pela manhã.

Dentro do gabinete, Magdalena viu o homem menor, o tal que adorava seu próprio cabelo ondulado, trazer um telefone sem fio e entregá-lo a Serguei, que se sentou. Serguei começou a rosnar junto ao aparelho... em russo. As únicas coisas que Magdalena conseguia entender eram "Hallandale"... e a expressão "adultos ativos", que nada significava para ela, mas que sobressaía por ser em inglês. Quando finalmente concluiu sua arenga em russo, Serguei devolveu o aparelho ao segurança de mechas encaracoladas... e notou Magdalena pela primeira vez desde a chegada dos dois sujeitos.

— Preciso resolver um assunto — disse ele em tom grave, saindo do gabinete. Hesitou como se fosse falar algo mais, e disse: — Vladimir vai levar você para casa.

E foi direto para o quarto de vestir. Nem sequer deu outra olhadela para Magdalena. Isso a deixou presa sob as cobertas... nua. Os dois seguranças continuavam parados dentro do gabinete. Magdalena se viu atingida por uma pressão física... onda após onda de humilhação... abandonada sem roupa em um quarto gigantesco com uma dupla de russos que podiam vê-la pelas portas de vidro a qualquer momento que quisessem. No início, sentiu medo. Mas logo o medo deu lugar a uma vergonha escorchante por ter se deixado usar daquela forma... um *coño* usado, esperando ser varrido para fora feito o resto da sujeira daquele lugar... *Vladimir vai levar você para casa.* Depois de alguns minutos intermináveis, ela já estava sufocando devido à vergonha e à humilhação daquilo tudo... e finalmente Serguei reapareceu... apressadamente trajado com uma camisa azul-clara que parecia bastante cara, enfiada dentro de uma calça jeans... ela não sabia que ele possuía algo tão comum quanto uma calça jeans... Ele calçara um par de mocassins feitos de couro de porco, em tom ocre, que provavelmente haviam custado mil dólares... sem meias... e sem sorrisos... apenas a pior, a mais seca expressão de hospitalidade que Magdalena já ouvira.

— Vladimir cuidará de tudo. Se quiser tomar café, a cozinheira providenciará. Desculpe, mas é uma emergência. Vladimir cuidará de você

– disse ele, saindo do quarto com o outro segurança, o que tratava muito bem do próprio cabelo.

Magdalena se enfureceu, mas ficou atordoada demais para reagir.

Feito um zumbi com um pesado sotaque russo, o sujeito chamado Vladimir disse: – Quando está pronta, eu leva você. Espera você lá fora.

Ele saiu e fechou a porta cuidadosamente atrás de si. Seu jeito objetivo fez Magdalena pensar que ele estava acostumado a tirar uma garota nua dali de dentro toda manhã.

– Seu escroto! – disse ela entredentes, enquanto se livrava das cobertas e se levantava. Seu coração estava disparado. Ela jamais se sentira tão humilhada na vida. O tal enxadrista sádico de Serguei lá no Gogol's era um nada comparado ao Mestre. Por um instante ela ficou imóvel ali. Em um espelho na parede via uma bela garota, parada totalmente nua em um quarto imenso e exageradamente elegante, decorado de forma supostamente grandiosa, mas que acabava parecendo pomposo e afrescalhado... com suas frescuras, suas cadeiras e poltronas antiquadas, além de uma frota de cortinas em tom roxo pesado, repuxadas para trás por ridículos puxadores dourados para formarem dobras de veludo profundas feito riachos. A garota nua no espelho era mais parecida com uma piranhazinha do que qualquer outra que ela já vira, e agora a vadia deveria apanhar suas roupas baratas e vagabundas, de putinha engraçadinha, e dar o fora dali... agora que já fora consumida como um suflê ou um charuto, e Vladimir ter recebido ordem de jogar o lixo fora.

No banheiro havia tantos espelhos que a putinha conseguia ver seu *rabo* e seus *peitinhos* de piranha nua a partir de todo e qualquer ângulo concebível. Afortunadamente, ela usara o pretinho básico de Amélia na noite anterior... pois é, tão *básico* que a frente ia se abrindo em um *V* largo até lá *embaixo*... e claro, podia sair discretamente dali à luz do dia, já que as pessoas só conseguiam ver as metades internas dos seus peitinhos, e cada mamilo ficava coberto por uma faixa estreita do tecido *faux*-seda daquele vestido.

Os escarpins nos seus pés eram bem cavados, feitos de cetim preto com os saltos mais altos que a moda permitia, e a moda naquele ano favorecia a *altura*. Magdalena parecia uma torre de sexo na ponta dos pés. Ah, bom: não havia razão para não arrematar tudo com um batom framboesa rascante... e suficiente rímel negro para fazer seus olhos parecerem um par de globos cintilantes flutuando sobre um par de voluptuosas poças de sombra.

Ela colocou no ombro a bolsa Big, bolsa essa lançada naquele ano mesmo, é claro, e feita do melhor couro preto de *faux*-serpente. Estava prestes a sair do quarto, concentrada na melhor forma de esconder seu ressentimento daquele robô de cabeça raspada, Vladimir, além de enervada e humilhada pelo que ele sabia acerca da sua noite e sua manhã... ::::::Serguei! Você é mesmo um escroto! Sabia disso?:::::: Magdalena jurou que *diria isso a ele*, caso tivesse a desgraça de esbarrar com Serguei outra vez. ::::::Como pôde deixar aqueles dois aborígines russos entrarem no quarto?::: Por perversidade? Não, era pior do que isso. Ele já conseguira o que queria. Fodera com ela. Portanto, agora ela era apenas uma peça de equipamento largada ali. E o que uma peça de equipamento sente pelas coisas? Desde quando as peças de equipamento têm um senso moral que capta sentimentos tais como o pudor? Ou, exprimindo a coisa de outra forma: desde quando as piranhas se sentem algo mais do que *piranhas*?

Magdalena já estava *realmente* furiosa. Então notou o jornal jogado no chão perto da cadeira onde Serguei se sentara para ler. Pegou o exemplar e examinou a metade inferior da página que ele lera... no caderno C do *Herald*, "Artes e Entretenimento".

A maior parte era ocupada por um artigo encimado por uma manchete que formava uma linha densa e pequena, toda em letras maiúsculas: REALISTA DESABAFA.

Começava assim: "Se risadas matassem, todo eminente artista moderno, desde Picasso até Peter Doig, teria morrido esta semana no chão do ateliê em Wynwood de um membro da espécie mais ameaçada de todo o mundo artístico: um pintor realista.

"Igor Drukovitch, um russo corpulento, caloroso e gargalhante, não é o artista mais conhecido de Miami, mas talvez seja o mais pitoresco."

Magdalena se perguntou ::::::"*Gargalhante*"? O que significa "*gargalhante*"?:::::: ... bla... bla... blá... ela continuou lendo. O tal Drukovitch não parava de entornar doses de uma poção à base de vodca que ele inventara. E agora estava dizendo: "Picasso não sabe desenhar"... Se ele, Drukovitch, não soubesse desenhar melhor do que Picasso, começaria um movimento novo chamado cubismo... E o que *isso* significava? Magdalena não parou para refletir... bla... bla... blá... três artistas russos de quem ela jamais ouvira falar... Mal *Quem?* De Picasso, pelo menos, ela *já* ouvira falar... O sujeito que escrevera aquilo obviamente achava todos esses troços de arte e cultura simplesmente *fascinantes*... Magdalena deu uma olhadela na assinatura... John Smith... *Dios mío*... aquele mesmo nome outra vez! Mas o texto é tão entediante que ela nem consegue imaginar o que perturbou Serguei tanto... já até se sente cochilando... adormecendo feito um cavalo... levantando... *pum!* E do nada *pula* o nome de Serguei: "Vinte quadros, avaliados em 70 milhões de dólares, foram doados ao Museu de Arte pelo recém-chegado colecionador russo Serguei Koroliov."

Então ela fica alerta... *O que* Serguei tem a ver com aquilo? Só que não há mais nada sobre Serguei... bla... bla... blá... apenas mais coisas sobre os tais pintores russos, Malevich, Goncharova e Kandinsky... O pintor russo "corpulento, caloroso e gargalhante", o tal Drukovitch, toma outra dose de vodca e começa a debochar dos outros três... bla... bla... blá... Drukovitch acha que poderia fazer o que eles fizeram? "Qualquer um poderia", diz ele. "Eu poderia, mas precisaria olhar para esta [m---a]." Ele fala que precisaria fazer tudo vendado, e que na realidade já fez isso vendado.... bla... bla... blá... outra dose de vodca... Alguém pergunta a ele onde estão esses quadros... Ele fala que não sabe... Talvez os tenha perdido, jogado fora ou dado a alguém... Caso desse os quadros a alguém, a quem daria? O russo responde: "Quem ia querer aquilo?" E então alguém fala: "O Museu de Arte de Miami com certeza pareceu ficar feliz por receber os quadros. Foram avaliados em 70 milhões de dólares... Talvez você tenha dado os quadros ao museu."... *Risos risos risos*... O russo fala: "Essa é a maior bobagem que eu já ouvir"... mais vodca... bla... bla... blá... A essa altura, o cara já deve estar mais bêbado do que um gambá... Magdalena lê tudo até o fim... nenhuma outra menção a Serguei... Então por que ele se enfureceu daquele jeito? Será que Serguei ficaria tão irritado assim só porque um sujeito totalmente desconhecido dissera que não gostava do que ele doara ao museu? Mas só podia ser isso... Provavelmente ele se orgulhava muito daquela doação, mas também devia ser muito suscetível a esse respeito... bla... bla... blá... e pensar que ela acabara de se forçar a ler toda aquela matéria...

Tal como ordenado, Vladimir estava esperando quando Magdalena saiu da suíte de Serguei. Ele ostentava a expressão absolutamente vaga do autômato eficiente que era. Não mexeu um só músculo do rosto ao vê-la. Mas a simples presença dele ali já era suficiente para deixar a cabeça de Magdalena quente de vergonha. Que impressão ela daria ao resto do mundo hoje? Isso era fácil: a de uma vadia barata na manhã após a orgia, usando o mesmo quase-vestido de peitos ao léu da noite anterior... e de onde ainda pingava a gosma de *papaya* doente.

Graças a Deus havia um elevador que levava diretamente à garagem subterrânea do prédio. Sem uma palavra, Vladimir levou Magdalena ao que acabou se revelando ser a limusine de Serguei, uma Mercedes Maybach bege. Ela se sentou no espaçoso banco traseiro e se encolheu no canto, tentando ficar invisível. A única paisagem que conseguia ver, ao subirem a rampa e saírem na avenida Collins, era a alva maçaneta pelada formada pela cabeça de Vladimir atrás do volante.

::::::Vladimir, não ouse dizer uma só palavra para mim.::::::

Acontece que, quanto a isso, ela nada tinha a temer, de modo que logo ficou paranoica.

::::::Serguei me tratou feito *una puta* barata. E se esse autômato sinistro dele não estiver me levando para casa... e sim me sequestrando, para me manter refém em algum lugar de que eu nunca tenha ouvido falar, onde eles me obrigarão a cometer atos indizíveis?::::::

Os olhos de Magdalena já estavam fixados na paisagem que passava. Desesperadamente, ela procurou pontos topográficos tranquilizadores. Só que conhecia muito pouco da geografia ao norte de Miami Beach...

Graças a Deus! O prédio do hotel Fontainebleau passou pela janela do carro... eles estavam na rota certa... Magdalena olhou novamente para a nuca de Vladimir... Toda uma nova gama de desastres passou galopando por sua cabeça... Como ela ia viver agora? Tinha presumido, em algum lugar da sua cabeça, que Serguei iria bancá-la como Norman fizera? Aquilo nunca lhe ocorrera tão claramente antes. ::::::Fui uma mulher bancada esse tempo todo! É verdade! Dei as costas à minha família, a Nestor e a todo mundo porque Norman era uma celebridade televisiva... *aliás, que celebridade*... ele se deixava usar sempre que os cafetões televisivos procuravam um ególatra com diploma médico para provocar o tarado existente dentro de cada espectador com as notícias mais quentes sobre viciados em pornografia... enquanto isso, era visto pela irmandade de psiquiatras como um viciado em publicidade e um alpinista social capaz de fazer qualquer coisa para chamar atenção... inclusive vulgarizar a profissão... *¡Dios mío!* Por que eu me deixo atrair por esses malucos corruptos?::::::

Ela estava com tanta vergonha que fez Vladimir deixá-la a um quarteirão do apartamento. Não queria ser vista chegando em casa naquele carro. Por que aquela garota, ainda com as roupas da festa de ontem, está voltando tão cedo para sua casa aqui, um bairro pobre (em termos de Miami Beach), dentro de uma limusine dirigida pelo chofer de um ricaço? É preciso soletrar a resposta para alguém?

Era um daqueles pavorosos dias de sauna ao ar livre em Miami. Magdalena anda um quarteirão, já se sentindo acalorada, suarenta e com pena de si mesma. Ela tenta, mas não consegue reprimir as lágrimas. A sombra que supostamente acrescentaria dramaticidade aos seus olhos está escorrendo pelas suas faces, castigo esse até bem merecido pela piranhazinha.

::::::Deus, por favor, faça com que a Amélia não esteja em casa... Que ela não me veja assim!:::::: Magdalena não consegue sequer *tentar* enganar Amélia... em relação a *este* assunto. Assim que ela abre a porta... vê Amélia parada bem ali, com as mãos nos quadris. Ela dá uma olhadela para Magdalena, ainda com o vestido preto que lhe emprestou na noite anterior, e um sorriso do tipo o-que-temos-aqui se esgueira pelos seus lábios.

— E por onde *nós* andamos? — disse ela.

— Ah, você sabe aonde eu fui. — Dito isso, os olhos lacrimejantes de Magdalena se abriram, sua boca se escancarou... e ela *prorrompeu* em pranto, soluçando em paroxismos regulares. Sabia que precisava contar a Amélia a história toda, até os detalhes mais humilhantes... mas naquele instante essa era a menor das suas preocupações. Estava tomada pelo medo.

— Venha cá — disse Amélia. — Ei! O que houve?

Ela pôs os braços em torno de Magdalena, sem ter a menor ideia do tamanho da gratidão que sua colega de apartamento sentiu por esse pequeno abraço. Mesmo que estivesse calma e composta, Magdalena jamais encontraria palavras para expressar o que o sentimento de *proteção* demonstrado por Amélia significava para ela naquele momento.

— Ah, meu Deus, eu me sinto tão nojenta. Foi a pior *soluço* noite *soluço* de *soluço* toda a minha vida! *soluço soluço soluço soluço.* — As palavras nadavam contra ondas e ondas de soluços.

— Conte o que aconteceu — disse Amélia.

soluçando soluçando soluçando soluçando...

— Eu achei que ele era tão *soluço* legal *soluço* e tudo mais... tão culto *soluço*... tão europeu *soluço*... que sabia tantas coisas sobre arte *soluço*... e tinha boas maneiras... quer saber como ele é de verdade? O *porco* mais safado que já nasceu! Ele enfia o focinho imundo aqui *soluço* e ali *soluço*... onde mais quiser, e depois me trata feito *mierda*! — Um verdadeiro balde de soluços. — Eu me sinto tão suja! *soluço soluço soluço soluço...*

— Mas o que aconteceu?

— Ele trouxe dois... *capangas* até o quarto, bem dentro do quarto, enquanto eu ainda estava na cama. Parecia furioso, e ficou berrando com eles em russo sobre alguma coisa. Então eu comecei a pensar: "É como se eu nem existisse"... só que eu existo, ora! *soluço* Sou aquele *coño soluço* usado ali *soluço* na cama *soluço soluço soluço*... e ele está mandando que eles joguem fora o *coño* usado, feito o resto do lixo, antes que comece a feder *soluço soluço soluço soluço*... Ele me deixou pirada, Amélia... *totalmente pirada*... mas é pior do que isso. Ele é assustador. Só falou assim: "Preciso resolver um assunto. Vladimir vai levar você para casa." Só isso! Nós tínhamos acabado de passar a noite toda... "Vladimir vai levar você para casa!" O Vladimir é um dos capangas.... um russo grandalhão de cabeça raspada... raspada até o osso... um osso careca cheio de calombos, sem miolos, só circuitos para videogame... Ele é um robô, e faz tudo que o Serguei manda. Veio me trazer até aqui sem dar uma palavra, só seguindo ordens. Leve este *coño* usado lá para fora e se livre dela. Então ele veio de carro até aqui e me largou... Tem alguma coisa... muito errada... tem alguma coisa *maligna* nesse esquema todo. É assustador, Amélia!

Magdalena percebeu que a amiga já estava entediada com aquela peroração, e que não conseguia pensar em algo pertinente para falar. Por fim, Amélia disse: — Bom, na verdade eu não sei coisa alguma sobre o seu Serguei, além das...

Magdalena deu uma risada azeda e murmurou: — Meu Serguei...

— Além das coisas que você me contou, mas parece que... mesmo sendo um oligarca tão bonito e sofisticado como-eu-acho-que-ele-deve-ser, ainda tem o coração de um daqueles cossacos russos que costumavam cortar as mãos das criancinhas pegas roubando pão.

Verdadeiramente espantada, Magdalena disse: — *Cossacos* russos?

— Não comece a entrar em pânico outra vez! Eu juro que não existem mais cossacos russos — disse Amélia. — Nem mesmo em Sunny Isles. Nem sei por que eles me passaram pela cabeça de repente.

— Cortar as mãos das criancinhas pegas roubando pão...

— Tá legal, tá legal — disse Amélia. — Eu não queria fazer uma comparação tão radical... mas você sabe do que eu estou falando...

Magdalena estava prestes a falar algo, mas sentiu um calafrio passar pelo seu corpo, e ficou imaginando se Amélia percebera aquele tremor.

Perto do anoitecer, Nestor e Ghislaine estavam no Museu de Arte Koroliov, examinando detalhadamente um quadro com cerca de um metro de altura e meio metro de largura... Uma legenda na parede dizia: "Wassily Kandinsky, *Composição Suprematista XXIII*, 1919."

::::::Que diabo quer dizer *isso*?:::::: pensou Nestor.

Havia uma grande pincelada em tom de água-marinha ali *embaixo*, perto da base, e ali *em cima* uma outra menor, vermelha... mas um vermelho mortiço feito tijolo. Uma nada tinha a ver com a outra, e entre as duas... uma grande batelada de estreitas linhas pretas, longas, curtas, retas, curvas, tortas ou quebradas, atropelando-se umas às outras em emaranhados promíscuos, mas desviando-se da ocasional congestão de pontos e traços de todas as cores que se podia imaginar quando se chocavam. ::::::Será que isto é uma gozação com toda a gente séria que acha maravilhoso o que Serguei Koroliov, esse oligarca altruísta, fez por Miami?:::::: Aquilo era tão maluco que Nestor não conseguiu se conter: inclinou-se para Ghislaine e, no tom de voz baixo adequado ao lugar, disse: — Que maravilha, não? Parece uma explosão dentro de uma caçamba de lixo!

Ghislaine ficou calada de início. Depois se inclinou perto de Nestor e, em tom piedoso, disse: — Bom, acho que isso não está aí porque eles esperam que vá ou não agradar a alguém. É mais porque se trata de uma espécie de marco.

— Um *marco*? — disse Nestor. — Que tipo de *marco*?

— Um marco na história da arte — disse ela. — No semestre passado, eu fiz um curso sobre arte do início do século XX. Kandinsky e Malevich foram os dois primeiros artistas a fazer pinturas abstratas, e nada além de pinturas abstratas.

Isso foi um choque. Nestor percebeu que, com seu estilo suave e doce, sem querer magoar os sentimentos dele, Ghislaine o repreendera. Pois é! Ele ainda não descobrira exatamente como, em palavras claras, mas ela o repreendera... com toda a discrição. E que história era aquela de usar um tom de voz reverente ali dentro, como se o Museu Koroliov fosse uma igreja ou uma capela? Devia haver sessenta ou setenta pessoas nos dois ambientes. Elas se apinhavam de forma reverente diante deste ou daquele quadro, como se fossem fiéis, e comungavam... mas com o quê? A alma ascendente de Wassily Kandinsky? Ou com a Arte em si... Arte, a Divindade Suprema? Nestor não entendia. Aquela gente tratava a arte como uma religião. A diferença era que com a religião você até podia brincar... bastava lembrar que todo mundo brincava com o Senhor, o Salvador, o Céu, o Inferno, as Trevas, Satanás, o Coro de Anjos, o Purgatório, o Messias, Jesus... sempre buscando um efeito cômico. Na realidade, havia muita gente que nunca ficava à vontade levando aquilo a sério. Já da Arte ninguém ousava debochar... era uma coisa séria. Se você saísse por aí fazendo comentários supostamente engraçados... obviamente era um *palurdo*... um bobalhão... um retardado incapaz de perceber a inadequação autodesvalorizante do seu sacrilégio... Portanto, era *isso*! Era por *isso* que tratar a *Composição Suprematista XXIII* de Kandinsky como uma grande piada solene era tão pueril, pouco engraçado e exasperantemente constrangedor... era por isso que Ghislaine não podia simplesmente aceitar aquilo e soltar uma risadinha inofensiva, só para aliviar a carga da insensibilidade dele, e passar a outro assunto... Por sua vez, isso deixou Nestor terrivelmente consciente de sua falta de instrução.

Não era que as pessoas com diplomas universitários fossem mais inteligentes do que outras. Ele conhecia tantos bacharéis retardados que poderia publicar um catálogo chamado *Quem é Fracassado*. Ao longo do caminho, porém, essas pessoas absorviam um monte de... *troços* necessários para uma boa conversa. Magdalena costumava chamar aquilo de "todos aqueles troços de museu", e esse era o problema de Nestor no momento. Ele não tinha... mas interrompeu essa linha de raciocínio, porque simplesmente não podia ter Magdalena na cabeça. Só conseguia pensar que Ghislaine o repreendera... da forma mais suave que pudera imaginar, mas o *repreendera*, e de jeito nenhum ele ia ficar parado ali, diante daquela pintura de merda, como um penitente garotinho repreendido.

De repente ele se ouviu dizendo: — Bom, mas eu não estou aqui para adorar arte. Estou trabalhando em um caso.

— Você... você falou *caso*? — Ghislaine não sabia direito como colocar aquilo. — Quer dizer, eu achava que você estava...

— Você achava que eu estava "afastado do serviço"... não é? Ainda estou afastado do serviço, mas isso aqui é uma investigação particular. É sobre essas pinturas. – Ele fez um gesto largo, como que incluindo todos os quadros do lugar. Sabia que não devia dizer aquilo, mas era um jeito de enterrar a altivez do *marco* de Ghislaine e todo o resto. Então se inclinou perto do ouvido dela e disse: – Tudo isso aqui é falsificado... nos dois ambientes.

– O quê? – disse Ghislaine. – Como assim... falsificado?

– Essas pinturas são falsificações. Bastante boas, pelo que ouvi dizer, mas *falsificações*, todas elas.

Nestor adorou o olhar espantado no rosto de Ghislaine. Realmente a abalara com aquilo. Se ele era ou não um *palurdo*, subitamente tornou-se irrelevante, porque içara o assunto a um plano infinitamente mais importante... onde os historiadores da arte não passavam de borboletas ou insetos.

– Pois é – disse ele. – Infelizmente, é verdade. São falsificações, e eu sei quem o Koroliov procurou para mandar fazer isso. Fui ao ateliê secreto onde tudo foi feito. E se são falsificações...

Nestor deu de ombros, como quem diz: "A gente não precisa perder tempo com essa história de marcos."

Pronto, era isso! Seu trabalho, sua experiência como investigador particular haviam feito a repreensão dela parecer boba e juvenil... mas só então ele percebeu que não deveria ter divulgado *coisa alguma* sobre o que andava fazendo. Agora, em benefício apenas de sua vaidade ferida, acabara confiando tudo aquilo a uma universitária que mal conhecia.

Não! Ele *conhecia* Ghislaine. Ela era transparente, além de honesta. Ele podia *confiar* nela. Percebera isso logo de cara. Mesmo assim... já que fizera aquela besteira, precisava ter absoluta seriedade.

Nestor deu a Ghislaine um olhar que era quase o do Policial. – Isso fica só entre nós dois, tá legal? Entendeu?

Ficou insistindo no Olhar do Policial até extrair essa promessa dela. Com um fio de voz, quase um sussurro, Ghislaine disse: – Sim, eu entendo.

Ele então se sentiu culpado. A forma mais rápida de afastar Ghislaine... e perder a confiança dela... seria insistir naquela imagem de durão. De modo que ele abriu o sorriso mais simpático e amoroso que conseguiu, antes de dizer: – Ah, desculpe... não queria parecer tão... tão... sério e tudo o mais.

Se existe alguém em quem eu posso confiar, é você. Eu simplesmente... *sei* disso. Senti isso desde o começo e...

Ele se conteve. Desde o começo de *quê*, exatamente? Já estava exagerando também na outra direção.

– Em todo caso, você sabe o que eu quero dizer... Essa é a razão principal que me trouxe aqui. Achei que deveria realmente *ver* tudo isso... e achei que era uma chance de ver *você*. Nem sei dizer como é importante para mim que você esteja aqui.

O olhar amoroso que ele deu a ela era completamente sincero. Ter Ghislaine ao seu lado era como ter um pedaço do Paraíso. Pela primeira vez, as palavras chegaram a se formar na cabeça de Nestor: "Estou apaixonado por ela."

¡Mierda! Seu iPhone! Ele desligara o toque, mantendo apenas o modo vibratório, e agora sentia o aparelho pulando no seu bolso. O visor informava que a chamada era de John Smith. Nestor deu para Ghislaine uma olhadela que significava *Dios mío*, e saiu da galeria. Foi até o saguão, colocou as duas mãos em torno daquele instrumento ofensivo e, em tom excessivamente abafado, disse: – Camacho.

– Nestor, onde você está? – disse a voz de John Smith. – Parece que está falando embaixo de um monte de areia.

– Estou no museu. Achei que precisava dar uma olhadela nessas... naquilo que nós já mencionamos. Estou...

John Smith atropelou as palavras dele, dizendo: – Escute, Nestor... acabo de falar com o Igor. Ele está mal. Acabou de ler a matéria... ou alguém leu tudo para ele.

– Tão tarde?

– Alguém ligou para ele. Duvido que o Igor consiga *ler* em inglês, e provavelmente o mesmo acontece com seus amigos, sejam eles quem forem. Em todo caso, ele ficou bastante agitado. No início, achei que estivesse com raiva de *mim*. Provavelmente está, mas não foi por isso que ficou baratinado, e sim por achar que o Koroliov irá até lá acertar as contas com ele. Ele realmente acredita nisso. Está com medo de ser *emboscado*, no sentido de *morto*, assassinado. Acha que eles já estão vigiando o lugar. Não viu ninguém, nem foi ameaçado... mas está totalmente paranoico. Eu falei: “Acha que ele vai pegar você só por ter debochado dos quadros dele?” Ele passou um minuto calado. Depois falou: “Não”... Você está pronto para ouvir? “E sim porque fui eu quem pintou aqueles quadros. Para que você foi publicar que eu pintei os quadros de olhos fechados? Foi você que fez isso comigo! Só faltou desenhar um mapa para eles”... e por aí afora. Ele está meio enlouquecido, Nestor... mas confessou tudo!

— Ele falou claramente que falsificou os quadros? Tinha mais alguém ouvindo a conversa... ou é a sua palavra contra a dele?

— É melhor do que isso — disse John Smith. — Eu gravei tudo... com a concordância dele. Falei que ele precisava ter um registro de cada passo do caminho.

— Mas ele não está confessando ser um falsificador?

— Essa é a menor preocupação do Igor no momento. Ele acha que eles vão vir atrás dele. Além disso, na minha opinião, ele daria a vida para ver revelada a grandeza do seu talento.

::::::Jesus Cristo.:::::: Algo no entusiasmo de John Smith... sua alegria na caçada, ou sua expectativa de uma grande proeza jornalística... assustou Nestor. :::::: “Daria a vida”::::::

20

A TESTEMUNHA

¡Caliente! Caliente baby... Got plenty fuego in yo' caja china... Means you needs a length a Hose put in it. ::::::*Jesus!* Que horas são?:::::: Nestor rolou o corpo até o iPhone, pegou o aparelho ::::::05:33... *mierda*:::::: e, no tom mais truculento que já usara na vida, rosnou: – Camacho.

– Nestor? – disse a mulher na linha, com um grande ponto de interrogação, sem a menor certeza de que aquela inóspita voz animalesca pertencia a Nestor Camacho.

– Sim – disse ele, em um tom de voz que transmitia a mensagem: "Tenha a bondade de se desintegrar."

– Desculpe, Nestor... eu não ligaria assim, a não ser que fosse absolutamente necessário – disse a mulher em tom débil, quase lacrimejante. Sua voz começou a falhar: – Sou eu... Magdalena. Você é a... única... pessoa que... pode *me ajudar*!

::::::*Sou eu... Magdalena!*::::::

Uma única lembrança passou por baixo do radar, ou seja, subliminarmente, e inundou o sistema nervoso de Nestor sem chegar a virar um pensamento... *blipe* Magdalena terminando com ele em uma rua de Hialeah, e partindo tão velozmente em seu BMW misteriosamente adquirido que os pneus cantam e duas rodas se erguem do solo, quando ela vira no cruzamento para escapar dele. A lembrança passou por baixo do radar, mas conseguiu fazer bem todo o serviço: acabar com o amor, o desejo, a libido e até a solidariedade... às cinco e meia da madruga.

— Nestor... você está aí?

— Estou, estou aqui — disse ele. — Você precisa admitir que isto é bem esquisito.

— Como assim?

— Receber um telefonema seu. Em todo caso... *¿Qué pasa?*

— Não sei se consigo explicar tudo pelo telefone, Nestor. A gente não poderia se encontrar... tomar um cafezinho, ou o café da manhã... *qualquer coisa?*

— Quando?

— Agora!

— Precisa ser agora? São cinco e meia da matina. Eu fui dormir às duas.

— Ah, Nestor... se você nunca fizer *ou-ou-ou-ou-ou*tra coisa por mim... preciso de-e-e você-ê-ê-ê agora! — As palavras de Magdalena estavam se fragmentando, mesmo palavras pequenas como *de* ou *você*. — Não consigo dormir. Não dormi a noite toda. Estou com tanto medo. Nestor! Por favor, m-e-e-e aju-u-ude!

Como sempre mostram os anais da história, raro é o homem forte com força suficiente para ignorar as lágrimas de uma mulher. Some-se a isso o orgulho que Nestor tinha de sua força, e... talvez ele nem sequer ousasse *pensar* nisso... sua *coragem* como protetor: o homem no mastro prestes a mergulhar para a morte... Hernandez prestes a ser estrangulado pelo gigante na cracolândia... as lágrimas de uma mulher implorando pelo Protetor... Ele cedeu:

— Bem... onde? — disse ele. Os dois dividiam apartamentos tão pequenos que lá não teriam privacidade. Tá legal: os dois se encontrariam para tomar um café, mas o que estava aberto tão cedo? Nestor acrescentou: — Sempre tem a Ricky's.

Magdalena ficou atônita. — Você não está falando da padaria do Ricky lá em *Hialeah*!

::::::Ah, estou sim:::::: disse Nestor para si mesmo. A verdade era que assim que ele falara "Ricky's", o cheiro ambrosíaco dos pastelitos lhe voltara à mente... deixando-o esfaimado, e por sua vez convencido de que não poderia continuar acordado sem ir à padaria. Em voz alta, porém, ele disse apenas: – Não conheço outro lugar que esteja aberto às cinco e meia da madruga, e se eu não comer alguma coisa, você terá de lidar com um zumbi.

Eles acabaram marcando na padaria dali a 45 minutos, ou seja, 6:15 da manhã. Nestor não conseguiu conter um bocejo profundo... seguido por um gemido também profundo... O que ele estava fazendo?

Nestor teve de estacionar o Camaro a dois quarteirões da padaria, e a caminhada por esses dois quarteirões reacendeu seus muitos rancores de Hialeah. Na sua cabeça, não foram só seus pais e vizinhos... ele ainda via Ruiz estalando os dedos como se houvesse esquecido algo e voltando para casa a fim de não precisar passar por El Traidor Nestor Camacho na rua... fora *Hialeah inteira* que o tratara como se ele fosse um constrangimento, ou talvez um simples rato, depois que ele salvara o homem no mastro ::::::sim, eu *salvei* aquele sujeito! Nunca pensei em prender o coitado! As únicas pessoas que me deram uma chance justa foram a Cristy e a Nicky, da padaria do Ricky:::::: Com isso, o *tesão* gratuito que ele sempre tivera por Cristy *blipou* por sua virilha, provocando uma suave euforia.

Ele já estava na calçada da pequena fileira de lojas desprezíveis que precisaria ultrapassar a caminho da padaria... Ah, é... lá estavam todas elas... aquela loja de *santería* idiota, onde a mãe de Magdalena sempre ia comprar suas bobajadas de vodu... era mesmo de esperar! Bem ali na vitrine havia um são Lázaro de cerâmica com quase um metro de altura, e aquele doentio matiz de amarelo que só realçava as doentias lesões leprosas preto-amarronzadas que lhe cobriam o corpo... a *mami* de Magdalena... minha própria *mami*... Por que esse leproso desgraçado me faz pensar na *minha* mami? Uma alma desgraçada vivendo do sofrimento alheio... Ela precisa acreditar no seu *caudillo*, é claro... mas também *precisa* manter o amor do seu filho traidor... e oferece a ele, apesar das transgressões, uma bela palheta de piedade... "Eu perdoo você, meu filho pródigo, perdoo você"... Aquilo era *nojento*, isso sim!

Mas então ele sente pela primeira vez o cheiro dos pastelitos, o que significa que a padaria está logo adiante. Ele chega à porta... já consegue *sentir* seus dentes cortando a massa, *ver* a massa largando flocos lindos feito flores diminutas e *provar* a carne moída com presunto picado que seus dentes estão pondo em sua língua sobre um leito de pétalas de massa. Então ele entra... parece que faz uma eternidade desde que parou naquele umbral pela última vez, mas nada mudou. Lá está o grande balcão de vidro com prateleiras iluminadas cheias de pães assados, bolos, muffins e outras coisas doces. As mesinhas redondas e as antiquadas cadeiras de madeira curva continuam ali... desocupadas, às 6:15 da manhã. Tá legal, ele vai se sentar ali com Magdalena quando ela chegar... Acima de tudo, paira o rico aroma dos pastelitos! O Paraíso deve ser assim. Há quatro homens junto ao balcão, aguardando seus pedidos... trabalhadores da construção civil, na opinião de Nestor. Dois deles têm capacetes de metal, e todos os quatro usam camisetas, calças jeans e botinas de obra. Aguardando... mas não há sinal de Cristy ou Nicky...

... Nesse momento ouve-se um grito agudo e melódico vindo de algum lugar atrás do balcão...

— Nestor!

O balcão é tão alto que ele ainda não consegue vê-la, mas é impossível não reconhecer aquela voz, que voa pelos registros mais altos. Meudeus... aquilo enche Nestor de felicidade! A princípio, ele não compreende totalmente por quê. Ela ficou ao lado dele o tempo todo, tratando-o como *gente*, não como uma ficha em um tabuleiro político. É verdade, é verdade, mas não tente se iludir, Nestor! Você está *a fim* dela, não está? Tão bonitinha, tão animada, tão harmoniosa em sua pequenez, *una gringa* entre *gringas* com sua cabeleira de *gringa*, um buraquinho tão doce e promissor, meu *soquete* celestialmente gringo, minha Cristy!

— Cristy! — entoa ele. — *¡Mía gringa enamorada!*

Ele fica excitado só de pensar! Vai direto para o balcão, abre caminho entre os quatro operários como se eles fossem feitos de ar e entoa uma saudação feliz, em voz bem alta, ao mesmo tempo se esforçando para que sua voz possa ser interpretada como brincalhona.

— Cristy, a única! Tem ideia da saudade que eu sinto de você o tempo todo?

Agora ele já consegue ver o topo da cabeleira gringa e os olhos brincalhões de Cristy, pois ela também sabe brincar.

— *Mío querido pobrecito*... sentiu *saudade* de mim? — diz ela em tom de gozação. — *Aiiii*... nem sabia como me encontrar, não é? Só estou aqui toda manhã, de cinco e meia em diante.

Ela para a dois passos do balcão e dos fregueses operários, que aguardam, erguendo na mão esquerda uma bandeja com dois pedidos de pastelitos e café... e dá a ele um olhar de, se não amor, algo muito perto disso. Nestor se inclina sobre o balcão até seu corpo ficar praticamente curvado sobre o vidro, para que sua mão direita possa chegar perto dela. Cristy desliza a bandeja por cima do balcão sem nem sequer uma olhadela para os operários, a fim de pegar a mão de Nestor com suas duas mãos. Dá um aperto brincalhão na mão dele e depois solta. Tem os olhos totalmente fixados nele.

— Pois é, *mía gringa*... o departamento já não me deixa circular por aí.

— É, as pessoas têm me contado.

— Não duvido, mas o que elas dizem?

Uma voz grave: — Elas dizem: "Por que tu num para de farejar a garota e deixa ela trazer a porra da nossa comida?"

Era um dos operários por quem Nestor acabara de passar... sem nem sequer um *por favor*. Era um gordão, que de altura devia ter uns 12 centímetros a mais do que Nestor, e só Deus sabe quantos quilos a mais. Um americano operário de alto a baixo: o capacete de metal, a testa úmida de suor, o bigodão acompanhado de uma barba de oito dias que dava um ar grisalho às mandíbulas suadas... a camiseta branca, já tão manchada de suor que tinha cor de caldo de carne, esticada por cima de uma longa extensão de carne que merecia a expressão "barriga de lutador", um par de braços carnudos, mas grossos, um deles com uma tatuagem retratando uma imensa águia cercada por corvos, envolvendo o bíceps e o tríceps, uma rústica calça de sarja cinza, típica de operários, e surradas botinas marrons com biqueiras de aço e solas grossas feito fatias de rosbife...

Nestor estava tão bem-humorado, graças a Cristy, que ficaria até feliz rindo da piada do grandalhão, que afinal tinha certa razão, e deixando a coisa passar... exceto por uma palavra: *farejar*. Principalmente por vir dos lábios operários de um casca-grossa como aquele, o ato de farejar Cristy ganhara uma conotação sexual. Nestor vasculhou os miolos em busca de uma razão para que até aquilo não fosse problema. Tentou e tentou, mas não conseguiu. Tratava-se de um insulto... insulto este que ele precisava pisotear até matar ali mesmo. Era um desrespeito a Cristy. Como todo patrulheiro sabia, você não podia esperar. Precisava calar os linguarudos *logo*.

Ele se afastou do balcão e deu ao americano um sorriso amistoso, um sorriso que podia facilmente ser interpretado como fraco, e disse: — A Cristy e eu somos velhos amigos, e não nos vemos há muito tempo.

Depois alargou o sorriso até curvar o lábio superior para cima, exibindo os dentes dianteiros... e continuou esticando o sorriso até seus longos caninos o deixarem com o aspecto de um cachorro sorridente, prestes a rasgar carne humana, enquanto acrescentava: — Tu tem algum *problema* de farejar isso?

Os dois homens ficaram se encarando fixamente pelo que pareceu ser uma eternidade... feito um tricerátopo e um alossauro se enfrentando em um penhasco pré-histórico... até que o americano baixou o olhar para o relógio de pulso e disse: — Pois é, mas eu preciso sair daqui e voltar para o canteiro de obras em dez minutos... tu tem problema com *isso*?

Nestor quase deu uma gargalhada.

— Nem um pouco! — disse ele com uma risadinha. — Nem um pouco!

A disputa terminara assim que o americano desviara o olhar, supostamente a fim de olhar para o relógio. O resto fora papo furado... só para tentar manter a dignidade.

Subitamente Cristy olhou para um ponto atrás de Nestor, com um ar significativo, mas nada feliz. — Você tem visita, Nestor.

Nestor se virou. Era Magdalena. Ele nem sequer sonhava que Cristy soubesse do seu caso com ela. Magdalena estava vestida de forma simples, modesta, até com certo pudor: calça jeans e uma blusa azul-clara largona, meio masculina, de mangas compridas, abotoada nos punhos e quase até o pescoço. Seu rosto... o que havia de diferente ali? Um óculos escuros cobria grande parte do rosto dela. Mesmo assim, ela parecia tão... pálida. "Pálida" era o máximo que os poderes analíticos de Nestor podiam produzir. Os homens só notam a maquiagem de uma mulher em caso de ausência, e mesmo assim não têm ideia do que está faltando. A Magdalena que ele conhecia sempre transformava o entorno dos olhos em sombrios panos de fundo que realçassem seus cintilantes olhos castanhos. Nas maçãs do rosto, ela sempre usava blush. Mas Nestor ignorava todas essas informações sofisticadas. Ela simplesmente parecia pálida, isso era tudo, pálida e extenuada... era esta a palavra? Não parecia ela própria. Normal, pudica, simples e sensata — nada disso era Magdalena também. Nestor foi até ela e ficou olhando para aquele par de impenetráveis lentes escuras. Viu ali seu próprio reflexo, pequeno e sombrio... sem sinal algum de Magdalena.

— Bom, *é* você, não é? — disse ele em tom amável, mas sem emoção.

— Nestor... é muita bondade sua *faze-e-e-er i-i-i-sso* — disse ela. As últimas palavras quase se desintegrando em soluços.

O que ele deveria fazer naquele momento? Consolá-la com um abraço? Mas só Deus sabia o resultado lacrimejante que isso provocaria. E ele também não queria saudar Magdalena com um abraço bem na frente de Cristy. Um aperto de mãos? Mas seria falso demais cumprimentar Magdalena com um aperto de mãos, depois de todo o tempo que eles haviam passado deitados lado a lado nos últimos quatro anos. Então ele só disse: — Aqui... por que não nos sentamos?

Era a mesinha redonda mais afastada do balcão. Eles se sentaram nas velhas cadeiras de madeira curva. Nestor foi ficando cada vez mais nervoso. Ela estava mais bela do que nunca. Só que essa observação não se convertia em emoção. E ele só conseguiu pensar em uma coisa para dizer...

— O que você quer? Café? Um pastelito?

— Só um café cubano para mim.

Magdalena começou a deslizar sua cadeira para trás, como se fosse ao balcão pessoalmente, mas Nestor se levantou e fez um gesto para que ela ficasse sentada, dizendo: — Eu vou lá pedir. É por minha conta.

Na verdade, ele *ansiava* para escapar da mesa. Estava constrangido. Ela era *tão linda*! Nestor não estava se sentindo arrebatado por desejo, mas por admiração. Esquecera. Todo mundo ficaria olhando para ela. Ele deu uma olhadela para o balcão... e sim, todos estavam olhando... os quatro operários, Cristy, até Ricky... Ricky *em pessoa* deixara a área da cozinha por tempo suficiente para ficar embasbacado ali. Nestor começou a ter ideias próprias, mas não ia se debruçar sobre aquelas ideias, ia? O fato de Magdalena ter voltado a ele porque agora estava precisando dele... o olhar completamente vulnerável que ela lhe dera... nada disso tinha a ver com desejo, tinha? Só que ele ainda conseguia ver, *ver* como se tudo estivesse acontecendo naquele momento, *ver* Magdalena naquela vez em que ele estava deitado na cama, com ela a menos de um metro de distância, totalmente nua, exceto por um fiapo de calcinha rendada, e ela lhe dera aquele olhar provocante que dava em momentos assim, enfiando lentamente os dedos dentro do elástico da calcinha... *aquele olhar provocante*... abaixando o pano... abaixando lentamente o pano... até...

::::::Mas ela já traiu você uma vez, seu imbecil! Por que acha que ela mudou? Só porque veio choramingando pedir sua ajuda? E a Ghislaine? Você ainda não *fez* coisa alguma... mas já está diante da porta. Como *ela* vai se sentir? Mas ela não precisaria saber, não é? Ah, que bela brincadeira seria... não há testosterona suficiente no seu corpo para que você vire um idiota tão grande. Bom, mas... por que não seguir o fluxo por enquanto? Ótimo, Nestor! É exatamente esse o brado de guerra do idiota!::::::

No balcão, Nicky lhe trouxe os dois cafés cubanos que ele pedira. Nestor não conhecia Nicky tão bem quanto Cristy, mas ela inclinou o queixo sobre o balcão, lançou um olhar para a mesa dele, olhou de volta para ele e disse: — Então essa é a Magdalena?

Nestor fez que sim com a cabeça, enquanto Nicky arqueava as sobrancelhas de uma forma exageradamente cúmplice. Aquilo significava que *todo mundo* sabia dos dois? Então ele voltou à mesa com os dois cafés... e seu primeiro sorriso amistoso.

— Magdalena, você está maravilhosa. Sabia disso? Não parece uma pessoa morta de preocupação — disse ele, continuando a sorrir.

Isso em nada melhorou o humor de Magdalena, que baixou a cabeça.

— Morta de preocupação — murmurou ela. Depois ergueu a cabeça e encarou Nestor. — Nestor... eu estou morta de *medo*! *Por favoooor!* Não conheço ninguém, nem uma só alma, que possa me dizer o que fazer, a não ser você. Você sabe, porque era policial.

— Ainda sou — disse ele, em tom mais seco do que pretendia.

— Mas eu achei que...

Magdalena não sabia como se expressar.

— Você achou que eu fui expulso do efetivo... certo?

— Acho que me confundi. Saíram tantas coisas escritas sobre você nos jornais. Tem noção de quantas reportagens grandes eles fizeram sobre você?

Nestor deu de ombros. Essa foi sua reação externa, mas por dentro ele formigava de vaidade. ::::::Nunca pensei nisso dessa forma.::::::

— Eu fui... "afastado do serviço", como dizem. Ainda sou policial, mas ser "afastado do serviço" é muito ruim.

Obviamente, Magdalena não entendia.

— Bom... seja como for, eu confio em você-ê-ê-ê, Nesto-o-o-or — disse ela, enrolando as palavras com mais soluços.

— Obrigado. — Nestor tentou parecer sinceramente comovido. — Por que você não me conta logo o que a preocupa tanto?

Magdalena tirou os óculos escuros para enxugar as lágrimas dos olhos. ::::::*¡Dios mío!* Estão tão vermelhos e inchados... e ela está tão pálida!:::::: Rapidamente, Magdalena colocou os óculos novamente. Sabia qual era o seu aspecto.

— Esse negócio todo está me deixando maluca — disse ela, fungando para conter mais lágrimas.

— Olhe, você vai ficar bem! Mas primeiro precisa me contar o que *é*.

– Está bem... desculpe – disse ela. – Bom, ontem eu estava em Sunny Isles, visitando um amigo meu. Ele sempre foi muito legal e tu-u-u-do...

Ela desmoronou e recomeçou a soluçar, baixando a cabeça enquanto cobria o nariz e a boca com um guardanapo.

– Vamos lá, Magdalena – disse Nestor.

– Desculpe, Nestor. Eu sei que pareço... paranoica, sei lá. Em todo caso, eu estava visitando esse amigo meu... que é muito bem-sucedido. Ele tem um apartamento dúplex, feito uma cobertura, em um edifício à beira-mar em Sunny Isles. Então eu estou lá, conversando com ele sobre isso e aquilo, quando o telefone dele to-o-o-oca. – Ela soluçou silenciosamente. – Desse momento em diante, o meu amigo, sempre tão tranquilo, elegante e confiante, fica muito nervoso, tenso e irritado... quer dizer, ele vira outra pessoa... sabe como é? Começa a berrar, falando em russo, ao telefone. Ele é russo. E logo aparecem dois homens lá. Para mim, pareciam capangas. Um deles era até apavorante... um grandalhão de cabeça totalmente raspada... só que a cabeça dele parecia pequena demais para um homem daquele tamanho, além de ter vários *calombos* esquisitos, uma espécie de morros, como se fossem as montanhas lunares ou coisa assim. É até difícil descrever aquilo. Em todo caso, esse grandalhão dá ao meu amigo um jornal, o *Herald* de ontem, já aberto em uma certa página. Mais tarde eu vi o que era, um longo artigo sobre um artista russo de quem eu nunca ouvi falar, e que mora em Miami, fazendo...

::::::*Igor!*::::::

Com empolgação até demasiada, Nestor interrompeu: – Qual era o nome desse tal artista?

– Não lembro – disse Magdalena. – Igor Qualquer-Coisa... não lembro do sobrenome. Então o meu amigo fica realmente furioso. Começa a correr pela casa, dando ordens e tratando todo mundo com rispidez, inclusive a mim. Fala que eu vou para casa. Não me *pede* isso, nem diz *por quê*. Simplesmente manda que um dos capangas me leve de carro para casa. Para mim, só fala: "Preciso resolver um assunto." Mas não me dá a menor pista sobre o tal assunto. Então leva os dois capangas para o aposento ao lado, que é uma biblioteca pequena, e começa a berrar com eles... na verdade, não chega a berrar, mas obviamente está enfurecido, e depois começa a dar ordens bruscas ao telefone. É tudo em russo, mas a tal biblioteca tem portas duplas que eles não fecham completamente, de modo que eu consigo ouvir o que eles estão falando mesmo sem entender coisa alguma, com exceção de uma palavra... Hallandale. Aí ele e um dos capangas vão embora às pressas, sem qualquer explicação. O outro capanga, o grandalhão de cabeça raspada, parece um... um... *robô*. Ele me leva de carro para casa sem dizer uma só palavra o tempo todo. Tudo já está começando a ficar... esquisito e meio assustador, pelo jeito com que o meu amigo dá ordens aos dois e eles simplesmente aceitam. Mas... por que você está olhando assim para mim, Nestor?

— Acho que estou surpreso, só isso — disse Nestor, consciente de que estava respirando depressa demais. — E qual é o nome desse seu amigo?

— Serguei Koroliov. Talvez você já tenha ouvido falar dele. Ele doou ao Museu de Arte de Miami quadros de uns artistas russos famosos, no valor de quase 100 milhões de dólares, e eles rebatizaram o museu com o nome dele.

Se ele já ouvira falar de Serguei Koroliov?

Ainda nos estertores do espanto, Nestor foi engolfado por uma onda de compulsão informativa — a compulsão de impressionar pessoas com informações que você tem e elas adorariam ter, mas não têm —, uma onda que na verdade é a melhor amiga do investigador policial.

Se eu já ouvi falar de Serguei Koroliov? ::::::*Você vai cair para trás* com o que eu vou contar agora:::::: mas, no último instante, outra compulsão — a cautela policial de guardar informações — fez com que ele recuasse da beira do abismo.

— Como você conheceu esse tal de Koroliov?

— Em uma exposição de arte. Ele me convidou para jantar.

— Onde?

— Um restaurante em Hallandale — disse Magdalena.

— E como era lá?

— Era ótimo. Mas estar lá com Serguei... — ela hesitou e acrescentou: — ... Koroliov me deu uma sensação estranha. — Nestor ficou pensando se Magdalena acrescentara aquele "Koroliov" para que ele não achasse que ela tinha qualquer coisa íntima com o cara. — Assim que nós chegamos lá, vi que todo mundo, a começar pelos manobristas, tratava o Serguei... — ela fez outra pausa, mas provavelmente decidiu que dava trabalho demais ficar metendo toda hora "Koroliov" na conversa, e prosseguiu: — ... tratava o Serguei como um rei, ou talvez a palavra certa seja um czar... mas nem mesmo um czar... mais como um ditador... ou um "padrinho". Foi isso que começou a me deixar nervosa, todo aquele clima de máfia, embora naquele momento nem passasse pela minha cabeça essa coisa de "máfia". Lá dentro, em qualquer lugar que a gente chegasse, assim que ele se aproximava, as pessoas paravam o que estavam fazendo e... bom, só faltavam se curvar na frente dele. Quando ele não gostava do que uma pessoa estava falando, ela passava a falar exatamente o contrário do que acabara de falar... na mesma hora! Nunca vi coisa igual. Lá tinha um enxadrista russo famoso que ficou me torrando a paciência... até hoje não sei por quê... mas o Serguei mandou que ele fosse embora, e acredite... ele *foi*! Na mesma hora! Então ele mandou que as outras seis pessoas da mesa fossem para outra mesa, e elas foram... na mesma hora! Grande parte disso foi constrangedor, mas eu preciso admitir que foi meio empolgante estar com alguém com tanto poder. Mas tudo que eu vi lá foi quase nada, comparado ao que aconteceu ontem.

Puf! A aura da sua Manena, a beleza da sua Manena, e todas as lembranças da vida abaixo da cintura desapareceram... *assim*. Nestor só via à sua frente uma... *testemunha*, uma mulher que vira Koroliov ler o artigo de John Smith sobre Igor, virar um maníaco homicida ali mesmo, diante dos seus próprios olhos, e começar a dar ordens às pessoas como se a Terceira Guerra Mundial houvesse estourado, berrando ao telefone sobre Hallandale e saindo apressadamente com um de seus capangas. Ele olhou para o relógio: 6:40 da manhã. Deveria telefonar ou mandar um torpedo para John Smith? Provavelmente mandar um torpedo. Mas escrever não era o seu ponto forte. A ideia de digitar tudo aquilo com seus próprios dedos na tela de vidro de um iPhone...

— Magdalena... eu volto já.

Ela já não era mais Manena. Nestor partiu para o banheiro masculino, que era do tamanho de um armário. Lá dentro, fechou a porta e fez a chamada.

— A-lôôô...

— John, aqui é o Nestor. Desculpe ligar tão cedo, mas eu acabei de encontrar uma velha amiga... estou em Hialeah, tomando café... e ela me contou algo que você precisa saber antes da sua reunião no jornal. Eles querem uma testemunha ocular? Bom, já temos uma testemunha ocular...

Ele passou a narrar o que Magdalena vira... o pânico que abalara Koroliov "assim que ele leu a sua matéria ontem"... destacando a única palavra que ela compreendera no meio de um verdadeiro furacão em russo: *Hallandale*.

— Tudo isso pode não ser nada, mas eu vou até aquele condomínio dar uma olhadela no Igor.

— Nestor, isso é incrível! Realmente incrível! Sabe o que você é, Nestor... você é um cara genial! Não estou brincando! — John Smith continuou elogiando Nestor assim. — Só me preocupa essa sua exposição pública ::::::*sua*:::::: em pleno dia durante o horário proibido... que é de oito às 18, não?

— Pois é — disse Nestor. — Acho melhor tomar um pouco mais de cuidado.

— O que eles vão fazer se pegarem você?

Nestor ficou em silêncio. Não gostava de pensar no assunto, que dirá falar naquilo.

— Acho que eles... me expulsariam do efetivo.

— Então... é tão importante assim dar uma olhadela no Igor *agora*?

— Você tem razão, John... mas eu simplesmente preciso fazer isso.

— Sei lá... bom, tome cuidado, pelo amor de Deus, está bem?

A caminho de volta para a mesa, Nestor foi pensando no assunto... ir à Honey Pot e seguir Igor até o condomínio Alhambra Lakes para Adultos

Ativos? Aquilo fora de madrugada, muito depois das seis da tarde. Portanto, tudo bem. Já voltar com John Smith no dia seguinte, fingindo ser um inspetor do "Meio Ambiente"? Aquilo fora *insanidade*. Talvez ele houvesse sido salvo pelo terno com gravata. Se parecia tão esquisito com aquela roupa quanto se sentia, não corria perigo algum. Em todo caso, valera a pena correr aquele risco. Eles haviam descoberto uma parede inteira de novas falsificações feitas por Igor, e tirado ótimas fotografias... e ali estava ele, voltando ao condomínio para Adultos Ativos na ofuscante luz do dia de Miami. Lil não era nenhum gênio, mas também não era tapada. E se àquela altura ela já houvesse descoberto tudo... visto a cara dele no YouTube ou no noticiário da TV aberta... e se perguntado por que um policial fora até lá fingindo ser do Meio Ambiente?

Em todo caso, ele estava sendo impelido por algo a voltar lá.

Quando voltou à mesa, Nestor conseguiu assumir uma expressão tranquila. Já o rosto da Testemunha não estava nem um pouco tranquilo. Ela ficava olhando para cá... para lá... roendo a junta do dedo indicador o tempo todo... ao menos era o que parecia.

— Magdalena, não fique pensando no pior que pode acontecer. Até agora, nada aconteceu... mas se você está tão preocupada, por que não vai passar alguns dias na casa de alguém?

O olhar que Magdalena lhe deu fez Nestor pensar que ela estava esperando que ele dissesse "Por que não se muda para a minha casa?". Mas ele não sentia a menor vontade de dizer isso. Não conseguia mais imaginá-la baixando a calcinha, e não *precisava* de uma testemunha naquele apartamento diminuto. Então consultou o relógio...

— Sete e quinze — disse ele alto. — Tenho 45 minutos para chegar em casa antes que o horário restrito comece.

Na realidade, nem por um segundo Nestor pensou em ir para casa. Só estava mantendo a Testemunha na linha. Na verdade, partiu direto pela I-95, a estrada que levava a Hallandale.

Ele reduziu a marcha do Camaro, de noventa quilômetros por hora para setenta, nem um quilômetro a mais, pois já passavam dois minutos das oito horas... e não podia se arriscar a ser detido por um patrulheiro estadual por excesso de velocidade, e ter exposta assim sua violação do horário restrito. Já estava até perto de sessenta quando fez a última grande curva no Hallandale Beach Boulevard...

E ali estava o condomínio Alhambra Lakes para Adultos Ativos assando um pouco mais sob o grande maçarico de Miami... desmoronando um pouco mais... com os terraços pendendo um pouco mais, já mais perto de ceder e ruir sobre o concreto lá embaixo. O lugar estava tão silencioso quanto um túmulo. Como mais de 99 por cento dos habitantes do sul da Flórida, Nestor jamais vira um túmulo, e "silencioso"... como *ele* poderia saber? Ali dentro do Camaro, com os vidros fechados e o ar-condicionado lutando para impelir algum vento pelos dutos, ele não conseguia ouvir coisa alguma. Simplesmente presumia que tudo estivesse silencioso. Pensava em todos os residentes do condomínio Alhambra Lakes para Adultos Ativos como... bem, não exatamente *mortos*... mas ele também não os descreveria como vivos. Eles estavam no Purgatório. Pela explicação que Nestor recebera das freiras, o Purgatório era um lugar imenso... grande demais para ser chamado de aposento... feito aqueles espaços enormes no Centro de Convenções de Miami... e todas as almas recém-falecidas se apinhavam ansiosamente ali, querendo saber para qual região da vida após a morte Deus iria despachá-las... por toda a eternidade, que obviamente nunca termina.

Mais uma vez ele deixou o carro no estacionamento de visitantes, perto da estrada e longe da portaria principal. Já estava usando aqueles seus óculos mais-escuros-do-que-a-escuridão da CVS, com aros de arame... só que em nome da vaidade, e não como subterfúgio. Mas então pegou, embaixo do assento dianteiro, um chapéu de plástico branco que imitava palha trançada, com aba larga... à guisa de disfarce.

Uns cinco segundos, talvez, depois que o ar-condicionado foi desligado, um calor sufocante tomou conta do interior do Camaro. Quando Nestor saiu, não havia ar fresco... apenas um calor esturricante que vinha do maçarico. Suas roupas pareciam feitas de lã e couro, mesmo aquela camisa de poliéster, que imitava algodão tingido. Ele a escolhera para o encontro com Magdalena por causa das mangas compridas. Não queria flexionar nem um só centímetro da musculatura Camacho. A calça de sarja parecia feita de couro: era tão justa nos quadris que cada passo que Nestor dava parecia espremer mais suor da carne em torno da virilha. Ele até olhou para baixo umas duas vezes, para ver se aquilo era visível. A luz do sol se refletia de forma ofuscante em todas as superfícies metálicas dentro do vasto estacionamento, tanto que os carros viravam meras sombras e formas, mesmo quando vistos através daquelas lentes policiais mais-escuras-que-a-escuridão. Nestor estreitou os olhos até conseguir discernir o SUV Vulcan de Igor. Bom, ao menos o russo não fora para outro lugar... e em todo caso não estava mesmo em clima de se aventurar em público, pela descrição que John Smith fizera da paranoia dele. *Hum*... junto ao meio-fio diante da portaria havia duas viaturas da polícia do condado de Broward. Era tudo que ele queria ali... alguns coleguinhas que poderiam facilmente reconhecer, pelos óculos e tudo o mais, o policial transgressor-do-horário-restrito e já afastado-do-serviço, mas que insistia em aparecer na mídia... mesmo que mal, na maioria das ocasiões mais recentes.

Ao se aproximar das viaturas dos policiais, Nestor virou a cabeça e o chapéu de aba larga para o outro lado, como se, por uma razão inconcebível, estivesse inspecionando os tijolos, baratos e pintados, da fachada. Lá dentro os andadores de alumínio estavam fazendo tanto barulho que ele se perguntou se os donos estariam indo tomar café da manhã... mas não podia ser... os adultos ativos sempre faziam suas refeições o mais cedo possível. Seguramente não haveria tantos deles indo tomar café da manhã depois de oito horas. Quando Nestor entrou, viu muitos deles parados ou andando pela portaria, conversando entre si... ou sussurrando uns com os outros o mais perto possível dos respectivos ouvidos. *¡Santa Barranza!* A menos de sete metros dele estava Phyllis, a administradora interina. Ela poderia reconhecê-lo. A última coisa que Nestor queria era ser atrapalhado por uma pessoa feito ela... absolutamente sem humor e de índole difícil. Mais andadores de alumínio, cruzando ruidosamente de um lado a outro, se apinhavam na abertura que levava ao pátio. Mas ninguém parecia estar entrando ali. Era como se os andadores houvessem se enredado, engarrafando a abertura. A conversa também era bastante barulhenta... uma massa de velhas retinindo e matraqueando em volta dos seus andadores. Nem adiantava tentar ir por ali. Nestor entrou no elevador e subiu até o andar de Igor, o segundo. Saltou na passarela, onde havia mais gente retinindo e matraqueando em volta dos andadores. Ele não se lembrava de ter visto tanta atividade em uma das passarelas durante sua primeira visita diurna. Então começou a se aproximar do apartamento de Igor, de forma lenta e hesitante.

— Olhe, Edith... bem ali... é um dos homens do Meio Ambiente... ah, você não acredita em mim... então quem é aquele ali?

O comentário vinha de um ponto mais adiante. Nestor reconheceu a voz imediatamente como sendo de Lil, e então localizou as duas velhas. Cautelosamente, começou a se aproximar delas... que também vieram caminhando e retinindo na direção *dele*. Como sempre, Lil parecia efusiva. Como de costume, Edith estava curvada sobre o andador barulhento, mas vinha se aproximando bem depressa.

Mesmo a distância, Nestor conseguiu ouvir Edith dizer: — *Agora* é que ele vem... *depois* que o cheiro já foi embora.

— E onde está aquele outro, o mais alto? — disse Lil. — Ele é que tem todos os...

Ela se calou e bateu na testa com o dedo indicador.

::::::Obrigado:::::: disse Nestor para si mesmo. ::::::Por que ela falou "todos"?:::::: Ele não conseguia se lembrar do que dissera na última vez, e nem mesmo se dissera alguma coisa.

Lil veio direto para ele. Sem nem sequer falar oi, disse: — *Agora* mandaram você de volta... primeiro a gente precisa cair morta, só depois vocês talvez apareçam.

Nestor parou ali, deu de ombros e começou a dizer: — Isso não é ne... — mas não conseguiu completar a palavra "necessário".

— Dá pra acreditar numa coisa dessas? — disse Lil. — Nunca ouvi falar disso na vida. A gente enfarta aqui. Tem derrame. As pessoas caem. Quebram o quadril. Quebram um braço. Mas um pescoço? Quem já ouviu falar em uma coisa dessas? E cair até lá embaixo... meu Deus, meu Deus, que coisa terrível. Que isso tenha acontecido aqui... foi um choque e tanto. Nem sei o que falar para você.

— Eu não... quem quebrou o pescoço? — disse Nestor.

Mais ou menos ao nível da cintura de Lil, Edith interveio em tom agudo: — *Quem?* Será que estou ouvindo direito? Lá no Meio Ambiente eles mandam você vir até aqui, mas esquecem de dizer *por quê*?

Ela ergueu o olhar para Lil e deu um tapinha na própria testa.

— Mas *quem* foi? — disse Nestor.

— O artista — disse ela, com a pronúncia lenta e enfática que se costuma usar com gente que simplesmente não entende as coisas. — Aquele da aguarrás, e que não sabia desenhar, coitado.

Nestor ficou tão chocado que sentiu em seus ouvidos algo como o silvo de um jato de vapor que ele não conseguia interromper. A sensação em seu cérebro era a de uma onda de culpa que ele estava chocado demais para analisar. Ele olhou para Lil. Por que para Lil, e não para Edith, também não saberia dizer. Só sentia que Edith era pequena e esquisita demais para merecer confiança.

— Quando foi isso? — disse ele a Lil. — Quando aconteceu?

— Em algum momento durante a noite, só pode ter sido... coitado dele. Quando, exatamente? Exatamente, não sei. Todo mundo com quem eles falaram, ninguém sabe. Mas um pescoço quebrado... ele está bem ali embaixo, no concreto. Se você conseguisse enxergar através do piso, ele está bem embaixo dos seus pés, se...

Nestor reconheceu a sensação: era a mesma a que ele quase cedera antes, quando falou com Magdalena e ficou *louco* para contar tudo que ela não sabia sobre Koroliov. Compulsão informativa. Lil estava sob seu efeito naquele momento. Aparentemente, alguém encontrara o corpo de Igor ao pé da escada pouco antes do amanhecer. Ele caíra de ponta-cabeça. Qualquer um podia ver que seu pescoço estava quebrado. O resto do corpo jazia contorcido nos degraus acima. O *rigor mortis* começara a se instalar por volta dessa hora. Ele ainda fedia a álcool. Não era difícil somar dois mais dois, era? Quando Lil acordou, a polícia já havia chegado... e os moradores andavam pelas passarelas, conversando, retinindo e apontando... um verdadeiro concerto percussivo para andadores de alumínio. No início eles se reuniram no pátio, de onde se tinha a melhor visão. O corpo de Igor, ou "Nicolai", como dizia Lil, estava ao pé da escada que ia do primeiro andar até o térreo. Imediatamente, a polícia pusera um cobertor sobre o morto, mas deixara o corpo como estava, todo contorcido e quebrado. Por que não levavam o coitado embora deitado na horizontal, dando um pouco de dignidade ao que sobrara dele? Mas ele continuava ali, e a polícia estava parada lá sem fazer coisa alguma, além de espalhar aquelas fitas amarelas de cenas de crimes vistas em filmes. Mesma coisa. Bloquearam a escada com fitas, de modo que ninguém podia subir ou descer. Depois construíram uma verdadeira cerca de fitas amarelas lá no pátio, para impedir as pessoas de se aproximarem demais do corpo, pois havia muita gente bisbilhoteira lá. Depois mandaram todo mundo sair e puseram fitas em todas as entradas do pátio.

— Dê uma olhadela... está vendo bem ali? — disse Lil. — No alto da escada? A fita está lá... e *ali*?

Ela estava apontando além da escada. Pela primeira vez Nestor viu uma cerca de fitas amarelas em torno da entrada de um apartamento... o de Igor. Dois policiais entediados estavam parados ali.

— Você devia dar uma olhadela lá! — disse Lil com entusiasmo. — Uma boa olhadela. Coisas assim não se veem por aqui. Foi um pedaço de fita grande... *desta largura*, quase um palmo... que eles colaram na maçaneta e na fechadura da porta. E no pedaço de fita? Letras que não dá para ver daqui. É um aviso... que ninguém deve mexer na fita. Onde já se viu uma coisa dessas? Você devia dar uma boa olhadela lá. Eu cheguei aqui antes que eles colocassem aquela fita grande, e a porta ainda estava aberta. Tinha um bando de policiais lá dentro. O lugar estava do mesmo jeito que estava quando nós entramos lá, só que todas as pinturas tinham sumido.

— *Sumido?* — disse Nestor. Não pretendera revelar tanta surpresa. — Você tem certeza?

— Claro que eu tenho. As que estavam enfileiradas naquela parede comprida. Eu teria notado se ainda estivessem lá, porque eram tão ruins. Talvez o coitado também não aguentasse mais aquilo. Talvez tenha jogado tudo fora. Se eu tivesse quadros como aqueles na minha parede, também teria começado a beber... pobre alma — arrematou ela, só para não falar mal dos mortos.

— *Sumiram* — disse Nestor, mais para si mesmo do que para ela.

Nesse momento um dos policiais se virou e Nestor achou que o sujeito estava olhando direto para ele. *¡Mierda!* Talvez fosse porque ele era bem mais jovem do que todos os demais ali na passarela. Ou talvez... o primeiro devia ter falado algo para o outro, porque agora os dois estavam olhando direto para ele. Nestor teve vontade de puxar o chapéu de palha plástica por cima do rosto, mas isso só pioraria tudo.

— Quero ver a coisa de lá — disse Nestor para Lil, indicando o lado oposto da passarela.

— De *lá*? Para dar uma boa olhadela você devia ir até ali — disse Lil, indicando a fita amarela em torno da porta de Igor.

— Não... primeiro vou até *lá* — disse Nestor, com esperança de não parecer tão assustado quanto realmente estava. Virou para sair dali, mas não antes de Lil olhar para Edith de esguelha. E viu as estrias no pescoço dela, quando ela baixou os lábios de um só lado, como quem diz "Que menino doidinho".

Nestor tentou andar relaxadamente, mas agachado, para se manter abaixo do nível dos olhos dos basbaques com andadores de alumínio e outros espectadores ali. Só que andar agachado relaxadamente... era algo que não podia ser feito. Os adultos ativos já estavam olhando para ele, que devia estar parecendo um ladrão, algo assim. De modo que Nestor endireitou o corpo... e então conseguiu enxergar muito bem aquela carcaça coberta e disforme lá embaixo... Igor? A pessoa viva que ele seguira até aquele seu ateliê "secreto"? Impotente, Nestor se sentiu afundando — *tarde demais* para fazer algo! – em um lamaçal de pura culpa. Ele "seguira" Igor, e esse fora o primeiro passo, não? ::::::Por favor, Dios, faça com que ele tenha se embebedado e caído escada abaixo sozinho... ele não passava de um falsificador! Não merecia ser assassinado! E fui eu que comecei tudo! Espere um instante... do que estou falando? Eu não mandei o Igor começar a falsificar quadros... não mandei que ele virasse auxiliar e cúmplice de um vigarista russo mafioso... Não mandei que ele instalasse um ateliê secreto em um condomínio para adultos ativos em Hallandale... Não mandei que ele virasse alcoólatra e passasse o dia inteiro bebendo suas *vodaprikas*... Não mandei que ele fosse à Honey Pot e pagasse as piranhas de lá. ::::::Aos poucos, olhando para a alquebrada carcaça morta de Igor, Nestor foi esclarecendo as coisas na sua cabeça... Ele não criara Igor e depois entregara o sujeito a um bando de bandidos homicidas... Aos poucos, ele foi se absolvendo... sem intervenção divina, mas, *Dios mío, todos...*

... *todos os quatro policiais* no pátio estavam com o olhar erguido para Nestor, enquanto ele olhava para os restos de Igor lá embaixo... e pelo visto o condado de Broward só tinha anglos no efetivo! Eles adorariam denunciá-lo. ::::::Estou ficando paranoico? Mas eles *estão* olhando para mim, feito aqueles dois à porta de Igor, certo? Vou cair fora!::::::

Nestor se agachou novamente, mas dessa vez não fingiu displicência. Escafedeu-se para o elevador e desceu até o térreo, quase na expectativa de que os policiais de Broward estivessem esperando por ele à porta do elevador... ele *estava* mesmo ficando nervoso, não estava? Tentou não caminhar depressa *demais* para o estacionamento perto da estrada, onde deixara o Camaro... mas praticamente acabou com a borracha dos pneus ao sair de lá. ::::::Não acredito nisso! É assim que um homem caçado se sente!::::::

Rumando para leste pelo Hallandale Beach Boulevard, em direção a Sunny Isles, ele começou a se acalmar. ::::::Vá pra casa! Isso é o principal. *Esteja* realmente lá, caso eles mandem alguém verificar.:::::: Mesmo assim, ele precisava encontrar um telefone público e fazer uma ligação... imediatamente. Se usasse seu iPhone, em meio segundo eles saberiam quem ele era e onde estava... mas onde-em-nome-de-*dios* havia um telefone público?

Parecia que os telefones públicos haviam desaparecido da face da Terra... ou de Hallandale pelo menos. Nestor percorreu quilômetros, esquadrinhando cada posto de gasolina, cada loja, cada estacionamento de motel, cada restaurante drive-thru e o terreno da companhia de água do condado de Broward... ou até casos absolutamente perdidos, como uma lojinha de um só andar, com estatuetas de jardim baratas por todo o gramado: unicórnios, ursos grandes, querubins, elfos, Abraham Lincoln, duas Virgens Marias, um peixe-voador de gesso, um índio de gesso com cocar de gesso...

Enfim surgiu ao lado da estrada uma espécie de boate chamada Gogol's. O estacionamento estava vazio, mas no canto mais próximo da boate... um telefone público. Graças a Deus ele tinha moedas. Precisou ligar para Informações a fim de descobrir o número do Departamento de Polícia de Broward... e depois de mais algumas moedas foi jogado em uma prisão de correio de voz. Uma voz feminina gravada disse: "Você ligou para o Departamento de Polícia do Condado de Broward. Por favor, ouça com atenção: para emergências, tecle zero-zero... para relatar incidentes que não sejam emergências, tecle dois... para faturamento e contabilidade, tecle três... para recursos humanos, tecle quatro"... até que finalmente uma voz humana disse: – Homicídios. Tenente Canter.

– Tenente, tenho uma boa informação para vocês – disse Nestor. – Tem alguma coisa aí para gravar essa conversa?

– Quem está falando?

– Desculpe, tenente... só posso lhe dar a tal informação, mas é boa.

Uma pausa. – Tá legal... vá em frente.

– Assim que o ML chegar lá... – Ahn, "ML" era um jargão policial. Nestor refez a frase. – Assim que o médico-legista chegar lá... – mas isso também não ajudava muito... ainda mostrava uma intimidade de policial. Àquela altura o tenente já devia ter ligado o gravador.

– Depois que o médico-legista chegar e terminar o exame, vocês vão receber uma ambulância com um corpo etiquetado assim... Ni-co-lai Ko-pin-sky... entendeu? – disse Nestor, falando bem devagar. – Do condomínio Alhambra Lakes para Adultos Ativos. O nome verdadeiro do sujeito é I-gor Dru-ko-vitch... entendeu? Ele é um artista, e consta no catálogo telefônico de Miami. Aparentemente, quebrou o pescoço ao cair de uma escadaria. Mas o ML... ahn... – ora, para o diabo com aquilo... era melhor deixar assim mesmo – ... o ML não deve aceitar as aparências. Deve fazer uma autópsia para determinar se foi um acidente... ou outra coisa... OK? Os quadros que ele pintou... *hum*... foram feitos seguindo exatamente o estilo de artistas famosos, e estamos falando de *exatamente* mesmo, tenente. Doze deles sumiram do apartamento no condomínio...

Dito isso, Nestor desligou abruptamente. Depois pulou para dentro do Camaro e pisou fundo, rumando de volta para Miami. ::::::Estou maluco? Não posso sair "pisando fundo" por aí. *Sou um homem procurado!* Um homem *caçado*, pelo que sei. Realmente, tudo que eu quero é que um patrulheiro de Broward me detenha por correr demais... *correr demais*!::::::

Ele retardou a marcha do Camaro até a velocidade de homem-procurado, um pouco abaixo do limite permitido. Respirou fundo e percebeu que seu coração estava batendo depressa demais.

Mierda! O relógio no painel... já passava muito das oito! Do seu toque de recolher... mas também John Smith, que àquela altura já devia estar em plena reunião no *Herald*!!

Aquela ligação ele podia fazer do iPhone enquanto dirigia. Tinha o número de John na lista de contatos... *¡Dios mío!* Só precisava agora que algum policial americano *palurdo* do condado de Broward o detivesse por dirigir usando um artefato manual. Nestor deu uma olhadela no espelho retrovisor, e nos dois espelhos laterais... depois esquadrinhou a estrada à frente e os dois acostamentos. Era um risco que ele precisava correr. O homem procurado digitou o número na tela de vidro do iPhone...

Aquilo era apenas linguagem figurada, claro –"eles já puseram o laço em volta do meu pescoço"–, mas Ed Topping estava realmente sentindo um aperto no seu pescoço, ou pelo menos na garganta. As coisas haviam chegado a um ponto em que ele simplesmente não podia esperar que John Smith discutisse tudo aquilo em pé. Ah, não, desta vez os três – John Smith,

Stan Friedman e ele próprio – estavam sentados em torno de uma mesa redonda perto da sua escrivaninha. E havia uma quarta pessoa: o principal advogado do *Herald* para casos de calúnia e difamação, Ira Cutler. Com cinquenta e poucos anos, era um daqueles homens que, mesmo ao final da meia-idade, ainda mantêm lisas as mandíbulas proeminentes, e uma barriga também lisa que parece inflada não pela idade, mas pela vitalidade, pela ambição e pelos esfaimados apetites da juventude. Lembrava a Ed os retratos de grandes homens do século XVIII feitos pelos irmãos Peale, que sempre davam a seus modelos barrigas volumosas e lisas, como sinal de sucesso e vigor. Barriga, mandíbulas, unhas brilhantes, camisa branca bem passada e tudo o mais... Ira Cutler era um pit bull bem-vestido, bem alimentado e altamente capacitado no que diz respeito a questões jurídicas. Ele adorava litígios, principalmente no tribunal, onde podia insultar as pessoas cara a cara, humilhá-las, quebrar seu ânimo, arruinar sua reputação, fazê-las chorar, soluçar e balbuciar... pois lá tudo isso era permitido. E tinha a intenção de fazer aquele bebê de 1,85 m, John Smith, desistir ali mesmo. Havia algo de muito grosseiro em Cutler. Edward T. Topping IV não gostaria de recebê-lo para jantar, nem estar com ele em qualquer lugar onde aquela persona de pit bull salivante pudesse prejudicar a imagem da Casa dos Topping... mas ali naquela mesa o pior comportamento dele era totalmente bem-vindo.

– Bom, senhores... vamos começar os trabalhos – disse Ed. Olhou para cada um dos outros três, supostamente para ver se estavam "a bordo", como se diz, mas na verdade para fazê-los reconhecer sua autoridade, que de fato estava enfraquecida na presença daquele novato durão. Seu olhar T-4 pousou, na medida em que ele conseguia fazê-lo pousar, em John Smith. – Que tal você nos falar dessa última informação que recebeu?

Faça o relatório, soldado... essa era a aura que Ed queria ver estabelecida por sua liderança.

– Como já falei, acho que agora temos a espécie de informação que faltava ao nosso caso... a de uma testemunha ocular. Nestor Camacho, o policial afastado do serviço que vem ajudando nisso, esbarrou com uma ex-namorada que por acaso estava visitando Serguei Koroliov quando ele leu nossa matéria de ontem sobre Igor Drukovitch, o pintor que achamos que falsificou os quadros doados ao museu por Koroliov. Ela descreveu a reação de Koroliov...

Ira Cutler interrompeu, falando com uma voz curiosamente aguda: — Espere um instante... Camacho... este não é o nome daquele policial exonerado recentemente por fazer comentários racistas?

— Ele não foi *exonerado*, foi "afastado". Isso significa que o distintivo e o revólver do policial ficam retidos até o caso ser investigado.

— Huuum... entendi — disse Cutler, em tom de quem diz "Eu *não* entendi, mas vá em frente. Podemos voltar a esse preconceituoso mais tarde".

— De qualquer forma, essa mulher, que é amiga dele...

John passou a descrever a cena, o pânico de Koroliov, e todo o resto, tal como Nestor relatara.

Ed olhou para Cutler, que disse: — Em primeiro lugar, isso não é o relato de uma testemunha ocular. É uma prova corroborativa, mas uma testemunha ocular é alguém que realmente viu o crime ser cometido. Isso aí é uma informação que se pode usar para ajudar o caso, mas não é testemunho ocular.

Ed disse a si mesmo: ::::::Graças a Deus você está aqui, Cutler! Ninguém vai jogar uma bola nas *suas* costas, parceiro!:::::: E mal conseguiu reprimir um sorriso. Então ergueu o queixo e olhou para John Smith. Que olhar era aquele! Tinha a imponência de um líder tolerante-até-certo-ponto.

— Conte ao sr. Cutler o que mais você tem. ::::::Agora que ele já anulou o seu maior trunfo.::::::

John Smith passou à confissão, feita por Igor abertamente, de ter falsificado os quadros. Falou das fotografias que possuía, das falsificações de Igor ainda em andamento, e contou que o pintor revelara todas as medidas que Koroliov tomara para dar aos quadros uma procedência autêntica acima de qualquer suspeita, inclusive o nome do perito alemão e a viagem a Stuttgart para pagá-lo. Falou da subfalsificação, por assim dizer, de um catálogo que teria sido feito cem anos antes, impresso em papel da época. Em seu próprio estilo corrompido, tal catálogo já era uma obra de arte, e John Smith prestou um tributo lírico, nada característico dele, à habilidade necessária para fazer aquilo: descobrir papel de cem anos atrás, reproduzir excentricidades de encadernação e fotografias com técnicas antiquadas, e incluir maluquices retóricas da época. Na realidade, todo aquele lirismo era tão distante de John Smith que o catálogo parecia sair de um lodaçal que sugava os tornozelos e se elevar a uma eminência dionisíaca muito acima dos parâmetros entre certo ou errado...

Quando o repórter terminou, Ed olhou para seu salvador, um homem imune a ambições e emoções infantis... Cutler, o advogado. Stan Friedman e o próprio John Smith também fixaram o olhar naquele pit bull formado em direito.

O árbitro inexpugnável se inclinou à frente, pondo cotovelos e braços sobre a mesa. Depois olhou para cada um deles, com um ar de absoluta dominação canina... canina na medida em que um homem de meia-idade com mandíbulas, barriga, camisa branca recém-lavada, passada e engomada, e uma bela gravata de seda podia se assemelhar a um pit bull. E então falou...

— Com base no que você me contou, não há jeito de publicarmos uma matéria dizendo que Koroliov fez isso ou aquilo, além de doar aqueles quadros ao museu... nem mesmo com base na confissão do falsificador. Esse seu homem, o Drukovitch, parece *ávido* para que todos reconheçam seu talento e sua audácia. Isso é típico de impostores de todos os tipos. Além disso, ele é um bêbado inveterado, e tem um orgulho repugnante do que fez.

::::::Sim! Eu *sabia* que podia contar com você! É um realista, no meio desses jovens que virtualmente nada têm a perder, seja lá o que publicarmos. Enquanto eu... eu tenho tudo a perder: minha carreira, meu sustento... e ainda aguentarei como fundo musical o escárnio sem fim da minha mulher. Até já ouço a voz dela: "Você sempre teve suas tendências displicentes e desleixadas... mas, meu Deus! Precisa elevar a coisa a esse nível? Precisa difamar um cidadão importante, um homem tão generoso que rebatizaram um museu em homenagem a ele, esculpiram seu nome em letras de mármore *deste tamanho* e *desta profundidade* na fachada do museu, enquanto o prefeito e metade dos outros cidadãos importantes da Grande Miami, incluindo você, meu desleixado, displicente, ex-importante e autodestruído marido... todas essas pessoas importantes foram a um banquete em homenagem ao sujeito, e agora você está concentrado em fazê-las parecer bobas, otárias, trouxas, caipiras... tudo por causa dos ideais infantis de um filhote recém-nascido a respeito da imprensa livre e sua missão de informar destemidamente... além de trazer renome ao seu eu formado em Yale e seu ego autodidata... bom, espero que o seu próprio ego displicente e desleixado esteja feliz agora! A sua *liberdade de imprensa*, a sua *missão* da imprensa, ó sentinela da cidadania, você, que monta guarda enquanto todos dormem... *aaarghhh!* Seu bocó imcompetente, prestes a dar o primeiro passo grande como editor de um jornal importante... primeiro passo grande... ah, sim... você provocou o maior desastre imaginável... *aaaarghhh*!" Deus o abençoe, Cutler! Você me salvou do lado mais fraco de mim mesmo! Neste assunto, não há poder mais alto do que...::::::

A voz de Ira Cutler interrompeu: — Vocês não podem se arriscar a acusar Koroliov de coisa alguma...

::::::Sim! Diga a eles, irmão! Diga a eles como é!::::::

— Carecem de provas objetivas suficientes, e não têm testemunhas oculares. Não podem nem sequer insinuar que Koroliov é *culpado* por qualquer coisa...

::::::Ah, prove para eles, irmão! Desenhe para eles um mapa do caminho reto e estreito!::::::

Um peso enorme caiu dos ombros de Ed... o macaco pulou das suas costas. Por fim, ele conseguiu soltar o ar preso nos pulmões! ::::::Existe um Deus lá no céu! Estou livre do...::::::

A voz aguda do pit bull soou novamente: — Por outro lado, vocês têm algum material forte aí, e conferiram bastante os fatos que descobriram, ao que me parece. O tal do... é Igor o nome dele? Ele diz que falsificou os quadros, e vocês têm isso gravado. Foi o que ele falou. Vocês já descobriram o fato de que esse mesmo pintor russo tem dois nomes, Igor na cidade, e Nicolai no campo...

::::::Mas o que está havendo? Que história é essa de "por outro lado" assim de repente? E esse negócio de "material forte"? O meu pit bull está cavando um buraco embaixo de mim com as patas traseiras? Nada disso! Nada disso, seu cachorro miserável!::::::

— ... e ele tem um ateliê secreto em um condomínio de idosos em Hallandale, que fica ao norte do nada. Vocês podem usar esse material, desde que: a) o cara soubesse que estavam gravando, e b) não escrevam de modo a parecer que o único objetivo de todo esse trabalho é denunciar Koroliov como um impostor — continuou Cutler. Depois olhou para John Smith e disse: — Pelo que entendi, John, você já tentou entrar em contato com ele.

::::::"John", ele chama o cara com intimidade, e eu sei que nunca pôs os olhos nele antes. Mas já percebeu o que ele é... um garoto! Um garoto brincando com fogo! Só um garoto!::::::

— Tentei sim — disse John Smith. — Deixei...

Ele se calou, porque um celular começou a tocar em algum ponto de suas roupas. Tirou o aparelho do bolso interno do paletó e olhou para o identificador de chamadas. Antes de atender, pôs-se de pé com um salto, olhou para o conselheiro Cutler e disse: — Desculpe, mas... preciso atender essa ligação. — Foi para o canto do escritório e enfiou o rosto ali, encostando uma bochecha na parede interior e a outra na vidraça exterior, com o BlackBerry espremido no meio.

A primeira coisa que eles ouviram, depois do "Alô", foi a voz de John Smith dizendo "Meu Deus!" em tom próximo a um gemido, um "Meu Deus" nada típico de John Smith, e um gemido menos típico ainda. Depois ele fez "Uuuiii", como se houvesse acabado de levar um soco na boca do estômago. Ninguém poderia imaginar tais sons saindo do corpo de John Smith. Ele ficou ali no canto pelo que pareceu ser uma eternidade, mas na verdade foram apenas vinte ou trinta segundos. Depois, em tom suave e polido, disse: — Obrigado, Nestor.

John Smith tinha uma pele pálida, mas quando se virou para eles estava branco feito um cadáver. Todo o sangue se esvaíra do seu rosto. Ele ficou completamente imóvel e, em tom desesperançadamente derrotado, disse: —

Era a minha melhor fonte. Ele está em Hallandale. Acabaram de encontrar Igor Drukovitch morto ao pé de uma escadaria, com o pescoço quebrado.

::::::Merda!::::::, disse Ed para si mesmo. Ele sabia o que *aquilo* significava... agora não havia como *não* publicar a reportagem. O nome de Serguei Koroliov estava talhado em pedra na fachada do museu... e ele se sentara a duas cadeiras de distância dele em um jantar! ::::::Agora já não tenho como não arriscar o *meu* pescoço. Ed Topping, o Jornalista Destemido... Merda! E merda!::::::

21

O CAVALEIRO DE HIALEAH

Ainda eram 6:45 da manhã, mas o escritório de Edward T. Topping IV já virara um caos. Gente demais ali dentro! Barulho demais! Ele nem sequer tivera tempo de dar uma olhadela no grande símbolo de sua proeminência, a parede envidraçada com vista para a baía de Biscayne, Miami Beach, o oceano Atlântico, 180 graus de horizonte azul e um bilhão de centelhas diminutas que brilhavam na água enquanto o Grande Maçarico lá em cima ia esquentando a chapa. Nem sequer conseguira se sentar à sua mesa, uma única vez, a menos que fossem contadas as poucas ocasiões em que ele encostara a longa ossada magra na borda do tampo.

Ed tinha um fone no ouvido e os olhos fixados na tela de seu computador ZBe3 da Apple. Ligações, mensagens de texto, tuítes e e-berros impacientes ou até em pânico chegavam em ritmo frenético de todas as partes do país... na realidade, do mundo: um angustiado negociante de arte em Vancouver, onde ainda eram 3:45 da madrugada, um empresário participante da Art Basel na Suíça, onde era 12:45, uma casa de leilões em Tóquio, onde eram quinze para oito da noite, e um angustiado... não, um desesperado-a-ponto-de-urrar colecionador particular em Wellington, Nova Zelândia, onde faltavam apenas poucos minutos para amanhã, e todo tipo de organização jornalística, incluindo as TVs britânica, francesa, alemã, italiana e japonesa, além de todas as redes antigas e novas dos Estados Unidos. A CBS já tinha uma equipe inteira esperando no saguão lá embaixo... às 6:45 da manhã!

A história de John Smith acabara de vir a público. O *Herald* pusera a matéria na rede às seis horas da noite anterior, só para garantir a prioridade... isto é, um furo. Seis horas mais tarde, a reportagem saíra na primeira edição do jornal, sob duas palavras em letras maiúsculas com cinco centímetros de altura, em negrito como as de um tabloide, que se estendiam por toda a largura da primeira página:

COINCIDÊNCIA FATAL

Assim que a matéria chegara à rede, cada figurão do Loop Syndicate desesperado para estar "onde as coisas estão acontecendo" embarcou em um dos três jatinhos da organização em Chicago e decolou para Miami. As coisas estavam acontecendo no escritório do editor-chefe do *Herald*, Edward T. Topping IV. Ali dentro encontravam-se naquele momento oito, ou talvez nove, executivos do Loop Syndicate, incluindo o CEO Puggy Knobloch, além do próprio Ed, Ira Cutler e Adlai desPortes, o novo diretor-geral do *Herald*. Por alguma razão Stan Friedman, o editor da cidade, e John Smith, o homem da hora, haviam saído rapidamente. A substância química mais intoxicante conhecida pelo homem, adrenalina, inundava o ambiente em ondas ondas ondas ondas, fazendo a trupe do Loop Syndicate sentir que ia assistir de camarote a uma das maiores reportagens do século XXI: um novo museu de arte orçado em 220 milhões de dólares, âncora de um enorme complexo cultural metropolitano, é batizado com o nome de um "oligarca" russo após receber um extraordinário presente dele... quadros no valor de "70 milhões de dólares". Pedreiros de escol há muito esculpiram o nome dele em mármore acima da entrada... MUSEU DE ARTE KOROLIOV... e agora, olhem para nós aqui neste escritório. Somos os líderes máximos. Foram os nossos jornalistas que denunciaram essa grande "doação" como uma fraude.

Vários decibéis acima da barulheira comum a qualquer lugar onde as coisas estejam acontecendo, Ed ouviu Puggy Knobloch, cuja voz parecia um grasnado alto e forte, dizer: – *Aaaahhh*... então a velhota acha que "Meio Ambiente" é o nome de uma agência governamental!? *Aaaahhh*...

Aquela era a risada de Puggy. Parecia um latido. Abafava qualquer outro som, por cerca de meio segundo, como quem diz "Você acha isso engraçado? Tá legal, eis a sua recompensa: *Aaaahhh*!".

Ah, a adrenalina bombava bombava bombava!

Outra voz se elevou acima daquele fragor: a do advogado Ira Cutler. Era impossível não notar aquela voz, que parecia o guincho de um torno mecânico. Ele segurava o jornal, com sua gigantesca COINCIDÊNCIA FATAL, diante dos globos oculares de Puggy Knobloch.

– Aqui! Leia o lide! – disse Cutler. – Leia os dois primeiros parágrafos.

Ele tentou entregar o jornal a Knobloch, mas o executivo ergueu as mãos carnudas com as palmas viradas para fora, rejeitando a oferta. Parecia até ofendido.

– Acha que eu já não li? – disse ele, em um tom que indicava <<<Meu Deus, cara... você *realmente* não sabe com quem está falando nesse tom insolente?>>>.

Só que isso não deteve Cutler por um instante sequer. Ele já imobilizara o líder máximo com seu olhar a laser, além de um palavreado insistente e incessante. Puxou o jornal de volta e disse: – Aqui! Vou ler tudo para você.

– "Coincidência Fatal", diz aqui, e logo abaixo, "Ao Pôr do Sol, Ele Alega Ter Falsificado Tesouros do Museu. Ao Nascer do Sol, Está Morto"... e em seguida vem a assinatura, "John Smith". E depois diz: "Poucas horas depois de Igor Drukovitch, um artista de Wynwood, ligar para o *Herald* afirmando ter falsificado os quadros russos modernistas no valor de 70 milhões de dólares doados ao Museu de Arte Koroliov, e que formam o núcleo da coleção, seu corpo foi encontrado no início desta manhã. O pescoço estava quebrado.

"O corpo jazia de cabeça para baixo ao pé da escadaria de um condomínio de idosos em Hallandale... onde ele mantinha, como descobriu o *Herald*, um ateliê secreto, sob o nome de Nicolai Kopinsky."

O pit bull baixou o jornal, brilhando de admiração por si mesmo, e olhou para Knobloch.

— Entendeu, Puggy? — exultou ele. — Entendeu agora a estratégia? A gente não *acusa* Serguei Koroliov de *coisa alguma*. O museu que possui os quadros é que por acaso tem o nome dele, mais nada.

Cutler deu de ombros com deboche, e continuou: — Nada podíamos fazer quanto a isso, não é? Notou a palavra-chave... *alega*? Foi difícil fazer John Smith entender isso. Ele queria escrever que Drukovitch *revelou* a falsificação, *confessou* ou *descreveu como*, e usar outras palavras que poderiam indicar que nós *presumimos* que ele estivesse falando a verdade. Não, eu cuidei para que usássemos uma palavra que pudesse indicar mais facilmente que estamos céticos: ele *alega* ter falsificado os quadros... é isso que ele *alega*. Levei uma hora para enfiar um pouco de bom senso na cabeça do garoto.

Ah, Ed lembrava-se de tudo isso. ::::::Nós, eu incluído, fizemos de John Smith um verdadeiro *nosebleeder*.:::::: *Nosebleeder* é como se chama, nas redações, o repórter que tem um bolo de gente inclinada por cima do ombro dele enquanto escreve. Se ele ergue a cabeça de repente, vai fazer o nariz de alguém sangrar.

Ah, mas a adrenalina também bombava bombava bombava pelo desconhecido... combate! Como o vigarista reagirá? Como lutará? Quem ele atacará... e com o quê?

Pouco depois de oito da manhã, a embriaguez de estar *onde as coisas estão acontecendo* já ia chegando ao máximo, e Stan Friedman voltou de repente ao escritório. Desta vez ele não estava entusiasmado. Carregava um envelope branco... e uma expressão bastante soturna no rosto. Levou o semblante taciturno e o envelope direto ao diretor-geral do *Herald*, Adlai desPortes, que até aquele momento vinha gozando o maior barato de adrenalina de toda sua vida. Imediatamente, Friedman saiu da sala outra vez. O diretor-geral DesPortes leu a carta, que não aparentava ser longa. Logo depois, levou a carta e sua própria expressão soturna direto para Ed. O editor leu a carta e... ::::::Meu Deus! O que significa *isto*, exatamente?:::: Ele levou a carta e sua expressão soturna... não, soturna não... *petrificada*... direto para Ira Cutler.

O ambiente começou a se aquietar. Todos percebiam que a Treva adentrara o lugar, e o silêncio aumentou.

Ed percebeu como aquilo o fazia parecer fraco e confuso. *Ouuu*. Era hora de avançar e mostrar capacidade de liderança. Ele ergueu a mão e, em um tom que pretendia ser leve e relaxado, disse: — Ei, pessoal... o Ira tem uma notícia de última hora. — Ficou esperando, sem receber, uma reação àquela sua expressão leve e despreocupada: *de última hora*. A expressão tinha ranço do século XX. — Recebemos uma mensagem do outro lado! — insistiu ele, mas não havia sinal de corações leves e despreocupados na sala. — Ira, por que não lê essa carta em voz alta para nós?

O ambiente não parecia estar nem perto de leve e despreocupado quanto Ed gostaria de parecer.

— Ah, tá legaaal... o que temos aqui? — disse Cutler. Era sempre surpreendente ouvir o tom agudo da voz do pit bull, principalmente diante de tantas pessoas. — Vamos ver... vamos ver... vamos ver... o que temos aqui é... este comunicado parece ser do... escritório de advocacia Solipsky, Gudder, Kramer, Mangelmann e Pizzonia. Está endereçado a Adlai desPortes, diretor-geral do *Miami Herald*, no One Herald Plaza et cetera, et cetera... hum... hum... e por aí vai.

— "Prezado sr. DesPortes, nós representamos o sr. Serguei Koroliov, tema de um artigo na primeira página da edição de hoje do *Miami Herald*. Seu retrato vulgar e altamente difamatório do sr. Koroliov já foi divulgado no mundo inteiro pela mídia impressa e eletrônica. Com dados patentemente falsos e insinuações inescrupulosas, vocês mancharam a reputação de um dos cidadãos de maior espírito cívico, generosidade e respeito da Grande Miami. Basearam-se nas invencionices, e possivelmente alucinações, de um indivíduo conhecido por sofrer de alcoolismo em estágio avançado. Usaram sua posição de prestígio de forma desabrida, maliciosa, totalmente irresponsável e até, dependendo da validade de certas afirmativas, criminosa. No entanto, caso publiquem imediatamente uma retratação dessa "reportagem" eivada de calúnias, bem como um pedido de desculpas, o sr. Koroliov levará isso em conta como um fator atenuante. Atenciosamente,

Julius M. Gudder, advogado da Solipsky, Gudder, Kramer, Mangelmann e Pizzonia."

Cutler estreitou os olhos e esquadrinhou a sala com um pequeno sorriso venenoso nos lábios. Estava em seu elemento. Vamos ver você e ele brigarem! Eu fornecerei todos os insultos de que você precisará para morder o rabo dele... Seus olhos pousaram sobre o destinatário oficial daquele tapa na cara, o diretor-geral Adlai desPortes, que não parecia com a menor pressa de vingar a honra do *Miami Herald*. Na realidade, como poderiam dizer seus presumíveis antepassados franceses, ele parecia decididamente *hors de combat*. Estava literalmente emudecido. Meu Deus, supostamente ser diretor-geral do *Miami Herald* não envolvia merdas como conduta *criminosa*! Supostamente, envolvia almoços de três horas com anunciantes, políticos, executivos, financistas, reitores, presidentes de fundações, patrocinadores de arte e celebridades tradicionais, mas também estrelas momentâneas recém-saídas de shows de dança em rede nacional, shows musicais, vencedores de game shows, reality shows ou body shows, bem como os vencedores de todos esses tipos de programas, cuja presença exigia um anfitrião suave, perpetuamente bronzeado e gregário, com um tipo de conversa que nunca chocasse por excesso de neurônios, e com um rosto que provocasse as mais obsequiosas boas-vindas e o desejo de agradar por parte de *maître d's* e proprietários de todos os melhores restaurantes. No entanto, ele não tinha um aspecto nada suave naquele momento. Sua boca pendia ligeiramente aberta. Ed sabia precisamente o que DesPortes estava perguntando a si mesmo... Será que cometemos um engano terrível? Será que nossa pesquisa incorreu no erro que os cientistas chamam de enviesamento do observador, no qual a ênfase está num resultado específico esperado que acaba influenciando o resultado real? Será que confiamos demais na palavra de um homem que sabemos ser um bêbado patético? Será que os quadros falsificados que enchiam a parede de Drukovitch haviam sumido só porque ele os guardara em outro lugar... se é que, de fato, eram mesmo falsificados? Será que pesquisamos com esse viés da esperança cada movimento de Koroliov... quando na realidade ele era inocente de qualquer intenção dúbia? E será que ele, Ed, sabia exatamente o que estava passando pela cabeça do grandiosamente batizado Adlai desPortes porque era exatamente isso que também estava passando pela cabeça de Edward T. Topping IV?

Feito um bom pit bull, sempre pronto para uma briga, Cutler parecia conseguir enxergar o que estava por baixo da pele de todos os Eds e Adlais à sua frente, e ver todas as espinhas caídas ali. Portanto, cabia a ele a tarefa de endireitá-las e enrijecê-las.

— Que lindo! — disse ele, sorrindo como se a brincadeira mais alegre do mundo estivesse começando. — É preciso adorar isso! Vocês já ouviram algum papo mais furado na vida... disfarçado de míssil? Tentem encontrar um só fato na nossa matéria que eles neguem... não vão encontrar, porque eles também não conseguem! Não podem negar especificamente o que acusamos Koroliov de fazer... porque nós não o acusamos de *nada*! Espero que vocês saibam que, assim que eles nos processarem por calúnia, estarão abrindo as portas para um verdadeiro escândalo.

Cutler não apenas sorriu, mas também começou a esfregar as mãos, como se não conseguisse imaginar uma perspectiva mais encantadora.

— Isso é só blefe. Por que estão mandando esse troço... em mãos... de manhã tão cedo? — Ele esquadrinhou os rostos outra vez, como se alguém pudesse entender imediatamente... Silêncio... Pedra... — Relações públicas, mais nada! Eles querem deixar registrado que tudo isto é "vulgar", para que nenhuma matéria possa mais ser publicada sem incluir essa negativa ameaçadora deles. É só isso que temos aqui.

Ed sentiu necessidade de reafirmar sua liderança fazendo algum comentário penetrante. Mas não conseguiu pensar em qualquer coisa para dizer de qualquer jeito, fosse penetrante ou não. Além disso, a carta fora endereçada a DesPortes, não fora? Era assunto dele, certo? Ed ficou olhando para Adlai desPortes. O sujeito parecia ter acabado de levar uma machadada na base do crânio. Era uma lacuna sobre dois pés. Ed sabia o que o diretor-geral estava pensando, porque ele próprio estava pensando a mesma coisa. Por que eles haviam deixado aquele rapazola ambicioso, John Smith, fazer o que queria? Ele era um *garoto*! Parecia jamais ter precisado se barbear! Toda a sua teoria baseava-se em uma erupção da "verdade" a partir do peito de um bêbado incurável... que agora estava morto. Com esse tal de Julius Gudder, o advogado, brandindo o bisturi, Koroliov e Companhia reduziriam a reputação de Igor Drukovitch a uma mancha em um capacho de banheiro.

O diretor-geral DesPortes reviveu e, por assim dizer, tirou as palavras da boca de Ed: – Mas, Ira, não estamos nos fiando demais no testemunho de um homem com alguns problemas sérios? Um, ele morreu, e dois... quando ainda vivia, estava sempre quase morto de tanto beber!

Isso provocou algumas risadas, graças a Deus! Sinais de vida entre os mortos-vivos!

O pit bull, no entanto, não aceitou aquilo. Sua voz só atingiu um tom mais agudo, áspero e insistente quando ele disse: – Nem um pouco! Nem um pouco! A sobriedade, ou não, desse homem nada tem a ver com a questão. Nossa matéria é sobre alguém que levava uma vida dupla, uma aberta, e outra totalmente secreta, e agora foi encontrado morto... concebivelmente assassinado... em circunstâncias misteriosas. Tudo que ele falou na véspera de sua morte intrigante se torna altamente relevante, mesmo que os fatos lancem uma sombra sobre outros.

Muito bem dito, doutor! Mas aquilo em nada contribuiu para acalmar a crescente taquicardia de Topping. Nesse instante Stan Friedman entrou na sala, rebocando um John Smith com ar extremamente triste. Ed sentiu vontade de se dirigir ao grupo inteiro, dizendo "Ora... olá, Stan. Conseguiu trazer o seu ás da reportagem investigativa juvenil de volta ao escritório, não? Mas por quê? Ele é tão criançola que nem consegue *escutar* o que fez a todos nós por causa de sua própria ambição infantil. Você nem sequer teve tutano para ficar aqui e escutar o resultado, não é? Short Hills, St. Paul's, Yale... *arrrggghhh*! É isso que a vida forrada de mogno produz hoje em dia... fracotes que mesmo assim se acham com o direito de nascença de fazer o que querem, por mais que isso prejudique os plebeus. Não é de surpreender que você esteja de cabeça baixa assim. Nem que tenha medo de encarar qualquer pessoa".

Praticamente conduzido pela mão de Stan, o escrotinho estava rumando direto para Ira Cutler. A sala inteira estava em silêncio. Todo mundo, toda alma abalada ali dentro queria saber do que se tratava. Até Ira Cutler ostentava um ar divertido, coisa que jamais tentava fazer. Stan largou John, foi até o pit bull e falou algo bem grande em tom bem baixo. Depois de algum tempo os dois olharam para John Smith, que tinha a cabeça já tão abaixada que provavelmente nem conseguia enxergá-los.

Stan disse: – John...

John Smith foi andando até os dois, cabisbaixo o tempo todo. Meneou a cabeça debilmente para Cutler e, quase sussurrando, falou algo para ele. Do bolso interno do paletó, tirou várias folhas de papel, que entregou ao advogado. Pareciam estar escritas à mão. Cutler examinou o material pelo que pareceu ser dez minutos. Depois ouviu-se o guincho do torno mecânico de sua voz:

– Acho que John quer que eu peça desculpas a vocês por sair tanto da sala. Seu telefone estava em modo vibratório, e ele precisava sair para atender. A Gloria, do escritório do Stan, tinha o número dele, para poder se comunicar. – Cutler ergueu as folhas de papel como prova. – Ele já recebeu consultas do mundo todo, literalmente, e todos estão em pânico por causa da mesma coisa. No período relativamente curto desde a abertura do Museu de Arte Koroliov, essas pessoas compraram quadros que valem... ou talvez não valham... dezenas de *milhões* de dólares, vendidos por negociantes que representavam Koroliov. E essas são apenas as que ligaram para o *Herald*. Só Deus sabe qual será o total. Eu não sabia que ele estava vendendo quadros nas horas vagas.

Cutler olhou em torno... ninguém ali sabia. Ele abriu um sorriso e continuou: – Huuummm... Será que ele está lançando como dedução de impostos os 70 milhões de dólares dos quadros falsificados que doou ao museu para apagar tudo que está ganhando com as falsificações nas horas vagas? O John tem nessa lista aqui todos os nomes, com todas as informações para contato, e ele gravou os telefonemas que deu lá da mesa da Gloria. Recebeu chamadas de galerias, negociantes, outros museus...

bom, dá para imaginar. Mas a que mais intriga é a ligação do dono de uma gráfica pequena de Stuttgart. O cara está preocupado, porque acha que será acusado de algo que fez com total inocência. Ele fabricou, para uma companhia russa qualquer, o catálogo em francês de uma exposição de Malevich na década de 1920. Diz que a companhia forneceu papel dessa época, tipos antigos, layouts, projetos, linha para encadernação e tudo o mais. O cara achou que era para uma espécie de centenário do Malevich, e, ei... que coisa legal! Uma esperteza. Agora ele viu alguns quadros do Malevich na rede, junto com a matéria do John... imaginou a possibilidade de falsificação por parte de alguns russos, e somou dois e dois. Senhores, acho que temos aqui, talvez, o maior golpe na história da arte desmoronando bem diante dos nossos olhos.

Ed e todos os demais tinham os olhos fixados em John Smith. ::::::Meu Deus, foi o garoto que descobriu tudo isso! Por que, então, ele continua cabisbaixo ali, balançando a cabeça?:::::: Ed ouviu Stan explicar a Ira Cutler que John Smith ficara arrasado de culpa quando Igor Drukovitch fora encontrado morto, e continuava assim. — Ele está convencido de que se não houvesse escrito a matéria original sobre Drukovitch... para provocar as revelações que vieram à luz naquela manhã... o russo ainda estaria vivo. Estou falando... ele está muito mal.

Subitamente, Ed interveio com uma voz alta e veemente, um verdadeiro rugido que ninguém, inclusive ele próprio, julgava que estivesse ao seu alcance: — SMITH! VENHA CÁ!

Já mais assustado do que melancólico, John Smith ficou olhando para seu editor máximo, que disse: — VÁ SENTIR CULPA NAS SUAS HORAS LIVRES, CACETE! AGORA VOCÊ ESTÁ TRABALHANDO PARA MIM E TEM UMA MATÉRIA GRANDE A ESCREVER PARA AMANHÃ!

Ninguém sabia que Edward T. Topping IV era capaz daquilo! Toda a diretoria do Loop Syndicate e do *Herald* viu e ouviu o troço acontecer! Foi nesse momento, decidiram todos, que Ed Topping, o velho "T-4", virou um novo homem, um homem forte, um homem de verdade, e um exemplo no ramo jornalístico.

Ed também ficou surpreso. Na realidade, sabia que berrara com John Smith de medo, medo de que o garoto pudesse se mandar sem escrever a reportagem que livraria muita gente além dele próprio, Ed, daquela verdadeira sinuca de bico.

A conversa com Nestor reduzira o nível de medo de Magdalena, de aterrorizada para apavorada. *Existe* uma diferença, e isso ela podia sentir, mas mesmo assim quase não dormiu à noite. Deitada na cama, não conseguia encontrar uma só posição em que não ficasse desagradavelmente consciente das batidas do seu coração. O ritmo nem estava tão acelerado, mas parecia pronto para galopar a qualquer momento. Depois de algumas horas... pelo que parecia... ela ouviu a maçaneta da porta girar e quase entrou em pânico. Seu coração disparou, como se quisesse atingir níveis insanos de fibrilação atrial. Ela rezou para que Deus fizesse...

... e assim se fez: era apenas Amélia chegando em casa. "Obrigada, meu Deus!" E ela o disse em voz alta, embora entredentes.

Amélia passara as duas últimas noites, segunda e terça, na casa dele perto do hospital, sendo ele o neurocirurgião residente de 32 anos subitamente em sua vida. Neurocirurgião! Os cirurgiões estavam no topo da hierarquia em todos os hospitais, por serem homens de ação — cirurgiões geralmente eram homens — homens de ação que rotineiramente tinham vidas humanas nas mãos — literal e palpavelmente — e hoje em dia os neurocirurgiões eram os mais românticos de todos. Eram eles que encaravam os maiores riscos, entre todos os cirurgiões. Quando alguém chegava a ponto de precisar de uma cirurgia cerebral, já estava muito mal, e a taxa de mortalidade no campo deles era a mais alta de todos. (No pé da escada estavam dermatologistas, patologistas, radiologistas e psiquiatras, que não eram atingidos por crises, não recebiam chamadas de emergência, fosse em casa à noite, em dias de folga, ou pelo sistema de alto-falantes hospitalares, nem eram obrigados a idas mortificantes à sala de espera, ainda de jaleco, tentando pensar na retórica certa para contar aos pobres coitados a rezar ali que seu ente querido acabara de morrer na mesa, e por quê.) Ocorreu a Magdalena que houve uma inversão nas vidas amorosas dela e de Amélia. Parece que foi ontem que Amélia se viu sem Reggie e abandonada, enquanto ela estava prestes a sair com um russo jovem, famoso, rico, bonito e alinhado chamado Serguei. Agora já não havia mais Serguei, esperava Magdalena ardentemente. Ela se sentia abandonada e, além disso, apavorada, enquanto Amélia se dedicava a curtir a vida com um neurocirurgião jovem, cubano de segunda geração, que era romântico por natureza.

Magdalena deve ter caído finalmente no sono por duas horas depois das seis da manhã, pois dera uma olhada nos ponteiros luminosos do seu despertador e *blipe* estava acordando, e o mesmo relógio já indicava nove e meia. Não se ouvia barulho algum no apartamento. Amélia devia estar dormindo, porque chegara em casa tarde, e hoje era um dos seus dias de folga. Magdalena ficaria feliz se pudesse continuar deitada ali, mas todas as circunstâncias de seus sofrimentos e temores voltaram rapidamente do nevoeiro hipnopômpico e a deixaram *cautelosa* demais para ficar naquela vulnerabilidade horizontal. De modo que se levantou, vestiu um roupão de banho por cima da camiseta com que dormira, entrou no banheiro, jogou duas mãos cheias de água fria no rosto e não se sentiu melhor. Seu coração voltara a bater um pouco depressa demais e estava com uma dor de cabeça constante, sentindo uma enorme fadiga, como nunca sentia pela manhã. Foi até a cozinha e fez uma xícara de café cubano. Tomara que o café a tirasse daquilo, ou então... o principal era manter a *cautela*, berrar por Amélia e discar 911 no *momento* em que ouvisse alguma coisa, *não* depois de ir até a porta e escutar mais de perto. Ela entrou na sala diminuta e se sentou em uma das poltronas, mas até segurar a xícara era cansativo. Então se levantou e botou a xícara na mesinha de centro improvisada. Já que estava de pé, ligou a TV, colocando o volume baixinho para não acordar Amélia. Um canal espanhol estava no ar, e Magdalena se pegou vendo um talk show. O anfitrião era um comediante que atendia pelo nome de Hernán Loboloco. Ele preferia ser chamado de Loboloco, não Hernán, porque Loboloco significava Lobo Louco, e ele era um comediante. Sua especialidade era fazer aos convidados perguntas sérias com a voz de outras pessoas, pessoas famosas, tal como questionar um campeão de skate sobre manobras na pista com os tons raivosos e exortativos de Cesar Chávez admoestando os americanos sobre invasões. Ele era muito bom nisso, e também sabia imitar animais bastante engraçados, o que se via inclinado a fazer a qualquer momento. Magdalena geralmente gostava de Loboloco nas raras ocasiões em que via TV. Como estava muito deprimida e cautelosa, porém, não tinha clima para achar graça em nada, e aquelas gargalhadas enlatadas a deixavam imensamente irritada, mesmo em volume baixo. Por que um comediante tão bom quanto Loboloco achava que precisava de risos enlatados? Aquilo não ajudava o programa, era um recurso barato e...

Seu coração quase pulou do tórax. A maçaneta da porta estava girando e a porta *abriu num rompante*! Magdalena pôs-se de pé de um salto. Seu iPhone novo *estava lá no quarto — não dava tempo*! — para o 911! — para Nestor! Ela girou — e era Amélia... com uma grande garrafa Nalgene de quase um litro inclinada para trás, bebendo água. Sua pele brilhava de suor. Usava uma calça preta de lycra, que chegava abaixo dos joelhos, e um top de corrida também preto, todo recortado. Não tinha maquiagem, o cabelo preso num rabo de cavalo. Somando tudo, o resultado dava *spinning*, a nova onda. Todo mundo na turma — e raro alguém da Xersoul com mais de 35 anos — montava em uma bicicleta estacionária, havia filas delas, e seguia as instruções de um professor ou professora, que urrava ordens e repreensões feito um sargento sádico, até que todos estivessem pedalando nos limites de sua capacidade pulmonar, força nas pernas e resistência. Três entre quatro desses masoquistas voluntários eram mulheres tão ávidas, quase desesperadas, para *entrar em forma*, que se sujeitariam a... até aquilo. Bom... Magdalena também se sujeitaria àquela tortura, se as aulas não custassem 35 dólares cada. Ela mal tinha isso por semana para se alimentar, que dirá se exercitar. Nesse ritmo, o pouco dinheiro que ainda lhe restava no banco acabaria em um mês... e o que faria *então*?

Entre goles na garrafa Nalgene — ela não avançara além da porta —, Amélia viu Magdalena paralisada diante da poltrona, quase na ponta dos pés e com os joelhos dobrados, como se estivesse prestes a pular ou fugir.

Então parou de beber, apenas o suficiente para dizer: — Magdalena, que olhar é esse na sua cara?

— Bom, eu... *hum*... acho que só estou surpresa. Achei que você ainda estava dormindo. Ouvi quando chegou ontem à noite, e parecia bem tarde.

Amélia tomou mais alguns goles da garrafa Nalgene, cujo volume devia ser quase o mesmo da sua cabeça.

— Desde quando você faz *spinning*? — disse Magdalena.

— Como sabe que eu estava fazendo *spinning*?

— Não é difícil... essa roupa, o tamanho dessa garrafa de água, seu rosto vermelho... não estou falando vermelho de *doente*, e sim vermelho de *exercício*, um exercício bem *puxado*.

— Para ser sincera, hoje foi a primeira vez que tentei — disse Amélia.

— Bom... o que achou? — disse Magdalena.

— Ah, é ótimo... eu acho... quer dizer, para quem sobrevive! Eu nunca dei tanto duro voluntário na minha vida! Quer dizer, eu... estou... realmente acabada.

— Por que não se senta?

— Mas eu estou me sentindo tão... preciso tomar uma chuveirada.

— Ah, vamos, sente-se aqui um pouco.

Amélia se esparramou na poltrona, suspirando, e deixou a cabeça pender tanto para trás que ficou olhando para o teto.

Magdalena sorriu. Então lhe ocorreu que aquela era a primeira vez que sorria nas últimas 48 horas, e ela disse: — Este interesse novo por exercícios, e estou falando de exercício *sério*, não tem nada a ver com neurocirurgia, ou tem?

Amélia deu uma leve risadinha, ergueu a cabeça e endireitou o corpo na poltrona. O programa de Loboloco continuava no ar, exibindo muitos sorrisos e dentes brancos ortodonticamente perfeitos, além de gestos e lábios em movimento... dando lugar a convulsões de riso que quase não faziam som algum, já que Magdalena abaixara o volume.

— O que você está vendo? — disse Amélia.

— Ah... nada — disse Magdalena.

— Não é o Loboloco? — disse Amélia.

Imediatamente na defensiva, Magdalena disse: — Eu não estava *assistindo* de verdade, e tinha baixado muito o som, pensando que você ainda podia estar dormindo. Sei que o Loboloco é bobo, mas tem programas que são bobos *bobos*, e outros que são bobos *engraçados*, feito os Simpsons, ou qualquer coisa com o Will Ferrell... e eu acho que o Loboloco é meio assim, bobo *engraçado*, pelo menos às vezes... ::::::Pare de falar no Loboloco!:::::: Espere aí, o que você estava *dizendo*?

— *Dizendo*? Caramba, já esqueci — disse Amélia.

— A gente estava falando de *spinning* — disse Magdalena. — De como você começou...

— Não lembro o *que* eu estava dizendo — disse Amélia. — Bom... seja o que for... hoje eu descobri que não se consegue malhar sem pensar em outra coisa que não seja *ahmeudeus será que eu vou conseguir aguentar isso!*. A gente não consegue pensar nos problemas ao mesmo tempo. Você devia experimentar, Magdalena. Eu *garanto* que você não consegue pedalar muito depressa e também pensar em... todos esses outros troços. Você precisa se dar uma chance! Sabe como é? Mas como você *está* se sentindo? Já parece um pouco melhor.

— Um pouco... já contei a você que eu vi o Nestor ontem?

— O quê? Huuum... não! Por algum motivo, você deixou de mencionar isso... por quê?

— Bom, eu só... acho que eu só...

— Você só o quê? — disse Amélia. — Vamos lá, garota, bote isso pra fora!

Timidamente, Magdalena disse: — Eu liguei pra ele.

— Você *ligou* pro Nestor? Provavelmente fez com que ele ganhasse a década... *rárárárá!* Minha nossa... aquelas dezenas de ave-marias acertaram o alvo.

— Bom, não sei. Liguei porque ele é policial. E acho que só pensei que ele podia me ajudar, sabe, naquilo que aconteceu com o Serguei.

— Você *contou* pra ele *isso*? — disse Amélia.

— Bom, não que eu fui deixada nua na cama do Serguei. Nada sobre a cama do Serguei; aliás, nem como eu conheci Serguei, só que eu estava fazendo uma visita a ele, eu e mais algumas pessoas... sabe, nem falei que horas eram quando tudo aconteceu. Só contei que fiquei pirada com a história toda, o Serguei dando ordens para as pessoas como se fosse da Máfia, o chefão daquela família criminosa, Pizzo, ou coisa assim, e que ele mandou que aquele enorme robô careca me levasse para casa. Talvez o Nestor pudesse me falar o que fazer além de ir à polícia, porque se eu fizesse isso a história poderia vazar, e então Serguei poria os capangas atrás de mim pra valer.

— Mas o Nestor não está na geladeira? — disse Amélia. — Tipo... ele ainda é policial?

— Bom, na verdade nem sei. Quer dizer, a gente sabe que ele andou nos jornais e tudo mais, e embora parte daquilo parecesse bem ruim, é como se ele fosse quase famoso agora.

— Aquele garoto de Hialeah de quem você mal podia esperar para se livrar?

Amélia começara a sorrir, e era bastante óbvio que ela estava achando tudo aquilo divertido, mas Magdalena não levou essa reação a mal. Só ter alguém com quem conversar já ajudava a ver as coisas de forma mais organizada, e até a avaliar o lugar de Nestor no mundo.

— Bom, eu mesma fiquei meio surpresa — disse ela. — Mas era como se ele estivesse diferente... sabe? Quando estivemos juntos outro dia, era como se ele fosse maior, tipo assim...

— Talvez agora ele simplesmente tenha mais tempo para ir à academia...

— Não é *isso*. Se o Nestor ganhasse *mais* algum músculo, nem sei onde poderia ser — disse Magdalena. — Não falei que ele estava maior fisicamente. Na verdade, eu não sabia a quem mais recorrer, e quando nos reencontramos, foi como "Ah, é o velho Nestor de sempre"... Mas depois que comecei a contar a história, ele foi ficando... tão maduro, *preocupado*, como se estivesse realmente me escutando, como se realmente quisesse *saber*, entende?

— Claro, porque ele ainda é loucamente apaixonado por você — disse Amélia.

— Não é isso. Foi como se o Nestor estivesse sendo todo viril e assumindo o comando. Ele não estava escutando só para que eu me sentisse melhor... começou a disparar perguntas para mim, tipo perguntas policiais muito detalhadas, como se já soubesse algo sobre o caso e soubesse o que fazer. Estava meio... sei lá... gostoso.

Magdalena riu, para atenuar a força da palavra que acabara de usar.

— Ah, meu Deus... achei que nunca veria o dia em que você chamaria Nestor Camacho de gostoso.

— Não falei gostoso pra caramba, irresistível... só tipo forte. Entende o que eu quero dizer? Fiquei até me perguntando se talvez...

Magdalena se calou.

— Você acha que deveria ter ficado com ele?

— Bom, eu sinto que talvez tenha subestimado o Nestor — disse Magdalena. — Quer dizer, nunca outra pessoa ficou do meu lado como ele. E quando algo acontece, é nele que eu penso primeiro. Isso deve ter algum significado, não?

— Bem, não posso dizer que você *melhorou* de vida depois dele.

— Pois é, falando sério... um tarado e depois um criminoso — disse Magdalena. — Eu realmente estava indo muito bem, não estava?

— Não seja tão dura consigo mesma — disse Amélia. — Acho que existem piores do que o Nestor. Ele era muito bom para você. Como ficaram as coisas entre os dois?

— Não ficaram — disse Magdalena. — Isso é o mais esquisito. Assim que eu comecei a sentir algo pelo Nestor outra vez, ele praticamente pulou da cadeira.

— Típico de homem.

— Não, estou falando literalmente. Ele disse algo tipo "Preciso ligar para o meu parceiro", e saiu correndo de lá. Foi um gesto tão... qual é a palavra? Valoroso? Foi como se ele estivesse indo à luta... ah, sei lá.

— O seu cavaleiro de Hialeah!

Subitamente, as duas olharam para a tela da TV. O padrão de luz e sombra mudara abruptamente. O programa de Loboloco, obviamente, era feito dentro de algum estúdio, com um contraste mínimo entre as partes brilhantes e escuras da tela. Agora, porém, a imagem era ao ar livre, sob um sol de meio-dia punitivo que fazia as sombras de um prédio parecerem negras feito breu. Era o pátio interno de um prédio de três ou quatro andares, com terraços em toda a volta... terraços não, passarelas internas que se projetavam sobre o pátio. Entre os andares havia grandes escadas abertas. Ao pé de uma delas, via-se o que obviamente era o corpo de alguém esparramado de cabeça para baixo sobre os últimos degraus, e coberto, inclusive a cabeça, por um pano branco, o que significava que a pessoa estava morta. Havia policiais parados ali perto, e uma barreira de fitas amarelas características de cenas de crime impedia a aproximação de um bando de pessoas, na maioria idosas, muitas das quais com andadores de alumínio.

— Ei, aumente isso aí um instante — disse Amélia.

Madalena aumentou o volume e na tela surgiu o rosto de uma repórter, uma jovem de cabelo louro. Com certa irritação, Amélia disse: — Já notou que elas são sempre louras, mesmo nos canais espanhóis?

Segurando um microfone, a loura disse: — Um dos mistérios é que o artista era conhecido neste condomínio de idosos em Hallandale, embora raramente se relacionasse com seus vizinhos, como Nicolai Kopinsky, e que aparentemente seu apartamento era uma espécie de ateliê clandestino, onde ele jamais deixava alguém entrar.

— Ah, meu Deus! — disse Magdalena. — Ela falou Hallandale?

— Foi, Hallandale.

— Ah, meu Deus-s-s-s — disse Magdalena em um tom que ficava entre uma exclamação e um lamento, cobrindo o rosto com as mãos. — Era isso que o Serguei falava ao telefone... "Hallandale". Todo o resto era em russo! Ah, meu Deus-s-s-s do céu! Preciso ligar para o Nestor! Preciso descobrir o que está acontecendo! Hallandale! Ah, meu Deus!

Ela conseguiu se recompor o suficiente para correr até o quarto ali perto, pegar o telefone e voltar para a sala, onde não ficaria sozinha. Percorreu a lista de contatos até achar "Nestor". O aparelho começou a soar quase que imediatamente, e quase imediatamente uma voz mecânica respondeu: "... não está disponível. Se quiser deixar uma..."

Magdalena olhou para Amélia com desespero absoluto no rosto. Em um tom que sugeria o fim do mundo, disse: — Ele não atende.

Assim que a porta do elevador abriu no segundo andar, Nestor viu Cat Posada esperando por ele.

— Patrulheiro Camacho? — disse ela, como se não soubesse exatamente quem ele era. — Por favor, me siga. Vou levá-lo ao gabinete do chefe.

Nestor examinou o belo rosto dela para detectar... *qualquer coisa*, mas a expressão de Cat era tão fácil de ler quanto um tijolo. Ele ficou revoltado. Aquela era a mesma garota que ele desejara naquele mesmo lugar... em meio a uma crise que o deixara emudecido na ocasião. Seria possível que ela realmente *não* lembrasse? De repente, sem planejar coisa alguma, ele se ouviu dizendo: — Bom, lá vamos nós outra vez. A longa marcha.

Já caminhando, Cat deu uma olhadela para trás e disse: — Longa marcha? É só no fim do corredor.

Era um tom que significava "Não sei do que você está falando e nem tenho tempo para tentar descobrir". Tal como antes, ela levou Nestor até a porta do gabinete do chefe e parou.

— Vou avisar que você está aqui — disse ela, sumindo porta adentro. Logo depois, porém, saiu do gabinete e disse: — Pode entrar.

Nestor tentou pela última vez captar um sinal... que viesse dos lábios, dos olhos, das sobrancelhas ou de um meneio de cabeça de Cat... só um sinal, *qualquer* sinal, droga! Os quadris dela nem sequer faziam parte da anatomia naquele momento. À sua frente, porém, ele só conseguia ver aquele tijolo.

Com um suspiro, Nestor entrou. A princípio, o chefe nem sequer ergueu o olhar. ::::::Cristo! Como ele é *grande*.:::::: Nestor já sabia disso, mas era como se estivesse absorvendo a coisa novamente. Nem mesmo a camisa azul-marinho de mangas compridas, com todas as condecorações junto ao colarinho, conseguiam esconder a pura força física daquele homem. Ele tinha uma caneta esferográfica na mão. Parecia absorto em um material gerado por computador sobre sua mesa. Então ergueu o olhar para Nestor.

Não se levantou, nem estendeu a mão. Simplesmente disse: – Patrulheiro Camacho...

Não era uma saudação, apenas a declaração de um fato.

::::::*Olá, chefe? É bom ver você, chefe?*:::::: Nada disso pareceria adequado. Nestor se resignou a uma só palavra:

– Chefe.

Era um simples reconhecimento.

– Puxe uma cadeira, patrulheiro. – O chefe apontou para uma cadeira de espaldar reto, sem braços, bem diante da mesa. Era uma repetição tão exata daquele primeiro encontro que o coração de Nestor afundou. Depois que ele se sentou ali, o chefe deu-lhe um olhar longo e distanciado, dizendo: – Tenho algumas coisas...

Ele se calou e olhou para a porta aberta, onde Cat estava espiando.

– Chefe? – disse ela em tom hesitante. Depois acenou e o chefe se levantou. Os dois ficaram *tête-à-tête* no umbral, e Nestor ouviu as primeiras palavras dela: – Chefe, desculpe interromper, mas acho que precisa saber...

Então Cat baixou a voz e ele só conseguia escutar um zumbido fraco. Achou que ouviu o nome de Koroliov, mas sabia que também podia ser pura paranoia. Por causa de Koroliov, ele desobedecera seu toque de recolher e sem dúvida fora por isso que o chefe o convocara ali. ::::::*Ah, Dios, Dios*:::::: Mas ele estava desanimado demais para rezar a Deus. E por que Deus se dignaria a ajudá-lo, para começar? :::::: "Ah, Senhor, vós que perdoastes até Judas, eu cometi o pecado do logro, que envolve trapacear além de mentir"... Ora, pro diabo com isso! É um caso perdido! Judas, pelo menos, fez muito para ajudar Jesus antes de pecar contra ele. E eu? Por que Deus se daria ao trabalho de me notar? Eu não mereço... estou verdadeiramente fodido.::::::

O chefe e Cat continuaram zumbindo em volume baixo. De vez em quando, ele profanava o nome de Deus: "Ah, pelamor de Deus"... "Meu Deus"... e até um "Caramba, meu Deus". Felizmente, falou apenas "caramba".

Enfim ele terminou sua pequena confabulação com Cat e começou a voltar para sua mesa... mas então girou e, em voz alta para ela, que já voltava para *sua* mesa, disse: – Diga que eles podem falar o que quiserem, mas de jeito nenhum eu poderia obrigar aquele avião a voltar, mesmo se soubesse a tempo. O sujeito tem um passaporte russo, não foi indiciado por coisa alguma, não foi marcado como "pessoa de interesse" e ninguém o *acusou* diretamente de nada, nem mesmo a porcaria do *Herald*. Então, como alguém poderia obrigar o avião a voltar? Você tem alguma *noção*? Esses executivos de jornal nunca administraram porcaria nenhuma na vida. Só sabem se sentar em comitês e inventar formas de justificar sua existência.

Nestor estava louco para saber de que o chefe e Cat estavam falando. A palavra *Koroliov* estava pichada em todo lugar. Mas ele não ia se arriscar a fazer uma só pergunta. :::::: "Ah, com licença, chefe, mas o senhor e a Cat por acaso estavam falando de..." Não vou abrir a boca sobre isso... principalmente sobre isso... nem sobre qualquer outra coisa, a menos que o chefe me faça uma pergunta direta.::::::

O chefe se sentou à mesa. ::::::Eu sabia! Eu sabia! Ele ainda está com essa cara feia de tanto pensar em todo mundo que só lhe dá aborrecimento.:::::: O chefe baixou o olhar e balançou a cabeça, um gesto que significava "Babacas do caralho". Depois olhou para Nestor, ainda com *babacas do caralho* escrito na fuça, e disse: – Muito bem... onde estávamos mesmo?

::::::Cacete! Que cara feia! Ele acha que eu devo ser um deles, o que fez com que esquecesse o assunto.::::::

– Ah, lembrei – disse o chefe. – Tenho umas coisas suas aqui.

Dito isso, ele se inclinou tanto para um dos lados da mesa que quase desapareceu, mesmo com aquela carcaça enorme. Nestor ouviu uma das gavetas inferiores ser aberta. Quando se endireitou novamente, o chefe tinha nas mãos algo difícil de segurar... que se revelou ser um par de caixas em tom cinza-claro, uma pequena e outra consideravelmente maior. Serviam para guardar provas de casos criminais. Os policiais diziam que serviam para mal guardar. O chefe colocou as duas na mesa diante dele. Abriu a menor...

... e o primeiro sinal dos Céus que Nestor recebeu foi um clarão dourado, quando o objeto foi tirado da caixa. Ele só viu tudo quando o chefe estendeu o braço por cima da mesa e entregou-o a ele.

— Seu distintivo. — Foi só o que ele falou.

Nestor ficou olhando para o distintivo na palma da sua mão, como se jamais houvesse visto algo tão maravilhoso antes. Enquanto isso, o chefe abria a outra caixa... e estendia um grande cinturão de couro e metal sobre a mesa. Era a Glock 9 mm em um coldre de couro ligado a um cinto.

— Sua arma de serviço — disse o chefe, sem expressão alguma.

Com o distintivo já em uma das mãos, Nestor segurou a Glock e o cinturão com a outra. Ficou olhando para eles... provavelmente por mais tempo do que deveria... antes de erguer o olhar para o chefe... e conseguir dizer com voz trêmula: — Isso significa que...

— Sim, é o que isso significa — disse o chefe. — Você está reincorporado, de volta à ativa. Seu próximo plantão na Unidade de Repressão ao Crime começará amanhã às quatro da tarde.

Nestor ficou tão atônito com aquele milagre que não sabia como reagir, mas fez uma tentativa: — Obrigado... *ahã*...

O chefe o poupou do esforço: — Agora, eu tenho um conselho... conselho não, é uma ordem. O que estou fazendo vai criar uma certa estática. Mas não quero saber de você falando com a imprensa seja por que motivo for. Entendeu?

Nestor assentiu.

— Pode ter certeza de que você estará *na imprensa* amanhã. Entende? O promotor vai anunciar que está arquivando o caso contra José Estevez, aquele professor do Lee de Forest, por falta de provas. Eles vão mencionar você. Foi você que denunciou o que as "provas" eram, uma trama por parte de um bando de garotos assustados para proteger o Dubois, aquele moleque que se intitulava líder de uma gangue. Eu *quero* você na imprensa em relação a isso só. Mas o que eu disse ainda vale. Você não *fala* com a imprensa. Nem sequer *confirma* qualquer informação. Não *responde* à imprensa de jeito algum. E vou dizer de novo: isso é... uma... *ordem*.

— Eu entendi, chefe. — De alguma forma, o modo como ele falou aquilo — *eu entendi, chefe* — fez Nestor *sentir* que estava de volta ao efetivo. O chefe pousou os braços na mesa, inclinando-se o máximo possível na direção de Nestor... e pela primeira vez deixou transparecer uma emoção que não fosse aquele tom de autoridade severa, do tipo não-me-desafie. Abriu os lábios pelo rosto todo, com os olhos brilhando, enquanto as maçãs do rosto formavam duas macias almofadas de calor humano... e disse: — Bem-vindo de volta, Camacho.

Ele falou suavemente... e para começar aquilo era apenas o sorriso de um policial no centro decrépito de Miami... mas alguma luz já viera de algum lugar mais radiante lá dos Céus... deixando a alma de um homem mais calma ou abençoada... enquanto o erguia mais completamente desta sarjeta de erros mortais em que estamos condenados a viver?

Já na rua lá fora, Nestor não se sentia vingado, redimido, triunfante ou qualquer coisa assim. Sentia-se tonto e desorientado, como se um fardo gigantesco, que ele carregara por muito tempo, houvesse sido magicamente removido de suas costas. O Grande Maçarico estava lá em cima assando o seu coco, como sempre, e ele nem sabia em que direção estava caminhando. Não tinha ideia de que rua era aquela. Sentia-se totalmente fora de tudo... mas espere um instante, na verdade ele devia ligar para ela mesmo assim.

Rolou sua lista de contatos até achar o nome dela e tocou na tela do iPhone.

Praticamente de imediato ela atendeu: — Nestor!

— Bom, eu tenho uma boa notícia. O chefe devolveu meu distintivo e minha arma. Fui reincorporado... sou um policial de verdade outra vez.

— Ah, meu Deus, Nestor! Isso é... *tão*... *maravilhoso*! — disse Ghislaine.

Impressão e Acabamento:
GRÁFICA STAMPPA LTDA.
Rua João Santana, 44 - Ramos - RJ